TIBURÓN

Tiburón

Jesús Adrián Zambrana

TIBURÓN
©Jesús Adrián Zambrana Rodríguez

Primera Edición: abril 2022

j.a.zambranarodz@gmail.com
http://jazambrana.com

Cuidado de la edición: R.I. Collazo Vázquez

Diseño de portada y fotografía: Herminio Rodríguez
bankerville@gmail.com
www.herminiorodriguez.com

ISBN: 978-1-64131-617-0

ADVERTENCIA

Esta historia se pensó desde la ficción, sin embargo, ante eventos y circunstancias recientes, que sacudieron las nociones de lo real y lo posible, se transformó en una crónica de realismo sin magia ni esperanzas. Si este libro le parece muy largo, váyase... y escuche *Animals* de Pink Floyd, al final llegará a la misma conclusión.

Prólogo
3 DE NOVIEMBRE DE 2020
Día de elecciones generales

"Quiñones: Gobernador 2020", es todo lo que ve antes del impacto… El conductor hunde el freno hasta el metal y aprieta el volante. El rechinar de neumáticos, que se resisten a la azul aspereza de los adoquines secos, interrumpe la quietud de la tarde y altera a los transeúntes que huyen en direcciones opuestas al estruendo. Abre la puerta y sale con dificultad, la música en el interior no se detiene, como una banda sonora surrealista y bizarra al mismo tiempo: *"Begging mercy for their sins, Satan laughing, spreads his wings, Oh lord, yeah!"* Tiene una herida en la frente que comienza a gotear. Confundido, por un instante observa el Porsche negro convertido en chatarra contra un poste de hierro, del que cuelga un enorme afiche con su foto. Está mareado, piensa que no podrá mantenerse de pie; aun así, se dirige hacia el edificio al otro lado de la calle, con un rótulo de letras azul añil, que lee: EL ALCÁZAR Oficina del Gobernador de Puerto Rico.

Se detiene y observa la bahía, cae el sol de la tarde; el mar está quieto y encendido con destellos amarillos, como si una enorme hoguera ardiera en las profundidades. «Nada como las tardes de San Juan», murmura con una ligera sonrisa. Escucha sirenas de policía acercarse, apresura el paso tambaleante y se esfuerza para no caer. Se detiene en la entrada. La sangre ya le cubre gran parte del lado derecho del rostro. Al verlo, el guardia de seguridad se petrifica; no sabe qué le asusta más, si la cara sangrante de su jefe o que lo sorprendiese viendo pornografía en el teléfono móvil, durante horas de trabajo y en pleno día de Elecciones Generales. Le abre la puerta, trata de balbucear un saludo:

—¿Está bien, señor?

El herido no contesta, parece aturdido. Por varios segundos observa su foto en la pared, en un grueso marco de madera roja, con una placa dorada en la parte baja, que lee: Armando Quiñones Brau: Honorable Gobernador de Puerto Rico.

—Cuídame la puerta, Peña, no permitas que entre nadie; no importa el cuento que te digan. ¿Me entiendes? ¡Nadie!

El asustado portero asiente tímidamente y dice:

—Felicidades por su victoria, señor.

El herido no responde. Todavía se tambalea, sube a uno de los elevadores del vestíbulo y oprime el botón número siete. Comienza el ascenso. Desea que vaya más rápido, se desespera; no deja de mover las manos. La sangre mezclada con el sudor que se escurre entre sus cabellos, ya le pasa el cuello y el peculiar sabor metálico le causa náuseas. Aunque se desangre en el intento, necesita llegar primero y desaparecer aquellos archivos que olvidó borrar. Si de algo está seguro, es de que no permitirá que lo atrapen; vivir enjaulado nunca fue una opción. Suena el timbre, la puerta abre. Sale de golpe, trata de evadirlo, pero, tropieza con un conserje que trapeaba el pasillo; se golpea la rodilla con una mesa de madera que se interpone en su paso, el florero de cristal en el tope cae al suelo y provoca una explosión de agua, flores blancas y trozos de vidrio, que se esparce por el recibidor. Con mapo en mano el empleado observa confundido y en silencio.

Cruza dos puertas de cristal que abren con una tarjeta electrónica y las asegura por dentro. Llega a su oficina, abre las tres cerraduras de la pesada puerta de metal, entra, echa los seguros y coloca una pequeña cadena tipo pestillo. Enciende la computadora que parece más lenta que el elevador. Se sienta en su silla de piel marrón oscuro y tachuelas doradas. El mareo se disipa despacio. Observa la foto de su hija, en el marco plateado sobre la *credenza*, siente que la niña lo mira devuelta, como si le reclamara algo. Escucha las sirenas. Se asoma por la ventana, carros con luces azules parpadeantes y un pelotón de policías armados, empieza a rodear el edificio, piensa: *que comience el espectáculo*. Abre la primera gaveta del lado derecho del escritorio, saca un estuche de madera, remueve la tapa y detiene la vista sobre la pistola en el interior.

Del bolsillo de sus mahones, saca un pequeño sobre plástico con cocaína, agarra un abrecartas sobre el escritorio, lo utiliza para aspirar dos líneas y se limpia con el antebrazo el exceso de polvo que se acumuló bajo la nariz. La computadora culmina la lenta rutina preoperatoria que parecía interminable. Con el *mouse* moviéndose con las inconsistencias de su acelerado ritmo nervioso, agarra un archivo llamado "CHILE" y aprieta el comando de borrar. Luego hace lo mismo con otro "MÉXICO". Suspira con alivio al verlos desaparecer.

Antes de lo esperado golpean la puerta.«Salga con las manos en alto», le grita una voz conocida. Los golpes aumentan de intensidad. Agarra el archivo restante llamado "DIOS" y repite la operación. Escucha el impacto seco de lo que parece un cuerpo pesado contra la puerta, pero sabe que no caerá tan fácil.

Los golpes se detienen. Varias personas hablan a la vez y la misma voz conocida repite la orden. Aspira otras dos líneas mucho más abultadas que las anteriores, se lleva a la boca el sobrecillo y lo mastica violentamente. Escucha llaves moverse sobre una de las cerraduras. *Peña claudicó muy pronto, todos los guardias son iguales,* pensó. Abren una cerradura. La computadora no ha terminado. Observa por la ventana, una espesa masa sin forma de nubes anaranjadas y gris plomo parecen devorar al sol. Disfrutaba mirar el cielo de las tardes. Abren la segunda cerradura. Escupe el plástico deshecho a mordiscos, agarra la pistola y apunta hacia la entrada. Sabía que ese momento podría llegar, o al menos se consuela pensándolo. Respira profundo. «Al final siempre es igual, sólo queremos más tiempo, aunque sea un poco», murmura mientras traga un coctel de sangre y saliva condimentada con el amargo de la droga.

Tercera cerradura y, de inmediato, la cadena cede de una patada. Un disonante coro de oficiales le ordena que suelte el arma, que levante las manos, que se tire al suelo. Sabe que ya no queda tiempo ni remedio ni absolución posible. Sin soltar el arma, levanta las manos, sonríe con ojos pintados de locura, les grita: «A quien van a encerrar es a sus madres, hijos de puta», y se lleva la pistola a la cabeza…

PRIMERA PARTE
(CUATRIENIO 2009-2012)

1

Armando "El Tiburón" Quiñones

Nunca me gustó llamarle Tiburón, pero, sólo así podía describir al salvaje con sonrisa de vendedor de enciclopedias, que atacaba a todas las féminas que nadaban a su alrededor. Más que tiburón, era un vicio, como la canción de Charly, *"un vicio más"*.

Me fascinaban los tiburones, la primera vez que nadé cerca de uno, al ver las hileras de dientes en forma de navajas, los ojos negros e inexpresivos y la mirada muerta, entendí la diferencia entre el temor y el miedo. Mucho tiempo después, ante otro asesino, con ojos igual de muertos, que se disponía a descuartizarme con un alambre de púas, conocí en la piel, la diferencia entre el miedo y el terror. Al ver la muerte moverse libremente a mi alrededor, añoré más la vida que no tenía y sabía inalcanzable; esa en que era buen padre, buen hijo, buen esposo; un bueno para todo, aunque en el fondo, fuese la nada mi mayor fortaleza.

Para el 1987, antes del reguetón, las redes sociales y esa insufrible y extrema sensibilidad de la "civilización" de la segunda década del siglo veintiuno, Armando y yo jugábamos para los equipos de voleibol de nuestros respectivos colegios. Fue ante mi urgencia por ser aceptado y entrarle a los ojos y el corazón de Claudia María Larraín, que sin destreza atlética alguna me infiltré en el equipo del Colegio. Era una chilenita rubia, con unos ojos del verdeazul del punto exacto en que se fundían el mar y el cielo, y en los que me perdí, volé y naufragué; además de una sonrisa con poder para doblar metales, labios finos y coralinos, y dientes tan blancos que me hacían pensar que era un ser superior. En aquellos días me traía rodando por el aire, suspendido en la más dulce y pura de las ilusiones. Llegó a Puerto Rico muy niña, su padre era afín con Allende y la poesía de Neruda, y para salvar la vida y la familia acudió al cobijo del exilio. Como su madre era borincana, se refugiaron en esta trampa a la que algunos ilusos solían llamar La Isla del Encanto.

Era un jugador de tercera categoría, pero el entrenador, como si hubiese perdido la cordura, me permitió quedarme ante la sorpresa del resto de los jugadores que decían las impertinencias que sólo se dicen con la sublime y cruel honestidad de la adolescencia. Años después me enteré de que mi madre, ante mi intención de salir de la habitación y transformarme en deportista y no en adicto a la heroína, convenció al entrenador apelando a su compasión. Con su trágico poder de convencimiento, le habló de mi constante encierro, de mi padre ausente, de los rechazos anteriores en otros deportes y la necesidad de relacionarme con chicos de mi edad. Qué bueno que lo supe mucho después, porque me hubiese largado por la vergüenza de tener a mi vieja intercambiando mis desgracias por compasión. Nada más humillante que saberse objeto de la pena de los demás, la propia es otro asunto.

No fue muy digno aquel comienzo en los deportes. Mi presencia en el equipo era meramente recreativa, nada de aspiraciones ni de ínfulas de medallista, salía de la banca para que los buenos descansaran. No sabía rematar la bola, me faltaba coordinación; lo que me hacía virtualmente inservible; debe ser por eso que nunca aprendí a bailar. Por toda una temporada me crucé con Armando en torneos y juegos de la liga escolar. Él era la estrella de su costosa Academia Jesuita; el tipo del que todos hablaban, excelente promedio académico, buen guitarrista, por el que todas las niñas suspiraban y al que (confieso resignado) los chicos nos queríamos parecer.

Su padre fue electo alcalde de San Juan en noviembre del 84, Don Armando Quiñones Ríos, a quien respeté profundamente desde el día que le conocí, era todo un fenómeno de la política en Puerto Rico, según decían los analistas de la época. Él me llamaba "Char-les", lo pronunciaba en español y como dividido en sílabas: Char-les. Desde aquellos días de escuela, el joven Tiburón mostraba señales de burócrata, me parecía un aprovechado de sus lazos y privilegios. Aunque, honor a donde debe ir, era un excelente jugador; sus remates eran impresionantes, no había dedos ni manos de personas cuerdas que pudieran detener aquellos cañonazos.

Como la cordura nunca estuvo entre mis virtudes, decidí acabar su racha impune de puntos consecutivos. El primer proyectil lo detuve con mi enorme cabeza, la bola me rebotó en la frente y salió de las líneas y, aunque fue su punto, no tocó el suelo contrario como estaba acostumbrado. En las bocinas de la cancha sonaba un concierto de Duran Duran y entre puntos, subían y bajaban el volumen. El segundo ataque sí que dolió, sentí mis dedos crujir; la bola también salió de las líneas, apenas la vi, estaba mareado por el pelotazo anterior. El volumen de la música subió otra vez, *"I'm on the hunt, I'm after you"*. El juego fue en mi colegio, así que las *groupies* locales comenzaron las fanfarrias y los ataques sicológicos a los contrarios, en especial al Tiburón; todas excepto Claudia, que lo miraba sólo a él. Para el tercer disparo, recuerdo que brinqué, subí las manos, cerré los ojos y escuché el sonido hueco de la pelota contra mis palmas, que luego cayó justo entre las piernas de Armando. El volumen subió y el coro de la canción no pudo ser más apropiado: *"And I'm hungry like the Wolf"*, seguido de los gritos de las fanáticas que, incrédulas, gritaban mi nombre.

No puedo describir la satisfacción que me causó aquella mirada de odio y confusión que me lanzó el joven escualo desde el otro lado de la malla, cuando le robé el protagónico. Supongo que la misma que le lanzaba yo minutos antes del juego, al verle abrazar y besar a Claudia María; y peor, verla corresponderle con tanto gusto. Malditos uniformes ajustados de aquellos tiempos, pude ver su paquete, como una caseta de campaña invertida, chocar y retorcerse sobre la entrepierna de mi ninfa platónica, que no echaba hacia atrás con sus pantalones cortitos del uniforme deportivo. Ver aquellas asquerosas aletas acariciar los apretaditos glúteos de mi Claudia, me causó un ataque de pánico, el primero que sentí en la vida: mareos, una parálisis que no me permitía caminar y un vómito más amargo que cualquier otro. Ese día algo me cambió por dentro, gracias al desamor dejé de sentir miedo. Para ser justos, ella no sabía que me tenía colgado; él tampoco y ni siquiera nos conocíamos. Todos pensaron que mi defensa hermética y suicida era suerte o pasión por el juego; pero nada de eso, eran puros celos aderezados con la rabia de un adolescente enamorado a quien le acaban de quebrar su primera ilusión; que siempre parece la más dolorosa.

Gracias al Tiburón me convertí en parte regular del equipo y, mientras estuve de frente, nunca más sus remates lograron puntos. Fui popular por primera vez y, carajo, ¡qué bien se sintió! Detener al Tiburón se convirtió en mi misión principal de aquellos días; no importaba lo doloroso que fuese para mis dedos y cabeza. Al final, la gratificación era mayor, pues venía desde el desquite, del deseo de venganza pura que sólo puede provocar una herida de amor profundo, sin importar lo platónico de las circunstancias. Nuestros enfrentamientos se convirtieron en tema de conversación entre escuelas y hasta apostaban dinero, antes de que acabara la temporada las apuestas estuvieron siempre a mi favor.

Lo detesté por toda la temporada, sin imaginar que nuestros caminos se interceptarían más allá de los amores en común y nuestra riña frente a la malla. Ese mismo año, para acercarme a Claudia y enamorarla de a poco, escondí aquellos sentimientos desmedidos y pretendí ser su amigo, pero sólo para estar más cerca, y vaya que lo logré. Una tarde, luego de las prácticas de los equipos, me confesó entre lágrimas que amaba a Armando, y que había decidido tener sexo si él se lo pedía: «Quiero que mi primera vez sea con él». *"Todo se derrumbó dentro de mí, dentro de mí"*, por semanas sólo canciones de melancolía sonaron en mi cabeza; fui patético. Me tomó varios años deshacerme de aquel alfiler que me dejó enterrado la Claudia.

Mientras me reponía del desamor, comenzó mi antagónica y competitiva amistad con el Tiburón, décadas antes de su atropellada incursión en la política, antes de su rápido ascenso y los escándalos de su caída.

2

9 DE MARZO DE 2009

Al final, ya no recordaba la razón que me llevó a la política. Las reglas, los límites y las excusas cambiaron tanto con los años, que difuminaron los motivos originales. "¿Se arrepiente?", era la pregunta más frecuente. Nunca fui bueno para las excusas, tampoco para responder preguntas, sin embargo, me encantaba contar historias, en especial la mía: mi nombre es Armando Quiñones Brau.

Pero sí recuerdo la fecha: 9 de marzo de 2009, el mismo día en que el Gobernador Luis Cifuentes Rivera aprobó aquella nefasta Ley Número Siete. Una trampa disfrazada de "Declaración de Emergencia" y "Rescate Económico" que sólo martilló algunos clavos en el ataúd y aceleró las exequias de la ya muerta economía de Puerto Rico.

Pasaban las dos de la tarde de aquel lunes de desesperanza, me mecía ligeramente en la silla de la oficina y veía un boletín de noticias, cuando recibí la llamada de mi madre. Ahogada en su habitual desespero, dijo que el viejo había empeorado: «Armandito, debes llegar cuanto antes, ha requerido tu presencia». La urgencia tajante en su voz daba la impresión de que era inminente el deceso. Era su día número catorce de hospitalización y, sí, tuvo un mal episodio, pero igual que en los días anteriores; llevaba dos semanas muriendo lentamente. La urgencia por mi presencia se debía a otras razones puramente políticas. Aquellos días de mi padre enfermo, fueron un ejercicio de disciplina y tolerancia; detestaba los hospitales, en especial si no era yo el paciente.

Durante su última campaña en el 2008, mostró señales de agotamiento que se manejaron con discreción. «El Prócer no está bien», comentaban las voces bajas en los pasillos del Partido.

Muchas veces lo sustituí en eventos importantes: fiestas, caminatas, discursos; conocía la campaña mejor que él, algo que sirvió de gran ayuda para lo que vendría. Su ceremonia de juramentación, en enero de 2009, fue breve y poco transmitida, sin discurso ni actividad musical. Ni siquiera asistió a la inauguración de Barack Obama, algo que nos alarmó, ya que fue invitado por el mismísimo Presidente.

A finales de febrero, en medio de una conversación telefónica, se desplomó sobre una mesa en su oficina. Su secretaria, Paquita Santos, escuchó el quebrar del vidrio y el golpe de la caída, al abrir la puerta: «Estaba temblando en el suelo, sobre un charco de vómito y sangre», dijo a los paramédicos. Lo atribuimos a sus condiciones cardíacas, pero había algo más, un asesino carcinógeno se esparcía en su páncreas, lo sabía desde hacía más de un año. No lo dijo, ni siquiera a Luis Rafael Palomares Torres, su mano derecha e izquierda, su Jefe de Gabinete *(Chief of Staff)* en la Alcaldía, asesor principal y mejor amigo por casi toda su vida.

Los días en el hospital fueron críticos y, aunque lograron estabilizarle, no podían sacarlo de la zona peligrosa. Las complicaciones con su corazón dificultaban otros tratamientos. Los doctores advirtieron que la recuperación sería dura, casi imposible. De salir del peligro estaría tan delicado, que no podría regresar al trabajo.

La tarde estaba tibia, un rojo tornasol pintaba el cielo cuando llegué al estacionamiento. Los atardeceres rojos me recordaban a Claudia, aquella tarde del verano del '92, frente a una playa de Rincón, un pueblo del oeste, que solía ser la cuna del *surfing* boricua. Sonaba "When you close your eyes" en la difunta Alfa-Rock106, estábamos sentados en el bonete de mi Volkswagen Rabbit, anaranjado, reíamos porque en el furor de los besos, se me cayó la lata de cerveza y mojé mi pantalón. La observé reír con sus ojos cerrados, frente aquel atardecer de Monet, posiblemente el más hermoso del planeta, y comprendí que la tenía tan adentro del pecho que, si trataba de sacarla, dejaría una grieta imposible de cerrar. No sé cuántas vinieron después, pero ninguna fue más importante.

Sonó el teléfono y regresé al mundo tangible, era mi amigo Chuck, no contesté. Era su quinto intento, sólo insistía así cuando estaba escaso de yerba o buscaba información para algún reportaje. Caminé hasta la puerta de cristal ahumado por la grasa dactilar, que daba a la sala de espera de Cuidados Intensivos, desde afuera se veía un nutrido grupo de personas. La mayoría eran empleados que todos los días llegaban "a dar su apoyo" (lo que sea que eso significara) y esperar nuevas noticias de la salud de quien, por los pasados veinticinco años, les pagó el sueldo. Esos días de cuidados de emergencia pude ver que era más querido de lo que imaginé, algunos ni siquiera lo conocían personalmente, pero, igual llegaban.

Al cruzar la puerta deseé ser invisible, ya que, como todos los días, se acercarían desconocidos a saludar con abrazos y decirme que todo estaría bien, que el Señor pondría su mano para curarle, y toda la verborrea de resignación pseudorreligiosa, tan común en los empleados de Gobierno y otros idiotas poco educados. El olor a muchedumbre aglomerada por largo rato me golpeó en la nariz, los ánimos de la multitud inutilizaban el acondicionador de aire. De inmediato, lo que temía sucedió:

—¡Armandito, tu papá se nos muere!

Exclamaba con una vulgar y exagerada angustia sin lágrimas, Iris Corujo, a quien mi padre, por falta de cariño, llamaba la "Mórbida". (Sé que la manera de referirse a otras personas, utilizada por algunos personajes, yo en particular, podría ser ofensiva y, puede que lo sea, pero así ocurrió la historia y no es correcto sacrificar los hechos por temor a sensibilidades intolerantes...). Iris dirigía la Secretaría de Desarrollo y Sustentabilidad del Municipio, seguro escuchó los rumores y necesitaba demostrar su "amor" por mi padre. Sabía que se quedaba sin trabajo si el viejo estiraba la pata, sus capacidades no le daban para encontrar otro empleo tan bien remunerado. Iris era el resultado de uno de los tantos favores políticos que pagaba mi viejo, era la hija de un fallecido "buen progresista" (así se les llamaba a los miembros leales de nuestro Partido), que lo ayudó a ser electo las primeras dos veces. Eran muchas las posiciones mal ocupadas por ese tipo de favores a "buenos progresistas". *Ningún ciudadano decente, sería capaz de pedir un favor semejante*, pensaba cada vez que me topaba con esas garrapatas políticas

—¡El Alcalde se nos va! —continuó, mientras se escuchaban llantos contenidos en pucheros y murmullos, que sonaban como letanías de la crónica de un velorio inminente.

Me abrazó y sentí su sudor sobre mi rostro, siempre me causó asco Iris, pero, jamás imaginé que la tendría tan cerca. Quise recomendarle un desodorante más fuerte, pero seguro ese no era el lugar para consejos de higiene. Le di unas gracias tan mal dramatizadas como su llanto y me alejé tratando de evitar otros abrazos similares. Me dirigí hacia Palomares, en el televisor de la sala de espera, el noticiario de la tarde transmitía una larga nota biográfica acerca de Don Armando Quiñones Ríos, en la que detallaban sus obras más significativas. Los murmullos cesaron y todos observaban con atención y en silencio de cripta.

«*Por más de dos semanas, Don Armando Quiñones Ríos, a quien sus seguidores apodan "El Prócer", ha estado ingresado en el área de Cuidados Intensivos de un hospital de la Capital; se alega que a causa de un fallo cardíaco que empeora según el pasar de los días. El diagnóstico, desconocido para sus empleados y constituyentes, se dice que es de suma gravedad. Una fuente de este noticiero asegura que el Alcalde está muy delicado y que su salud está colgada de un frágil filamento, que amenaza con romperse en cualquier instante.*

»*Por más de dos décadas, Don Armando Quiñones Ríos, ha capitaneado con éxito el rumbo de San Juan. Con su brazo justo y firme, logró devolverle a la ciudad Capital, el prestigio del que hablaban nuestros abuelos y el reflejo de la memoria colectiva que cuenta la historia de cada tiempo. Por veinticinco años, libró las más sonoras batallas frente a todo aquel que atentase contra su ciudad. Se transformó en un caballero andante, un guerrero del orgullo y la honra sanjuanera. Bajo el eslogan de: "San Juan es grande y San Juan eres TÚ", logró fortalecer la autoestima de su pueblo, y comenzó el desarrollo de una seguridad personal, que se sentía en los ánimos de los ciudadanos.»*

Cuando la noticia terminó, casi al unisonó, la sala entera aplaudió. Refiriéndome al reportaje, le pregunté a Palomares:

—"Colgada de un frágil filamento" ¿Lo escribiste tú?

—No, ¿cómo se te ocurre? —contestó sin titubear—. Fue Zenaida. Envió el texto anoche, tardaron demasiado en transmitirlo. Es evidente que no es tu padre quien da las instrucciones.

Zenaida Rodríguez era la Secretaria de Prensa de mi padre, y su amante por más de quince años. La idea detrás del reportaje era preparar el escenario para la evidente sustitución del Prócer. Pensaba en la efectividad de la movida, cuando vi a mi madre al otro lado de la sala de espera; sentada al extremo de la pared donde colgaba la pantalla de televisión. Hacía su papel de "Primera Dama". Tenía la mirada perdida en el aire, como si estuviese sola y nadie le pasara de frente; estaba a punto de perder su trono. Quizás jamás imaginó que ese sería su destino, que después de tanto andar a la sombra de su esposo, se vería sola y sin muchos beneficios acumulados. Traté de compadecerla, de obligarme a sentir pena, pero no pude; cuando se trataba de ella, me faltaba compasión.

Antes de ocupar mis pensamientos en la absolución de mi madre, preferí ver la TV. Desde el Palacio de Santa Catalina, residencia oficial de los gobernadores de la isla, también conocido como La Fortaleza, reportaban noticias del Gobernador Cifuentes y su suicidio político. El tipo fue electo por una aplastante mayoría, la mayor de las victorias electorales de mi Partido. Digo, no debemos olvidar que corrió contra un Gobernador acusado por corrupción electoral. Mi padre decía, por lo bajo, que la acusación al ex Gobernador, fue un obsequio del Fiscal Federal, Emilio

Fernández Rosas, que buscaba una silla en el Tribunal Supremo. La victoria fue tan apabullante, que se activó una disposición de la Constitución para que, en casos de victorias aplastantes como aquella, en honor a la democracia, se aumentaran las sillas legislativas para darles participación a las minorías vencidas. Cifuentes estaba muy vinculado al Partido Republicano gringo y a *Wall Street* (en aquellos días un puertorriqueño republicano, era similar a una mujer misógina, un negro esclavista o un hombre misándrico). Su "Medicina amarga para curar al Pueblo", incluía miles de despidos e incentivos para millonarios. Mi padre lo respaldó porque no le quedó más remedio, disciplina de partido.

Recuerdo que cambié la vista de la TV, cuando vi que se sentaba al lado de mi madre Miguel Meléndez, el Secretario Municipal de San Juan. Con cara de quien no rompe una taza, el Meléndez hacía cantos la cristalería entera. Mi padre decía que, "una cara de pendejo bien administrada podía valer un millón dólares", Miguel Meléndez era el perfecto ejemplo. En mi segundo día como Alcalde, al ver su firma "MM" en los documentos oficiales, quedó bautizado como "Dobleletra", cuando le pregunté a Alma, la secretaria indiscreta del primer cuatrienio: «¿De qué es la doble letra, de maní o chocolate?», en referencia a la famosa marca de chocolatillos de colores, ella casi se asfixia con un ataque de risa que duró más de quince minutos. Al otro día, tres cuartas partes de los empleados del Municipio, incluyendo al recién bautizado, sabían y le hacían honra al bautismo.

Mi madre escuchaba lo que fuese que le decía Dobleletra: esa vez, sólo por la compañía, sí sentí algo de lástima por ella.

3
"Pictures of you"

"I've been living so long with my pictures of you,
that I almost believe that the picures are all I can feel".
The Cure

Doña Awilda Mercedes Brau de Quiñones, fue todo un manjar en su juventud. Una mujer diez, exuberantemente bella, como un clon de una joven Jacqueline Bisset, pero más chaparrita y con caderas y piernas que resaltaban su parte caribeña. Siempre fue consciente de que provocaba admiración y calenturas en sus contemporáneos y hasta en algunos más jóvenes. ¡Malditas fiestas en la piscina! Los trajes de baño de la época no eran capaces de esconder sus pezones, balas de ametralladora que impactaron mis ojos y me dejaron marcas permanentes en el recuerdo. Me escondía en el baño del segundo piso para observarla mientras tomaba el sol; en ocasiones me pareció que posaba para mí, cuando se acostaba bocabajo, soltaba la tira en su espalda y abría las piernas ligeramente. Tantas veces la gocé en mis delirios solitarios, que hasta sentí vergüenza, porque era la esposa del Prócer y la madre de mi mejor amigo. Traté de disimularlo, pero no tengo dudas de que notó cómo la desmenuzaba con las miradas.

Durante la juventud, después de Claudia, Doña Awilda fue la imagen que ocupó mis pasiones platónicas. Nunca escatimó en dietas, gimnasios y cirugías para preservarse en la categoría de diva, funcionó por un par de décadas, pero el tiempo siempre cobra lo que le corresponde y algo más. Fui testigo del injusto deterioro, que la vida pública le propinó al final, como si toda la piel, simultáneamente, decidiera corrugarse. Por más de cuarenta años de matrimonio, no conoció otra forma de vida que no fuese la que ofrecía la seguridad bajo la sombra del Prócer. Décadas de una carrera continua detrás de un hombre al que nunca podría alcanzar. Sabía de las escapadas y amores paralelos de su esposo, pero los toleró por el "bien general de todos". Estaba consciente de las ventajas de ser la esposa de un hombre poderoso y las aprovechó de la forma más elegante y "dignificante" posible. Sabía que las puertas abiertas por su marido estaban reservadas para un grupo selecto de privilegiados, al que perteneció desde antes de casarse y no estaba dispuesta a abandonar. Guardar silencio no fue un inconveniente, o al menos nunca lo demostró.

Años después de la muerte del viejo, sentada en la estancia de su casa, que emanaba soledad frente a la mesa de centro y con la mirada hundida en una foto retocada con pinceladas color sepia tiempo, en la que sus hijos eran niños vestidos con lino blanco, que sonreían con muecas para cumplir (típicas de las fotos familiares tomadas en estudios), me confesó que desde mucho antes de la viudez, estaba cansada, desgastada por el tiempo y la gente, en especial la gente, que solía ser más cruel que el tiempo.

Don Armando era la combinación perfecta para una mujer tan deslumbrante. Seis pies de estatura, cabellera siempre arreglada y una voz profunda que resonaba en todos los espacios y hacía suspirar a ocho de cada diez mujeres que lo escuchaban, y a cuatro de cada diez hombres. Era el mejor ejemplo de que la política de carrera podía ser un lucrativo negocio para enriquecerse investido de la honorabilidad que concede el voto popular. Cualquier experto en política, diría que verle hacer campaña era pura poesía, le estrechaba la mano a todo el mundo, besaba a todas las viejas, a los bebés y siempre sabía qué decir.

Tiburón conservaba fotos en blanco y negro, de un prócer adolescente participando en juegos de voleibol y peleas de boxeo. Luis Palomares decía, por experiencia, que tenía un gancho de izquierda, tan demoledor, que ningún jesuita lo resistió. Alguna vez le pregunté cómo terminó en el PNP, me dijo que, en la universidad, persiguiendo una falda morena y de ojos verdes, llegó a una reunión de Universitarios Por La Estadidad, «me pareció un proyecto político viable y de seguridad a largo plazo, en tiempos en que sentíamos el frío de la guerra contra el comunismo». Era un anexionista de una casta ya extinta, que pensaba que, para pertenecer a la unión americana, se debía primero crear un Puerto Rico próspero y competitivo; para entrar en igual o mejores condiciones que cualquier Estado, y no como limosneros indignos con acento latinoamericano. «Es mediante el miedo a la pobreza, que se somete un pueblo a la peor de las miserias, a la vergüenza y la indignidad», repetía constantemente. Decía que los políticos de su partido mutaron a bacterias del mantengo populista y la corrupción institucional, que jugaban con el sentimiento de anexión sólo para perpetuarse en el poder, a sabiendas de que a la mayoría de los puertorriqueños les aterraba un abandono espontáneo de parte de los Estados Unidos.

Fue el alcalde más poderoso e influyente de Puerto Rico y lo hizo con discreción y sin dejar cabos sueltos. Mantuvo sus debilidades ocultas, hubo varios amagues de escándalos, pero, fueron hábilmente manejados. Fue considerado el candidato invencible, justo y con sensibilidad; había quienes le daban cualidades de "santo moderno". Lamentablemente, a esos fanáticos nunca se sumó su cardiólogo, quien le recalcó que sus peores adversarios no eran los otros políticos, eran su corazón, el cigarrillo y el *whisky* caro. Pasó dos décadas y media acumulando poder y favores de ida y de vuelta (más de vuelta que de ida), que se perderían con su muerte, ya que nadie en su partido en decadencia podría cobrarlos.

De sus cuatro hijos, Guillermo era el mayor y el de más parecido físico; pero, también fue su mayor dolor y decepción, gracias a la intolerancia de las épocas pasadas, que no ha desaparecido del todo en la posmodernidad. Una tarde del verano del 1987, mientras el Prócer examinaba unos documentos en la oficina que tenía en su casa, encontró un sobre anónimo encima del escritorio; contenía dos fotos instantáneas de su primogénito de diecinueve años, besándose con otro chico, en tiempos en que no era permitido que el hijo de un político prominente se besara con otros chicos. Se parecían tanto que se vio en la foto, lo que le provocó más asco aún. Armando contaba, que su padre envió a Guillermo al ejército, para que allí «le lavaran la patería y lo devolvieran hecho un machito; ese fue el castigo por ser el maricón de la casa: el destierro», y su madre lo aprobó con silencio, algo que nunca les perdonó.

Su carrera militar fue una sorpresa. Durante la guerra de Irak, la declarada por el primer presidente Bush, llegó a comienzos de la operación Escudo del Desierto y se dedicó a labores de reconocimiento. Cuando reventó la Tormenta del Desierto, solicitó ser reasignado al frente. Allí estuvo hasta que la verdadera tormenta, llamada Norman Schwarzkopf, peinó la zona y acabó la guerra en una semana. Armando solía contar las hazañas del hermano soldado, con la emoción que se cuenta una película: «Hirieron a Guillo dos veces, pero está bien, mató, al menos, unos treinta iraquíes y lo condecoraron con un Corazón Púrpura y una Estrella de Plata».

En la siguiente guerra en Irak, la ordenada por el segundo Bush, tampoco estaba destacado en el frente, era un Capitán asignado a las comunicaciones. Pero mientras trasladaban equipos de computadoras, el convoy en el que andaba fue atacado por guerrillas sunitas, que parecían salir de entre las piedras y la arena. Varios soldados americanos fueron baleados y por un momento, pareció que los guerrilleros tomarían control de los vehículos. Sin importar el riesgo a su vida, el Capitán Guillermo Quiñones Brau, salió del vehículo blindado que lo resguardaba, entre la arena caliente y la confusión, se subió a una de las camionetas armadas y tomó control de la ametralladora M-60 abandonada. En cuestión de minutos, a pesar de recibir un balazo en su muslo izquierdo, acabó con los atacantes. Una sola bala de aquella bestia de arma podía desmembrar cuerpos y reventar cabezas como suaves fresas, así lo atestiguaba la jalea de diecinueve cadáveres que Guillermo dejó sobre las arena caliente y volátil, que no tardó en cubrir el rojo macabro de la escena.

Pablo y Elizabeth, eran los hermanos que seguían el orden respectivo, Armando era el menor. Lizzy era dos años mayor que el Tiburón y la consentida de su padre, quien le toleraba casi todo y nunca le negaba nada, a menos que tuviera que ver con chicos. Físicamente era una mezcla balanceada de sus padres; los ojos azules, del viejo y los labios gorditos y para morder, de Doña Awilda. También jugó voleibol para complacer al Prócer. Se fue a estudiar a la ciudad de Nueva York, sólo para salir del perímetro de seguridad y prohibición. Allí, según lo contado por ella, se acostó con todos los hombres que pudo, no recordaba cuántos, pero estaba segura de que fueron más de veinte; no quería que le contaran nada, quería aprenderlo y probarlo todo, tríos, exhibicionismo, drogas... Su fama de "gatillo fácil", trascendió las facultades del Campus y, sólo por la suerte de los tiempos sin redes sociales, no llegó a oídos de su padre. Regresó a la isla, graduada, experimentada y satisfecha, ¡ah! y con una enfermedad venérea sin cura, pero controlable. Se graduó de derecho, estuvo casada brevemente, no tuvo hijos y, a pesar de su degenerativa vida estudiantil, fue muy respetada en la comunidad jurídica.

Pablo, ¡qué decir de ese pobre diablo! El becerro oscuro de la casta. Como lo llamaría mi amiga Stoli, un *freeloader.* Pésimo estudiante, entró a la Facultad de Derecho sólo por las influencias de su padre y nunca aprobó el examen de licenciatura. Hasta su adolescencia fue todo un Quiñones, en cuanto al atractivo físico. Nunca se interesó en los deportes, por lo que la adultez vino tomada de la mano de una obesidad lenta, pero constante. Vivía con la amargura de saber que nunca sería como sus hermanos; el carisma, las destrezas y el buen gusto, no le tocaron. Armando solía decir: «Es un aborto que se malogró con el nacimiento, mi madre lo parió por el culo». Fue un milagro que no lo matara durante la adolescencia.

4
Tertulias hospitalarias

Cuando pasé a la habitación donde estaba mi padre, el olor a antiséptico me hizo desear una línea de coca y un *whisky*. Mi hermana, Elizabeth, estaba sentada en la butaca reclinable, parecía dormida. Una enfermera, de gran tamaño, inyectaba algo en la manguera del suero. Vestía *scrubs* color violeta, esos uniformes similares a ropa para hacer ejercicios, que hacen imposible distinguir a los médicos de los enfermeros, como si los asuntos de equidad y roles aplicaran a las jerarquías de la medicina. Me acerqué a la cama, nada de saludos efusivos, sólo le di una ligera palmada en el brazo. Pálido y con pesar, hizo un amago de sonrisa detrás de la goma de la máscara de oxígeno. Elizabeth se incorporó tan pronto notó mi presencia, se despidió con un beso presuroso y salió casi al mismo tiempo que la enfermera.

—¿Ya te contaron del desastre que hace tu protegido en La Fortaleza?

Le dije burlón, sabía lo que contestaría.

—Ese trozo de mierda nunca fue mi protegido. Nadie me cuenta nada. ¿Aprobó el "proyectito de rescate"?

—Completo y sin cambios.

—¡Hijo de la gran puta! Te dije que ese será el peor pillo de la historia moderna de este país. ¿Qué han hecho los demás líderes, la Rémora y Jeanette?

—Algunos alcaldes hablan de primarias, los dos que mencionas no dicen mucho. Todos están a la espera de que Armando Quiñones se reincorpore.

{Antes de continuar la narración, debo abrir un "paréntesis" para explicarles, brevemente, quiénes eran Rémora y Jeanette. Para que no se diga que no soy moderno, comencemos por la dama (término generalizado que, no creo, le aplicara del todo a esa señorita), que llevaba dos cuatrienios en el Senado y revalidó el tercero en el 2008. Además, obtuvo el respaldo de sus compañeros de mayoría y se convirtió en la Presidente del Cuerpo. Era una mujer atractiva y lo sabía, había mucho más acerca de la psicópata de Jeannette Álvarez Espada, de lo que me enteraría después.

"Rémora", era el alias del líder de la Cámara de Representantes, el "honorabilísimo" John Martínez Rovira, un hombre de unos cinco pies y tres pulgadas, muy pequeño para sus enormes ínfulas de dictador pseudofascista. Tal vez la mejor analogía era la de un Adolfo Hitler caribeño, pero con complejos de ciudadano americano que no hablaba inglés. Diez años antes, cuando mi padre le hacía frente al ex Gobernador Pedro Rexach (a quien sus fanáticos llamaban El Salvador), por un engaño populista en los servicios de salud que quebraría las arcas de los municipios, "Rémora" Martínez (que en esos días aún no se le conocía de esa manera) era el Secretario de Prensa de Rexach, quien se autobautizó como "El Tiburón" y obligaba a sus achichincles a llamarle así. Durante una conferencia de prensa, Martínez Rovira arremetió contra mi padre y los otros alcaldes, los llamó "Honorables Charlatanes". Estos, de inmediato, citaron otra conferencia con todos los medios de prensa que existían en el 1998. Uno de los periodistas en la nómina de Rexach, le preguntó a mi padre:

—¿Alcalde, qué piensa de las expresiones de John "El Tiburón" Martínez, acerca de que usted y los otros alcaldes que traicionan al…

No le permitió terminar, la respuesta fue cortante y digna de los libros de política.

—Antes de comenzar, Jorge —ese era el nombre del periodista—, voy a pedirte que llames las cosas por su nombre. Ese señor Martínez Rovira, al que le gusta que le llamen "Tiburón", es un insolente al que se le fueron a la cabeza las tres pulgadas de poder de su posición, quizás lo hacen sentir menos pequeño. Es el mismo que no responde cuando le llamo y se esconde detrás del Gobernador. ¿Cuál tiburón? Un hombre de tan poca estatura moral y bajo calibre, no es un tiburón, sólo es una rémora, un parásito que se pega y chupa lo que se les escapa a los peces grandes. Tu pregunta debió ser: ¿Qué le parecen las expresiones de la Rémora?

La noticia se esparció por el país más rápido que un virus venéreo, y John Martínez quedó oficialmente bautizado como "Rémora", durante el resto de su vida política.

Luego de ese "breve", pero necesario paréntesis explicativo, continuemos con la historia.}

En enero de 2009, cuando Cifuentes anunció su proyecto de despidos masivos, mi padre, con los pocos alientos que le quedaban, se fue a todas las estaciones de TV y radio del país, condenó la "medicina amarga" y amenazó con retarlo en primarias, de ser necesario. Sólo que su condición no le permitió decir ni hacer nada más. La ausencia del Prócer dejaba un vacío de liderazgo que los Progresistas con colmillos de sable, como la Rémora, aprovecharon.

Noté que respiraba un poco más de prisa, los *beeps* de las máquinas me decían que debía cambiar el tema. Luego de unos minutos de silencio y del apaciguamiento del equipo médico, le hablé de otro asunto, sólo que, sin quererlo, escogí uno más delicado.

—Guillermo llegó hace dos días.

Su rostro se endureció.

—Aquí no ha venido, nada raro. Pero, tu hermano siempre fue raro.

—No te parece que estás en el lugar menos apropiado para continuar con esa…

Quise decir más, pero las máquinas reanudaron la pitadera. Me tragué un buche de palabras y me senté en la butaca que abandonó mi hermana, a digerirlas: con el sabor a amargura y resentimiento que deja la saliva de las cosas que callamos. Después de algunos minutos que tomó para respirar, comenzó su interrogatorio, la razón para exigir mi presencia.

—Cuéntame qué pasa. Ya nadie me dice nada. Dizque para que no me altere. Es eso lo que me altera, no saber; estar aquí inerte, inútil. Sé que allá afuera planean todo, cuadran versiones y estrategias. Palomares ya debe tener la carta de renuncia. Las comadrejas que, hasta ayer me veneraban, deben andar escogiendo a quién le rendirán las próximas pleitesías. Creo que será Ronnie, esa víbora siempre quiso la silla —la falta de aire entrecortaba sus palabras, como si las dividiera en sílabas.

—Tranquilo, viejo. Deja de preocuparte por eso. Palomares te cubre la espalda.

—Palomares es mi amigo, pero, también es un hombre de Partido y hará lo que tenga que hacer para mantener el orden lo más inalterado posible. Si hasta ahora no me ha dicho, es porque el escogido no me gusta y quiere evitarme el disgusto. Como detesto al mediocre de Ronnie, me arde en las tripas que se quede con todo y eche atrás lo que logramos ¿Imaginas los discursos con esa vocecita de maricona que tiene?

No me quedó más remedio que ceder a su exigencia, pero sólo para que se callara.

—Palomares lo maneja todo, trataron de dejar a Mario, tu Vicealcalde, pero no está permitido, una ordenanza de tu autoría lo prohíbe.

—Lo sé, siempre pensé que, para que un número "dos" fuese efectivo, debía tener claro que nunca podría ser el uno. La castración de la ambición es una buena forma de controlar lealtades —su voz cada vez sonaba más ronca—. Y es una lástima, es un buen chico Mario, mejor candidato que Ronnie. Muy tarde para enmendar esa mala orden; muy tarde para tantas cosas...

—Sé que reciben presión del Partido, la Rémora dice que es necesario un candidato de consenso y Cifuentes no ha dicho nada. Palomares y Zenaida hacen entrevistas para encontrar a alguien de tu confianza, es todo lo que sé.

—No te hagas el pendejo, nunca supiste mentirme.

—No me pongas en esa posición, estás enfermo. No seré yo quien termine de matarte.

—Anda, deja los sentimentalismos. Es insultante que me oculten todo y pretendan calma. Me hacen sentir como un pendejo. No lo hagas tú, siempre fuiste distinto; malcriado, pero, sincero.

Por pura impertinencia pensé decirle que Guillermo fue el seleccionado, pero no quería matarle con una broma.

—Me entrevistaron con miras a ser candidato —le dije mirándole fijo y sin parpadear—, también a Elizabeth, pero no está interesada, se cabreó cuando le pusieron el tema; casi golpea al Palomo. El único interesado es Pablo, pero no está en la lista.

—No se te ocurra meterte en esta mierda —me agarró el cuello de la camisa y me haló hacia él—. No puedes meterte en esto, eres susceptible a la tentación y aprendes demasiado rápido, no tardarás ni un año en llegar a la cárcel. Júrame que no te meterás en esto, me mataría saberlo. ¡Júramelo, hijo! —Estaba angustiado y apenas le quedaba aire.

—Tranquilo viejo, les dije que no. He odiado tu trabajo casi toda mi vida, debes saber que no me interesa.

Me abrazó y me dio un beso en la frente que se quedó prisionero en la mascarilla. Me dio las gracias. Fue una de esas contadas ocasiones, sin que hubiese un cuadrilátero de boxeo frente a nosotros, en que sentí su afecto. Con la cabeza en su pecho pude escuchar los sonidos disonantes de su corazón y la cadencia quejumbrosa de sus pulmones recogiendo los diminutos vestigios de oxígeno que podían. Fue la primera vez que internalicé la inminencia de su partida, mi subconsciente traicionero me atacó con recuerdos, me esforcé en contener las lágrimas. Levanté la vista y vi sus ojos colgando en el abismo, buscando una órbita imposible de alcanzar, perdidos en la inclemencia del tiempo que se fue; vi una mirada que buscaba redención y perdón, donde sólo había tinieblas.

—No me malentiendas, eres el hombre bien criado que siempre quise, pero es muy fácil tropezar en este negocio —seguía como perdido.

Dos pesadas lágrimas cayeron de repente, sin avisos ni sollozos; nunca lo vi llorar, era un cabrón de acero, inmune a la debilidad, "un hombre bien criaʼo", como solía autoproclamarse. Aun con los más cercanos, siempre escondió sus sentimientos. Ahora que lo pienso, debí recoger las lágrimas en un tubo de probeta y guardarlas como raros objetos de colección.

Palomares abrió la puerta sin tocar antes. El viejo se transformó en menos de una fracción de segundo y adoptó su habitual actitud de "más grande que grande".

—Me está sabiendo a mierda esto de que me falten el respeto con tanta frecuencia. ¿Desde cuándo se entra a una reunión del Alcalde y su hijo, sin tocar antes? ¿Acaso el frío del puto aire acondicionado te congeló la razón?

Bajé el rostro para ocultar la risa, era imposible no reír cada vez que el viejo les masticaba el trasero a sus subalternos, incluso a Palomares, a quien respeté desde mi niñez, cuando solía llamarle "Tío Palomo".

—Lo siento señor Alcalde, pero debo consultarle algo.

Lo interrumpió sin piedad.

—Si me vienes a decir que estás considerando a uno de mis hijos como candidato, te puedes ir a la mierda; primero tendrás que matarme. Lo discutimos y todo quedó claro, Armandito no está interesado, ya sé que te rechazó. Tenemos que buscarle algo en la Judicatura, aprovechemos que Cifuentes me debe el endoso, quién sabe si lo podemos meter en el Supremo, con el golpe de estado de aumentar a nueve los jueces. Nada de puestos electivos; mejor nos bajamos los pantalones y le cagamos encima, le hacemos menos daño.

Palomares me miró desconcertado, mi cortante mirada de vuelta le indicó silencio, le ordenó callar. El viejo no podía saber que, hacía aproximadamente media hora, en el pasillo habíamos sellado y acordado, con un inseguro apretón de manos, que sería yo el candidato. Se suponía que juntos le daríamos la noticia. Sí, yo, el hijo susceptible a la tentación. Nunca me interesó la política, pero menos me interesaba la judicatura; muy aburrida y silenciosa la vida de un juez, además, se decía por lo bajo que, el 80% de sus parejas, les eran infieles con abogados, alguaciles y hasta policías, cualquier individuo de menor rango, cosa de que le doliera la humillación a la toga.

Me disculpé para apartarme y contestar una de todas las llamadas perdidas de Chuck.

—¡Charles! ¿Qué pasa que no viene a verme? —preguntó—. ¿Qué cabronada le has hecho al putizo?

No contesté, alguna vez detesté esa efusividad cuando hablaba de mi amigo. Nos bautizó como "putizos" cuando estábamos en la universidad, decía que éramos niños muy bonitos, pero muy pendejos. Dejé a Palomares en medio de una gaguera que parecía una disculpa. Chuck sabía de la sustitución, me dijo que iba camino al hospital, que llegaba en un cuarto de hora. Mientras estaba al teléfono, vi en la sala de espera al Padre Vicente Bolaño Valverde, parlanchín y lambiscón como siempre, parecía consolar a mi madre.

Cuando Palomares salió de la habitación, le conté que ya la prensa se nos vendría encima, que Chuck estaba enterado. Sabía que podría evitar que él lo publicara, pero no los otros. También le hablé del episodio de ansiedad de mi padre, le advertí que, para hacer lo que me pedía, el viejo no podía saber. Todos los trámites debían hacerse con estricta confidencialidad, y sólo se podría anunciar si él fallecía o renunciaba, «si no, te buscas a otro». Aceptó, y mientras mi padre daba reducidos respiros que anunciaban lo peor, el Palomo comenzó su plan, su estafa, el cuento del hijo abnegado y siempre dispuesto que tomaría las riendas de la ciudad, para continuar la obra de su padre.

5
MR. CHAR-LES BLACK

Eran casi las cuatro, un informante desconocido, llamó de un número sin identificar, para soplarme que el Tiburón sustituiría a su padre. Llegaba a recoger a Eduardo en el colegio, tarde como siempre, pero a él no le importaba, tenía catorce años y era la época en que me veía como "mi padre el superhéroe", todo lo que hacía estaba bien ante sus ojos. Se parecía a su madre, Sofía, de pelo oscuro, pestañas largas y cejas espesas, ojos tan negros como el carbón y sonrisa triste, sin importar cuán contenta estuviese. Sofía Santiago Dennis, fue ese amor que no supe valorar, del que me lamentaba y me avergonzaba cada vez que recordaba cómo la cagué tantas veces que ya no hubo forma de arreglarlo. Traté, juro que traté, pero en mi afán por ser un perfecto mierda, lo eché todo risco abajo. Nos casamos muy enamorados, pero, muy de prisa, Eduardo apareció sin esperarlo. Nos divorciamos con mucha más prisa, aunque más enamorados; nunca fue el amor nuestro problema. Es curioso cómo, aun en sus días más difíciles durante un cáncer que la devoró casi completa, siempre hizo lo posible por levantarme del suelo a través del mapa de los traspiés y caídas, que tracé con mi afinado gusto por los excesos. Hizo lo imposible para que me relacionara con Eduardo, le aterraba morir y dejarnos en medio del cliché de la batalla freudiana que libramos por algunos años.

Llamé a Armando para confirmar el chivatazo. Después de no sé cuántos intentos, contestó.

—Necesito hablarte. ¿Dónde estás?

—En el hospital. ¿Puedes esperar a mañana?

—¡Imposible! Llego en quince. Eduardo me acompaña, hace mucho no lo ves.

Preferí llevar a Eduardo conmigo, para evitar los discursos de Sofía, además, así podría saludar a su padrino.

***

Antes de mi incursión en la política, la profesión de Chuck me parecía honesta. Me resultaba osada su pasión obsesiva de perseguir la verdad y transcribirla en notas incendiarias que irritaban estómagos; nunca le importaron las consecuencias, ni terminar estrellado y ardiendo al final. Por eso fue bueno en su trabajo, no le importaba estrellarse y no tener nada. Pésimo en el amor, prángana en la economía; siempre jodido en todo, pero una navaja cuando se trataba de contar historias. Era una especie caricatura de un Hunther Thompson boricua. A pesar de que, en su certificado de nacimiento aparecía inscrito como Chuck Black Rodríguez y su editorial lo publicaba como C.E. Black, fue bautizado por su progenitor, como Charles Edward Blackwell Rodríguez.

Su padre, un ingeniero químico de Liverpool que alardeaba con que creció a dos calles de la casa de John Lennon (algo que Chuck siempre dudó y yo nunca creí), mientras estuvo en Puerto Rico, trabajó para la Industria Farmacéutica, en aquella época en que el Gobierno concedía incentivos contributivos a industrias extranjeras que se establecían en la isla. Gran parte de la economía del país se sostenía con los empleos, intereses y otros beneficios, que se generaban con empresas de manufactura y producción de diversos mercados y disciplinas, cobijadas por las protecciones del Código de Rentas Internas de los gringos, en especial las industrias farmacéuticas. El Gobernador Pedro Rexach, dizque para acercarnos a la estadidad, abolió esas protecciones durante los años de Bill Clinton en la Casa Blanca. Decía mi padre que, eso y la salida de la Marina gringa, fueron las razones principales de nuestra interminable recesión económica.

A pesar de sus largas temporadas en la isla, Blackwell pensaba que Puerto Rico era un lugar bueno para todo, excepto para vivir. Por mucho tiempo Chuck vivió creyendo que nacer en San Juan, lo hacía menos ante los ojos de su padre. Durante los años de escuela primaria el viejo le prometió llevárselo, junto a su madre, a los Estados Unidos, pero siempre pasaba algo y quedaba pospuesto. Resultó que el viejo Blackwell mantuvo varios "lechos matrimoniales" en diversas partes de la nación americana y sus territorios; tenía varias esposas y Chuck muchos hermanos. Apenas sobró de la herencia, luego de pagar y dividir. Aunque al final no le fue tan mal a mi amigo, que conservó dos cosas de su padre: un espectacular Shelby Cobra, azul, del 1966 y un apartamento en San Juan, en un complejo de dos edificios llamado El Monte; considerado una joya de la arquitectura de su tiempo, por la forma semicircular de los edificios, como dos enormes medias lunas. La última vez que estuvo en Puerto Rico, dijo que llamaría para dar las instrucciones del envío del vehículo y la venta del inmueble, algo que nunca ocurrió. Por suerte, era todo un truhan, para evadir impuestos y demandas de sus esposas, no incluyó el carro ni el apartamento en su listado de bienes; estaban a nombre de Doña María Eugenia Colón, la abuela de Chuck, Blackwell utilizaba a todo el que podía para sus asuntos turbios.

El viejo detestaba que le llamaran Chuck, decía que era un *"nickname for niggers"*. Sólo para mortificarlo, mi amigo decidió cambiarse legalmente el nombre. Cuando le llegó su nueva Acta de Nacimiento, le sacó una copia a color y se la envió por correo expreso a su padre. Murió algunos años después, no por el acta, lo mató un agresivo cáncer. Chuck no fue al velorio, el día que se enteró, bebimos hasta la madrugada. Recuerdo que, con los ojos rojos por la pena y las drogas, me dijo que el cáncer de próstata era la muerte perfecta para un "chingón" irresponsable con catorce hijos.

Curiosamente, Chuck odió a su padre, porque nunca le quiso, y yo odié al mío por quererme demasiado; que en aquellos días se sentía como hacerme la vida imposible. Creo que fue por eso, por la figura paterna que siempre quiso tener, que Chuck mantenía una extraña lealtad hacia mi viejo, como la de un soldado a su general; que, de una forma igualmente extraña, era correspondida, como si fuese el hijo que siempre quiso tener. De todos mis amigos, incluyendo a Francisco, el Prócer Quiñones siempre se preocupó más por Chuck que por cualquiera. Para él era Char-les, como si lo dijera en español.

Nuestra amistad fue un accidente ocasionado por mi padre y su obsesión de convertirme en el mejor. En aquellos años de la escuela intermedia, cuando el *coach* del equipo de voleibol le dijo que un chico de otra escuela, había descubierto la fórmula a los remates de su hijo, el viejo exigió tener a «tan excelente bloqueador en el equipo de mi Alma Mater». Esa misma semana, Charles, como se llamaba en aquellos días, fue becado en la prestigiosa Academia Jesuita de San Juan. Jugando del mismo lado de la malla, no tardamos en llevarnos bien, teníamos una rara conexión y similares pasiones, en especial las mujeres, los vicios y la música. Éramos muy diferentes, pero a la vez, no podíamos ser más parecidos. Junto a Francisco, el otro hermano que escogí, nos convertimos en secuaces. Años después, supe que la razón de toda nuestra historia fue su obsesión por Claudia; que lo llevó a detener con la cabeza, aquellos cañonazos mortales que le disparaba para demostrar que era mejor que mi padre.

6
La vida sonaba a música de Mötley Crüe

Un sábado en la mañana, mi madre entró eufórica al cuarto para decirme que el Municipio de San Juan me otorgaba una beca deportiva, para estudiar en el colegio más caro de la Capital. Estaba dormido y tardé un poco en entender lo que decía. Mi respuesta inmediata y a grito: «No quiero». Fue la abuela, con su labia mágica, quien me convenció acerca del valor de la buena educación, y de que la mejor cura para un corazón herido era la distancia, refiriéndose a Claudia. Me pareció que tenía razón, aunque no entendía por qué me becaban; había otros con más talento, como X, que era mi único amigo en aquellos días. Años después, el Tiburón me contó que su padre sólo quería asegurarse de que rompiera el récord de puntos anotados.

No tardamos en hacernos amigos, contrario al resto de los aristócratas apretados de la Academia: Francisco y Armando eran tipos llevaderos que no tenían inconvenientes en andar con el plebeyo de la beca. De primeras, le atribuí su popularidad y su buena suerte en todo, al simple hecho de ser el hijo del Prócer. Pronto descubrimos que padecíamos de las mismas condiciones, aunque con síntomas distintos. Teníamos una predisposición a las chicas, a los excesos y una rara manía de escuchar música todo el tiempo, real e imaginaria; sonábamos una especie de banda sonora mental para todo lo que hacíamos. Aprendí a tocar guitarra, sólo para ser parte del grupo que nunca nos haría estrellas. Practicamos durante años, en la marquesina de los padres de Francisco, que era el mejor músico de los tres y casi un genio en todo lo que hacía, excepto las mujeres; en ese departamento le faltó carácter para hacerse valer y suerte para encontrar quien le diera valor.

Cuando salimos de la Academia, Francisco se fue a la Universidad de Georgetown. Armando y yo nos quedamos en la de Puerto Rico y X se unió a la ecuación. Ya no había voleibol, sustituimos las canchas por barras y hospedajes para señoritas. En el primer año, rompimos todas las reglas y códigos morales posibles. Siempre protegidos por José Román, el viejo Pepe; jefe de la escolta del Prócer, y padre de Paco Román, el jefe de la escolta de Armando durante los once años que duró su vida política. El viejo Pepe se encargó de sacarnos de cuarteles y librarnos de arrestos cada vez que nos peleábamos con los novios de las chicas que nos interesaban o cuando salíamos a comprar drogas en las barriadas calientes y nos detenía la Policía.

Mi ruta por el exceso se vio detenida brevemente al casarme con Sofía, pero, duplicó después del divorcio, cuando llegamos a la Facultad de Derecho. ¡Qué días! Francisco regresó, traía nuevas experiencias psicodélicas y veinticinco libras más de peso.

***

La Facultad, se me estremecen las tripas cuando la recuerdo. Aquellos días fueron música de Mötley Crüe. Un *loop* interminable de "Take Me To The Top", "Wild Side" y "Live Wire". Éramos algo así como Los Cuatro Jinetes de la Perdición. Días de sobre excesos, el debut en la cocaína y otros demonios. No había nada parecido a "límites". Llevábamos un conteo preciso de cada mujer con la que nos íbamos a la cama, competíamos a ver quién sería el primero en llegar a las cien. Una meta superada antes de mis treinta, la dicha de varios tríos, me dio la ventaja de anotar doble; Chuck no disfrutaba de los juegos de tres, decía: «Prefiero concentrarme en una a diluirme entre dos».

Después de que X llegó a las cien, perdió gracia la competencia y dejamos de contar. Bueno, le contábamos a Francisco, celebrábamos cada vez que anotaba, al menos yo. «Te emocionas más que él», decía Chuck cada vez que el gordito ligaba. Y tenía razón, sentía cierta lástima de su tétrica suerte, fueron incontables las veces que traté de "acomodarle" chicas... Era fácil para Chuck criticar, el muy perro no la pasó mal, cuando dejamos de contar sólo le faltaban catorce para la centena.

No teníamos ni idea de cuántas líneas de periquito nos pasábamos por hora. Todas las noches salíamos a una batalla de bulla y parrandeo hasta el amanecer, con altos niveles de alcohol en la sangre y muy pocos grados de razón en la conciencia. Desayunábamos en cualquier lugar que sirviera comida a las cinco de la mañana, luego llegar a casa, los sermones de mi madre, a veces un baño, sólo a veces; dos horas de sueño, marihuana y medio litro de café al despertar; guiaba a la escuela sonámbulo, entraba a las clases con muy poca conciencia, apenas atendía a las materias; entre cursos recuerdo personas, figuras difusas que buscaban socializar; salía al medio día, llegaba a casa a dormir hasta las siete de la noche, luego comer algo ligero y salir a la guerrilla nocturna otra vez a repetirlo todo. Esos días fueron lo más cercano a la vida de *rock-star* que siempre quise.

Chuck era el único con responsabilidades, Eduardo debía tener unos cuatro años cuando llegamos a la Facultad; trabajaba en dos lugares distintos y se quejaba de ser un esclavo de la modernidad. Varios días a la semana nuestro querido señor Black, era cantinero en uno de los bares más visitados del Viejo San Juan; X fue su compañero de trabajo por varios años. Pudo escribir toda una novela de la degeneración que vivimos en aquel lugar, no sé por qué nunca lo hizo. Un antro con cucarachas en la madera de la barra y baños desbordados de mierda, que convertimos en una segunda casa; el gimnasio para practicar el deporte del alcoholismo extremo, la cocaína en el baño y las citas de una noche.

Fuimos verdaderos guerreros del bacanal, criaturas de noches borrosas y mañanas con rastros de lápiz labial en el cuello y sabor a vómito de resaca en la boca. Nunca nos negamos indulgencias ni placeres: marihuana durante el día, coca y alcohol en la noche, psicodélicos los fines de semana; sexo siempre que hubiese disponible, la lujuria era tan o más necesaria que los otros vicios. Después de la Facultad, Francisco fue el menos activo en la cultura del exceso, alguna yerba ocasional y mucho vino tinto. Chuck y yo, nunca dejamos de ser animales nocturnos, sólo que él perdió algunos grados en la intensidad de sus apetitos voraces, se apasionó tanto con la fantasía de su escritura que se olvidó de la realidad de la vida. En cuanto a X, nunca se negó al uso recreacional de algunas drogas, pero su mayor vicio siempre fueron las mujeres, lo que me presentaba una severa competencia; aunque, contrario a mí, él prefería permanecer en la sombra, decía que la invisibilidad era una de sus mejores herramientas para todo: desde la seducción hasta la sobrevivencia.

Cuando se trataba de drogas, siempre tuve una cualidad particular sobre mis amigos, podía utilizar cualquier sustancia, la que fuese, y el efecto pasaba desapercibido para quienes me rodeaban. Aparentar sobriedad fue mi herramienta oculta y me ayudó a sobrevivir once años de política activa, metiéndome impunemente de todo lo que me caía en las manos. Sostuve conversaciones coherentes con Barack Obama, el Papa Francisco y hasta con Donald Trump, aquella vez que llegó armado con rollos de papel toalla. Mas, eso fue años después de la Facultad, cuando la vida ya no sonaba a Mötley Crüe.

7

GARDENIAS ESPINOSAS

Mientras esperaba por Chuck y sus preguntas, escuché la diatriba de mi padre acerca de sus desencantos con el partido y las decepciones con los gringos por la estadidad que nunca llegaría. Llevaba más de una década afirmando que la lucha por el estatus era un fraude. Jadeando, decía que su partido prometía la estadidad para los votos, como los cristianos prometían la salvación para sus diezmos.

Palomares entró con una expresión similar a la del dolor de estreñimiento y anunció la visita del Alcalde de Ponce. «No por Dios, dos minutos con ese marica baboso y me muero hoy. ¡Despáchalo de inmediato!», dijo. Me tocó salir a dar las excusas y "despacharlo", ya que el Palomo tampoco quería atenderlo. Le expliqué que las visitas eran limitadas y el viejo estaba bajo los efectos de sedantes. Ya lo había visto, pero era la primera vez que lo trataba. Pude entender de inmediato la antipatía del viejo ante semejante personaje de película de Almodóvar.

El no tan honorable, Carlos Espinosa Cruz, a quien mi padre apodó "La Gardenia", después de un escándalo que lo implicaba en un romance con su chofer, pertenecía a Puertorriqueños Populares Demócratas, el partido de oposición. Era un tipo de baja estatura, unos cinco pies y cuatro pulgadas, tal vez. Pelo castaño y sin canas, peinado hacia atrás con laca fijadora. Un bigotillo como el de Freddie Mercury, quizás para sentirse hombrecito al verse al espejo. Siempre tenía collarcitos de caracoles y pulserillas coloridas, de las que usaban los adolescentes playeros y los viejos verdes. Vestía con camisas extravagantes o de colores pasteles y flores. Ese día, llevaba una blanca de mangas largas y múltiples pliegues; las drogas acumuladas en mi cabeza me decían que era un disfraz de pirata o rockero *glam*. Tal vez lo vestía su esposa, a quien los ponceños llamaban *Lady* Macbeth. Una mujer de amarga personalidad, más alta que su esposo, con hombros de nadador, caderas rectas y piernas de gaviota, que resultaban muy difícil de disimular al vestir.

Públicamente era muy fino y tan florido como Juan Gabriel y, en la sádica comodidad que proporciona la privacidad, era recalcitrante y más vulgar que el mismísimo Donald Trump, sólo que, contrario al expresidente, a Gardenia no parecía gustarle "agarrar damas por las *pussies*", todo indicaba, que prefería halar caballeros por la anguila. Llegó a la silla con título de nobleza, su padre murió en el 2006 y no tuvo traidores ni primarias. «Don Armando fue un buen consejero, un hombre maravilloso», me dijo tratando de sonar solemne. Utilizaba la palabra "maravilloso" con desproporción y la pronunciaba con un delicado entusiasmo digno de un ramo de gardenias.

En marzo del 2008 un reportaje de Chuck reveló que Espinosa presionó testigos para ocultar evidencia de que su chofer se gozó las formas de una empleada de mantenimiento, a cambio de un aumento salarial que no tenía poder para otorgar. Testigos aseguraron que la actuación irracional de defender al chofer se debía a una relación sentimental y muy física que sostenían. Fue la comidilla de todos los tabloides del país, pero, aun así, lo eligieron dos veces más. Entre los despedidos por Espinosa, estaba Ignacio Gutiérrez Ibarra, un abogado amigo de Chuck.

8

A SU MANERA

"For what is a man, what has he got?
If not himself then he has naught.
To say the things that he truly feels
and not the words of someone who kneels.
The record show I took all the blows
and did it my way".
Paul Anka

Cuando entré al hospital, me topé con una muchedumbre de reses empleadas por el Prócer. El primer rostro conocido fue el de Doña Wilda. Se veía decaída, sin su usual brillo; los ojos rojos, brotados por la hinchazón y cubiertos por exageradas ojeras malva, parecían hechos de gelatina; Armando decía que podía pasar una larga temporada de luto oficial, sin doblarse, que el drama era su mejor cualidad. Sin embargo, sentí profunda lástima por ella, también me tocaba muy hondo la posibilidad de la muerte de su esposo.

Vi de lejos al Tiburón, hablaba con el hijo de puta alcalde Ponce. Cuando se despidieron, Espinosa me vio a lo lejos, mi presencia debía ser similar a un dolor de hemorroides después de una noche de tacos y tequila. A su chofer tampoco debía interesarle mi salud, de tener la oportunidad, allí mismo me quebraba la columna, vértebra a vértebra. Era mi deber saludarles con una sonrisa tan amplia que pudieran ver mis caries. Le guiñé un ojo a la Gardenia, como le decía el Prócer, y al otro le hice la señal de "paz" con los dedos. Cuando desaparecieron al doblar el pasillo, le silbé al Tiburón, que me vio y caminó hacia la puerta. Saludó primero a Eduardo, que jugaba con su consola Game-Boy, sentado en los tubos que dividen los jardines de la acera.

Le dio un abrazo, un choque de manos y le comentó algo que no entendí. Después se me acercó.

—Tardaste más de quince.

—Hablabas con la Gardenia cuando llegué, no quería privarte del gusto. Se le brotan los ojos cuando me ve, la sangre se le sube, como termómetro en caliente.

—Un minuto me sirvió para confirmar lo que tú y mi padre repiten, es una marica babosa e hipócrita. ¿Quién te dijo lo de mi sustitución?

No perdió tiempo para ir al queso, no solía ser tan directo; siempre nadaba alrededor de su presa antes de morder.

—Un informante anónimo me llamó de un número desconocido.

—Blackie, "informante anónimo", no me jodas. Hace escasamente dos horas le dije a Palomares que aceptaba, se supone que sólo él y Zenaida lo saben.

—¿Qué te puedo decir? Todavía no zarpas y ya tienes ratones a bordo. Te juro que fue una llamada desde un número bloqueado y la voz que sonaba electrónicamente alterada.

No me creyó y, para variar discutimos, nos llamamos de todas las formas soeces posibles, varios transeúntes se escandalizaron y Eduardo, avergonzado, nos pedía bajar la voz. Al final, confirmó la nota y me dio las razones para su decisión, la mayoría de conveniencia económica para los amigos de su padre. Dijo que sería una cosa temporal, pero nunca lo creí. También me contó el episodio de histeria cardíaca que tuvo el Prócer al enterarse del rumor. Le dije que no lo publicaría por respeto, pero, tan pronto tomara posesión, la primera entrevista exclusiva sería para mí. Aceptó sin protestas y me dijo que regresaba a la habitación.

—¿Puedo verlo?

—¡Vas a continuar jodiendo! ¿Ver qué? —contestó irritado.

—A tu padre, pendejo. Me siento mal de estar aquí y no saludarle al menos.

—¿No saldrá mañana en tu blog?

—No me hagas romperte un diente.

—Calma, Blackie, sólo te hincho un poco las pelotas, te lo mereces por sangrón. Preguntó por ti varias veces: «¿Qué pasa con ese putizo de Char-les que no viene a verme? ¿Qué carajos le hiciste?». Puedes creerlo, que "qué te hice". No me jodas, a veces pienso que es más padre tuyo que de cualquiera de mis hermanos.

—¿Es grave?

—No creo que salga de esta, allá adentro no está el cabrón de hierro que conoces.

Se me encogió el estómago. Le pregunté a Eduardo si quería entrar a verlo, negó moviendo la cabeza y siguió el juego. Pasamos por el laberinto de gente, entramos y el Tiburón hizo la introducción.

—Viejo, mira quién vino a verte, el putizo de la prensa.

—¡Char-les! Carajo, que bueno ver a alguien decente. ¿A quién andas jodiendo por ahí? No eres de los pendejos que visitan viejos chochones en hospitales.

Se esforzaba para hablar. Traté de contestar, pero el impacto de verle tan demacrado me trancó las palabras en la garganta y me humedeció la mirada, tuve que cambiar la cara, pero lo notó y Armando también.

—Anda en una consulta para cambiarse el sexo —dijo para salvarme de las lágrimas.

El viejo tosió una carcajada, tomó aire y continuó.

—¿Qué te han dicho? ¿Quién es el huele culos que me sustituirá?

—No se rumoran muchos ni ninguno que valga la pena. Mejórese, sin usted se jodió la Capital.

—No permitas que Armandito se meta en esta mierda. Aunque él me dice que no, estoy seguro de que Palomares le trabaja la cabeza, yo lo haría si fuera él. Te advierto, Charles, si después de mi muerte tu amiguito tomara mi lugar, no te atrevas, en ninguna circunstancia, aceptar los puestos de trabajo que te ofrezca. Ustedes son excelentes putizos, pueden lograr lo que sea, pero no están hechos para la política; terminarán en una celda fría en Dallas, sirviéndoles de esposa a algún enorme negro tatuado de Atlanta —trató de reír, pero la tos se lo impidió.

—Despreocúpese Prócer, ese no es mi camino y usted lo sabe. El del Tiburón tampoco, demasiado putizo y borrachón para ser alcalde, nadie saldrá a votarle.

El viejo sonrió con cansancio e incredulidad, mentirle me supo a mierda; me era más fácil mentirle a mi madre.

—¿Cómo está tu vieja? ¿La visitas como debe ser?

—Está bien, unos días mejores que otros; al menos ya no llora cuando no sabe dónde está.

—No sé qué es peor, Char-les, si podrirse con dolores como yo o simplemente perder la mente y que pase todo sin darnos cuenta. Cuídala, tienes la mejor madre que cualquier hijo hubiese querido. Aunque ella no te recuerde, es tu deber recordar por ella; se lo debes Char-les. Eres un buen hombre, pero alguna vez fuiste un insolente cabronzuelo que la hizo llorar mucho. Tu padre no fue su culpa, fue él, el hijo de puta que los engañó. No la dejes sola, no importa lo que tengas que hacer. ¡Se lo debes! Siempre trátala como si te recordara y nunca dejes de rogar por otro instante de lucidez.

Cuando le estreché la mano para despedirme, me haló y abrazó, no era la primera vez, pero sí fue la última. Recordé momentos de mi vida en los que un abrazo del Prócer fue el mayor consuelo. Aunque Armando dijera que lo hizo para evitar que su hijo fuera humillado en la cancha, le debía mi educación y tantas cosas. La garganta se me trancó más y el llanto hacía presión para salir, no sé cómo lo contuve; no se podía llorar frente al Prócer: «Los hombres bien criaos no lloran en público, eso es cosa de maricones», decía siempre que me detectaba alguna debilidad de espíritu o flaqueo de carácter.

El hijo de puta se despedía, lo sentí en la fuerza del abrazo y lo vi en su mirada, mi modelo y padre sustituto me decía adiós a su manera. Como siempre lo hizo todo, a su puta manera.

9

FUENTES

Acompañé a Chuck, que iba mirando al suelo, abatido por la impresión de la muerte volando sobre mi padre. En la puerta me abrazó fuerte, sentí su pena y casi soy yo quien se quiebra, pero nos mantuvimos a la altura de lo que el viejo esperaba. Lo vi alejarse con Eduardo agarrado de la mano, desde la muerte de su abuela no lo veía tan triste. De vuelta conversé con Palomares en el pasillo, le dije que teníamos una rata abordo y regresé a la habitación. Mi padre tenía los ojos cerrados, pero no dormía. Al abrirlos se encontró con mi mirada.

—Mañana vengo con Guillermo. ¿Puedo esperar buen comportamiento de tu parte?

—Ya veremos; sabes que tengo las visitas limitadas.

Iba a contestarle con rabia y odio, pero, aunque fue sólo una vez en su vida, mi madre llegó oportunamente. Entró alarmada.

—El señor Fuentes vino a visitarte. ¿Puede pasar?

Noté su incomodidad, pero aceptó la visita. Creí que sólo evitaba hablar de Guillermo. Fue la primera vez que crucé palabras con la rata de José Fuentes Pérez, uno de los "ayudantes especiales" de mi padre y asesor en seguridad. Saludó al entrar, se dirigió al viejo con pleitesía de baboso y le dijo, en un tono demasiado reverencial para mi gusto:

—Puede sentirse en confianza, todo está bajo control.

Los dejé solos por un minuto para ir al baño a darme una línea. Mi padre lo despachó con rapidez, no sin antes darle un efusivo gracias: "Por todo lo que has hecho por nosotros".

¿Qué carajos merecía ese desproporcional agradecimiento tan poco usual en mi padre?, pensé. Cuando se marchó, sentí alivio en la voz del viejo.

—No sé por qué tu asesor de seguridad, no me hace sentir seguro. Mala vibra en esa cara de cabrón graduado —le dije.

—Tienes buen olfato. Es uno de esos males necesarios, de los que difícilmente nos zapateamos una vez los adquirimos. En este negocio, hacen falta personas que cumplan sin preguntar; los escrúpulos nublan el juicio. Fuentes evitó la cárcel a tu hermano; un error que cometí sólo para esconder la vergüenza.

—¿Pablo?

—Quisiera que se desvaneciera, pero ratas con sarna como esa, no desaparecen; te hacen notar su presencia. Cumplen el trabajo, no importa cuánto tengan que cagarse; no les apesta la mierda, porque están hechos de ella. Por eso lo acomodé en su puesto vitalicio con salario ejecutivo. Ha resultado discreto hasta ahora, pero nunca se sabe.

Como seguro de que moriría pronto, insistió.

—Sé que Palomares trata de convencerte. No lo hagas. No porque no crea en ti o porque no puedas. Eres un excelente abogado y todavía te queda buen corazón, pero, serías fácil de corromper como yo.

—No digas eso.

—No tienes idea de todo lo que he hecho para mantenerme, más allá del partido y la política. Sé lo que te digo. Tampoco permitas que tus hermanos caigan. No creo que puedas hacer mucho por Pablo, pero a Elizabeth protégela, no quiero que se conviertan en mí.

Comenzó a agitarse, más que antes.

—Cálmate viejo, no pasa nada. Ninguno accederá, ni siquiera Pablo.

Me interrumpió.

—Espero nunca más necesitarle —hablaba como bajo algún trance hipnótico.

—¿A Fuentes?

—Sí. Antes de que lo echaran de Guaynabo, participó en un grupo de policías que…

Una enfermera de voz gentil nos interrumpió:

—Buenas noches, la hora de visita terminó, —tocando su reloj con el dedo índice.

El viejo salió del trance al escucharla. Pedí un minuto para que terminara lo que me decía, pero con una voz cansada que nunca le escuché antes, me dijo:

—Vete, mañana continuamos —me agarró la mano derecha y con el mismo cansancio añadió—. Te quiero, hijo.

Nunca completamos la conversación. *¿Por qué su cambio de reacción? ¿Qué le sopló mientras estuve en el baño?* Desde ese primer encuentro, Fuentes me provocó una visceral desconfianza. Cuando se lo comenté a Palomares me contestó: «Necesitamos mercenarios sin miedo ni vergüenza».

José Fuentes Pérez, en aquellos días tenía cuarenta y dos de edad, era un expolicía que servía a los intereses del Partido. Estuvo años en la escolta del Gobernador Rexach y era protegido por personas claves. Fuentes conocía los esqueletos escondidos de muchos políticos, porque él los escondió. Fue despedido por el Acalde del pueblo de Guaynabo y mi padre lo rescató para el asunto de Pablo. Fue señalado por varias situaciones de acoso sexual, amenazas y hasta robo, pero, todos los casos fueron archivados; tenía favores acumulados, con los que podía salir casi de cualquier lío.

Sin embargo, como decía el héroe de mi amigo Black: *"En una sociedad en la que todos son culpables, el único y verdadero crimen es dejarse atrapar".* Después de lo de Guaynabo, Fuentes era considerado un lastre peligroso. Fue la ceguera de un padre en desesperación, lo que llevó al Prócer a cobijarlo. Por mi parte, no deshacerme de él de inmediato, fue uno de los peores errores. Creí que hacerle pensar que era parte de mi círculo cercano, me ayudaría a mantenerlo en control, pero no se le daba la espalda a una rata, mucho menos la confianza, por más cauteloso que se pudiese ser.

10
La Bóveda

—La clave de un político exitoso, está en su habilidad para aparentar, convincentemente, lo que todos esperan de él, sin olvidar quién es y qué quiere. Eso, y recolectar dinero.

Así arrancó el tío Palomares nuestra primera reunión oficial el 10 de marzo, en el Alcázar, un edificio que siempre estuvo pintado de blanco, en la esquina de la calle Mcleary, frente a la bahía de San Juan, a pocas cuadras de la Alcaldía y la casa oficial del Gobernador. Mi padre compró los tres pisos superiores, para establecer un bufete de abogados una vez saliera de la política. En lo que llegaba ese momento, que nunca llegó, habilitó las oficinas para su grupo más cercano, con la excusa de que la privacidad del Alcázar les daba eficiencia a los trabajos; también era la sede de La Bóveda. No todo el mundo entraba al Alcázar, sólo mi padre y Palomares tenían la llave y combinación de La Bóveda.

Desde las elecciones del '96, sus oponentes le llamaban "La Cueva del Lobo". El primero fue Luis Paredes León, que repitió por meses: "En lujosos cuartos oscuros, los lobos conspiran para comerse las ovejas y todo lo que puedan". Durante el único debate que tuvieron, Paredes trató de conectar un *jab* con la Biblia: *"Cuidado con los lobos que se visten de ovejas".* Un cortante Armando Quiñones Ríos no le permitió terminar y le ripostó con un gancho de izquierda al hígado, que lo sacó del debate. "Recuerde, señor Candidato, los lobos nunca trabajarán para el circo, pero, sí los leones y los payasos, y usted tiene bastante de ambas. Si quiere atacarme, ataque que aquí estoy. Pero no haga un circo con las santas escrituras; respete. Utilice su inteligencia, o será que esa no la trajo hoy". El debate terminó para Paredes León en ese mismo instante. La elección la ganó el Prócer por el 74%

de los votos, la más grande victoria de la historia de San Juan, hasta el 2016, cuando gané por el 82%.

En los tiempos de mi padre, los políticos conservaban alguna honorabilidad y parecían dignos de cierto respeto generalizado. Todo cambió con el desarrollo de los medios de comunicación, la calidad intelectual fue sustituida por la disposición a participar en el juego de caer bien; de brincar en un pie y hasta mover las nalgas en círculos, si sumaba votos. Alguien dijo que: *"A una civilización que se nutre del espectáculo, le importa más la apariencia que la sustancia"*, o algo así.

—En el momento en que eres electo todo cambia, te conviertes en la esperanza de muchos y el responsable de todos, incluso los que no votaron por ti. Si te lo tomas en serio, echarás tu vida a un lado para dedicarte a algo más grande que tú. Nunca estarás tranquilo, porque el trabajo no termina, sentirás la angustia de la impotencia, por las casas sin techo, las neveras vacías, por cada viejo solo y enfermo. A tu padre le dolía el "no poder" —su voz parecía a quebrase y calló por un instante.

Se quitó los espejuelos, respiró profundo y cambió el tema.

—Al menos en lo que conseguimos quien te remplace, debes rodearte de gente que sepa cerrar la boca, que haga lo que se les ordena y, lo más difícil, que sean leales.

Casi cuatro décadas antes que Chuck y yo, Palomares y mi padre se conocieron en la Academia Jesuita. Fue como un tío a quien podía preguntarle de todo sin miedo a ser juzgado ni delatado. También era abogado, pero su carrera fue distinta, algo atropellada por sus decisiones personales, casi todas amorosas. Trabajó veinte años en Washington DC, conocía bien el olor de los pasillos del Congreso y las malas costumbres de sus integrantes. Cultivó amigos importantes en ambos lados del espectro político, que le enviaban postales en navidad, le contestaban el teléfono y hasta lo recibían sin necesidad de anunciarse. Su mayor virtud y defecto fue ser un romántico sin causa, con un corazón fácil de romper, que seducía declamando a Neruda de memoria.

Alguna vez   durante mi adolescencia, caminando por la sala de su apartamento, le conté de Claudia y aquel deseo con personalidad propia de tenerla y mi inhabilidad para controlarlo. Me dijo: «Hijo, tómalo con calma. A las mujeres se les penetra la mente antes que el cuerpo, es ahí que se libra la verdadera batalla». Vivió dos décadas de matrimonio en divorcio (cuatro esposas confirmadas) y de botella en botella (esas nunca las contó).

Regresó a Puerto Rico después del último fracaso, seco por fuera y por dentro, y con el bolsillo herido de muerte. Los primeros años vivió en una vieja oficina abandonada, que perteneció a su padre, quien fue el "médico del pueblo": entre parchos desprendidos en el vetustísimo empapelado de las paredes, techos acústicos color amarillo tiempo y una presencia que se te metía por la nariz, formada por diversas cepas de hongos, que incluían la original de la alfombra de felpa larga, instalada a finales de los sesenta, de un marrón que mutó a gris de cenicero. Mi padre lo recogió y casi lo desintoxicó, porque nunca dejó la botella del todo. Era un desconocido en la política puertorriqueña, pero nos abrió las puertas de Washington. Gracias al Palomo recibimos más ayudas federales que ningún otro municipio y le estrechamos las manos a varios presidentes de la Gringolandia.

De la opulenta herencia que dejó el Dr. Palomares, todo lo que le quedaba era la oficina y un apartamento elegante, pero, no ostentoso, en un edificio del Viejo San Juan, al que se mudó a principios de los noventa; vimos algunas peleas de boxeo en su sala. Desde el balcón podía apreciar la Plaza de Armas, la Alcaldía y hasta las ventanas de la oficina de mi padre, sólo tenía que cruzar la plaza para llegar al trabajo. Eran muchas las similitudes entre Francisco y Palomares, de hecho, desarrollaron un tipo de relación de casi padre e hijo; fue su mejor alumno en los asuntos políticos.

—Pablo no para de llamar, ya no me quedan palabras educadas para explicarle —cierto hastío matizó su voz—. Tendré que decirle la verdad, que no basta con el apellido.

Lamentablemente, la verdad es la primera causa de enemistades en el mundo; más nociva para las relaciones que la nicotina para los pulmones. Demasiado alcohol y putas, además, la golpiza a su esposa, de la que seguro no sabes.

—El viejo balbuceó algo ayer, pero sin detalles.

—Fuentes desapareció el resultado de la prueba de alcohol, el expediente médico y espantó al testigo del momento en que, al salir de un restaurant, la bestia de Pablo le rompió la nariz de un puño y la haló de los pelos, por la brea del estacionamiento, hasta subirla al vehículo y marcharse. Eso, y la silla de juez, que tu cuñada le exigió a Armando, salvaron al idiota de una temporada de encierro.

—¿Exigió?

—"Por el bienestar de las niñas y la libertad de Pablo", le dijo a manera de ultimátum. Cuando tu padre me contó, había tanta ira en su mirada, que no me atreví a verle directo. Costó mucho riesgo, favores y dinero sacarle el cuello a tu hermano de la guillotina de su estupidez.

Después de la explicación, entendí la mirada de preocupación de mi padre la noche anterior y, aunque hubiese preferido que lo metiera a la cárcel, me pareció entender la acción de mi cuñada.

—A pesar de que Fuentes hizo lo propio, sería cosa de tiempo para que alguien busque y encuentre. Y, si a eso le sumamos que nunca aprobó el examen para licenciarse, tenemos la expresión máxima de mediocridad. Jamás lo dijo en público, pero, tu padre vivió decepcionado de Pablo.

—Yo también adoro las mujeres y la botella. ¿Qué diferencia hay?

—¿Seguro que quieres que te las diga? No hablo de la colección de faldas que cruza por tu cama por deporte, se trata de prostitutas peligrosas, de las que requieren varios condones y mucha suerte. Podrás tener los vicios que digas, pero nunca te he visto en mal estado. Además de tus años como abogado, eres el mejor litigante del Bufete, aunque a Arturo le duela aceptarlo; tienes la presencia de tu padre, sólo

Guillermo podría superarte. Eres el hombre, ya está dicho. Sólo mantén en orden tus cosas y no hagas mucho escándalo, un año máximo, hasta que tengamos el sustituto. Si fueras un candidato real, esta conversación sería distinta.

—¿Qué la haría distinta? —le pregunté sintiéndome menospreciado, reducido a un simple peón temporero, efímero como una camiseta de mala calidad después de dos lavadas; como pasquín impreso con tinta barata y en papel corriente, marchito y blanquecino, después de algunas lunas y unos pocos soles.

Con una condescendencia, muy paternalista, que casi una década después se le llamaría *"mansplaining"*, me explicó que toda carrera política debía comenzar con una larga charla introspectiva entre el aspirante a ser candidato y el candidato al que aspiraba ser; un enfrentamiento entre sus razones y realidades; un inventario de fuerzas y desventajas con preguntas como: ¿están mis impuestos al día?, ¿tengo la piel del espesor adecuado? Soportar los ataques, ciertos o falsos, requería mucho más que tolerancia, ¿está preparada mi familia?, no todas las parejas resisten una vida con alguien que será candidato cada cuatro años por tiempo indefinido.

—Al final necesitas encontrar una razón...

Si todo el que entró al juego, se hubiese contestado con honestidad, le habría evitado al país grandes vergüenzas. La razón más común de los políticos, solía ser el dinero fácil. Tristemente, sólo el narcotráfico generaba tan buen billete, sin estudios, experiencia ni esfuerzo. Nunca sostuve la conversación conmigo, todo fue demasiado rápido.

Por más de una hora me explicó los esquemas para recaudar dinero, "procesos" les llamó. Fuentes participaba, pero Dobleletra Meléndez, tenía las manos metidas en todo: presidía la Junta de Subastas y repartía los premios a los donantes bendecidos con su "Listado Único de Contratistas"; un programa creado para que nuestros "amigos" recibieran información confidencial de las subastas, y sus propuestas superaran la competencia. Era toda una compilación de delitos en marcha, cometidos por empleados públicos en horas laborables.

Luego pasamos a un tema más interesante: "La Bóveda", que parecía parte de una película de espías y guerra fría. Escuché a mi padre mencionarla, pero no imaginé que se trataba de una enorme caja fuerte en la que guardaban secretos y artefactos para el espionaje político. Había documentos de las administraciones estatales y la mayoría de los municipios, de las pasadas cinco décadas. Todos tenían una carpeta, políticos, jueces, fiscales, jefes de agencias y periodistas. Mi amigo Chuck tenía una muy gorda, sus andadas investigativas le ganaron enemigos. Hasta yo tenía una, fue la primera que me mostró cuando me hablaba de un "arma de destrucción masiva" conocida como *Opposition Research*, más sucio e intrusivo de lo que la mente ordinaria podía pensar.

Miles de dólares y horas invertidas en aquellos archivos; décadas de trabajo y vidas enteras de sucio. Drogas, amantes, *gays* ocultos, fraudes, empleados fantasmas. La Bóveda guardaba secretos de toda la clase política; era como una póliza de seguros para evitar problemas, y la herramienta perfecta para provocarlos. Combinada con los "Comités de Odio", unos pequeños grupos de presión compuestos por cafres y achichincles inescrupulosos, dedicado a desinformar, se provocaban retiros, renuncias y vergüenzas. La llegada de las redes sociales hizo más fácil e impune la faena de la calumnia y el descrédito. Bajo mi administración llevamos la operación a otro nivel, incluimos diminutos drones para vigilar rivales y cualquier asunto que requiriera observación.

11
Desobedientes civiles

Durante los días siguientes, en los que el Tiburón se movía para llegar a la silla, recibí más de diez llamadas, todas con confidencias. Tenía la confirmación de la noticia del mes, tal vez la del año y no podía publicarla. Los otros medios de noticias ya difundían el rumor, pero nadie lo confirmaba.

La inminente partida de Don Armando me causó una avalancha de recuerdos, pasé tanto tiempo en su casa, fue como si los Quiñones me adoptaran a medio tiempo y bajo la protesta a tiempo completo de mi madre. Tanto que agradecerle: la beca en la Academia, los trabajos que me consiguió a pesar de mi empeño en cagar todo lo que me llegaba a la vida. Cuando mi abuela murió, la inestabilidad me tenía sin un dólar en el bolsillo, el Prócer pagó todo, me entregó un cheque para cubrir la funeraria, y unos tres mil dólares en efectivo para cualquier cosa que necesitáramos; me prohibió decir de dónde saqué el dinero y le dijo a mi madre que fui yo quien lo pagó con mi trabajo en el periódico, que también se lo debía.

La vez que le dije que me cansé del Derecho y quería moverme al periodismo, me miró a los ojos por varios segundos. Después de un largo suspirar, dijo: «Armando y tú me van a matar de un puto infarto», y sin pedirme explicación, agarró el teléfono y llamó al Presidente del rotativo de mayor circulación en el país. A la semana siguiente, tenía mi primer trabajo como periodista, una columna de 400 palabras de temas musicales; la paga era una mierda, pero, era más digna que andar echando a la calle violadores y corruptos.

En el verano del 1999, durante la batalla del Pueblo de Puerto Rico contra la Marina de los Estados Unidos, estuve cuando lo arrestaron. No me interesaban ese tipo de manifestaciones contra el Gobierno, pero a insistencia de Armando, fui a los campamentos en la isla de Vieques. El Tiburón se paseaba entre los grupos independentistas; aunque nunca se manifestó a favor de la separación, era crítico férreo de la estadidad. Por ser el hijo de un poderoso estadista, al *establishment* de la izquierda le encantaba subirlo a las tarimas y entregarle el micrófono, para que destrozara el ideal de su padre. Él lo hacía con demasiado gusto y le aplaudían como si se tratara del mismísimo Oscar López. Cuando anunció su candidatura por el Partido Nacional Progresista, la decepción entre los zurdos de alcurnia y champaña se transformó en consignas de hipócrita y traidor.

Aquella vez en la playa viequense, estábamos a unos doscientos metros de distancia de la famosa caseta de acampar de Rubén Berríos, del Partido Independentista; nadie puede negar que fue quien comenzó aquella mini revolución. El Prócer sabía cuándo se llevarían a cabo los arrestos de los desobedientes y estableció un pequeño campamento cuatro días antes de la fecha de la redada. Para nosotros fueron días de mucho sol, guitarras, drogas y sexo en el agua. Durante las noches corríamos cerca de los campamentos militares y lanzábamos piedras a los vehículos, tuvimos suerte de no ser arrestados. La última mañana, amanecimos desnudos dentro de la caseta, abrazados y con las caras en las tetas de la hija de otro de los líderes importantes del independentismo que nos utilizó como le dio la gana. Si aquello era revolución, quería ser el Ché Guevara por el resto de mi vida.

El día de la acción, sesenta minutos antes de la hora indicada, el Prócer envió a Armando junto a Paco, a buscar sacos de hielo y otros víveres que no necesitábamos, pero quién carajos le llevaba la contraria. Se quedó sentado frente a la caseta, tomando largos y continuos sorbos de *whisky,* seguro se tomó más de media botella. Cuando comenzaron a llegar los policías federales por todos los flancos en lanchas y vehículos de 4x4, le dije:

—Venga señor, vámonos por este lado.

Le señalé hacia una vereda cercana a la playa, por donde pensé que podríamos huir, como si el viejo fuese otro aspirante a revolucionario de ocasión.

—Tranquilo Char-les, que para esto vinimos, no te resistas.

Cuando los agentes se acercaron me paré frente a él e hice un gesto de desafío, un intento de protegerle, nadie tocaría al viejo en mi presencia.

—Te dije que tranquilo, Char-les —repitió con voz firme—. Deja que los oficiales hagan su trabajo y haz todo lo que te digan, te prometo que mañana a esta hora ya estarás en tu casa, narrándole la hazaña a tu madre.

Me tiraron al suelo, al viejo no, nos esposaron con unas ásperas tirillas plásticas y nos subieron en camiones para transportarnos a los terrenos de la base Naval. Había otros políticos y figuras públicas arrestadas, varios artistas, algunos eran partidarios de la causa, otros sólo buscaban algo de pauta para sus desgastadas carreras. Durante el camino, entre los tumbos de los hoyos en la carretera y las curvas cerradas, el Prócer me dio las gracias por acompañarle. También me pidió disculpas, cuando le pregunté el porqué, me confesó que sabía la hora del operativo y se encargó de que se llevaran a Armando lejos del área.

—Ya conseguirá arrestos por su cuenta, no quiero que el primero sea por complacerme.

El Tiburón fue a Vieques para ser arrestado y la decisión nada tenía que ver con su padre. Quien tenía dudas y vacilaba al respecto era yo, me parecía absurdo dejarme arrestar y arriesgar mi futura carrera jurídica por semejante estupidez. Sentí deseos de patearlo en plenos testículos y reclamarle, pero, no tuve el valor, además, quizás fue el calor, la euforia del momento o los *whiskys*, pero el Prócer estaba hablador y sentimental.

—Eres un tipo muy valiente, Char-les. A tu edad y con tus circunstancias, jamás me hubiese prestado para esta idiotez. Te he observado por años, eres un hombre de línea recta; aunque te falta disciplina, conoces la lealtad y compasión.

Sé que te gusta mucho el vodka y las damas, pero vamos hombre, todos tenemos nuestro lado flaco, unos más flacos que otros. Armando carece de esa nobleza oculta. Es más, siento que tiene una gran capacidad para perder el control, para corromperse más allá de las faldas y los vicios. A veces me parece una especie de psicópata en remisión. No sé qué me pasó, estuve tan pendiente a las vidas de otros, que me olvidé de las que más debieron importarme. —Su mirada se perdió en el arenoso piso del camión—. Siento que no conozco a mis hijos, Pablo es un inservible; a Guillermo no tengo los cojones de llamarle, después de que lo desterré. Eres padre y tal vez me entiendas, muy difícil para un hombre bien criado superar un hijo maricón. Armando no me lo perdona, adora a su hermano mayor más que al resto de la familia junta. Elizabeth es especial, pero igual, a penas la conozco, desde que se fue a Nueva York casi ni hablamos; me envía *emails*, ustedes los jóvenes sólo escriben *emails*. ¿Tan difícil es hablar hoy día?

Estuve junto a él durante todo el proceso, no permitió que me movieran de su lado, los federales tampoco le llevaban la contraria. Era humano después de todo. Si el Tiburón lo hubiese escuchado, se habrían evitado muchos disgustos en aquella guerra absurda que siempre llevaron. El maldito Prócer, me hizo preguntarme si mi padre se expresaba de esa forma, si me extrañaba en la distancia y se arrepentía de no conocerme; luego recordaba a mis catorce hermanos y las cuatro "madrastras", y me contestaba la pregunta.

Esa misma tarde nos trasportaron en avión a la isla grande; privilegios de andar junto al Prócer Quiñones. Dormimos en una celda pequeña, sin ventanas, con paredes blancas y olor a limpiador desinfectante, como el de los hospitales. Al otro día el Prócer era él otra vez, el cabrón de hierro macizo que nadie doblaba. Hizo toda una ponencia ante la Juez, como si su elocuencia fuera a mover a la Marina gringa. Su abogado, el famoso Arturo Arteaga Meléndez, se encargó de mi defensa, lo conocí ese día, cómo imaginar que algunos años después sería mi jefe y lo mandaría al carajo frente a todos sus empleados.

Pepe Román nos recogió en la salida de la Corte, hacía un día brillante y caluroso.

—Vamos a comer algo, Char-les, debes estar a punto del desmayo.

Le rechacé la invitación, le dije que sólo quería dormir. Me llevaron a casa, mi madre estaba en el balcón, muerta del terror. La noticia del arresto del Alcalde de San Juan se paseó por todos los noticiarios del país, y ¿quién era el pendejo que aparecía junto al viejo? Exacto, Chuck Black. El viejo se bajó de la camioneta, saludó a mi madre, entró al balcón sin que nadie lo invitara a pasar; la abrazó y le dijo:

—Quiero disculparme por todo lo que debió sufrir al ver a Char-les en la TV. Fue a Vieques empujado por mi hijo; por eso no permití que lo apartaran de mi lado. Su muchacho es muy valiente, señora; y sabe que lo quiero como un hijo. La felicito otra vez por su excelente trabajo, él también se lo agradece, aunque no sepa todavía cómo decirlo.

La volvió abrazar, le plantó un beso en la mejilla, me dio dos palmadas en el hombro y se marchó. Mi madre respiró profundo, vi una lágrima bajar por su rostro. Sólo dijo:

—No vuelvas a hacerme algo así, no vivo desde que te vi esposado.

Me abrazó con fuerza y sollozó con un sentimiento tan profundo, que me contagió. Aquella tarde, algo cambió entre nosotros, ya no sentí más culpas ni reproches, y nunca volví a llegar tarde a casa sin antes llamar. El Tiburón no estaba contento, la rabia con su padre por troncharle el arresto que le daría estatus de "revolucionario-*superstar*", le duró algunos años. Nunca le creí su coqueteo con la izquierda de socialismo *wine & cheesse*, y no me equivoqué, sólo era la rebeldía "foucautliana" estudiantil, típica del adoctrinamiento cultural que nos empujó la Academia por décadas. Cuando llegó el castigo de la adultez y la responsabilidad de vivir, la mayoría se movió al centro y la derecha. Poco después de Vieques y la recesión interminable que masticó la clase media, el Tiburón se cambió la etiqueta de "socialista-utópico", por la de "liberal-pragmático".

Debido a mi trabajo en un bar concurrido, en aquellos días, era bastante conocido en San Juan, pero, el arresto junto al Prócer me dio estatus de celebridad menor. El dueño de la barra colocó, en pequeños marcos, casi todos los recortes de periódico con mi foto esposado, los colgó en una de las paredes del local y escribió en letras verde fluorescente: "La esquina del Chucky". Armando no pisó la barra durante más de dos meses, sólo para no ver mi esquina.

12

"Yeah, i'm the tax-man"

—En este triste momento de incertidumbre, necesitamos enviar señales claras de que San Juan estará seguro. La mera presencia de Armando es un mensaje de acción, sólo mírenlo, toma menos de un segundo ver el reflejo de su padre y saber que llevan el mismo ADN.

El 20 de marzo, en la terraza de un hotel en el área de Condado (el del incendio fatal el día de la despedida de año en el 1986), comenzó mi debut en la sociedad política de San Juan. Antes, tuve que cortarme el cabello y lavarme la barba de dos días que siempre llevaba. Con *whisky* en mano, sonrisa de encantador de serpientes y la seguridad del que todo lo ha visto, Palomares convenció a los pejes con bolsillos profundos del Partido. Verlo en acción, era como escuchar el *Taxman* de George Harrison, una clavada simpática y con estilo. Era un maestro en el cuadre de imágenes, un troquel humano para cortes complicados. Más que un vendedor, era un transformador de pensamiento, capaz de sembrar necesidades y angustias, donde había abundancia y tranquilidad. Tenían que verlo cuando convenció a Don Arty, que fue el primero y posiblemente el más importante de los colaboradores: el puente hacia los demás.

Don Arturo Arteaga Meléndez, era tío de Francisco, y el dueño de la firma de abogados para la que trabajé antes de ser el "señor de los anillos". Era famosa por representar casos difíciles y, sobre todo, políticos. Recuerdo aquella vez que nos tocó una causa perdida, ni los hechos ni la ley nos favorecía. El día de los argumentos finales, el viejo Arturo demostró que era un verdadero maestro del Derecho y su interpretación. No usó libreta ni notas, desde la memoria, citó toda la jurisprudencia y las leyes que existían acerca de aquel maldito tema. El juez falló a nuestro favor. Cuando celebrábamos la victoria, nos dijo que una tercera parte de lo expresado ante el Tribunal, la inventó en medio del argumento. Nadie se tomó el tiempo de averiguar ni siquiera el juez que asentía como dándole la razón. Ese día deseé mentir de aquella manera, con tanta gracia y confianza que hiciera levitar a quienes me escucharan.

Nunca fui su empleado predilecto, me aceptó sólo por ser el hijo del Prócer. Aunque con los años me gané su respeto, el viejo conocía algunas de mis alegres "debilidades", y lo digo entre comillas porque así les llamaba mi padre, yo prefería llamarles autoindulgencias de medio alcance. Una sobrina suya, hija de su hermana menor, se cruzó en mi camino en los tiempos de desarrollo universitario y descubrimiento del libertinaje en las clases pudientes.

La hermana de don Arturo, que estaba tan divina como su hija, con cuerpo de gimnasio y cabellera de salón, y que se suponía estaba de viaje, nos sorprendió en medio de una sesión de sexo salvaje en el jacuzzi de la terraza de su casa. Hacíamos olas con olor a cloro y a humo de cannabinoides, nos movíamos con tanta velocidad que parecíamos conejillos en medio de un apuro, sus gritos sonoros y honestos, se escuchaban por encima de los decibeles de la música. Yo no hablaba, sólo trataba de respirar y mantener aquel ritmo de castigo y prolongarlo el mayor tiempo posible; me encantaba ver sus pechos moverse, era lo más que me gustaba de la sobrina, aquel brinquito como gelatina, que daban cada vez que la embestía; eran como un tic, tic sobre mi cerebro. Recuerdo el placer, el descontrol y la demencia electrificante de un clímax casi simultáneo, ella se me adelantó un poco, pero sus jadeos y gritos ahogados, combinados con el desenfreno de sus caderas me desconcentraron y no soporté, reventé de inmediato y sin aviso.

Yo la vi primero y nunca pude descifrar aquella mirada silente; la niña todavía temblaba y jadeaba cuando la vio. No pareció asimilar bien la aceleración cardíaca que le provocó un orgasmo muy intenso, cortado a mitad a causa del horror de encontrarse con la mirada estupefacta de su madre, que parecía estar en un *shock* que bien podía ser de excitación, porque no se movía ni decía nada. Aunque les parezca un cliché de película de adolescentes, salí corriendo, cubriéndome las pelotas con las manos, agarré sólo mis pantalones del piso de la cocina en donde estaban las llaves y subí al carro, sin mirar atrás y sin imaginar que el sistema cardiovascular de la sobrina no aguantó aquella mezcla de "emociones" y comenzó un molestoso, pero ligero episodio cardíaco que la retuvo tres días en cuidados intensivos y dos semanas en el hospital; a mí me alejó permanentemente de todas las actividades de su familia.

De todas, menos del bufete de su tío, gracias a mi padre que trataba de asegurarme un futuro profesional, con supervisión de su confianza y lejos de la política electiva.

—Lo apoyaré, no por él, por su padre. Trabajamos muy duro y no puedo permitir todo se pierda.

—Gracias don Arturo… —le dije con el pecho inflado, pero me cortó de inmediato.

—Tienes que amarrarte la verga al muslo con una correa de cuero —decía moviendo las manos como haciendo un nudo—, y alejarte de la botella. Siento que traiciono a tu padre, que siempre se opuso a que sus hijos se metieran en política. Pero, es la única forma de mantener la estructura corriendo. Y, con tu compromiso de un sólo cuatrienio, conseguiremos el candidato correcto para las próximas elecciones.

Tres años más tarde, era Arty, quien me rogaba que me quedara, que faltaba mucho por hacer. Claro, mucho dinero por ganar, debió decir ese zorro arrugado, a quien después de algún tiempo, vi como un igual, y luego como otro empleado más; uno de los más caros. Lo bauticé como Arty, cuando firmar sus cheques me hizo superar la barrera de la confianza.

Arty convenció a los donantes culi flojos que pensaban apoyar al candidato que sugiriera el Partido. Los demás llegaron solos: en la política todos se mueven en la dirección del dinero y los vientos soplaban hacia mí. Convertirme en alcalde, algo que nunca me interesó, parecía más sencillo que los sueños que albergué toda la vida. El cinco de abril, fue la fecha escogida para la asamblea de delegados, en la que me nombrarían presidente del Comité Municipal. Palomares dividió entre mis colaboradores, la lista con nombres y números de teléfono de los delegados de los precintos electorales de San Juan; debían llamarlos y convencerles de mi candidatura. Fue muy bueno para el ego, ver aquel grupo de profesionales probados, elevarme a nivel de "salvador".

Cuando salí encendí un canuto que tenía en la guantera, el humo circuló por el vehículo, creando una cápsula que aceleró la relajación. Nunca pensé que las pleitesías y lamidas de culo profundas, como las recibidas de mis nuevos "colaboradores", me proporcionaría tan extraño placer. En medio de ése pensar, sonó en el reproductor del carro "Do The Evolution" de Pearl Jam, la epifanía perfecta para la ocasión, el jingle no-oficial de mi vida política: *"Admire me, admire my home, admire my son, he's my clone… It's evolution baby".*

Al llegar a casa le marqué a Stoli, la flaca rusa; cantaba en una banda de rock alternativo, llamada Bella and The Ravers, muy similar a los Cranberries. Vivía enamorada de Chuck y el muy imbécil no lo notaba. No era rusa, nació en Austria, pero sólo tomaba vodka Stolichnaya: alta, piel blanco vampiro y ojos tan negros como la cabellera que le caía sobre los hombros. Era la suplidora principal de Adderall en el área metropolitana, también conseguía todo el ácido, éxtasis y la marihuana de *boutique* que nos hiciera falta. Necesitaba un encargo de todo lo que tuviese disponible, era la única manera de sobrevivir la gran cantidad de mierda que me venía encima.

13
"TANTOS DESEOS DE ELLA"

Dos días después de la reunión mi padre empeoró, la muerte estaba escrita en su rostro. Tenía la piel grisácea y los ojos incrustados en dos hoyos de ojeras negras. Una mirada de terror se perdía en el vacío; tal vez observaba hacia esa otra dimensión, a donde van las almas que abandonan el cuerpo, y por ser quien era se negaba a dar el salto. Su respiración entrecortada era un conteo regresivo sin remedio, que a veces se detenía por largos segundos, sólo para reanudarse en una bocanada desesperada, que imploraba un poco más de vida. Los pocos que podían acercarse, ocultaban las lágrimas y se esforzaban en sonreír.

Ante la inminencia del deceso que se prolongaba indefinidamente, y las preguntas y artículos de prensa ordenados por la Rémora y la oposición del PPD, Palomares se vio obligado a adelantarlo todo o corríamos el riesgo de recibir un "mate" por parte del Partido, que trataría de empujar su candidato. Convocó a las figuras principales de la colectividad que faltaban por convencer. Impuso mi candidatura, les hizo saber que nada podían hacer, que «San Juan es tierra del Prócer Quiñones y al pueblo no le gustan los cambios drásticos. Mantener vivo su recuerdo en la imagen y presencia de su hijo, es la única alternativa posibles». No todos lo aceptaron con beneplácito. La Rémora se opuso tenazmente, era de esperarse, el tipo era goloso. Se ilusionó con colocar uno de sus alicates que le asegurara un pedazo del pastel capitalino y amenazó con primarias. Sólo que nadie se atrevió a retarme, era suicidio político. Palomares exigió discreción y mesura, por el bien del pueblo y convocó una asamblea para el domingo siguiente.

No había una vacante, mi padre tenía que morir o renunciar para ser sustituido. Algunos años antes, luego de su primer susto cardíaco, junto a Palomares, acordaron que en caso de una situación similar, mi padre renunciaría para facilitar el proceso y evitar la intervención del Partido Central. El problema fue confrontarlo, cómo decirle que todo terminó, que no había camino de regreso. ¿Cuándo sabemos que ya todo acabó? Cómo explicárselo a un hombre como mi padre, que se pensaba distinto casi por mandato divino.

Pasaba la mayor parte del tiempo dormido, abría los ojos ocasionalmente. El doctor ordenó limitar las visitas aún más. Parecía como si le alargaran la muerte en vez de la vida. En uno de esos pocos momentos de lucidez, Palomares fue el valiente que le presentó la carta. Con pesar en la voz, la garganta trancada y los ojos nublados, el Palomo le puso la mano en el hombro y entregó el papel: «Querido hermano, ya es tiempo». Mi padre ni siquiera lo leyó, ¿para qué?, él lo escribió: cedía su poder, en el mejor interés del pueblo. Agarró la pluma Waterman que el Palomo siempre cargaba y, con la mano temblorosa, firmó. Su fiel amigo cerró los ojos, puro instinto, y aquella lágrima que trató de esconder se escapó rostro abajo entre las arrugas y cayó en el brazo firmante del viejo. Quien, al darse cuenta, agarró la mano del hermano que la vida le regaló y la apretó con la fuerza que le quedaba. Se miraron unos segundos, tanto y nada que decir; una vida entera de esa lealtad recíproca e inquebrantable, que sólo quien ha tenido un verdadero amigo podría entender, esa que no requiere de palabras ni explicaciones.

Fue esa carta, el documento que lo terminó de consagrar como un verdadero hombre de Estado, que puso el país antes que su persona. Fue duro para el Palomo contármelo, después de la firma y el abrazo de despedida, cuando giraba para marcharse, el viejo lo agarró por la manga de la camisa y le dijo con más autoridad que nunca: «Ninguno de mis hijos».

No quería estar cerca cuando sucediera. Llegué al hospital en la tarde, Zenaida lloraba en el estacionamiento. «¿Qué te pasa?», le pregunté, sólo dijo: «No te preocupes, ve con tu padre». Cuando llegué a la sala de espera, estaban Rémora Martínez y Jeanette Álvarez Espada. Al verme, se acercaron a darme lo más parecido a unas condolencias. Era evidente que no le agradaba a ninguno y sabían que sería el sustituto, pero no mencionaron el tema.

Jeanette era un personaje de comedia de humor negro. Siempre arreglada como acabada de salir de un salón de belleza, con un cuerpo que invitaba a quitarle la ropa. Abdomen, senos y glúteos perfectos; tan perfectos como se los pidió al cirujano muchos años antes. Sabía que sus costosos atributos aturdían tanto a hombres como a mujeres y los explotó para su beneficio. Decidida a nunca regresar al sobrepeso, pasaba la mayor parte de sus días ejercitándose. Además de un mini gimnasio, con sauna y todo, que tenía en su casa, era tanto el terror a la gordura, que integró sus rutinas al trabajo, acomodó una trotadora y una bicicleta estacionaria en la oficina. Las reuniones con su personal de confianza se realizaban con ella sudada y brincando de una máquina a la otra.

{En un paréntesis de puro chisme, cuenta la leyenda que, en su niñez y adolescencia Jeanette era obesa mórbida y con una pasión por la repostería, que podía causar desórdenes alimenticios a quienes la veían comer. Para finales de los ochenta y principio de los noventa, cuando el estereotipo de belleza eran las flacas huesudas con aspecto de adictas a la heroína, fue objeto de muchas bromas. Durante aquellos años, aún estaba permitido criticar la gordura, sin miedo a la cancelación ni a la censura. La sociedad reconocía el beneficio a la salud, respetaba el sacrifico y esfuerzo requerido para estar en buena forma. No se regalaban cintas de participación ni se premiaba el sedentarismo ni el sobrepeso con eslóganes y clichés de valentía y amor propio, para sustituir la superficialidad con conformismo. Mi padre decía que: «Amor propio, es aguantar la boca, subirse a la trotadora y ayudar al único cuerpo que tenemos». En fin, Jeanette, desapareció en su último año de escuela superior, la versión oficial decía que sus padres la llevaron a una academia privada en Massachussets, pero en realidad se fue a agarrar su gordura por los cuernos, y se sometió a una larga lista de cirugías. Seis años después, era un facsímil razonable de Sofía Vergara, excepto por los labios, que por más que se esforzaron los cirujanos, quedaron como dos trozos de churrasco crudo. A pesar de las cirugías, el estricto control alimenticio y el lavado de cerebro de "serás lo que quieras ser", las particularidades de su genética no cambiaron, la antipática y congénita predisposición a engordar nunca la abandonó y se obsesionó con el ejercicio.}

Cuando me zafé de los presidentes legislativos que sólo fueron a confrontarme con silencio, me acerqué a Palomares. Le comenté que vi a Zenaida llorosa en el estacionamiento, y me contó que, con la excusa del documento, trató de entrar junto a ella, para que pudiese ver al viejo, aunque fuese unos segundos, pero, mi madre y Pablo no se lo permitieron, la insultaron frente a todo el personal médico y a Dobleletra, que andaba por allí. Respiré hondo y traté de que no me importara, pero no pude: *¿Existen las víctimas del amor?*, me pregunté.

Con discreción me acerqué a Paco, le pedí que llevara a mi madre a la casa y que no la regresara hasta el día siguiente. A ella, para sacarla del hospital, le dije que necesitábamos fotos del viejo, para un reportaje, que buscara un atuendo apropiado por si la entrevistaban: «Descansa, Paco te busca en la mañana». Se marchó sin preguntas ni protesta, sabía que no le quedaban muchos momentos de Primera Dama. Luego me senté al lado de Pablo, le hablé muy pegado al oído, para que sólo él me escuchara. Le dije que Zenaida pasaría conmigo, y le advertí: «Si se te ocurre tan siquiera suspirar y te escucho, te ahorco con las mangas del suero del viejo; y ni una palabra a mi madre, porque te parto el cráneo otra vez». Me convertí en el *buller* de mi hermano desde que delató a

Guillermo, incluso le abrí la cabeza con un palo de golf de nuestro padre, que requirió veintidós puntos de sutura. Pablo vivía aterrado de las tendencias psicópatas que me provocaba, hacía lo posible por no contrariarme; se levantó de prisa y se marchó en silencio.

El viejo dormía, los ojos de Zenaida se iluminaron al verlo, iguales cantidades de alegría y dolor se combinaban en los colores de la mueca que se pintó en su rostro. Se acercó y le agarró la mano. Él despertó de inmediato e hizo un gesto similar al de ella, doloroso y tierno a la vez. Era una despedida hecha con miradas de tristeza y amor prohibido. Sabía que mi padre veía la luz por ella, y en ese momento supe que, para ella, mi padre era mucho más que luz. Cuántas cosas se dijeron sin hablar, tanto se puede decir en una mirada. Los dejé solos. Ella se recostó a su lado y pretendió dormir hasta la mañana siguiente. *"El amor es sueño errante del que nunca quisiéramos despertar"*. Fue la última vez que estuvieron cerca.

A pesar de los reclamos de mi madre, retuve a Zenaida en mi equipo; fueron muchas las veces que vi en ella la ternura y comprensión que nunca recibí de Doña Wilda.

14
¡Sorpresa! Habrá Primaria

El domingo 5 de abril se suponía que estaríamos ante la más suave de las confirmaciones. Gracias a la labia del Palomo y el mollero de Don Arturo, el Partido entero me aceptó. Sólo faltó La Rémora que, ante el reclamo del resto, planteaba que la única razón para su rechazo, era el hecho de que nunca trabajé por la Estadidad ni el Partido, que el récord de mis acciones, era el de un independista.

A pesar de que todo aparentaba estar en orden, Palomares sentía que algo andaba mal, que había demasiados delegados del precinto 2, comandado por Ronnie Santaella, quien nunca ocultó su deseo de ser alcalde. Santaella se mantuvo silencioso, pero momentos antes de que se pasara a la ratificación de mi presidencia, se levantó y pidió la palabra. Descaradamente y de la forma más sucia, trató de darme un golpe de estado. Habló de la condición de mi padre y su camino corto al cementerio, decía que no se podía tomar la democracia por asalto, «los títulos no se heredan, se ganan con votos». Habló de su carrera, que fue elegido para la Cámara de Representas tres veces, no nombrado con el poder de la "dedocracia". En el fondo tal vez tenía razón, pero hicimos un compromiso de respaldo, Ronnie fue de los primeros en expresarle a Palomares su intención de ratificarme y hasta me estrechó la mano aquel chancro podrido.

Como no tenía oposición y sería una asamblea para ratificar mi candidatura, la asistencia fue mínima. La mayoría de los que llegaron de a poco, eran delegados del precinto de Ronnie; los alineó para tomarnos por sorpresa. Si conseguía abrir una primaria, ganaba por carambola. Porque sabía que tenía los votos, con aquella pinta de mojigato, me lanzó el reto abierto.

La Rémora miraba burlón; supuse que fue quien ideó la emboscada. Palomares, con su visión periférica detectó la movida, levantó disposiciones del Reglamento del Partido y de la Ley de Municipalidades y señaló una nueva fecha para la primaria formal. Dijo para el récord que, ante el rompimiento de los acuerdos establecidos y el surgimiento de nuevos candidatos, era necesario convocar una primaria especial y darle al pueblo la oportunidad de escoger: «una asamblea tan poco concurrida, es un atentado a la democracia». Rémora se fue en estado de brote coronario y amenazó con demandas, abogados e interdictos.

Cuando la mayoría de la gente se marchó, me le escapé del lado a Palomares y me acerqué a Ronnie.

—Sabes que voy a ganar, y lo primero que haré será conseguir tu sustituto.

—Compañero, no hay necesidad de tomarlo personal. Se trata de seguir el legado de su padre. —Tenía la voz temblorosa y miraba al suelo.

—No soy tu compañero, imbécil, y no vuelvas a hablar de mi padre en mi presencia. Ya no quedan cámaras y tengo deseos de romperte unos cuantos dientes.

Palomares intervino y me alejó.

—Calma caimán, no necesitas a esa lombriz contándole a los medios que lo agrediste.

Al día siguiente comenzó el trabajo político. Ya no bastaba con llamadas, congraciarme con el Partido en San Juan requería presencia y sonrisas, disponía de dos semanas para enamorar la línea más baja de la mafia política, los líderes de barrio. ¡Qué de cosas prometí en las modestas salas y balcones de sus residencias! Puestos de trabajo, contratos, desaparición de expedientes disciplinarios… Vender narcóticos parecía más digno que hacer política. Era una especie de prostitución pagada con activos públicos y privados. Acompañado todo el tiempo por Palomares, pasé una semana de campaña, en la que mentí y violé más leyes que en toda mi vida previa. Después de cada reunión, sentía una rara sensación, un frío en la nuca, una paranoia de que llegarían los federales a arrestarme por aquellas promesas corruptas; puros agobios de principiante.

Lo más difícil fue aprender a hablar y sonar como triquiñuela del PNP. Cumplir con el partido, incluía promover la estadidad, prefería acariciar las nalgas de Iris Corujo, que defender el estado cincuenta y uno. Por eso, amparándome en aquella línea que decía: "Si no puedes convencerlos, confúndelos", le di a mis breves conversaciones acerca del estatus, unos aires filosóficos e intelectuales tan "elevados", que eran imposibles de entender y de refutar. En una conferencia que organizó la Juventud Progresista, realizada en el Coliseo Roberto Clemente, cuando hablé de mi "proyecto de estadidad promovida desde los distritos municipales", los presentes enloquecieron, aunque no entendían medio carajo. Reafirmé lo que ya bien sabía, la política vuelve imbéciles a los puertorriqueños, en especial a los estadistas; puedes engañarlos, humillarlos, pisotearlos y escupirles, pero cuando les mencionas estadidad, mueven el rabo y lo olvidan todo.

Pedí que programaran un debate televisado; quería aplastar al traidor de todas las formas posibles. El Palomo y los asesores dijeron que no hacían falta debates, que los sondeos me ponían como ganador. Era Ronnie el necesitado, ante mi falta de experiencia debatiendo, equivalía a regalarle su única oportunidad para lucir bien. Pero no me importaba, quería destrozar a ese pendejo frente a todo el Partido, y no dejar dudas de con quién trataban. Sin decirle a nadie, fui al programa de radio de Willo Soto, un picapleitos maleducado con el rating más alto del bloque mañanero. Allí le lancé a Ronnie el reto. Palomares estaba que infartaba cuando regresé al comité: «¡Es más terco que el padre!», gritaba. Ya no había remedio, tenía que debatir.

En la noche del viernes antes de la primaria, debatimos en el estudio de la cadena TeleGlobo. Lo hice mierda en todas y cada pregunta; parecía haberse tragado la mitad de la lengua, no pudo articular ninguna respuesta de forma coherente, además, sudaba como cerdo en fila al matadero. Al final, Zenaida, emocionada y con los ojos líquidos, me dijo que, por un momento, vio a mi padre enamorando al mundo desde el podio. Luego de eso, no aparecí en ningún medio hasta después de la primaria. Ronnie, por el contrario, estuvo donde quiera que lo recibieron, y sólo se encontró con videos del debate y sus tartamudas respuestas.

Cuando se contaron los votos, Ronnie se llevó la risible cantidad de setenta y nueve, supuse que su familia y empleados; yo, nueve mil doscientos cincuenta y ocho. Antes de que anunciaran los resultados, recibí un mensaje de texto de Chuck: «La traición de Ronnie, te dio legitimidad, ganaste; ya no eres "principito" como el pendejo de Ponce». Después del anuncio oficial no hicimos demasiado escándalo, podía parecer irrespetuoso por la condición de mi padre.

El lunes siguiente de la Primaria, ante el rechazo colectivo del PNP y el ataque rapaz de mi Comité de Odio, Ronnie hizo algo que a todos nos tomó por sorpresa, cometió el mayor acto de auto humillación agravada. Desde las cinco de la mañana hasta las 12 del mediodía, anduvo de *media-tour* por todas las emisoras de radio y algunas de TV, quería explicar el rechazo injusto por parte mía y de mis seguidores que, según él, le cortamos las líneas de comunicación con el Partido y nadie contestaba sus llamadas. En tres de las cinco entrevistas que ofreció, lloró; sí, así como lo cuento, el hijo de puta lloró a moco abundante. Dos de las emisoras transmitían sus programas por radio y televisión simultáneamente, así que vimos aquel despliegue histriónico de mierda. Me causó un ataque de risa instantáneo, seguido por ese peculiar sabor del asco. Las llamadas de los radioescuchas y los comentarios en las redes sociales eran tan divertidas como crueles; condenas y ataques que rayaban en la violencia. Cientos de ciudadanos, hasta de otros municipios, despotricaron con esa rabia que sólo permite la impunidad del anonimato y de las redes sociales.

En la tarde entró la llamada de Ronnie al teléfono de Francisco, pedía una reunión para disculparse.

—No tienes que atenderlo. Déjalo que desaparezca solo.

—Nada de eso, Franquito, por nada del mundo me pierdo ese perdón.

—No creo que sea buen titular para mañana.

—La prensa no tiene que saberlo. Envía a Paco personalmente, sin avisar y, desde su celular, le explicarás a Ronnie que sólo acepto una reunión privada, nadie puede enterarse; que deje el teléfono en su vehículo y Paco lo traerá hasta aquí. Antes de que llegue, necesito que vayas a la Bóveda y traigas su expediente; es solamente un tomo, aunque muy gordo.

—¿Y qué le digo a Palomares? Él tiene el control de la Bóveda.

—No tienes que decirle. Toma mi llave, ya sabes la combinación.

15

¡Que te perdone tu madre!
("Have a cigar")

Eran casi las diez de la noche. Ronnie salía de comprar unas cervezas cerca del campus de la Universidad de Puerto Rico, en Río Piedras. Paco lo interceptó en el estacionamiento oscuro y sin cámaras. Se aseguró de que dejara el teléfono y lo llevó ante mí.

Antes de que llegaran, me serví un trago del Glenlivet que mi padre guardaba en el escritorio. Lo tomé en varios sorbos, con la mano temblorosa, estaba nervioso. Con el latir de la ansiedad, saqué mi reserva de coca del bolsillo, y con la llave del carro me di dos abultados tiros. El golpe en la garganta me hizo desear dos más, no eran necesarios, pero, qué importa. Esos los serví sobre el escritorio y los aspiré con un dólar que saqué de la billetera y enrollé, las llaves me resultaban poco prácticas. Me servía otro *whisky*, cuando los escuché llegar me lo tragué de un buche.

Ataviado con ropa deportiva y una sonrisa insegura, Ronnie entró a la oficina y me extendió la mano para un saludo que no correspondí. Paco se quedó en la puerta. Santaella habló, apenas escuché ni entendí sus palabras, pensaba en más líneas y otro trago. No sé si lo hizo para obtener mi atención, pero el hijo de puta comenzó a llorar, el mismo sollozo patético de la mañana. Decía algo de su profundo respeto hacia Don Armando, que fue como un padre para él; repetía «perdóname» cada cinco segundos. No sé qué carajos me pasó, lejos de risa me causó una repulsión tal que sentí deseos de retorcer la cabeza de aquella víbora sucia, hasta que dejara de respirar. Sin pensarlo salté de la silla, con una mano lo agarré por el cuello sudado y con la otra, le agarré una oreja con tanta fuerza que casi se la arranco, con aquellas ganas malditas de asfixiarlo, le gruñí en el otro oído:

—¡Qué te perdone tu madre! ¡Dame una razón para no matarte!

En ese instante, supe por primera vez, el placer que provoca esa peligrosa droga conocida en los círculos populares, como "El Poder".

—Si te mato, pedazo de cabrón, nadie se va a enterar; nadie sabe que estás aquí.

Paco me detuvo.

—Señor, déjeme eso a mí, no se ensucie las manos. Salga que yo me encargo de que parezca un accidente. Recuerde que Ronnie está triste porque usted no lo quiere. Si lo cuelgo del tubo de la bañera, nadie sospechará.

Lo solté y Paco lo sujetó con una llave de lucha libre que le retenía, con una mano, ambos brazos en la espalda y con la otra le tapaba la boca, mientras le susurraba:

—¿Qué pensabas, cabrón? No te maté aquella vez que le jugaste sucio a Don Armando, porque pensé que eras un pendejo, ahora confirmo que eres un gusano.

Entonces levantó la mirada y se dirigió a mí:

—Salga de aquí señor.

Lo dijo tan serio, que fui yo, quien se cagó de miedo. Me pregunté cuántas veces habría cometido ese tipo de acción para mi padre.

—Tranquilo Paco. Siéntalo un momento, pero no lo sueltes y déjale la boca cerrada porque quiero que me escuche.

De un empujón, como si moviera una marioneta, lo colocó en la silla, inferí que, al menos, le causó tres fracturas, más la oreja a medio desprender, que ya sangraba y pedía sutura a chorros. La razón regresaba a mis neuronas, pero "El Poder" seguía trabajando con fuerza y limitaba la posibilidad de compasión. Me sorprendí aún más al percatarme de que no me importaba desaparecerlo; Paco tenía razón, el tipo lloró públicamente como putilla desconsolada, un cuadro de depresión así podía llevarle al suicidio, ¿quién puede vivir después de semejante humillación? Aun así, sabiendo que debía cortarle la cabeza y, muy en particular, cuando casi traté de asesinarle: decidí entrar en términos.

—Ahora Paco te va a soltar y permanecerás callado, no quiero ni escucharte respirar. ¿Me entiendes?

Movía la cabeza como si gritara "sí".

—Suéltalo Paco, pero si habla le rompes el cuello y lo cuelgas, como dijiste.

Respiró tan hondo que pensé que se ahogaría. Paco me observaba.

—Ahora te vas a marchar, pero no sin antes mostrarte algo a lo que le llamaremos "la garantía".

Le dije a Paco que buscara a Francisco.

—No se quede solo con él, señor.

—Tranquilo Paco, que el pequeño Ron no se atreve ni a pestañear.

Paco salió vacilante, pero de prisa. Me levanté de la silla y, como si nada hubiese pasado, con la naturalidad de quien carga una conciencia tranquila, serví otro *whisky*. Me lo tomé de golpe, cuando pasó la quemadita en la garganta, serví el otro y me senté, daba lo que fuese por un poco de yerba. Le di dos sorbos al vaso, por algunos segundos se me olvidó que Ronnie estaba allí. Totalmente ido, volteé la cabeza y me tropecé con aquella mirada de terror, ahí conocí otra fase de mi nuevo amigo "El Poder", el valor del miedo y la gracia del perdón. Recordé a Nicollo el italiano, y entendí por qué un príncipe que hereda el poder, a veces, necesita del terror para mantener en línea a sus súbditos. Aunque, yo no había heredado nada, gané mi trono en batalla y mi enemigo vencido estaba ante mí, vulnerable, indefenso y aterrorizado. Sentí un ligero ápice de compasión y dije:

—¿Dónde están tus modales, Armando? ¿Quieres un trago, Ronnie?

Su cuerpo estaba rígido, pero sus manos, sólo sus manos, se movían ligeramente sobre la mesa; escuchaba la rápida respiración, hiperventilaba. Extendí el brazo y le ofrecí el mío, para que se relajara; era lo que me faltaba, que el muy cabrón se muriera allí de un ataque. «Agárralo y toma», le dije. Sujetó el vaso y se lo tomó todo, su mano temblaba como si lo atacara un párkinson espontáneo. Agarré la botella y me serví en otro vaso. Francisco entró unos cinco minutos después, supongo que, para el pequeño Ron, había pasado una década. Me entregó una carpeta con medio bloque de papeles. Luego miró a Ronnie, no le gustó lo que vio, pero no estaba sorprendido: seguro Paco le advirtió, para que no saliera corriendo al ver la oreja semi colgante. Me miró fijamente y con desaprobación, "estás loco, hijo de puta", decían sus ojos; "no me quedó más remedio", contestaron los míos.

La carpeta contenía todos o la mayoría de los contratos y aportaciones ilegales que Ronnie recibió en los pasados diez años de sus doce en la Cámara. Además, había fotos del pequeño Ron, luciendo más pequeño que nunca, con sus amigos donantes en fiestas picantes, en una ostentosa casa de playa en Miami, a una cuadra de donde mataron a Versace. Por algunos minutos le mostré lo que claramente le costaría una larga purga en alguna cárcel federal.

—No es necesario ver el resto, muy extenso. No quiero escuchar tu voz ni en radio ni en TV ni, mucho menos, en mi presencia. Desde hoy serás sólo oídos para mí; pero llamarás a Francisco o a Paco. —Asintió, con menos temblor que antes—. Ahora, Paco te llevará al hospital para que te atiendan la oreja, no queremos que tan importante instrumento de trabajo se nos eche a perder.

Caminó hacia la puerta.

—Detente —paró de golpe, y al voltearse se encontró con el pecho de Paco.

Me observó atento y sin decir palabra.

—¿No me vas a felicitar por la victoria?

Cuando vi que trataba de extraer un sonido de su garganta, me llevé el dedo índice a los labios y le indiqué silencio.

—Publicarás en tus cuentas de redes sociales, una felicitación, más te vale que me agrade. Ahora lárgate.

Me dirigí a Paco:

—Asegúrate de que publique la nota después que lo remienden.

Cuando salieron, le dije a Francisco: «Bienvenido a las grandes ligas». Iba a responder algo que parecía condenar lo sucedido, pero Paco entró corriendo y me entregó su teléfono sin decir palabra. No tenía que decirlas, lo supe de inmediato: una lágrima le corría rostro abajo. Mi hermana estaba al otro lado de la línea.

—Preguntó por ti hace horas, nadie sabía dónde estabas, no pude encontrarte. Lo último que dijo fue: "Sólo espero que le vaya mejor que a mí, dile que me partió el corazón". Lo sabía, Armando, por más que trataron de ocultarlo, lo sabía.

No la dejé terminar, corté la llamada. Me subí al auto, no recuerdo el camino, pero llegué a casa. Fumé un poco de yerba y me serví un trago. Saqué un frasco con coca, que guardaba en una de las gavetas de la cocina. No recuerdo cuánto tiempo, pero anduve caminado horas por la casa; antes de acabar la botella y caer en el sofá. Encendí la TV con el remoto y segundos antes de quedar inconsciente, escuché la voz de una reportera decir:

«En una información de último momento, el Alcalde de San Juan y figura principal del Partido Nacional Progresista, falleció en el Hospital del Mutuo Auxilio en Río Piedras. Una fuente de entero crédito en el hospital, nos informó que su hijo y nuevo Alcalde Electo de San Juan, Armando Quiñones Brau y el resto de sus hijos, estuvieron junto a él durante sus últimos momentos de vida».

Desperté doce horas después. No sé cuánto tiempo pasó, antes de recordar que era Alcalde de San Juan y todo el rollo con Ronnie. Un mal presagio, con sabor a resaca, me hizo pensar en voz alta: «¿Qué carajos hice?»

Decían que mi padre podía leer mentes y oler mentiras; todos lo decían, sus amigos, mi madre. Lo comprobé una vez que tuvimos una mala discusión, cuando desde mi mente, con el mayor de los odios, le dije: «*Déjame tranquilo, hijo de puta, porque te mato esta noche mientras duermes*». Pude ver un cambio en su mirada, temor y decepción; luego dio media vuelta y se alejó en silencio. Aquel día, comencé a temerle, lo enfrenté después, pero siempre aterrado. Cuando descubrí que leía los rostros y no las mentes, practiqué frente al espejo, para desaparecer cualquier gesto o expresión de mendacidad.

Años después, supe que la noche de su muerte, no leyó mente ni olió mentira alguna; fue Pablo quien, envenenado de envidia, le susurró todo al oído.

16
Réquiem

"A rey muerto, rey puesto", podrá parecerles un cliché, pero fue lo que sucedió. Tomé posesión del cargo, horas después de sepultar a mi padre, el último día de abril del 2009, día en que la OMS anunció que el H_1N_1 se convertía en la primera pandemia del siglo XXI. Aún dormía cuando sonó el teléfono, era Chuck:

—¿No te parece mal augurio que tu mandato arranque el mismo día del funeral de tu predecesor y del comienzo de la plaga porcina? Yo estaría cagado del susto.

Mis neuronas a medio dormir no toleraban su cinismo.

—¿No te parece muy temprano para joder?

Colgué y cerré los ojos, pero, su pregunta me espantó el sueño. El velorio estuvo hasta la testa de políticos, artistas y reporteros. La funeraria, designada por mi padre en un documento escrito con su mano, era tan fría y descolorida como todas; incluso con el desfile de, al menos, doscientas coronas florales, que los ujieres mortuorios, vestidos como camareros, exhibieron por algunas horas, intercambiándolas por las que seguían llegando. Allí permaneció dos días, para sus amigos y familiares. Luego lo trasladaron a la Catedral de San Juan, donde estuvo veinticuatro horas más. La misa de despedida se sintió como evento protocolar para penitentes, una pasarela de hipocresías vestidas de diseñador.

Salimos en comitiva fúnebre al cementerio de San Juan, que estaba muy cerca, aunque caminando llegábamos más rápido. Me tragué casi media botella de vodka en tres sorbos, los cristales oscuros de la camioneta lo permitían todo. Me tocó despedir el duelo, bajo un cielo sin nubes que anunciaba un picante sol de primavera; al fondo el Atlántico, liso y en calma, lucía su azul más patriótico. La cálida brisa hacía remolinos con la hojarasca liviana, deshacía los peinados en las cabezas sin pamelas y esparcía un peculiar hedor a baratija, compuesto por la mala combinación de los costosos perfumes de las viejas encopetadas que acompañaban a mi madre en la primera fila. La majestuosa corona de lirios blancos que cubría el féretro, también fue elegida por mi padre; escogió cada detalle, incluso los versículos que recitaría el sacerdote. Había unas trescientas personas repartidas entre las viejas tumbas, protegidas por todo un ejército de ángeles y querubines de mármol y granito.

Fue mi primer discurso, todavía no me acostumbraba al sonido mecánico de decenas de cámaras disparando a la vez. Hablé durante casi veinte minutos, acerca de lo que hizo grande a mi padre. Quería agradar, sonar empático, sin dramatismo ni pleitesías hipócritas. Entre miradas fijas y sin parpadeos, los llantos dispersos en todas las direcciones, las palabras salieron tal y como las sentí. Podrá parecer una idiotez, pero por instantes me sentí mi padre, como si su esencia se apoderara de mis movimientos y se despidiera a sí mismo.

—Quizás Don Armando ya no esté, pero cuando veo los rostros de los que sí están aquí, que le quisieron y apoyaron, no puedo convencerme más, de que el Prócer vive en nosotros, en ustedes, en los niños, en los campos, en todas las partes y los corazones a los que llegó su mano. Y hoy, ante sus restos y ante ustedes, su pueblo y ahora el mío, les prometo que la obra no cesará, porque el legado de Armando Quiñones está más vivo que nunca.

Cuando terminé, los presentes aplaudieron largo rato, vi lágrimas, sonrisas y emociones poco usuales para un cementerio. «Ese aplauso es para mi padre», dije, pero era para mí; me los devoré con el saludo.

Tomé posesión esa misma tarde con una discreta ceremonia en el Salón de Sesiones de la Legislatura Municipal. Hacer un gran evento parecía impropio ante la tristeza que embargaba a los seguidores de mi padre; celebrar era faltar a su memoria, algo terrible para la opinión pública. Bien pude haberlo hecho en la oficina y enviar una foto a los periódicos, pero todo rey, para ser un verdadero soberano, necesitaba una coronación pública; aunque fuese discreta y plagada de respeto mortuorio. Desde la tarima, que se sentía como un altar para glorificar al monarca muerto, el Juez Presidente del Tribunal Supremo, me tomó el juramento que recité con la mano puesta encima de una copia del *Quijote,* una edición especial conmemorativa de sus cuatrocientos años; con cubierta en piel azul cobalto y letras plateadas. Nadie lo notó, excepto el Juez, que no pudo disimular su sorpresa y después me comentó que respetaba el hecho de que no usara *La Biblia*, si no creía en ella: «Hay tanta o más nobleza en las palabras del *Quijote* que en la mayoría de los versículos del libro santo», me dijo con orgullo en la voz. Para qué corregirlo y decirle que fue el hijo de puta de Chuck Black que, con toda la cabronería que lo caracterizaba, me cambió *La Biblia* antes de subir a la tarima.

Había unas cien personas, mal contadas. Dobleletra, sonreía con una mueca que parecía practicada hasta la náusea; estaba junto a su esposa, Roxana, a quien no pude observar con claridad esa primera vez, un foco me apuntaba directo a los ojos.

Cuando bajé de la tarima, todos hablaban a la vez. Mi madre me plantó un beso, dejó la marca de su torcida boca, junto a su perfume que solía recordarme los peores momentos de mi niñez; supuse que hacía su rol de "Primera Madre". Francisco y Alejandra, la hija de Palomares, conversaban. Pude ver en sus ojos la electricidad que suelen transmitirse las almas afines; Palomares también la vio. El matrimonio de Francisco llevaba tiempo en picada estrepitosa, y el gordito estaba susceptible ante cualquier cercanía femenina. Me acerqué y al oído le dije:

—Despacio caimán, que el Palomo anda cerca.

No le di importancia, pero, algo me dijo que esas miradas no se quedarían en la simpleza de aquel momento.

Aunque estuvo en la mañana durante el funeral, fue después de la juramentación, cuando conversé por primera vez con el Padre Vicente Bolaños Valverde, un mexicano, regordete y caretón, con un oscuro y cínico sentido del humor. Me echó la bendición y se vendió como un gran amigo y confesor de mi padre. Grave error del cura y de todos los que trataron de entrarme con la "carta" de la memoria del Prócer. Me habló de México y sus atributos, de sus familiares agricultores y sus primos constructores, a quienes mi padre otorgó algunos contratos. Más tarde, Palomares me advertía qué pensaba del curita: «Un saco de trampas ese Bolaños, los contratistas que nos endilgó tienen todos sus documentos en orden, pero siempre me parecieron dudosos. Tu padre se encargó de tratarlos, yo me mantuve lejos». Eran los dueños de una compañía internacional de construcción, tenían contratos en la mitad del mundo y construyeron una buena parte de los proyectos de vivienda en San Juan bajo el mandato de mi padre.

Entre la multitud, una anciana se paseaba lentamente, bastante pasadita de peso, con la piel marcada por el tiempo; tenía los ojos saltones, grandes y expresivos; se podía tener una conversación con su mirada. Caminaba con dificultad, usaba un bastón de madera con el barniz descascarado, vestía un traje de flores marrón y anaranjadas; zapatos negros con doble trabilla, una abuelita del siglo veinte, cómo olvidarla. No pude evitar acercarme, sus ojos lanzaban una especie de red que me pescó. Le estreché la mano y me la agarró con las suyas.

—Dios te bendiga, mijo. Tu papá fue un hombre bueno, me ayudó mucho cuando mi hijo enfermó —no me soltaba la mano—. Hay mayor nobleza en tus ojos. Vi en un sueño, que tendrás más gloria, pero el rencor no te permitirá ser feliz. No te pierdas, mijo. Estás aquí para algo importante, no lo olvides.

Me besó la mano y se marchó. No pude responderle, me quedé inmóvil hasta que salió y desapareció entre la gente. Su nombre era Teófila, sus palabras me dejaron mudo, no tanto sus palabras, fue su voz, se expresaba con una extraña paz tocada con melancolía que, por un instante, me emocionó más de lo acostumbrado; el "no te pierdas, mijo", fue casi un ruego, como si hubiese visto mucho más que nobleza en mis ojos.

17

"Welcome to the jungle"

La mañana del viernes primero de mayo de 2009, desperté más aturdido que de costumbre. Paco tenía órdenes de entrar, sacarme de la cama, llevarme a la ducha y asegurarse de que llegara a tiempo. Al menos esa mañana no fue necesario. Cuando sonó el despertador fue como si me golpearan en la cabeza con sacos de arena. No dormí en la noche, pura ansiedad, nada de drogas. Recibí una visita de Linda Robles, una abogada con la que me acostaba ocasionalmente desde hacía más de un año; feminista de la tercera ola, que odiaba a los hombres en público, pero los gozaba en privado. Don Arty la contrató para que nos ayudara con un caso, en que defendíamos un famoso hostigador sexual que pagaba muy bien. Linda estuvo hasta pasadas las dos, pensé que con una buena sesión de cama me quedaría dormido a una hora razonable. Tal vez fueron los nervios por el primer día, pero mi clímax no llegaba. Ella estaba encantada, estuve dándole violentos golpes de pelvis por casi cuatro horas, pero, al final detuvo la carnicería: «No puedo más, descansemos», me dijo antes de empujarme hacia el lado y pretender quedarse dormida. No le insistí, debía estar cansada.

Mi ansiedad y la erección que no podía aplacar, hacían insoportable la presencia de un cuerpo femenino en mi cama. Sus redondísimos implantes, invitaban a la succión. Y ni hablar de las nalgas esculpidas en gimnasios. ¿Cómo sacaba el tiempo para entrenarlas así? Mientras se hacía la dormida, las rozaba de forma circular contra mi palpitante paquete; me lo hacía constantemente. Era cuestión de minutos para que la agarra por la cintura y le entrara nuevamente y que, después que ella también se lo gozara, me recitara su trillado discurso acerca de las palabras "no y permiso", cuando sus nalgas, descaradamente, me decían "sí y adelante". Así que, aburrido de la hipocresía del consentimiento, me aguanté la insatisfacción y le llamé un taxi. De ser ella la insatisfecha, seguro me lo recriminaba y hasta me despellejaba la reputación con sus amigas: «El Alcalde es de venidas precoces» o cosas más vulgares. Ya era Alcalde, era tiempo de comenzar a cuidarme de las psicóticas que dominaban el mundo.

Se fue tan molesta que no supe de ella en lo que restó de la semana. Su "ausencia" en esos días tan importantes, fue la mejor excusa para deshacerme del drama de la ninfómana sadomasoquista de clóset, que se bañaba con pureza para negar su vicio por el sexo violento. Una lástima, porque daba las mejores chupadas del país, pasaba ratos muy largos sin respirar, engullendo hasta el fondo de la garganta, su capacidad pulmonar podía provocar envidia a los *Navy Seals*. Lo mejor de todo era que lo disfrutaba, de veras la excitaba tener la boca ocupada. Era una diosa de los placeres amatorios orales, como un unicornio de lujuria; una mutación imposible de repetir: *¿Por qué las más buenas que están y las mejores que lo hacen, suelen ser las problemáticas?*, me pregunté mientras la vi subirse al taxi.

Después de vestirme, no pude preparar el café, la máquina se resbaló cuando le quitaba la tapa, me manchó la camisa. Me cambié y salí con apuro; el reguero de la cafetera en el suelo de la cocina, lo levanté tres días después. Tardé menos de cuarenta y ocho horas en entender que necesitaba una pareja tolerante o una asistente. Se me ocurrió una rubia despampanante, servicial y con habilidad para dar masajes, pero recordé que era Alcalde: sería muy difícil explicar su presencia. Pensé en algún chico gay, con buen gusto, toque femenino, discreto, seriecito y controlado, pero igual era malo para explicar, quizás peor. Decidí delegar el café de la mañana en Paco, para los asuntos de la casa, ya vería. La mucama que limpiaba una vez a la semana, llegó a la isla casi nadando y carecía de documentos, también difícil para explicar.

Mi primer día fue una locura. Algo así como unas tostadas de poder, embadurnadas con mermelada de ignorancia. Entré como héroe, vestido para matar: armadura azul marino, corbata gris sólido y, aunque tenía los dobleces de la envoltura, una camisa del blanco reluciente de una pieza recién estrenada. Había poca gente cuando llegué, eran las seis y quince de la mañana, la entrada del personal general era a las ocho. Cuando pisé el edificio, el reproductor musical de mi cabeza tocó la introducción de "Welcome to the Jungle", el coro retumbó en mi inconsciente durante todo el día, cada vez que me tropezaba con algo o alguien que me sorprendía.

Sólo Leonor Santana estaba a esa hora, era la asistente de Francisco. Una cincuentona educada, que destilaba elegancia, profesionalismo y entendía de lealtad; era la medalla de oro del grupo secretarial. Antes fue la asistente de Palomares, quien, por el hecho de que Francisco pasaba a ser el hombre con más trabajo en la institución, le aseguró la mejor. Luego llegó Claribel López, una de las cuatro secretarias asignadas a mi oficina, siempre temprano y rara vez se ausentaba. No tardé en designarla mi asistente y fue la mejor empleada que tuve en el Ayuntamiento, tenía el sentido común y responsabilidad que le faltaba a Alba Rivera, mi secretaria; que sólo sabía de telenovelas y programas faranduleros. Esa llegó a las ocho y tres minutos, y sus tacones sonaban como martillos contra concreto: caderas amplias, abdomen plano, piernas rellenitas, pero cerebro vacante y ningún entendimiento de los conceptos "confidencialidad" y "urgencia". Nunca supe por qué me tocó, cuando había mejores. Francisco decía que fue elegida por espionaje o error. Tres días antes de mi llegada, se retiró la secretaria de mi padre por veinticinco años. Rozaba los setenta y merecía un descanso de los Quiñones. Se fue antes porque sabía que no podría negarse a mi segura petición para quedarse.

Antes de que arrancara bien la mañana, Claribel me entregó el primer paquete de documentos e informes que debía ver a diario. ¡Qué mucha mierda mal escrita se producía en el Gobierno! Una de las carpetas tenía una compilación de las noticias importantes del día anterior. Copias menos detalladas llegaban a todos los directivos, el viejo les exigía leerlos; así tenía un Gabinete más o menos informado. La primera de las noticias internacionales era que Suecia legalizaba el matrimonio entre personas del mismo sexo, le escribí a mi hermano Guillermo: «Estocolmo es el lugar perfecto para ti».

La agenda de trabajo se descuadró tan pronto comenzó el día. Un grupo de manifestantes, en la Plaza de Armas, exigía la reparación de un parque de béisbol para personas discapacitadas. Llevaron a niños en sus sillas de ruedas, vestidos con uniformes deportivos, y los ubicaron en las entradas principales, para entorpecer el acceso a la Alcaldía; buscaban ejercer presión al "chico nuevo". Quise bajar a atenderles, pero Zenaida me lo impidió.

—Señor Alcalde, con todo el respeto, deje que otra persona les atienda. No puede usted escuchar a todo el que venga; no le sobrará tiempo para trabajar.

Zenaida nunca se salía del protocolo cuando se dirigía a mí; sólo me tuteaba o me llamaba por mi nombre cuando yo se lo pedía. Despachó a los manifestantes, sin promesas ni compromisos, sólo con una sonrisa; sabía cómo clavarse a la gente sin quitarles la ropa.

Era muy difícil llevar la agenda diaria. Al principio me avergonzaba, venía del mundo de los negocios privados, la puntualidad y el orden eran requeridos. Con los meses cambié algunos procesos para lograr ser más puntual, aunque comenzó a dejar de importarme hacer esperar a quienes merecían la espera. El primer año de mi segundo cuatrienio, ordené la instalación de un sofisticado sistema de cámaras de seguridad que tenían, incluso, capacidad para escuchar. El poder trae paranoia, de lo contrario no sería verdadero poder. Era divertido ver desde mi computadora las caras de desesperación de quienes hacía esperar: se rascaban, se trasteaban la nariz, comentaban estupideces y me criticaban con palabras cuidadosas ¡Qué de cosas hace la gente cuando no saben que los observan!

No sé si fue a causa de los residuos del LSD y el MDMA que consumí durante la semana de la primaria, pero el trato de los empleados me estuvo en extremo singular, era como si la mayoría caracterizara el mismo papel; una obra de teatro en la que los personajes de reparto eran iguales, aunque se vieran y sonaran diferentes. Conocía a muchos, mi padre se encargó de exhibir a su familia en las actividades públicas; si como "el hijo" se desvivían por tratarme bien, como Alcalde me rendían reverencias. Jamás imaginé que se podía lamer tanto el culo de una misma persona. Por ratos se sintió como un comienzo de clases en que yo era el "maestro". Se levantaban a decir sus nombres y el trabajo que realizaban, casi todos exageraban el alcance y la importancia de sus funciones.

Aunque la primera reunión del Gabinete era el lunes siguiente, los Directores y Legisladores Municipales estaban bien vestidos o tan bien como sus gustos les hacían creer. Llegaron a mi oficina a recibirme. Los más que se esforzaban en agradarme eran Miguel Dobleletra Meléndez y Enrique Robles Vizcaya, el Director de la Oficina de Auditorías. Si la teoría de mi padre, que les mencioné antes, acerca de las caras de los pendejos era cierta; ahí tenía dos milloncitos con piernas, brazos y bocas que hablaban más de lo que quería escuchar. Había de todo, pero no fueron los "buenos" los que captaron mi atención, esos apenas se hacían notar. Eran los alicates incondicionales del partidismo los que se acercaban y trataban de entrarme a la cañona. Las famosas "batatas", de las que todos hablaban, pero, nadie se atrevía a tocar, porque pegaban los pasquines y hacían el trabajo político más bajo.

Conocí a Edgar Rivera Huertas, el Money-Man, un economista que se encargaba de asesorar en asuntos de inversiones y que, privadamente, asistía en el lavado de fortunas. Un fantoche, con voz áspera y boca diminuta, como hecha para contar chismes, que sólo hablaba de dinero.

Era el representante del Municipio ante los bancos; cuando se otorgaban emisiones de bonos, cobraba exorbitantes comisiones, luego depositaba porciones discretas, pero generosas, en cuentas numeradas del comité para las campañas de mi padre. Además, asesoraba a políticos de todos los partidos, entre ellos el Alcalde de Ponce y al de Carolina, Jorge Fantauzzi. Palomares no participaba directamente de los negocios con Rivera Huertas: «Hay cosas que es mejor no conocer, sólo así se pueden negar honestamente», decía.

Iris Corujo llegó dispuesta a marcar territorio ante los demás.

—Armandito, ¡qué alegría!

—¿Perdón? —pregunté ofendido.

Los presentes callaron, las miradas apuntaban a Iris, que cambiaba de matices. La barriga entera, latía al ritmo de sus nervios, hacía ligeras olas, como si tuviera una cama de agua debajo del traje.

—Perdón, es la emoción. Quise decir Señor Alcalde.

El recorrido por la Alcaldía y la Torre Municipal, que albergaba la mayoría de los departamentos y personal, fue un viaje multicultural. Incontables variedades de moda femenina, desde algunos escasos trajes tipo sastre muy elegantes, hasta una abundante pasarela de pantalones ajustados, faldas cortas, escotes sin sentido y maquillajes dignos de un carnaval de payasos *amateurs*. Igual pasaba con los grados de coquetería, desde sutiles y tiernas sonrisas, hasta insinuaciones con los remeneos más vulgares. Los hombres no eran muy diferentes, sólo que menos variados en los estilos y mostraban mucha menos piel, eso sí, nunca había visto tantos varones en un mismo lugar con los pelos pintados de rubio.

"El Gordo Motonetas", como la canción argentina, fue el nombre con el que Francisco bautizó a Raymond Guillén. Dirigía las áreas de Finanzas y Presupuesto. Era otro de los lambetas experimentados, pieza clave a la hora del juego político. Ordenó que le avisaran de mi llegada, exigió a sus empleados que prepararan «platillos deliciosos, para darle la bienvenida como usted merece». Entre los "deliciosos platos" había: refrescos de cola, galletas con jalea, queso y jamonilla en trozos, *chesse-trix*. El típico atentado a la salud que se conseguía en fiestas de adolescentes.

Si la estética del personal era para deprimirse, las oficinas eran una agresión a la sanidad de una mente normal; *collages* en honor al mal gusto. Topes de escritorios muy coloridos, parecían bazares: cremas, dulces, peluches, carritos deportivos, muñecos de Yoda y Winnie el Pooh, entre muchos otros personajes. Había de todo en las paredes, excepto profesionalismo: Hello Kitty, Betty Boop, Ricky Martin, George Clooney. Decoraciones parecidas a las de los talleres de mecánica, pero sin pezones ni trajes de baño. Estaba acostumbrado a la sobriedad y aburrimiento de las oficinas privadas. Si quería el máximo rendimiento de los empleados, no podía permitir que se sintieran muy cómodos ni "como en casa"; esa familiaridad informal, sólo conducía al ocio, la pereza y la negligencia.

Cuando en el 2013, traté de transformar aquella apariencia de dormitorio para adolescentes con gustos de quincalla, salió un idiota a decir que las paredes eran públicas, porque el edificio era del pueblo y que él, tenía libertad para expresarse en todo lo que fuese público. Lo envíe a una brigada de mantenimiento, dedicada a pintar las paredes con grafitis en los complejos de vivienda. El tipo renunció dos meses después, me demandó y perdió. Terminó como guardia de seguridad para un proyecto de construcción. Murió poco después y con las "botas puestas", mientras dormía en su puesto de trabajo, una viga de acero le cayó encima y lo convirtió en una mancha sobre el concreto. Con ese tipo de burro insolente, trabajé durante once años.

18

El Demonio está en los nombramientos

Alguien dijo que "el demonio está en los detalles". Cuando eres un político electo, el demonio está en los nombramientos de personal. Es imposible correr una operación sin empleados eficientes y con sentido de compromiso a quienes delegar detalles importantes que requieran de estricto cumplimiento. Encontrar personas aptas es crítico, cuando se es el ejecutivo principal de una organización y se asume, sin remedio, la responsabilidad implícita por las cagadas de los subalternos.

Básicamente, existían dos tipos de empleados de gobierno: los regulares y los del servicio de confianza. Hay otras categorías, pero esas eran las más comunes en la Isla del Encanto. Los regulares, se suponía, obtuvieran sus puestos en la libre competencia y en igualdad de condiciones con otros ciudadanos que participaron del proceso; así lo establecían las leyes del país. Sin embargo, legislaciones protectoras y paternalistas, hacían muy difícil despedirlos; se necesitaban razones poderosas y un proceso extenso que solía terminar en los tribunales, y aunque siempre ganábamos, los costos de litigio eran altos. Pagábamos a abogados de bufetes externos, casi lo que el empleado despedido cobraba en un año. Mediante convocatorias arregladas, esos puestos se repartían entre las familias cercanas al partido. La Directora del Departamento de Recursos Humanos, Leslie Garriga, era toda una avispa a la hora de esos reclutamientos ilegales. Era una india con ojos verdes, chaparrita pero concentrada en las partes importantes, cintura menuda y caderas que se desbordaban de las sillas; su cuerpo era una extraña dicotomía, sensual, pero cómico a la vez. Otro detalle curioso, era su exagerado vello corporal, se ganó el apodo de Chubaquita, por aquel personaje lanudo de la Guerra de las Galaxias.

La otra categoría de empleados, los del servicio de confianza, se reclutaban sin competencia ni oposición, sólo bastaba el criterio y autoridad del contratante. La mejor parte es que eran de libre remoción, se les podía mandar al carajo en cualquier momento sin explicaciones, estaban llamados a hacer y cumplir las políticas públicas del empleador. La falta del requisito de la "competencia" los convirtió en monigotes forjados a torque partidista, con poca o ninguna experiencia de trabajo, pero con demasiadas destrezas para las malas costumbres. En San Juan, apenas había empleados de otros partidos, sobraban los holgazanes del mío. El viejo lo sabía, pero no hizo nada; era la forma en que se jugaba.

Después de la primaria, no hice cambios en el Gabinete de Directores; no todos eran de mi agrado, pero tampoco era tiempo para cercenar cabezas. Palomares se pasó a la silla de Vicealcalde, era menos intensa que la de Jefe de Gabinete, decía que necesitaba menos trabajo para dedicarse únicamente a los asuntos electorales. Francisco ocuparía su puesto. Cuando le pedí que fuese mi número dos, le dije la verdad, que lo necesitaba a mi lado o no duraría un mes. Sólo en él tenía la confianza plena para esa posición; además de ser un maldito genio en todo, también era honesto. Era el caballero que yo nunca podría ser, y sabría cómo mantenerme fuera de problemas. En aquellos días estaba casado y sus dos hijos tenían unos cuatro y seis años, el cambio para su familia sería algo abrupto; protestó un poco, pues le gustaba la tranquilidad de la vida privada, pero aceptó: «Hasta que acabe el cuatrienio», me dijo.

Francisco era sobrino de Don Arty, su trayectoria jurídica era más diversa que la mía, era un abogado de verdad, de los que conocía el Derecho de memoria, con enmiendas incluidas. Yo sólo era un jugador de Póker con elocuencia para vender. Mantenerse a mi lado le costó el matrimonio y un envejecimiento prematuro. No le hice ningún favor, le disparé en una pierna cuando lo llevé a ese mundo de payasos y animales de granja.

La estructura administrativa se componía de 42 departamentos, agrupados en cinco secretarías tipo sombrilla, supervisadas por el Jefe de Gabinete. Cada Secretario respondía por los departamentos agrupados bajo su "sombrilla". Era un sistema creado para proteger al número uno, ningún director tenía acceso, todo se filtraba a través de los secretarios; eran mi chaleco a prueba de culpas. Se escogían con recelo, padrinos, referencias, entrevistas, y le dábamos la noción de que tenían criterio decisional, sólo pretendíamos, ya que todo lo decidía el Alcalde.

Pertenecían a la plantilla de "confianza", era la única forma de garantizar alguna lealtad de temporada; temporal, porque se cimentaba en un favor político, si ese favor cambiaba, también la lealtad. Eran tantos los departamentos que me pareció imposible recordarlos y, peor aún, los nombres de sus Directores, Directores auxiliares y empleados. Supe de inmediato que en algún momento futuro era necesaria una consolidación de tareas y departamentos. El domingo antes de la primera junta oficial, Palomares se reunió con el Gabinete. Una mera formalidad introductoria muy breve.

—Les presento al licenciado Francisco Arteaga, su nuevo Jefe de Gabinete. Por favor preséntense y digan una breve explicación de las tareas que realizan. Antes de marcharse, no olviden dejar sus renuncias sobre el escritorio de Leonor.

Era una regla de protocolo que, ante la llegada de un nuevo Gobernante o Administración, todos los empleados que ocupaban puestos de "confianza", tenían que entregar sus cartas de renuncia, para hacer disponibles los puestos que ocupaban. Era la mayor demostración de sumisión. De esa forma, el nuevo jefe podría nombrar otras personas, sin despedir ninguna. Eran emocionantes las reuniones para las renuncias, había cierto sadismo simpático al hacerles pensar que se quedaban sin trabajo.

Le ofrecí a Chuck un puesto en el Departamento de Prensa, lo que quisiera y en el horario que le diera la gana, era difícil que encajara en estructuras formales, pero era el Gobierno, la formalidad no era una formalidad. Además, ganaría tres veces más que en el periódico y el bar juntos. Aunque no lo reconocía, necesitaba el trabajo, pues rara vez enviaba dinero para la manutención de Eduardo y cuando lo hacía, no era suficiente. Tenía el mismo carro desde la universidad, nunca compraba ropa; Sofía lo vestía, con la excusa de regalos de días de padre, cumpleaños o navidad, se encargaba de surtirlo con piezas suficientes para todo el año. Era como tener un amigo indigente y arrogante que trabajaba sin descanso en su autodestrucción. Me rechazó el muy hijo de puta: «Tu padre me advirtió que no lo hiciera».

A él, podía confiarle mi vida. Sabía que era capaz de recibir un golpe y hasta un disparo por mí, por eso detestaba ver la ruta que tomó. No era nadie para hablar de caminos torcidos, pero mis cuentas estaban pagas y tenía comida en la nevera. El amigo Joaquín decía: "*No hay ser humano que le eche una mano a quien no se quiere dejar ayudar*", y en eso coincidíamos. Todo se le desmoronaba a cantos, excepto el orgullo.

En su primer año como abogado, estuvo en cuatro bufetes distintos. Cuando no le quedó adónde ir, su amigo el Prócer se lo endilgó al Bufete Arteaga. Fue el único abogado en mandar al carajo al mismísimo Arty Arteaga. Estuve presente y casi me muero de la risa. Arty le reclamaba por el caso de un alcalde retirado, acusado de meter los dedos en las "partes íntimas" de una menor de edad. En la Vista de Causa Probable para Arresto, Chuck, a sabiendas, hizo preguntas que destrozaron a su cliente: «Sólo porque no tuviste el estómago para hacer tu trabajo», le gritaba el viejo. Luego de escuchar por varios minutos con la cabeza hacia abajo, Arty le repitió lo del estómago y mi amigo, el licenciado Black Rodríguez, se levantó y, con voz seca que retumbó por todo el salón de conferencias, ripostó: «Para lo que sí tengo estómago, es para mandarle al carajo. Haga lo que tenga que hacer, pero agradezca que ése cerdo, no durmió en la cárcel, donde debería estar». Agarró su chaqueta, el maletín y se fue; el portazo sonó tan fuerte como el malletazo que dio el Juez, cuando declaró culpable al político lascivo. El silencio de velatorio duró varios minutos. Fui yo, quien lo quebró con lo único que se me ocurrió: «¿Alguien quiere café?». Al otro día, Chuck le dijo a mi padre que quería ser periodista.

***

El día que grabamos la exclusiva prometida en el hospital, el nuevo Alcalde me ofreció trabajo en su Departamento de Prensa. Un contrato de servicios en el que yo escribiría las cláusulas.

—Te necesito para que revises los discursos y comunicados, además, no te viene mal un poco de ingreso fijo.

El muy baboso trataba de sonar como Don Armando. Lo que dijo se sintió a favor, a limosna, a la misma mierda de favoritismo gubernamental del que tanto nos quejábamos, hasta que decidió ser otro más de la manada de cerdos con alas.

—¿Me pides que me convierta en garrapata y me invitas a comer al culo de la vaca? Estoy viejo para andar de puta, Armando. Corta la mierda paternalista que no te queda. Además, crees que voy a perderme el privilegio de observar tus cagadas desde la primera fila y contarlas como cuentos de Chejov, ¿cómo se te ocurre?

Le dije que seguía el último consejo que me dio su padre (y tal vez lo hacía). No podía ubicarme a las órdenes de Armando, y menos recibir un cheque por ello. Francisco aceptó porque no quería sentirse solo, extrañaba al Tiburón nadando por el bufete; nada de servicio público ni dos cojones, dependencia emocional. Después que ganaron la primera elección, se quedó dizque para protegerlo.

Pensé que dentro de aquel mundo de intrigas y maniobras en el que se había metido, necesitaría algunas voces honestas que no le hicieran coro, le recomendé a Ignacio Gutiérrez, un amigo abogado, que trabajó para el Municipio de Ponce. Espinosa lo despidió por negarse a ocultar las evidencias que incriminaban a su chofer. Inicialmente, Armando rechazó mi sugerencia, no quería hacer movimientos en su Gabinete, tampoco quería pisar callos a otros alcaldes, aunque fuesen del otro partido.

Durante la entrevista, me percaté de que Alma, su secretaria, me observaba con insistencia y sonreía cada vez que cruzábamos miradas; llevaba una reveladora falda corta que dejaba al descubierto unas piernas dignas de enroscarlas como anacondas a mi cintura.

—Tu secretaria me mira picarilla —le dije al Tiburón cuando acabó la interviú—, sonríe bonito y si me dejo llevar por esas piernas, debo imaginar que el resto no debe estar nada mal.

—Cada uno a lo suyo, sabes que "*nunca tuve más religión que un cuerpo de mujer*", pero no le entro ni tomando prestada tu verga.

—¿Para evitar un lío de hostigamiento?

—No, eso es lo de menos. Es de las que lo hablan todo, hasta lo que no hace; padece de una necesidad patológica de contar. Su mente es incapaz de procesar el concepto "secreto entre dos". Tendrás que hacerle un buen trabajillo entre los muslos, porque San Juan entero lo sabrá. Pero vamos, con el tiempo que llevas a pan y agua, no te culpo, supongo que la vergüenza es lo de menos a la hora de bajar la calentura.

Antes de irme me detuve frente a la secretaria. Sin dejar de mirarla a los ojos y con la seguridad que me sobró en otra época, saqué la pluma de la chaqueta y anoté mi número en una libreta sobre su escritorio, «me encantaría continuar las miradas en otra ocasión». Cuarenta y ocho horas después nos escribíamos varias veces al día. El siguiente fin de semana sus hijos se iban con el exmarido y, con palabras cuidadosas, sugirió que podíamos pasarlo en su casa. Intercambiamos algunos mensajes de texto picantillos; recuerdo escribir acerca de sabores de vinos, masajes profundos y besos prolongados. Para cerrar, dijo que dormía bocabajo, en camisillas y sin ropa interior, «y ya estoy lista para irme a la cama». Durante toda esa noche la imaginé dormir y no podía esperar a que llegara el sábado, me vi perdido entre la gloria de aquellas robustas columnas de piel, y me extraje las ganas en dos ocasiones.

El día acordado, luego de un largo y fútil análisis, y varios tragos, me encerré en el baño, sólo por si acaso, y le escribí una ridícula excusa. La soledad de las letras y la vida de prángana atrofiaron mi capacidad para las relaciones; desarrollé un hermetismo emocional, me costaba mostrarme por dentro, porque detestaba lo que veía. Además, la indiscreción me parecía una vulgar forma de deslealtad, que cuando la sumaba a la imaginativa tendencia a exagerarlo todo, de las mujeres indiscretas que conocí, hacían más digna y práctica la masturbación.

19

GARDENIA *POP-INS*

El 6 de agosto 2009, sentado en el salón de conferencias, junto a Francisco y Palomares, esperábamos el comienzo de la audiencia, en que el Senado gringo votaría para confirmar a Sonia Sotomayor como Juez del Tribunal Supremo Federal. Aunque como hombres "bien criados" que éramos, intentamos ocultar nuestra emoción, ese día fue imposible, el orgullo se movía a través de nuestros órganos vitales y se transformaba en sonrisas, al ver a una descendiente de puertorriqueños llegar al máximo Foro. Su historia era como la de una especie de Cenicienta del sur del Bronx, con una mente privilegiada que le sirvió de Hada Madrina, y que, en lugar de zapatos de cristal, la vistió con una elegante toga negra, cargada con honorabilidad que no desaparecería a la media noche.

Mientras tanto, un enloquecedor olor a jamón ahumado enriquecía el ambiente y despertaba mi apetito. La mesa estaba cubierta de tablas y bandejas: sándwiches de espárragos, tiras de manchego, chistorras enteras, papas fritas doradas a la perfección, entre otras cosas. Además, había cervezas para mí, Coca-Cola para Francisco, una botella de un *single malt* para el Palomo y la gigantesca pantalla de TV en alta definición. Poco antes de comenzar la vista, Claribel, mi asistente, llamó para decir que acababa de llegar el Alcalde de Ponce. Me pareció inusual que se apareciera sin avisar, pero, como decía mi padre, había situaciones en que "lo rarísimo no era raro".

Dejamos todo para ir a su encuentro. Le pedí a Claribel que le diera todas las atenciones posibles: café, chocolates y hasta una invitación para que se quedara a almorzar; esa fue idea del Palomo, decía que la deferencia era indispensable con funcionarios electos. Resultó que el tipo andaba por la ciudad y se detuvo a saludar *¿Quién carajos hacía eso? De ser yo quien pasara por Ponce, seguro que apretaba el acelerador y me alejaba de prisa*, pensé.

Rechazó el almuerzo, dijo que sólo quería compartir cinco minutos. *¿Para qué carajos?*, dije hacia mis adentros. Los cinco minutos se transformaron en casi una hora. Aquel pedazo de mierda no se callaba y yo moría del hambre, me castigaban las imágenes del altar en honor a la gula que me esperaba, podía sentir el olor atravesar las paredes. Sugerí movernos al salón, para lograr alcanzar algo de la votación, pero insistía en que andaba de prisa. Tenía una insufrible y unilateral forma de conversar, parecía enamorado de su voz. Buscando un tema de gobierno que estuviese en boga para aquellos días, le hablé de la legalización del cannabis en la USA y cómo el Gobernador Schwarzenegger cuadraba la alcancía de California con los impuestos por la venta de la planta. Me miró con asco, y cubrió con la mano izquierda su boca semiabierta de asombro. «¡La marihuana no es de Dios!», dijo tan serio como una flor de corona funeraria, parecía ofendido. Hice un esfuerzo para no reír. El "closetero" de los bretes con el chofer, encajaba a Dios en la conversación. ¿Cómo podía ser tan hipócrita?

Luego de un incómodo silencio de varios segundos, me contó de un ejercicio que hacía junto a otros arquitectos, en el que se juntaban en parejas; se ataban de manos, una de cada uno, y con la mano libre de cada cual, construían estructuras con bloques de juguete; decía que desarrollaba confianza y lealtad. No entendí si pedía mi confianza o disfrutaba de ser atado. Después dio un salto conversacional a su frustración, causada por la insistencia de gente malintencionada, en llamarle maricón, «¡si me encantan las mujeres!».

No les sorprenderá saber que me perdí la puta confirmación, un mensaje de Francisco con los números de la votación entró a mi BlackBerry (que era el dispositivo móvil de la época), *"68-42 a favor"*; perdí el apetito al leerlo. La Gardenia se despidió tan pronto le dije el resultado. Por varias semanas tuve que soportar las bromas de Palomares, Francisco y el muy mama trancas de Chuck, que decían que «la flor quería un mordisco del Tiburón» y otras pendejadas similares. Años después, me enteré de que la razón de sus molestos *pop-ins*, no era que andaba en la oficina de su Partido en San Juan, como decía. El muy titerillo tenía un apartamento en el área costera de Isla Verde, en Carolina, en el que se perdía por horas junto a su chofer. Jorge Fantauzzi, el Alcalde de Carolina, me sopló la información.

20

Los casi-casi

En su afán por ser gobernador en el 2012, mi padre dejó una agenda de trabajo, obras en proceso y otras ya listas para inauguración que facilitaron mi vida: canchas de baloncesto soterradas, un museo, un natatorio; proyectos llamativos que mantenían las buenas noticias corriendo por la ciudad. Sólo tenía que supervisar que se cumplieran. Los trabajos de estrategias y difusión en medios eran de Palomares y Zenaida.

Apenas un año y medio había transcurrido desde mi llegada y ya era tiempo de trabajar en la reelección. Decidí quedarme, desde el mismo día que gané la primaria, lo callé para no alarmar a nadie. Por eso, moví las obras menos promovidas para fechas posteriores al 2012. La acción causó ronchas con algunos empresarios que sólo conocían el idioma de los billetes. La gran ventaja de ocupar la silla por tan poco tiempo, era que aún no tenía las manos amarradas, aceptaban mis términos o escogía gente nueva.

La semana en que el país se recuperaba del ataque de risa que provocó el atentado a huevazos de un obrero desplazado contra Cifuentes, le di el primer latigazo a Dobleletra. Durante una de tantas reuniones, para proteger los ingresos de sus amigos contratistas, Dobleletra, luego de dar su opinión enteramente política, de por qué yo no debía cancelarle el acuerdo, dijo:

—No sé si lo sabe, pero, en situaciones así, todos me dicen que soy casi abogado, por las soluciones que se me ocurren.

Quise decirle que era sólo un completo pendejo falto de carácter, que estudió contabilidad y nunca pasó los exámenes de reválida, pero respiré y expresé lo mismo de otra manera y con tono antipático.

—Son esos, los "casi" abogados, "casi" contables, "casi" ingenieros, todos los "casi-casi", quienes causan los peores problemas y confusiones, no saben "casi" nada. No está de más tener iniciativa, pero cada quién a su materia y el derecho no es la suya, Doble. Deje las ínfulas y no me haga perder el tiempo.

Los rostros de los presentes se petrificaron, las sonrisas desaparecieron, no se veía ni un diente. Los manierismos de lambetas del Dobleletra, me irritaban desde las paredes estomacales hasta la mismísima roseta, como si la mierda se transformara en lava de volcán. Su disposición para recibir humillaciones me lucía sospechosa; nadie aguantaba tanta mierda sólo por lealtad. No tardó en convertirse en mi alivio cómico por excelencia. Con el sadismo enfermo que me podía caracterizar, lo humillé todo y cuanto pude, sólo para medir su tolerancia. Francisco una vez me lo cuestionó: «¿Por qué no lo despides, si tanto te desagrada?». «Puede renunciar, si sigue aquí es porque le gusta», respondí.

Después de varias semanas en la silla, comencé a ver las grietas en los procesos y traté de hacerlos más eficientes, pero recibí resistencia de la mayoría. Cuando preguntaba: «¿Por qué no podemos cambiar lo que no funciona?». «Males necesarios», me contestaba Palomares.

En esa línea de conocer la gente para brindarles mejor servicio, Francisco implementó un día para escuchar a los constituyentes. El primer martes de cada mes, habilitábamos el pasillo principal de Coliseo Roberto Clemente, con veinte escritorios que ocupaban mis empleados de confianza. Ocasionalmente me presentaba y escuchaba algunos casos. La gente llevaba desde las quejas más absurdas de quienes lo esperaban todo del Gobierno y no querían mejorar, hasta historias tan tristes como la de Teófila, la anciana de los ojos parlanchines, que conocí el día de la juramentación, y que me dejó aquel extraño sentido de obligación. La atendía Leonor, traté de acercarme con prudencia para escucharla, no quería que me viera, pero me detectó, nuestros ojos se conectaron y me arrastró con la atarraya caza tiburones de su mirada.

Resultó que Doña Teo, como la llamaban todos, tenía una residencia que se derrumbaba con rapidez, en un viejo barrio que perteneció a la extinta clase media de Puerto Rico. Algún cretino falto de empatía, del Departamento de la Familia Estatal, le ordenó desalojar la propiedad, "por su seguridad". Le dijo que la enviarían a un hogar para envejecientes, pero sin plan de regreso. No tenía dinero para repararla, seguro que perdería hasta el pedazo de tierra.

—No es mucho, pero es mi casa. Ahí crecieron mis hijos, y también murieron; Alberto fue el último. ¿Lo recuerda? Fue jardinero de su papá por muchos años, hasta que se lo llevó el cáncer. —Sus ojos se humedecieron—. ¿Será que podré morir en el mismo lugar que ellos? Es lo único que me queda, la casa y una nieta que me visita algunos domingos, pero, también tienen sus problemas.

Su voz era suave y había un conmovedor choque de sentimientos en su mirada, que me apretó fuerte en la garganta y ya no pude escucharla más. Esa mariconada de emociones en público no era permitida en mi código de instrucciones. Recordaba a Alberto, mi padre decía que era un tanque de trabajo y un hombre honesto, el único trabajador que tuvo llaves de la casa y podía entrar cuando no estábamos; sólo mi madre se quejaba ya que su color de piel no le inspiraba confianza. Sin saber en qué carajos me metía, le prometí, por la memoria de mi padre y la de Alberto, que resolvería su problema; que tal vez tendría que mudarse unos meses, pero, que regresaría y con todos sus recuerdos en el mismo lugar.

La casa estaba tan deteriorada, que era necesario demolerla y rehacerla entera. El costo era elevado y fuera del presupuesto, requería aprobación de la Legislatura Municipal. Lo prudente y correcto era esperar al siguiente año fiscal, me sentí impotente. «¿Qué puedo hacer?», pregunté. «Miguel Meléndez se encarga; nadie mejor para darle la vuelta a la burocracia», contestó el Palomo. Acudí a Dobleletra y sus mecanismos para reasignar fondos y jugar con las subastas. Fue la primera vez que le vi en acción y supe que había más maña en el Doble, de lo que la vista permitía ver y que él se esforzaba en no mostrar. Requirió pasar por alto varias leyes y reglamentos, pero al final, la sonrisa de medios dientes de Teo me causó una satisfacción demasiado grata para entenderla en aquel instante.

Valió la pena el riesgo de torcer las normas para una causa justa. Zenaida no dejó pasar la ocasión, coordinó una breve ceremonia para entregar a Teo la llave de su "nueva" casa. Cuando abrió la puerta y pasó el umbral, se detuvo sorprendida para observar el interior; pude ver en un tablillero varios marcos y, en uno de ellos, había una foto en la que estábamos mi padre, Alberto, yo de unos catorce y otro chico, tal vez cinco años mayor que yo, que me atrevo a inferir era el hijo de Alberto. Fue uno de esos instantes en los que sentí que podía retirarme y mi trabajo estaba hecho. Su voz, débilmente, decía gracias, pero sus ojos parlanchines y desbordados de euforia, gritaban a mirada pura, un agradecimiento que sólo quien vivió en profunda necesidad podía expresar. Provocó que una gota de emoción se me escapara de un ojo. La detuve antes de la media mejilla, pero Augusto, el fotógrafo empleado por Zenaida, estaba allí, apuntando con su lente. Cuando acabó el evento me le acerqué.

—Capturaste momentos que no saldrán de esa cámara. Creo que sabes a qué me refiero.

Una madeja de frustración se enredó sobre su rostro.

—Pero, Señor, Zenaida me ordenó que se las envíe cuanto antes.

Lo vi directo a las pupilas, sin pronunciar palabra; su frustración trasmutó a susto.

—Zenaida me va a matar.

—¿Prefieres que te mate yo?

Miró a su jefa al otro lado del patio, bajó la cabeza y con pavor, murmuró:

—Creo que sí.

Se me escapó una carcajada, entendía al pobre diablo. Zenaida nos observaba, le guiñé un ojo, sonreí y me dirigí al atemorizado fotógrafo.

—Augustito, mira mi cara y contéstame algo, ¿te golpeaste la cabeza, estás en crac o ver la vida a través del lente te volvió idiota?

Vaciló por tres segundos y, con las manos víctimas de un párkinson repentino, oprimió el botón rojo que las envió al olvido.

—Gracias, yo me encargo de Zenaida.

No me mal entiendan, con la entrada a la vida pública, siempre que hizo falta, mentí y fingí con impunidad y sin remordimientos, estuve dispuesto a rescindirlo todo, excepto la intimidad de mis emociones honestas.

La semana siguiente, recibí la confirmación de un depósito de cuatro mil dólares a la cuenta "sin nombre" de mi campaña. Fue mi primer *payback* a conciencia, un detallito del contratista que remodeló la casa. Confieso que no se sintió honorable claudicar, me retorció las tripas saberme parte de todo lo que alguna vez condené. No dije nada, sabía que era parte del juego y estaba hambriento de ganar otra vez. Me consolé murmurando como mantra: «Para ayudar es necesario ganar y ese el precio de la victoria».

Teo murió seis años después, no sin antes visitarme muchas veces y llevarme de las obras maestras de su cocina, que bien justificaban su abundante cuerpo; extraño su arroz con longanizas, chorizos y albahaca de su patio, aquel olor que se paseaba como niño travieso por todo el edificio y parecía adherirse a las paredes.

Por ese lado siempre respeté a Chuck, no importaba cuán jodida fuese la vida ni cuánto lo estrangulara, nunca cedió ni claudicó a la mayoría de sus códigos ni lealtades, y las veces que faltó a alguno, lo hizo para ayudar a un amigo, o sea, para salvarme.

21

"Kickstart my heart"

El 23 de octubre de 2009, observaba las tres columnas de expedientes apiñados sobre el escritorio, trabajo diario para el que nunca alcanzaba el tiempo; siempre había algo más importante, aunque de menos relevancia. Me daba valor para comenzar, cuando entró Claribel con veinte expedientes más. Al no encontrar lugar en el escritorio, me dio un regaño-burla con la mirada y los colocó en la mesa.

—Pronto necesitará una oficina más grande.

—Lo que necesito es que te guardes el sarcasmo o te lo comas en el almuerzo. ¿Te parece?

No pudo contener la risa, bajó la cara y salió.

«Las prioridades en esta organización están invertidas», dije en un tono muy alto, para que todos me escucharan, cuando apareció Francisco a darme la razón.

—¿Nos vamos?

—¿Para dónde?

Pregunté y recordé la charla sobre procesos aburridos. Una de esas formalidades sin forma ni importancia, para justificar los salarios de imbéciles que trabajaban poco. Mi presencia era necesaria para forzar la asistencia y puntualidad de los directores.

La TV estaba encendida, transmitían en vivo desde Cataño, un pueblo costero del norte, visuales de los tanques gigantescos de una refinería de petróleo, que estallaron y desataron una colina de llamas que se esparcía rápido y amenazaba con devorar la zona residencial aledaña. En ese momento no tenían detalles de la causa, se hablaban las teorías conspirativas usuales. Preocupado, le dije a Francisco:

—Eso no pinta bien, llama al Jefe de Bomberos y verifica los camiones tanque. Si ese demonio se sale de control, y creo que se saldrá, los estatales necesitarán asistencia de toda la isla.

—Estará en el adiestramiento, se lo diré personalmente.

Con un largo suspiro de resignación, me puse la chaqueta que colgaba del respaldo de la silla, observé por un segundo los cientos de papeles, y le menté la madre al promotor del evento. Caminamos con rapidez, pero no pudimos evadir las diecinueve interrupciones de gente con la misma importancia que el seminario. Llegamos siete minutos antes de la hora acordada, sólo estaban los cinco directores que padecían del germen de la puntualidad. Notre Dame Robles nunca llegaba a tiempo ni siquiera a sus convocatorias; una costumbre que acabó ese día. La ausencia de mi padre durante su enfermedad dejó la maquinaria fuera de sintonía, los peones se movían a los cuadros equivocados y se tomaban liberalidades de reina.

Lo que llamaba mi atención de Robles, no era la sobria formalidad gubernamental de sus trajes baratos ni la rara deformación en sus manos, que sólo se notaba cuando estiraba los brazos y hacía grotesco y "quasimódico" su forma de saludar; causaba suspicacia su uso desproporcionado de la palabra "yo", en todos los contextos posibles; típico de quien necesita reconocimiento o pretende hacernos creer algo que no es cierto. Se notaba su esfuerzo para lucir más conocedor y profesional que los demás. Ese día llegó veinte minutos después de la hora de comienzo, apareció en la puerta, sin un ápice de vergüenza en el rostro y al toparse con el desprecio en mis ojos, se apresuró al podio. Cuando comenzó a saludar, salté de la silla y agarré el micrófono. Les di el "buen día" reglamentario, antes de descargar la vejiga de la ira sobre todos.

—Quiero decirles dos cosas, la primera, quienes no estén aquí para escuchar ambas, recibirán su liquidación por correo. Al resto: ¿Recuerdan las cartas de renuncia que entregaron cuando comencé? Llegó el momento de darles uso.

Después, como si se tratara de un mocoso de primaria, le ordené a Robles que se disculpara con sus compañeros.

—Y más le vale sonar convincente, recuerde la carta…

En medio de la penitencia tartamuda de Notre, entró el Director de la División Legal, caminó de puntas, como si pisar blando lo hiciera invisible. No era el más impuntual ni el menos competente, de hecho, estaba entre de los mejores diez del Gabinete, pero no escuchó la primera parte de lo que dije. Aprendí temprano en la vida, a nunca amenazar con lo que no podía cumplir. El francés del CÁNDIDO, decía que, cuando se liquidaba un buen general, el resto solía caer en tiempo y mantenerse en línea.

—Licenciado Velilla, por favor, no se moleste en sentarse; su renuncia fue aceptada. Meléndez, vaya afuera y explíquele.

Cuando salieron, ordené a Robles comenzar otra vez. Podrá parecerles sadista, pero hacerlos bailar en un pie o cualquier cosa que se me ocurriera para rostizarles, era la parte divertida, el resto eran puros problemas. Lo único que valió la pena del seminario, el resto fue una pérdida de tiempo tan insufrible como Robles; como si un pájaro carpintero se escurriera dentro de la oreja y me picoteara en el cráneo. La Adderall de las mañanas trabajaba con fuerza, sentí claustrofobia de estar allí confinado escuchando aquel catálogo de idioteces. Comencé a sudar, movía los pies. *¡Qué mucha mierda podía salir de la boca de un ser viviente!*, pensé. Cuando estaba a punto de levantarme y mandarlos a todos a trabajar, el Jefe de Bomberos, se acercó a Francisco y le habló al oído para no interrumpir aquel mareo cantado. Francisco me miró y no tuvo que hablar.

—¿El incendio? —pregunté en voz baja.

Asintió con la cabeza.

Me excusé y salimos de prisa. Eso de que no hay mal que por bien no llegue, a veces resulta cierto; una columna de humo negro subió tan alto, que afectó la visibilidad de los aviones que sobrevolaban el área. Cifre se llevó un convoy de tres camiones y doce de nuestros mejores bomberos. Todos los alcaldes que tenían equipos, los enviaron. Al otro día visité el lugar junto a un grupo de políticos y funcionarios "preocupados" por la situación y armados con cámaras digitales. Me vestí con todo el equipo protector y me acerqué lo más que pude a las llamas. Era una inmensa pared de fuego, lo más cercano a un infierno que vi en toda mi vida: ni siquiera Dante describió un calor así en su Divina Comedia. A quinientos metros de distancia, un respiro era suficiente para rostizar pulmones. No agarré ninguna manguera, pero me mantuve entregando agua, comida y comentarios alentadores a los bomberos. La batalla contra las llamas se extendió por tres largos días. Cuando lograron contener el apocalipsis, alguien lo anunció por un altoparlante: «¡Lo logramos!», y un áspero grito de victoria se escuchó por toda la zona del desastre. Fue un trabajo de todos, sin líneas ni partidos; sólo la voluntad de personas comprometidas y valientes. Muy pocas veces se sentía algo así en un país tan dividido por la política.

Sin alejarme ni adelantar demasiado, recuerdo que, en algún momento del 2014, el Dobleletra Meléndez tuvo la gran idea de hacer un torneo de baloncesto, «sólo para directores, un compartir distinto», decía. No jugaban mujeres, algo que podía parecer misógino y ofensivo en aquellos días; tres años antes del *MeToo* y la explosión del victimismo progresista que tan de moda se puso. Sin preguntar, se encargó de parear los equipos. No fue sorpresa que, el muy lameculos, me incluyera en el suyo junto a Robles Vizcaya. Sabía que Dobleletra podía jugar a pesar de su estatura, «tiene puntería», decía Paco. Cuando leí el memo, le pedí a Francisco que pasara por mi oficina.

—Esa mierda tienes que cancelarla. No puedo hacer equipo con esos dos. Con las palancas que Robles carga, por manos, cuando lance la bola al aro, seguro la envía a las gradas.

Francisco no pudo evitar reírse, y de inmediato escupió uno de sus sermones postmodernos.

—No se te ocurra decir esa barbaridad delante de alguno de los Directores. Tenemos suficiente con los cuentos de tu soltería machista, no necesitamos encima una manifestación de madres con niños discapacitados.

—¡Rayos! Tienes razón, me lo callo. No sería buena publicidad tener criaturas tan feas modelando frente al edificio —le dije con expresión de asco, a sabiendas de que se cabrearía más.

—Armando, no seas cabrón —nunca me llamaba por mi nombre cuando estábamos en la oficina—. A veces no sé cómo seguimos aquí, no falta mucho tiempo para que alguien haga públicos tus vacilones, y ahí se irá todo al carajo.

—Tranquilo Franky. Sólo altero un poco tu ritmo cardíaco. Así vas y cancelas la mierda de torneo con más entusiasmo.

—¿Cuál es el problema con jugar un poco?

—¡Baloncesto! Franco, sabes que no lo juego. No podemos darle al Dobleletra un campo en el cual pueda ser mejor que yo; es necesario que se sienta como un miserable, nada de falsas esperanzas. El hijo de la gran puta me une a su equipo para al final anotar más puntos y ser mejor sin tener que enfrentarme.

—¿Hablas en serio?

—¿Lo dudas? Hacer sentir al Doble como mierda, es uno de mis pasatiempos favoritos; una de esas indulgencias que me llenan mis pocos espacios de felicidad. ¿Cómo carajos me lo vas a quitar? ¡Cancela el torneo!

Cuando, murmurando algo acerca del tamaño de mis cojones, agarró el teléfono, tuve una mejor idea.

—Ahora que lo pienso mejor, no lo canceles. Jugaremos voleibol y las mujeres están invitadas. Avísales a todos que el Tiburón regresa a la malla, y a Karla que estará en mi equipo.

Karla Suárez Vidal, era la Directora de la Secretaría de Desarrollo y Sustentabilidad. La recluté en el 2013. Nos conocíamos desde la época del bachillerato. Con su carácter del infierno y su obsesión compulsiva por el orden, se encargó de arreglar el desastre dejado por Iris "La Mórbida" Corujo, que casi nos cuesta diez millones de dólares en fondos Federales. Para esos días vivía con una chica más joven y de entrepierna caliente, que cruzaba la verja de los sexos cada vez que Karla giraba la cabeza.

Karla era una feminista de otra época, su lesbianismo no controlaba el rumbo de su vida ni nublaba su criterio. No odiaba a los hombres, todo lo contrario, era como cualquiera de nosotros: le gustaba la buena pornografía, las bailarinas exóticas, hasta era difícil de ofender, su humor toleraba cualquier tipo de broma y las respondía con rapidez y mordacidad. No creía en victimismos ni se quejaba de *"mansplaining"*, porque dictaba la pauta de sus conversaciones. También jugó voleibol en sus años en la Universidad de Puerto Rico, cuando todavía no estaba segura de nada y se encamó con Chuck todo un fin de semana durante las Justas Universitarias de Atletismo, que se celebraban en Ponce. Por muchos años le adjudicamos a Blackie llevar a Karla al lesbianismo.

Fue un éxito el torneo, mi equipo quedó en primer lugar, fui el mayor anotador, el jugador más valioso y Karen la mejor acomodadora. Al día siguiente, en las primeras planas: "EL TIBURÓN REGRESA A LA MALLA". Imágenes del Alcalde saltando y rematando bolas, recorrieron las redes por meses, y, claro, para la campaña preparamos un video con las mejores jugadas, al ritmo de "Kickstart my heart".

Al otro día amanecí hecho mierda, el único deporte que mi cuerpo podía practicar era el sexo.

22
"Don't come around here no more"

Zenaida propuso una gira de reuniones con otros alcaldes: «Son buena prensa, sin costo y le ayudará a establecer relaciones en ambos partidos». Sentí curiosidad de saber cómo lo hacían otros. Palomares los convenció, Zenaida preparó el itinerario y se encargó de que llevara obsequios elegantes. El día antes de la visita a Ponce, conversé con Espinosa por teléfono y confirmamos la reunión. Se despidió con un: «¡Chau!». *Nada grita "sáquenme del clóset", con más fuerza, que un puertorriqueño que se despide con un "chau",* pensé.

Fumé todo lo que pude antes de salir, y me tomé media *Adderall* adicional para mantenerme alerta ante el posible atraco de aburrimiento que me esperaba. Dobleletra, Zenaida y el fotógrafo, iban en otro carro. Cada tres millas, le mentaba la madre a Zenaida, a Palomares y hasta a el Señor y sus designios, por hacerme pasar tiempo con Espinosa. En la radio, varios comentaristas analizaban las razones de La Real Academia de las Ciencias de Suecia, para galardonar a Barack Obama con el Premio Nobel de la Paz. «¿Por qué carajos, si acaba de ser electo?», fue mi reacción inmediata. «Por la promesa que representa», me contestó Palomares, que vivía prendado de su "Presidente Negro". Me tomó algunos años entenderlo, Obama fue un gancho al hígado de un gran sector del *White-America;* una especie de unicornio azul, que apelaba a todos los sectores, porque cargaba el balance perfecto de pigmentos y carisma; criado en Hawaii, por blancos conservadores de Kansas, aura de *rock star* y la sonrisa que dobló las rodillas a los conservadores de Estocolmo.

Llegamos a Ponce a las nueve de la mañana, media hora antes de la hora pautada y, *"cuando lo dioses te quieren castigar, sólo responden tus rezos"*, Espinosa no estaba. Su secretaria lo llamó múltiples veces, contestó a la séptima; dijo que no tardaba. Petty decía que *"la espera es la peor parte"*, después de veinte minutos de mirarnos los rostros, para no sentirnos como una delegación de pendejos varados en la espera de uno más pendejo aún, le dije a la secretaria que saldríamos a estirar las piernas, que nos recomendara un lugar para un buen café. Nos acompañó el equivalente al Dobleletra de Ponce. De doble a doble, el sureño le confesó, que Espinosa tenía serios problemas de puntualidad y manejo del tiempo. Tardamos unos treinta y cinco minutos y el Número Uno de Ponce, aún no llegaba.

Después de una espera de dos horas y media en la que no hicimos más que envejecer: «Me marcho», le dije a la secretaria. Me detuve frente a los obsequios que le entregué a mi llegada, tomé la tarjeta en la caja de chocolates, le pregunté su nombre, que por más que me esfuerzo no puedo recordar, taché el de su jefe y le escribí: *Gracias por varias horas de buenas atenciones y profesionalismo*. Abrí la caja sólo para asegurarme de que al menos comiera uno, en caso de que decidiera entregarlos al irresponsable de la Espinosa.

—Adelante, tome uno, son para usted. Su jefe no los merece. La botella de vino me la llevo para el camino, mi premio por la espera.

Extendí el brazo para despedirme, agarré su mano suavemente y, mirándola a los ojos, con mi mejor sonrisa le dije:

—Ha sido un gusto conocerle, gracias.

—No hay de qué. —Respondió entre balbuceos, que matizó con algunos suspirillos que parecían decir "lléveme con usted".

Camino al ascensor, Zenaida me dijo casi al oído:

—Señor Alcalde, creo que la joven humedeció la silla después de esa despedida.

Luego de una carcajada mutua y con un gesto de ofendido, le contesté:

—¡Zenaida, por Dios! Tanta misoginia en tus palabras —y reímos otra vez.

De regreso, Palomares, Francisco y Dobleletra, se subieron a mi vehículo, el resto se fue con Zenaida y el fotógrafo. Le pedí a Paco que olvidara los límites de velocidad y abrí la botella. Repartí un poco a Francisco y Palomares, en vasos de plástico que tenía en la guagua. Le ofrecí a Dobleletra. Sabía que no tomaba, lo hacía para ver su cara de puritano avergonzado cuando respondía, «no, gracias, no tomo»; a lo que yo le añadía, «¿y por qué no?, no sabe lo que se pierde». Me tomé el restante directo de la botella. Llevábamos unos diez minutos en la carretera, cuando Gardenia Espinosa llamó a mi teléfono celular. Aún no llegaba a su oficina, pero exigía una excusa por marcharme. No pude evitar decirle que debía hacer ajustes, pues no fui el único que le esperó. No lo tomó bien, su voz adquirió matices de pétalos mustios.

Después de la llamada, Francisco comentaba de la situación y Dobleletra, que estaba en el vehículo (había olvidado que esa víbora estaba allí), nos contó lo que le habló su contraparte ponceña. Le confesó que las escapadas e indiscreciones de Espinosa, tenían a su equipo cercano en modo de defensa, apagando todos los pequeños incendios que se les aparecían a diario. Mientras terminaba la botella y me quedaba dormido un buen tramo del camino, el subconsciente me cantaba: "*Whatever you looking for... Hey! Don't come around here no more*".

Después del desplante, el cara fresca de Espinosa se atrevió a hacer dos visitas más sin anunciar. Nunca supe qué buscaba realmente, difícil pensar que me viera como su amigo. No hablaba de política ni proyectos ni nada que tuviese que ver con gobernanza pública, y siempre terminaba en el mismo tema, los cuestionamientos acerca de su sexualidad: «No sé porque la gente insiste en decirme maricón». Y después, sacaba al ruedo sus cursillos para varones católicos y su Juan XXIII; como si necesitara que todos supieran que era el cristianito modelo. En la segunda visita, su chofer estuvo presente y noté, que subió la vista al techo al escuchar la afirmación de masculinidad. Recordé lo dicho por mi padre en sus días de hospital: «El hijo del Gigante, pone a Dios por delante, para disimular sus pecados por detrás».

Era como escuchar a un niño afirmar su amor por el aceite de hígado de bacalao, justo después vomitarlo. ¿Cuál era la necesidad de reafirmarlo tanto? Acaso pensó que repetirlo lo hacía cierto. Harto de la misma diatriba de mierda, le dije:

—La palabra correcta es homosexual y no es nada para avergonzarse. Supongo que la vergüenza pesa sobre los que se ocultan en la jaula de su loca hipocresía. ¿No cree?

Se remeneó en la silla, como si le hubiesen embadurnado la roseta trasera con salsa picante. Y, con la soberbia de una orquídea, se soltó la trenza y cruzó a galope el Rubicón.

—Debe ser muy difícil tener un maricón en la familia.

Ese fue el fin de la relación que nunca tuvimos. Contuve los insultos que tenía atascados entre la garganta y los pulmones, no había que perder la clase tan pronto, disparé con algo que me pareció más doloroso.

—¿Recuerda a mi buen amigo Chuck Black?

—El tecato que se canta periodista…

—El mismo. Hace días me envío el currículo de Ignacio Gutiérrez. ¿Le suena? Quedé impresionado y pienso reclutarlo para mi Departamento Legal.

La Gardenia se pintó de rosa magenta, tenía la quijada rígida, como si se hubiese mandado dos buenas líneas de coca sin cortes.

—No lo hagas, Armando —me dijo con tono de ultimátum—, Gutiérrez es un insubordinado que busca protagonismo, aparentando rectitud.

—¿No es lo que hace usted con su catolicismo de medio pelo? Se necesitan pelotas sólidas para hacer lo correcto conociendo las consecuencias. Necesito alguien así.

—Te lo pido como un favor especial, entre compañeros al mismo nivel. No llevas ni un año en la silla, no te conviene tenerme de malas, Tiburón.

—Pero ¿con quién carajos te crees que hablas, pendejo? Tendrás el mismo bigotillo, pero, te faltan pelotas para parecerte a tu padre.

—El tuyo no era ningún santo, la pobre de tu madre…

—No hable mierda de la vida de mi padre, sólo para dispersar la peste en la suya. A menos que sepa algo de Pablo, en mi familia no hay maricones. Ese es el gran problema de ustedes las maricas del clóset, juzgan según sus prejuicios.

—¿Qué dices?

—Digo que se largue antes de que lo saque a puntapiés.

Se levantó y sin decir palabra, caminó como cabra loca hacia la puerta, pero antes de que saliera le dije:

—Una última cosa —se detuvo—, no estamos al mismo nivel; soy el Alcalde de San Juan, la Capital, usted un pendejo a cargo de un enorme barrio de comemierdas del sur.

Aquella última mirada de irritación era el sinónimo de un problema futuro y no me importó. Tan pronto se marchó, le marqué a Chuck.

—Quiero causarle a Espinosa una indigestión que lo indisponga de sus placeres sodomitas. Dile a tu amigo el abogado que me llame mañana. No la cagues.

23

Ignacio

El lunes 30 de noviembre, de 2009, leía en la computadora, un titular de El País, acerca de la victoria de Pepe Mujica en las elecciones de Uruguay. Don Pepe, como le llamaban casi todos, uno de los pocos líderes de izquierda de aquellos tiempos, que no trató de perpetuarse en el poder, mediante referendos ni otros mecanismos menos democráticos. A media lectura, sonó el teléfono, era Claribel: «Su citado para las nueve ya está aquí».

Ignacio Gutiérrez Ibarra, era el anunciado. Contratarlo fue una decisión de puro impulso, que, al final, resultó una de las mejores. Después que Espinosa lo despidió, se hizo muy amigo de Chuck, compartían una extraña pasión por la escritura, que podía ser incómoda para quienes tuvimos que escuchar alguna vez sus latosas conversaciones. Llegó diez minutos antes de la hora indicada. De unos treinta y cuatro años, pelo oscuro, piel clara y unos extraños ojos verdes difíciles de descifrar. No era muy alto, cinco pies con nueve pulgadas, que es como un metro setenta y cinco. En Puerto Rico usábamos el antiguo sistema inglés, Claudia era chilena, aprendí el sistema métrico sólo para impresionarla y me quedé con la costumbre de hacer la conversión en mi cabeza. Cuando me preguntaban por qué conocía ambos sistemas, para no mostrar al pendejo enamorado en mí, decía que prefería decir la medida de mi pene en centímetros, «suena más grande».

Me sorprendió su elegante estilo de vestir, muy buen gusto, sin entrar en lo metrosexual. Llevaba unas raras mancuernas plateadas con esmeraldas, camisa tan blanca que, bajo la luz, parecía neón; traje gris ceniza y corbata azul royal, sólida y amarrada con un nudo Windsor doble; incluso los zapatos tipo Oxford, negro lustroso, fueron escogidos meticulosamente. Había dos explicaciones posibles para ese acertado detalle en su armadura: era gay o una mujer con buen ojo lo vestía, como solía vestirme Claudia en nuestros mejores días.

No lucía nervioso, al contrario; muy seguro, sin rayar en lo fantoche. Lo observé y recordé las palabras del señor Black: «Ignacio es uno de nosotros», luego de media hora de conversación entendí lo que me quiso decir, sólo así pude tolerar que estuviese mejor vestido que yo. El chico parecía de línea recta, no era un hermano de la caridad ni candidato a beatificación, pero, podía ver en su mirada que no era una rata, parecía un tipo con códigos claros. Cortés y respetuoso al hablar, pero sin las adulaciones con babas a la que me tenían acostumbrado mis subalternos. No mencionó a la Gardenia, fui yo quien lo trajo. Todo lo que dijo fue: «En cuanto a ese tema, el señor Black puede darle más información que yo», nada más. La discreción es una rara y escasa maña; sólo un buen hijo de puta tiene la capacidad de ser totalmente discreto.

Hacía mucho rato me había convencido, pero me resultó agradable la conversación y decidí alargarla un poco.

—¿Tienes familia, hijos?

—Casado desde hace siete años, no tenemos hijos. Le parecerá una cursilería lo que le voy a decir, hablo por mí, aunque sé que ella diría lo mismo, estamos tan entretenidos con nosotros, que nos parece inapropiado traer a alguien más que nos quite la atención.

—Eso explica que estés vestido para matar a la competencia. Es ella quien te viste. ¿Cierto?

—Sí —dijo confundido y con una sonrisa.

—Siete años y hablas de esa manera. Rayos, estoy ante un verdadero romántico enamorado. Los románticos nunca suelen enamorarse de verdad, vivimos del desamor y la carencia de consuelo. Debe ser todo un personaje tu esposa.

—Su nombre es Milenia, y sí que lo es. La primera vez que la vi, estábamos en un lugar ruidoso y repleto de gente, al verla todos desaparecieron de mi campo visual. Parecía moverse en tercera dimensión, caminaba segura y con gracia, como si sus pies flotaran sin tocar el suelo que se encendía a su paso. Tenía el rostro iluminado, su mirada resplandecía. De inmediato, supe que me rompería el corazón alguna vez y, aun así, se lo entregué sin titubear. Su jovialidad es tan contagiosa que logra animar hasta los más tristes, un pequeño gesto de su boca es suficiente para provocar sonrisas.

—Creo que tendré que contratar a tu esposa en vez de ti. ¿Es abogada también?

Reímos y él hizo un gesto con la cabeza indicando que no lo era. No tenía nada más que preguntarle, no sé si fue por esa manera demente y apasionada de hablar de su esposa, pero lo quería en mi equipo.

—Entonces, me parece que la única manera de conocerla será contratando a su marido. La posición es tuya si te interesa. No puedo prometer que seré todo lo que esperas de un alcalde, pero siento que eres todo y más, de lo que espero del Director de mi Departamento Legal.

Nos estrechamos las manos y comenzó ese mismo día. Resultó ser un profesional, se tomaba el trabajo muy en serio. Muchas veces traté de sacarle información acerca de chismes y rumores de Espinosa, pero nunca dijo nada. Una tarde en que Chuck vino de visita, nos quedamos en mi oficina hablando de todo menos de trabajo, Ignacio pasó a dejar unos documentos y lo capturamos. Le metimos unos cuantos vodkas, y nos contó que Espinosa solía adjudicarse las hazañas de otros, que las contaba como si fuesen suyas: «Es un usurpador de protagonismo, si la vida tuviese derechos de autor, le debería dinero a mucha gente», dijo sin sonreír.

Conocí a Milenia, su esposa, durante una actividad de la primera campaña, en la inauguración de un museo. Ignacio aún no llegaba cuando la vi; era cierto que todo parecía iluminarse en su presencia. Sin perder el tiempo, llamé a Ignacio a su teléfono móvil y le di algunas instrucciones que le tomarían al menos dos horas más; tiempo suficiente para conocer y estudiar a su señora. Me sentí como el rey David, que enviaba a sus hombres al frente de batalla para quedarse con sus mujeres. No sé qué tenía Milenia, pero era imposible dejar de reír en su presencia: no era graciosa, era simplemente encantadora. Podía conversar acerca de todo. Casi de inmediato, aquel interés sádico y sexual que me llevó a enterrar a su esposo en un mar de papeles se disipó, y fue sustituido por una extraña admiración que con el tiempo se convirtió en cariño y respeto. Ignacio llegó mucho antes de lo previsto, sí que era eficiente el cabronzuelo. Nos sorprendió hablando, a ella se le iluminó la mirada al verle. Recordé que Claudia me miraba de la misma manera, antes de mi magna cagada con Maribel en el 2008. Me dio muchas lecciones ese Ignacio, era triste recordarlo.

24

Realeza urbana

«*Última Hora: Esta madrugada, en la calle Guayama, del Municipio de San Juan, tres empleados municipales que realizaban labores de recogido de basura, fueron abatidos por pistoleros que los sorprendieron, en lo que aparenta ser un crimen por acecho y la sexta masacre del año. Uno de los empleados muertos, de nombre Alvin Carrasquillo Rivera, tenía expediente criminal por cargos de robo armado, posesión de sustancias controladas y cumplía una probatoria por delitos de violencia doméstica. Los otros dos, de nombres Benigno Rosario Pérez y Luis Raúl Díaz Cotto, no tenían expedientes criminales previos y se dice que fueron víctimas inocentes del ataque dirigido a Carrasquillo Rivera. Los asesinatos fueron captados por cámaras de video ubicadas en un garaje de gasolina de la zona.*

»El Alcalde de San Juan, Armando Quiñones Brau, emitió unas breves expresiones, en las que dijo lamentar lo sucedido y ofreció sus condolencias a los familiares. Personal de apoyo del Municipio los visitará para ofrecerles ayuda y consejería. Además, aseguró que la Policía Municipal doblará esfuerzos para detener la marejada de crímenes que azota la ciudad capital y al resto del país. Cuando se le preguntó acerca del empleado con récord criminal y probatoria, el Alcalde alegó desconocer que hubiesen empleados convictos en la plantilla municipal, y garantizó que hará una revisión de los expedientes del personal y, citamos: "Nos aseguraremos de queden fuera del Municipio todos los que pongan en riesgo la seguridad de nuestros ciudadanos y empleados".

»Con estas tres muertes ascienden a 634 la cifra de asesinatos en lo que va de año, 133 más que el año pasado para esta misma fecha, según las cifras oficiales de la Policía.

Para Noticias El Megáfono en Línea, les informó Chuck Black».

A mediados del 2009 y comienzos del 2010, el organigrama directivo del crimen cambió. El FBI arrestó dos narcotraficantes que operaban extensas y lucrativas redes de contrabando entre la República Dominicana y Puerto Rico. El vacío de poder desató la subida de una marea de violencia que bañó la isla con sangre. En el 2011 llegamos a la cifra récord de 1,136 asesinatos; tantos muertos como un país en guerra. Según las revistas Forbes y Vanity Fair, Puerto Rico era uno de los lugares más peligrosos del mundo, superado por Río de Janeiro y Juárez. La escalada no se limitaba a las guerras entre gangas; los robos y otros delitos también aumentaron, la violencia del negocio de estupefacientes era sólo uno de los tantos elementos de la decadencia del país.

Los colmillos de Cifuentes y su ganga de ladrones nos dejaron marcas profundas, que se sentían en la sociedad en general. Por alguna razón, cada vez que subía al poder un PNP, las cifras de crimen se disparaban como si se otorgaran licencias para delinquir; una casualidad muy difícil de explicar. Para el verano 2010, las calles se sentían más inseguras que de costumbre. La guerra dejaba cuerpos baleados en centros comerciales, tiroteos entre vehículos en movimiento en avenidas de tráfico pesado, en hospitales... El miedo trabajaba en la psiquis colectiva, era difícil salir sin la tensión de ser alcanzado por la pésima puntería de los matones. Aunque el campo de batalla se extendía por toda el área metropolitana, en San Juan sonaba más fuerte, teníamos la mayoría de los territorios en disputa.

El video del asesinato de los empleados le dio la vuelta al mundo, "*SAN JUAN BAJO FUEGO*", decían la mayoría de los titulares. De los tres muertos, se movieron a que San Juan empleaba exconvictos y el Alcalde lo desconocía. Y era cierto, no tenía ni una reputísima idea de los delincuentes en la nómina. El individuo objeto del atentado, era el sobrino de uno de los líderes de barrio que más votantes movía en las elecciones; raras veces completaba un turno, pero cobraba el salario entero. Como era una alimaña del bajo mundo y conectada políticamente, ningún supervisor se atrevía a despedirle; por suerte para el pueblo y la humanidad en general, sus competidores sí se atrevieron y lo cesantearon del mundo de los vivos. Resultó que ese mismo líder comunitario, tío del asesinado, llamado Pedro Rivera Pérez, tenía once familiares más trabajando para el Ayuntamiento, todos problemáticos e ineficientes; favores políticos que, literalmente, se pagaron con la sangre de dos inocentes.

Francisco apretó a la Directora de Recursos Humanos, para que certificara cuántos exconvictos teníamos en nómina. Ordené a Ignacio y sus abogados que buscaran la forma legal para deshacernos de todos, a la mierda con la rehabilitación y las segundas oportunidades. «El árbol que nace torcido se quiebra antes de enderezarse», algo así decía mi abuela Isabel. Era yo el mejor ejemplo de eso, sólo que, en aquellos días, no ponía en riesgos ni causaba la muerte de las personas a mi alrededor: eso vino después. Resultó que teníamos noventa y uno, de los que tanto mi padre como Palomares se hicieron de la vista larga, por el peso electoral que tenían. Me pregunté cuántos de esos favores criminales había en todo el país.

Combatir el crimen era una responsabilidad compartida, pero la culpa final recaía en los hombros de la Policía Estatal y el Gobernador, los policías municipales no investigaban delitos, era una facultad reservada para el Estado. El Jefe de la Policía Municipal de San Juan no era un mal tipo, pero llevaba demasiado tiempo en la silla y tenía los ánimos entumecidos. Era un policía enchapado con metales de otra era, y nada de lo que sugería parecía útil.

Durante semanas, me persiguió la imagen de un cuerpo ensangrentado y con el rostro perforado a tiros, encontrado a tres calles de la Alcaldía. Me consumía una frustrante impotencia. La violencia parecía imposible de detener, era urgente atacar desde otro flanco. Existían asuntos, como el crimen, que el Gobierno nunca podría erradicar por completo; sin importar las condiciones económicas ni la salud del Pueblo, nunca faltarían delincuentes. Tampoco consumidores de narcóticos por placer; nada que ver con traumas ni desórdenes de conducta. Y eso es parte de la gran hipocresía social, somos críticos y rectos en público, pero adictos en privado, cuando nadie nos ve y sólo porque sí.

¿Saben cuál es la mayor de las farsas del Gobierno? La mal llamada "guerra contra las drogas", producto directo de esa referida hipocresía. Estados Unidos es el principal consumidor de drogas del mundo y Puerto Rico es parte de esa ecuación. Es una batalla que se libra desde dos frentes: el primero, la pelea a tiros que se libra para evitar el tráfico y la venta; el otro, la lucha interna con la gran cantidad de personas que la consumen; es ese el frente en el que más perdemos. ¿De qué sirve que el Gobierno invierta millones en policías, armamento y equipo, si nuestros ciudadanos gastan el triple en consumo? Ese es el verdadero círculo del vicio, financiamos ambos frentes de la guerra.

Cuando Arty tenía un caso difícil de ganar, solía decir que "*sólo se doma un demonio, agarrándolo por los cuernos y mirándole fijo*". Le planteé a Francisco mi intención de reunirme con el liderato callejero y establecer alguna tregua que evitara las matanzas, me mandó a la mierda y, como si me viera por encima del hombro, me dijo «cómo se te ocurre tratar con ese tipo de cafres». Palomares tampoco estuvo de acuerdo, temía por mi seguridad y tenían razón, como siempre. Pero, las precauciones nada resolvían para evitar que una generación entera de hombres jóvenes se aniquilase entre ellos. Los nuevos tiempos requerían de estrategias noveles y cojonudas. Mi padre nunca se acercó demasiado al bajo mundo, se sentía moralmente superior, igual que Francisco; su contacto se limitó a asuntos electorales, para el acceso al interior de los residenciales públicos durante las campañas.

Le pregunté a Paco los nombres de los suplidores principales de San Juan, su mirada me decía "no haga eso", pero igual me dio la información. Llamé a Chuck y le dije que necesitaba su ayuda. Estaba en su casa.

—Llego en cinco minutos y te explico.

—No me jodas, Armando, mi cueva está fuera de forma para visitas. Dame unas horas para terminar algo que escribo y te veo en otra parte.

Le di un breve resumen y quedamos para esa misma noche en mi casa. Desde hacía algunos años, su residencia nunca estaba disponible para visitas. Supe después, que pasó algún tiempo sin energía eléctrica ni servicio de agua. Una vecina amiga de su madre, le lanzaba un cable eléctrico y una manguera, para que sobreviviera. Chuck trataba de pagarle cortando la grama y con otras tareas de mantenimiento que no hacía en su propia casa. Después del divorcio le dejó el apartamento en El Monte a Sofía y Eduardo, y se fue a vivir con su madre. Cuando el alzhéimer de ésta empeoró, trató pero no podía atenderla solo sin ponerla en riesgo y prefirió ingresarla en un hogar de envejecientes; mi padre lo ayudó a conseguir uno de los mejores en San Juan. Ante la ausencia de Doña María Luisa, el inmueble se deterioró: filtraciones, pintura gastada, limo en las paredes, hasta una plaga de hormigas, que como en la casa de los Buendía, devoró el jardín y la madera del interior; era como la "casa fantasma" del barrio.

Chuck podía ayudarme. En el 2008 escribió una serie de artículos acerca del control de drogas en la isla. Gracias a su trabajo como *barman*, conoció personas en todos los círculos del país, contactos que lo llevaron ante los criminales más buscados. Supongo que, para alguien que consumía tantas drogas como él, no sería muy difícil acercarse sin provocar desconfianza. Así conocí a Harry "El Duque" y Manuel "El Taíno" Moya.

***

Sentados en la sala de su apartamento, después de exhalar una larga bocanada de un humo espeso que se movió lentamente por la estancia y que no permitía vernos los rostros con claridad, el Tiburón me explicó sus intenciones.

Al principio, pensé que buscaba coca a precios de mayorista. Tal vez fue la yerba o lo ridículo que me pareció, pero casi me cago de la risa al escucharle. Cuando lo pensé mejor, usando su lógica por supuesto, no me pareció tan descabellada la cosa; claro, si le salía bien, y había cientos de razones para que no fuese así. De hacerse público, la crítica sería devastadora, lo tildarían de promover el crimen, aunque eso no hubiese sido del todo falso.

—Quiero una reunión con los cacos que entrevistaste, sólo los de San Juan —dijo con la tranquilidad con la que se ordena una pizza.

—Calma, Señor del Ayuntamiento, que las cosas no son tan sencillas, demasiado Hollywood en tu vida. No tienes ni una puta idea de lo que quieres hacer. Pero, como eres lo suficiente estúpido para hacerlo, me obligas a intervenir y evitar que la cagues por tu cuenta.

Le expliqué que no tenía que exponerse con todos, sólo necesitaba al más importante, el que controlaba el ochenta por ciento del negocio en la Capital. Ese nunca habló en mis reportajes, en su línea de trabajo la discreción era una herramienta para sobrevivir.

Mis contactos principales con las instituciones del crimen eran Enrique Leduc, alias "Harry El Duque", y Manuel Moya, el "Taíno". Según los datos del Departamento de Hacienda, eran socios en una empresa de promotores de eventos musicales y cantantes de rap. Harry comenzó en los noventa como *disc jockey* en fiestas escolares, de poco en poco se convirtió en uno de los principales en su negocio. Para el asunto de los artistas, se asoció con Taíno, a quien, curiosamente, no le gustaba el rap, tenía un depurado gusto por la música pop y rock de los ochenta. Pero no le decía "no" a la oportunidad de generar dinero y había mucho en esos malditos raperos, y sus letras con masacres a la fonética y distrofia ortográfica. ¿Qué carajos le pasó a la música?

Harry era sólo un accesorio que le acompañaba en los negocios, el Taíno Moya era el demonio oculto con quien debíamos hablar. El principal distribuidor de cocaína, marihuana y heroína de San Juan y el área metropolitana. Nos conocíamos desde los tiempos del voleibol. Fue una sorpresa cuando supe a qué se dedicaba realmente, no era el típico narco vestido con ropas anchas ni guindalejos dorados. Estudió en la universidad de Florida con una beca deportiva; después jugó dos años con los Rojos de Cincinnati, pero, una rodilla rota acabó su carrera en las grandes ligas. El hermano menor, Juan, era la "joya" de la familia; desde adolescente movía pequeñas cantidades de cocaína y marihuana por los pasillos de la escuela y se decía que se apuntó su primer muerto, con sólo quince años. Antes de los veintiuno, controlaba varios puntos de venta y era muy temido por su cruel manera de liquidar a la competencia.

El año que Taíno regresó a Puerto Rico, deprimido por el fin sus días como pelotero, fue testigo del asesinato de su hermano frente a la casa de su madre. Tres sicarios se bajaron de una guagua roja y abrieron fuego; vio cómo las balas desprendían pedazos de piel, lo remataron en el suelo y no quedó rostro para identificar. La Policía encontró más de cien casquillos de balas, de rifles de alto poder, dispersos alrededor del cuerpo desangrado. Así nació Taíno el criminal, encontró un mini arsenal que Juan escondía en su cuarto, con paciencia y tiempo, eliminó a los asesinos y creó su pequeño imperio urbano discretamente, nada de escándalos. Ante el mundo, Taíno Moya era otro productor de artistas.

Me tomó algunas horas convencerles, la paranoia de aquellos días de guerra era mucho más que una mera precaución. La calle no era segura para ellos, no querían dejarse ver, y menos cerca de un político importante; no fuera que, por mala pata, se diera algún enfrentamiento que le causara daño y le cargaran a ellos la culpa. Nos reunimos un miércoles en la noche en casa del Tiburón. Paco recogió a los invitados en un estacionamiento del Viejo San Juan, entró al edificio por el sótano y los subió al *penthouse* por el elevador de carga. Al presentarlos, Armando reconoció a Taíno.

—Te conozco, eras del equipo Cenicienta.

—Así es. La cenicienta que no llegó a reina, gracias a usted.

Taíno estudió en una escuela pública de San Juan, tenían un excelente equipo, su entrenador era conocido en los círculos deportivos y los invitaban a torneos de escuelas privadas. Por alguna razón de clasismo inocente, le llamaban el equipo Cenicienta, pues eran los "humildes"; los pobres que llegaban a las academias caras de los blanquitos privilegiados. Ganaron algunos torneos, pero nunca pudieron contra la Academia Jesuita, no en los años en que el Tiburón nadaba frente a la malla y yo bloqueaba las flechas que lanzaban el Taíno y su tribu.

Después de pasar por el camino de la memoria y saborear esa agridulce nostalgia que traen los recuerdos de las buenas épocas, el Tiburón entró en materia, parecía como si lo hubiese practicado.

—No es mi intención interferir en sus negocios, pero sus negocios están interfiriendo en los míos. Necesito que hagan una tregua con sus enemigos o se lleven la guerra fuera de San Juan. Sé que son los *dealers* pequeños quienes se están matando, pero tienen la ciudad llena de agentes Federales que hacen todo tipo de preguntas y se meten donde no los queremos. Les pido ayuda sin mucho que ofrecer a cambio, aunque, si buscamos con detenimiento, sé que algún beneficio mutuo encontraremos.

Hablamos durante casi cincuenta minutos, interesantemente productivos. El Taíno y la tribu cumplieron, desterraron a los narcos insurgentes, nunca pregunté que les pasó a los que se resistieron, al menos sus cuerpos no aparecieron en la Capital. El resto de los pueblos que componían el área metro, sufrieron alzas en las cifras de asesinatos, mientras que las de San Juan, bajaron drásticamente. Siguió muriendo gente, pero por otras razones, nada de tráfico de drogas. «¿Cuál es el secreto del Alcalde Quiñones?», preguntaban los comentaristas.

No sé si hice un buen empate ese día, pero, fue el comienzo de una productiva amistad-sociedad. El Taíno resultó más leal y honorable que la mayoría de los políticos con los que le tocó lidiar. Crearon un proyecto anti-adicción, muy efectivo, que consistía en desaparecer los adictos sin hogar que deambulaban por las calles. No los mataban, los mudaban a Ponce. Los que regresaban, tardaban semanas y eran transportados, de inmediato, a otro pueblo lejano. Algunos se desintoxicaron, sólo para que no los mudasen otra vez.

Con la excusa de trabajar en conjunto sin duplicar esfuerzos, el Tiburón le solicitó al Jefe de la Policía del Estado en aquellos días (un fantoche que se meaba sobre los derechos civiles) acceso a los Planes Anticrimen estatales: «Así mis recursos irán donde usted los necesite», le dijo. Para demostrarle que hablaba en serio, lo citó al estacionamiento del Estadio Hiram Bithorn, y puso a su disposición cinco patrullas Ford Mustang, negras, que parecían recién pintadas, con todos los adelantos policiales disponibles. «A eso inclúyale dos policías municipales por vehículo para cada turno», le hizo un gesto a los conductores y los cinco vehículos encendieron a la vez. El rugido del poder de la ingeniería automotriz gringa, retumbó en el suelo y nubló la vista del Jefe, aceptó sin titubeo y rogó por una bien merecida "carrerita de prueba". El fantoche no llegó al año en la silla, su adicción a las cámaras y al uso de gases lacrimógenos, causó problemas a Cifuentes; los que vinieron después, no cuestionaron la entrega de los planes. Conocer la operación policiaca metropolitana, permitió que el Taíno moviera la suya sin intervenciones inesperadas.

Manuel "Taíno" Moya, se convirtió en el primer mecenas y patrón del deporte en San Juan. A nombre de una corporación lavadora de activos, que Armando le recomendó crear, caminó por las escuelas municipales y entregó uniformes de la calidad que usaban los profesionales, a todos los equipos y en todas las disciplinas. Los jóvenes los recibían con euforia en las miradas y de prisa se cambiaban las camisas que llevaban puestas. Hizo igual con los salones de artes, los suplió con materiales que llegaban cuatro veces al año, nunca faltaron pinturas ni acuarelas ni lienzos para que los niños trabajaran. En el 2015, cuando añadieron los salones de música, donó tres pianos por escuela, guitarras, instrumentos de percusión y de viento, y de todo lo que hiciera falta para los estudiantes que quisieran aprender. El Taíno hizo más por San Juan que cualquier político electo y que todos los líderes religiosos juntos.

El Duque se encargaba de hacer actividades de "recaudación" para lavar el dinero invertido por Taíno. Harry tenía un carisma con acento callejero, que llegaba profundo y convencía a la gente de los barrios más pobres, era una especie de flautista de Hamelín para atorrantes.

25
Envejecimiento prematuro

Los primeros tres años pasaron muy rápido, una tormenta de sorpresas y aprendizaje a la cañona que, entre la euforia de la novedad y las incontables horas sin dormir, apenas sentí. Aquellas desagradables líneas que ya circundaban mis ojos se hacían más profundas cada día. El espejo del baño se encargaba de recodármelo cada mañana, nunca en las noches; era mi "retrato de Dorian Gray", en él veía la injusta y constante deformación de aquel rostro que tantas puertas y piernas abrió. En la vida de un político que se tomaba su labor en serio, el reloj parecía correr más de prisa, todos los días eran una caótica y desgastante carrera contra el tiempo, que aceleró el nacimiento de *"hojas blancas en mi cabellera"*.

Puerto Rico se caía en pedacitos, la decadencia ya no se podía ocultar; la pintura descascarada, las grietas y las manchas verdinegras del limo, eran parte de la fachada del país. Estructuras abandonadas, locales vacantes de negocios quebrados que se multiplicaban más rápido que las arrugas de mi rostro. San Juan tenía buenos ingresos, pero sus ciudadanos y negocios privados no estaban exentos de la quiebra del mundo.

Después de la muerte de mi padre, la vorágine de la primaria y todo lo que me ocupó en el 2009, el 2010 comenzó pateando fuerte. Dubái inauguraba el rascacielos más alto del mundo, y me pareció razonable gastar el salario de medio año, apagar el teléfono y desaparecer unos cuantos días. Me atreví a escribirle un correo electrónico a Claudia para invitarla; sabía que no contestaría después del "no te quiero volver a ver" de la última vez, pero no pude evitarlo, sus recuerdos eran más fuertes que mi voluntad. En el 2006 viajamos a Dubái, pasamos una semana sin nada más que hacer, que querernos. La recuerdo caminando por la playa con aquel traje de baño diminuto blanco. El sol rebotaba sobre su cabeza y la bañaba de destellos dorados que le daban aspecto de ninfa mitológica. Recuerdo los besos sobre la arena, tan intensos como si tuviésemos el fin del mundo de frente. Nunca pude explicar ese deseo de seguir besándola; su boca era un vicio. Tal vez era su olor, su esencia o la sublime familiaridad que sentía cuando estábamos desnudos.

Pensé viajar sin compañía, como un retiro espiritual para desintoxicar el alma. Pero, no sabía estar solo, así que terminé invitando al viejo Chuck, mi eterno compañero de viaje; me salió un poco caro, pero, los adictos funcionábamos mejor en pares. Antes de aterrizar, hicimos clic instantáneo con unas hermanas italianas que parecían diablitas de los Secretos de Victoria, o eran ángeles. Muy ardiente la morena de pelo largo y ondulado que me tocó, cargaba un par de tetas que podían alimentar un regimiento, secuestraban mis ojos y los imposibilitaba de mirar a otra parte, pero la imagen dorada de Claudia sobre la arena se interpuso como un eclipse que me persiguió todo el fin de semana. Unos días la extrañé más que otros, pero siempre me hizo falta.

De regreso, durante una parada de escala entre vuelos, teníamos cuarenta y cinco minutos para hacer nada, Chuck divisó un letrero en luces de neón que decía Guinness, y como mariposas a la llama, caminamos al restaurante, nos sentamos en la barra y ordenamos dos pintas dobles. De inmediato, en los múltiples televisores, vimos las imágenes de los destrozos y el dolor que dejó un terremoto en suelo haitiano. Me prometí no prender el teléfono durante el viaje y casi lo logro de no ser por esa noticia. Ante la imposibilidad de contactarme, Zenaida y Palomares tomaron la iniciativa de organizar una recolecta de suministros. Así era la solidaridad puertorriqueña, no nos resistíamos a la virtud de dar lo que nos faltaba; aunque después, apelando a la pena con nuestra expresión *sui-generis* por excelencia, el "ay bendito", hiciéramos alarde de nuestra adorada "señorita miseria", había cierto regocijo honesto en la superioridad moral que nos hacía sentir. Centenares de sanjuaneros respondieron al llamado, la fila de personas con artículos le daba la vuelta al Coliseo Roberto Clemente, lugar en que ubicaba el centro de acopio.

Por esos días, en Chile ganó la presidencia Sebastián Piñera, que jugaba a la sillita con Michelle Bachelet. «Esa presidencia se sostuvo gracias al rescate de película, de los treinta y tres mineros», al menos, eso decía el tío de Claudia, que vivía en Valparaíso y con quien mantenía contacto, lo conocí en el 97, cuando viajamos a darle la noticia a la familia de que nos casaríamos. La boda se malogró, pero al menos los chilenos me siguieron queriendo.

En marzo de 2010, Ciudad de México fue el primer territorio en Latinoamérica en permitir bodas gays, un mes antes que los argentinos. Acostumbraba a llamar a Guillermo cuando veía noticias similares, «sólo tienes que mudarte para ser feliz», solía decirle. Esa vez llamó él: «Antes de que digas nada, no me gusta la comida picante», reímos y me contó de su trabajo de espía cibernético contra narcos y terroristas. Nunca escuché otro ser vivo hablar con tanta emoción acerca de su trabajo, podía inferir el brillo infantil que siempre decoró su mirada y que no hacía juego con la seriedad del uniforme. Meses después, llamó más emocionado aún, se sentía el júbilo en la entonación de sus palabras: «El Congreso derogó *Don't ask, Don't tell*». Aunque la milicia lo transformó en republicano, decía sentirse orgulloso de Obama: «No cabe duda de que tu Presidente de la sonrisa radiante es la figura del momento».

El verano siguiente, se dio uno de los eventos más graciosos, pero vergonzosos, del cuatrienio. La Rémora, usando su implacable control, alquiló dos autobuses, en los que apiñó a todos los legisladores del caucus del PNP, para que le acompañaran a un juicio en el Tribunal Federal, a darle apoyo a otro Representante, acusado por cargos de corrupción. ¡Qué pendejos se veían! Con sus caras de impotencia y resignación caminando en fila india como párvulos de alguna escuela militar. Aglutinar políticos electos en la sala del Tribunal, sólo podía tener la intención de intimidar funcionarios, testigos y jurados. Era ridículo el temor que la Rémora provocaba sobre el caucus azul, acataban sus órdenes, sin importar lo nefastas que pudiesen ser. Jeanette y Cifuentes no intervinieron ni comentaron, también le temían a su insolencia ilimitada. Esa actitud desafiante y mafiosa, fue su marca cuando estaba en mayoría y ostentaba poder; durante su Presidencia en la Cámara, les hizo la vida imposible a los gobernadores, en especial a los de nuestro partido.

Durante los días en que *WikiLeaks* soltó los videos de la explosión en la planta británica extractora de petróleo que pintó de negro el Golfo de México, Zenaida, que no dejaba pasar detalles, me sugirió tímidamente: «Tal vez deberíamos ocultarle un poco las canas…», le contesté con la usual mirada de vete al carajo. La historia se escribía más rápido de lo que se multiplicaban lo destellos plateados en mi cabeza, era abrumador seguirla de cerca y sentirse parte al mismo tiempo. Noriega fue extraditado a Francia; un atentado terrorista fallido en Time Square. Santos ganó en Colombia; España ganó el mundial. ETA anunció un cese a las armas; Vargas Llosa ganó el nobel. Falleció Kirchner, ganó Dilma; Corea del Norte tenía uranio, y en agosto ocurrió lo impensable, compañías evaluadoras degradaron el crédito de la USA, lo que significó más problemas para mi colonia borincana.

Cuando se está en la vida pública, con los ojos en modo perceptivo, se ve la manera simple y a veces cruel, en que se desarrollan los eventos que aparecerán en los textos del futuro. En el 2011, un pistolero en Arizona hirió a una congresista federal y mató a seis personas. La primavera árabe se encendió en Túnez y se movió con rapidez a Egipto; luego a Libia, vi, en Alta Definición, el fin de Gadafi en manos de una turba de barbudos rabiosos, que le abrieron la cabeza a golpes. Un terremoto con tsunami en Japón casi cuesta un cataclismo nuclear. Y en otra de esas ironías, el día después de que el Papa Benedicto XVI beatificó a su predecesor Juan Pablo II, el Presidente Obama anunció la noticia del año para los gringos, un comando de *Navy Seals* despachó a bala a Osama Bin Laden.

En San Luis de Potosí, en un ataque sorpresivo contra un grupo de la Agencia Federal ICE, murió un agente americano. El hecho provocó la activación de la unidad antiterrorismo para la que trabajaba Guillermo, le tocó investigar los rumores de la existencia de un Cartel desconocido que operaba fuera del ojo de las autoridades y no podían explicarse cómo.

Si ese pellizco de recuerdos les pareció abrumador, no imaginan el agotamiento espeso que se acumulaba y me recorría por el cuerpo, le daba textura de gelatina a mi piel, como si la despegara de los huesos y se arremolinara en forma de laberinto alrededor de los ojos. Llegó el día en que me miré al espejo en busca de rastros de aquel rostro que tan buenos resultados me dejó; seguro quedó grabado en las partículas reflectivas del cristal, como el negativo de una foto análoga de otra época que se perdió. Poco antes de comenzar la campaña, Zenaida repitió el asunto de esconder las canas.

—Mi padre decía, "un hombre bien criado, envejece dignamente", eso de teñirse, es cosa de pendejos inseguros y sin dignidad —le dije con el mismo aire de aristócrata apretado que él usaba al sermonear.

Mirando al suelo, para esconder sus delatores ojos, con una condescendiente y casi triste gentileza en su voz, me dijo:

—Su padre comenzó a esconder las canas un año antes de ganar su segunda elección.

—Me estás cargando, el viejo tenía canas —le dije sorprendido.

—Por supuesto, un trabajo bien hecho, siempre luce natural; tampoco quería que pareciera que pasaba por una crisis de mediana edad. Al igual que a usted, la carga de trabajo sin descanso triplicó aquellos "filamentos grises", como les llamaba, porque odiaba la palabra canas —levantó la mirada y sonrío ligeramente antes de encoger los hombros—, usted sabe cómo era, decía que eso de taparse las can...

La interrumpí.

—Era cosa de maricones ¡Qué hijo de puta!

—Ladraba más de lo que mordía. Detrás del imponente "lobo de hierro", había un niño inseguro, con temores que nunca he visto en usted, a pesar de que parecen forjados con el mismo material y molde.

Tardó un poco en regresar a su ritmo de conversación, pero el brillo gelatinoso en sus ojos, producto de lo que provocaba el recuerdo de mi padre, decía que aún le dolía y que, tal vez, jamás se recuperaría. No tuve dudas de que Zenaida conoció una cara de mi padre, que muchos deseamos conocer. ¡Oh! y en caso de que se lo estén preguntando, nunca me tapé las putas canas, eso era cosa de maricones, como mi padre.

***

Después del segundo año, comenzaron las somatizaciones por el "legado", le preocupaba el juicio que la historia pasaría sobre su gesta pública. Citaba a Lincoln todo el tiempo, no sólo en los discursos, también durante nuestras frecuentes borracheras: «*No podemos escapar de la historia; seremos recordados a pesar de nosotros mismos; el ardiente juicio por el cual pasamos nos iluminará en honor o deshonor*», y algunas otras que ya no recuerdo. Al principio pensé que sólo alardeaba con frases nuevas, pero las repetía con extrema frecuencia. Tal vez fue esa obsesión por llegar con gloria a los albores del recuerdo colectivo, el cóctel de partes iguales de ego y ambición, servido en una copa de libertinaje, lo que blanqueó su cabello con tanta rapidez.

El problema de Armando no era falta de patriotismo ni compasión, eso le sobraba. Nunca pareció tomar en cuenta la línea que omitía de aquel discurso, en su ofuscación por entrar en las gracias de la historia, cuando se olvidó de hacer lo correcto: "*Ningún significado personal o insignificancia, puede librar a uno u otro de nosotros*". Creo que por eso metía la nariz en todas partes, y en todas partes, metía algo en su nariz, su consumo, que fue siempre exagerado, iba en aumento.

Resultó ser un activo para mis intentonas periodísticas. Me hizo parte de su séquito permanente de viaje, con pases de prensa para actividades importantes. Sus conexiones con los demócratas me llevaron a lugares que mi condición de "cualquiera" jamás me hubiese permitido, y en momentos «que aparecerán en los libros de historia del futuro», como repetía constantemente. Gracias al Prócer, Zenaida me toleraba y nunca protestaba cuando ocupaba el lugar de alguno de sus empleados; incluso el suyo. El día que me vio por primera vez, fue en mi adolescencia en medio de un altercado con un detractor de Don Armando, al que golpeé sin conciencia, estuve a un pelo de ir a la cárcel.

En abril de 2011, en uno de esos viajes, fui testigo del momento en que nació el Trumpismo. Estábamos en el Washington Hilton, en el Distrito de Columbia, en una Cena de Corresponsales que celebró la Casa Blanca. Lo mejor de ese tipo de evento político importante, era lo bien surtidos que estaban en la parte etílico-gastronómica; un paraíso perfecto para epicúreos de escasos recursos, como yo. Era una obligación indelegable disfrutar del licor y la comida cara y difícil de pronunciar que, en ocasiones, no lucía comestible.

Aunque no fue el caso de esa fiesta, el arte de la cocina fue transformado por una ola de barbudos, tatuados, con aretes exóticos, quienes, so color de minimalismo, confeccionaban platillos insulsos a precios de extravagancia. Tenían la desvergüenza de llamar "alta cocina" a sus trocillos de pan viejo, tamaño moneda de veinticinco centavos, untados con espárragos sobre cocinados. Supongo que esa simpleza extrema y ofensiva para nosotros los barrocos de la Generación X, era parte de la inmediatez requerida por las nuevas generaciones, que exigían carga de empleo parcial con remuneración de tiempo completo y un trimestre de vacaciones.

El Presidente Obama fue el orador principal, entró con la canción de Hulk Hogan: "*I am a real american, figth for the rigths of every man... figth for whats rigth, figth for your live*". Enormes pantallas en la tarima pasaban un video con imágenes muy americanas: águilas, banderas, estrellas, los Yankees de NY, entre otras, todas detrás de una foto de su Certificado de Nacimiento. Donald Trump estaba presente, sentado muy cerca del podio junto a su esposa. Las mesas estaban apiñadas y el salón infestado de las alimañas de la crema periodística y todas las bestias del tope de la cadena alimenticia política. Durante aquellos días la controversia acerca del lugar de nacimiento del Presidente ocupaba las noticias. Trump fue la figura más vocal en exigir que se presentara la certificación. Cuando vi al Obama en acción, entendí el encantamiento de Armando, que parecía una *groupie* de concierto, en trance y a punto de lanzar su ropa interior. El discurso fue una rutina de comedia *stand-up*, en la que el pie forzado era Trump. Lo humilló de una manera tan elegantemente burda, que el pobre diablo de la piel color naranja nunca supo qué camión lo golpeó. La mayoría de los presentes reímos ante la paliza de palabras que recibió el magnate; era tanta la gente y estaba tan cerca, que Trump seguro percibió el aliento colectivo que salía con las carcajadas. ¡Qué poco sabíamos! Esa humillación presidencial sería su razón principal para correr en el 2016.

Con la protección del Tiburón, cubrí a Obama dos veces más. La siguiente fue en Puerto Rico, un compartir protocolar de varias horas, con el Gobernador Cifuentes y su familia. Antes de marcharse, se desvío hacia una panadería del área del Condado y se comió un sándwich junto a Rogelio Cárdenas Díaz, el candidato del PPD. Eduardo ya tenía 16 años, le conseguí una foto autografiada, para tratar de impresionarle, pero nuestra relación había cambiado, pasé del papá héroe y que todo lo sabía, al que decía "no" a todo y nunca tenía dinero para nada.

La última vez fue en Colombia, durante la Cumbre de las Américas de 2012. Era espectacular la coca local, como comer queso de cabra en el Camino de Santiago. Armando no pudo acompañarme, por suerte, ya que fue un incidente internacional. Una maldita casualidad que nadie me cree cuando la cuento, estuve en el Peyclub, el mismo club nocturno en el que once agentes del Servicio Secreto fueron señalados por contratar servicios de prostitutas. De hecho, me di varias líneas y conversé con uno de ellos, el único que se salvó, se marchó del lugar antes que sus compañeros la cagaran y se quisieran ir sin pagarle a las chicas.

En alguna de las mañanas de ese año pre-elecciones, Armando estaba en un concurrido café, de esos de la franquicia americana que tenía uno en cada esquina, Paco lo esperaba estacionado cerca de la entrada. Cuando le entregaban las dos raciones, en vasos extragrandes, un individuo cachetón, con gafas oscuras, una gorra de los Mets de Nueva York y revólver en mano anunció un asalto. En el video de seguridad se vio que el Tiburón lo observó por menos de treinta segundos, le lanzó al rostro uno de los vasos con veinte onzas del quemante líquido y, sin titubear, se arrojó sobre el tipo y lo molió a golpes en el suelo. Paco se percató de la conmoción y lo sacó de la reyerta, se llevó al asaltante abatido y sangrante, lo esposó y llamó a la Policía.

Ese mismo día, en la noche, Armando me confesó que estaba tan y tan metido, que no recordaba cómo ni qué hostias lo hizo lanzarse sobre el asaltante. El video no captó los golpes en el piso, dos personas que estaban cerca de la acción, comentaron en las redes sociales que «al Alcalde se le fue la mano con la violencia». Los periódicos y noticieros principales y, a los que tenía metidos en el bolsillo, sólo reseñaron el valor y carácter heroico del Primer Ejecutivo de San Juan.

26

Una Dalia en el camino

La primera vez que vi a Dalia Pinto, fue sentada en la sala de espera de mi oficina; yo estaba del otro lado del cristal, ella no podía verme. Era joven, de treinta y cinco años, tal vez; trabajaba en uno de los departamentos dirigido por Iris Corujo. Dos horas más tarde, me levanté del escritorio a mover las sentaderas entumecidas, y seguía en el mismo lugar. Le pregunté a Alba, quién era, me dijo que llegó a hablar conmigo, pero que Dobleletra la atendería. Me pareció raro que, si venía a verme, la atendiera Doble, en vez de Francisco, pero no le di importancia, tenía demasiado trabajo.

Una hora después, salí a entregarle expedientes a Claribel, y continuaba en el mismo lugar. Antes de que le preguntara, Alba vociferó que Dobleletra estaba al llegar.

—¿De dónde viene que tarda tanto, de California?

No era correcto tenerla esperando tanto tiempo en un área visible. *Lleva más de tres horas, alguien que espera tanto es un comemierda o tiene algo importante que decir*, pensé antes de salir a atenderla. De lejos parecía un cuerpo bien formado, no me mataría un atisbo más cercano.

—Señora, me disculpa, ¿le puedo ayudar?

Sus ojos abrieron exageradamente, como si un espectro se materializara de la nada. Después de gaguear un poco, musitó:

—No… Digo, sí. Su secretaria dijo que no podía atenderme. Es un asunto confidencial que no quería hablar con nadie excepto usted, pero como le dije, su secretaria me dijo que no estaba.

Una particular falta de brillo en sus ojos color negro de medianoche, decía que estaba preocupada, deprimida quizás.

La hice pasar, esa maldita manía de no saber decirle no a una dama en apuros. Para mi defensa, dejé la puerta abierta, seis personas nos veían; nada de riesgos innecesarios. La vi de cuerpazo entero al caminar y sentarse, y agradecí a la naturaleza por tomarse el tiempo de crear y permitirme el privilegio de observar.

Cuando comenzó a explicar la razón de su visita, olvidé las delicias de su anatomía y, con un grito seco, llamé a Claribel.

—Consigue a Francisco, de inmediato... también a Ignacio.

—El licenciado Arteaga está reunido con…

—¡Claribel, ahora!

Se giró y agarró el teléfono sobre su escritorio. La cara de Alba parecía sacada de la sección de horror de un museo de cera. Tardaron unos diez minutos. Ignacio llegó primero, siempre vestido para matar; su corbata, como solía pasar, me gustaba más que la mía, alguna vez pensé que no las repetía.

Resultó que, Dalia Pinto, se percató de algunas irregularidades en la Secretaría de Desarrollo y Sustentabilidad. La primera tenía que ver con descuadres y hurtos de dinero en las registradoras de los museos en la ciudad amurallada. Un asunto de mala supervisión que se probaba con matemática simple. Le dio conocimiento a Iris, quien seguramente, desparramada en su silla de escritorio y masticando una de tres alcapurrias que tenía servidas en un plato de *foam* blanco, con brillo anaranjado en el fondo por la grasa y el achiote que supuraban las frituras, le dijo: «Yo me encargo». Pasaban las semanas y los hurtos no pararon. Al notificarlo nuevamente, "La Mórbida", quizás, con un generoso trozo de tarta de chocolate en la mano y harina de tonos marrón mierda acumulada en las comisuras, le escupió una amenaza de despido. Verla comer hacía desaparecer el más desmesurado apetito; nunca supo que mirarse al espejo mientras comía, podía ser la solución a su morbidez.

La segunda irregularidad, fue el uso de su computadora, en la que se prepararon tres cotizaciones para adjudicar un contrato de servicios que, por ser de una cantidad menor, no requería subastas. Dalia era zurda, y quien utilizó la máquina olvidó devolver el *mouse* al otro lado. Fue eso, junto con la amenaza de despido lo que activaron su paranoia. Logró reimprimir los últimos documentos, aunque no estuviesen grabados en la memoria de la máquina. No fue difícil descubrir que el Director Auxiliar, Nelson Cabán, quien también era el Comisionado Electoral Municipal, los preparó e imprimió.

Dobleletra apareció cuando ya terminaba el relato. Lo dejé pasar sólo para observar su reacción, que me lució similar a la de Alba. Francisco se llevó a Dalia a su oficina y junto a Leonor, le tomaron una declaración oficial, y prepararon un documento en el que ordenaba a Ignacio investigar. Pero, según Dobleletra Meléndez, que intervino de inmediato, el proceso reglamentario era referir la queja a la Oficina de Auditoría Interna, la dimensión desconocida de Notre Dame Robles Vizcaya; se me hacía difícil entender el trabajo que se hacía en ese lugar. Me tomó tiempo darme cuenta de que era una especie de cementerio del olvido, sólo había un detalle, Dalia Pinto no olvidaba, su memoria resultó ser un severo dolor en mis pelotas.

Le pedí a Dobleletra que se quedara unos minutos, quería discutir el contrato para el alquiler de las tarimas del Festival de Blues, que tenía costos insultantemente altos. Él habló antes para excusarse, tartamudo, con labios pálidos y sin mirarme a los ojos, contó que su atraso se debió a dolamas en su próstata. Mencionó una dificultad urinaria y un doloroso procedimiento clínico; un desagradable bloque de información que no me interesaba conocer. Sentí una especie de molestia mental, al escuchar la tortura médica que le esperaba, después de todo, yo también portaba una próstata, la solidaridad fue automática. La candidez de su confesión me agarró con la guardia abajo y me conmovió ligeramente, no sabía qué decir; me conectó un *jab* a la parte del subconsciente o el inconsciente, de ese lugar de la psiquis que se encargaba de ponerme pendejo.

Decían que esos asuntos prostáticos afectaban la virilidad y el desempeño sexual, pero, aunque lo vi muchas veces atisbar a pupila plena sobre pronunciados culos ajenos, no parecía un explorador de los misterios ocultos del cuerpo femenino. Mi próximo pensamiento, fue casi lógico e inevitable, y llegó acompañado del rostro de su esposa, Roxana, sólo el rostro, hasta ese día nunca le había prestado atención al resto. Pensé en esa falta de pasión de la que debía ser víctima, y deseé ofrecerme de voluntario, subrogarme y asumir el deber de hacerla "feliz". Fue la primera vez que la vi de otra forma que no fuese como "la esposa de Doble" y deseé ver más. No me pueden culpar del todo, ¿quién carajos discutía intimidades así con desconocidos?; la frecuencia y familiaridad de la relación profesional, no tenía que crear intimidad.

—Doble, ¿qué te hace pensar que me interesa lo que sucede en tus partes ocultas? Recuerda que los árboles mueren de pie y los hombres bien criados, en silencio y con el calzado puesto. Pero ya que lo mencionas, mi más sentido pésame, te llegó la época de la gota eterna, como le llama Palomares, la espera frente al retrete por largos minutos que harán eco en las horas del resto de tu vida.

De repente, el pendejísimo cargo de conciencia me atacó otra vez y comencé algo que pareció una disculpa, pujada con la parte profunda de las entrañas, creo que hasta sentí náuseas.

—Sé que a veces puedo ser un hijo de puta difícil, pero quiero que sepas…

—No se preocupe por eso —interrumpió para evitar que me disculpara.

Con su habitual interpretación de jíbaro aguzado y su babosa destreza para hacerse el pendejo, Dobleletra dormía las mentes ordinarias, emocionado, me hizo una historia acerca de un concesionario de vehículos y una orden que mi padre le dio y no pudo cumplir. Con orgullo en la voz me contó…

—Cuando le di la mala noticia, su señor Padre me respondió: «Meléndez, si no puedes conseguirme los vehículos de prueba, es porque eres muy pendejo».

Eso fue suficiente para engullirme cualquier amague de disculpa y regresar al asunto de las tarimas a sobreprecio. El viejo solía poner a prueba el carácter de su gente, era una de sus tantas maneras de saber si trataba con lobos, perros, ratas o cerdos. No fue difícil entender por qué mi padre lo escogió, era un cedazo humano que retenía lo que no debía llegar al Alcalde; un profiláctico para salpicaduras indeseadas; el perfecto "por conducto", le llamaba Ignacio. El pequeño gran detalle con Doble era que supervisaba las compras y subastas, además de las áreas de Finanzas, Presupuesto, Recursos Humanos y la División Legal. Era inverosímil que un sacador de tuercas como aquel, manejara áreas tan delicadas, so color de que era un "hombre de partido". Le faltaba academia y personalidad para impartir instrucciones a personas que le triplicaban en experiencia, educación, carácter y hasta en sentido común. Sin suficiente cabeza para tantos sombreros estaba consciente de que era un vil insecto en un gallinero y maniobraba con las herramientas de decepción que le proporcionaron tantos años en la política de bajo nivel. Con el poder que tenía, ejercía control sobre las áreas que manejaban el dinero, el personal y los reglamentos.

Para las tarimas, le dije que el suplidor tenía que bajar los costos o que buscara otro más económico. Hizo una expresión de pujo, se retorció en la silla, sonrió y miró al suelo, como si se preparara para decir algo importante.

—No se te ocurra decirme que no se puede porque hago yo la llamada y si lo consigo, significa que no te necesito.

—El suplidor es el Señor Carbonell, un viejo amigo de la casa, a quien siempre se le otorgan esos contratos; así lo requería su señor Padre.

—¿Trabajas para mí o para el usurero que nos cobra triple? Doble, te voy a enseñar cómo se hacen los negocios.

Agarré el teléfono y le pedí a Claribel que me comunicara con el tal Carbonell. Sólo me tomó cuatro minutos y el primero fue de puro saludo y sorpresa, por el honor de mi llamada. Al final, conseguí las tarimas a una tercera parte del precio. Después de rechazarle a Carbonell, cortésmente, tres invitaciones a cenar y un fin de semana en su bote de cincuenta pies de eslora, terminé la llamada.

—¿Aprendiste algo?

En ese momento no lo sabía, me enteré mucho después, pero Doble se quedó sin la comisión por las tarimas y comenzó a perder el apoyo de sus compinches en el truco de los *paybacks*. Tal vez aquel dejo de debilidad que mostré con el atentado de disculpa, lo hizo sentir en confianza y con una sonrisa de triquiñuela, ligeramente burlona, me dijo:

—Lo que pasa es que usted es el Alcalde…

—No, Doble, lo que pasa es que tú eres muy pendejo.

27
Primera campaña
Elecciones 2012

Cuando llegó la campaña, la fiesta comenzó Las drogas fueron mi arma secreta para combatir los nervios y la ansiedad, ayudaban a sacar el carisma y la capacidad histriónica. Era imposible una maniobra electoral sin ellas, pero también era importante la discreción. Stoli tenía acceso a Paco y Chuck, que recibían mis paquetes de combustible para campañas. Abusé de todo, como siempre, pero la Adderall fue la más usada, mucho más que la coca.

En el 2012 tuve un oponente conocido y con alguna posibilidad de ganar. Su nombre era Hernán Vicentí, un senador que coqueteó con la silla desde la era del Dr. Rexach. Trató de sacarle partido a los chismes de mi soltería empedernida, al ateísmo y al rumor a gritos de mi uso abusivo de narcóticos (el abusivo lo incluyo para darle dramatismo, en aquel tiempo sólo hablaban de marihuana). A pesar de lo anterior lo vencí por la vía del *knockout* y por un margen mayor al que todos esperaban; obtuve más votos que mi padre en su última elección. Algunos sectores de la izquierda razonable me apoyaban; fumé marihuana con la mayoría, en tiempos en que la política no era una posibilidad en mi vida. Todas las veces que fui candidato, el voto rebelde me dio las victorias holgadas.

Para preparar el terreno, antes de anunciar oficialmente mi candidatura, coordinamos una entrevista con una joven reportera muy hábil e incisiva y con buenos *ratings*, Jennifer Santini. «Es experta en el arte de encantar y confundir. Nunca acepte sus premisas, por más convenientes que puedan parecer», decía Zenaida preocupada por los efectos que los atributos físicos e intelectuales de la reportera pudiesen tener en mí. Los medios prefieren cubrir los candidatos más pintorescos primero, luego los truhanes; los buenos al final, si sobra tiempo. En mi caso fue distinto, trataban mis eventos como los de un artista, era el *Rock-Star* de la política local.

La entrevista estuvo a relamer de boca, su estilo aguerrido, casi malcriado y a un pelo de la falta de respeto, me resultó muy caliente. Sentí una química deliciosa, como mariposillas que sobrevolaban el estómago y más abajo, provocando una inquieta erección. El efecto fue mutuo, terminamos en mi apartamento. Llegué primero, le dejé la puerta abierta y me apresuré a abrir una botella de vino. No había sacado bien el corcho, cuando la escuché cerrar la puerta y sin aviso ni consentimiento, me besó con más rudeza que sus preguntas. Me abrió la correa del pantalón y me haló hasta el sofá. Dejé el vino en la mesa del medio y lo demás lo pueden imaginar. Cuando nos repusimos del azote de salvajismo, respiramos, fumamos yerba y nos acabamos la botella. Abrí otra y reanudamos las labores de la piel.

Cuando la cuarta botella de un Malbec que ya nos nublaba las conciencias, me acomodé entre sus piernas a dos centímetros de su entrada, era mi turno de entrevistar. Le hice algunas preguntas seductoras, que alterné con caricias a sus labios inferiores: «¿A ver, señorita Santini, le gusta cuando la toco por aquí?». Ella contestaba con gemidos que se convertían en palabras, que formulaban oraciones completas y terminaban en más gemidos. Hubo un sadismo especial en aquel juego de palabras y caricias a su rinconcillo palpitante, que culminó en un largo y extenuante orgasmo para ella y una significativa subida de ego para mí.

Repetimos la entrevista de lanzamiento en todas las campañas siguientes, y mis diálogos con su vagina eran la mejor parte. En mis últimas dos contiendas, estaba casada con un pendejo que dirigía un programa de noticias de radio; nunca se enteró, y qué bueno, porque me gané bastantes enemigos en la prensa.

Descubrí que me gustaban las entrevistas, las conducidas por reporteras atractivas de aparente inteligencia. Con la tendencia de las cadenas de televisión de reclutar reporteras guapas y jóvenes, en favor de la igualdad y el feminismo, mantenerme cerca de la prensa era un deleite mandatorio. Les confieso que fueron ciertos todos los chismes de mis amoríos con las periodistas. Vamos, sin juicios, que, si las recuerdan bien, eran todas ejemplares monumentales de belleza; incluso la sesentona del *talk-show* del ABC en Nueva York.

Aunque esa vez tuve un oponente capacitado, fue la más fácil de todas las campañas, estaba basada en las obras de mi Padre, con fotos familiares y todo el paquete de nostalgia y melancolía para idiotas y *baby boomers*. Mi madre estuvo presente en eventos claves, era necesaria para los viejos que no se conformaban con las fotos y los anuncios; Doña Wilda era un elemento tangible de los tiempos del Prócer. La llamaban "La Eterna Primera Dama", igual que a todas las viudas de los alcaldes importantes que fallecían en sus puestos; changuerías de boricuas lambeculos. Me sabía bastante a mierda tenerla tanto tiempo jugando a la cívica de club campestre, con sus pamelas floridas y saludando como una miss con medio siglo de caducidad; pero, el Palomo me pidió paciencia.

Zenaida se hacía invisible en las actividades en las que estaba mi madre, lo que atrasaba el verdadero trabajo político; ninguna de sus asistentes manejaba la prensa como ella. Siempre pensé que Doña Wilda se mantenía más tiempo del que se le requería, sólo para tener la oportunidad de enfrentarla en un duelo de moral, un gusto que no le di. Me encargué de proteger a Zenaida de las consecuencias de su amor por Don Armando, nunca toleré ni la mínima alusión a su moral o la mierda que fuese que decía mi madre cada vez que se sentaba con las otras viejas hijas de la gran puta, viudas de tantos "buenos progresistas fallecidos", que asistían a las actividades.

Un amigo con poder político era un aliado útil, por eso nunca me negué a acompañar a otros en sus campañas, no era mala publicidad con nuestra base de votantes. Además, me daba la oportunidad de sentirme "en gira", como el *rock-star* que siempre debí ser. Reescribimos la forma de hacer campañas, y supimos ocultar la degeneración del ojo público. Harry "El Duque" hizo caravanas de todas las formas posibles: motoras, *jet-skis*, caballos, vehículos antiguos, *fourtracks*; las carreteras que invadíamos se convertían en coloridos carnavales. Harry y Taíno conseguían cualquier vehículo creado por el hombre; sólo nos faltó una flotilla de aviones para hacer campaña en el cielo.

28

"Welcome to the machine"

La mayoría de los mortales, ajenos a las corrientes subterráneas del mar eterno de la política, piensan que las campañas se tratan de una pelea entre oponentes de partidos contrarios, pero esa es la parte que menos importa. Las campañas se tratan del candidato, de contar su historia y que la crean, aunque se le haya inventado en el proceso. No quisiera aburrirles con largas explicaciones técnicas acerca de procesos, sin embargo, son necesarios para entender la realidad puertorriqueña, así que trataré de ser lo más escueto posible, sin obviar datos para que luego no me acusen de demagogo.

La carrera al poder es como un conteo regresivo, previamente calculado, con muy poco margen de errores; llegar a la meta requiere destrezas y resistencia. Todo comienza mucho antes del anuncio, con una larga charla introspectiva entre el aspirante y sus demonios. Nunca tuve la conversación, mi paso por el poder sería sólo de transición. No tuve tiempo de mirar hacia atrás y preguntarme cosas tan básicas e importantes como: ¿Alguna vez toqué una nalga sin permiso? Bajo los estándares de los manuales posmodernos y progresistas, tocar unos glúteos era un delito social, un acto abominable sin tiempo de prescripción. Cualquier conducta similar, no importa cuán remota o inocua pudiese parecer, podía causar nefastas consecuencias en la carrera de un varón. Una regla que no aplicaba a las mujeres no importa las nalgas o lo que sea que agarraran, masculina o femenina, no sufrían consecuencias. El siglo XXI trajo impunidad sexual para las mujeres que quisieran ejercer su derecho a acosar; se consideraba una broma la mera idea de un hombre acosado.

Después de conocer la historia del candidato, venía el desarrollo del mensaje; ya mostramos la carrocería, ahora toca el motor. Antes del primer día de carrera, se tenía claro: qué diría, a quién, dónde y cuándo. Como cualquier artículo que se vende, era necesario identificar sus consumidores. La base de votantes del partido era el primer tramo, era necesario repetirles lo que nunca se cansaban de escuchar. Una vez asegurada esa parte del rebaño, un líder carismático se aventuraba en los dominios contradictorios del oponente, para cazar almas susceptibles de convencimiento.

Este príncipe heredó una estructura exitosa. Palomares era el Director de Campaña y principal operario político; nadie como él para desarrollar la mejor estrategia en el peor momento. Bajo su mando todas las cabezas funcionaban sin errores costosos. Francisco fue mi Director de Calendario, una agenda con pulso y voz propia. Perfecto por su manera estructurada de vivir y por su capacidad para decir "no" con elegancia. "No" era la palabra más usada por mi círculo cercano y la más importante en el vocabulario de un político, era necesario aprender a usarla mucho antes que el "sí". Bueno o malo, no causaba demasiado daño y muy pocas veces se iba a la cárcel por un "no".

Zenaida era la Directora de Comunicaciones, de su credibilidad dependía la mía. Manejaba al Cuarto Poder con su imponente presencia y sus altísimos tacones. Siempre estaba al tanto de los movimientos del oponente y era experta en conseguir publicidad sin costo. Una bruja, una encantadora de víboras; podía ser lo arrogante que le diera la gana y hasta el más alfa de los machos lo aguantaba con estoicismo y una erección. Con las mujeres era implacable: «Es más común una traición de parte otra mujer», decía cada vez que le tocaba reclutar alguna. En esa obsesiva gesta de proteger al candidato se enamoró de mi padre.

Nelson Cabán, el de las cotizaciones fatulas en la computadora de Dalia Pinto, era el Comisionado Electoral. Para ganar elecciones se necesitaba un "ejército" preparado para pelear "hasta el último voto". Nelson era el tipo indicado para organizarlo, no tenía vergüenza en reclutar voluntarios y exigirles como si les pagara millones. Preparaba a los funcionarios de colegio, que eran los contables y custodios de las papeletas de votación, además, los encargados de la recusación; cada voto recusado y no contado, ofrecía la oportunidad de ganar sin mayoría. El ejercicio puro de la democracia participativa, lo ejecutaban esos funcionarios en las urnas, no los directores de campaña, ni siquiera el gobernante.

El Director de Operaciones de Campo, se encargaba del trabajo político de casa en casa. Los anuncios y carteles colgados en los postes y edificios eran obra de su brigada fantasma, podían pasquinar diez avenidas enteras en una noche sin ser vistos. También organizaba aquellas odiosas caravanas: cientos de personas con banderas moviéndose como reses, y vehículos equipados con ensordecedores altoparlantes, que detenían el tráfico por horas. Mientras más nutridas, más sólido parecía el candidato; en la vida y en la política la percepción era más importante que la realidad.

Nada mejor que el trato directo con la gente. La electricidad del contacto físico, la adrenalina de escuchar y convencer; energía que se transformaba en cosquillas y me provocaba erecciones que nada tenían que ver con sexo. Los atrapaba desde el saludo, el apretón de manos firme, el abrazo cálido, la sonrisa seductora o la mirada afable; todo parte de un arsenal histriónico de movimientos para deslumbrar, cálidamente calculados. La gente me adoraba: las viejas sin dientes, las madres con hijos sin padre, los viejos con las espaldas rotas por el tiempo, todos vieron en mí una esperanza que sentí como una carga, como si cada una de esas personas estuviese parada una a una sobre mis hombros, creando una pesada columna de dolor y carencia que me doblaba los huesos. Malditas drogas, también podían sacarme esa sensibilidad de pendejo sin espinazo.

Raymond "Motonetas" Guillén, llevaba las finanzas de las campañas de la misma manera que las del Municipio; un genio en el arte de cortar y esconder. Era uno de los empleados más antiguos del equipo. Alguna vez, durante su esbelta juventud, comentó el deseo de sustituir a mi padre cuando decidiera retirarse. ¡Qué cagada! Según lo contaba Dobleletra, a Don Armando le supo a mierda que alguien hablara de sustituirle, y se encargó de hacer añicos las aspiraciones del joven Guillén; lo condenó a una vida eterna entre números y sin posibilidades de aspirar a más. Decía Doble, que ese mal rato le provocó a Guillén una depresión que lo llevó a ingerir las altas dosis de calorías que le causaron morbidez. También desarrolló una pasión enfermiza por el chisme, su lengua creció a la par con la cintura y nadie estaba exento de su veneno. Como las cucarachas, se adaptaba a los cambios y sobrevivió más de tres décadas en la misma silla. Los errores que cometía no eran cosa tal; eran golpes de estado sutiles, boicots celosos porque no se le tomaba en cuenta, y alguno que otro sangrado para su cuenta personal, por los que nunca lo agarraron.

Esas eran las figuras principales de mi estructura política. Había otras casi doscientas personas relacionadas a las campañas, pero esas eran las que daban la cara pública y a quienes se les podía atribuir responsabilidad por una derrota. Un equipo diseñado para barrer elecciones, zorros que sabían rendir el dinero para llegar primero a la meta. Si una buena maquinaria, con un mal candidato, podía alcanzar una victoria, con uno bueno hacía la magia que *"convierte la dura prosa de la realidad presente, en poesía de esperanza para un mañana".* Lo más importante, después del candidato, era el dinero, el combustible no se podía correr sin él. Acerca de los malabares para conseguirlo les hablaré más adelante.

29
EL ANUNCIO

La entrevista con Jennifer Santini avivó los ánimos de mis seguidores. Sin embargo, ante mi falta de anuncio oficial, el oponente, aprovechó la ocasión para repetir una línea que me persiguió por años: «Habla claro, Armando, habla claro». Unos días de suspenso saludable, no le hacían daño a nadie. Me sugirieron mil lugares emblemáticos para anunciar la candidatura, pero, en mi afán de darle siempre a todos por el culo, escogí la planicie frente al Morro, donde las familias volaban chiringas los domingos. Un lugar difícil para controlar la gente y las eventualidades del clima.

Cuando se es incumbente, la carrera es más fácil, bueno, no más fácil, menos escabrosa. No hay que rogarle a nadie por el apoyo. Se tiene poder para otorgar contratos y otras pequeñas comodidades que le dan una ventaja sobre cualquier Juan del Pueblo sin dinero, por buenas intenciones que tenga.

Tres semanas de preparación, cada detalle observado y cubierto, y un excelente discurso, revisado por Chuck e Ignacio. El día acordado, estaba el gabinete completo, todos bien vestidos y perfumados, era una foto perfecta; las damas con todo el maquillaje que les permitía la piel y los hombres con corbata, era requisito para todos usarla. Tres horas antes comenzó a llover. Una lluvia copiosa que no paraba, que me mojaba los planes y tocaba en los cojones. Cuando el cielo comenzó a derramarse, vi en los rostros de Palomares, Zenaida y Francisco, el posible reflejo de alguna recriminación.

—Al que se le ocurra decir "te lo dije", le encajo una patada en las nalgas que le va a doler hasta después de las elecciones. No te rías, Zenaida, no creas que te salvas por ser mujer.

No pudieron evitar una carcajada y decir "te lo dije", a coro los muy cabrones, y se fueron a resolver mi cagada.

Con velocidad y urgencia, la gente de prensa y los carpinteros del Departamento de Mantenimiento de Estructuras consiguieron varias carpas y, como anfibios con serruchos y martillos, improvisaron una tarima lo mejor que pudieron.

Resignados ante lo que no podíamos controlar, estuvimos listos, alguna gente se mojaría irremediablemente, sólo me quedaba pedir disculpas y continuar. Cinco minutos antes del anuncio, apareció Palomares, tan blanco como un espectro.

—¿Ahora qué, se acerca un huracán o el Estado Islámico anunció un ataque? —le dije esperando lo peor.

—Tu hermano, Pablo, acaba de decirle a Willo Soto, que te retará en primarias.

¿Saben lo que es un *bad-trip*? Cuando el efecto de una droga no es el que esperas y sientes muy malas sensaciones. Así fue la noticia de mi hermano, una patada en las pelotas hinchadas después de una sesión de sexo. Con la esperanza de que no me opacara demasiado, continué con los planes.

Todo salió como lo practicamos, los reporteros presentes eran amigos o de los manejables, y les pedimos que, por favor, nada de preguntas acerca de Pablo, ya que no teníamos respuesta en aquel momento. El *jingle* de campaña era un *rock and roll* setentoso, con el coro de *"Whole lotta love"*, de Led Zeppelin. Mis palabras fueron bien aplaudidas por la plantilla de empleados y contratistas menores que llevamos al lugar para hacer bulto; ventajas de ser el incumbente, ya que los ciudadanos ordinarios no asistían a ese tipo de anuncio, solían verlos por TV.

Al terminar, la ronda de preguntas fue dirigida a las promesas incluidas en el discurso. Algún pendejo preguntó acerca del compromiso con el legado de mi padre y otras tantas mamadas que me hicieron sentir como pez en... perdón, como tiburón en el agua.

Nada podía pasar mejor, cuando de repente, de las filas de atrás.

—Alcalde, ¿qué tiene que decir acerca de las aspiraciones de su hermano Pablo, de retarle en primarias, según dijera hace un rato en un programa de radio?

Sí, ese mismo, el hijo de la gran puta de Chucky Black hizo la pregunta, sonrió ampliamente y miró al suelo para ocultarlo. El silencio era escandaloso, todas las miradas gritaban "¡mátenlo!". Palomo perdió el color, parecía descompensado; Zenaida mantenía la mano levantada como queriendo decir algo que no le salía. Debo aclarar que, de no ser por las drogas, me hubiese muerto ese día de algún descontrol cardiaco. Para manejar la ansiedad de la mierda de mi hermano, me tragué una *Xanax* entera antes de comenzar, que hacía su trabajo cuando mi gran amigo me clavó aquel puñal de frente y mirándome fijo. Sádico hijo de puta, él tampoco toleraba a Pablo, sólo gozaba al ponerme en aprietos.

Me recompuse y comencé a hablar sin pensar demasiado en la respuesta.

—Señor Black, gracias por su pregunta, tan poco apropiada para la ocasión. Me enteré minutos antes de hacer este anuncio, y aunque confieso que me tomó por sorpresa, invito a mi hermano y a cualquier ciudadano que quiera comprometerse a trabajar por su país, a que dé un paso y se una a la carrera política. De eso se trata el ejercicio democrático.

—¿No le parece "sospechosa" la manera en que se presentó al programa de radio, por sorpresa, sin que nadie lo invitara y justamente, diez minutos antes de usted comenzar su anuncio? ¿No es eso una forma de sabotearle?

—Eso tendrá que preguntárselo a él —contesté sin decir más.

¡Claro que lo era! Pero era poco elegante decirlo públicamente. Chuck gozaba de ponerme en aprietos, pero, nunca me dejaba mal parado; le agradecí con la mirada que girara la noticia contra Pablo.

De camino a la alcaldía nadie se atrevió a decir palabra, la tensión se movía como una especie de neblina casi perceptible al tacto. La lluvia no paraba. El maldito vehículo iba repleto de gente, todos cabizbajos para esquivarme la mirada. Necesitaba meterme algo pronto, para disminuir las revoluciones de mi sistema nervioso, un puto terremoto me sacudía el pecho; hasta ese momento no sabía que un corazón podía latir tan de prisa por algo que no fuera Claudia. La comadreja de mi hermano no podía ganarme jamás, ni en la primaria ni en nada de lo que tratara de hacer en su miserable vida. Sin embargo, no se trataba de la elección, se trataba de que era mi hermano, hacía lucir el evento como una pelea entre príncipes caprichosos ante la muerte del Sultán. No era la capacidad de Pablo lo que lo hacía peligroso, era su cercanía, el que llevásemos la misma sangre me hacía vulnerable ante su debilidad. Nadie sabía lo que conocía y guardaba. Fue la rata que le envió a mi padre las fotos de Guillermo, de su hermano mayor que nunca le hizo nada, sólo ser mejor. ¿Qué me haría a mí que traté de matarlo con un palo de golf y lo humillé tantas veces?

Cuando llegamos a la oficina, la tormenta de mierda continuaba. ¿Recuerdan a Pedro Rivera Pérez, el líder de barrio y tío del delincuente asesinado en el 2010? El muy cerdo tenía once miembros de su familia empleados en el Ayuntamiento. El menor de sus hijos y la esposa de este trabajaban en el mismo departamento y en un arrebato de celos, la golpeó frente a siete compañeros de brigada. Más de tres horas después, la mujer estaba ensangrentada en el hospital, con tres piezas menos en su dentadura, ambos ojos cerrados por la hinchazón de los hematomas, un pulmón perforado, la nariz y varias costillas rotas, y el tipo libre se pavoneaba, frente al resto de la brigada, de estar "bien conectado". Nadie se atrevió a reportarlo o llamar a la Policía, conocían los antecedentes del padre que, por sus lazos con narcos de poca monta, era muy efectivo en el juego de la intimidación.

Me retorcía las tripas que un abusador como aquel se saliera con la suya, ordené llamar a la policía y despedirle de inmediato. Ignacio preparó el papeleo, y le tomó declaraciones juradas a los testigos de la agresión. Esa noche, el tipejo durmió en la cárcel y sin trabajo ni sueldo para pagar su defensa. Tan pronto el padre se enteró, me llamó al móvil.

Al escuchar aquel acento vulgar e irrespetuoso, no pude evitar mandarle al carajo y decirle que se metiera el precinto y sus votantes por la grieta trasera. Respondió sin titubeos: «Nos vamos con Pablito. No se acomode mucho en la silla, se la vamos a quitar, comemierda».

No pasó ni una hora del arresto y Pablo había tomado parte en el asunto. ¿Cómo carajos se enteró? Alguien con poder en la estructura del Partido le decía qué hacer, pero quién. ¿Rémora?, con el país casi en quiebra, podía colgarse en la elección, tener de su lado al Alcalde de San Juan, le daba una garantía de ingresos en tiempos de crisis. Le dije al Palomo y Francisco que encontraran la rata que trataba de meter a Pablo por la cocina.

La impaciencia me socavaba en la cabeza. Después de unas cuantas líneas y una copa para reforzar cojones, llamé a la Rémora. En aquellos días nadie confrontaba al Presidente de la Cámara ni siquiera Cifuentes, por lo calmado de su respuesta, comprendí que la Rémora era mucho más listo, y con más cojones y carácter que la mayoría de los políticos que conocí.

—Alcalde, si yo quisiera ponerle un oponente, le aseguro que tengo mejores candidatos; su hermano no puede ganarle en ninguna circunstancia. Con todo el respeto, su problema es uno doméstico, y cuando le digo doméstico, no me refiero al Municipio, su problema está en un círculo mucho más íntimo; no tiene que salir de su casa para resolverlo.

—Señor Presidente, le agradezco la gentileza de tomar mi llamada y me excuso por la duda, y cuente conmigo para su campaña —contesté sintiéndome como un verdadero estúpido.

Era lógico, cómo no se me ocurrió antes. Sólo una persona podía llegar directo a los líderes de barrio, sin tener que pasar por mi gente primero. Doña Awilda Mercedes Brau de Quiñones, la eterna Primera Dama. Mi madre siempre protegió a Pablo, era el gordo, el rezagado, el lentito. Gran parte de su personalidad de mierda se la debía a la sobre protección que ella ejerció, el pendejo pensaba que merecía que todo le fuese servido. ¿Qué buscaba Doña Wilda? Castigarme por alejarla de la vida de reina, estaba seguro de que ni ella quería a Pablo como alcalde.

Cuando le conté al dúo dinámico, se quedaron fríos. Cambiaron a modo defensivo, hablaron entre ellos por algunos minutos, en los que ignoraron mi presencia. Al final, decidieron tomar precauciones y adelantar la contratación de otros técnicos de peso completo para mi esquina.

—Esta semana comienzan los eventos de campaña, no sé por dónde va el tiro de tu hermano, no debemos correr riesgos. Necesitamos ayuda, decidimos contratar a la agencia de Madeline Alemán para que se encargue de las relaciones públicas.

—Es la mejor para eso, nos conoce, no hay que explicarle nada —añadió el Palomo.

Acepté lo que proponían, noté un brillo singularmente siniestro en la mirada de mi panzón amigo, que añadió:

—Sólo hay un ligero detalle.

—¿Ligero? —pregunté, temiendo a la contestación que el muy perro me daría.

—Madeline estará afuera por asuntos médicos durante unos meses, Catalina está a cargo de la agencia. Será ella tu nueva Representante de Relaciones Públicas

Aquel cinismo en su sonrisa decía que se dio cuenta de que mi ritmo cardíaco se aceleró de sólo escuchar el nombre.

—Es la hija de Madeline, tal vez no la conozcas, excelente chica —comentó Palomares. Ajeno al hecho de que, cuatro años antes, la excelente chica, me sacudió el piso.

30

"Dirty deeds done dirt cheap"

Seguro que alguna vez se preguntaron cómo se paga una campaña. ¿Recuerdan esas películas en las que las locomotoras corrían a vuelo de demonio sobre las vías, mientras dos hombres con palas y las caras tiznadas, lanzaban carbón a las llamas de una caldera y mantenían la maquinaria corriendo? Miguel Dobleletra Meléndez y José Fuentes eran los tipos con las palas, sólo que, en vez de carbón, lanzaban dinero al cofre de campaña; al *war chest,* como le llamaban los comemierdas de mi colectividad, que lo decían todo en gringo, los hacía sentir mejores estadistas; sin importarles el acento y la incomprensible pronunciación que cortaba los hilos conductores de cualquier conversación coherente.

Doble y Fuentes eran piezas claves, se movían bajo las sombras de la ilegalidad. Por eso ocupaban puestos con salarios y responsabilidades que excedían sus capacidades, era la manera de recompensarles por el trabajo, muy sucio, que podía costarles parchos de vida, ataviados de poliéster anaranjado, en la incomodidad de un penal. Si comparamos los partidos con la mafia, ellos eran los forajidos que recolectaban las cuotas y las aportaciones que nunca llegaban a los libros oficiales de la campaña. La ley imponía cantidades topes a las donaciones, que no eran suficiente para ganar elecciones. Los donantes lo sabían, por eso lanzaban dinero en bruto y por encima de la ley, era el precio del trato preferencial con el que multiplicarían lo invertido. El inversionismo político fue, por décadas, uno de lo más comunes y lucrativos mecanismos de corrupción pública en Puerto Rico.

No era tan sencillo como parecía, eso de repartir notas y recolectar pagos. No se veían bien los encuentros en estacionamientos solitarios, para intercambiar dinero en efectivo, dentro de cajas de zapatos o bolsas de papel, sin razón ni son; muy malo para explicar cuando se encendían las luces azules y aparecía de sorpresa la poli. Se debían justificar las entregas. Como cada una de las aportaciones excedía la cantidad legal y equivalían a miles de donativos en una, era necesario dividirlas en cantidades menores y "lavarlas" en actividades, como fiestas, desayunos y sorteos, en las que se pagaba por asistir o participar. Ni hablar de la venta de camisetas; no había suficiente tela en el país para confeccionar los millares que, según los libros de la campaña, les vendimos a los votantes.

Lo más lucrativo eran las fiestas, desayunos y cenas, en las que estaba el Alcalde para compartir y tomarse fotos. Los cumpleaños (celebrábamos varios) eran la manera más fácil de recoger ciento cincuenta mil dólares en una semana. Los cabrones que podían pagar por el lujo de mi presencia, eran como moscas que revoleaban igual sobre la miel o la mierda. Para los empleados y ciudadanos de poca capacidad económica, se preparaban rifas, bingos, chocolates y otras menudencias indetectables, que los motivaban a romper sus alcancías. Otra de las aportaciones fijas que se recogía todo el año, era la de los empleados de confianza, una especie de diezmo perenne que los mantenía en nómina.

La otra parte del juego, la repartición del jamón era más peligrosa y ocurría fuera de tiempo de elecciones. Las inversiones de los amigos se pagaban con contratos y, de esos, se colectaban otros dinerillos sustanciales: *paybacks*. Los comicios se celebraban cada cuatro años, pero Doble y Fuentes estaban en modo de recolección todo el tiempo; eran una incansable máquina de cometer delitos. Tenían rutas que iban desde bufetes de abogados en edificios exclusivos del sector bancario, hasta cuchitriles de mala muerte donde se encontraban con cualquier gavilán callejero. Nunca dudé que, entre tanto donativo suelto, se llevaran algo directo al bolsillo, sus estilos de vida lo decían.

Había una regla de oro en el proceso: el candidato nunca recibe donativos a la mano, mucho menos, dinero en efectivo. Sin la disciplina correcta, era muy fácil caer en el juego de los regalos y una vez se cruzaba la línea, se quedaba a merced de todo aquel a quien alguna vez se le aceptó una bagatela. Al igual que en la estructura del Ayuntamiento, en las campañas se creaban capas para proteger el centro, los componentes estaban conscientes y asumían los riesgos.

Sólo una vez casi acepto dinero de manos de Don Ignacio Valverde, un primo del Padre Vicente. Un viejo mexicano, setentón, alto, de cabello blanco y marcadas arrugas en la frente; me pareció curiosa su corpulencia, parecía la de un hombre más joven. Viajó exclusivamente para desearme éxito en la elección. Según el sacerdote, Valverde y el Prócer Quiñones, tenían una muy discreta amistad. Era el dueño de una compañía multinacional dedicada, entre tantas cosas, a los desarrollos de construcción. Fue una reunión breve, en la sección privada del restaurante del Hotel frente a la Catedral, que fue un convento de Hermanas Carmelitas durante la dominación española. Según Valverde, ya nos conocíamos, pero, no pude recordarle, al menos en ese momento. Cuando me entregó un maletín negro, marca Mont Blanc, con cien mil dólares en efectivo, se me cerró abruptamente el culo y comencé a sudar. Pensé que tan pronto lo tomara, entrarían cincuenta agentes del FBI y doscientos periodistas. Cuando dije que no podía aceptarlo, el Padre, más hábil que santo, tuvo la gentileza de recibirlo por mí y dejarlo en uno de los confesionarios de la Catedral; Fuentes se encargó de recogerlo luego. Palomo me advirtió acerca de los mexicanos y sus negocios misteriosos, pensé que no le gustaban los extranjeros, pero como siempre tenía toda la razón, no me tomó demasiado tiempo descubrirlo.

**

Nada evidenciaba la división de clases sociales de Puerto Rico, como las fiestas de cumpleaños de un político. Armando las llamaba el "*Birthday-Tour-Week*", una semana en que se le celebraban cinco o más fiestas para recaudar dinero de todos los que querían congraciarse con el "ungido" y gozar de la gracia del señor Alcalde. Los precios dependían de lo íntimo y privado del encuentro: el Tiburón era una especie de puta que no se quitaba la ropa.

Los desayunos eran para los viejos y los apretados, que no gustaban de los concurridos festejos nocturnos de la plebe y querían privacidad. Durante el año de elecciones, el precio de los desayunos se duplicaba y comenzaba en dos mil dólares, por el más tradicional de los desayunos continentales, con un "*side*" del Tiburón. Era casi tradición que, entre los presentes y sin que el Alcalde escuchara, alguno disparara la broma: «Estos son los huevos más caros que he comido en mi vida». En el 2012, para su cumpleaños número cuarenta, Armando escuchó la línea a lo lejos y caminó hacia el bromista, un ingeniero de cachetes rojizos y rebosantes, el cuello tan ancho como su cabeza y una panza de oso polar, que caía debajo de su cintura y hacía imposible saber si llevaba correa. Tiburón se le acercó por detrás y le puso las manos sobre los hombros.

—No son huevos cualequiera, son "güevos" del Tiburón, esos merecen la pena. ¿Me equivoco?

—Sí, sí… —mientras tragaba el pedazo de revoltillo que recién se había metido en la boca— muy ricos…

Fue todo lo que pudo contestar, mientras la sangre se le iba al rostro y enrojecía más.

—Qué bueno que te gusten. A ver, permíteme servirte un poco más, un pichón de tu tamaño necesita alimentarse bien.

Le quitó el plato, agarró la cuchara y lo desbordo de revoltillo; después, pasó todo el desayuno enfatizándole que se lo debía comer todo. El gordo tragó por la obligación de la vergüenza, solo habló para despedirse. Una despedida permanente, Armando ordenó que lo removieran de la lista de privilegiados; la bromilla le costó unos dos millones de dólares en contratos y una indigestión.

Además de los desayunos, estaban las fiestas elegantes con cena y baile en el *ballroom* de hotel. Eran todo un espectáculo bizarro de colores y ridiculez, con buena comida y alcohol gratis; claro, gratis para los que no pagábamos. Que no era yo el único, los billetudos que degustaban los "güevos" de Tiburón, aportaban tanto dinero que, para lavarlo, era necesario emitir el mayor número de taquillas posibles, hasta completar el cupo requerido por el Hotel; posiblemente, una tercera parte o más de los presentes entraban con boletos pagados por los "mogules" de la inversión política puertorriqueña.

A esos bailes con salsa, merengue, bachata y alguna balada ocasional, llegaban súbditos de todas las partes del reino, de todas las escalas salariales y niveles educativos: médicos, abogados, políticos, policías, maestros, conserjes; blancos, negros y del confuso intermedio caribeño. Había de todo, era una especie de experimento social. Era en la pista de baile que se apreciaba, con mayor claridad, la diversidad de gustos malos, modas disonantes y la vida pueblerina, ordinaria y festiva del puertorriqueño promedio; que vive con el conformismo del "ay bendito" y la esperanza de un golpe de suerte del *american dream*. Siempre, luego de algunas horas de fiesta y con los niveles etílicos ya elevados, desinhibidos de sus roles laborales, bailaban coreografías en grupo, que parecían practicadas durante muchos años.

Durante el siguiente día trabajo, los temas en los pasillos y en la fila del reloj ponchador, eran los chismes acerca de la Fulana Borracha que se fue con un Zutano Casado, o la Mengana Supervisora que "se tiró" a Perencejo Supervisado, y otros tantos que siempre sonaban similares a los cuentos de fiestas anteriores. La pregunta de siempre y de todos, era ¿con quién se fue el Alcalde? Solía ser el soltero más codiciado, fueron muchas las que se vistieron como la Cenicienta, para entrarle por los ojos al Tiburón, pero, para su favor, no le gustaban las zapatillas de cristal.

Salvo la intentona de golpe de estado por parte de su hermano, la primera campaña del Tiburón fue tan suave como un *blues*. Era una especie de "*más grande que grande*", todos querían conocerlo y agradarle. Aunque, tampoco había que engañarse, la mayoría, sino todos, los que participaban en las campañas, esperaban algo a cambio y harían lo necesario y más para conseguirlo. Eso de trabajar para adelantar ideales y causas, era asunto de poetas e ilusos que soñaban con utopías y el *Shangri la*. Viví algo similar durante mis días de cantinero, todos querían ser amigos del que controlaba el licor, pero sólo por lo posibilidad de una borrachera con descuentos, nada que ver con mi "arrolladora" personalidad.

31

EL CATALINA *AFFAIR*

Antes de continuar, quiero hablarles de Catalina Masuchi Alemán. En el 2008, cuando trabajaba en el bufete de Arty, comenzó el cuento que Chuck, con sus frontes literarios, tituló *"El Catalina Affair"*. Madeline Alemán, era la dueña de una agencia de relaciones públicas, que contratábamos para preparar a los testigos que sentábamos en corte, lograba que las declaraciones sonaran más convincentes. Catalina era su hija y una de sus empleadas, tenía sólo 23 años y la llamábamos Caty. Manejábamos un caso complicado que requirió de larguísimas horas de trabajo y pasaban mucho tiempo en la oficina.

Notaba en el delicioso reflejo de sus ojos color caramelo, admiración y cierta coquetería sutil; un lenguaje corporal que dejaba saber que estaba ahí, pero sin presión. Claro que, al tratarse de la "niña" de una buena compañera de trabajo, me conformé con pensar que sus insistentes miradas y sonrisas, eran sólo reacciones inocentes ante mis improperios, ironías y cinismo, netamente profesionales.

El día antes del juicio, con ojeras a media a cara y ante la presión de una inminente derrota, sentados en el salón de conferencias con tazas, libros y computadoras por toda la mesa, discutíamos las pocas opciones. Madeline y Catalina, escuchaban atentas sin mucho que decir ante la actitud fatalista de don Arty, que, con poca sutileza, nos adjudicaba el fracaso, nada decía del cliente y su propensión a delinquir. Para cerrarle la boca, sin parecer que se la cerraba, con la arrogancia que heredé de mi padre, le dije:

—Esto lo resuelve el 007.

Arty que, en aquel entonces, no era fan de mis tácticas de guerra, arrugó la cara.

—No empieces con la ñoña esa.

Francisco lo interrumpió.

—Con lo jodidos que estamos, es lo único que podemos hacer, cerrar los ojos y enviar al viejo Bond, hasta ahora, nunca nos ha fallado.

Madeline y Caty no tenían noción de lo que hablábamos y lucían impacientes.

—¿Y quién es Bond? —preguntó Caty inocentemente.

Con un movimiento de cabeza, Francisco me señaló. Como estaba sentada a mi lado, le extendí la mano.

—Bond, James Bond.

Su cara de desconcierto valía el oro del mundo, y la sonrisa que vino después, me decía que algo de humedad se escurría por sus partes; hasta su mami se dio cuenta. Arty, desesperado por largarse, con desagrado les explicó a las damas, en qué consistía la estrategia James Bond. La realidad es que, aunque no era muy ética, tampoco era para tanto, al viejo sólo le encantaba tener la última palabra y la mayor parte del crédito.

Seguro están igual de curiosos que Catalina y su madre. Les cuento que, en el 2005, llevamos un caso similar, en el que nuestro cliente era asquerosamente culpable y enfrentar un juicio era suicidio en primer grado y necesitábamos mediar una transacción. Un año antes, la parte contraria nos envió una muy generosa y conveniente, sabíamos que no obtendríamos nada mejor, sin embargo, Don Arturo Arteaga pensaba que el agrandamiento de su vejiga (producto de la vejez) estaba relacionado al tamaño de sus cojones y no la aceptó. Después de posponer y alargar el tiempo, con todas las mañas y excusas posibles, llegó el momento del juicio que no podríamos ganar. La oferta de transacción en ese momento era cuarenta por ciento más alta que la ofrecida el año anterior, consumía el presupuesto de gastos y era decirle adiós a mi bonificación después de tres años de un caso de mierda.

La tarde antes, tuve una idea. Sin decirle a Francisco ni a don Arty, notifiqué a las partes por correo electrónico, incluyendo al Tribunal, que el cliente aceptaba los términos de la "última" transacción ofrecida, y que, al día siguiente, llevaríamos el papeleo para el archivo con perjuicio, de la causa de acción, más el cheque del pago total. Así lo hice, pasé algunas horas redactando un documento libre de errores y tan elegante, que dio gusto leer. Pasaban las once de la noche cuando llamé al cliente y, sin muchos detalles, le pedí que preparara el cheque. Todo estaba en orden, sólo había un pequeño gran detalle, la cantidad que aceptaba era de la transacción del año anterior.

Al próximo día, tan pronto llamaron el caso, repartí los documentos del acuerdo y coloqué el cheque sobre el podio. Al "percatarnos" de que la cantidad correspondía a la oferta incorrecta, como buen soldado, me lancé sobre la bomba, me excusé con todos, asumí la responsabilidad del error y pedí algunas horas para prepararme para el juicio, ese mismo día. El juez se tragó la actuación, lo vio como un error del hijo del Alcalde y no me sancionó. Además, como suele pasarles a los jueces, no quiso estirar más aquel latoso proceso y le dobló el brazo a los otros abogados para que convencieran a sus clientes y aceptaran el dinero sobre la mesa.

Por los excelentes resultados, repetí la treta en otros casos. No fue una idea original, Robert Kennedy hizo algo similar con los rusos durante la crisis de los misiles en Cuba; sólo que, al mirarme al espejo, tenía más parecido con el 007 que con Kennedy.

Catalina, que contrario a los consejos de su madre, quería dedicarse al Derecho cuando "fuese grande", le pidió a Francisco, que le permitiera acompañarnos para ver a James Bond en acción. Pese a que le dije que "NO" con la mirada, el muy cabrón aceptó; era yo quien hablaba en esos procesos, no le importaba tener acompañante para verme trabajar. Me tomaba en serio la profesión y la idea de llevarla a una reunión entre abogados y frente a un juez, me parecía como cargar un infante al teatro, a ver una película del Holocausto.

Todo salió como lo planeé. Catalina lucía contenta, nos agradeció por llevarla. Era costumbre, los días de victorias, almorzar en un restaurante argentino/español, cercano a la oficina. La ocasión mandaba un espíritu fuerte, cuando abrí la boca para ordenar, recordé que teníamos a Caty en la mesa y casi me trago la lengua.

—Whisk…

—No tienen que reprimirse por mí, tráigale un *whisky*.

Sí, dijo reprimirse. ¿Yo reprimirme?: *Ilusa niñata*, pensé. Francisco le preguntó si quería vino u otra cosa.

—Ya que celebramos, tomaré lo mismo que ustedes, aunque sea uno —contestó para mi sorpresa.

No sé si fue la picardía en sus ojos o la sutil sensualidad en la voz, tal vez la simple osadía de arriesgarse, pero fue en ese instante y por esa complicada simpleza, que dejé de verla como una niña. No más Caty: se me hizo grande, maduró y se emputeció, en tan sólo dos segundos y una mirada.

—Por una transacción cuarenta por ciento más baja —exclamó Francisco con el vaso en alto.

—Y por nuestro amuleto de la buena suerte —dije y la miré buscando más de aquello que vi.

Don Arty se nos unió minutos más tarde.

—El Bond, tan suertudo; un día de estos se jode —dijo apretando efusivamente mi mano derecha.

—Cuando la suerte era de leche, ganar era divertido; ahora es sólo costumbre —respondí.

—Y con la modestia de su padre —dijo a todos, levantando los hombros, como si se resignara—. Guarden sus carteras, el cliente viene de camino.

Antes que llegara la comida, tomé tres copas. Catalina cambió a vino; un tempranillo que destellaba rubíes sobre la mesa cada vez que abrían la puerta de la calle y se colaba el sol. Mientras comíamos y hablábamos parsimoniosamente, la rodilla de Catalina tocó la mía, una sacudida eléctrica recorrió todos los puntos nerviosos de mi cuerpo y me hizo olvidar quienes estaban alrededor; sí, sólo con la rodilla. No pasó mucho y me vi atendiendo únicamente lo que decía la niña, que ya no lo era tanto; ese impedimento ya estaba superado.

Rápida de pensamiento y buena conversadora para su edad, sin las pretensiones irreales ni la sensibilidad exponencial típica de una veinteañera *millenial*. Nuestras piernas se rozaron varias veces más. No me quería creer cómo seguía provocándome cosquillas aquella chiquita. Mis subsecuentes roces fueron totalmente intencionales; algún tiempo después, me confesó que los de ella también. Además de la danza de las rodillas, nuestros ojos cruzaban miradas cada vez más largas. Qué de cosas vi en aquellas pupilas de miel.

El cliente llegó después de la comida y comenzó a pedir licor para todos; parecía como si le hubiésemos salvado la vida, o algo mejor: más de doscientos cincuenta mil dólares. Acepté una ronda más y me levanté de la mesa. La razón real era que el cliente me caía como patada a las pelotas.

—Tenemos que llevar a Catalina a la oficina —dije para disfrazar mi desagrado.

—¿A quién? —preguntó Don Arty.

—A Caty —no me salió bien llamarla así.

—Ya le dije que no tiene que reprimirse por mí.

Estaba entrada en tragos y ya no disimulaba su coquetería.

—Catalina, no me reprimo por nadie —dije sólo para ella.

Su cara cambio de pícara a sorprendida, casi asustada, ahí recordé con quién estaba tratando: la hija de una colaboradora de trabajo.

Don Arty, como accidental enviado del infierno, le pidió a Francisco que se quedara y que yo regresara con Catalina a la oficina. Respiré profundo, después de su cara de susto, no me parecía ideal pasar tiempo a solas con ella; aquellos roces y contactos, se convirtieron en una tentación de otra dimensión. Sin embargo, durante el camino, como buen caballero, para controlar mi animal interior, apreté los testículos y me tragué la testosterona. Para la tranquilidad de mi conciencia todo iba bien, pero un semáforo antes llegar comenzó a hablar.

—Verlo en acción fue de verdad impresionante, ¿será posible verle otra vez?

—¿Otra vez? —le pregunté incrédulo.

—Por supuesto —dijo con ojos gatunos y vidriosos.

Mi retorcida voz interior me susurraba tentaciones, que no sé cómo controlé. Le dije que no soy de tener espectadores, pero podía hacer alguna excepción. Cuando llegamos a su carro, no hizo ni un gesto para bajarse.

—Lo veré otra vez, o esa es fue una excusa tipo James Bond.

—Me descubriste —le dije—. Suficientes emociones por hoy, esperemos que, después que se disipe el alcohol no sintamos demasiada vergüenza.

—Yo no estaré avergonzada, todo lo contrario —dijo con una descabronante sensualidad.

Al despedirse, puso su mano en mi mejilla izquierda y me besó en la derecha. Mientras se alejaba lentamente, abrió los ojos y entreabrió los labios, era una obra renacentista de cuerpo presente y perfecto. Se detuvo cerca de mi boca, esperando que tomara la iniciativa, pero no lo hice. Fue como autoflagelarme.

—Hasta luego, Catalina.

Se bajó y, antes de que pudiese seguir la marcha, tocó la ventana y bajé el vidrio.

—Armando, ¿por qué ahora me llamas Catalina? —preguntó en un tono inocente y a la vez seductor.

—Por la misma razón que me acabas de llamar Armando.

Sonreí, subí el cristal y me marché. Vi por el retrovisor, cómo me observaba alejarme.

La evité por casi dos semanas. Cuando pensé que se enfrió el asunto dejé de esconderme y todo corrió con normalidad; encuentros esporádicos, miradas y algún comentario, nada de qué preocuparse.

Aproximadamente dos meses después, fue la última fiesta de cumpleaños de mi padre, una come mierdera de mi madre, que exigió vestimenta formal, sólo en blanco y negro. Me dejó una serie de mensajes impertinentes durante toda una semana, para recordarme que me ataviara de esmoquin. Mi padre no estaría presente, todavía no sabíamos de su enfermedad, se zafó con su excusa más usada en aquellos días, que estaría en Washington cabildeando por un proyecto de estadidad del Comisionado Residente, Carlos Danglada Roque.

Esa noche fumé bastante antes de salir de casa y me di dos espesas líneas antes de bajar del carro, aun así, llegué tarde y desanimado, pensaba ajorar a mi madre para que adelantara la foto y largarme. Fui directo a la barra. Pedí un *whisky* y me lo tomé de una; luego otro que me tomé igual. El tercero lo pedí con hielo. No lo creí cuando la vi. Catalina estaba allí, era una visión, una muy deslumbrante y hermosa. Llevaba un traje rojo ajustado, ceñido al cuerpo, con manguillos de cadenas doradas que bajaban por el cuello y unos tacones altísimos, dorados también. Mis ojos desenfocaron todo lo que estaba a su alrededor, sólo la veía a ella; seguro que las drogas tuvieron algo que ver. El maldito traje rojo era como una llama que brillaba entre todo el negro y blanco aburrido que sobraba en la fiesta. Me vio a lo lejos y me arrastró con la mirada.

Caminé medio salón, atravesé la multitud de amigos y conocidos a quienes ignoré o pretendí desconocer; sólo me interesaba llegar a ella. Fue una aventura evitar la gente que me detenía para saludar; no sé cuán descortés pude ser, pero no importaba, era el hijo del Alcalde. Aquel maldito vestido… Cuando la tuve cerca, estiré el brazo y con una sonrisa que revelaba el encantamiento en el que me encontraba, dije:

—Bond, James Bond.

Me estrechó la mano y nos miramos unos segundos. Sin soltarla, levanté el vaso y toqué su copa.

—¿Por qué brindamos?

—Por la dama más hermosa de la fiesta.

—¿Puedo saber quién es?

—Vamos, chiquita, que la modestia no te va.

La coquetería brillosa de sus ojos era una convocatoria al juego de la seducción. Cuando la realidad me atacó, me dije:

¿Por qué carajos haces estas cosas? y empecé a buscar a su madre.

—Mami aún no llega, creo que tardará un poco. Quise adelantarme a ver si tenía suerte.

—¿Suerte?

—De encontrarte. Estás guapísimo, me encanta el lazo, todo un 007.

Le envié un mensaje telepático a Doña Wilda, agradeciendo la insistencia para que usara el esmoquin. Luego de minutos de un silencio muy incómodo en que sólo nos miramos y sonreímos, le pregunté si quería bailar.

—¿Bailas?

—No, pero me encanta la idea de tenerte más cerca.

No era un gran bailarín, aprendí para momentos como ése de *foreplay* rítmico, en los que la música servía de juego preparatorio. Bailamos varias piezas, merengue, salsa y el set entero de baladas. Nos perdimos en otro mundo, que se movía a nuestro ritmo.

Mis manos sobre sus caderas; la tela del traje era tan suave que se sentía como piel desnuda. La electricidad de la mesa durante el almuerzo estaba ahí, triplemente intensa. Nos hablamos al oído. Deslicé una mano a la parte baja de su espalda, y podía inferir el comienzo de sus glúteos y la ausencia de ropa interior. Me maldije; la maldije; maldije la situación y las ganas, la pasión que me provocaba aquel ángel vestido de rojo demonio. No había distancia, nos pegamos descaradamente; sólo nos separaban milímetros de tela. Los tacones la elevaban al punto exacto en que el bulto en mis pantalones palpitaba y ella lo sentía. Su pelvis se mantenía férrea contra la mía y empujaba sutilmente hacia adelante.

—Chiquita, estás jugando con fuego, —rozaba su oreja con mis labios.

Alejó la cabeza, me sonrió, se acercó despacio y de la misma forma, me habló al oído y envió un zarpazo de corriente que se movió por todo el cuerpo y terminó en mi entrepierna endureciéndome más.

—No te das cuenta de que quiero quemarme.

Mi columna se hizo hielo y pensé salir corriendo. Pero lejos de eso, decidí jugar con el placer, extender aquella tensión un poco más. Retrasar el goce suele ser un juego interesante cuando se practica con la persona correcta. Apreté otra vez mi mano a su cintura y quise acercarla, aunque ya estaba tan cerca que no pasaba ni la luz. La presión en mis pantalones dolía, la reacción de Catalina fue un suspiro largo y tibio que se escurrió sobre mi cuello y me puso la piel de erizo. Apretó su pecho contra el mío, imaginé que le arrancaba el traje y me devoraba sus senos. Tenía sus manos en la parte de atrás de mi cabeza y metía los dedos entre mi pelo. Las uñas me rozaban y continuaban erizándome, cerré los ojos. Nuestras mejillas estaban juntas y hacían las veces de un beso cargado de brujería. Me olvidé de todos; olvidé la música, mi trabajo, mi vida: todo. Nuestras partes seguían aquellos roces superficialmente profundos, y su respiración se transformó en jadeos.

—Te deseo tanto —dijo.

Dejamos de bailar al ritmo de la música y nos movíamos al ritmo de aquel deseo. Una vez más me fui del mundo y disfruté hasta la última sensación que me provocaba, sin peros ni consecuencias, sin mami, sin Arturo, sin el resto de mi entorno ni las obligaciones de príncipe.

Su voz rompió el hechizo. Parecía que rogaba.

—Sácame de aquí, por favor.

Cómo describir el sentimiento de que el mundo entero era ella. No dije nada, la guie hacia la salida con la mano en su cintura. Sin despedirnos, sin importar si alguien nos veía. La dejé pasar al frente y la devoré. Mientras caminaba la vi desnuda debajo de mi cuerpo, me vi embistiéndola con fuerza y la escuché gritar y pedir más. Poseídos por el estupor del momento, volamos por el lobby del hotel, para rentar una habitación. Casi llegaba al mostrador y mi mente la veía sentada sobre mí, subiendo y bajando despacio, me vi mordiéndole los pezones con delicadeza y violencia a la vez, mientras sus caderas se retorcían sin orden ni ritmo específico. Casi podía sentir el calor quemante de nuestras entrepiernas unidas.

Su madre nos estrelló contra la dureza de la realidad. ¡Hija de puta! Acababa de llegar con su novio de aquellos días y nos vio cruzar el pasillo. Dijo que nos llamó varias veces y que no le escuchábamos. Cuando al fin logró hacerse oír, casi estábamos en el *front desk*.

—¿Y ustedes para dónde van?

La cara de Catalina adquirió mil formas, ninguna de ellas favorable a nuestra situación, pero la retorcida voz de mi interior supo que decir.

—Vamos al casino. Nada de *rock and roll* allá adentro y demasiados viejos para mi gusto y el de tu niña, así que la pervertí para que me acompañara.

Me supo a mierda llamarla niña, me sentí como un sucio pedófilo de porquería.

—Pues vayan —menos suspicaz que al principio—. Tal vez los acompañemos más tarde.

Al alejarse comentó alguna otra cosa, pero se volteó y me miró directamente a los ojos.

—No la perviertas mucho.

Odio los casinos, tengo mil vicios más placenteros en los cuales puedo perder mi tiempo y el dinero. Sin embargo, para salir del rollo en el que creíamos estar, nos sentamos frente a dos tragamonedas, a mirarnos con incredulidad y sonreír. Luego de no sé cuánto tiempo y de domar un poco el animal entre mis piernas, le dije que debía marcharme.

—Mami no estará toda la noche —comentó desilusionada

—Yo tampoco chiquita. ¿Me acompañas a la puerta?

Sin hablar, se levantó y caminó a mi lado. En el largo y solitario pasillo que llevaba a la salida, Catalina se detuvo en seco frente a una tienda de gafas de sol, y sin timidez me besó. Un beso que comenzó con ternura y se convirtió después en calor y violencia. Parecerá una mariconería esto que voy a decir, pero, de tantas canciones dignas de la temperatura de aquel momento, en mi puto subconsciente, se escuchó *Love Song*, específicamente la parte del solo de la guitarra. La empujé contra una pared y quedamos semicubiertos por una columna enchapada en mármol y un enorme jarrón con una planta convenientemente frondosa. Besé su cuello al ritmo de la música de mi mente y otra vez la respiré. Nuestros cuerpos se retorcían y los sexos se rozaban, parecían hablarse. *"Love will find a way, Darling, love its gonna find the way"*. Nuestras lenguas se grajeaban como si se hubiesen conocido en una vida anterior, nada me rendía tan rápido como la pasión de unos labios. *"Look around open your eyes"*. No entendí que decían sus ojos, pero hubiese querido mirarlos para siempre. ¿Amor al primer beso? Antes, sólo Claudia pudo sacar el mariconcito cursi oculto en mí. No sé si nos dimos otros besos o simplemente extendimos el primero. Comencé a levantarle el vestido, ella suspiró y pareció decir: «¡Al fin!». Mi mano subió despacio y, justo cuando sentí el rastro húmedo del deseo que se escurría por el interior de sus muslos, escuchamos voces y nos separamos de sopetón. Fue un desgarrón, como si me arrancaran algo fundido con el soplete de la pasión. La música se detuvo con igual aspereza, como cuando se retira la aguja de un tocadiscos en movimiento.

No nos quedó más que caminar un poco hasta cruzar la puerta.

—Hasta aquí —le dije.

—¿Quieres salir de mí?

—No, quiero verte caminar y lamentarme de lo que no pudo ser… soy algo masoquista.

Antes de irse, trató de besarme, pero le sujeté el rostro y la besé en la frente. La vi alejarse, miré su cuerpo contornearse dentro de aquella delicada pieza de tortura. Antes de abrir la puerta se volteó y me dio una de sus más inocentes sonrisas.

El lunes siguiente, a la menor señal de Catalina o su madre en la oficina, me desaparecía con las excusas más idiotas e irrazonables. Mi secretaria de aquellos días lo notó. Por más que traté, no pude evitar coincidir con mi nuevo tormento. Esa vez venía vestida de universitaria: mahones, una camisa muy ajustada con una imagen de Marilyn Monroe. Estoy seguro de que notó mi reacción de alegría y duda.

—No tienes que esconderte, ya estoy grande para entender el rechazo.

—No te rechazo, y no es de ti de quien me escondo, es de lo que me provocas.

Noté como su ego saltó de emoción y me traspasó con una mirada idéntica a aquella desde la puerta del hotel. Todo transcurrió normal por dos semanas. Nos vimos muy poco, uno que otro mensaje de texto ocasional, ligeros, nada de insinuaciones. Aunque me seguía fascinando su presencia, podía manejarme perfectamente delante de todos, ella también lucía en control.

Recuerdo como ayer, cuando entró a mi oficina a entregarme un documento que envió su mami. La mirada resuelta y segura; sensual y penetrante; me hizo sentir víctima del más delicioso de los hostigamientos. Hablamos de meras formalidades, conversación casual, pero, sentí que quería decirme algo. Se despidió y antes de llegar a la puerta, comenzó una frase que no pudo terminar.

—¿Qué ibas a decir? —pregunté.

—Nada, —dijo con la voz medio quebrada y se marchó

Esa fue la última vez que la vi.

Resultó que mi nuevo tormento estaba comprometida con un pendejo de su edad y tenían planes de boda y toda la mierda. Confieso que me hizo cantos el espíritu. Por varios meses me sentí como todo un pendejo, tanto evadirlo y me convertí en el cliché del tipo de mediana edad (aunque sólo tenía treinta y seis) babeado por una adolescente que se fue con otro más joven. Mi razón principal para esquivarla aquellos días no fue su madre ni la edad, mi razón se llamaba Claudia Larraín, a quien adoraba desmesuradamente y en aquellos días estábamos juntos.

Habían pasado cuatro años del *Catalina Affair*, pensaba que era tempestad de otro tiempo. Sin embargo, cuando Francisco y Palomares dijeron su nombre, el corazón me latió peligrosamente rápido para un decadente individuo de cuarenta años, muy usado, abusado, y embalsamado con vicios.

32
Jaques y Mates

Pablo vivía aterrado del odio que nunca reparé en demostrarle, desde la tarde en que le vi reír después de filtrar las fotos de Guillermo; aquella sonrisa sucia, la mirada de víbora rastrera que se regocijaba de la miseria ajena. Aquella vez, después de partirle la cabeza de un garrotazo, cuando se retorcía en el suelo, me acerqué y le dije, calmadamente: «Cuídate cabrón, sé que fuiste tú y te voy a matar como a un cerdo; como Michael mató a Fredo». Gracias a Pablo descubrí mi capacidad para odiar. Por años le saboteé la vida: le dañaba los carros, dejaba encerrado los perros y los gatos en su cuarto, para que se lo llenaran de mierda; sus computadoras siempre estuvieron infestadas de virus letales, aun cuando los técnicos del Municipio de San Juan se las reparaban y le instalaban los antivirus más adelantados del mercado.

Era cuatro años mayor que yo y, contrario a Guillermo, Pablo nunca fue un hermano cariñoso ni protector; de niño siempre usó su ventaja en estatura para someter al hermanito pequeño a sus sádicos entretenimientos. Todo terminó a mis catorce, cuando lo alcancé en tamaño y los deportes desarrollaron músculos alrededor de mis huesos. Sus carnes se estiraron y una barriga prematura de anciano cervecero se le instaló en frente.

No puedo explicar la alegría que sentí cada una de las veces que fracasó en su examen profesional, aunque en esas nada tuve que ver. Fue el único en la familia en fallar y mi padre jamás intervino ni usó su poder para ayudarlo. El Prócer era un abogado de otra época, sentía profundo respeto por la profesión y se avergonzaba de pedirle a sus amigos del Tribunal Supremo que privilegiaran a un inepto, con el honor de la toga, aunque ese inepto fuese uno de sus hijos; le era menos vergonzoso sacarme de mis líos por borracho desordenado. Guillermo, en busca de agradar a mi padre, se hizo abogado en la Universidad de Georgetown, en Washington DC y revalidó con la puntuación más alta de su grupo. Después, tomó el examen de Puerto Rico y fue la segunda calificación más alta. Le dejé a Pablo una copia de los resultados debajo de su almohada, el día que Guillermo me los envió para que se los mostrara a nuestro padre, quien no pudo ocultar el brillo de orgullo en sus ojos, pero igual, no dijo ni hostias.

Sí que odié a mi hermano. Él lo sabía, también vio *El Padrino* y vivía expectante del disparo en la nuca. Por eso me sorprendió su candidatura, aunque fuese agarrado de la mano de mi madre; se alinearon con los líderes problemáticos sin importar la calidad de funcionarios que eran. Iba a destruirlo, pero Palomares y Zenaida lo evitaron, lo querían más que yo, era un hijo del Prócer y no le harían daño, a pesar de ser la mierda que era. El Palomo, como siempre, encontró una salida: un viejo Representante por el precinto número dos, Nicolás Mendoza, defensor y amigo de mi padre, llevaba diez años hablando de retirarse, pero como pasaba con la mayoría de los políticos nunca sabía cuándo. Palomares lo convenció de colgar las guantillas y endosar a Pablo; el acuerdo incluía otorgarle algunos contratos, tanto en la Alcaldía como en la Legislatura, que superaran el salario al que renunciaba. También incluía mi endoso a la rata de mi hermano, que nos tomáramos fotos con nuestra madre y toda la mierda; eso sí que me supo a excremento de establo añejado, pero, el acuerdo terminaba el día de la elección, después cada uno por su lado.

Mi problema mediático estaba resuelto. Sin embargo, antes de cerrar el acuerdo, era imperativo ajustar cuentas con los comisarios traicioneros que cruzaron líneas. Dejarlo pasar significaba vivir a merced de otro golpe al menor descontento. Pedro Rivera Pérez, estaba respaldado por su nieto policía y sus sobrinos delincuentes. El suplidor de los sobrinos, era nada más y nada menos que mi buen amigo el Taíno Moya. Lo que requirió una reunión en mi casa, con buen vino y cigarros cubanos, era todo un comemierda el Taíno. Nacer en una barriada no lo privó de refinar el paladar, se tomaba muy en serio esas delicadezas y caprichos de la buena vida.

Rivera Pérez fue otra de las víctimas incidentales de mi carrera hacia la cima, él se lo buscó. El día antes de que anunciáramos la candidatura de Pablo, desde un teléfono de prepago, llamé a Rivera Pérez, que se sorprendió al escucharme. Trató de decir algo que pareció una excusa saludo, pero lo corté.

—Guarda silencio y escucha. Vas a renunciar a tu puesto en el Municipio y a la comisaría del barrio, tus hijos y nietos también lo harán sin protestar.

Me preguntó si estaba loco, que primero muerto. Iba a decir algo más con su tono vulgar, pero le colgué. Una hora más tarde, Rivera iba junto a su sobrino narco de poca monta, camino a reunirse con alguien que le daría un escarmiento al "cabrón Alcalde". El sobrino le pidió que se estacionara a comprar cigarrillos en una gasolinera de la Avenida Franklin D. Roosevelt y, antes de bajarse, le entregó a Rivera un revolver que llevaba en la cintura, «aguántalo en lo que vuelvo», dijo; Rivera lo escondió bajo el muslo. No pasó un minuto, cuando dos vehículos de la Policía Estatal, con siete oficiales tamaño bestia, se cruzaron frente al carro de Rivera, que casi infarta al ver aquellos mastodontes apuntándole. Le ocuparon el revolver cargado y un bulto que dejó el sobrino, con varios sobres de cocaína, una pipa de cristal y doscientos dólares en billetes falsos. Tenía la combinación de delitos perfecta para morir encerrado. Toda la coordinación legal y policiaca, fue cortesía del Taíno Moya, que tenía operarios a sueldo en muchas partes. Qué bueno que estaba de mi lado.

Nos tomó dos semanas arreglar el jaque de Pablo y el mate de Rivera, dos semanas en las que Catalina demostró ser la profesional que su madre esperaba. En su primer día, llevaba un traje sastre gris claro, zapatos negros y el pelo recogido elegantemente. Cargaba entre cinco y siete libras más que la última vez que la vi, *la vida de matrimonio*, pensé. Se veía más mujer, más seria, menos juguetona. Durante la primera semana apenas cruzamos palabras, sé que lucí como un perfecto pendejo, pretendiendo que no me importaba. Fui tan frío como pude, tanto que los demás se percataron.

—Bájale, que rayas en lo descortés —me dijo Francisco una tarde—. Si no hay buena relación entre ustedes, de nada nos sirve. Fue un error de selección, no imaginé que te afectara.

Luego habló de sustituirla, y me inquietó más imaginar no verla. Me tragué un laxante de autoestima, para suavizar esa mierda del orgullo, y la traté lo mejor que pude, sin dejarle ver que me alteraba los sentidos, que, cuando la tenía cerca, revivía nuestro encuentro. Traté de que nunca nos quedáramos a solas ni le hablé de temas personales, no quería saber los cuentos del feliz matrimonio ni el hogar familiar ni, mucho menos, ver las decenas de fotos de los mocosos que ya debía tener.

La tarde que Pablo anunció su candidatura a la Cámara de Representantes (frente a la tumba de mi padre), como parte del acuerdo, envié a mi equipo para que dieran la sensación de unidad, pero, me inventé una excusa para no asistir. Había muy poca gente en el comité, y sin darme cuenta me vi solo con Catalina en el salón de conferencias. Carajo, ¡qué guapa estaba! No me quedó otro remedio que mirarla a los ojos y conversar.

—¿Cómo está tu madre?

—Muy bien, gracias por preocuparse. Adolorida por todo el proceso.

—¿Puedo preguntar qué le hicieron?

—Un cuerpo nuevo, señor Alcalde. Parecerá mi hermana cuando le quiten las vendas.

—¿De verdad? Pensaba que era algo grave, cáncer o una mierda similar. Entonces, se está haciendo más guapa.

—Así es.

No lo pude evitar…

—Y tú, ¿cómo va el matrimonio?

Giró la cabeza de lado y sonrió ligeramente, una mezcla de sorpresa y duda.

—¿No lo sabe? No me lo creo.

—¿No sé qué?

—Me divorcié hace dos años.

¡Dos años! Mil cosas, todas calientes, me pasaron por la cabeza; por un momento se sintió como a deuda pendiente, pero, me comporté con inusual decencia. Ella tampoco daba señas, era todo profesionalismo, siempre de "usted" y "señor Alcalde". Al principio me resultó excitante escuchar su formalidad, fue como regresar el tiempo. Cuando la campaña arrancó comenzamos a sentirnos más en confianza, reíamos con frecuencia. En una de esas largas risas, para variar, la droga que consumí ese día, me zafó la lengua.

—Me sentí como un idiota al enterarme que te casabas. No creerás si te digo que, gracias a aquel despecho con tu nombre, conocí los encantadores tormentos de la paternidad.

33

Sí... TENGO UNA HIJA

«¿Se atreve a cargarla?», preguntó la enfermera, toda sonreída ante el paquete de nervios que me hacía temblar las extremidades. Cuando, con gentileza, la puso en mis brazos, sentí una atracción instantánea, una alegría difícil de comprender, reía, pero con los ojos a punto de desborde; la garganta dolía por el tapón de emociones y palabras anudadas, que no me permitía expresarme. Claudia Isabel nació el 29 de julio de 2009, unos tres meses después de que llegué a la Alcaldía. Fue el más grande e importante de los eventos en mi vida. Como si de repente se llenara un espacio de mi ser, que no sabía que tenía: un trance de euforia, una sensación de plenitud del cuerpo y la mente, un viaje que no había experimentado ni con las mejores drogas.

Inesperadamente, la alegría se oscureció por la sombra del temor que volaba como buitre hambriento sobre nosotros. Su cuerpo era tan frágil, tan fácil de romper. Temí no estar cuando me necesitara... Por un breve, muy breve instante, hasta consideré proponerle matrimonio a su madre, sólo para asegurarme de tenerla siempre cerca. Me petrifiqué, sentí náuseas, frío, tal vez el comienzo de un mareo; necesité llamar a la enfermera para que me la sacara de los brazos; sentía que le haría daño, que estaba destinado a hacerla sufrir. La colocó en una cuna de acrílico y me quedé observándola hasta que comenzó a llorar y otra enfermera llegó para alimentarla; me ofreció hacerlo, pero no tuve el valor, la besé en la frente y salí.

Chuck me esperaba en el pasillo del hospital; llevaba una botella de Belvedere, dos cajas de Montecristos cubanos, y otras dos de unos raros chocolates suizos; seguro se gastó un mes de sueldo en aquel exótico contrabando. Celebramos en su carro, nos tomamos casi toda la botella y fumamos una ensalada de tabaco y marihuana, hasta que nuestros pulmones no aguataron más humo. Luego fuimos a inscribirla al Registro Demográfico, estábamos tan ebrios, que no recuerdo cómo llegamos. Le repartí cigarros y chocolates a los empleados, que sonreían y me felicitaban.

—No sé cómo llamarle.

—¿No lo consultaste con su madre?

—¿Acaso me consultó ella para embarazarse? —el secretario que nos atendía, bajó la vista al percatarse del vestigio de rabia en mi voz.

—¡*Touché*! Sofía es un buen nombre —balbuceó Chuck, con la nostalgia usual del ebrio que hablaba de su ex.

—Sólo hay un nombre…

Claudia Isabel, lo pensé a la misma vez que lo escribí en los formularios. Su madre, Maribel Ramos, casi enloqueció al enterarse y alguna vez trató de cambiarlo, pero nadie en esa oficina la atendió, se trataba de la hija del Tiburón Quiñones y no se buscarían líos por la trivialidad de un nombre. Isabel era el nombre de mi abuela paterna; cuando pensaba en una madre, era su rostro el que recordaba.

Por años pensé que si tenía un hijo sería con Claudia. A pesar de todos los altibajos de nuestra relación, pudimos ser excelentes padres, de los que disfrutaban todo juntos: la primera sonrisa, los primeros pasos, las carreras al médico de madrugada; seguro llorábamos al dejarla en su primer día de escuela. Por el contrario, me convertí en otro "padre de fin de semana alterno", el inconveniente perfecto para la inestabilidad de un hijo. Traté de dedicarle tiempo a pesar de los días de quince horas en la Alcaldía. Pero, como suele pasar cuando no hay nada más que tirantez entre progenitores, una paternidad saludable y justa sólo era posible a través de abogados caros y órdenes judiciales. Maribel no me lo hizo fácil, por meses, la única función paternal que realicé fue enviar un cheque que excedía todos los gastos de manutención. Para mi suerte, Doña Mildred, la abuela materna, era quien cuidaba y pasaba la mayor parte del tiempo con Isabelita, su esposo murió dos años antes y la pequeña llegó a devolverle las razones para despertarse en las mañanas. Sabía que su hija jamás ganaría el premio de madre del año, por eso me permitía visitarla y pasar ratitos que se convirtieron en las estampas más hermosas de esos años. Fue en casa de Doña Mildred, que le di de comer por primera vez, allí aprendí a cambiar pañales y lo peor, aprendí a despedirme de esa personita de la que nunca me quería separar.

Claudia Isabel tenía más de un año, cuando un Tribunal, me permitió llevarla a casa a pasar un fin de semana entero. Maribel nunca lo supo, pero durante las primeras estadías, Doña Mildred se quedó con nosotros. Se lo pedí de favor, me aterraba que surgiera algún imprevisto, de esos típicos de los infantes y no saber cómo resolverlo. Le habilité un cuarto, le di llave de mi departamento y le compré una guagua con todas las comodidades existentes; gracias a esa dama, que no se parecía para nada a su hija, sentí la parte mágica de la paternidad.

Los momentos junto a la niña, me hacían recordar a mis padres y sus formas de amar. Aunque nunca fuimos una familia ordinaria, tuvimos lo más cercano a normal hasta que nos cayó encima la carrera política de mi viejo; después de ahí, gran parte de lo vivido se sintió a farsa, a fachada cosmética para fotos oficiales. Claudia Isabel estuvo siempre fuera de todo eso, nunca permití que la usaran para mis asuntos públicos. Pero, su madre no pensaba igual y, durante esos meses de la campaña del 2012, jugando la ya cotizada carta de víctima, trató de convertir nuestros asuntos en un espectáculo mediático, la detuve con abogados, dinero y una mordaza judicial que le quitó, por algunos años, los deseos de interponerse entre la niña y yo.

Ahora bien: ¿Quién es Maribel Ramos y cómo carajos terminó incrustada en esta historia? Debería decir que, en cuanto a mujeres se trata, fue el peor error de todos, pero no puedo, mi hija salió de su cuerpo… y qué cuerpo. La conocí durante la Facultad, era una "trigueña" abusadoramente despampanante (cómo describir su hermoso tono de piel sin ser acusado de racista o portador de alguno de esos "privilegios" que aparecían y se reproducían con la misma histeria que los géneros). Fue su personalidad, el aura de amargura por su complejo de existir, además de una malicia interesada, lo que me causó desconfianza. Siempre se hizo notar y yo pretendí no verla, porque era imposible de ignorar. Chuck solía decir: «Nada más atractivo para una mujer como esa, que un hombre con poder», en aquellos días no tenía poder alguno, pero era el príncipe de la Capital, y no era sólo Maribel, media Facultad parecía querer anotarse en la lista de mis "gracias" futuras.

Una de aquellas tantas noches de estudiantes en el bar de Chuck, apareció ebria y dispuesta; un trago más tarde, estábamos en su casa, vivía con una amiga, que no durmió escuchando mis gruñidos y sus gritos. ¡Qué manera de gozar! Conocí pocas mujeres con esa disposición de practicar el sexo como deporte y sin descanso. Sus destrezas amatorias eran superiores, usaba el cuerpo de todas las maneras posibles, como si formara parte de un equipo olímpico sexual. Y, con excepción de hablar, qué de cosas hacía con su boca. Nunca salimos a ningún lugar público ni fuimos pareja ni siquiera hablábamos por teléfono, sólo nos cogimos como bestias varias veces, nada de romance ni juegos de seducción ni palabras bonitas.

Claudia Isabel resultó una perfecta mutación entre ambos: el color de piel de su madre, mis ojos y una abundante cabellera negra con rizos largos que le daban una vibra de flor silvestre, como la canción de Tom Petty, que solía cantarle para que conciliara el sueño.

Para finales de la carrera del 2008, sustituí al Prócer en la última actividad oficial. Ese mismo día en la mañana, me enteré de que Catalina se casaba el mes siguiente, lo que me causó una profunda laceración en los órganos vitales del amor propio. Era el día del cumpleaños de Claudia y no lo recordé en el momento que acepté sustituir al viejo. Ella tenía planeada una de esas noches especiales, que preparó con meses de anticipación: obra de teatro, cena, hotel, spa, masajes y toda la cosa. Le dije que fuera a la obra, me recogiera en el Centro de Convenciones y que continuáramos con el resto del plan, que duraba hasta el domingo. Aceptó con reservas, después de la letanía reglamentaria, en la que enumeraba todos mis defectos.

Cuando llegó a buscarme, estaba mustia, tenía el rostro rígido; no podía culparla, pero, su actitud no era la ideal para un buen fin de semana. Yo andaba con el ego resentido, y no fui muy paciente con sus reclamos de mi «falta de interés en esta eterna relación». Nos peleamos y se marchó en taxi. Maribel estaba en la actividad (trabajaba para uno de los bufetes de abogados contratados por el Municipio) y se percató de todo el mal rollo. Antes de regresar a la fiesta "a dar la cara", me detuve en un baño para estabilizar mis *chakras,* y me pasé por las fosas, dos abultadas líneas de un periquillo de pureza suprema, parte del apotecario de Taíno.

Salí como potro que saca chispas a las herraduras, me tropecé con la mirada insidiosa de Maribel, que me esperaba en el pasillo. Como depredadora al acecho, me atacó con un saludó de beso a media boca y apretó su pecho contra mí, sus siliconas sostenían una batalla para escapar del escote. No era la primera vez que lo hacía, casi un año antes, en uno de los festivales de música, trató de besarme frente a Claudia que observaba incrédula, y la rechacé sin cortesía.

—Parece que tu noviecita se fue molesta, sabes que hoy no te me escapas.

Me besó, de primera me resistí, pero agarró mi mano derecha y la puso sobre sus glúteos,

—No llevo *panti,* lo podemos hacer aquí.

El morbo de la petición me provocó una dureza instantánea, como si un resorte lo levantara. La llevé contra una esquina bastante oculta, al lado de las puertas de servicio, le levanté el traje, mientras ella me abría el *zipper*, y sin pensar en nada se la enterré de golpe, como siempre se lo hacía, con odio y mala voluntad. Ella se quejó, pero no me importó, le saqué uno de los senos y lo chupé con voracidad, sólo decía «así, sí... sigue, clávame como si fuera una puta». «Como lo que eres», le murmuré y se encendió aún más. Me gustan los juegos, me excita torturar con placer, pero con Maribel era distinto, poco me importaba lo que sintiera, quería correrme y largarme; además, estábamos en pleno pasillo del Centro de Convenciones. Lograr una eyaculación no era tan fácil debido a las drogas y el desagrado. Escuchamos voces acercarse y la saqué tan de prisa como la metí, ella hizo un ruido de queja. Caminamos, nos subimos a mi carro y fuimos a su casa que quedaba cerca.

Por el camino se encargó de mantenerme duro con sus experimentados labios, y se tocaba la entrepierna. Cuando llegamos, me bajé con mi parte expuesta, hacía rato había pasado el nivel de la razón; demasiado alcohol, coca y la calentura, hacían que me importara una mierda que me vieran. Mientras ella estaba de espaldas, buscando las llaves en su bolso, me puse uno de los preservativos que saqué de la guantera antes de bajarme, la agarré por la cintura y la enganché en pleno portón. No quería pasar a la casa, quería acabar allí y marcharme, pero la coca retrasaba todo. No sé cómo encontró la llave y abrió, conmigo castigándola con aquella violencia.

Cuando entramos se quitó los zapatos, dejó caer el traje al suelo y caminó hasta su cuarto. Agarré una botella de Jägermeister que vi en la mesa del comedor, me tomé varios sorbos mientras la seguía por el pasillo. De la mesa de noche, sacó un frasco, pensé que era coca, y aspiré las dos veces que me ofreció; ella sólo aspiró una muy pequeña. Se puso de rodillas sobre la cama, me arrancó el preservativo de un tirón y por un largo rato, dejó que su boca se encargara de todo. Luego se me sentó encima, todavía estaba semi vestido. Le dije que esperara en lo que me colocaba más protección y me dijo que no me preocupara, que estaba en días seguros. No recuerdo mucho más. Nunca confié es esa línea de "los días seguros" y siempre descargué afuera; sólo que esa vez, no recuerdo exactamente el momento del descargue. Me sentía anestesiado, más drogado que de costumbre, para alguien de mi alta tolerancia, significaba exageradas cantidades que no había consumido esa noche.

Cuando desperté, me observaba. «¿Quieres hacerlo otra vez?», preguntó a la vez que se incorporaba para succionarme. Todavía me encontraba lento y bastante desorientado, al sentir su boca la alejé, ella no entendió o no quiso entender y lo intentó otra vez. Sus labios revivían cadáveres y por unos minutos la dejé hacer. Cuando me endurecía otra vez, un poco de razón llegó y me levanté, «debo irme», murmuré. Me vestí y me marché de inmediato; todavía estaba tan ebrio y drogado que amarrarme los zapatos fue como armar un rompecabezas. Estuve todo el día siguiente aturdido. La coca que me dio estaba mezclada con ketamina, su cóctel favorito. No era una droga que disfrutara, se usaba para anestesiar caballos y, al parecer, también tiburones.

Dos semanas después, me reconcilié con Claudia y todo transcurría con normalidad. El sábado antes de las elecciones, en la mañana, mientras estábamos en la cama viendo un programa de TV, recibí la llamada de Maribel. Aquella voz malévola y cínica que, sin frases preparatorias, me dijo: «Estoy embarazada. ¿Qué vas a hacer?». *Una prueba de ADN*, pensé, pero no lo dije y corté la llamada. ¿Cómo carajo se lo diría a Claudia? Esa sería la gota final en una copa que se había desbordado muchas veces. Me tocó afrontarlo meses después, cuando con las manos temblorosas abrí el sobre con la puta prueba de paternidad. Nunca la vi llorar de esa manera. En incontables ocasiones hablamos de los hijos que tendríamos y allí estaba yo, confesándole del que tendría con otra. Ese día todo cambió, sé que siguió amándome, pero se cansó: muy duro perdonar y pasar por alto algo tan real y presente como un hijo.

Si no la mencioné antes, es porque siempre quise mantenerla alejada de toda la mierda en la que me movía. De las pocas cosas de las que me enorgullecí en la vida, fue de nunca subirla a una tarima ni mostrar su rostro en ninguna campaña. Fue la relación más difícil de todas, ya que no podía ni quería librarme de ella. Sin embargo, durante aquellos primeros cuatro años, las guerras con su madre redundaron en muy poco tiempo para verla.

Para el verano del 2012, después de alguna de nuestras cálidas discusiones, Maribel llamó a Randy Pérez, una lombriz amarillista que se dedicaba a los chismes de farándula y se hacía llamar reportero, le ofreció una exclusiva y le adelantó: «El Alcalde de San Juan no se ocupa de su hija, no dudo que se avergüence del color de su piel». En una de las tantas conferencias de prensa de esos días, aquella víbora se atrevió a abordarme.

—Alcalde, sabemos que tiene una hija, pero nunca se le ve con ella. ¿Cuál es la razón para esconder su paternidad, acaso se avergüenza?

No esperaba la pregunta y me quedé mudo por varios segundos, mirándole fijo. Su sonrisa era la del peleador que cree asestar el golpe ganador.

—Randicito, Randicito, me pregunto cómo hasta ahora, no te han roto la nariz.

Se escuchó un rumor colectivo entre los presentes.

—¿Me está amenazando, Alcalde? —contestó con un marcado y altivo manierismo que lo hizo verse más marica que nunca.

—Abierta y claramente.

Trató de decir algo, pero no pudo porque continué hablando.

—Necesito que cierres la boca y escuches.

El lugar pareció sumergirse en un vacío sonoro, sólo se escuchaban las cámaras fotográficas; la mirada de Francisco gritaba: «Calla, hijo de puta». Zenaida salió de la nada.

—Gracias compañeros, el señor Alcalde no contestará más preguntas…

—Gracias, Zenaida, todo está bajo control.

Miré al suelo, respiré profundo, organicé los pensamientos y hablé.

—Esta será la primera y la única vez que hablaré de esto. Sí, tengo una hija, su nombre es Claudia Isabel y tiene tres años. Nunca la verán en mis actividades de campaña, es una persona privada y no hay necesidad de exponerla a las intrigas de la política, y mucho menos a las puercadas de algunos miembros de la prensa, como tú, Randicito. Le advierto a todos, y antes le pido disculpas a aquellos de ustedes que son serios y no se prestan para la suciedad amarilla a la que se dedica su compañero. Mi hija está fuera de todos los asuntos políticos, partidistas y de Gobierno. Antes de mis funciones como Alcalde, están mis obligaciones de padre, el de ustedes que se atreva a acercarse a mi hija, a su madre o a cualquier miembro de su entorno, no podrá caminar en este país ni en ningún lugar del mundo, porque lo voy a encontrar y le arrancaré los ojos y la piel. —Los rostros estaban impávidos y Randy parecía encogerse—. Todos los días me esfuerzo en criar una niña saludable y libre de situaciones que le afecten su estabilidad, no voy a permitir que ustedes cambien eso; no me importa que me cueste la elección. Solamente un sucio inescrupuloso, utiliza la inocencia de sus hijos para pescar votos. Niños que luego serán víctimas de la burla pública por parte de todos los detractores del político, que juzgan en el hijo los pecados del padre. Sé de qué les hablo, mi padre fue el alcalde más importante que ha tenido este país. En vez de cuestionar la ausencia de mi hija en la política, vayan a preguntarle a los otros candidatos por qué usan y abusan de la imagen de los suyos. Así que, Randicito, ahórrate el mal rato y apunta tus antenas de cucaracha a otra parte, porque existen asuntos de honor, que los caballeros no resolvemos sólo con palabras.

Después de unos tres segundos de silencio ni la amenaza ni la violencia en mis palabras, evitaron la estridente sesión de aplausos que estalló: ciudadanos, empleados y hasta periodistas, mostraron aprobación a lo dicho.

Esa tarde recibí una llamada de John "La Rémora" Martínez.

—¿Sabe algo, Alcalde? Tampoco uso mi familia para las campañas. Hoy demostró que le sobra el carácter que le falta a muchos pendejos de nuestra colectividad. No sé qué les ha pasado a los hombres de nuestro Partido, han perdido las pelotas. Ya era tiempo de que alguien pusiera a esa maricona chismosa en el lugar que se merece. Lo felicito, no tengo duda de que será reelecto. No puedo decir lo mismo de nuestro actual Gobernador. Le recomiendo que se mantenga tan lejos como pueda de él, pero recuerde, sin ser ofensivo con nuestra base.

34

"*It's evolution, baby*"

La respuesta de padre colérico ocupó los titulares y corrió las redes durante semanas: "Armando Quiñones Brau, otra cepa de político", "Padre y líder", "No importa perder votos cuando se hace lo correcto". Mi campaña iba mejor que la de cualquiera en el Partido, los escaños legislativos estaban en aprietos y era evidente que el Gobernador se colgaba. A finales de agosto, a menos de dos meses para la elección, Francisco llegó a mi oficina exhibiendo una de sus más amplias y cínicas sonrisas.

—Acaba de llamar el Secretario de la Gobernación, Cifuentes quiere reunirse contigo.

—¿Dijo para qué?

—No, sólo que es urgente, que te espera lo antes posible, en este mismo instante, si puedes. Aunque te convoca de manera oficial, no dudo que la invitación sea para que le jures bandera y lo apoyes en la campaña.

La mala sangre entre el exgobernador y yo era de conocimiento público. Desde la visita de Obama, cuando le acusé de tener sus lealtades con el Partido Republicano y los millonarios de Wall St. «Sus constantes acciones contra el Presidente demuestran deslealtad a la nación americana y a nuestro ideal; no se puede ser republicano antes que estadista y puertorriqueño». Cada vez que tenía que asumir esas posturas "pitiyanquitas", un ácido caliente me corría por las tripas y su amargo me quemaba la garganta.

Acepté la reunión sólo por ser un sadista necesitado de diversión y porque esa rata era capaz de filtrar a la prensa si lo rechazaba. Caminé junto a Francisco por las estrechas calles de la ciudad vieja, siempre transitadas, el sol rebotaba sobre los adoquines, que nunca se vieron tan azules como en mis días de alcalde. Paco nos seguía a una distancia razonable, no me gustaba que lo notaran, en esos tiempos las escoltas no eran bien vistas. En la Fortaleza olía a pintura, un grupo de trabajadores retocaba el azul pastel de las paredes exteriores. Esperamos casi diez minutos y una de las tantas secretarias nos indicó que Cifuentes se reuniría conmigo a solas. Se me escapó una ligera carcajada: «Espérame en el quiosco frente a la Alcaldía y pídeme un café, esto no me tomará mucho tiempo», le dije al gordo.

El gober era flaco y cargaba una pepa desproporcional para su cuerpo; como los lápices de goma gorda que usé para la escuela. Sus ojos estaban ubicados de una manera asimétrica, que lo hacían ver bizco desde ciertos ángulos. El carisma no era su fuerte, podías bañarlo en libras de sal y seguiría siendo un huevo insípido. Llegó a la silla gracias a la inversión electoral más cara de aquellos días, financiada por un selecto grupo de alimañas voraces, que planearon enriquecerse y lo lograron. Su trato con la gente era frío, se notaba el esfuerzo que hacía para mezclarse con la plebe, a la que castigó durante su mandato. Sin que se diera cuenta, encendí la grabadora integrada de mi teléfono celular; nada de sobornos o acusaciones, sabía que le diría alguna cabronada y quería tenerla para fanfarronear luego con Chuck, Francisco y X.

—Alcalde, no podemos permitir que los rojos se apoderen otra vez del país; necesitamos unidad.

Habló por varios minutos durante los que apenas le presté atención; la retorcida voz de mi interior susurraba, *largate, deja a este pendejo hablando solo*. Estar ante al gobernante más nefasto de la historia puertorriqueña, a una distancia tan corta, me hacía considerar conceptos como "arresto ciudadano" y "ejecución sumaria". Mi paciencia no llegó al décimo minuto, me puse de pie y le corté.

—Gobernador, lamento decirle que no puedo complacerle. Hacer campaña a su lado, es darse un disparo en alguna extremidad valiosa.

También se levantó y me habló con autoridad.

—¡Armando, estás cometiendo un gravísimo error! De mí depende que la base del Partido te siga. Tu padre trató de alejarse de mi candidatura y sabes lo que pasó.

—¿Por qué será que, cada vez que algún pendejo trata de venderme un cuento, utiliza a mi padre como palanca?

—¿Cómo te atreves?

El desconcierto en su rostro era una obra de arte, como el buen mamalón apretado que era, no estaba acostumbrado a ese tipo de *trash-talk*, típico de los deportes competitivos y de otra parte de la sociedad en la que redundaba menos la hipocresía. Lo próximo lo puso más bizco.

—Mire Gobernador, con el poco respeto que le tengo, escúcheme bien porque esto que le diré es muy importante y no lo debo repetir —me miraba fijo, sin pestañear—. Haga el favor de meterse un dedo en el culo y déjelo ahí hasta que sienta calambres tanto en el culo como en el dedo; luego retírelo, lléveselo a la nariz y huela hasta que desaparezca la peste a mierda o se vomite. Y tenga presente mientras huele, que esa fetidez que recoge su nariz es lo que pienso de usted. Prefiero correr el riesgo con el cerebro corto de Rogelio Cárdenas como gobernador, a caer otra vez en el hoyo de tinieblas que representan cuatro años más de un ladrón hijo de la gran puta, como usted.

Me abroché la chaqueta y me marché con un divino sabor a victoria en la boca, fue la última vez que lo traté personalmente. Las carcajadas de mis amigos al escuchar aquella grabación se escucharon más allá de la Fortaleza, y me maravilló mi capacidad para ser un vulgar cerdo.

Otro de esos "aciertos inesperados", fue durante el cierre del Festival del Blues, un evento creado por mi padre y auspiciado por Jack Daniel's. La animadora, que solía ser creativa e impertinente con sus preguntas, en plena tarima me pidió que tocara la guitarra, «aunque sea un jameíto»; algo que mi equipo de trabajo me sugería para todos los eventos musicales, y siempre me negué. Semanas antes, se filtró un video de los tiempos estudiantiles, en que aparecía con una *Stratocaster* negra, junto a Francisco, que tocaba un bajo, color rojo manzana; Chuck cantaba y tenía una *Les Paul*, que tocaba por ratos y X golpeaba con rabia la batería. Interpretábamos "Do the evolution" de *Pearl Jam*; el *jingle* no oficial de mi vida política.

El video provocó que los fanáticos y politiqueros, pidieran que el Alcalde tocara para el público, pero, no me salía de los cojones jugar al monito de circo. Muy condescendiente, le dije que me veía obligado a rechazar la honrosa invitación. Que mi gran amor por la música me impedía subir a una tarima con semejantes profesionales a tocar algo que estuviese por debajo de su nivel.

—La música merece respeto al igual que los maestros que la interpretan. La gente no quiere ver políticos con destrezas mediocres, montados en tarima profanando el trabajo de esas grandes maestros que dedican su vida a la música. Como suelo decirle a mi grupo de trabajo cuando sugieren lo mismo: Si cuesta votos respetar a los artistas, pues que los cueste. Y si otros políticos lo hacen, allá ellos con el ridículo de sus conciencias.

—¿Se refiere al Alcalde Ponce, que toca el clarinete en los festivales de jazz de su pueblo?

Ella disparó la pregunta tan rápido como yo la respuesta.

—A ese y cualquiera que se preste.

Esa misma noche, *¡boom!,* todos los medios difundían la respuesta del Alcalde de San Juan, que se declaraba paladín y defensor de la música y los artistas, y condenaba a los políticos mediocres por faltarle el respeto al arte. El Dobleletras de

Ponce llamó para decir que su jefe exigía una disculpa, le di la misma recomendación que a Cifuentes... ya saben, la del dedo.

***

La campaña de Armando fue tan suave como un *blues,* sin trancas en las puertas ni escombros en el camino. Una vez resuelto el asunto de Pablo, todo lo demás fue un viaje sin rezagos, hacia el tope. Su rechazo a Cifuentes le costó malas críticas de los lambetas, pero ninguno votaba en San Juan. Armando nunca mencionó a su oponente, excepto cuando algún reportero se lo nombraba. Y, hábilmente, decía que no tenía comentarios, que sólo sentía respeto por el Senador y esperaba que venciera la democracia. Era un verdadero psicópata, no había mejor forma de mostrarlo que con aquella diplomacia casi etérea. Sus allegados eran quienes lanzaban los ataques al oponente, así el Tiburón pasaba como todo un conciliador.

Por mi lado, tuve mis propios recuerdos cuando vi aquel video en que tocábamos a Pearl Jam. Estábamos en primer año de la facultad cuando se grabó, Claudia fue la camarógrafa y Sofía también estaba allí. Fue una de las pocas veces que nos grabaron, no había teléfonos con cámara en esos días. El video no pudo ser más apropiado para su imagen de educado, pero rebelde. Aunque siempre lo negó, estoy seguro de que fue él quien lo filtró, era dueño de la cinta original.

35
"ANOTHER ONE BITES THE DUST"

El día de la votación no sucedió nada inesperado. Además de ganar, hice lo que en todos los días de elecciones que participé: salí a votar en la mañana, concedí una o dos entrevistas a reporteros amigables, regresé a casa a meterme todas las drogas posibles, no todas, nada de coca, *Aderral* ni otras que me elevaran el ritmo cardíaco. Francisco y el Palomo se quedaban a cargo de los asuntos electorales. Luego, dormía un par de horas y me movía al comité a recibir el cetro de la victoria. Aunque nunca dudé que vencería, siempre había algún grado de incertidumbre; las drogas eran una justa necesidad, un mecanismo de autoprotección para mantener la sanidad de la siquis y un espíritu relativamente balanceado.

Los resultados de las alcaldías salían primero que los de las carreras estatales. Durante la tarde, junto a mi equipo acepté la victoria y agradecí a todos, con el *jingle* de campaña sonando atrás. Era una rara y gratificante sensación, como la de los torneos de voleibol o enterarte que pasaste el examen para ejercer la carrera.

En el Comité Central, el ánimo era otro, se respiraba la amargura venenosa de los que se quedaban sin trabajo. Hice una visita relámpago antes de que Cifuentes llegara a conceder su bien merecida derrota. Era necesario dar la cara entre la base y el resto de los políticos, cosa de no crear enemistades ni rumores de autonomía.

Si me hubiesen dado a escoger un político, uno sólo, para darle un escarmiento al resto, ejecutándole en una plaza pública, sería a Cifuentes. En sólo cuatro años tomó más dinero prestado que cualquier gobernador anterior y futuro. Sumado a millones en ayudas Federales de la Administración

Obama, tuvo lo que necesitó para recomponer el país. Por el contrario, dejó sentadas las bases para la debacle económica más grande de nuestra historia. Más que, en estado, Cifuentes trató de convertir a Puerto Rico en un paraíso fiscal para sus futuros empleadores, de *Wall Street.*

El partido rojo ocupó la mayor cantidad de las alcaldías y ganó la mayoría parlamentaria en ambas Cámaras Legislativas. Tenían el poder político necesario para lograr todo lo que prometieron, sólo había un pequeño detalle, el país estaba muy jodido, sin credibilidad ni margen prestatario y sumergido en tantas deudas, que parecía imposible sacarlo del hoyo. El nuevo Gobierno llegaba cojo y sin posibilidad de éxito, con la inminencia de una quiebra y el impago de las deudas. Alguien dijo una vez que los pueblos tienen los gobiernos que se merecen, y ese fue el caso de Puerto Rico, su desatinada mente electoral, producto de la mala educación, la credulidad y las tradiciones familiares, eligió la peor casta de ratas posibles, lo devoraron todo.

Me detuve en El Alcázar, para buscar unos documentos y una yerba que guardaba en la bóveda. No esperaba encontrar a Catalina, que organizaba papeles en una caja; la campaña terminó y técnicamente, era su último día de trabajo. Se sorprendió al verme, no me esperaba de vuelta, la sorpresa fue mutua y lo notamos. No hubo palabras, mirándola a los ojos le puse el seguro a la cerradura y caminé hacia ella sin cambiar la vista. Nos besamos con ganas animales, con varios años de deseo retroactivo, la pasión añejada tenía un sabor distinto. Rodamos por las paredes, mientras nos quitábamos la ropa sin dejar de besarnos. Fue fácil desnudarla, tenía un trajecito de manguillos que salió de un tirón. Besé y mordí sus senos sobre la ropa interior, respiré en su cuello, tal como lo imaginé cuatro años antes. Ella peleaba para zafar la hebilla de mi correa, cuando escuchamos el *din-dong* de la puerta, nos vestimos tan rápido como pudimos. El Palomo rompió la magia. Sus ojos pícaros decían que sabía que algo interrumpió. Hablamos unos diez minutos y ella anunció que se marchaba. Mientras Palomares se despedía y le hablaba de alguna mierda a la que no le presté atención, le envié un mensaje de texto: *"Mi apartamento en diez minutos".* Me despedí de prisa con la excusa del cansancio y las entrevistas del día siguiente. Antes de salir, el viejo me dijo con el más solemne de los sarcasmos y en tono muy bajo.

—No la cagues caimán, que la necesitamos en la próxima campaña.

36

Campanas, año nuevo y Claudia

La última semana de diciembre, el Padre Vicente me solicitó una reunión para su primo don Ignacio Valverde (el del maletín con los cien mil dólares) y otro inversionista, que estarían unos días en el país y tenían una interesante propuesta que hacerme. El último día del año, a eso de las once de la mañana, nos reunimos en la oficina del Padre, en la mismísima Catedral de San Juan. No le comenté a nadie ni siquiera a Francisco. Me resultaba tan nebuloso que me citaran con aquel velo de secretividad. Recordé la advertencia de Palomares y pensé que venían a cobrar el donativo. Le pedí al Padre que la reunión fuese lo más privada posible y qué mejor lugar que el *holyground* de la santísima Catedral.

Cuando entré a la oficina del Sacerdote, don Ignacio Valverde ya me esperaba, acompañado de un joven medio rubión de unos seis pies de estatura. Ambos se levantaron y estiraron las manos; el joven, era su sobrino, Luis Miguel Valverde. Luego de toda la mierda introductoria que conlleva una conversación de negocios, llegó, al fin, el tan esperado momento de escuchar la propuesta. Fue don Igna, como le gustaba que lo llamaran sus amigos, quien habló.

—En el momento en que quiera levantarse de la mesa, es libre de hacerlo y, por favor, esta reunión nunca se realizó. La única razón por la que me atrevo a hablarle es porque mi primo el Padre Vicente, me asegura que usted es un hombre razonable y de palabra. No debe agradarle que le traigan el recuerdo de su predecesor a la mesa de negocios, sin embargo, es casi un deber decirle que su padre era un hombre fuera de serie. Tal vez no lo recuerde, pero, nos conocimos en su casa, en la fiesta que dio Armando cuando usted fue admitido como abogado.

Su recuerdo llegó como un garrotazo, ese día de la fiesta, cuando mi padre nos presentó, me dijo: «Mi buen amigo Igna», nada más; estaba tan ebrio y drogado, como siempre, que no le presté demasiada atención. Para aquellos días me valía mierda cualquier asunto relacionado con mi padre; seguía molesto por la puercada que me hizo en Vieques el año anterior y por todos sus sermones acerca de la "conducta de un abogado", de cómo debía comportarme una vez fuese aceptado por el Supremo; que, básicamente, se resumían en una oración: "Se acabó la diversión". Me causó buena impresión la actitud de don Igna, parecía seguro y confiable, y esa vez, le presté mucha atención.

—Lo que le voy a proponer, puede ser un poco más arriesgado de lo que parece…

Casi simultáneo a las primeras palabras de su explicación, comenzaron los campanazos del mediodía, que se escuchaban con clarísima fidelidad. Con el campanario como orquesta de banda sonora, escuché la propuesta de Valverde, absorto y a punto de salir corriendo; una especie de temor emocionante me embargó.

Esa noche del treinta y uno, no salí de mi departamento, rechacé todas las invitaciones. Quise quedarme con Isabelita, pero su madre viajó a Orlando a visitar no recuerdo a qué familiar y se la llevó sin avisar. Unos cuarenta y cinco minutos antes de las doce, sonó el timbre de la puerta. Ya iba por mi tercera botella de vino, no miré por el visor antes de abrir. Casi me caigo cuando la vi, los ojos se me desorbitaron y el corazón parecía traicionarme. Allí estaba Claudia, vestida con su abrigo de piel marrón, el que siempre usaba cuando salía de viaje, y una maleta con ruedas. Llevábamos cuatro años sin vernos ni hablar, la vi más hermosa que nunca.

—Acabo de llegar, no sabía si te encontraría —me dijo vacilante.

—Pasa, por favor.

Cerré la puerta y, sin mediar palabras, nos besamos con el desespero de la ausencia. En cuestión de minutos estábamos desnudos sobre la cama. *"Y nos dieron las diez, las once, las doce y la una y las dos y las tres..."*. No escuché la algarabía del fin de año ni las explosiones de los fuegos artificiales, estaba tan metido en ella que sólo recuerdo cuando, exhaustos, nos agarró la luz del sol mañanero que se colaba por las ventanas. Dormimos, desnudos y abrazados hasta el mediodía.

Segunda Parte
(Cuatrienio 2013-2016)

1

"Whole lotta love"

Para la juramentación de su segundo cuatrienio, había en tarima una gigantesca pantalla al fondo y al lado izquierdo estaban Bella and the Ravers, la banda de mi amiga Stoli; enormes banderas de Puerto Rico y los Estados Unidos colgaban de las vigas del techo. No era usual tener rockeros en una toma de posesión, con la excepción de algún artista politiquero o fuera de moda que cantara lo himnos, los actos musicales se presentaban en la fiesta de celebración post ceremonia. El Juez Presidente del Tribunal Supremo le tomaría el juramento, estaba sentado en la primera fila, con la toga negra elegante y toda la pendejada. No fue la ceremonia tradicional a la que asistían las esposas, los hijos y las madres; la soltería y apatía familiar de mi amigo, hacían sus discursos más ligeros y menos protocolares. Tampoco debía ser usual que la mayor traficante de anfetaminas del país compartiera escena con tan importantes funcionarios.

A eso de las 8:00p. m., una voz de mujer en el altoparlante anunció la última llamada y la gente se apresuró a sentarse. Me quedé de pie, si me sentaba sería imposible escapar de aquel despliegue de servilismo. Eso de escuchar discursos políticos nunca me sentó, ni siquiera con el Prócer. El maestro de ceremonias, un mal aspirante a locutor, que tenía un contrato fijo para esos eventos, dijo algunas tonterías a las que no presté atención, y sin mucho preámbulo, anunció «al alcalde de todos los sanjuaneros, al líder indiscutible, el mejor libra por libra», luego gritó el nombre con tanta emoción que parecía que presentaba a Muhammad Alí. Pero, eso no fue lo mejor, tan pronto pegó el grito la banda comenzó una sólida interpretación de "Whole lotta love". La voz de Stoli me calentó la sangre y me sacó de la esquina en la que me ocultaba entre viejas con ropa de iglesias y perfumes pegajosos. Fue la primera vez que vi a mi amiga "La Rusa" de una manera no tan amistosa; hostias, era una diosa en el escenario, la guitarra, la voz, aquellos movimientos bruscos y sensuales a la vez…

El Tiburón salió todo sonrisas, con un traje de unos cinco mil dólares, que seguro compró con aportaciones de campaña. Con su maldita sonrisa de vendedor de cosas inútiles, caminó saludando como una *miss* de concurso, vestida para la portada de *Gentleman Quaterly*. Como disparados por resortes, la gente se puso de pie, aplaudían como si se tratara de una mega estrella; hasta las más viejas sacaron las posaderas de los andadores y con las manos alzadas al cielo daban gracias, parecían recibir al Mesías. Se gozaba las tarimas y las masas. No pude evitar la risa, no fue la marihuana consumida minutos antes, lo juro; la imagen me pareció tan graciosa que no podía siquiera enforcar la cámara. Pocas veces se veía semejante derroche de narcicismo ni a un grupo tan nutrido de borregos dispuestos a aplaudirlo. Se transformó en el "más grande que grande", a quien todos querían conocer y agradar para conseguir sus favores.

Nuestras miradas se conectaron y me vio reír. Levanté la mano derecha, cerré el puño y le hice el tradicional movimiento masturbatorio, «eres un casquetero» le dije. Creo que me leyó los labios, su sonrisa se borró y le tomó unos segundos regresar al personaje. Era surreal la música sonaba con fuerza y la gente parecía disfrutarla, hasta bailaban. Si llegamos a saber que el secreto para salvar el rock eran las campañas políticas, el reguetón jamás hubiese salido del caserío. Cuando el Tiburón se acercó al micrófono, el doble de Jimmy Page cerró con el *riff* principal. El Tiburón mostró sus dientes otra vez y las damas jóvenes y no tanto, suspiraban y hacían gestos de un agrado más sexual que ideológico. Definitivamente llevaba la magia de su padre a otro nivel.

Seguro tenía medio gramo de coca por cada fosa nasal, tres o cuatro *whiskys* y un tubo entero de aceite de cannabis, de los que comenzaron a vender en aquellos días, la tecnología nos permitió el placer de fumar en lugares públicos, sin temor a la detección y el juicio moralista. Lo disimulaba muy bien, el maldito escualo disimulaba las drogas mejor que cualquiera. Detesto decirlo, pero sí que tenía carisma el muy cabrón; como me re jode sonar a *groupie,* pero se movía por el mundo, con la gracia que muchos mortales comunes hubiésemos querido. Todo parecía fácil cuando él lo hacía era como el jodido James Bond de la política local; hasta se presentaba: "Quiñones, Armando Quiñones", ¿lo pueden creer?

Antes de que le diera riendas a su metralleta de palabras políticamente zalameras, me marché. De salida me acerqué a Francisco y le pedí una copia del discurso, para criticarlo en mi blog. Me dijo que lo daría de memoria, que no quedaría exacto al escrito. Y con la dosis de drogas que sabía debía tener, seguro le quedaba mejor. Armando tenía una manera especial de hipnotizar una audiencia, el podio era su arma predilecta para transformar, lo cargaba con palabras precisas que disparaba certeramente a los corazones y subconscientes de quienes le escuchaban. Aun en las peores circunstancias, Armando podía hacerles creer que todo estaría bien.

***

En enero del 2013, cuando salí a dar el discurso, me sentí como un monarca ante sus súbditos. ¿Se puede cambiar tanto en tan poco tiempo o siempre fui de esa manera? Era fascinante la adrenalina que producía aquel regocijo de poder pleno, sin el temor a la probabilidad de ser otra víctima de las "malas elecciones" de la democracia participativa; una sensación distinta a la incertidumbre del día de las elecciones. La ceremonia era un mero símbolo de la reinvestidura del poder que ya tenía, necesaria para mantener las huestes en sus sitios, recordarles que había alguien a cargo y que ese alguien sonaba a *rock and roll.*

La banda estaba sólida, podía ver ancianas mover sus osamentas *osteoporóticas* al ritmo de Led Zeppelin.

Un potente coctel de fármacos me corría en la cabeza; lo de siempre, nada de drogas nuevas, esas vinieron más adelante en ese cuatrienio.

Estaban todos, Ignacio y su esposa Milenia, con aquella sonrisa que encantaba víboras y derretía icebergs. La recién electa Alcaldesa de Isabela, Jessenia Soler, que pertenecía al Partido Populista Democrático, también asistió. Tenía una nariz algo extraña, pero todo lo demás estaba como para devorar y repetir, antes de ser electa era instructora de yoga.

Divisé a Chuck en una esquina, se reía como si viera un espectáculo del retorcido humor negro que suele divertirle; una comedia en la que el payaso principal era yo. «Qué casqueta», me dijo. Su risa me hizo recordar que, a pesar de ganar una primaria y una elección, ambas por abrumadoras ventajas, todavía llevaba el fantasma de mi padre sobre mi cabeza, me pregunté por cuánto tiempo sería medido por la vara que dejó; una vara medio torcida, cuando se veía desde adentro.

El Padre Vicente, Luis Miguel Valverde y Ricardo Mora, el CEO de Empresas Valverde, estaban en la primera fila. Don Ignacio no estaba, su propuesta me revoloteaba en la cabeza cada vez que escuchaba campanas sonar. Vicente fue el encargado de la invocación religiosa hecha minutos antes. Para un país en el que, se suponía, imperaba la separación de Iglesia y el Estado, siempre teníamos un cabrón religioso metido en todas partes; era imperativo darles a las masas las drogas de su predilección. Qué forma de hacer negocios la de esos cabrones mexicanos, tenían un sacerdote con sotana almidonada, para darle carácter solemne a sus traqueteos. De la delegación de políticos de San Juan, faltaba mi hermano Pablo, que prefirió asistir a la inauguración del Alcalde de Ponce, que resultó ser el mismo día y hora. El muy hijo de nuestra hija de la gran putísima madre subió, a su cuenta de Facebook, una foto junto a Espinosa y escribió: "Aquí con mi amigo el Alcalde Espinosa, un alcalde de verdad".

Debo decir que eso me tocó sobremanera en los cojones y me provocó el mismo sabor amargo en la boca, que solía anteceder mis episodios violentos.

Claudia también estaba en primera fila. Vino por asuntos de trabajo que completó en dos días. Tenía una habitación reservada en el Hilton, además de la casa de su familia, pero se quedó conmigo dos semanas, una más de las que previó estar en la isla. El tiempo suficiente para dejar su esencia en la casa y *"el hueco de su ausencia en mi colchón"*; otra vez me acostumbré a su presencia y la necesitaba de sólo saber que se marcharía. Dijo que era posible que su Compañía la enviara a Europa o Chile, que se cocinaban movimientos gerenciales, de esos que se daban sólo para que no se les durmieran las piernas a los ejecutivos por estar mucho tiempo en el mismo lugar.

Me encantaba dormir con Claudia, éramos dos piezas de rompecabezas hechas para encajar perfectamente. Siempre desnudos, en raras ocasiones de frío ella se abrigaba y me obligaba a usar alguna pieza de tela que me recogiera las pelotas. «Desnudos ambos o ninguno», decía. Nos acostábamos muy pegados: su espalda en mi pecho, mi brazo alrededor de su cintura, mi nariz cerca de su cabeza, el olor de su cabello antes de dormir era el aliciente perfecto para cruzar en paz al universo alterno de los sueños. Lo mejor era que sus nalgas quedaban justo en mi pelvis, mi parte quedaba atrapada y cubierta. En varias ocasiones durante la noche, cambiábamos de posiciones y dábamos algunas vueltas de esas involuntarias que dan los cuerpos dormidos, hasta quedar otra vez enganchados en la posición inicial.

Fueron incontables las noches en que alguno de los dos despertó con deseos, sólo tenía que mover un poco la pelvis para provocar al otro. Cuando era ella la provocadora, retorcía las caderas con un sensual vaivén, que estrujaba su entrada tibia hasta despertarme o endurecerme, lo que llegara primero; tantas veces desperté sólido y en su interior, mientras ella, con jadeos y determinación provocaba explosiones que nos dejaban agotados y dormidos con la profundidad de la satisfacción. Claudia tenía un dormir más pesado, cuando era yo el desvelado deseoso, acomodaba mi trozo palpitante entre los alrededores donde se pegaban sus piernas, sólo roces, mientras apretaba sus pechos, ambos, sin orden específico; le besaba el cuello, le hundía la lengua en la oreja y le mordía el lóbulo... Cuando comenzaba a calentarse y dar señales de despertar, le entraba con ganas animales. Claudia enloquecía cuando despertaba embestida y en pleno acto, decía que era la materialización surreal del erotismo inconsciente. Solíamos quedarnos dormidos en la misma posición y, en las buenas noches, repetíamos la sesión, sólo que, la segunda siempre duraba más, despiertos nos provocábamos con toda la alevosía de la conciencia.

El nuevo cuatrienio comenzaba intenso como el anterior, el mundo seguía tan apresurado que parecía que se acabaría antes de tiempo; pero, se acostumbra uno a todo, incluso a las tragedias. El 2 de enero fue la inauguración del Gobernador Cárdenas. No me lució mal tipo y parecía tener intenciones de hacer lo mejor posible; sólo que no tenía idea de cómo. No era una lumbrera y lo demostró de inmediato, tampoco se rodeó de gente con la capacidad para suplir sus carencias. Le tocó un país hecho cantos y su liderazgo no trascendió, a pesar de tener mayoría en las Cámaras Legislativas. Las ambiciones de algunos de sus compañeros de Partido le hirieron de muerte y no pudo salir del modo de arranque. Luego de la quiebra y la cancelación del margen prestatario del país, sólo le quedó pedir auxilio a su compañero de merienda del año anterior, el Presidente Obama.

Rémora y Jeannette sobrevivieron la marea roja que le pasó por encima al país, obtuvieron la mayor cantidad de votos en sus respectivas categorías. Ella se quedó como líder de la minoría en el Senado. Rémora, por su parte, necesitaba bajar revoluciones con la opinión pública, si quería ser gobernador algún día, necesitaba alejarse de las controversias, no aspiró al liderato de la minoría en la Cámara, prefirió que otro se enfrentara al fuego continuo. En esos años de enfriamiento, Martínez resultó ser más efectivo y coherente en su populismo; estar en mayoría y posiciones de liderato, era como una venda de terquedad que le nublaba el juicio y le embrutecía la razón, como si el poder le soplara aires intestinales al cerebro.

Mi buen compañero de campañas, Jorge Fantausi, perdió la Alcaldía de Carolina. Fue derrotado por Carmen María Mena, que estaba en la carrera por puro accidente, ya que, el candidato impuesto por su Partido, fue acusado de maltratar a su esposa. Se decía por lo bajo que el caso fue un encargo de Cifuentes y Fantausi, para sacarlo de la contienda porque parecía un rival fuerte. Su sorpresiva victoria, la hizo comenzar el cuatrienio tan *rock star* como yo. Ella recibió más cobertura durante esas primeras semanas; recordemos que era mujer y le ganó a uno de los personajes más fogosos, habladores y "machistas" de mi partido. El discurso del feminismo posmoderno se hegemonizaba en la nueva sociedad de redes e inmediatez; que una mujer le ganara a un hombre como aquel, aunque fuese por tres votos, era más importante que la barrida que le di a mi oponente, que estableció un récord de votos municipales.

2

Un *rock star* en el Vaticano

El 21 de enero, viajé a la inauguración de Barack Obama, un verdadero espectáculo político. Me recuperaba de la celebración de las fiestas patronales de la Calle San Sebastián, el carnaval más caliente y visitado del Caribe, foco principal del comercio y el turismo durante el mes de enero; artesanos y otros trabajadores, hacían las ganancias de la mitad del año, en ellas. Se suponía que asistiría con Claudia, pero, un imprevisto en su trabajo lo impidió. Pasé dos días en Washington, luego hice una parada en Nueva York, para cumplir con varias entrevistas que Zenaida coordinó. Se suponía que estaríamos juntos la semana entera, tenía boletos para el estreno del musical *Big-Fish* que, en su versión de Hollywood, era nuestra película predilecta. Cada vez que pienso en Claudia y ese viaje, recuerdo aquella línea de Cerati: "*Nena nunca voy a ser un superhombre… sueles dejarme solo*".

Una de las entrevistas, fue con la sesentona rubia del *Talk Show* de ABC, con la que me vincularon poco después. Qué mujer, qué porte y presencia; ojos de un azul de cielo de invierno, que siempre miraban fijo cuando nos masacrábamos los cuerpos, como si pretendiera penetrarme el alma con la mirada. Por casi cinco años no un hubo viaje a la Gran Manzana, en el que no me detuviese un rato a "saludarla". Teníamos la madurez de encontrarnos después de mucho tiempo, sin preguntas ni temores, tirarnos en la cama o en cualquier lugar a satisfacernos las ganas: carros, parques, elevadores. La primera vez fue en su camerino, tan pronto acabó la entrevista, que fue todo un juego de seducción. Cerró la puerta y, de inmediato, besos profundos y manos libres, me empujó a un sofá, se subió la falda, se sentó sobre mí sin juegos preparatorios y me cabalgó con largos y profundos movimientos, gozaba en silencio, sólo escuchaba su respiración. Las sacudidas de sus caderas nos llevaron de suspiros a jadeos y luego asfixia, siempre mirándome fijo. Cerati también dijo: *"Cuando el cuerpo no espera lo que llaman amor, más se pide y se vive"*; que genio el muy hijo de puta.

Los primeros meses del 2013 la carpeta de noticias extranjeras que recibía en las mañanas estuvo cargada de sorpresas inesperadas. Siria continuaba en guerra y utilizaron armas químicas contra su población civil. Isis ganaba fuerza y transmitía por la web las decapitaciones de sus prisioneros; tomaban ciudades enteras, con bombas y marronazos hicieron ruinas monumentos históricos. El 5 de marzo, después de una larga estadía en Cuba, para tratar un cáncer, Hugo Chávez murió y fue sustituido por Nicolás Maduro. En México, Enrique Peña Nieto comenzaba su mandato y mis amigos se cuestionaban sus intenciones. En Boston, un ataque con bombas durante el maratón recrudecía el temor al terrorismo que se arrastraba desde el 2001.

La gran sorpresa llegó de Roma, el Papa alemán, Ratzinger, también conocido como Benedicto XVI, renunció al puesto y se retiró a una reclusión vitalicia dentro del Vaticano. Quién hostias podía imaginar que un Papa tenía la facultad para renunciar, ni mucho menos retirarse. Que, si la mitad de los cuentos que se escuchaban eran ciertos, significaría exceso de todo, hasta de monaguillos hermosos para lavarle sus arrugadas pelotas, y limpiar la línea de un culo con el orificio cubierto de tejido hemorroidal; las nalgas seguro desaparecieron para los tiempos de la Administración Nixon. Nadie renuncia a una silla dorada y todos los manjares que trae ser el escogido para cuidar los asuntos de Dios en la tierra. La salida de Ratzinger y su reclusorio (con novicias que le mantuvieran la próstata saludable), fue lo mejor que le pudo pasar al catolicismo.

La claque mayor de los retazos del Imperio Romano que se estableció en el Vaticano y se hizo llamar Iglesia Católica Apostólica y Romana, eligió a un argentino llamado Jorge Bergolio para ocupar el trono en la Basílica de San Pedro. El porteño adoptó su nombre en honor a Francisco de Asís, y cambió el trono papal, revestido de oro, por una simple silla de madera. Su minimalismo no se limitó al mobiliario, Paquito el Papa, sacudió las bases de la Iglesia Católica en más de un aspecto, desde la pedofilia hasta el lavado de dinero. Por momentos parecía tan sabio el hijo de puta, que pensé que era un ateo infiltrado en la casa del dios romano que venía de Judea. Si Obama fue la figura principal del cuatrienio del 2009, Francisco fue la del 2013, era una especie de milagro que un suramericano le diese un vuelco a una de las instituciones más poderosas del mundo, sin ser asesinado.

Al Presidente gringo no le fue muy bien en su segundo término. En cuestión de meses se le llenó de agua el barco de la política internacional. En junio Edward Snowden, un ex analista de la CIA, reveló los métodos que empleaba la Inteligencia Americana para espiar a todo el que le diese la gana. Luego se supo que intervinieron los teléfonos de treinta y cinco líderes mundiales, entre ellos Angela Merkel, lo que llevó a Obama a pedir disculpas. Los tiroteos públicos aumentaron y las palabras conciliadoras y emotivas del Presidente no llegaban con la misma contundencia de sus primeros cuatro años.

En aquellos días, cuando viajaba a la Florida a visitar a Claudia, podía sentir el rechazo a todo lo que sonaba en español. Aunque para los gringos todos los latinos eran iguales, los puertorriqueños no teníamos riesgos de deportación. En 1917, como parte del juego de la colonia, la USA nos otorgó el beneficio "sacrosanto" de la ciudadanía, que nos elevaba a "ciudadano de segunda categoría" o "inmigrante con inmunidad", nos permitía viajar y vivir en la Gringolandia sin temor a la Migra. Pero, nada nos protegía contra los prejuicios de una sociedad que era una olla de presión sin cabida para más vapor. Los blancos pobres, los *white-trash,* que no solían expresarse colectivamente, mostraban deseos de cambio y condenaban ser desplazados por una plaga de inmigrantes "sin papeles ni moral".

Después de mi juramentación, hubo una celebración de la delegación penepé de San Juan, la plana más alta de la política capitalina estuvo allí. Me excusé con todo el liderato, Claudia se marchaba en dos días y quería agotar el tiempo junto a ella, aunque fuese mirándola mientras veía televisión semidesnuda en la cama. Rumbo a casa, llegó un mensaje de Francisco: "Pablo está aquí". Supo de mi ausencia, de lo contrario jamás se hubiese presentado. Le dije a Paco que nos llevara al lugar de la fiesta. Le pedí excusas a Claudia, que podía imaginar a lo que iba. La noticia del hermano del Alcalde de San Juan y su mensaje colgado en Facebook, corría más en las redes, que la de mi inauguración con una puta banda de rock en tarima.

—Tómalo con calma. Mejor no vayas —decía preocupada.

Estaba hermosa, pelo suelto, un traje ceñido de una delicada seda gris plomo, que marcaba sus formas, sus esplendorosas formas que me deformaban los pensamientos y me hacían querer devorarla. En más de una ocasión tuvo que detenerme y evitar que la penetrara en plena guagua con Paco al volante. Pero, cuando la sangre se calienta con la llamarada de la ira, ni los labios de la más hermosa y amada de las mujeres, la enfrían.

Llegamos y Claudia esperó en el vehículo. Entré de prisa, no quería opacar la sorpresa y me escabullí con agilidad, pero, quienes me reconocían trataban de saludarme y comenzaron a vitorear mi nombre y aplaudir. Por suerte, cuando mi hermano se percató de lo que pasaba, ya me tenía en frente. Lo abracé y le di un beso en una mejilla, con fuerza, el "muaks" se escuchó por encima de la música. Tipo Michael y Fredo Corleone, en esa escena de la película que ya saben que me gusta. Y, frente a todos, con mi mejor sonrisa le dije, mirándole a los ojos y sólo para que él lo escuchara:

—La próxima vez que me hagas lucir mal te rompo el cuello.

Me quedé serio por tres segundos, luego sonreí y lo solté. Agradecí a todos los buenos progresistas que estaban allí y, antes de marcharme, no pude evitar decir:

—No le vayan a tomar mala voluntad a mi hermanito por mezclarse con las gardenias del otro partido. Es nuevo en esto, ya lo educaremos.

Pablo se quedó tieso y con la mirada perturbada se marchó dos minutos después sin despedirse. Nunca más se atrevió a retar mi autoridad y votó sí a todo lo que le pedí. Sin pretender adelantar mucho la historia, ese fue el final de Pablo en la política, sus compañeros de banca jamás lo respetaron.

3

PESQUISAS PELIGROSAS

El segundo cuatrienio fue distinto, no contaba con la plataforma preelectoral ni el calendario de obras que dejó mi padre. Ahora todo corría por cuenta del ingenio de mi Administración, que no estaba para levantar más estructuras de cemento. Era tiempo de romper esa antigua y mala costumbre de la mayoría de los gobernantes de dejar legados de flamante corte faraónico. Además, ya no quedaba espacio para más concreto, el viejo se había encargado de esa parte. Si quería conseguir algún logro real en favor del Pueblo, teníamos que salir de la construcción y comenzar una renovación completa, un remozamiento general que hiciera de San Juan la ciudad más esplendorosa y colorida del Caribe; modernizarlo de esquina a esquina, no sólo las partes turísticas y comerciales. Para eso, aunque les pueda sonar como aristócrata o comemierda, teníamos que darle un lavado de cara a los residenciales de vivienda pública, parecían guetos y necesitaban una costosa reparación o una demolición fulminante.

Lo primero que veían los turistas que salían del aeropuerto de Carolina y entraban a la demarcación de San Juan, era un enorme caserío público con el nombre de uno de nuestros más nobles poetas, pero, en pésimo estado.

{Hago un breve paréntesis, para explicar la evolución del término "caserío": En los noventa, como parte de la corrección política que llegaba a rompernos los cojones y a lacerar la libertad de expresión, se comenzó a establecer una monserga babosa que mutó a ese disparate que se conoció después como "lenguaje inclusivo", y que hirió de muerte al verdadero lenguaje. Se decía que ponía fin al menosprecio y la estigmatización en la aplicación de algunas palabras. La nomenclatura de la identificación cambió, ya que, al parecer, nadie estaba conforme con la manera en que se le nombraba. Los caseríos fueron rebautizados como "residenciales públicos", los negros como "afroamericanos"; los conserjes pasaron a "empleados de custodia", después "ingenieros de mantenimiento"; los anormales, para ellos fue complicado, primero fueron "impedidos", después "discapacitados", pero, sus familiares seguían ofendidos (a los chicos afectados nunca les importó) y terminaron como "personas con necesidades especiales"; los adictos se transformaron en "usuarios"; los enanos pasaron a ser "personas pequeñas"; los chinitos, los *japos* y todos los que tuviesen ojos rasgados, se agruparon en "asiáticos"; los pobres, fueron "desventajados y vulnerables"; y, se rajó el saco de la ridiculez, cuando tuvimos que llamar a los viejos "adultos mayores". Fue lo que Chuck llamó, la exposición máxima de los complejos del individuo. Todos recibieron nombres nuevos, excepto los hombres blancos. De hecho, para la segunda década del dos mil, términos como "hombre", "blanquito" y "blancoide" eran usados despectivamente y como insultos, por los grupos más progresistas y menos responsables.}

Le tocaba al Gobierno Estatal y su Departamento de la Vivienda, mantener los residenciales públicos en buen estado. Pero, Rogelio Cárdenas estaba enloqueciendo con su Gobierno en cantos y no atendería el asunto; lo menos que le importaba era lavarle la cara a la deplorable realidad que nos azotaba. Luego nos enteramos de que usaría la precaria situación, para declarar una crisis humanitaria; qué carajos iban a importarle algunos edificios que llevaban décadas sin ver una capa de pintura fresca. Así que, me tocó a mí y ¿saben quién lo pagó?, pues los gringos. Gracias a los amigos de Palomares en Washington, nos acogimos a un programa Federal que, todo lo que requería era utilizar pinturas y materiales fabricados en la USA. Nosotros hacíamos las compras y la inversión inicial y ellos la reembolsaban. Una de las ventajas de la Colonia en otro tiempo, era que los gringos gozaban de alardearle al mundo acerca de cuán magnánimos eran con sus colonizados, claro, a la vez que movían sus mercancías.

Necesitaba darle color a todo el municipio, pero, con orden y buen gusto, nada de parchos ni imitaciones de estéticas extranjeras. Mi padre, con todo y su "estadoismo", me enseñó que Puerto Rico tenía más cultura que muchas naciones soberanas, en especial los Estados Unidos; cuando los británicos llegaron al Plymouth Rock, ya teníamos más de ciento veinte años de historia. Así surgió la campaña: San Juan "El Dorado" del Caribe. Con nuevos Códigos de Orden Público, para el desarrollo económico. Los aprobados por mi padre eran demasiado restrictivos, limitaban el comercio y la vida nocturna; apagaban la algarabía de la ciudad y la chispa festiva que caracterizaba al boricua.

La mayoría de los puertorriqueños se sentían como ciudadanos de medio pelo al lado de los gringos y otros extranjeros de países con tradición e identidad nacional. Tantos años de coloniaje y "agringamiento" taladraron profundo en la siquis y el amor propio; por eso muchos renegaban de su cultura, la consideraban inferior, entre otras tantas cosas, cambiaron las alcapurrias por los *cheese-dogs,* el hola por el *hi* y por pura conveniencia encajaron a Santa Claus para adjudicarnos las Navidades más largas del mundo. Mis propuestas sonaban a pensamientos irracionales de un idealista iluso recién enamorado, que todavía no echaba su primer polvo; pero ¿no fueron esos ilusos apasionados los que salieron de la cueva y llegaron a la luna?

«Por qué el Gobierno no puede ser un instrumento de bien; por qué no podemos ser el lugar al cual la gente acuda seguros de que jamás se quedarán desprotegidos. Por qué no podemos darle al Pueblo el Gobierno que necesita, el que merecen; creo que se los debo y no permitiré que la historia me pase una mala factura». Una mierda similar le dije a Palomares y Francisco, cuando me persuadían de tomar con calma los cambios; creo que lo escuché en un programa de TV. Los muy pendejos, no sólo me lo creyeron, hasta se emocionaron al escucharme. El abuso de anfetaminas en horas laborables, le daba apasionamiento y credibilidad a mis palabras, por descabelladas que pudiesen ser; alabadas sean las drogas y el don de disimularlas. El problema fue que me lo creí más que ellos, tuve una visión acerca de lo que era en realidad la "patria"; ser patriota transcendía ideologías, cuando entendías que la patria era la gente.

El país llevaba décadas de pillaje y corrupción, mi padre y yo fuimos parte del paquete. Y, aunque ayudamos mucho más que otros políticos, perpetuábamos el juego colonial. Para lograr lo que quería, necesitaba acabar muchas malas prácticas que se convirtieron en tradiciones, como las garrapatas y los *paybacks*. Era un puto círculo vicioso irrompible que me agotaba la parte del cerebro destinada a pensar. Parecerá una ridiculez difícil de creer, pero, los asuntos corruptos en el Gobierno, me incomodaban. Sabía que un abogado o un político con crisis de conciencia era tan útil como un segundo ombligo o una tercera nalga; pero, no quería ser como los demás, mi constante deseo de competir me impedía ser sólo bueno; tenía que ser el mejor, como Alí y Michael Jordan. Para eso no bastaba el deseo, se requerían lágrimas, sudor y pelotas.

Antes de comenzar con la creación y ejecución del verdadero plan y no de las mierdas que ofrecí en la campaña, quería saber si los primos del Padre Vicente eran lo que decían ser y, más importante, si eran de fiar. Fueron muy osados al proponerme aquella lucrativa locura, así que comencé a averiguar más allá de lo dicho. Le pregunté a Palomares, que me contó algo muy interesante del misterioso señor Valverde y sus negocios. Una de esas veces en que mi padre se pasó de *whiskys,* le dijo al Palomo que Valverde combinaba la construcción con el contrabando. Si llega a saber, que esa información valía millones de dólares o su cabeza, no la habría dicho tan campechano. Traté de despistarle con un cuento acerca de una sobrina de Valverde que conocí y me dejó con una erección, las mujeres siempre eran la excusa más creíble.

Taíno Moya tampoco tenía idea. Le pedí que, con mucho cuidado, pusiera el oído en funcionamiento. Estaba seguro de que por lo bajos lares del mundo se debía conocer algo. Taíno no era un tipo de hablar demasiado, muchas veces sólo escuchaba, esa vez respiró dudas y exhaló preocupación.

—Si resulta uno de esos carteles que toman a bala lo que no pueden tener con la razón, nos pondría en una posición difícil, quizás una guerra que no podemos ganar.

—Tranquilo Taíno, no creo que debamos llegar ahí todavía. El tipo no parece el traqueto mexicano prototipo, con pistolas de oro, sombreros y botas de vaquero; luce tan fino como mi padre.

No le dije, pero de su temor ser cierto, estaba yo metido de dos piernas y hasta los huevos, por el donativo que acepté en la campaña.

El colombiano que le proveía la coca a Taíno, le hizo un cuento acerca de un mexicano que llevaba décadas en el negocio. Nadie conocía su nombre ni se tenían fotos de su rostro; rumores decían que era el hijo de un jeque árabe o que era un indio sanguinario; leyendas que no se parecían a don Ignacio, quien cada vez me recordaba más a mi padre. Su empresa era una multinacional con subsidiarias en todos los continentes; tenían junta de Directores, un CEO encargado de dar la cara en comerciales y asuntos políticos. Don Igna se mantenía fuera del ojo del mundo y pasaba como un excéntrico millonario. Sólo se acercaba a quienes le brindaban confianza, se tomó demasiado riesgo conmigo, pero fue una apuesta muy certera.

La próxima llamada fue a Guillermo: «Sólo quiero saber quién camina en mi patio», le dije. No tenía investigaciones ni alertas acerca de los Valverde, pero, la inteligencia americana, sabía de un cartel "fantasma" dentro del narco mundo; uno de esos con tanta suerte, que era considerado "mágico" y que operaba en la zona central mexicana, pero no se tenía ubicación exacta. Se le rumoraba con todos, pero, no se le podía conectar con nadie; era una especie de mito urbano. Le comenté a Francisco sin demasiados detalles, no dijo nada, sólo me miró como queriendo decir "no quiero ser parte de eso". A Chuck no le dije, aunque le gustaban las drogas, me hubiese dado unos de sus discursos moralistas, típicos de los que nunca tenían nada, pero, le ponían trabas a todo.

4
Asuntos internos

"Cada uno debe ser puesto a un trabajo… para el que está dotado". Al comienzo del cuatrienio realicé cambios en el equipo de confianza. Despedirlos implicaba la posibilidad de desquite, sabían demasiado. Traté de reubicarlos en lugares a prueba de imbéciles, donde sus cagadas no afectaran mucho. *"Un hombre bien criado, mira a los ojos cuando clava un puñal, y un verdadero líder, transmite consuelo en momentos de angustia",* palabras del Prócer; por eso les di la noticia, nada de cartas ni mensajes ni alcahuetes. Francisco les trabajó antes las mentes con historias de desempleo, y logró reducir las expectativas de permanencia.

—En los pasados años aprendí a quererlos como familia, pero, nuestro equipo necesita ajustes. No permitiré que se queden desprovistos del pan para el hogar, sus salarios se verán reducidos, pero ninguno se quedará sin empleo. Al final, tenemos que entender que nos debemos al pueblo.

Se quejaron entre ellos, pero, nada de chismes en la prensa ni en las redes. La limpieza de incompetentes incluía todo el ayuntamiento, no bastaba con los directivos. Fue el tiempo de remover los inútiles, las batatas como se les llamaba en el argot local; personalmente, prefería garrapatas, era absurdo comparar la escoria con un manjar.

A principios de febrero, Jesenia Soler, la alcaldesa de Isabela, visitó al Ayuntamiento con la excusa de aprender acerca de asignaciones presupuestarias y otros temas económicos, su municipio cambiaba de partido por primera vez en dieciséis años, y no tenía en quién confiar. Se la referí a Maclovio, el nuevo Director de Presupuesto. Desde ese día comenzamos un coqueteo sin fin, nos hablábamos con frecuencia y en cada llamada se hacía más evidente. Me gustaba el juego, pero, me esforzaba en evadirla, no quería cagarla con Claudia; además, de a ratos, como si quisiera demostrar su "empoderamiento", hacía comentarios típicos de una feminista de la última ola (la irracional). Me excitaban las mujeres seguras y desinhibidas, cualidades difíciles de encontrar en ese tipo de feminismo represivo. Maclovio, fue uno de los cambios que mencioné antes; para saber lo que pasaba realmente con el dinero y las finanzas, no podía tener sólo al gordo Motonetas, era como una iguana de palo suelta en un sembradío de flores.

Ese mismo año, Roma envío otro sacerdote a la diócesis de San Juan, el Padre Ramiro Llantín. Un individuo delicado, con manierismos que lo hacían todo un personaje de película de Almodóvar. Vicente no estaba contento, «me infiltraron un pinche espía», decía, con el cuello rojo. Aunque era discreto, el viejo zorro tenía sus amantes en la comunidad, era absurdo como algunas feligresas se rendían ante las sotanas, de la misma manera en que otras sucumbían ante las batas de los médicos.

En algún momento de ese mismo febrero, me crucé con Dalia Pinto en un pasillo de la Torre Municipal. Con tono impertinente, no perdió tiempo en recordarme su querella y la investigación que aún no terminaba. Aunque, no fue por la queja de Pinto, reemplacé a Iris Corujo por mi amiga Karla Suarez Vidal. Me agarró desprevenido frente a varias personas y me sentí como todo un pendejo al no tener respuesta a sus preguntas. Llamé al Notre Dame Robles, y me dio una justificación que sólo él entendía acerca de otros casos importantes y falta de personal. Más de un año y todavía no entrevistaba ni un testigo. ¿Sabría ese hijo de puta el significado del término prescripción? Me alarmó su negligente y hasta temeraria falta de urgencia; se trataba de un caso de fraude con fondos públicos, un delito castigable con cárcel.

¿En qué coños invertía el tiempo? Nunca supe quién fue el sabio que dijo: "*Cuando algo parece, huele y sabe a mierda, no puede ser otra cosa".* Robles olía a inodoro tapado. Si aquella tortuga con palancas de cangrejo era el encargado de encontrar los fraudes y malos procesos en la institución, estábamos completamente jodidos; los rateros vaciarían la caja y nos enteraríamos cuando llegaran los cobradores. Regresé y le pedí a Claribel las hojas de deberes de los auditores de otros municipios y las agencias del Estado, era tiempo de ponerle un cencerro a ese becerro. Luego fui donde Francisco.

—Robles Vizcaya nos coge de pendejos. Nos hace creer que trabaja, cuando en realidad no hace ni hostia.

—Alguna vez tu padre te lo mencionó.

—Sólo que hablaba mucho y era muy difícil de callar, como si se le provocara erecciones escucharse. Llámalo e infórmale que decidí que Ignacio forme parte de todas las investigaciones, quiero un abogado en el asunto. Te dará quince excusas para negarse y te pedirá una reunión para explicarte el reglamento y toda la mierda que suele hablar. Si protesta lo despides, o mejor me lo envías y disfruto yo de mandarlo a la mierda.

Las diferencias entre Ignacio con Doble y Robles aumentaban, no importó que ocuparan puestos de mayor jerarquía. No le inspiraban respeto, los leyó mucho mejor que Francisco y yo. El chico era un hombre bien criao, con carácter y ojo para detectar la mendacidad; a mi padre le hubiese encantado.

Meses después, a través de unos contactos suyos en la Reserva Federal, Edgar Moneyman Huertas se enteró que el Gobernador Cárdenas declararía la bancarrota del país. También supo que se cocinaba en la Cámara de la USA, una ley que crearía un panel de síndicos para supervisar las finanzas del Gobierno boricua, con la capacidad para suspender pagos a bonistas. Con su boca de chismosa y algo de histeria en la voz, me dijo: «Debe sacar su dinero de los bonos del país». Con el panorama que se veía venir, no tardó en convencerme: unos $275,000 salieron de mis inversiones criollas y aterrizaron en la banca privada. Mi padre nos regalaba bonos de Puerto

Rico en los cumpleaños, nada de motoras ni vehículos de último modelo, «con la doble garantía es imposible perder dinero», decía; para su suerte, no vivió para ver lo "imposible" suceder. Las recomendaciones del Moneyman, se basaban en información confidencial y violaban unos cuantos estatutos federales. Pero a quién carajos le importaba eso, el país iba en picada, necesitaba asegurar el dinero reservado para mi retiro. Espinoza, y otros clientes de Moneyman Huertas, también lo hicieron. Si pretendía ser el político que no le robaba al pueblo, era necesario encontrar otra fuente de ingresos, ya que el salario de alcalde no alcanzaba para el estilo de vida al que aspiraba. La propuesta mexicana era una tentadora alternativa.

Cuando le dejé caer a Ignacio la noticia de que su Departamento estaría a cargo de las investigaciones, su expresión era de satisfacción. Parecía darme las gracias y podía entenderle. No le ordené nada ni le di directrices, sólo dije:

—Elimina las "garrapatas", pero, todo según el libro, porque no las quiero de vuelta.

Si no despedíamos a los malos conforme a las normas, nos corríamos el riesgo de que los Tribunales nos los regresaran. Ignacio utilizó el virus de la política partidista a nuestro favor, seleccionó cinco empleados problemáticos identificados con el Partido Puertorriqueños Populares Demócratas, lo que motivó a los supervisores a, por hacer su trabajo, supervisar; todos querían ser jefes, pero, pocos tenían liderato. Ignacio aplicó los protocolos y nadie se quejó, al contrario, los directores estaban felices porque les limpiaba la casa. «Ese muchacho es un tiro, al fin salimos de esos "populetes"», decía el gordo Motonetas. Una semana después de liquidar al quinteto de rojos, llegó a mi oficina Dobleletra, histérico, con diez expedientes de "buenos progresistas", contra quienes Ignacio recomendaba medidas disciplinarias, tal y como lo hizo con los del partido contrario. Cuando le cuestionó, Ignacio le dijo que tenía que aplicar las normas, de la misma forma para todos.

No lo vieron venir, no imaginaron que aquellos cinco casos, eran la preparación del terreno, el lubricante para clavar intocables. Me pareció magistral la movida, tan básica y simple que daba deseos de llorar; era exactamente lo que quería y el chico lo entendió. Así comenzamos una desinfección masiva de las bacterias laborales que contaminaban la pureza de los servicios.

Aproveché el entusiasmo de Ignacio, para reforzar y hacer eficientes los procesos, ordené revisar todos los reglamentos del Municipio. Para que cualquier andamiaje con base jurídica funcionara, sus propósitos y alcances tenían que estar claramente establecidos. La vaguedad era una de las razones de la ineficacia gubernamental, cada uno tenía un libro de respuestas distintas para preguntas idénticas, que utilizaban según mandara la conveniencia. Dobleletra organizó un "Comité de Reglamentos", todo en aquel lugar se hacía a través de grupillos que requerían de reuniones, minutas, explicaciones repetitivas, agendas y mucho tiempo para perder.

El Comité fue un natimuerto, sus elementos principales cancelaban las reuniones: Dobleletra alegaba que todos los sombreros que llevaba multiplicaban su trabajo; Robles nunca daba excusa, pero, con su lógica de ego-centro-pecho y su rostro de un millón de dólares, aclaraba que su presencia era indispensable y sin su consentimiento, cualquier revisión era nula. Cambiar las reglas implicaba problemas para los beneficiados del juego político. Apostaban que el suero de burocracia que aplicaban desgastaría los ánimos y los cambios serían mínimos o, mejor aún, que se abandonara el proceso. El asunto de asignar las investigaciones a Ignacio causó revuelo en el Municipio, que no estaba preparado para un verdadero saneamiento interno, demasiadas malas costumbres.

5
Traffic

Según mi amigo Chuck E. Black, en su cuento "Crónica de la primera adicción":

Las drogas se mueven por el mundo, desde que, por accidente (como ocurren casi todas las buenas cosas de la vida), un cavernícola vestido con pieles de animales que ya no existen, con la cara de asco producto del tanteo y error requerido en su época a la hora de conseguir alimentos, masticó una planta que le alteró el estado de ánimo; se sentía más ligero al caminar, comenzó a ver nuevos colores dentro de los que ya conocía, el apetito desapareció y con él la urgencia por buscar. No era una sensación para desperdiciar en asuntos nimios y terminó las tareas de subsistencia por ese día.

Al llegar a la cueva, su pareja (concubina, esposa, mujer ni idea de cuál era el término que no ofendía en la edad de piedra), estaba cubierta por un brillo incomprensible que la hacía más hermosa y deseable; no pudo controlar aquel nuevo impulso, le arrancó la piel, (de otro animal desconocido), que la cubría; la tocó de formas que antes no se le ocurrieron, la besó y saboreó por rincones que antes no le interesaron. Ella, tan sorprendida como encantada, lo dejó hacer. Después, como un hombre cualquiera, le brincó encima y, en menos de cuatro minutos de gruñidos guturales, fecundó un tercer hijo; ella también gruñó y gritó ante aquel torbellino desconocido que se esparció por su cuerpo y la dejó sin visión momentáneamente, y que, bien no había pasado, ya quería repetirlo. Al poco rato, él se levantó, agarró un pedazo de madera, el sobrante de la sopa del mediodía y dibujó en la piedra los animales que soñaba atrapar, pero, para los que le faltaba habilidad. Su nueva pasión por el arte fue interrumpida por la mujer, que se quejaba de hambre y de que lo último comestible se perdió en aquellos inútiles garabatos de la pared.

El efecto de la planta ya mermaba, y el hombre, confundido, con el sabor amargo que conlleva cambiar la pasión por el deber, salió a matar alguna bestia que acallara el eco del coro de estómagos vacíos que resonaba en la cueva. Con la habilidad para cazar de sus manos de artista y mucha suerte, asestó pedradas a dos iguanas, de las decenas lanzadas a los cientos que le pasaron de frente. De vuelta, el subconsciente lo desvió por los caminos de la planta y regresó, cuatro horas después, con el saco lleno de arbustos enteros hasta la raíz, los reptiles chamusqueados y rígidos, y la amplia sonrisa del que nada necesita. Le metió un poco de planta a la señora y se fueron por el mundo a vivir un idilio de colores sin fin…

PD: Fue el primer caso conocido de abandono infantil por adicción y, se cree que, la verdadera razón para la expulsión y cierre permanente del Edén, primer resort documentado de la historia…

El opio y otros misterios llegaron a los Estados Unidos, importados por inmigrantes chinos que no copiaban marcas, traían la propia. El primer estereotipo del adicto tenía los ojos rasgados y la piel amarillenta; no era el negro de labios pálidos del Bronx, ni el blanco de dientes podridos con la camiseta de la bandera confederada. ¿Cuál fue la primera droga o el primer adicto?, qué importa. La legalidad es un simple punto de vista, todo es permitido hasta que alguien dice lo contrario. Pero, la historia nos enseñó que las prohibiciones sólo despertaban la curiosidad; pura naturaleza humana. En el 1914, con la aprobación del "Harrison Act.", los gringos ilegalizaron las drogas duras, convirtieron en criminales a sus mercaderes y comenzaron, sin saberlo, la interminable batalla que jamás podrían ganar. Nunca imaginaron el nivel de curiosidad libertina de la que eran capaces sus ciudadanos.

En países como México, Colombia y Bolivia, se formaron los famosos carteles, encargados de suplir las necesidades a los curiosos de la USA. En poco tiempo se convirtieron en dueños del negocio más lucrativo del mundo, con poder para doblegar gobiernos y destruir sociedades. Los gringos trataron, pero nada les funcionó. Reagan con su "*Just say no*", sólo logró que los curiosos dijéramos "*yes*". Bush, Clinton, el otro Bush e incluso Obama, gastaron billones en armamentos para la guerra que no podían ganar. Nunca entendieron que el problema no era la oferta del narco, era la demanda desmedida de sus ciudadanos.

Mientras, en Puerto Rico, el Dr. Pedro Rexach imitaba "modelos" americanos, con su "Mano Dura Contra el Crimen", un plan que consistió en ocupar con policías las zonas urbanas más afectadas por la delincuencia. Pero, sólo redundó en más muerte, los narcos se desplazaron a territorios vírgenes. Otra consecuencia de la mano dura de Rexach, fue la exagerada cantidad de hijos ilegítimos, concebidos por las residentes de los proyectos ocupados y los policías, que no regresaron a ocuparse de sus vástagos cuando terminó la ocupación.

Como ciudadano y adicto funcional (tan funcional que me destaqué en los deportes, me hice abogado y accedí a los puestos más altos de la política), sabía que el problema de las drogas no tenía solución, todo lo contrario, cada vez las harían mejores y más potentes. La guerra se perdió, pero, la hipocresía de los políticos que, para ser reelectos, prometían erradicarlas, no permitía reconocer la derrota y dar un nuevo enfoque al asunto.

Cuando tu enemigo es más fuerte, debes enfrentarlo en un terreno más alto, desde un plano más elevado. Si la guerra armada se perdió, era tiempo de enfrentar a los narcos en un campo para el que no estaban preparados, el de la libre competencia. Desentendiéndome de cualquier vestigio socialista en mi vida pasada, reconocí que sólo la aplicación del capitalismo más puro le ponía fin a la violencia del monopolio del narcotráfico. El Gobierno debía legalizar la industria, implantar normas de control de calidad, y darle paso a un mercado de competencia libre, estrictamente regulado por el Estado, y no por las balas y el terror que promovía la clandestinidad. Y, lo mejor de todo, podía cobrarles impuestos. Lo vimos cuando la Administración Obama, estableció su política de "no intervención" con la marihuana, y abrió el camino para la creación de un mercado billonario que llegó hasta Puerto Rico.

Para el año 2012, cuando conocí a Valverde, el *cashbase* del narcotráfico, ascendía a los cien billones, era tanta la gente que partía de ese pastel, que se hizo imposible identificarles, los traficantes se movían en la sociedad como cualquiera, incluso, como contratistas de Gobierno.

***

El mayor acierto de la administración de Rogelio Cárdenas fue aprobar la medicalización de la marihuana. Implementaron un proceso similar al de los Estados, de una ligereza que dio paso a la legalización por la cocina, pero, sólo para gente con recursos; los seguros de salud no subsidiaban el nuevo medicamento universal. En menos de tres años en cualquier esquina había un "dispensario" (así le llamaban a los locales de venta de cannabis), sustituyeron los Starbucks y le hicieron un hueco mortal al mercado negro. Ya no había riesgos de meterse a puntos en lugares calientes y ser arrestado o atracado por los hijos de puta que los frecuentaban.

Fue toda una nueva tendencia, con nomenclatura propia y materiales didácticos. Se añadieron nuevos términos al vocabulario, las moñas se convirtieron en "flor", los *runners* que las servían fueron bautizados como "*bud-tenders*"; y se hicieron públicos todos aquellos nombres *funkys* con los que bautizaban las cepas: *Girlscout Cookies, Full Moon Fever, Green Crack, Aces High* y otros tantos que, para nada, parecían nombres de medicamentos. Sólo había que agarrar el teléfono, escribir el nombre del *strain* en una aplicación y, en segundos, la *worldwideweb*, mostraba una especie de tabla nutricional que, en vez de la grasa y los carbohidratos, informaba las cantidades de THC, CBD, THCA y otras tantas siglas que nunca supe que hostias significaban; los arrebatos eran similares con todas las letras, sólo tenían que darme humo y mi espíritu se curaba del estreñimiento creativo y otros males del alma.

Con un parpadear del tiempo, el mundo entero era fumador experto. Unos veinticinco años antes, algo similar pasó con los cigarros, todos los *hipsters* tenían un purro humeante encajado en los labios y, entre dientes amarillentos, parlaban estupideces acerca de la calidad del tabaco. La monería se repitió con la yerba, de cualquier elevador salía un barbudo tatuado, expeliendo un ligero humillo con olor a cereza. La yerba se convirtió en moda, en accesorio del *mainstrean,* como la poesía de Benedetti y las canciones de Silvio, se fue al lado oscuro de la bestia comercial. Los hipócritas que condenaban a los fumadores volaron en la explosión del cannabis y hacían filas en los dispensarios, con la excusa del insomnio, la ansiedad, el dolor de un viejo accidente; cualquier excusa, por pendeja que fuese, era suficiente para que un médico en asuntos de pasto expidiera la autorización.

Los bandidos fuimos absueltos por la historia y sin discursos de ocho horas. La palabra "tecato" pasó a los periqueros y otros consumidores de drogas "sucias" fabricadas por el hombre. La yerba dejó de ser una expresión de rebeldes contra el sistema, y se convirtió en un beneficio para la salud y esa mierda que los que se creían holísticos llamaban *wellness*. Fumar era tan *in* como el *paddle board,* el yoga y los *foodtrucks.* Por algún instante pensé que sería el próximo gancho de la autoayuda: "*Alcanza tu plenitud, sólo tienes que inhalar y repetir estas palabras de éxito*", o alguna cabronada similar… De primeras me resistí a la medicalización, me pareció que sólo hacía a los ricos más ricos. De importar realmente la gente, les habrían permitido sembrar en la comodidad del jardín; como la albahaca y la menta.

A insistencia de Armando, me tragué aquel vestigio pendejo de orgullo y me sometí al proceso. La mejor decisión de las que tomé en contra de mi voluntad. Era suprema la calidad que vendían esos puntos legales; los cacos del bajo mundo no tenían ese nivel de producto. Cuando entré la primera vez, fue saltar a una pintura de Dalí, un viaje a un espacio incierto al que se llegaba con altas expectativas de gozo; eran como puteros para la lujuria del espíritu; una barra exótica de plantas y pecadillos derivados. El olor atrapaba antes de pasar la puerta. Tenían aspecto de recepción de salón de spa, un guardia de seguridad (tan guardia como cualquier otro, nada de exotismo), y una gama de *hípsters,* con barbas, tatuajes, agujeros en las orejas que parecían orificios de bala; aretes en las cejas y camisetas del Ché, que servían las maravillas de la botánica medicinal. La competencia se convirtió en aliada del consumidor, con los precios que ofrecían liquidaron a la mayoría de los *dealers* de la clase media alta para arriba, y sin disparar un tiro. Sólo los pobres que no tenían para el médico y el impuesto seguían de clientes en los barrios calientes.

Armando no conoció esa emoción de entrar a comprar a la juguetería de placeres legalizados y autorizada por el Gran Hermano; su condición política no le permitía, él era el Gran Hermano. Para la inauguración del primer dispensario de San Juan, llegó con los dueños y toda la comitiva de prensa, nada de intercambio mercantil, sólo pura pauta para el periódico. Contaba Francisco, que el Tiburón no podía dejar las manos en un lugar y terminó metiéndolas a los bolsillos del pantalón, se le salían los ojos al ver aquellos jarrones repletos hasta el tope de moñas coloridas que apestaban a gloria; decía que tenía la misma expresión de excitación que ponía al ver nalgas de buen tamaño. Fui yo quien se encargó de conseguirle con mi licencia que, de hecho, la pagó él para fumar cosas nuevas, y siempre me dejaba un buen pedazo, que solía durarme hasta su próxima compra.

Fue una pena que el festín de humo legítimo llegara después del caso de Bill Cosby. Siempre fui de la convicción de que "todo es mejor si se pisa con yerba", incluso el sexo. Los años me mostraron que, una rociadita de humo a los deseos de una mujer, provocaba un estímulo exponencial a sus pasiones. Por años, fumé junto a mis parejas durante las sesiones de cama y piel; nada de imposiciones, sólo sugerencias para libres albedríos consientes y dispuestos. Cuando supe de Cosby, al carajo con las sugerencias, no quería que, si alguna vez uno de mis libros lograba venderse fuera del mercado de mis amigos, apareciera una ex de tres décadas antes, con acusaciones de falta de consentimiento. No me atrevía a brindarles ni una cerveza; «cómo puedes ser tan mezquino» me dijo una, cuando casi le exigí que, al visitarme, llevara sus propios elixires y cualquier veneno para alterar los sentidos que quisieran consumir. Por alguna razón, atesoraba que una dama me emborrachara, me drogara y me usara como artefacto sexual; siempre me pregunté si eso me hacía más primitivo y animal, o socialmente más adaptable y maduro que las mujeres.

6

THE QUERÉTARO *CONNECTION*

Tenía que matar la curiosidad que me mataba y acepté una invitación a México. Viajé junto al Padre Vicente, que no resultó mal compañero de camino. Hablaba de temas que me parecían no aptos para sacerdotes; por un instante, se sintió como escuchar a mi abuela hablar de vergas. Era un apasionado de los senos femeninos y las carnes abundantes; nunca me dio pinta de pedófilo. De hecho, mostraba particular interés por cincuentonas pasaditas de celulitis. Viajamos en clase comercial, no quería llamar la atención ni darle mierda que hablar a mis opositores. En Ciudad de México nos recibió personal de Empresas Valverde y fuimos directo al Hotel Barceló, pero, no calentamos bien los cuartos, cuando Luis Miguel Valverde llegó a buscarnos. Al saludarlo me percaté de la pistola debajo de su chaqueta. Lo acompañaban dos tipos de seguridad, vestidos de traje oscuro y audífonos de un solo oído. Nos transportaron en guaguas blindadas a un aeropuerto privado, donde nos esperaba el jet que nos llevaría a Santiago Querétaro.

Cuando despegamos, Luis Miguel se tomó, de un golpe, un tequila que tenía servido.

—¿No le gusta volar? —le pregunté.

—No me gusta el DF, tierra de nadie —respondió después de resoplar—. Me recuerda la muerte de mis padres.

No me atreví a preguntar, estaba cagado de miedo y no podía, siquiera, respirar con normalidad; los imaginé asesinados en algún ajuste de cuentas. Fue un viaje a todo lujo, con azafatas dispuestas a mucho más que servir canapés y champán. Traté de no prestarles demasiada atención, no quería pasar por marica, pero, tampoco por descuidado.

La Hacienda de los Valverde era impresionante, pertenecía a la familia desde hacía varias generaciones, aunque eran oriundos de San Luis de Potosí, adquirieron tierras a través de todo el país. Su residencia principal estaba en Vermont; pero, la matriz de Empresas Valverde era en Houston, donde tenía un pequeño contingente de seguridad con las armas suficientes para tomar un país pequeño. Don Ignacio conservaba en perfecto estado la hacienda por pura nostalgia familiar y para impresionar a los pendejos que, como yo, dudaban a la hora de hacer negocios.

La fiesta era discreta, para nada lo que esperaba. Tenía una concepción estereotipada y hollywoodense de narcos mexicanos. La seguridad era férrea, pero discreta, vestidos como agentes del Servicio Secreto. Los invitados emanaban naturalidad, nada de individuos atorrantes manoseando las invitadas. Tuve la impresión de que no sabían de los negocios ilícitos de Valverde, las conversaciones eran puramente profesionales o causalmente triviales; nada de conspiraciones de muertes ni crimen.

Luis Miguel Valverde, tampoco era el prototipo del gánster, era una versión joven de su tío, elegante también, sólo que más moderno y menos refinado en el lenguaje. En aquellos días debía rondar los treinta y tres, era siete años más joven que yo... Tenía un ligero parecido con el otro Luis Miguel, el cantante. Me pareció gracioso por la casualidad del nombre y, lo más insólito, que hasta tenía los dientes frontales separados, como el cantante antes de las cirugías. Sólo por tema de conversación, le dije:

—Debe ser complicado parecerse y llamarse como el cantante, en estos tiempos de reguetón.

No pareció tomarlo bien, se quedó serio. Recordé la pistola en su cintura y que me encontraba a 3546 kilómetros de casa y nadie, excepto los presentes, sabía que estaba allí.

—No me gusta el pinche reguetón, es aberrante. ¿Algún problema con Luis Miguel?

Yo, mi boca y el retorcido humor que me caracterizaba, se combinaban para meter la pata.

—Sabrá usted, señor Alcalde, que ese güero tiene una voz muy chingona, y ha visto usted la hermosura de sus mujeres; es un tesoro nacional. A ver, allá en su isla, ¿hay alguno tan chingadamente talentoso y con esa presencia?

Me miraba como si le hubiese dicho que su madre trabajaba en un burdel. Pensé que, con los delincuentes, igual que con los animales, no se debía mostrar temor, con la naturalidad que mi estómago, trinco del susto, me permitió, le di la única respuesta posible.

—¿Quién es el mejor cantante puertorriqueño? La pregunta ofende. Pues quién va a ser, Luis Miguel. No se le olvide que el Sol nació en Puerto Rico. Dicho sea de paso, nacimos en el mismo hospital.

Mi respuesta lo agarró desprevenido.

—¡Órale, Alcalde! Pensé que me diría que el pinche Ricky Martin.

Reímos otra vez, pero con más ganas. Martin no estaba mal, pero, la salida para salvarme de la cagada anterior me quedó tan de serie de campeonato, que no iba a embarrarla defendiéndole. Su tío nos llamó desde el interior de la casa, para pasar a un modo de conversación más formal. Me daba buen aire Luis Miguel.

Esa tarde me convencí de que los Valverde eran empresarios genuinos, con una vasta diversificación de negocios. Parecían caballeros de palabra. El viejo tenía un ojo clínico para las inversiones y nervios de titanio para los riesgos. Gozaba de vivir al filo, la adrenalina fue un vicio permanente. Practicó deportes extremos cuando ni se había inventado el concepto "extremo": motocicletas, caballos, paracaídas, pesca, buceo, carros exóticos; teníamos pasiones similares, pero, bolsillos distintos para satisfacerlas. Era *Goldfinger* con la pinta de Bond. Su estilo y formalidad captaron mi atención.

Al pasar por el recibidor, vi una amplia mesa de pared, cubierta de marcos con fotos, en las que estaba acompañado de artistas y políticos. Pude reconocer a: Felipe Calderón, los dos George Bush, Dick Cheney, Bill Clinton, Arnold

Schwarzenegger y, no me lo van a creer, el Honorabilísimo Armando "El Prócer" Quiñones, en una foto tomada en la casa en la que crecí; me pregunté si siempre estuvo allí o la colocó sólo para impresionarme. Entre los artistas que reconocí, estaba Vicente Fernández, Frank Sinatra, Julio Iglesias, Liza Minelli y Luis Miguel, el cantante con unos veinticinco a treinta años, junto a Valverde y Luis Miguel, el sobrino en plena adolescencia. Era una persona importante en los círculos sociales más altos de México y Estados Unidos, no podía darse lujos de descuidos que comprometieran su reputación y libertad.

Nos movimos a una especie de sala de estar, con dimensiones de salón de conferencia. Ambos hicieron una presentación de los negocios en general, mucho más parca de lo que hubiese preferido. Sí me explicaron, con detalles, en qué consistía mi participación, que era mínima y muy remunerada. Por más excitante que me pareciera su vida, para hacer tratos necesitaba saber más. El viejo notó mi inconformidad.

—Puedo comprender si tienes dudas. Si tu respuesta es "no", también la entenderé y no hay rencores. Me atreví a acercarme porque el día que te vi en aquella fiesta, tu padre me dijo que, de todos sus hijos, fuiste tú quien heredó su carácter. Te observo desde hace mucho, Armando, y tienes los mismos pinches huevos de acero.

Uno de sus empleados tocó en la puerta y le mostró un teléfono, Valverde se disculpó y salió a atender una llamada. Luis Miguel parecía decepcionado por mi incertidumbre. Para cortar la tensión en el ambiente, traté de ser agradable.

—Estoy sorprendido con la operación.

—¿Sorprendido?

—Sí. Quiero decir, por la sofisticación.

—¿Qué esperaba, señor Alcalde, pinches monos en taparrabos, masticando maíz crudo? Ustedes llevan tanto tiempo pegados a los pinches gringos, que creen que el mundo entero está a tres generaciones de atraso.

Ya era de tarde, más de la mitad de los invitados se había marchado. Me serví otro trago y me aparté. Me detuve de espaldas a la piscina, entre una sucesión de árboles oriundos de San Luis de Potosí, trasplantados por la nostalgia del abuelo Valverde. El cielo daba señas que prometían un atardecer hermoso: un azul plomizo que se difuminaba con tonos de gris, salpicados ligeramente por los débiles destellos de un sol, tan rojo como un trozo ardiente de metal, que se escondía entre las montañas, con una injusta velocidad, que obligaba a disfrutar, sin parpadear, de aquella efímera, pero gloriosa visión. Me pregunté cómo podía ser posible tanta crueldad en una tierra tan hermosa.

Don Ignacio regresó, lo acompañaba un tipo alto, casi dos metros, con rasgos de indígena y una cicatriz en la mejilla izquierda, como una larga quemadura; parecía un personaje de la lucha libre. Llevaba botas, sombrero y chaqueta de piel y, aunque, no tenía aspecto de traqueto ordinario, tampoco parecía empresario de Wall Street. Valverde me lo presentó como Lucho, su director de operaciones en territorio mexicano.

—Tiene el trabajo más difícil de todos.

Le extendí el brazo, cuando me dio su rugosa y pesada mano, se le subió la manga de la chaqueta y vi en su muñeca un alambre de púas enrollado en una pieza de piel marrón gastado; *extraño gusto para las pulseras*, pensé.

—Un placer señor Lucho —le dije con reserva.

Sus ojos parecían muertos, imposibilitados de cualquier reacción.

—Lucho, nada más —dijo con un raro acento y voz sepulcral, dio la media vuelta y desapareció dentro de la casa.

Más tarde, en un aparte con el viejo, le dije:

—Cuando defendía criminales para ganarme la vida, un tipo que vivió la mayor parte de sus años delinquiendo, me dijo: "*Licenciado, en este negocio, la mejor trampa es bregar bien*". Traducido al español internacional, quiere decir que sólo hay una forma de hacer negocios, la total honestidad.

Si quiere que hagamos tratos, tengo que saber dónde estoy parado. Tómese el tiempo que necesite para contar, cuando la historia es buena soy excelente escuchando.

Valverde me miró con algún paternalismo que, otra vez, me recordó a mi padre.

—Me parece justo.

Durante horas sin que nadie nos interrumpiera, me contó una historia que parecía el guion de una película para Leonardo DiCaprio. No fue el dinero lo que me deslumbró, fue el carácter, la pasión por la aventura y la sofisticación intelectual del viejo, era todo lo que quería ser cuando fuese "grande". Acepté y sellamos con un tradicional apretón de manos y una mirada fija y sin parpadeos.

Ya sé lo que están pensado: "Otro más que se rinde ante el dinero sucio" o alguna mierda similar. Después de ser parte de la cultura de la droga por más de veinte años, no vi razón alguna para no darle a los demás eso que tanto me gustaba, era puro humanismo. Además, entre la mala economía, la quiebra que se avecinaba, los "me valen" del Gobernador Cárdenas, que andaba midiendo cojones con Wall Street, y mi nueva política de no robar el dinero de la gente (que tantos problemas me trajo), no había otra alternativa: si quería el retiro que merecía, México era mi mejor fondo de inversión. Tal vez fue la adrenalina, pero me resultaba emocionante mi nueva "carrera".

7

"Money for nothing"

Poco después de comenzar los negocios con los Mexis, llegaron las ganancias y experimenté algo que escuché tantas veces, pero, tuve que vivirlo para entender. El problema de hacer cantidades demoniacas de dinero era que, antes de gastarlo, necesitabas lavarle el olor a droga.

Aunque Moneyman Huertas rescató mis ahorros de la debacle criolla, no confiaba en él lo suficiente. Luis Miguel me conectó con su propio Moneyman, un banquero de Nueva York, que se instaló permanentemente en Puerto Escondido, para "esconderse" de demandas por gastar las fortunas de sus clientes en inversiones que sólo a él le generaron ganancias. Trabajaba desde una terraza de madera con la playa al fondo y el sol rebotándole en la calvicie.

«Necesitas la identidad de alguien vivo y sacrificable, quien, en caso de una investigación, será el último eslabón», me dijo, mirando a la cámara, tan fijo que lucía bizco. No le dije a Chuck, pero su apellido original Blackwell, me parecía elegante. Aquel experto en trampas *overseas*, con quien nunca me reuní personalmente, llegó hasta los archivos del Gobierno y la Banca de Liverpool, para clonar la identidad de un pariente, muy, muy, lejano de mi amigo, un anciano sedentario que no realizaba transacciones comerciales, salvo recibir su pensión y comprar comida, nunca tuvo idea de que alrededor del mundo, hubo en algún momento unos doscientos millones de dólares a su nombre.

Con la cabeza repleta de urgencia y los "bolsillos" de dinero, viajamos a Panamá, Luis Miguel sabía cuáles eran las lavanderías más seguras. ¿Se acuerdan de Mosack y Fonseca? Conocí al panameño personalmente. No invertimos demasiado con ellos, tenían fama de tragar más de lo que les cabía en la boca. En abril del 2016, cuando explotó el escándalo de los Papeles, como dos viejas chismosas, revisábamos la lista de implicados y a Chuck le llamó la atención el nombre de un tal Richard Calvin Blackwell. Exclamó con algo de burla: «Un cabrón se llama como el hermano menor de mi padre, mi único tío decente». Vamos... sé lo que están pensando; les dije que era lejano, vivía en la puta Inglaterra, había 4,230 millas de por medio. Después de los líos de Panamá, los Valverde subieron sus niveles de paranoia y empecé a recibir incómodos maletines con efectivo, que se acumulaban en los armarios y recovecos oscuros de mi casa. Luis Miguel fue mi tutor durante mis comienzos en la vida criminal. «Debes construir una caja fuerte para esconder el chingo de plata que no podrás lavar de inmediato». Debía ubicarla en un lugar poco usual, que nadie pudiese encontrar en caso de una ausencia prolongada, (como una estadía en la cárcel) y en una propiedad que sólo yo pudiese liquidar.

Creo que es momento de explicar en que consistían mis negocios con los Mexis. Drogas, claro, pero ¿cómo? La condición colonial no permitía que el Gobierno de Puerto Rico controlara sus puertos ni aeropuertos, la entrada y salida de la isla era de jurisdicción exclusiva de los gringos. Mi padre pasó años tratando de que el Gobierno Federal le concediera al Municipio un permiso especial para un espacio en el muelle de la bahía de San Juan. Cuando el viejo falleció, la negociación estaba adelantada y con la llegada de Obama, fue más fácil completarla. Valverde lo sabía, le planteó la idea a mi padre, años antes, cuando vio la oportunidad de establecer una operación en la isla. La situación política en su país nunca se sentía estable y ciertos negocios, como el de la coca, era mejor mantenerlos alejados de la competencia, que se mataban por el control de las rutas hacia al norte de México.

Los barcos de Valverde usaban los puertos estatales, en los que siempre había riesgo. De cualquier lugar podía salir un

K-9 o un cerdo al que habría que corromper o matar. Como contratista certificado, podía darle acceso al muelle, sin la rigurosidad del Estado. Ante las narices de los Federales, pasaron toneladas de sustancias escondidas en lugares indetectables: interior de neumáticos, en los contenedores de aceite de los motores; módulos prefabricados de concreto, con paquetes amarrados a las vigas, entre tantas. Cargamentos que se repartían en los almacenes que tenían alrededor de la isla, donde se procesaban y empacaban para redistribuir hacia la USA.

Por hacerme de la vista lejana, recibía un cinco por ciento de la ganancia de todo lo que entraba. Fue obscena la cantidad de dinero que hice. No faltaba a mis principios participar en el mercado libre y voluntario de un producto, nunca sentí que hacía algo inmoral; sí sabía que era ilegal, pero, las leyes son herramientas jurídicas creadas por el hombre, cambiantes según el desarrollo social, el uso y sus costumbres. Afortunadamente, para nuestra sociedad, su desarrollado uso y abuso de narcóticos, era ya una arraigada costumbre.

Tal vez no les parezca una justificación, pero, me parecía más digno lo que hacía con la coca, que lo que hacía en el comité del Partido. Una vez empecé a generar aquella tonga de billetes, me era más antipático e inmoral, que se mal usara el dinero de la gente para pagar mis campañas. Para las próximas, usamos todos los mecanismos de ley, y con las ganancias de mi trabajo alterno, pagué la diferencia.

Mi problema con el almacenaje de dinero se resolvió poco después, gracias a errores del pasado. Cuando la Administración del Primer Rexach construía el Tren Urbano más caro y corto del mundo, uno de los contratistas que excavaba por el área de Rio Piedras, se desvió unos cientos veinte metros de la ruta trazada en los planos. Cuando se percató, regresaron al punto del desvío y siguió el plano. El error le costó un huevo al Estado y el enorme hueco se clausuró. Mientras me rompía la cabeza con el lugar para construir una caja fuerte para mi dinero, me enteré del enorme pasadizo debajo de la superficie, que podía desestabilizar las estructuras del área. La idea fue automática. Dije que enviaría un equipo de ingenieros a revisar. Y así lo hice, una brigada de ingenieros de Valverde Holdings, se fueron boquete adentro. No les pareció mayor peligro para las estructuras, pero era el lugar perfecto para mi nueva bóveda; sólo tenía que obtener los terrenos encima.

Para lograrlo, los ingenieros hicieron un informe de lo inseguro del terreno para estructuras de cierto tamaño. Una exgobernadora, tenía su "fundación" sobre el mismísimo centro de la cueva y, según el documento, su edifico no estaba seguro. Ante la inutilización de la propiedad, y la pérdida de millones (muchos recibidos de fondos públicos), una compañía extranjera le pagó una buena porción de dinero, por el predio que sería declarado ruina. Semanas después, anuncie la construcción del Mausoleo del Prócer Quiñones, en una estructura que no representaba peligro, comisionado a un artista local y financiada con dinero privado. El municipio se comprometió a reforzar el subsuelo, para prevenir daños futuros.

Con la excusa del refuerzo, un contingente de trabajadores y maquinaria se utilizó para construirme una especie de casa subterránea, con electricidad y agua, que no sólo era una caja fuerte, también servía para escondite de emergencia. Le hicieron varias entradas muy ocultas en el mausoleo y otra en una de las casas cercanas, con un elevador hidráulico, fácil de manejar. El edifico formó parte de un Fideicomiso a prueba de todo, que hacía virtualmente imposible su disposición sin mi permiso. Los primeros meses fue divertido y hasta agradable para el ego, ver la montaña de dinero apiñarse. Después, me resultaron tediosos los viajes a llevar *cash*; cómo extrañaba el "depósito directo".

8

Valverde

Tras su incursión en la política, el Tiburón se convirtió en una especie de vórtice de mierda, que salpicaba a todos a su alrededor y siempre quedaba limpio. El punto más álgido, fue durante su asociación con los *gangsters* de Empresas Valverde. Cada vez que pienso en Ignacio Valverde, recuerdo aquella línea de la película *Los sospechosos usuales: "El mejor truco del diablo, es hacerle creer a todos que no existe"*. Un personaje que se movía por todos lados sin ser detectado. Su patrimonio familiar incluía miles de hectáreas alrededor de México, en especial en los pueblos centrales. Sus padres no escatimaron con la educación, desde la St. Albans School, en Washington DC, Oxford y culminó en la Facultad de Derecho de Yale. Tenía una hermana menor, la madre de Luis Miguel; educada con igual recelo, sólo que ella prefirió la medicina. Sus padres murieron en un accidente de tránsito, y los hermanos quedaron huérfanos con una enorme fortuna. Cuando le tocó administrar la empresa, Valverde comprendió que su padre y abuelo corrieron los negocios con nostalgia y orgullo, más que con lógica empresarial.

A finales de los sesenta, Tanner Blues, un compañero de estudios de Valverde (cuyo nombre real era Bill Knowland) junto a su novia, viajó a México en busca de su amigo de Yale, a rentarle un pedazo de tierra, para establecer una comunidad dedicada al cultivo de marihuana. Fue el responsable de inyectar a Valverde la idea de la legalización. Era hijo de un Senador por California, un apostador empedernido que, antes de pegarse un tiro en el '74, aseguraba que la marihuana sería legal primero que el aborto. Con dudas por las implicaciones de ley, Valverde le rentó a su amigo algunas hectáreas. Allí desarrollaron una finca que producía cerca de media tonelada al año y se repartía entre las universidades de la costa este de los Estados Unidos. En aquellos tiempos no importaba la policía ni la competencia, México era terreno en conquista.

Ahogado por la falta de ingresos, se asoció con Tanner y multiplicaron la producción, que nunca parecía ser suficiente para los gringos; todo dentro de la privacidad paradisiaca que ofrecían las fincas en Querétaro. Después de cinco años lucrativos, la legalización no llegó. Tanner se cansó del trabajo y se fueron a Texas a vivir del patrimonio familiar de su pareja. Sin la influencia de los *hippies*, Valverde decidió diversificar, sembrar otras cosas tan o más costo efectivas para la geografía azteca. Contrató una batería de expertos para desarrollar heroína de alta calidad, de la que exigían los músicos, poetas y actores. En vista de la ilegalidad de la aventura, no escatimó en la tecnología de la época para mantenerla lo más oculta posible. Tecnócratas de MIT, entre otros adelantos, crearon invernaderos indetectables para las cámaras de los aviones de reconocimiento; una especie de camuflaje que daba la impresión de selva profunda.

Una operación como esa requería de aliados de confianza. Emiliano Alonso, fue su mejor amigo y primer socio en el mundo del narcotráfico. Era el hijo del jardinero de la hacienda, se conocían desde niños. Don Ignacio puso las tierras y el dinero, Emiliano, puso la presencia y el mollero. Entre los trabajadores, era sabido que Alonso tenía un socio, el verdadero jefe, pero, nadie lo conocía, era como una deidad oculta. En los altos círculos de la sociedad mexicana, era visto como un millonario aventurero. Sus acuerdos de colaboración con el Gobierno, que lo consideraban un filántropo derrochador, le permitieron operar con libertad a través de todo el país. Remuneraba bien a sus empleados y a los funcionarios de los estados en los que operaba. Creó lazos de afecto con la gente de los pueblos en los que tenía aquellas vastas tierras. En ellas desarrollaron plantaciones en las que repartían, de forma balanceada, el cultivo de víveres para comercio y plantas exóticas para contrabando. Construyó casas para los trabajadores, que pronto se convirtieron en pequeños poblados, con todo para vivir sin necesidad. Nadie pasaba hambre en los dominios de don Ignacio, o en los de Emiliano, para efectos públicos. Sus territorios eran el *Shangri-la* de las tierras controladas por carteles, que solían ser en extremo crueles.

Como en todas las instituciones exitosas dedicadas al crimen, fue necesario ser implacables con la traición. Pero nunca se vieron cadáveres descabezados ni masacres grabadas en videos. Tenían un pequeño ejército con soldados entrenados y armados con un avanzado arsenal, que no usaron para ocupar más territorio, se dedicaron a cuidar el que tenían. Se contaban historias de torturas, con poesía, tan aterradoras, que eran suficientes para mantener a todos en línea. Los traidores desaparecían y, se decía que lo último que veían era el rostro de un indio con la cara quemada. Seguro de que la legalización llegaría y que se preparaba para el futuro, en sólo siete años después de la primera cosecha, se convirtió en el productor y distribuidor principal de heroína de este lado del mundo. Cultivaban cinco cepas distintas de flores de amapola, de las que salían polvos para viajes diferentes. Al menos eso decía Armando, que las probó todas.

El negocio de la cocaína (en el que estaba metido Armando) era movible, lo manejaba desde el extranjero y no tenía que preocuparse por sus colegas mexicanos. A finales de los 70, los Valverde enviaron exploradores con las manos llenas de filantropía y amor al prójimo, a territorios bolivianos en los que se creciera la planta. Mucho antes de la tormenta de terror que arrodilló a Colombia y puso a los narcotraficantes en ojo mundial, los Valverde compraban toneladas de pasta pura, directamente a tribus que la cultivaban a manera cultural y religiosa. Igual que en México, los indígenas olvidados por el Gobierno resultaron más honestos y educados en humanidad, que los blancos y negros de las urbes de cemento.

Durante parte de los 80 y principios de los 90, el narcotráfico mantuvo a flote las empresas Valverde. El tratado de libre comercio del 1994, le permitió regresarlas al sitial que ostentaron en los tiempos de su abuelo. Emiliano Alonso murió inesperadamente, se rompió el cuello al caer del más costoso de sus caballos. Por seguridad, la familia le pidió a Valverde que los sacara de México. Lucho, que era el miembro más temido del Cartel y el segundo al mando, ocupó su lugar. Por más de tres décadas, Valverde pareció estar cubierto de teflón, nada se le pegó y vio morir a todos sus colegas, amigos y enemigos. Movió por el planeta más droga que cualquier cartel conocido y sin una milésima de los asesinatos.

No tuvo hijos, los negocios y su soltería de *Playboy Mansion,* no se lo permitieron. El terremoto de ciudad México en el 85 cambió sus prioridades. Su hermana y el esposo quedaron aplastados debajo de los escombros del Hotel Regis, que era propiedad de la familia. El viejo adoptó a Luis Miguel y lo hizo sentir como un hijo. Para protegerle del peligro de ser el único familiar de un millonario, lo mudó a Washington DC y lo matriculó en su alma mater; pensaba que el hogar del presidente de la nación americana era el lugar más seguro del planeta. Fue difícil ser el inmigrante, pero, el pelo rubio y los ojos verdes evitaron los rituales racistas tradicionales. Además, el güero tenía una pegada demoledora, varios gringos más altos y robustos cayeron de un golpe.

Al salir de la Academia, prendado con uno de esos amores eternos de los que se tienen varios en la vida, se quedó estudiando en Georgetown. Cuando el amor eterno terminó, con despecho, se enlistó en el ejército americano. Los primeros años, protegido por las conexiones de su tío, permaneció en DC completando su educación. Cuando terminaba la faena educativa, sucedió el ataque del 11 de septiembre y, por pura venganza, se fue al servicio activo en Afganistán. Cuando acabó su segundo *tour,* la adrenalina de la acción lo llevó a solicitar en las Fuerzas Especiales. Su tío trató de persuadirle del peligro, pero, nada pudo hacer. Luis Miguel aprendió a la perfección el arte del combate y lo practicó con éxito.

Cuando el deseo de venganza cesó, la guerra le pareció una farsa y decidió colgar el uniforme con barras de capitán, para dedicarse a las empresas familiares. Don Ignacio trató de mantenerlo alejado del *Narcotics-Executive-Branch*, pero era imposible vivir volando y que no les salieran alas a tus retoños. Con una fría aprobación, no tuvo más remedio que aceptarlo. No tardó en darle un aire moderno y más eficiente, sin comprometer la discreción y la seguridad ya establecidas. Luis Miguel fue el último gran compañero de parranda de Armando… confieso que lo digo con algo de celos.

9

"Paranoia will destroy ya"

El primer trimestre en el contrabando de placeres fue un periodo de prueba y adaptación. Una vez todo corrió en orden, por casi seis años, ingresé un aproximado de tres millones dólares al mes. Seguro que hacen la matemática en sus cabezas. ¡Exacto! Suficiente para vivir diez vidas de lujos obscenos y despilfarros ilimitados. Ese proceso de transición de político a traqueto se dio cercano a los días en que Nelson Mandela murió y un enfermo mental, se hizo pasar por intérprete de lenguaje de señas y se paseó entre los dignatarios de todo el mundo. Fiat compró a Chrysler; en España abdicó el Rey; el ébola nos pegó un susto mundial; Bachelet, Evo y Dilma resultaron victoriosos en el sur, y todos los grupos de izquierda se relamían y auguraban el fin del capitalismo y el "nuevo orden mundial".

Me acostumbraba a la vida de narco silente, cuando vi en CNN, que el Presidente Obama declaraba como amenaza para el mundo, al sanguinario grupo Los Cobras. Una ganga compuesta por militares retirados y desertores de las Fuerzas Especiales Mexicanas, que dejaban a su paso una estela de cadáveres colgados en puentes; fosas comunes y hasta poblados incendiados. Por años fueron el brazo armado del Cartel de la Costa, pero, la codicia los picoteó, se autoproclamaron independientes y declararon la guerra a sus antiguos patrones. Por razones evidentes, comencé a prestarle más atención a ese tipo de noticias. Me metí a sitios en la *web*, donde veía lo que la prensa comercial no presentaba. Los Cobras tenían una página con videos de asesinatos y torturas, los hijos de puta gozaban con el miedo y los ruegos de sus víctimas. Después de matarlos, cercenaban los cuerpos, los reducían a carroña; la carne para comer era tratada con más respeto.

Apagué la computadora y recordé la conversación con Taíno, aquella vez cuando le vendí el negocio con México. Se descompensó, su rostro perdió el color.

—Armando —nunca me llamaba por mi nombre—, debes tener muy claro, que esa gente no procesa el dolor; no sé qué carajos es, pero, no tienen sentimientos. Cuando sabe uno de lo que son capaces, sólo queda soñar con una muerte rápida.

Nunca lo vi tan nervioso, caminó por la sala con las manos en la cabeza. Pensé que me mandaría a la mierda y saldría de prisa sin mirar el retrovisor. Respiró hondo, se tomó lo que sea que estaba tomando, me puso la mano en el hombro, me miró serio e indescifrable, asintió con la cabeza y se sentó.

—Si eso es lo que quiere, nos vamos con los mexicanos; confío en usted.

Lo dijo con un tono particular, que sabía que venía agarrado de un "pero", que, más que protesta, era advertencia. Así que me apreté a la butaca y esperé.

—Pero, quizás nos metemos en algo que nos podría quedar grande y, por favor, no me malentienda…

—Moya, hermano, no es una imposición, si no te interesa...

—Señor, estoy con usted hasta la última, esperemos que no sea esta. Confío en que sabe leer la gente. Sé que no le gustan las armas, pero, le sugiero que consiga una y aprenda a usarla, necesita protegerse.

No me había armado, ni tomado en serio el asunto de la seguridad y sentí el repelillo incómodo de un temor. La puta paranoia comenzó en ese preciso instante y nunca me abandonó. Confiaba en Valverde, como Taíno en mí; era un hombre de negocios que evadía la violencia y empujaba su legalización. Pero, qué me garantizaba que cuando sus competidores se enteraran de mi existencia, no llegarían a ponerme una .45 de oro en la cabeza para que les entregara el culo junto a llaves de la Alcaldía.

Revisé mis códigos y los reforcé, en especial los que tenían que ver con Claudia Isabel. Le pedí al jefe de la Policía Municipal, que desarrollara un itinerario de patrullaje preventivo que incluyera la escuela y los domicilios de su madre y abuela. Y, algo renuente, compré una pistola, una Walther PPK, similar a la del 007, aunque más moderna y de distinto calibre; si tenía que portar una mierda de esas, sería manteniendo mi *panaché*.

Antes de que terminara el 2013, consigné la instalación del sistema de cámaras con audio del que les hablé. Para eso no usé a los mexicanos, precauciones extras. Mi hermano, Guillermo, a regañadientes, me refirió a unos contratistas judíos, con lo más sofisticado de la tecnología militar de aquellos días. Lo pagué de mi bolsillo, aunque todavía no me lo crean, no tocaba el dinero público; me causaba un efecto similar al del agua bendita a los vampiros, una especie de hemorroide cerebral que dolía más allá del físico. Ni siquiera Francisco supo de la instalación, no podía revelarle la existencia del equipo sin comprometerle, porque violaba no sé cuántos estatutos estatales y federales.

Tenía ojos en toda la Alcaldía, incluidos los baños, nada lascivo, era el lugar en que mucha gente se congregaba para hablar la mierda que no podían en áreas transitadas. También alambraron la Torre Municipal, el edificio que albergaba la mayoría de las oficinas, ese fue más difícil. Tardaron semanas, trabajaban a deshoras para instalar los diminutos aparatos con lentes del tamaño de un alfiler. Coloqué monitores en mi casa, la bóveda y mi oficina en la alcaldía. Podía verlas incluso desde mi teléfono celular.

El espionaje electrónico, junto al entusiasmo de Ignacio, fue mi otra gran herramienta para reparar la eficiencia de la fuerza laboral. Cientos de cámaras a mi disposición me permitían ver la calidad del trabajo. Comencé a aparecer en lugares inesperados, en momentos en que alguien hacía algo que no debía o que no hacía algo que debió: despertaba dormilones dando manotazos en sus escritorios, recibía a impuntuales, mirando las agujas del Omega en mi muñeca. "Si no quieres que el Alcalde te agarre, mejor no lo hagas", era el comentario más repetido en los pasillos.

El miedo era más eficiente que los seminarios de motivación. Decenas enderezaron sus caminos y trataron de ser mejores. Los que no tenían remedio, iban derecho a las filas del desempleo. Algunos me reclamaron ante los Tribunales, pero, no tenían éxito, los casos terminaban tan pronto me sentaba a declarar: «Si señoría, en una visita rutinaria encontré a este señor durmiendo sobre el escritorio, ¿puede creerlo? fue la tercera vez en dos semanas...»; los jueces no dudaban en darle credibilidad al Alcalde, que se tomaba esas "molestias" por su Pueblo. Gracias al sistema comprobé que Robles Vizcaya se esforzaba más, haciéndonos creer que trabajaba, que trabajando en realidad. Era un maestro de la "wasa" laboral, debía ser más estresante y complicado, mantener una fachada de producción, que producir de verdad.

Porté la Walther unos meses, pero, nunca me acostumbré, era como cargar otro pene siempre erecto, cuando me cansé la guardé, cargada, en su estuche de madera y lo metí en la primera gaveta de mi escritorio en el Alcázar.

10
Sólo diez

Una vez, caminaba rumbo a la Alcaldía y vi de lejos a Dalia Pinto, había reclamo en su mirada. Hice un viraje abrupto, Paco no sabía de qué se trataba, reaccionó con sobresalto y se llevó la mano a la pistola en su cintura. Evitarla me costó una caminata siete veces más larga para llegar a mi oficina, que aproveché para llamar a Ignacio y pedirle un informe detallado de los resultados del Comité de Reglamentos y la querella de Pinto. Me dijo que hacía algunas semanas le entregó el expediente a Dobleletra, junto a unos veinte expedientes más. «No son buenos los resultados», dijo antes de colgar.

Meses antes, aunque preocupado por sobrecargarle el plato, le asigné a Ignacio la revisión de los reglamentos. Algo que no tardó en sacar ronchas que respondían a mecanismos de defensa de los otros. Era raro tener contadores tan apáticos a los procesos de enjuiciamiento, de ordinario solían ser mecánicos y directos, esos dos cabrones le daban la vuelta a todo, igual que los abogados cuando no les asistía la verdad.

La investigación concluyó que Nelson Cabán, mi Comisionado Electoral, falsificó tres cotizaciones en beneficio de un amigo suyo, que no era el postor más bajo, para unos servicios que Iris Corujo, en su reiterada ineficiencia, olvidó gestionar. Ese tipo de transacción se realizaba con demasiada frecuencia y era difícil detectarlas cuando personas claves en la cadena de mando conspiraban para realizarlas.

Palomares me cuestionó acerca de las destituciones contra miembros del Partido. Dijo que trataba de no meterse, pero, no podía evitar comentarme, ante la avalancha de cuentos que recibía acerca del Alcalde fantasma que andaba cercenando cabezas de "buenos progresistas".

—No sé si sabe lo que hace, pero, al menos debe conocer las consecuencias. Cuando su silla depende de votos, no puede alienar a sus funcionarios electorales.

Le dije que sabía que mi padre y él pensaban de esa forma, pero, yo no podía tolerar que perder el tiempo fuese el objetivo principal de la mayoría, que pasaban el día de hoy ideando como perderían el de mañana.

—Palomo, si me cuesta las elecciones, se jodió. Pero, si logramos un Gobierno más pequeño y eficiente, nos vamos tranquilos. Dame la oportunidad de convencerte con hechos.

—No tiene nada de que convencerme, señor Alcalde —me dijo con admiración—. Siempre pensé de esa forma y, al principio, tu padre también, pero, Arturo y otros asesores lo convencieron.

Durante una hora corrida me dio recomendaciones para fortalecer las investigaciones y reducir un diez por ciento de empleados de confianza. Luego aprovechó para hablarme del Comisionado Residente, Carlos Danglada, que comenzaba a buscar respaldo para ser Gobernador en el 2016. Era el candidato lógico dentro las filas azules, cierto que era un pendejo sin personalidad, pero después de dos cuatrienios, estaba bien conectado en Washington y, como iba la cosa, el próximo Gobernador debía hablar el leguaje de la política gringa. Siempre se especulaba de la posible candidatura de la Rémora Martínez y él coqueteaba con la idea, pero, al final lo madrugaban. Otro nombre que circulaba y que causaba reacciones, era el del opacamente pintoresco Edgardo Rexach, quien, desde el cuatrienio anterior, demostraba interés.

Egui, como lo conocía el país desde los días de su padre, era una perla que sólo destellaba problemas al usar su nefasto libre albedrío. Historias de carreras en motoras sobre nidos de tortugas; calificaciones arregladas; hasta un accidente de tránsito, en el que (se alegaba) la policía arregló el informe para desaparecerlo de la escena. Los analistas sólo resaltaban su falta de experiencias, ya que, fuera de estudiar en una de esas *Ivy League,* muy caras y graduarse de un campo de la ciencia, con un dudoso título que permitía que le llamaran doctor (sin ser médico) Egui era dependiente del patrimonio familiar. Los Rexach, fueron una novela de tipo *reality* en la política puertorriqueña. El padre ganó dos elecciones; la primera, podríamos llamarla el error de un pueblo soñador; la segunda, pues, reafirmó que en la primera fuimos unos pendejos, nada que ver con sueños.

Danglada me invitó a hacerle campaña a candidatos del Partido Demócrata en estados con alta población hispana, para eso servíamos los ciudadanos de la colonia, para ayudar a los buitres gringos a ser electos por pendejos que hablaban español. Fuera de toda esa mierda colonialista y de poco valor moral, los viajes para los asuntos del Partido Demócrata estaban cargados de excesos, como en la campaña anterior. Nunca me faltaron dulces para el camino, Stoli tenía amigas en la costa este y California; delicias no disponibles en el mercado boricua.

11
Boston Blackie

Una anécdota muy difícil de creer nos ocurrió en el 2005, la misma semana del paso del huracán Katrina por Luisiana. Trabajábamos en la oficina de don Arturo y salíamos los tres a almorzar a una cafetería de la avenida Barbosa de Río Piedras que, aunque el humor del dueño era como una patada en las pelotas, el servicio y el sabor eran aceptables. En la esquina antes de llegar, se sentaba un adicto que pedía dinero y usualmente le dejábamos algunas monedas. Ese día, no recuerdo por qué, dije una de mis usuales blasfemias: «¡Armando, me cago en Dios!». El adicto, que nunca supe su nombre, pero, el Tiburón lo llamaba Boston Blackie, puso cara de horror, abrió tanto los ojos que pensé que se le fracturarían los párpados.

—Este tipo está loco, cómo se atreve —dijo.

—¿Cómo se atreve a qué? —preguntó Armando.

—A cargase en Dios —dijo Boston, susurrando, como para que Dios no lo escuchara.

El Tiburón me miró con esa expresión que antecedía una hija de la gran putada de las que sólo él era capaz. Sonrío, giró la cabeza y le preguntó:

—¿Tú nunca te cagas en Dios, Boston?

—¡Nunca! —dijo el *junkie*, levantando el pecho orgulloso, como si mereciera una medalla.

—¿Seguro? —preguntó el escualo, con la sonrisa que anunciaba una mordida.

—¡Seguro! —reafirmaba el otro.

Armando asintió con la cabeza, se metió la mano derecha al bolsillo y sacó una fajita de billetes doblados y agarrados con un sujetador en forma de pajuela para tocar guitarra, que Claudia le regaló en un aniversario.

—¿Y si te doy cinco dólares? —dijo aquel emisario de Satanás, como si hubiese propuesto una orgía con Jennifer López y Shakira.

—¿Estás loco? ¡Claro que no!

El Tiburón le paseó frente a la nariz, el rostro de Andrew Jackson.

—¿Y, si lo subimos a veinte?

—Seguro que no —contestó el otro sin titubear.

Le subió a treinta, cuarenta, cincuenta, y, ante las negativas del vagabundo, sacó cinco billetes de veinte y me miró como diciendo, "ya verás que ahora sí".

—¿Y por cien? ¿Sabes cuántas capsulitas compras con cien malangas? Te da pa' tres días.

En aquella época y cualquier otra, cien dólares significaban bastante droga para un vagabundo.

—Abogado, no insistas.

—Te doy todo lo que hay en esta paca, deben ser más de seiscientos dólares, dilo bajito, que sólo nosotros te escuchemos.

La reacción de Boston fue la misma y se alejó molesto. Fue descabronadamente cómico, cuando Armando nos miró, se encogió de hombros y con expresión de incredulidad dijo:

—Cabrones, tenemos ante nosotros al único cristiano verdadero que ha caminado la tierra, después del mismísimo Cristo.

Luego, corrió para alcanzar a Boston y le entregó los cinco billetes.

—Te los ganaste, serás muy pendejo, pero eres honesto.

En la mesa, como si se sintiera orgulloso, no dejaba de hablar del asunto, de como cualquier feligrés devoto se cagaba en la deidad por mucho menos.

Después de ese día, siempre que Armando lo encontraba frente a la cafetería, le compraba el almuerzo y le daba cinco dólares para una capsula de *crack*, como postre, «no se te ocurra gastarlos en la iglesia», le decía. Se los daba para lo que le diera la gana, pero era más honesto pensar que los gastaría en su vicio más preciado. Dejamos de ver al Boston y luego nos enteramos de que fue arrestado por cargársele en la madre a un policía, tenía antecedentes y fue derecho al hoyo. No le importaron los macanazos ni la cárcel cuando se trataba de cagarse en la gente.

Es una historia muy difícil de creer, porque ningún adicto al *crack* rechazaría dinero, no importa la cantidad, es como decir que me encontré un unicornio amarrado al portón de mi casa. Quién hubiese dicho que, casi una década después, el negro Boston, sin saberlo ni quererlo, prendería la bombilla de la iniciativa que provocó una de las peores batallas que le tocó librar al Tiburón, la de las iglesias.

***

Durante la mayor parte de ese cuatrienio, estuve muy metido en mis negocios mexicanos, la pelea con el Congreso por el asunto de la Junta, la custodia de Isabelita y una breve, pero, incómoda pegada que me di con la heroína de los Valverde. Francisco y Palomares eran el Alcalde durante mi ausencia. Una mañana, reunido en la oficina, escuchaba a Francisco e Ignacio hablar, pero, no les prestaba atención, sentía deseos de irme a dar un toque. Claribel abrió la puerta, se disculpó y me informó que alguien que decía ser mi amigo, pasaba a saludar. Le pregunté el nombre y, con una media sonrisa y algo de vergüenza, dijo:

—Dice llamarse Boston Blackie.

—¡Boston! Que pase—miré a Francisco—. ¿Está vivo?

Francisco lo recordó, ninguno conocía su nombre, pero no hacía falta.

—Boston Black*ie is in da house* —le grité cuando entró.

Había ganado peso y perdió aquel semblante tradicional del tecato enfermo que vive con la muerte escrita en las ojeras. Era un tipo tímido, con esa humildad jíbara, de quien se siente inferior al resto de los presentes. Francisco le estrechó la mano con efusividad. Se lo presenté a Ignacio, que se levantó y muy gentilmente le tendió la mano también.

Les pedí que me dieran unos minutos con mi viejo amigo. Me contó que estuvo preso por posesión de narcóticos y agredir un policía. Cumplió y salió antes, gracias a las bonificaciones por su buena conducta. Buscaba trabajo, parte de salir antes incluía mantenerse empleado o le revocaban la libertad. Le dije que no sabía si podía emplearle debido a la convicción, fui yo quien años antes despidió a todos los exconvictos, pero, le prometí que algo encontraría.

Camino a la puerta le puse la mano en el hombro y le dije:

—Cuando salgas deja tu información a mi secretaria. Sabes que voy a ayudarte y que me buscaré unos cuantos problemas en el proceso. ¿Lo sabes?

—Claro que lo sé y te lo agradezco, eres de los buenos.

—No me agradezcas nada, no hace falta. Pero, necesito que me hagas un favor. Uno pequeño y muy personal.

—Claro, lo que necesites —dijo emocionado.

—Para ayudarte, tienes que cagarte en Dios, solito para mí.

Su rostro se endureció con decepción y tristeza.

—¡Chico, tú vas a seguir con eso! Sabes que...

No resistí y exploté en una carcajada que lo aturdió más.

—Tranquilo, Boston, disculpa. No me culpes por tratar. Recuerda la información a mi secretaria.

Le di un abrazo y salió. Me volteé y antes de que llegara al escritorio de la secretaria, le grité:

—Boston, ¿cómo te llamas? No conozco tu nombre.

—Flomestano Rivas.

—Anda al carajo, tus padres no te querían; el nombre lo explica todo.

No sé si entendió el chiste, pero se marchó todo sonrisas, le faltaban varios dientes. Francisco e Ignacio regresaron.

—Necesitamos conseguirle trabajo.

Se miraron incrédulos. Me vi obligado a contarle a Ignacio la historia de Boston, pero igual, al final, no quedó muy convencido.

—¿Un adicto que no se expresa en contra de Dios? Señor, mis disculpas, pero no creo que sean dos requisitos que estén en ningún reglamento ni...

—Están en el mío, Ignacio —le respondí molesto—. Cuando conoces de cerca una adicción, entiendes lo destructiva que resulta para la voluntad de una persona. Para mí, que no tengo credo, quienes sí lo tienen y lo defienden, son dignos de respeto, porque rompen un paradigma básico de la naturaleza humana.

Se presentaron algunos inconvenientes para emplearlo, siempre hay quien hace preguntas. Al final, el poder mueve montañas y contrata convictos. Lo acomodé en la compañía que subcontratábamos para administrar uno de los talleres de mecánica para los vehículos municipales. Además de hacer un buen trabajo, le pedí a Boston que fuese mis ojos y oídos en esos sectores bajos del Municipio, entre los trabajadores que frecuentan lugares que yo no podía.

12
"Holy diver"

Frente a un nutrido grupo de personas y un cielo tan claro que se podía ver a los ángeles aplaudirme, anuncié el Plan de Salud para la Capital, la iniciativa que todos consideraron la más revolucionaria y osada de mis días como Alcalde. Era una propuesta ambiciosa, con fecha de comienzo e implementación y, lo mejor de todo, con fuente fija de repago; el "Tiburón-Care", le llamaron los detractores. Fue el asunto del repago, lo que aflojó las rodillas e intestinos de los religiosos de San Juan y todos los que se ganaban la vida en el negocio de venta y mercadeo de la fe.

"ALCALDE DE SAN JUAN LE DECLARA LA GUERRA A LA IGLESIA", leían las primeras planas al día siguiente. Y ni hablar de los tabloides y emisoras religiosas, que eran más viciosos que el más sucio de los políticos: "EMISARIO DEL DEMONIO", "EL TIBURÓN MUERDE AL PUEBLO DE DIOS", decían los menos abrasivos; nada mencionaban de los miles ciudadanos capitalinos que tendrían un seguro de salud superior al del resto del país, tampoco de los otros miles, que podían abandonar sus seguros privados y recibir mejores beneficios.

Eran indignantes los lujos y despilfarros de los dueños de iglesias. Un pendejo con labia de vendedor de carros y una Biblia debajo del brazo, podía destripar los bolsillos de los cándidos y muy pendejos, dispuestos a pagar por la salvación; que preferían dejar de comer, antes de fallarle al Pastor, que con las ofrendas pagaba un Porsche Panamera y una casa frente al mar. Las ofrendas, también servían para comprar senadores, representantes, prensa y todo lo que el poder del dios del dinero pudiese alcanzar. Los pastores emprendedores llevaron sus negocios a otro nivel, al nivel dios de la mezquindad. Desarrollaron unos mini centros comerciales en sus ministerios, con tiendas de ropa y accesorios, salones de belleza y barberías, vitaminas, tratamientos para bajar de peso, dispensarios de cannabis medicinal; tenían hasta lava carros en los estacionamientos, a precios nada módicos. Servicios que nada tenían que ver con los designios de Dios en la tierra. Les sorprendería saber los millones que dejaban fuera de sus libros de contabilidad; cuantiosas ganancias en nombre del señor y exentas de contribuciones.

Al ver lo que cobraban los pastores, supe que perdí el tiempo en la universidad y que me arriesgaba demasiado en el narcotráfico; aunque, conservaba algo de dignidad.

Como sucedía la mayoría de las veces que se me ocurrían buenas ideas, la noche que nació el Plan, hubo una cantidad exagerada de drogas, en especial *LSD*. Estaba en mi casa, junto a Chucky, Stoli y Bela, la mejor amiga de Stoli. La conocía de antes, hacía las entregas cuando Stoli salía de viaje. Una belleza sin sofisticar, ruda y sexy; un par de diamantes negros en vez de pupilas, uñas oscuras; una especie de gótica-punk-alternativa, con cuerpo para modelar trajes de baño. Siempre que la vi, no pude evitar decirle algún comentario picante y seguro mis ojos sugerían "tengamos un poco de sexo animal". Ella sonreía lo suficiente para darme la esperanza, pero no demasiado como para quedarse.

Desde el primer cuatrienio quise mejorar el sistema de salud, y no sabía cómo. La epifanía llegó esa noche, envuelta en el recuerdo de Boston y de otra fervorosa que conocí, doña Eugenia, la abuela de Chuck. Fue una experiencia religiosa recordar, con el filtro del *LSD*, aquel domingo. Eran casi las seis de mañana y llegábamos de nuestras usuales parrandas, al dejarle frente a la casa, su abuela salía vestida con un traje de tela de saco, lucía pesado para una anciana tan delgada. Le hice una broma acerca del disfraz de Pocahontas, y el Chuck me contó algo que me hizo sentir como un gran pedazo de mierda. La ropa rara, era un hábito para "pagar" una promesa, le pidió a Dios que ayudara a su nieto a pasar el examen de Reválida. Rondaba los ochenta años, tenía operaciones y condiciones de cuidado, y caminaría con aquella túnica incómoda, no sé por cuantas semanas, para pagar una promesa que sólo Dios la escuchó hacer. Su nieto aprobó el examen, nadie tenía que enterarse si decidía no cumplir. Siempre me pareció una señora muy sabia, fue la única vez que la vi hacer algo poco inteligente o irracional, pero, me hizo admirarle más. Esa llana honestidad de llevar una carga por pura voluntad me hizo pensar que, en efecto, la fe lo movía casi todo, aunque no las montañas.

Bela, que miraba el techo hacía media hora, se interesó en el tema, «soy agnóstica y me entusiasma que le cobren a las iglesias». Se sentó a mi lado y cruzó una de sus piernas sobre las mías y, en menos de no sé cuánto tiempo (porque se pierde la noción cuando se está en ácido) teníamos una lluvia de sugerencias que cambiarían la salud del mundo. No pude evitarlo, la visión de aquel muslo me provocó una erección que ella sintió en su pantorrilla y rio coqueta al percibirla. Estábamos volando alto y, como si diera un discurso montado en una tribuna de colores neón, dije:

—Si Dios es tan poderoso como para hacer a una vieja caminar sin poder y a un adicto olvidar su adicción; y tan dadivoso para llenarle los bolsillos a los pastores con dinero de incautos que desean vida eterna, seguro tendrá la bondad para pagar mi Plan de Salud.

Chuck, que esa noche, al fin estaba entusiasmado con la Flaca Rusa, mató la gracia del momento.

—*Dude!* Te faltan cojones para hacer eso...

Gracias al extraño funcionamiento de una mente sumergida en *LSD*, recordé un mal episodio de la adolescencia, almacenado en los confines oscuros del disco duro de mi cerebro. Tres meses antes de que Guillermo se fuera al ejército, mi madre tuvo la genialísima idea de llevar a la casa a un buen amigo suyo, un Pastor que ofrecía «terapias psicológicas para curar paterías», según ella. Lo sometió a sesiones de dos horas, tres veces a la semana, era mayor de edad y podía oponerse, pero lo aceptó para no escuchar los ataques de su progenitora, quien, tal vez, pensó que el hecho de que prefiriera chupar vergas lo hacía automáticamente idiota, se olvidó de que Guillermo era hijo del Prócer Quiñones, ser hijo de puta estaba en su sangre. No tenía oportunidad aquel pastor de quinta, con su bachilleratillo en trabajo social, de "algún instituto acreditado para morones"; quien, por falta de talento para otra cosa, terminó de experto en reconfigurar el cableado sexual de la mente humana. Nunca conocí un "trabajador social" que hiciera algo que valiera la pena.

Mi padre tampoco estuvo de acuerdo con las terapias. Le preocupaba más que el Pastorcito fuese un pervertido que se aprovechara de su ya descarrilado hijo; un temor que no parecía infundado, esa conducta era costumbre entre religiosos certificados, sin importar el poder ni la clase social del Cristo al que adoraran. Cuando mi madre le fue con el chisme de que Guillito le había faltado el respeto a su amigo el Pastor, al decirle: "Por qué no se va bugarronear a otro lugar...". Doña Awilda esperaba que el viejo lo castigara de la peor manera. Pero no fue así, sintió un retorcido orgullo de que su primogénito no resultó la "loquita-promiscua" que estereotipaba en su cabeza. Pero, igual lo envió al ejército.

13
"Losing my religion"

El lunes siguiente convoqué a Arty y dos de los abogados más bestias del derecho contributivo en Puerto Rico. Les encomendé encontrar la manera de imponer el impuesto. Palomares no dejaba de sonreír, decía haberse resignado a retirarse sin la batalla que siempre quiso dar. Fue verdaderamente excitante, se sentía que hacíamos algo real y con un propósito honesto.

Ya les dije, que el asalto de Cifuentes a la Judicatura dejó seis jueces azules en el Supremo; dos de ellos ponían a "Dios" antes que al Pueblo, pero, no antes que al Partido. Los jueces nombrados por Populistas eran de tendencias liberales y sabía que votarían a favor. Podía darme el lujo de meterle un dedo en el ojo a la Iglesia y sonreír. Una vez la Legislatura Municipal lo aprobó, le envié las facturas a los servidores del Señor y mi cabeza comenzó a valer oro.

Pero, la pasión no me secuestró la razón, no podía echarme todas las iglesias encima. Hice un arreglo con el padre Vicente, con discreción, ayudó a pagar los honorarios de la batería legal que contratamos. Al final crearon un reglamento contributivo que casi eximía a la Iglesia Católica, lo poco que pagaba se le devolvía en créditos. Previo a eso, ya teníamos programas de trabajo social en conjunto, para la rehabilitación de adictos, asistencia de ancianos y otros más. Realmente ayudaban y se hacían notar en la comunidad. Aunque no negaba el poder imperial de la Iglesia Católica y sus líderes supremos, no conocí monjas ni sacerdotes con Ferraris o aviones privados, independientemente de la opulencia en Roma. Sentía un respeto compasivo por las monjas, no podía entender el voto de pobreza y castidad; echar a perder una vida al servicio de otros, les hacía merecer la exención.

El resto, no cumplía con los criterios y estaban obligadas a pagar por sus propiedades inmuebles que no fuesen el salón o templo de prédica, más otro impuesto por las ventas de mercancías que no fuesen para el consumo exclusivo del espíritu. Los líderes hablaron de mudarse de San Juan a otro pueblo, pero, significaba menos clientes y dinero. Los otros alcaldes estaban en espera del resultado, si ganaba, era evidente que me emularían. Desesperados ante la posible derrota y enfermos con el veneno de la avaricia, decidieron pelear ante el patíbulo de la opinión pública. Los políticos más sucios, eran monaguillos inocentes, cuando los comparabas con los mercenarios de la fe que enfrenté. Ministerios de toda la isla, no sólo de San Juan, formaron un frente unido que ocupó el Capitolio, para presionar a los legisladores que se mostraban ambivalentes.

Una de las mayores ventajas de la sociedad con los Valverde, era tener a mi disposición sus servicios de inteligencia. Les envié los nombres del rebaño de pastores que más me hinchaban las pelotas y, en sólo días, me enviaron un archivo llamado DIOS que tenía información para desestabilizar el ala protestante del cristianismo borincano; qué de pecados divinos se cometían en el *debauchery* religioso. Uno de los pastores más fogosos y elocuentes, y su esposa, que predicaba junto a él, resultaron ser verdaderos deportistas sexuales; pertenecían a un círculo cerrado de *swingers* adinerados del país. Tenía fotos y videos, de ambos junto a otras parejas, en orgías muy calientes en una lujosa casa costera de Dorado. No pude evitar masturbarme cuando vi aquel video; la mujer del pastor, que sobre el pulpito, vestida como ejecutiva, condenaba la lujuria, aparecía desnuda con aquel cuerpo de cirugías y gimnasio, gritando blasfemias con más energía de la que usaba para predicar, mientras recibía castigos simultáneos de dos hombres que ninguno era su esposo. Él, que vivía en el mismo gimnasio, hacía lo propio con un chico igual de corpulento acostado bocabajo en un sofá al lado del de su esposa.

Además de las picantes peripecias sexuales, los mexicanos encontraron otros asuntos realmente vulgares, que tenían que ver con dinero, propiedades extranjeras, fondos de inversión, lavado con nuestros amigos de Panamá; nada relacionado a la salvación. Fue una delicia negociar el cambio de postura o retiro de los que teníamos agarrados por las pelotas (o vaginas, porque el pecado siempre fue inclusivo). «El Señor nos habló a través del Alcalde Quiñones», decían al salir públicamente a endosar el proyecto. Lo más excitante fue saludar a la esposa del pastor, que pasó meses despellejándome en su emisora. Le besé la mano y sólo para que ella lo escuchara, le dije al oído: «Es usted una diosa, sus amantes son demasiado afortunados; que pena que soy egoísta y prefiero comer solo».

Fui abusivo y descarado contra los fundamentalistas que salieron de cacería tras de mí. Chuck ayudó con reportajes de los lujos de los pastores, con la información que le entregué quedaban como delincuentes. La constante humillación a sus homólogos masculinos hizo que Lucrecia Phillips, que se mantuvo callada, asumiera la voz principal y que tratara de usar la carta femenina, ya saben, la de la víctima. No le funcionó, todo lo contrario, a ella le di más duro que al resto, sólo que, con elegancia, picardía y otras mujeres que hablaron por mí en los medios, ya que, los caballeros no hablábamos de las mujeres. Lucrecia era un fenómeno al que sus seguidores amaban, pero sus detractores detestaban con desprecio visceral.

Era una mujer atractiva, para sus casi sesenta un cuerpazo escultural, producto de la opulencia que le brindó su Dios. No miento, en las fotos de juventud, era tan fea como una verruga en un testículo: obesa, peinado de lesbiana de los ochenta, y dientes salidos que afeaban cualquier sonrisa. Con el pretexto de que libraba una cruenta batalla contra un raro cáncer, viajó al Brasil varios meses al año, por varios años, dizque a tomar tratamientos para su enfermedad. «Esas quimioterapias son milagrosas», repetían algunos incautos, cuando veían los cambios estéticos: senos, glúteos, cintura, dientes, labios, nariz, cabello... La Lucre era evidencia viva de que, la fe (de los otros) conseguía milagros y de que, no existirían mujeres feas, si todas tuviesen dinero.

Lucrecia fue un buen adversario, le sobraba astucia. Phillips era el apellido de su segundo esposo, que murió años después que se divorciaron y ella se quedó con el apellido y todo lo demás, el cliché de la joven y el viejo. Esa mujer olía a sexo, se los juro, cargaba una esencia a ese agrio, saladito y dulce a la vez que sólo se encuentra entre muslos femeninos. Desarrollamos alguna tensión sexual durante nuestra batalla jurídico-mediática, casi dos años desde el anuncio hasta llegar al Supremo.

Y si se preguntan qué pasó con Bela aquella noche del ácido y las ideas, sólo nos besamos, estábamos tan entusiasmados hablando de mi plan de salud, del que ella se beneficiaría si se aprobaba, que no le dimos tanta importancia a tocarnos las partes. Una semana después, regresó a hacer una entrega, y dijo que se quería quedar un rato. Minutos más tarde, a petición suya, estábamos desnudos en mi sofá, cambiando posiciones con un concierto sinfónico de Metallica como escena de fondo. Chuck y Stoli sí que la prendieron aquella noche, se fueron a uno de los cuartos del segundo piso, Dios, que si gritaba la Stoli... Lo más raro de esa relación, fue que repitieron el sexo dos veces más y después pudieron seguir siendo amigos.

14
Washignton D. C.
(The fellow ship of La Junta)

Ante la quiebra del país y la negativa de los gringos de soltar dinero para un paquete de salvamento, en el pleno de las Naciones Unidas, Rogelio Cárdenas le gritó al mundo, que la isla pasaba por una crisis de supervivencia y que los Estados Unidos se negaban a tendernos la mano. Una medida desesperada e improvisada, su gente estaba tan ocupada jugando al sálvese quien pueda, que no pensaron nada mejor. Ante la inminencia de un impago de la deuda, era cuestión de tiempo para que llegaran las demandas y embargos de acreedores. Logró llamar la atención, pero, no fue del agrado de los gringos. El tema de la debacle económica de Puerto Rico se calentó en el Congreso y las alternativas que proponían provocaban incertidumbre. Hablaban de crear un organismo tipo junta, con la misión de encaminar las finanzas de la isla.

En algún momento del 2015 una avalancha de boricuas se dirigió a la capital americana; delegaciones de todos los partidos principales, representantes de gremios sindicales y todo el que sintió el impulso de ir a comer mierda y poner presión a los congresistas. No teníamos mucho para presionar, nuestra carta era la compasión. Coincidí con Rémora Martínez en el avión, estaba en la butaca de en frente. Era tan pequeño que los pies le colgaban en el asiento, sólo las puntas rozaban ligeramente el suelo. Jessenia Soler estaba veinte filas más atrás, en la clase regular. Cruzamos miradas durante el abordaje, hizo un gracioso gesto de sorpresa al verme en el área para "privilegiados", seguido de una mirada picarona de las que podían anticipar acción. Me afilaba los colmillos, y de inmediato recordé que Claudia llegaba cuarenta y ocho horas después. Me gustaba DC, desde antes de la política. Francisco estudió en Georgetown y durante el bachillerato lo visité muchas veces. Chuck me acompañó un par de ellas, cuando se lo podía secuestrar a Sofía, que solía ser algo impertinente para eso de que su esposo se divirtiera con los amigos.

Aunque se sentía como excursión estudiantil, nos esperaba una semana de reuniones y comelatas para entrar por la pupila de una mayoría Republicana, para quienes un vello púbico de una prostituta valía más que Puerto Rico. No que a los demócratas les importara demasiado, pero, eran los que jugaban la carta del racismo y la xenofobia, necesitaban salvar cara. Que sabor a mierda me dejaba sonreír por obligación, pero, en la política aprendí a jugar en equipo cuando la causa valía la pena. En el *lobby* del hotel me esperaba una dama de la oficina de Danglada; me entregó los itinerarios y turnos para deponer ante al Congreso, me tocaba el mismo día que a la Rémora. Ya en la habitación, mientras hurgaba en el minibar que requerí, recibí un mensaje de Palomares: "*Egui llegó hace cuatro días. Danglada está insoportable, por favor, paciencia*".

El Comisionado Residente estaba nervioso, la presencia de Egui afectaba su liderato. Cada vez que aparecía frente a una cámara y, con aquella voz tan putiza, exclamaba: "¡Estadidad ahora!", Danglada perdía cabello. Egui no tenía nada y le faltaba de todo, más que un profesional, parecía miembro de una fraternidad. Pero, solía pasearse por los pasillos del Congreso y, como cualquier *groupie,* se tomaba fotos con políticos y las subía a las redes, con cuentos de gestiones que nunca realizó; con charadas similares fabricó una historia de "lucha".

Eventos aislados cambiaron la narrativa del libreto del estatus, que dramatizábamos hacía más de seis décadas, y alarmaron a los boricuas más conservadores. Tanto el Tribunal Supremo Federal, como el Task Force para Puerto Rico, en la Casa Blanca, establecieron, con muchas más palabras, que Puerto Rico carecía de soberanía y era un territorio sujeto a los caprichos del Congreso. Para abonar a la paranoia, en esos meses, los gringos restablecieron sus relaciones diplomáticas con Cuba. Un enamoramiento de los gringos con Cuba era la mayor pesadilla de los viejos de mi partido. Los periódicos decían que fue iniciativa del Papa Francisco comunicarse con Obama y proponerlo. Pero, amigos con oídos en lugares particulares, contaban que fue idea del Presidente, pero, no podía parecerlo, porque el Congreso Republicano lo torpedearía; le tocó a Francisco asumir el milagro. Fue curioso que Fidel, muchos años antes dijo, y cito: *"Las relaciones entre Cuba y Estados Unidos, podrán restablecerse, el día que haya un negro en la Casa Blanca y un Papa latinoamericano"*, profecía en prosa o, simplemente, en un mundo de vueltas continuas, la ironía pasada se convertía en la realidad presente.

El *floor* del Congreso, era más pequeño de lo que se veía en TV. Durante unos quince minutos, de memoria y de pie, aunque podía quedarme sentado, imploré la compasión del Tío Sam. Los hijos de puta congresistas me bombardearon con preguntas, acerca de la corrupción del Gobierno y el manejo del dinero público. Respondí usando las cifras de San Juan, nuestras finanzas eran saludables y hasta teníamos margen prestatario. «With those numbers, Mr. Mayor, maybe you should be Puerto Rico's next Governor», me dijo un republican de Texas. Lo mejor hubiese sido salir en ese instante y no mirar atrás, pero, todavía faltaban dos deponentes y la cortesía mandaba deferencia.

El siguiente fue Rémora, que sólo hablaba español y leyó un tortuoso discurso, en inglés, que fue vergüenza nacional; ¿cómo no se dio cuenta de que era más digno el traductor? Los rostros de los congresistas eran para cagarse de la risa. Un republicano de Florida estaba dormido y se escuchaban sus ronquidos en la parte superior del salón. El hecho de que fuese tan pequeño hacía más risible la situación, aunque, de haber sido muy alto, seguro se hubiese visto igual de ridículo, quizás más.

15

ROMANCING THE CAPITAL

Fue difícil coincidir con Jesenia Soler. Poco después de la ponencia nos cruzamos en el pasillo y, sin reparar mucho en apariencias, le dije que nos encontráramos para cenar. Luis Miguel andaba por DC en asuntos familiares, y quedamos en encontramos para almorzar y entregarme las reservas para la estadía. Me recogió frente al hotel y comimos en el puerto de *Chesapeake Bay*. De regreso me dijo «antes que se me olvide» y me entregó un sobre que contenía un saco con cinco gramos de coca y diez cigarrillos de marihuana muy gorditos: «Buen provecho».

Los asuntos de Jesenia se prolongaron hasta pasadas las diez. Cuando llamó se quejó de que no comía desde la mañana, «tengo hambre de obrero». Le ofrecí llevarla al mejor restaurante de Georgetown, frecuentado por presidentes y celebridades, y quedaba lejos de los lugares donde estaban los imbéciles de nuestras delegaciones. La recogí en taxi y fuimos a mi lugar favorito de DC, un chinchorro antiquísimo, llamado Ben's Chili Bowl.

Lo visité por primera vez en el 94, con Francisco, esa vez, cuando terminábamos de comer, llegó Bill Clinton y lo llevaron al salón de atrás, cerrado minutos antes por agentes del Servicio Secreto. Nos quedamos sólo para verle salir, y ordenamos más comida. El lugar se especializaba en los platos nacionales de la gastronomía americana: *hot-dogs*, hamburguesas, un chili que amarraba la lengua, te dejaba con deseos de comer más y que vertía como salsa a la salchicha y las papas fritas. Acompañado con una cola y una batida de chocolate; era asquerosamente delicioso. Nos empujábamos la segunda tanda, cuando algo surreal ocurrió, Bill Clinton salía y se cruzó con Bill Cosby, que entraba acompañado de un agente, muy molesto porque llevaba cinco minutos esperando en la puerta. Se saludaron de lo más efusivos ambos, los agentes del Servicio Secreto parecían a punto de una crisis nerviosa, «You're making me starve, Mr. President», dijo el comediante. Clinton río, le puso la mano sobre el hombro, se acercó, le dijo algo al oído y rieron con complicidad. *Bill on Bill*, BC con BC; *qué dúo...* pensé.

Jesenia, fascinada con la historia, al terminar de comer se paseó por todo el lugar a ver las fotos autografiadas de artistas y políticos, que colgaban de las paredes.

—¿Y la tuya? —preguntó.

—Sólo locales y famosos.

Hablamos de política, del día pesado y de muchas cosas, hasta llegar a nuestras respectivas situaciones personales. Resultó que estaba en pleno proceso de divorcio, su ex resultó bastante tacaño y estaban en una dura batalla. Muy coqueta, me dijo que compartía con su hermana el cuarto del hotel. Parecía insinuar que, si se complicaba la cosa, sería mi habitación el lugar. Le dije que esperaba a Claudia, y que, aunque sabía que no sonaba muy bien, quería que pasáramos lo que quedaba de la noche, aunque fuese vagando por la ciudad. No había visto la Casa Blanca, tomamos un taxi que nos dejó casi en frente, y seguimos de monumento en monumento. No faltaron los comentarios e insinuaciones sensuales de mi parte, que ella siempre esquivaba con «tranquilo alcalde que su novia llega mañana».

En el monumento a Lincoln, mientras observaba los escritos grabados en la pared de la derecha, me le acerqué, le puse una mano en la cintura y le hablé al odio alguna tontería de la historia del lugar, lejos de alejarse, se quedó firme, acercó su oreja a mis labios y suspiró. Cuando nos movimos a lado izquierdo, fue ella quien se acercó, sus senos rozaron mi espalda y enviaron una ametralladora de pulsaciones por la columna. Me volteé, nos miramos varios segundos y luego nos besamos con ganas, pero, nada de manos, sólo las bocas haciendo fuerza una contra la otra. Caminamos hasta mi hotel, que quedaba cerca y en la puerta me dijo:

—No quiero ser ese tipo de chica, pero, hoy no tendremos sexo.

—¿Hoy?

—No es justo para ella, otro día… ya veremos.

"Ella", confieso que me sentí como todo un patán y pensé por un segundo en echarlo todo para atrás. No lo hice porque en realidad era un patán y no podía evitarlo. Nos contuvimos en el elevador, por las cámaras de seguridad. La tarjeta-llave se me trabó tres veces, la torpeza de la urgencia… Cuando al fin entramos, cerré la puerta, y antes de que pudiera quitarme el abrigo, se me abalanzó y me besó con más fuerza e intensidad que antes, esa vez sus manos se movían con libertad. Confundido, la agarré por los hombros y la miré fijo.

—Dije sexo, todo lo demás está permitido.

Nos besamos como adolescentes, sentí sus formas, las toqué como un ciego que memoriza al tacto. Tienen su magia esas grajeadas que, de antemano sabemos que no terminarán en sexo; se aprovecha al máximo lo que hay sobre la bandeja. Luego de no sé cuánto tiempo de dar tumbos por toda la habitación con las bocas pegadas, cuando rodábamos sobre la cama, escurrí mi mano hacia su entrepierna, ella trató de sacarla o hizo que trató, pero, al sentir mis dedos rozar los lugares correctos, suspiró y se dejó ir. No pasó mucho rato, para que sus caderas comenzaran un rítmico vaivén que aceleró de prisa y culminó con jadeos largos y ahogados. Nos besamos otro rato y se quedó dormida con la ropa.

A las 6:30 me di un baño y me vestí; ella seguía dormida. El desayuno preordenado estaba en la puerta. Cuando le escribía una nota, despertó, saltó de la cama, me besó en la mejilla y se encerró en el baño. A través de la puerta le pregunté si tenía algo que hacer, dijo que una reunión a las dos de la tarde.

—Debo irme, puedes quedarte el tiempo que quieras, te ordené el desayuno. ¿Te gustan los masajes?

—¿Vas a darme uno?

—Me encantaría, pero voy de prisa. Te pediré uno aquí en la habitación.

Me marché sin despedirme y coordiné el masaje en el Lobby. En algún momento del día la vi desde la distancia. Me envió un mensaje de texto: "Gracias, tan liviana como una pluma". "¿Por el orgasmo o el masaje?", contesté. "Ambos" e incluyó un emoticono que lanzaba un beso. *Nada mejor que la satisfacción de un trabajo bien hecho,* me dije.

Tomaba una siesta en el hotel cuando llamó Claudia desde el taxi. Miré por la ventana no había nubes y el cielo era como una lona de color azul plomo uniforme. La emoción de saber que la vería siempre me causaba las mismas cosquillas. Puedo imaginar lo que piensan y no me importa, les digo que adoraba a Claudia con todas las partes con las que un ser puede amar a alguien. Seguro dirán que no lo suficiente porque se me hacía muy difícil rechazar otros labios... Por menos lógica que pueda tener, fue la mujer que más amé y a la que más lastimé.

No me presenté a la boda que planeamos por casi una década. Me fui a la Republica Dominicana a pasar la despedida de soltero y me metí tanto ácido, que amanecí tres días después en una playa, diciendo que era un tiburón, que me cortaran la aleta y me lanzaran al mar a morir. Algo así decía Chuck, que nunca perdía la oportunidad de recordármelo. Cuando se fueron las drogas y llegó el arrepentimiento, habían pasado casi tres días de la boda. Regresé con el rabo atascado en el culo, dispuesto a cumplir cualquier castigo y a que pusiera la nueva fecha. Ella estaba fría, hablaba de distancia y otros rumbos, de todo menos de "hasta que la muerte nos separare". Cuando hablé de *nosotros*, me dijo que eso ya no era posible. Pasamos catorce meses sin vernos y luego de algunos romances respectivos, comenzamos a encontrarnos al menos dos veces al año a comernos los cuerpos como sólo podían hacerlo seres que se conocían demasiado. Éramos los amantes eternos por excelencia, con los mayores anhelos, pero sin la menor expectativa; una necesidad humana de almas que alguna vez se pegaron y no podían sacudirse. Aprendimos a querernos de lejos, "madurez" decían algunos... "pendejos" decían otros.

Aquella noche que estuve con la Alcaldesa Soler en Ben's, vi unos tipos con aspecto de inmigrante que recién cruzó la frontera, me pareció que me observaban, pero, no les presté atención. Al otro día, repetí la visita con Claudia y vi uno de los tipos de la noche anterior; me pareció que seguía observándome; quise asumir que era asiduo. Traté de no darle importancia, pero, aquella mirada inquisidora me persiguió por meses.

16
"Dr. Feelgood"

Los negocios no podían ir mejor. En el 2014, tras el *boom* de la marihuana en la USA, los Valverde adquirieron dos de las primeras fincas de siembra legítima más grandes de Colorado. Invertí unos cuantos millones de mi bien habido capital, en aquella mina de oro verde, que iba rumbo a convertirse en el negocio de mayor desarrollo de la siguiente década. La legalización dejó un hueco, que los carteles llenaron con el lucrativo tráfico de personas; una práctica que los Valverde condenaban.

Las noticias de las guerras no eran alentadoras y mi paranoia aumentaba. En febrero de 2014, Joaquín Guzmán, el Chapo de Culiacán, fue arrestado y la tensión entre carteles aumentó, junto a la cuantía de cadáveres. ¿Cuánto tardarían en llegar a mí? Veía al tipo de los bigotes largos de DC, mirándome fijo cuando trataba de agarrar el sueño. La dificultad para dormir y algunas otras preocupaciones, me llevaron a buscar métodos alternos para tratar el insomnio. Así llegué a la heroína, que al principio resultó milagrosa para callar las voces y el horror del olor de la muerte que se acumulaba en algún espacio de mi cerebro. Cómo describir aquellos viajes, era una sensación de caer, mientras me elevaba a la vez; cosquillas por el cuerpo que se filtraban al espíritu... luego llegaba la música, una que nunca podía recordar después, pero, que escuchaba cada vez que lograba hundir la aguja.

Mientras visiones de una muerte despiadada y mi cuerpo sin cabeza me perseguían en las noches, durante el día, encontré algunos puntos discretos por donde pasar más droga. Luis Miguel vendría a la isla para "rumbear" un poco al estilo boricua. Pensé que era tiempo de presentarle a Moya, que era para mí, lo que Lucho para Valverde. También quería mostrarle el nuevo punto de entrada; media milla de playa que privaticé para el uso de turistas y residentes de los condominios que quedaban en frente. Parte del compromiso del cierre, incluía a la Policía Municipal que se encargaría de los patrullajes marítimos y terrestres. Era mi playa, cuidada por mi gente; nada ocurría sin que lo supiera y, lo mejor de todo, es que podía verla desde el balcón de mi apartamento. Recibí duras críticas y manifestaciones de la gente con quienes piqueteé en mis días de estudiante, cuando todavía no sabía cuánto le costaban los piquetes al erario. Para no tirármelos a todos encima, les permití el uso durante el día, pero, debido al alza en la incidencia criminal, que fue una de las razones para privatizar, la playa abría durante el día. Tenía la negrura de la noche, para meter el condimento de las narices del mundo. Un pedazo se quedaba para los distribuidores de Taíno y narices locales. Sí que se "güelía" perico en este país. Ya no gastaba dinero en coca, parecerá una broma, pero la obscena cantidad que me ahorré en tres años era suficiente para enviar a Isabelita a Harvard.

La ruta secreta de los Valverde en San Juan les daba una ventaja contra sus competidores. El negocio de las drogas me hizo comprender el valor de la ubicación estratégica de Puerto Rico. Con buenas conexiones y la tecnología correcta, podían traer entre cincuenta a sesenta toneladas al mes. Con otros contactos en el cuerpo de guardacostas federales, eran virtualmente indetectables. Entraban con submarinos en forma de delfines, tiburones y pequeñas ballenas movidos por unas diminutas turbinas indetectables y guiados por control remoto, también drones, y unos kayaks que se camuflaban como camaleones contra el agua, movidos con la misma tecnología.

Toda era miel sobre hojuelas, excepto, las noticias del acecho de Los Cobras, que seguían agravando mi presión arterial e insomnio. La ausencia del Chapo los envalentonó. Se apoderaron de algunos sembradíos, de sus antiguos patronos; robaban cargamentos de coca a sus rivales, conocían las rutas y eran buenos en esas operaciones tácticas para interceptar camiones y matar los transportadores. Se convirtieron de inmediato, en los principales traficantes de personas, a los emigrantes que no podían pagar, los convertían en esclavos que compraban la libertad cargando muchos kilos de droga, a pie, a través del calor del desierto. Se atrevieron a invadir las zonas centrales del país, para rastrear los sembradíos del Cartel Valverde. Era asunto de tiempo, para que llegara un comando imposible de detener, a quedarse con las tierras. Sus métodos no gustaron en el mundo en general, y otros carteles también les declararon la guerra.

Luis Miguel llegó y quedé en buscarlo en la noche para cenar. No era prudente que nos vieran junto a Moya, así que nos encontramos en el estacionamiento de servicio del Hotel Ritz, Paco hizo los arreglos y nos sentamos en el área privada de uno de los restaurantes. La cena corrió sin malos rollos y mis socios parecieron llevarse bien. Al salir al estacionamiento y despedirme de Taíno, juro que vi a Fuentes pasar en un carro color azul policial; los cristales eran oscuros, pero, estoy seguro de que era él; nunca supe si fue casualidad o si me seguía, no era un área muy transitada a esas horas.

Al otro día almorcé con Luis Miguel y luego pasamos al Alcázar, ya que en La Bóveda, guardaba una botella de un coñac que me obsequio Valverde. Aseguré la entrada, encendimos unos Opus X del viejo humidificador de mi padre y nos sentamos en el salón de conferencias a hablar de la nueva ruta. Escuché el *beep* de uno de los sensores de la puerta principal, me levanté a mirar los monitores de las cámaras, era Fuentes. No podía esconderme, mi carro estaba afuera, además, olía a cigarro. Salí a atenderle y no lo invité a pasar. Vio a Luismi de lejos y le hizo un gesto de saludo. Me dijo que le sorprendió ver mi carro. Cuando salió, tuve la sensación de que se quedó espiando oculto en alguna esquina.

Luismi no perdió tiempo en pasar juicio y sentencia.

—Ese vato no es de fiar. Créeme, conozco una pinche rata de lejos, miran de una forma diferente.

—Ya lo sé, pero es uno de esos, muy difíciles de zapatear.

Que Fuentes nos viera, fue un descuido. Era una abeja el muy hijo de puta no tardaría en unir los puntos del Taíno, Luis Miguel y México.

17
"Sweet child of mine"

"She takes me away to that special place,
where everything was as fresh as the bright blue skies…".
G&Rs

La paternidad resultó ser más complicada de lo que imaginé. No tenía la remotísima noción de cómo ser guía ni ejemplo, además, me atacó el pánico de saber que alguien dependía de mí. Aunque creo que hubiese sido igual de difícil con un niño, con las niñas existían temores distintos, precauciones de corte paternalista, que nos convertían en detectores de hijos de putas con pene. Lo vi con mis padres y Elizabeth; ese miedo perenne a que alguien le abriera la entrada principal o, peor aún, que le llenara el tanque sin comprar el vehículo antes. Esperaba no ser así de carcelero y, cuando llegara el momento, tener la capacidad suficiente para ver condones encima de su gavetero y no salir como loco a buscar una pistola y un cuchillo oxidado para asegurar una castración con dolor y gangrena. En ese asunto de hijos de putas, sabía lo que no era conveniente para Isabelita, lo veía cada vez que me paraba frente a un espejo.

Alguien dijo una vez, que, "es sólo cuando eres padre, que aprendes a ser hijo". En el momento que sentí esa preocupación maldita de un padre por su hijo, compadecí al viejo por mi soberbia, también a Chuck por sus guerras con el Eduardo adolescente. Me aterraba que la vida me cobrara las culpas por ahí, por el lado blandito, ese amplio punto de debilidad que significaba el único ser que sentía verdaderamente parte de mí.

No tuve muchos ejemplos del padre que quería ser. Fuera de algunas tardes sentado al lado de su escritorio escuchándolo prepararse para sus juicios, los mejores recuerdos del padre que me gustaba recordar, casi todos, incluían puños, sudor y sangre; ya fuese frente al televisor o en entre el ruido de las arenas, el boxeo fue nuestro mayor punto de "convergencia". Décadas de carteleras, cientos de peleas, miles de asaltos, entre los que tuvimos, al menos, sesenta segundos de conversación; mucho más de lo que compartieron la mayoría de mis amigos con sus padres. Recuerdo su emoción, lanzaba puños al aire y movía la cabeza de lado a lado, como si esquivara los golpes de un oponente imaginario. Cuando su preferido ganaba, le salía aquella actitud de conocedor acompañada de los: «¡Te lo dije, te lo dije, te lo dije!». Las derrotas lo irritaban, tardaba algunos minutos en recuperarse, en silencio; nadie podía hablarle; luego, resignado, explicaba las razones, unas muy lógicas, otras no tanto. Desde niño, cuatro o cinco, era el único que lo acompañaba la cartelera entera o hasta que me derrotaba el sueño; me cargaba dormido hasta la cama y al otro día, me contaba cada detalle desde el mismo asalto «en que el sueño te derribó», decía. Se emocionaba cuando hablaba de la pegada de Gómez, de la rapidez de Camacho; del gancho mortal de Trinidad. Recuerdo la noche de Alí contra Holmes, sólo tenía diez años, y pude identificar la tristeza en su mirada, fue una de esas pocas peleas en las que apenas habló, idolatraba a Alí, Clay, como lo llamaba él.

Durante la era de Mike Tyson, Chuck había llegado a nuestras vidas y las vimos todas en la sala junto al viejo, al Chuck también le gustaba esa barbarie deportiva. Estaba en la escuela superior en esos tiempos en que comencé a experimentar con el libre albedrío, mi primer acto de rebeldía fue apostarles a sus boxeadores más odiados; no contra sus favoritos, a favor de sus odiados. Forré las paredes de mi cuarto con posters de Julio Cesar Chávez, el viejo lo detestaba porque envió a la lona a todos los boricuas que enfrentó. Sí, podrá parecer una amarga ironía, pero, mis momentos paternales más importantes, fueron frente a una pantalla mientras dos tipos se partían las caras. De las pocas cosas en las que coincidimos en sus últimos días, era en que Víctor "La Metralleta" Acosta, era lo mejor que habíamos visto en mucho tiempo y que sería mejor que Floyd Mayweather.

Creo que, por falta de creatividad parental, pensé que Claudia Isabel disfrutaría de lo mismo que yo y, pues, qué les puedo decir... A las carteleras de boxeo le añadimos las de la lucha libre. Chuck y Eduardo solían acompañarnos en las noches de peleas en el *pague por ver*. Mi casa era *holyground* para esos dos, creo que donde más rieron y pasaron tiempo sentados en un mismo lugar, sin pelear, fue en el sofá de mi casa; después en la sala de emergencias cuando Sofía enfermó. Por casi una vida fui para Eduardo lo que Palomares para mí y, aunque traté, nunca pude mediar entre ellos; como tampoco pudo Palomares. Ambos fueron para Claudia Isabel como una especie de Palomares dividido en joven y viejo, salado y dulce apartes.

Todo iba bien con las noches de carteleras, hasta que una vez, a sus seis años, en plena clase de español, se levantó de la silla y golpeó a la chica sentada atrás, que le dijo algo acerca del cabello, que parecía alambre o algo así. Maribel llamó con su histeria de siempre, le dije que lo manejaba y salí a la escuela. Cuando llegué y vi a la cabroncilla de los pelos dorados con un ojo tan negro como mi conciencia, sentí un picante y cosquilloso deseo de reír, que no sé cómo contuve. *¡Claudia Isabel!* Fue lo único que dije y me faltó carácter para sonar convincente. La Directora nos contó, avergonzada, acerca del comentario inocente, aunque racista, hecho por la rubiecilla escarmentada, que después jamás se atrevió ni siquiera a mirar a mi hija. Ante esa aceptación de aquel acto tan abominable, me subí a la tribuna del ofendido (que ya se ponía de moda) y responsabilicé a la supuesta víctima de ser la verdadera agresora, ya saben a qué me refiero.

Al final les dije que hablaría con mi hija, pero, no podía asegurarles que no reaccionara de la misma forma si se repetían esas afrentas racistas en su contra y que, si eso sucedía, «culparé a la institución con toda la ira de un padre, por no prevenir esas conductas y, además —y miré a los padres de aquella pieza futura del KKK—, también iré contra los padres que no puedan educar correctamente a sus hijos. No se trata de poder, se trata de respeto». Recibimos disculpas y hasta ofrecimientos de no pagar la matrícula, que por supuesto rechacé.

Vivimos en una sociedad que te exhorta a ser todo lo que quieras, en especial lo que no puedes; algo que sólo lleva a la decepción. La gran tragedia de la vida de Maribel, según sus palabras, fue el accidente de nacer negra. Nunca tuve inconvenientes con ninguna de las tonalidades de la paleta humana, todo lo contrario, que terriblemente sensual y excitante era ver los contrastes de los cuerpos en pleno acto carnal. Maribel era un manjar exquisito, posiblemente uno de los mejores cuerpos que contemplé, balance preciso de genética y cuidado: unas nalgas duras y abundantes, caderas amplias y sólidas columnas en lugar de piernas; pecho como toronjas, moldeadas por algún maestro de las artes quirúrgicas. Su piel era un verano de doce meses, se engañaba pensando que el tostado del bronceado disimulaba su pigmento natural. Maribel era la única persona negra de su familia, su padre, Rafael, doña Mildred, Wilfredo, su hermano mayor y Clarissa, su hermana menor, eran pálidos como el rostro de un susto.

Luego de un mar de problemas, doña Mildred y su esposo, decidieron separarse. Pocos meses después del divorcio, Rafael se llevó a Wilfredo a pasar el verano y Mildred, se fue a la casa de su hermana en Nueva York, a despejar la mente. Y bien que la despejó, allí conoció Randolph Jordan, un negro de Queens, que no perdió tiempo y la agarró en pleno rebote; pasaron varias semanas juntos de sexo ardiente y la vida nocturna de Manhattan. Cuando acabaron las vacaciones, ella regresó embarazada, pero, sexualmente satisfecha. Poco después, cuando ya se notaba la barriga, se reconcilió con Rafael, se casaron otra vez y él cuidó de Maribel, como si fuese su hija. Randolph cumplió con su obligación de padre, nunca dejó de enviar dinero y trató de relacionarse, pero, ella siempre lo rechazó, incluso el apellido, no era difícil adivinar el porqué.

Traté de llevar nuestra guerra en paz, pero, no hay cosa tal como "paz en la guerra", sólo treguas que se obtienen peleando. Hacer valer la paternidad de un hombre, requería de duras batallas puramente sexistas, incluso para el Alcalde de San Juan.

Esa noche, cuando llevé a Isabelita a la casa de Maribel, su primera reacción al verla fue darle un tirón por el pelo, y decirme: «Es culpa tuya por la violencia a la que la expones. Mañana la llevo al salón de belleza para que alisen la sereta y nadie más se burla; no voy a criar hijas acomplejadas». Claudia Isabel quiso llorar, pero lo contuvo, lo guardó detrás del coraje, lo vi; seguro quería golpearla como le hizo a la niña rubia. No supe qué hacer en ese instante, *¿cómo se le ocurrió decirle algo así?*, pensé. Vi los ojos de Claudia Isabel enrojecer y soltar la primera lágrima. Se me trancó la garganta, y mientras su madre continuaba diciendo cosas que ya no escuché, la niña me miraba y quise entender que me pedía que la sacara de allí.

—Claudia Isabel, sube a la guagua.

Ella lo dudó, Maribel dijo algo de que no se atreviera a moverse.

—Claudia Isabel, sube a la guagua ahora. Nos vamos.

La niña caminó con duda, cuando su madre trató de agarrarla, se encontró con mi pecho que le bloqueaba el paso, me empujó y comenzó a golpearme, la sujeté por los brazos. Paco, con su afilado radar para problemas, salió de la guagua y la agarró. Ella gritaba que llamaran a la policía y mil hostias que no quiero recordar. De camino a casa, llamé a Arty y le encargué de hacer los reportes necesarios a la Policía, no quería una "alerta ámbar" y que me acusaran de secuestrar a mi hija. También llamé a doña Mildred, para que lo supiera de mis labios. Dos días después, presenté una petición de Custodia ante el Tribunal.

18

EXPEDIENTES CONFIDENCIALES

"¡Desgraciado aquel a quien se le evapora el alma, perdido entre
juicios, defendiendo litigantes desconocidos y buscando
únicamente los aplausos de un auditorio ignorante!"
Séneca

Llegó el proceso para la custodia de Claudia Isabel. Pasaron algunos meses desde aquella noche en que me la llevé de mala manera. Para desquitarse de la peor forma, Maribel salió con el cuento de un trabajo en Nueva York y una mudanza inmediata. La posibilidad de perderla, de no poder verla con la regularidad y la calidad que ya compartíamos, me secó el corazón y le añadió más ansiedad a la que ya tenía con el asunto de Los Cobras y el insomnio. Para poder dormir fue necesario aumentar la dosis de heroína.

La noche antes de la vista judicial, le pedí a Chuck que fuera mi abogado. Arty y otros mucho más experimentados podían hacerlo, pero, confiaba más en él. Nada que ver con habilidades jurídicas, era bueno, pero, no extraordinario; simplemente era un idealista que se aferraba a las causas con una terquedad kamikaze, y quería que hiciera de Claudia Isabel su causa. Claro que le tendría dos abogados más, sentados al lado, en caso de que le diese con cagarla; pero, el sería el principal. Se negó con todas las excusas posibles, desde que no le hiciera usar una puta corbata otra vez, hasta que ya le había olvidado el Derecho.

—¿Por qué yo? Todo lo que podría pasar es que la cague y otro blanco con ojos bonitos la críe por ti.

—Arty no ha podido doblar a Maribel, su abogada nos salió bastante hija de puta, le dice no a todo. Creo que tú podrás pasarle por el lado y acercarte. Necesito que saques al psicópata que prefiere meter preso a sus clientes, aunque le cueste la carrera. Los demás se romperán el culo para impresionarme y "ganar". Tú harás lo que Isabelita necesite, aunque me jodas, y eso es lo que quiero. Además, tengo una sorpresilla que te va a encantar. Sólo un favor, no jodas a Arty con el asunto de Santos.

—Eso no lo puedo prometer.

El día de la vista llegó tarde, para variar. Arturo insistía que empezáramos sin él; tuve que mandarle al carajo para que se callara. El Juez salió, Arty excusó a Chuck y pidió uno minutos adicionales. Cuando llegó observó todos los rostros en la sala, detuvo la mirada por algunos instantes en la mesa de Maribel y su abogada, y dijo:

—Disculpen, hace tanto tiempo que no venía, que casi olvidé el camino.

Al saludar a Arty no perdió tiempo.

—Licenciado Carrión, un encanto saludarle. —Antes de que el viejo contestara—, ¿Cómo está Santos, terminó el arresto domiciliario?

Lo agarré por el hombro y le dije al oído:

—No jodas con el viejo, te lo pedí de favor.

—¿Por qué no me dijiste que Julissa es la abogada de Maribel?

—Dije que te tenía una sorpresa, se suponía que te divirtieras con ella, no con el viejo. Ves como sí podrás pasarle por el lado. Además, no te lo podía decir antes, no hubieses venido.

—¿Qué te hace pensar que no me voy?

—Que ya estás anunciado, pendejo. Además, si te vas, qué va a pensar Julissa, ¿que le tienes miedo?

—Eres un cabrón, Armando.

—Vamos, Blackie, no me digas que te me vas a "aputozar" en el último asalto. Hace años me dijiste que te hubiese encantado que la vida te diera una oportunidad para mostrarle lo mierda que era, no vayas a mirar ahora, pero, ahí la tienes.

—¿Tengo qué?

—La oportunidad, no te la dio la vida, hijo de puta, te la di yo. Este debe ser uno de esos casos en que ganas y, encima, te llevas a la abogada contraria para tu cama, que si tu casa está muy jodida te doy las llaves de la mía.

Dijo otros vituperios en voz baja, miró el suelo, respiró varias veces y cuando levantó el rostro, parecía otra persona, seguro, determinado, sonrió ligeramente y un brillo malintencionado salió de los ojos… *Sí amigos, Chucky Black was in da 'house!*

Julissa Silvagnoli Ortega, no es importante para esta historia, pero, sí lo fue en la vida de Chuck. Era la hija de un fallecido Juez del Supremo. En el último año de la Facultad, tuvo una sórdida y muy caliente relación con el Chuck, de esos romances tan intensos que hacen que olvides el universo alrededor. Me pareció absurda la obsesión de mi amigo, ya que Julissa era superficial, materialista, creída y muy mala leche. Pasaron juntos tres meses, el primero fue de sexo como conejos, frenético sin inhibiciones y en todas partes. Cuando el hechizo de la nueva pasión desapareció, Chuck pasó los meses dos y tres, buscando una excusa caballerosa para zafarse del paquete, pero no tenía las pelotas para decir "basta"; el miedo a la soledad suele pegarle más fuerte a los que han pasado más tiempo solos. Mientras, ella hablaba de matrimonio y desafiar a sus padres, que le exigían que regresara con el novio "billetudo" que dejó por él.

Al sentir la frialdad del Chuck, ella activó un mecanismo de retención, con episodios de celos que terminaban en sexo violento, con golpes y hasta ahogamientos. Si hubiese sucedido quince años más adelante, después de la revolución del "*MeToo*" y la demonización de la testosterona, seguro Chuck terminaba preso y desacreditado para ejercer la profesión, aunque ella lanzó todos los golpes y exigía que la estrangulara, «¡Mátame, cabrón!» gritaba antes de cada orgasmo. Rubén Carrero, el *roomate* de Chuck en aquellos días, la escuchó a través de la delgada pared de la pocilga que compartían, cubierta de *posters* de mujeres, calaveras y

Pink Floyd. Traté de aconsejarle acerca de los peligros de esa relación, pero, me mandó al carajo.

Preocupado le fui con el chisme a mi padre, sólo él podía hacerle entrar en razón. Lo mandó a buscar con Pepe y le ordenó comparecer de inmediato. En la oficina, lo sujetó por los hombros, como nunca hizo conmigo: «Estás loco Charles, si te acusa, importa un carajo quién dio los golpes, se te jode la vida y la carrera. Es la hija del Juez Silvagnoli, que te crucificará en lugares en los que no te podré salvar». Contrario a mí, que seguro me hubiese rebelado, Chuck bajó la cabeza y acató el consejo, que más parecía una orden. Para sacársela de encima, sólo se le ocurrió decir que se reconciliaba con su ex esposa, «por el bienestar de Eduardo». Ella le dijo de todo, con todas las palabras insultantes que existían. Rubén grabó parte de la discusión y nos meábamos de la risa al escucharla. Humillada, difundió en el Twitter de la época (cinco chismosas con las que tomaba el sol en la piscina los domingos) que la razón del rompimiento fue que, además de no tener nada que ofrecer, era un «horrible padre y el peor ejemplo que un hijo puede tener». Al menos, eso nos contó Karla Suarez, que andaba pendiente a una oportunidad entre las piernas de la Julissa y, por puro interés sexual, le sirvió de confidente en pleno rebote de despecho. Fue un drama muy sonado en aquellos días. Cada vez que lo abordaban con el tema, cortaba diciendo que era un caballero «no hablo de mis ex parejas ni de sus enfermedades mentales», y claro que ella se enteró, y hubiese sido mejor que la llamara puta, ya que decirle loco a un loco, resultaba demasiado ofensivo.

Pequeño el mundo jurídico, la audiencia fue como una mini reunión de clase graduada, el Juez estudió en nuestro tiempo y sabía el chisme. Era uno de esos gays, tan discretos y reservados, que te dabas cuenta cuando alguien te lo decía o cuando los veías en la calle acompañados de sus evidentes parejas. Se llevaba bien con Chuck, fue cliente del bar. Cuando llamaron el caso, mientras Julissa, con voz y manos temblorosas, se presentaba ante el Juez, Chuck le dijo a Maribel, con señas inaudibles "quiero hablarte, vamos afuera, por favor" y se llevó ambas manos a la cara, como rogando; ella aceptó. Chuck se presentó y le pidió al Juez unos minutos para conversar con la otra parte. Julissa tosió y dijo que la conversación no era necesaria. Pero, Maribel validó la petición. Salieron al pasillo, Chuck, dijo que hablaría sólo con Maribel.

—A ti no tengo nada que decirte. No debe extrañarme que terminaras en estos bretes del derecho de familia, no hay mejor lugar del espectro jurídico para jugar a la víctima y fabricar dramas.

Ella se exasperó, el cuello y el rostro se enrojecieron. Maribel le dijo algo al oído que la calmó y se movió a unos cinco metros de distancia, con los brazos cruzados y observando como si hiciera guardia. Sólo por enrojecerla más, él, la miró desde los pies hasta el cuello, como si la desvistiera, después le sonrió picarón y se volteó hacia Maribel.

—¿Se puede saber qué carajos hacemos aquí?

—El cabrón de tu amigo te trajo para descontrolar a mi abogada, ¿verdad?

—Posiblemente, aunque tu abogada nació descontrolada. Ahora bien: ¿Qué tengo que hacer para que no te lleves la niña?

Ella le dijo cien cuentos y todos redundaban en que no me daría el gusto, era una derrota dejarla conmigo.

—Detesto que lo quiera más que a mí —decía.

Pasó casi una hora, mientras toda la sala se impacientaba, ya que éramos el único caso del día. Cuando regresaron, Chuck parecía satisfecho y Maribel relevada de una carga. Julissa tenía la misma cara de perdido que Arty.

—Tenemos un arreglo —me dijo—, ya podemos llamar al Juez —y le hizo señas al Alguacil.

Arty dio un salto.

—No lo vas a discutir primero.

—No es necesario —y me dio la mirada que esperaba ver.

La que me decía "Isabelita estará bien". El viejo estaba a punto de enloquecer, su cerebro no procesaba aquella lealtad absurda.

—Armando, no te parece un asunto ético. ¿Cómo permites algo así?

—Don Arturo, antes de que yo llegara, a usted ni siquiera le respondían llamadas. Ya la negociación se completó y la voy a informar al Juez. Si a Armando o a usted, no les gusta, se pueden ir al carajo y ver el caso. ¿Estamos?

Arty miraba a todas partes y se notaba su desespero, se adelantó con la intención de golpearlo, le puse la mano en un hombro para detenerlo y evitarle un infarto.

—Tranquilo. Chuck sabe lo que hace.

El Alguacil anunció a su Señoría. "De pie por favor…"

—¡Ajá! ¿Y qué carajos va a decir? —me susurró, pero, con ganas de gritar.

—No tengo la menor idea —le dije mientras me ponía de pie y me abotonaba la chaqueta.

Al final, todo resultó mejor de lo que esperaba. Mildred sería la persona con la custodia de Claudia Isabel. Maribel y yo podíamos compartir con ella todo el tiempo que quisiéramos, siempre que Mildred estuviese de acuerdo y no afectara su bienestar. Era el mejor arreglo posible para un padre político, veinticinco horas al día y adicto impune; la posibilidad de que el Juez fallara a mi favor me aterraba.

—Por último, su señoría, le suplicamos al Tribunal que aperciba a los funcionarios y a todas las partes, todas, de que este proceso es confidencial y no puede divulgarse ni comentarse fuera de este salón.

—Licenciado Black, le recuerdo que…

—Su Señoría, le agradezco su recordatorio, pero, yo también le recuerdo que este abogado no sólo pertenece a la clase togada del país, también pertenece a la Prensa y, como miembro activo y petulante del Cuarto Poder, conozco sus malas costumbres; de ahí mi súplica a que haga las advertencias.

Arty estaba avergonzado. A regañadientes, pero, con una sonrisa, el Juez ordenó lo solicitado. A la salida, Maribel, le dijo al oído, antes de despedirse.

—¿Por qué nunca te hice caso las veces que me tiraste en la barra?

—Porque querías al hijo del Alcalde, no al que servía los tragos. Los plebeyos no se atraen.

—Entonces, debe ser por eso que mi abogada burguesa se pone nerviosa cuando te ve.

Julissa le dio a Chuck una tarjeta de presentación con su número de teléfono, le vi en la mirada que quería un recordar de viejas pasiones; nunca la llamó el muy pendejo o al menos eso me dijo. Yo la hubiese llamado esa misma tarde.

***

El día de la vista de custodia de Isabelita al salir de la sala y caminar algunos metros del largo pasillo de lozas blancas, durante un breve instante, ponderé regresar a la profesión legal; sabía cómo hacerlo y no me quedaba tan mal. Además, le debía una vida digna a Eduardo y Sofía, y, para coronar la cosa, todavía no pagaba mis préstamos de estudio. Sólo me bastó con observar y escuchar a los demás abogados, eran las mismas caras, aunque los nombres hubiesen cambiado; los monólogos onanistas de siempre; la banalidad, aquella hipocresía aduladora que parecía conectarles las narices directo con el culo, y que escondía un puñal diseñado para clavarlo, únicamente, en las espaldas.

No llegaba bien a la salida y ya me sentía atrapado. Comenzó a molestarme la corbata, comezón, ardor… Siempre la vi como una particular pieza de trabajo; un símbolo de la profesión; como la bata para el médico. Al salir del edificio, la arranqué de un tirón; sentía que me ahorcaría si la dejaba un segundo más. Un limosnero sentado en la acera me observaba curioso con los mismos ojos hundidos y semblante de viejo cansado de cualquier adicto a la heroína, sin importar cuán joven pudiese ser. Tenía un vaso de cartón escrito a mano con caligrafía de nivel elemental, que leía: "tengo ambre".

—¿Te gusta? —le dije, refiriéndome a la corbata.

—Está bonita.

—Es tuya.

Se la eché en el vaso, junto a un billete de cinco dólares, que era todo lo que tenía en los bolsillos, para asistirle con su "ambre"; que seguro se calmaba cuando la aguja cruzara alguna de las yagas que le forraban las venas; como tatuajes de alacranes supurantes que cruzaban sus brazos.

—Gracias, mistel…

—No hay de qué, no te vayas a colgar con ella…

Sonrió, no le faltaban dientes y había una especie de ternura triste en su expresión. Recordé que, unos diez años antes, hice y dije exactamente lo mismo, y a pocos pasos de allí, el día del caso del que tanto hablaba Armando, en el que entregué al cliente.

Aunque me preguntaba cómo podía continuar perteneciendo a semejante gremio de cabrones, un verdadero abogado, nunca dejaba de serlo. La abogacía no era sólo un trabajo, era una especie de filosofía, una manera de razonar, aunque no siempre se trata de razón la justicia.

Esa vez, cuando me cagué en todos los postulados básicos de la ética, fue mi último día como abogado, penúltimo, si contamos la vista de Custodia. Me tocó defender a un ex alcalde amigo de don Arturo. Se le acusaba de manosear a una niña de once años, con un marcado grado de retraso que le daba la capacidad de una niña de seis, pero con un cuerpo desarrollado. La hija de Santos (así se llamaba el cerdo), tenía un negocio de transporte escolar y el viejo, que ya estaba retirado, manejaba uno de los vehículos. Una tarde, llevó a todos los chicos y se quedó con la que pensó sería la más vulnerable, seguro pensó que por padecer de lo que padecía, podría ser fácil para desmentir.

Era un asunto complicado y cabía la posibilidad de que llegara a un juicio formal, don Arturo me dijo que hiciera lo que pudiera y pasara factura. Entrevisté al viejo, que andaba acompañado de su esposa, una señora blanca y obesa, vestida a la usanza de las religiosas conservadoras, con falda larga y cero maquillaje. Era ella la que contestaba las preguntas y me ordenaba como hacer el trabajo. No me quedó más remedio que pedirle que se marchara y me dejara solo con su marido; lo hice con la descortesía más honesta que pude expresar. A solas, con la voz en tono de cadalso y sepulcro, le dije:

—Tiene que decirme la verdad, de lo contrario no lo puedo defender. Si allá adentro —refiriéndome a la Corte—, se dice algo que usted no me dijo, no tendré forma de ayudarle.

Aunque los cerdos no cantan, aquel cantó. La tocó con desidia, le metió las manos entre los pantis y palpó, luego le magreó el busto, mientras le preguntaba si se sentía mal para llevarla al médico y llamar a su mamá. Ella, temblando y a punto de llorar, le decía que se sentía bien, que la llevara a su casa. Creo que hasta se excitó cuando me contó, le vi esa sombra lasciva que tienen las miradas de los depredadores en pleno regocijo. No esperaba tantos detalles. Podía defender criminales culpables, lo hice muchas veces antes: narcotraficantes, asesinos, políticos corruptos, alcohólicos, golpeadores, pero, nunca me sentí como con aquella bestia a la que de inmediato le tomé una profunda repulsión. Debí llamar a Arturo y pedirle que enviara a alguien para sustituirme, pero no lo hice. No quería hacer quedar mal a don Armando, que me consiguió el trabajo, además, necesitaba el dinero.

Tratando de encontrar al fiscal a cargo del caso, vi a la niña. Estaba sentada, sólo vi su rostro y el de su madre, que me miró fijo por los breves segundos que estuvo abierta la puerta. Los ojos de aquella mujer tenían la marca de la angustia y el aspecto de la niña, causaba compasión automática; no podía permitir que declararan. Varios periodistas me acosaron con cámaras, micrófonos y preguntas, pero rechacé hacer comentarios. Siempre me parecieron irresponsables y poco profesionales los abogados que se frotaban los egos con las cámaras, sin importar las consecuencias para sus clientes.

Cuando llegó la fiscal, una joven, menos de treinta y muy bajita (aun con tacones que parecían zancos), se detuvo frente a la prensa y se jactó de que metería al viejo tras las rejas y otras barbaridades que suelen decir los fiscales con más ínfulas que experiencia. Los puercos de los programas amarillos de chismes de farándula no perdieron tiempo en lanzar preguntas salaces, sin que importara la dignidad de la niña. Cuando pudo zafarse de los buitres, me acerqué, me identifiqué y le sugerí que llegáramos a algún un arreglo razonable para todos, que no había necesidad de ver el proceso para no exponer a la niña a semejante tortura, que sólo serviría para revivir el daño ya sufrido, pero, la fiscalita se negó. Pensaba que sería un nocaut seguro; yo también lo pensaba. Además, no quería defenderlo, no podía siquiera mirarle fijo del asco que me provocaba.

Al comenzar la audiencia, la fiscal sacó afuera el pecho, levantó las nalgas y llamó a la niña a declarar. No usó los mecanismos de cámaras ni circuitos cerrados, para evitar que entrara en contacto visual con el viejo, ni siquiera una declaración jurada. Como era una sala pequeña, para procesos primarios, no había silla y debía declarar de pie y a menos de dos metros de distancia del cerdo. Cuando la fiscal comenzó su directo, la niña se petrificó, después la atacó un llanto muy hondo y le pedía a su madre, que también lloraba, que la sacara de allí. Ante la falta de respuestas, todo estaba servido para que el viejo hijo de puta saliera sin problema, hasta que la fiscalía arreglara aquel cagadero. No tenía que hacer preguntas, sólo un breve planteamiento de derecho y listo, saldríamos por la amplia puerta de la injusticia; podía ir frente a la prensa y declamar mierda acerca de la inocencia de mi cliente y la falta de pruebas en su contra.

La mirada desesperada de la madre, una mujer joven con ropas de alguien que trabajaba duro para vivir sin lujos, y la niña abrazada a su pecho, que no paraba de llorar, me hicieron olvidar los códigos que regían la profesión, quería golpear al viejo hasta verle sangrar, pero en vez de eso, le pedí a la juez que me permitiera hacerle una pregunta a la niña. La juez miró a la fiscal, no se podía definir cuál estaba más confundida. Me dijo:

—No me parece conveniente, Licenciado…

No titubeé para interrumpirle e insistir.

—Por favor, su Señoría, permítame un minuto. Confíe en mí.

Algo en mi voz la hizo acceder, con dudas claro.

—Puede hacer su pregunta, licenciado, pero, tenga mucho cuidado.

Su nombre era Yolanda y miraba al suelo. Antes de comenzar a preguntar, me paré frente al viejo, para bloquear su campo visual y evitar que lo viera. Le dije que hablaríamos un ratito.

—Pero, necesito que me mires a mí, sólo a mí. Tu mamá está aquí contigo nada malo te va a pasar; te lo prometo. Mírame sólo a mí, a nadie más. Piensa que estamos sólo nosotros tres; tu mamá, tú y yo, nadie más. ¿Te perece bien?

Yolanda hizo un movimiento afirmativo con su cabeza. Le sonreí y me devolvió un gesto triste…

—Ahora, sin dejar de mirarme, quiero que me cuentes qué pasó en la guagua de la escuela.

Sólo tuve que preguntar una vez, lo contó todo, con crudos detalles que hacían que su madre llorara en silencio, y que la fiscalita metiera la cara en el hoyo imaginario de su vergüenza. Cuando dijo todo lo que la Juez necesitaba escuchar, la detuve.

—Gracias Yolanda, eres la niña más valiente que conozco —me volteé hacia la Juez—. No más preguntas vuestro Honor.

La Juez estaba perpleja. No sabía si darme las gracias o presentar una queja profesional, porque estaba claro que le había entregado a mi cliente. Determinó causa para arresto, le impuso una fianza razonable, dio el usual malletazo sobre el estrado, despidió a todo el mundo y dijo:

—Ambos licenciados, a mi oficina, ahora.

Allí adentro nos dijo de todo. A la fiscal le fue peor, en algún momento de su exaltada alocución, se me escapó una ligera sonrisa, que no pasó inadvertida.

—Y usted se pasó una línea que no le sugiero que cruce otra vez, y no le garantizo que esto no le traiga consecuencias.

Bajé la cabeza y escuché, tenía razón la vieja. Cuando nos despachó la miré para darle las buenas tardes y encontré una mirada noble, que parecía darme gracias.

Al salir, le dije a la fiscalita, que me miraba con ganas de quitarme la ropa:

—Te lo entregué. Quiero un buen arreglo, arresto domiciliario, no importa cuán largo; nada de cárcel. Por tu negligencia al exponer la niña, mereces que te abran un expediente, pero, nadie tiene que saberlo.

La Fiscal se desahogó, no quería llevar el caso de esa manera. Pero, como se trataba de un político retirado y populista, la Fiscal de Distrito, Wilnelia Vizcarrondo una rubia decolorada, con el cerebro de muñeca Barbie, que siempre ocupó puestos de favor político con el PNP, le ordenó que presentara la denuncia ese día, sin demora y que se olvidara del circuito cerrado. «Así la declaración será más impactante», le dijo. Esa corneta de jurista fue después la Secretaria de Justicia, bajo la Administración de Egui Rexach y casi termina Gobernadora en el verano del 2019.

Barbie Vizcarrondo no tuvo otro remedio que aceptar la transacción o verse envuelta en mi solicitud de investigación, por darle a la pobre novata, aquella nefasta directriz. Ese fue mi último caso, ese día le pedí disculpas a don Armando por perder otro de los trabajos que me consiguió y le dije que me dedicaría al periodismo, lo demás es historia.

El día que dictaron la sentencia, ya no trabajaba en el bufete y el Tiburón me sustituyó. La joven y fogosa fiscal le pidió mi número y me invitó a salir, «eres mi héroe», decía que jamás pensó que un abogado pudiese tener ataques de conciencia y presenciarlo fue la cosa más conmovedora y dulce que había visto. Le di gracias y evadí la invitación; la pasan mal los héroes, esa es la clave del heroísmo. La única razón por la que Arturo no presentó una queja ante el Supremo y me despojó de mi licencia, se llamaba Armando Quiñones Brau, quien, frente a mí, en una candente llamada telefónica, le dijo: «El chico no te robó ni se acostó con tu mujer, sólo tuvo un arrebato de conciencia que, al final resultó de oro para el bellaco de Santos, ni un día de cárcel. Creo que deberías darle una puta medalla. Charles es intocable, tanto como Armando» y le colgó el teléfono sin más.

Esa vez crucé una línea muy fina y peligrosa, parte de un dilema con el que no estaba dispuesto a lidiar el resto de mi vida. Pocas personas se enteraron, la juez y la fiscalita guardaron el secreto; algunos rumores salieron del bufete, aunque don Arturo prohibió hablar del tema. Nunca dejé de ser abogado, no pude. El Derecho no se trataba de la ley, no aprendí leyes en la Facultad, aprendí a pensar en cosas que otros no veían; el 80% de mi trabajo como periodista, lo hice pensando como abogado; tal vez era por eso, que nadie me leía.

El día que salí de entregar al cerdo, también me arranqué la corbata de un tirón; sentía que me ahogaba, que me halaba hacia un camino por el que no sabía andar. Jesús, el limpiabotas que solía sentarse bajo la sombra del armazón de concreto que sostenía la vía del tren de pasajeros que cruzaba por el lado del edificio de Tribunal, me preguntó:

—¿Tiene calor, Licenciado?

—Me quemo, Jesús, me quemo…

—No se me impaciente, que hasta en los días más calientes, se encuentra un pedacito de sombra.

—¿Te gusta la corbata?

—Muy elegante.

—Es tuya, ya no la necesito. Sólo no te cuelgues con ella, nos pasa a muchos…

No volví a ver a la niña ni a su madre, pero, por mucho tiempo la mirada de la mujer estuvo presente en mi memoria, tal vez para asegurarse de que no encontrara el camino de regreso a ese lugar.

19
"Sueño con serpientes"

Ignacio, Francisco, Karla, Palomares y Zenaida, con el apoyo técnico y didáctico de Leonor y Claribel, se convirtieron en mi círculo de total confianza. Se encargaron de cumplir la misión de enmendar los reglamentos, que Dobleletra y Robles sabotearon por años. Crearon un manual con normas e instrucciones que fijaban orden y uniformidad a todos los procesos, tan específico, que no permitía espacio para la improvisación. Le daba al Departamento Legal, más agarre en su jurisdicción para continuar la limpieza en los recursos humanos. Notre Robles estaba fuera de la ecuación; su participación quedaba limitada a casos de auditorías internas y situaciones particulares en las que hiciera falta y bajo el comando del Director de la División Legal, Dobleletra seguía siendo el filtro.

Con los cambios mi popularidad entre los ciudadanos andaba por las nubes. A la gente que veía el mundo a través de la televisión y las redes sociales, les encantaba saber que sus líderes ponían orden con mano firme. Podía anunciar que abría un hospital gratis para todos los sanjuaneros o las escuelas públicas más modernas del país y la gente común no le daba importancia. Cuando se trataba de despidos y garrotazos a las garrapatas, el populacho enardecía como si se quemaran herejes en una pira redentora: "Ése no come cuentos, el que lo hace mal va pa 'fuera", era de los comentarios que más se repetía en las redes. También se comentaba, que era yo, quien debía correr para la gobernación, que ni Danglada ni Egui tendrían oportunidad, y no había un solo "populete" que me pudiese vencer. Danglada se comunicó en dos ocasiones para asegurarse de que no haría una movida en su contra. En la segunda, con evidente hastío, le dije que, si le escuchaba una tercera, saldría a radicar la candidatura. Que flojo era nuestro "próximo" gobernador, porque jamás pensé que Egui lo vencería.

Valverde se llevó la mayoría de las subastas de construcción, sin la necesidad de la ayuda de Doble y su trata de pujas arregladas. Eran unas águilas los mexicanos, sabían el costo de cada cosa, hasta el último tornillo, cada gramo de arena, todo. Podían licitar por mucho menos que la competencia. Lo mejor de tenerlos era que, todo lo hacían dentro de los parámetros de la ley, eran el frente perfecto. Ganaban lo justo dentro del mercado, con algunas pérdidas menores, aunque cualquier pérdida era nimia, si tomábamos en cuenta que el 75% de su negocio de cocaína, se procesaba y se empacaba en Puerto Rico. Fuentes, abiertamente, se ofreció a manejar los asuntos "con el nuevo contratista", desde las recolecciones, hasta esos asuntos delicados que el "sabía" resolver. Le di las gracias y le expliqué, nuevamente, que ya no operábamos de esa manera. No me creyó, pensó que lo saqué del juego.

La nueva forma de hacer negocios afectó el estilo de vida y los bolsillos de la plana mayor del Partido en San Juan, al quitarle contratos a los jugadores de siempre, se reducía el pago de sobornos y *kickbacks*. El éxito de mis empresas extracurriculares me daba la libertad de enviarlos al carajo sin remordimientos ni contemplaciones, ya no dependía de ninguno para sufragar mis campañas. Eso tenía en brote coronario a algunos representantes y senadores que se quejaban de mis nuevas políticas "santurronas", con Dobleletra y Fuentes. Cada uno me lo informó de manera individual, me dio la impresión de que no se comunicaban como antes; una revuelta de celos entre esos dos podía redundar en problemas y hasta en derrota electoral.

Aprendí que no debía antagonizar a otros políticos electos, a menos que fuese en extremo necesario, y visité varios de los inconformes para tranquilizarles. Regresábamos de la oficina de un Senador, cuando el viejo Dobleletra aprovechó mi buen humor y la medio ebriedad por unos *whiskys* que tomé, y me dio quejas acerca de Ignacio.

—No me muestra respeto, Señor. Y ya comienza a colmarme la paciencia.

—Yo tampoco, Doble, y nunca te he visto tan molesto.

—Sí, pero no es lo mismo. Él es mi subordinado, me lo debe. El otro día, no estuvo de acuerdo con una orden que le di y, lejos de acatarla, me dijo que carezco de calificaciones para dar ese tipo de directrices, que soy tan sólo un "por-conducto" para llevar mensajes.

—¿Cómo, que te desobedeció una orden directa?

Respiró y, con cautela, comenzó a contar...

—Doña Awilda me pidió que le buscara un puesto de trabajo a su sobrino, cuanto antes. Le pedí al licenciado Gutiérrez que lo acomodara en el Departamento Legal, y se negó. Le dije quien hacía la petición y me respondió que sólo usted, podía ordenarle algo así. No me quedó más remedio que informarle a su madre, Señor, que no lo tomó muy bien.

—Doble, ese muchacho es un lobo, los lobos no trabajan para el circo. Nunca te va a respetar. Sigue tus directrices porque es un profesional, pero, en todo lo que esté fuera de esa fina línea que da la autoridad, no te va a dar ni un centímetro de espacio. Tiene muy claro que eres parte de un círculo político para cuidarme. Hablaré con él, me escuchará y seguro baja el tono, pero, sólo porque me respeta.

Respiró resignado y su expresión nerviosa desapareció. Cuando vi que se relajó por completo, pregunté:

—¿Y desde cuándo mi madre ordena transacciones de personal?

Palideció, comprendí que, más que la insubordinación de Ignacio, le preocupaba la ira de mi madre al no complacerla. Le dije que podía mandarla al carajo con toda confianza. Que cualquier solicitud de Doña Wilda, tenía que pasar primero por mí.

Al regresar a la oficina, en la sala de espera había una dama que captó la atención "cosificadora" de mis ojos y, como en otras tantas ocasiones, entré de prisa a la oficina para buscar la cámara de la recepción. Bonita y elegante, en los treinta, vestida con gusto de profesional, falda gris y chaqueta que hacía juego; movía su pie derecho, juntaba las manos y apretaba los dedos; podía decir que rayaba del nerviosismo a la angustia. Otra mujer de una edad similar y menos bonita, se le unió minutos después. Vestía con gusto de empleada de gobierno, su blusa tenía un corte que dejaba al descubierto casi la mitad de unos senos abundantes. Cuando acerqué la cámara para apreciar con detalle aquel manjar para campeones, vi que lucía molesta la recién llegada.

Encendí la TV y pasaban la noticia de la abdicación del Rey de España. Quería escuchar la noticia, pero, noté que la menos bonita hizo un movimiento de manos, tan brusco que sus tetas casi salen del escote. Bajé el volumen de la TV, subí el del monitor y me coloqué los audífonos. Me tomó algún tiempo digerir aquella conversación, una de las más extrañas que escuché, y más en aquellos días, en que se materializaba el levantamiento en "armas" de las mujeres contra el macho. Era una discusión acalorada, pero, en voz baja, con gritos de bajos decibeles que parecían gruñidos. La de los senos saltarines le reclamaba a la otra, por no acceder a las peticiones de un individuo que le pidió se acostara con él.

—Sólo así conservamos el contrato —le decía a manera de reproche—. No puedo creer que seas tan estúpida. La igualdad no existe, Carolina, no seas tan pendeja y aprende; lo que traes entre las piernas no es sólo para placer. Ese es el poder que tenemos sobre los hombres. Si se la diste gratis a unos cuantos inútiles, que se le des a ese por el bien de nuestro equipo, no debe ser tanto sacrificio.

—El tipo me da asco, entiendes. ¿Por qué no lo haces tú?

—Porque no soy yo la que le gusta. No entiendo como eres tan egoísta, ¿se te olvidó que también tengo hijos?

Discutieron un poco más y se marcharon sin avisar. Llamé a Claribel y pregunté a quién esperaban.

—Son contratistas de la Secretaría de Seguridad, la que llegó primero, quería presentar una queja con el licenciado Arteaga.

Inferí que el machazo de la propuesta indecente era la rata de Fuentes. Busqué la grabación de la cámara en su oficina. La bonita estuvo allí y, en efecto, hablaban de la renovación de un contrato. Al escucharlo me pregunté para qué carajos gastábamos miles de dólares en adiestramientos para evitar el hostigamiento. El muy animal, le dijo una serie de puercadas que ni en el más bajo de mis días, me atrevía a decir.

—Sabes que las cosas aquí están muy malas. El Alcalde te agradece el pago de la cuota especial de este año. Pero, no es suficiente.

¿Cuota especial? No pedimos ninguna, el cerdo quería quitarle la ropa, después de quitarle el dinero. Le dijo que debido a la quiebra del país y la imposición de la Junta que venía, tenía que eliminar su contrato y el de Eva Resto, su socia, por no ser un servicio esencial. Ella ofreció reducir sus honorarios, pero, él la interrumpió.

—Ya te dije lo que tienes que hacer, quítate los pantis y súbete a mi escritorio; nada más. Pensé que lo había dejado claro con Eva.

Acto seguido, echó la silla hacia atrás y empezó a tocarse por encima del pantalón. Ella trago el amargo de lo que no se dice, y adoptó una expresión de incredulidad, asco y algo similar al miedo, antes de caer de pie de un salto y gritar:

—Usted es un verdadero sucio; esto no se quedará así —y salió tan rápido que parecía que corría.

Nunca fui una persona moralista, padecía de un avanzado estado de decadencia a voluntad, era adicto al sexo y otras tantas cosas, pero, me resultaba imposible comprender qué placer podía provocar aquel vulgar despliegue de poder. Si algo disfruté siempre fue la reciprocidad de pasiones en el intercambio voluntario de la piel. Saber que ellas lo deseaban tanto como yo, le daba sentido a todo.

Fuentes marcó un número en el teléfono de su escritorio y activo el altavoz.

—Tu socia se acaba de ir molesta, parece que no le explicaste bien.

—Que quieres que haga, no soy tu madama —decía la voz de Eva Resto, al otro lado de la línea—. Debo colgar, me está llamando.

No sabía que pensar de la socia, *sueño con serpientes...* Sentí lástima de la hostigada. Curioso que escuché su nombre, pero, mi cerebro la pensaba con ese estigma. Agarré el teléfono y le marqué a Francisco.

—Necesito que vengas cuanto antes.

—Estoy aquí.

—Aquí dónde...

Me volteé y estaba de pie al lado de la puerta, miré el teléfono y dudé por un segundo a cuál hablarle. Colgué y comencé a contarle. Me cortó, dijo que ya sabía, que habló con Fuentes,

—Trató de llamarte primero, pero no contestaste.

—Consigue a Ignacio, para que alguno de sus abogados le tome una declaración.

—¿Declaración para qué?

Me contó la versión de Fuentes, decía que la contratista le pidió un aumento y se le insinuó con sexo. Él se negó y la mujer se fue molesta y amenazando con acusarle, "cuando fue ella la que me enseñó las tetas", le dijo.

—Es una puta mentira, necesitamos que se disculpe con la dama.

—Disculparse implica admitir. ¿Qué sabes que no me has dicho? Te conozco, Armando.

Existe una diferencia entre ocultar y mentir, y tiene que ver con respeto; no me quedó otra que decirle del sistema de cámaras. Después le mostré el video, los cachetes le cambiaron de color y su frente se forró de un sudor similar al rocío mañanero.

—Búscalas, fírmales el contrato, al aumento que pidan súbele un 20% y muévelas a la Secretaría de Karla. Además, exígele que se disculpe. Dile lo que te dé la gana, sólo no menciones el video.

—No podemos retener semejante enfermo. Tan pronto se disculpe, lo tiro a la calle.

—Calma, trabaja con la disculpa, ese animal hay que tratarlo con guantes…

—Pero, Armando, por menos que eso…

—Lo sé, pero este es diferente; conoce secretos que deben quedarse ocultos. Dame tiempo.

Hizo lo que le dije. Fuentes lo enfrentó, le dijo que sólo recibía órdenes del Alcalde y se coló en mi oficina para quejarse. Me agarró desprevenido, entró sin que Claribel o Leonor pudiesen detenerlo o avisarme. No me importó lo que dijo, apenas le escuché. Fui tajante en cuanto a la disculpa.

—Te vas a disculpar de inmediato, y ruega que no demande porque te largarás al carajo. ¿Tenías que ser tan puerco como para tocarte delante de ella?

Sus ojos enrojecieron como un termómetro, furia en vez de mercurio. Qué mal la jugué, pasé un detalle por alto, sí ellas nunca se reunieron con Francisco ¿Cómo podía saber yo lo que Fuentes le dijo a solas?

20
"Radar love"

Con los años mi apatía aumentó y con ella la soledad. No perdí el deseo por las mujeres, pero, sí el ánimo para la conquista. La condición de "prángana profesional", no era útil ni atractiva para jugar a la seducción exitosamente. Mucho tiempo encerrado con los demonios del inconsciente, oxidaba los circuitos de la mente reservados para las relaciones afectivas, en especial las nuevas. *Pero, "la vida te da sorpresas, sorpresas te da la vida...*

En algún punto del verano del 2014, llegué al trabajo en el bar y una joven rubia, con gafas oscuras me entregó un sobre amarillo, que contenía una demanda de cobro. *Cuando ya no tienes nada, qué te cuesta perder más...* Pasé el turno con un evidente mal humor, cara de pocos clientes y ningún amigo. En la noche llegó Lis, Lisandra era su nombre, una clienta con quien sostenía uno de esos eternos coqueteos que no terminaban en nada. La conocí unos cinco o seis meses antes, durante una concurrida Noche De Galería (noches en las que se promovía el arte y la fiesta a través de la ciudad).

Esa primera vez, Lis llegó muy coqueta, qué cuerpazo: llevaba una camisa con escote que dejaba ver buena parte de unas esferas tamaño D, *bendito el cirujano que las moldeó.* Con aquellas dos tremendas razones colocadas sobre la barra y una mirada de "podrían ser tuyas", ordenó un mojito. Lo serví, lo probó, se relamió, se inclinó otra vez y pude ver la aureola de sus pezones buscando escapar por la esquina del brasier de encaje azul brillante que llevaba; se cubrió para evitar el escape, sonrió picarona y preguntó: «¿Cuánto debo?». Suspiré, me relamí tanto como ella y me tomé algunos segundos para responder, mientras nos mirábamos fijo. No estaba bien, pero, cuando una mujer me regalaba una estampa visual como aquella, no podía hacer más que agradecerle: «Por ahora nada, gracias a ti». Se convirtió en clienta habitual, teníamos conversaciones ligeras, pero coquetas, en las que se tomaba dos o tres tragos y se marchaba siempre dejándome con un suspiro y sin pagar. Bueno, para su crédito, siempre preguntaba, coquetísima «¿Cuánto debo?», y yo me sentía pago con sus encantos.

Ese día de la demanda y el mal humor, no le presté demasiada atención y cuando preguntó, el Diablo que habita en la parte de atrás de mi oreja, que andaba de peor humor que yo, me dijo: *Tú a punto de perder la casa, y ésta tomando gratis. ¿A cuántos pendejos le hará lo mismo? Mándala al carajo.* Y yo, que siempre hacía lo que el Diablo me decía...

—Guapa, dime algo, si te cobro, ¿me querrás igual?, ¿podré ligarte de la misma manera? Es tan injusta la vida... ¿Te imaginas un mundo en que los hombres pudiéramos ponerlo encima de la barra y tomar de gratis? —sus ojos se nublaron.

Un poeta madrileño, decía que: *"Por decir lo que pienso, sin pensar lo que digo, más de un beso me dieron y más de un bofetón".* Fue reconfortante aquella bofetada, me olvidé del embargo, del Cobra dañado, de los sueños inalcanzables y los imposibles. El movimiento brusco para atinar el golpe, hizo que sus senos se movieran también con brusquedad, tanta, que el derecho saltó libre del encierro, gelatinoso y suave, pezón diminuto, de un rosado casi imperceptible. Recibí el golpe sin cerrar los ojos, para no perder ni un microsegundo de aquella hermosa visión. Otra vez, sólo me restó agradecerle, si todas las bofetadas incluyeran un pecho como aquel, hubiese podido vivir una vida entera de maltrato. Cuando agarró el bolso y dio la media vuelta, la sujeté por el brazo.

—¡Suéltame! —exclamó ella, y el Diablo decía: *¿Qué haces, pendejo?*

—No te vayas.

Forcejeó un poco, sólo un poco.

—Por favor. Soy un idiota, lo siento.

Respiró hondo y se sentó sin mirarme. Le preparé otro trago.

—Te debo una disculpa. He tenido un día que no veo la hora en que termine, descargué por impulso, nada en tu contra.

Su rostro se iluminó otra vez, soltó el bolso, y preguntó:

—A ver, ¿qué puede ser tan grave, para tratar así a una dama?

Una dama que se reponía pronto del coraje. ¿Por qué no había más como ella? Tal vez fue la urgencia de hablar y ser escuchado, pero, le dije todo; no me importó la vergüenza de reconocerle a una desconocida exuberantemente hermosa, que era un bueno para nada, en la banca rota y a punto de perder la casa de mi madre. Ella sólo escuchó, hacía gestos compasivos, pero sensuales a la vez. Sentí su empatía sin hipocresía. Dijo muchas cosas, pero, sólo recuerdo una.

—Ya verás que todo se arregla, escribes muy bonito y el éxito llegará.

—¿Me has leído?

—No soy buena lectora, pero, una de mis clientas te adora. Hace tiempo, leía un libro tuyo mientras le trabaja el cabello, de repente se emocionó y leyó en voz alta una escena muy hermosa y calientita a la vez.

—¿Hace tiempo?

—Ajá. No vengo aquí por lo tragos, la verdad es que hay lugares mejores y más limpios. Vengo porque me encantan las cosas que me dices y hasta esa manera de desvestirme con la mirada, que sólo te permito porque eres el hombre que escribe aquellas cosas.

Pocas veces en la vida se tiene una erección en el ego como la que me provocó. Me conmovió y hasta deseos de llorar sentí, acompañados de una constante, húmeda y, por instantes, dolorosa excitación. Cerré a las tres de la madrugada y la acompañé a su carro, un deslumbrante Acura NSX, rojo, estacionado en una esquina con poca iluminación. Al darle el rudimentario buenas noches y estirar la mano para despedirme, me haló hacia ella y me besó. En segundos, estábamos recostados sobre el brillante bonete, con sus piernas cruzadas en mi cintura, uno de sus senos en mi mano izquierda, las bocas fundidas, jadeos, suspiros y movimientos de pelvis que se sentían eléctricos. Apretarnos sobre el carro fue una especie de trío fetichista: ella, él y yo. Cuando caímos en cuenta de dónde estábamos, se arregló la ropa, me entregó las llaves y me pidió que manejara hasta su salón de belleza, que quedaba cerca, en el Condado.

El Acura resultó todo lo que esperaba, lo aceleré cuanto pude, más que por la urgencia de comerme a su dueña, por el placer de sentir la capacidad de su motor. Llegamos y estuvimos hasta las nueve de la mañana brincando como conejos por todo el salón, las sillas, el sofá de la sala de espera, la ducha. Su primer cliente llegaba a las diez. No me permitió pedir un taxi, me llevó hasta mi casa y me dio las gracias al despedirse. Absurdo, porque todas las gracias debía darlas yo.

Una semana después nos encontramos en una barra de Hato Rey. Cuando cerró el lugar, otra vez la acompañé a su carro, la calle estaba oscura y no dudamos en besarnos. «Házmelo como lo querías hacer la otra noche», la única ventaja de la falta de iluminación del país era esa. Tenía un conveniente traje corto, que se levantó; me abrió los botones de mi Levis 501 y sin dejar de besarnos, me guió hasta su entrada. Sentí compasión por la condición del bonete, ante el acelerado ritmo de mis embestidas. Nos pasamos al interior, allí se me sentó encima y se encargó del resto, con la paciencia y la pasión requerida dentro de un carro deportivo. En la radio sonaba *Bocanada,* un álbum que se convirtió en la banda sonora principal para quitarnos la ropa y dejarnos llevar. No nos percatamos, que, desde otro vehículo, arropado con la misma negrura nocturna, su ex nos observaba y se mordía de los celos.

Comenzamos a vernos con regularidad. No sé si tenía que ver con su profesión, pero el vello de su entrepierna estaba arreglado en forma de un triángulo negro perfecto que resaltaba sobre su piel de porcelana. El cabello oscuro sobre aquella piel deslumbrante era como rememorar a la Venus de Botticelli pero con pelo corto. Cada vez que se escurría a San Juan, terminábamos en mi casa o la de ella, cuando su hija no estaba. Me encantaba que me cortara el pelo, desnuda, sentada sobre mí, penetrada y moviéndose con las tijeras en la mano; no siempre fueron los mejores cortes, pero el placer era supremo. En más de una ocasión cortó piel y no cabello, nada de intención, pura respuesta del cuerpo.

Le agarré mucho cariño a Lis, sé que ella a mí también; era mi amor de alta velocidad. Se ganó el apodo de "Radar-Love", nada de psicosis ni obsesiones o acoso, ni que me siguiera ni nada parecido, simplemente amaba la velocidad tanto o más que yo y, muchas veces, la combinamos con la piel. Una peligrosa mezcla, lo sé, pero existen pasiones que nos hacen exceder cualquier límite una y otra vez, y con tanto gusto, que apenas nos damos cuenta.

Las únicas personas que manejaron el Cobra fueron: Don Armando, que no pudo resistir y me pidió una "trilla", vestido con su corbata y camisa blanca de manga larga, trató de sacarle velocidad; Armando, un par de veces cuando ebrios, él siempre estuvo en mejor condición; Eduardo, claro, pero sólo por ser mi hijo y no convertirme en el papá hijo de puta y mal nacido que no le prestaba el carro. Pero, ninguno de esos pendejos repletos de testosterona, manejó el Cobra como Lis, yo tampoco pude; su mente podía ver en cámara rápida y anticipar cada detalle de la carretera. Cuando lo guió la primera vez, traté de hacerme el macho durante las, no sé cuántas, millas de aceleración máxima, entre San Juan y Santurce, sin caer en ninguno de los cientos de los orificios en las calles. Traté de comportarme como el macho que siempre creí ser, pero, no pude evitar emitir gemidos y gritillos, muy pendejos, que demostraron lo asustado que estaba. Se detuvo en una intersección frente al Coliseo Agrelot, y dijo: «¿Quieres manejar tú?». Le dije que continuara a esa velocidad hasta mi casa, que no aguantaba las ganas de entrarle. Siguió mis instrucciones y casi me mata de varios infartos durante los ocho minutos que le tomó llegar.

Además de lo anterior, pocas mujeres eran tan complacientes en la cama y estaban tan divinamente buenas. Generaba cinco veces más dinero que yo y no le importaba mi indigencia autoinfligida, ni la casa casi en ruinas ni que nunca la llevara a restaurantes caros, nada. A veces creo que realmente se enamoró de mis palabras; «es que hablas tan lindo», solía decir y besarme después. Fuera de las noticias, algunos lugares comunes o experiencias particulares dignas de contar, no teníamos temas en común, pero, tampoco retos intelectuales ni competencias de superioridad. La compatibilidad de nuestros cuerpos sobrepasaba cualquier brecha, grieta o risco intelectual y económico. No suelo decirlo con frecuencia, de hecho, nunca lo había dicho antes, Lis me salvó de matarme a vicios y soledad, en aquellos días no tenía ánimos para mucho y valía un poco más muerto que vivo. Con su jovialidad y energía, y aquella rara y dulce timidez-humildad, que se escurría entre su exuberante sensualidad, me ayudó a reencontrarme las pelotas y el respeto propio.

Aunque es excitante la novedad de un cuerpo desconocido y puede provocar erecciones en cadáveres, creo que la maestría sexual se obtiene con tiempo y práctica sobre un mismo cuerpo; después de explorarlo, cuando se conocen los rincones y se llevan al extremo; algo que pocas veces se obtiene en el furor de la primera noche, es otro tipo de placer y lo viví con Lis.

Una de esas tantas veces, mientras nos reponíamos de una sesión de piel y sudor (al menos yo me reponía, ella parecía lista para más), hablamos por primera vez acerca de su ex. Anteriormente vi una foto y no parecía un tipo rudo, de hecho, lucía algo afeminado y no pude evitar preguntar:

—¿Cómo carajos te empataste con un tipo así?

—Me harté de los hombres demasiado hombres…

—¿Qué significa eso? ¡Que soy algo marica!

—Sólo un poco —contestó la muy hija de la gran puta.

De inmediato me se lanzó encima, para borrar la bromita a puro beso.

—Si así es la cosa, vale la pena eso de ser medio maricón.

Después de jugarnos un poco con los cuerpos, regresamos a la conversación. Me contó que después de su divorcio, de un matrimonio que no fue del todo malo, se empató con un par de malos representantes del gremio masculino, que no la veían más allá de sus tetas.

—Reboté con una chica, que resultó más tóxica, violenta e infiel que cualquier macho conocido hasta entonces, cuando me la saqué de encima, me dejó la autoestima desecha y frustrada con mi sexualidad. Él estuvo cerca esos días, éramos amigos antes, me conocía perfectamente, era el "confidente" a quien todo le contaba. Un día, me dijo que estaba perdido de amor por mí.

—Pero, ¡¡¡es una niña!!!

—Después de años de compartir, pasas por alto los manierismos. Además, era lindo, parecía un modelito europeo.

—Oh, entiendo, masculinidad de Dolce & Gabbana, todo un forzudo rudo.

Se rio ligeramente, pero, no terminó la conversación, como yo esperaba. Necesitaba decir algo más, lo vi en la pesadez de su mirada.

—Y, lo que en aquel momento me pareció lo mejor de todo, era extremadamente sensible y no temía demostrarlo, alardeaba de su "amplia y profunda conciencia social". Después se desbordó en atenciones, que emocionaban más a mis amigas y muy persistente apretó mis puntos vulnerables, hasta que cedí. Se suponía que fuese mi amigo, conocía mis carencias e inseguridades y las cubrió completas; sin darme cuenta, comencé a depender, más que físico, era un asunto de mi cabeza. Me sentía tranquila, segura; no protegida, como me siento contigo, pero no importaba, porque no necesito a nadie que me proteja.

El ego que va pegado a la curiosidad escupió una pregunta que no quería hacer:

—¿Y el sexo?

Ella rio, sabía que le preguntaría.

—No estuvo mal, no era un semental ni tampoco era muy dedicado al complacer con su lengua, pero, me dejaba tomar la iniciativa. Siempre lo hacíamos conmigo arriba, tener el control me hacía sentir empoderada y me servía de "booster" psicológico para el placer.

Me contó como todo cambió pronto, las atenciones pasaron a críticas, luego a insultos. Él siempre se disculpaba y hacía de todo para ser perdonado. Luego repetía con agravante, hasta que llegaron los golpes.

—Pasé casi un año usando ropa recatada y lentes oscuros, para cubrir sus huellas. Hice de todo en esta vida para ser aceptada: jugué a la rubia, a la colorada, jugué a la tímida, a la seductora a la sumisa, incluso a la lesbiana. Pero, cuando me di cuenta de que me convertí en víctima decidí poner fin a aquel juego ajeno.

Se marchó sin avisar y él la buscó, pidió perdón y toda la cosa, pero ella no cedió. Un buen día se fue a la Florida, por asuntos de trabajo, pero, continuó las llamadas y los mensajes para que se fuera con él. Ella nunca más le contestó.

Muy oportunamente porque la conversación comenzaba a deprimirnos, recibí una llamada de Armando y no contesté, ella me preguntó.

—¿Son amigos?

—Lamentablemente, hace más de veinte años. Pensé que te lo había dicho. ¿No me digas que te gusta? —así de jodida estaba mi autoestima cuando se trataba del Tiburón y las mujeres; no se olviden de Claudia, yo la vi primero y luego de saber del forzudo rudo no había manera de culparme.

—No, para nada, muy fantoche —respiré aliviado—. Una amiga que trabaja para el Municipio tiene un problema.

—No creo que pueda ayudarla porque, aunque es como un hermano, no me gusta pedirle favores.

—Uno de los hombres de su confianza, le exige que se acuesten para renovarle un contrato. Es posible que demande al Municipio, su abogado es el que sale por la televisión, Tavares. Dice que la llevará ante la prensa en los próximos días.

—¿Sabes quién es el individuo?

—Sólo el apellido, Fuentes.

No tuvo que decir más. Había algo en ese tipo que nunca me agradó.

—Quiero entrevistarla —le dije.

Protestó un poco, pero ante el hecho de que el abogado la llevaría a la prensa, no le pareció mala idea conseguir al reportero.

—Sólo tengo una condición —dijo con una mirada de putería revuelta que me hizo recuperar el vigor de inmediato.

—¿Cuál? —pregunté picarón y sólo para seguir el juego.

Se abrió de piernas.

—Que me hagas eso que sabes hacer con tu lengua...

Si todas las condiciones que me impusieron en la vida hubiesen sido así, jamás me habría sentido condicionado. La complací y me esmeré tanto que se quedó dormida después de un gemido largo y un fuerte espasmo de sus caderas provocado por una secuencia de orgasmos que me hicieron pensar que convulsionaría.

Su amiga se llamaba Carolina Benítez, aceptó reunirse y contarme la historia, sólo que, cuando la entrevisté, ya lo peor había pasado...

21
"Un sacrificio por el equipo"
Por: Black Rodríguez

Existen líneas que no se cruzan, traen consecuencias que quisieras olvidar, pero, te castigan ahí donde más duele, en el recuerdo. Hay una fina diferencia entre las razones, las excusas y la culpa, una ligera disparidad en la parte reservada para la dignidad. Sé que no estuve bien… y tendré que vivir con lo que me toca.

Trabajo para el Gobierno Municipal de San Juan, en la Secretaría de Seguridad. Con la quiebra del Gobierno se rumoraban recortes, en particular en contratos de servicios profesionales, como el mío; que representaba la mayor parte de mi ingreso. Es muy pesado ser el estereotipo de la madre soltera en apuros y necesidad. Cuando rindes como contratista independiente, no hay más derechos que la letra del contrato y no existe protección de la Oficina de Recursos Humanos ni su novela subsecuente. Además, cuando se trata de política, se juega lo mejor que se puede, haces tu trabajo bien hecho, para que no te acusen los rivales, pagas las aportaciones y callas lo que no te gusta. No solía mercadear mi persona ni coquetear en el trabajo, y hacía lo posible por vestir moderna, pero profesional, nada de escotes que llamaran la atención, "no se enseña carne en el trabajo", decía mi madre; prefería que hablara la calidad de mi labor. Eva Resto, mi socia, era todo lo contrario; le encantaba la ropa llamativa, se encargaba de socializar con los supervisores y mercadearnos a ambas, decía que era parte de su empoderamiento.

Él tenía una sonada fama de inescrupuloso. Era conocido entre las empleadas de línea menor, por su descarada falta de control, no le importaba nada cuando se le antojaba un culo. Inicialmente no me pareció el tipo más feo del mundo, pero, tan pronto lo conocí, con sus gestos, sus maneras, su acento particularmente vulgar, perdió cualquier atractivo; simplemente me daba asco. Además, tenía algo que no puedo ver en ningún hombre y que lo hace inaceptable en mis gustos, cuando hablaba, en las comisuras de su boca, se acumulaba saliva espesa y espumosa.

Por el contrario, Eva, decía que era «un macho de verdad; puerquito, pero macho». Ahora que lo internalizo, puedo inferir que tuvieron algún brete, ya que las firmas anteriores las gestionó ella, se ofrecía de "voluntaria"; nunca tuve que tratarlo antes. Para buena o mala pata desde hace algunos meses, comenzó con miradas, sonrisas casuales que pasaron a coquetas, hasta llegar a gestos lascivos que dejaban claro sus deseos.

Todo se salió de su sitio, una vez que me lo encontré en un restaurante. Yo andaba con un chico que me gustaba, y estaba vestida con un traje corto de lo más provocativo. Mi acompañante no se percató cuando Fuentes se detuvo a observarme desde la barra, sin disimular y con una incómoda insistencia. Por un breve instante me sentí deseada y eso suele ser peligroso, desee que mi acompañante me mirara así, y no lo hacía. Cuando se levantó al baño, Fuentes ocupó su silla y me puso la mano en un muslo «que rica estás, que bien escondidito tenías ese cuerpazo». Me sobresalté y el mesero se percató, me preguntó si todo estaba bien. Le dije que sí, que era un compañero de trabajo que ya se iba. La mirada de Fuentes fue realmente intimidante y el mesero se alejó. Se notaba que había tomado y su esposa lo esperaba en la mesa.

Se lo conté a Eva y me dijo «no le hagas caso, él es calientito, pero, buena gente y, además, firma los contratos y las facturas. No pierdes nada dejándolo que se deleite un poco. Eres joven y eso es un hombre de verdad, gózate que, de los pocos que quedan, uno se fije en ti».

Traté de jugar a la coquetería, pero, no era algo que me saliera fingido. En dos ocasiones, cuando le vi venir a mi área de trabajo, me volteé de espaldas para que tuviera una visión clara de lo que le gustaba. En una de las ocasiones dejé caer un bolígrafo y me doblé a recogerlo, al enderezarme, le sonreí lo más pícara que pude. Me hice la apenada, la preocupada y después le mencioné el asunto del contrato. Dijo conocer de la situación y alegó poder ayudarme, que haría todo para la firma inmediata y, añadió que nada malo pasaría si me dejaba llevar.

Esa misma noche, me llamó para decirme que me deseaba, «me quedé tan caliente al ver ese culote». Que trató de bajar la calentura con su esposa, pero no fue suficiente; el muy cerdo me dijo que la volteó de espaldas y la poseyó mientras me imaginaba, y que luego trató de entrarle por atrás y ella, como siempre, no se lo permitió, porque decía que era una dama. «Que duro te voy a dar cuando te coja», así de romántico era el muy cochino.

Me citó a su oficina y de "te puedo ayudar", cambió a que, debido a la economía y la Junta de Control que venía, tenía que reducir gastos. Que los servicios que ofrecíamos eran los menos necesarios. Le ofrecí renegociar y bajar mis honorarios, pero me cortó y fue directo. Dijo que todo lo que tenía que hacer: «es quitarte el panti y dejarte llevar». Y sin vergüenza alguna, comenzó a tocarse por encima de la tela del pantalón. No supe que hacer, de verdad no sirvo para esos juegos. Me dio tanto asco, tanta ira, que le ofrecí un golpe y salí de prisa.

Llegué hasta la oficina del Alcalde, para hacer una queja. En la espera por el Jefe del Gabinete, Eva me interceptó, ya sabía de mi rechazo y me acusó de egoísta, de mala amiga y compañera. Me recriminó por no sacrificarme por el bien de ambas, me acusó de ser egoísta por no tener el estómago para prostituirme de esa forma: «Si se te has acostado con tantos por gusto, un sacrificio por el equipo no te va a matar», me decía. Y para remacharme la culpa al pecho: «Piensa en nuestros hijos, yo también estoy sola».

Sé que estoy muy vieja para culpar a la presión de los demás, pero, las palabras de Eva me hicieron sentir culpable, porque ambas nos quedaríamos sin trabajo. Me marché sin presentar la queja; decidí seguir el juego un poco más. Eva se encargó de llamarlo para calmar los ánimos y coordinar otro encuentro para la firma del contrato, en el que me debía disculpar y coquetear. Decía que lo dejara hacer, que le dejara sentirse en control; que le hiciera creer que tendría todo lo que quisiera, pero, no en la oficina. Me aseguró que una vez firmara el contrato, sólo tenía que darle largas e ignorarlo.

Me citó al día siguiente. Me vestí algo conservadora, mahones y una camisa de botones y manga largas, nada de faldas que le permitieran acceso libre. A las seis de la tarde, apenas había empleados en el edificio, la mayoría se había marchado. Entré a su oficina, miró hacia afuera, como asegurando que no hubiese nadie más. Lucía molesto. Hablé primero, comencé a disculparme, no recuerdo que dije exactamente y le entregué el contrato. Él lo tomó, lo tiró encima del escritorio y, sin mediar palabras, comenzó a besarme desenfrenadamente, con una técnica digna de un simio. Sus manos me apretaron tan fuerte que me dejaron moretones. Lo detuve y le pregunte: «¿En serio me ayudarás?», «Claro que te ayudaré».

De ahí en adelante, lo deje hacer lo que quiso, jamás pensé que llegaría a tanto. No se tomó el tiempo de jugar ni de acariciar, me desabrochó los pantalones y los bajó de un tirón, como si le arrancara la piel a un animal muerto. Tuve la impresión de que guardó su pistola en una gaveta, bajó sus pantalones, me dobló frente al escritorio y sin pedir permiso ni acondicionar, lo hundió con todas las ganas, dolía y aprete los labios para no gritar. Por suerte, a pesar de su estatura, la naturaleza le proveyó un instrumento pequeño, pudo ser peor. Se movía con rapidez de récord mundial. Lo escuché escupir y sentí el salpicar en mis nalgas y cintura, me comenzó a trastear en la entrada trasera, me apretó el rostro contra el escritorio, respiró profundo y, con la misma brutalidad anterior, se metió en mi retaguardia; sentí que me desgarraba y grité, me tapó la boca y siguió su ataque. Todavía puedo sentir el ardor en mi interior y su saliva caer en mi rostro.

Mientras me decía que así se clavaban las putas, mi rostro estaba justo encima del contrato; la razón por la que ese cerdo sucio se retorciera sobre mí. La vergüenza, el dolor, su aliento… Le pedí que parara, quise detenerlo, pero sólo conseguía que me lo enterrara con más fuerza. Logré empujarlo y zafarme; me aparté y traté de subirme los pantalones. Le dije que lo olvidara, que no tenía que firmar y que todo quedaba ahí.

No lo vi venir, me agarró y entró otra vez; dolió tanto como la anterior. Forcejeé, le pedí que me soltara, pero no paraba. Lo empujé, le grité basta; ya no me importaba el contrato, sólo quería largarme de allí y no regresar. Cuando me zafé la segunda vez, su mano izquierda tapó mi boca y sentí un metal frío en mis sienes.

—Quieta que no hemos terminado.

Lo que sucedió después, fue una especie de película de terror borrosa. «No, por favor; no, por favor», era todo lo que lograba decir. Él perdía la erección por momentos, me ponía de rodillas y me obligaba a chuparlo. Pensé hundirle los dientes, arrancarlo con una mordida, pero, sentía el metal de la pistola rozándome la cabeza. En algún punto mis labios no fueron suficientes para endurecerle, me lanzó otra vez sobre el escritorio y sustituyó su parte con la pistola; el hierro helado se escurría dolorosamente y me enviaba escalofríos de horror, pensé que me mataría. Cuando lograba alguna dureza, me entraba y se movía con velocidad hasta que se desvanecía y regresaba el arma. No sé cuánto tiempo pasó, tampoco las veces que le pedí que por favor se detuviera, que sacara al menos la pistola que no me iría y lo complacería.

«Si se me zafa un disparo, mueres gozando zorrita. Sé que te gusta, se te nota», me dijo al oído, tirándome del pelo y me mordió la oreja con fuerza. Me pasó la pistola por la espalda que, a pesar de haber estado dentro de mí, seguía fría, me la puso en la nuca; me mordió los hombros, sentí los dientes pasar la piel; dolía, pero ya no me salían palabras, podía disparar y poco importaba. Hubiese querido quitarle la pistola y dispararle entre los ojos para borrar aquella mirada que escupía suciedad. Cuando lo escuché bramar como toro de corrida, de inmediato perdió la dureza y se retiró, sentí un extraño alivio. Se arregló los pantalones y se sentó a observarme.

—Espero que esto se quede entre amigos, sabías a qué venías. No me gustan los problemas, no te conviertas en uno. Sé que fuiste de putita donde mi jefe, todas son iguales.

—No dije nada, me fui antes que me atendieran.

—¡Me ordenó que te pidiera una disculpa! —gritó.

Se guardó la pistola en la cintura y me dijo,

—Vete ya.

Así lo hice, sin tener siquiera la oportunidad de limpiarme en las partes, que afluían el asqueroso resultado de su placer. Antes de salir, agarró un sobre y me lo lanzó.

—Francisco Arteaga firmó tu contrato y te dieron casi un treinta por ciento de aumento. La mamada que seguro le diste al jefe funcionó, resolviste tu problema y el de tu puta socia. Trabajarán directo con Karla Suarez. A ella también le puedes putear, es una de esas buchas que se creen machos, pero, no te pondrá a gozar como yo.

Soltó una carcajada que me derrumbó más. Sin decir palabra, me marché, humillada, con empleo, pero con una suciedad pegada, que el dinero de cien contratos no podía lavar.

Cuando salí traté de llegar a mi oficina, pero, estaba quebrada por dentro y cambié de ruta. Llamé a una amiga, cuando me preguntó cómo estaba, comencé a llorar, traté de parar, pero resultaba más doloroso. Cuando al fin pude contarle, se encargó de llamar a mi abogado, Daniel Tavares y a un tío suyo que era policía. Tavares me dijo que no me bañara, que tampoco me cambiara de ropa, «esa es la base de todo». Dijo que fuera de inmediato al área de urgencias de un hospital e informara al personal que fui víctima de una violación, «llego en menos de una hora». Cumplí cada una de las instrucciones, y no creí con la rapidez que el hospital manejó la situación. En minutos, cuatro policías se presentaron a interrogarme y ordenaron toda una serie de pruebas, exactamente como lo dijo el licenciado, que llegó poco después y tomó las riendas de la situación.

Me hicieron varias pruebas médicas, todas humillantes a la dignidad de cualquier mujer que se respete, introducían largos palitos de algodón en mis entradas, más largos que la pieza de mi agresor. Pero, qué importa la dignidad, ahora que miro atrás, no fui muy digna cuando llegué a su oficina. La policía ocupó mi ropa interior como evidencia, y trataron de entrevistarme. Ante mi evidente nerviosismo, Tavares les pidió un espacio de tiempo, hasta que pasara, lo que él llamó, un profundo estado de *shock*. En sólo horas, era noticia en el país, que un prominente ejecutivo sodomizó a punta de pistola a una empleada. Cámaras y reporteros, me perseguían a todas partes. En un pestañeo, todos sabían mi nombre y comentaban mi historia. Me convertí en la violada más famosa del país y en las redes me llamaron "puta" tantas veces, que ya siento que es exactamente lo que soy.

22

"Cuando los dioses te quieren castigar, responden tus plegarias"

Oscurecería con rapidez, cuando un contingente de vehículos de policías y otras agencias, llegaron a la Alcaldía; luces que pintaban todo el bloque con parpadeos de azul y rojo. Al fin tenía una causa para librarme de Fuentes, pero, venía en forma de escándalo de primera plana, un asunto de verga mayor con sabor a excremento. Mala suerte la mía; un accidente, un suicidio, hasta un cáncer terminal eran más convenientes.

No olviden que el Gobierno Estatal era Populista, no controlábamos la Jefatura ni los altos mandos de la Policía, los hijos de perra no escatimaron en recursos para atinarle un golpe político al opositor de la Capital. Fueron muy formales con los procesos, era evidente que no querían cometer errores. Una brigada de técnicos forenses vestidos como para enfrentar un brote bacteriano, peinó la oficina de Fuentes, tardaron cuatro horas en recopilar muestras y evidencia. Otros policías llegaron hasta su casa, con una orden para ocupar sus armas de fuego. Sólo importaba la que utilizó el día del acto, pero, se llevaron su arsenal de varias pistolas, escopetas y rifles de asalto. No lo arrestaron, pero, lo citaron para realizarle una prueba de ADN al día siguiente.

La prensa no perdió tiempo, hablaban de "UN ALTO OPERARIO POLÍTICO CON PASADO CUESTIONABLE" y hacían comentarios salaces acerca de los hechos. Las preguntas más frecuentes eran acerca del estatus de empleo de Fuentes, "¿por qué no fue suspendido o despedido de inmediato?", "¿por qué sigue cobrando dinero del Pueblo?".

La respuesta cierta, era que seguía en la plantilla, porque conocía tantos putos pecados, que podía enviar a medio Partido a una larga temporada al purgatorio. Me vi obligado a dar la misma excusa pendeja que daban todos, la que dio la Gardenia Espinoza para su chofer: «La ley impide despedir empleados sin un justo proceso, y el hecho de que no se le haya acusado formalmente, me impide tomar acciones correctivas». Pura mierda, podía liquidarlo de inmediato; pero, no había forma de resolver el asunto de Fuentes sin cagarse las manos de alguna manera.

El escrito de Chuck recreaba los hechos con crueldad en los detalles, como si hubiese visto el video. Sin pensar siquiera en la diatriba esnobista del feminismo y toda esa mierda posmoderna, lo que Fuentes le hizo a la chica, fue más de lo que un estómago normal podría tolerar, y hacían el escándalo atractivo para los medios amarillistas y los viciosos de las redes, ya que tenía las cantidades perfectas de pimienta, pólvora y asco.

Para Ignacio fue un *deja vu*, con un escándalo de mayor categoría.

—Señor, esto es peor que el caso de Ponce. Tiene que suspender a Fuentes de inmediato y destituirle antes de que el escándalo agarre vuelo. El tipo es radioactivo, mi mejor consejo legal y político, es que no se le acerque ni a una milla de distancia.

—Sabíamos que esto llegaría y no nos atrevimos a actuar antes —dijo Francisco con su rostro opaco de consternación.

—Tan cerca de las elecciones, no puedo darme un lujo así. Muy difícil hacer lo que dices Ignacio, no importa cuán correcto sea. Sé que te sabe a mierda, pero, no siempre todo es como queremos.

—Es mi deber advertirle, que no me prestaré para alterar los resultados de ninguna investigación. Si no va a asumir su responsabilidad, le pido por favor que no me coloque en esa posición. Le dije lo mismo a Espinoza y, el cobarde, me despidió.

—No te pases Iñaqui, que no estás hablando con Dobleletra. Si vuelves a compararme con la Gardenia, te rompo la nariz y te tiro a la calle. No te he dicho que incumplas nada. Hay cosas mucho más complicadas que no diré para no comprometerte. A veces en la política, nuestra función es "no hacer". Dame unos días para pensar, si no cambio de parecer, te daré la orden de detener la investigación y me haré responsable.

Alguien debía hablarle a la prensa y dar nuestra pésima excusa. Dobleletra tenía la cara descuadrada desde que Ignacio me exigió "responsabilidad", sugirió que fuese el mismísimo Ignacio, por ser el Director del área legal. El chico casi salta al centro de la mesa al escucharlo. Decía que la excusa carecía de seriedad.

—Señor, no me pida que tire al suelo mi credibilidad. Soy el abogado de la institución, pararme frente a la prensa a decir semejante disparate me haría lucir como un desconocedor del derecho o un vil encubridor. El señor Meléndez es más apropiado para ese tipo de tareas, no tiene ninguna licencia profesional ni código que respetar, salvo el partidista.

Tenía razón, parte del éxito en la "depuración del personal", se debía a la credibilidad que ganó con su imparcialidad. Destruir las reputaciones del personal de confianza y utilizarlos para lavarse la cara, era una cabronada común de lombrices como la Gardenia. Dobleletra respondió más "agallado" que nunca.

—Señor, es deber del licenciado Gutiérrez protegerle a usted, es parte de su responsabilidad.

—Su responsabilidad es implementar políticas públicas, no pasar por idiota.

Dobleletra trató de poner carácter.

—Me va a disculpar señor, pero, tengo que diferir de usted. La lealtad hacia el líder no es opcional, es indispensable para que esto funcione. Su padre decía que, la democracia era sólo para las urnas, que nada tenía que ver con gobernar. Decía que, sólo mediante dictaduras a puerta cerrada, se podía gobernar con efectividad. Pero, para lograrlo, los subalternos deben tener claro su rol. Yo tengo el mío bien claro, el licenciado Gutiérrez, no.

—¡Ya basta con ustedes dos! —gritó Francisco—. Hablará Leslie, Recursos Humanos maneja los asuntos de personal.

Francisco intervino para evitar que le diera mi fustiga de siempre a Dobleletra. Pero, fue la primera vez que algo dicho por él tenía sentido y pude verle más allá de mi antipatía. Más que la lealtad integra e incondicional de Ignacio, en aquel momento me interesaba el silencio de Fuentes. Tener sentido le costó a Doble, ser el piloto de la misión de reconocimiento de la tormenta de mierda que se avecinaba, a solas le pedí:

—Ve a hablar con Fuentes y explícale, necesito que coopere y se aleje. Si se va de inmediato, acepto su renuncia y no perderá la pensión. Es lo mejor para todos. Si se comporta como un hombre de línea y Partido no lo dejaremos solo, y no le faltará trabajo. Pero, debe ser ahora, antes de que lleguen las pruebas de ADN, si le acusan lo pierde todo. Una vez suelte a los perros de Ignacio, no hay marcha atrás.

Dobleletra respiró profundo, como si lo enviara al paredón.

— ¿Le tienes miedo? No te culpo.

—Siempre le he tenido cuidado a Fuentes, nunca miedo. No creo que acepte lo que me dice, pero no se pierde con intentarlo.

Fuentes era una amenaza que requería de cuidado para resolver. Ignacio tenía razón, pero, decidí esperar a ver, tal vez no procedía la acusación por algún asunto técnico. Tenía que evadir responsabilidades, procrastinar, meter la cabeza en un agujero y esperar. Lo más difícil fue callar a las malditas redes sociales: "Dadle a un hombre una máscara y os dirá la verdad", el sabio que lo dijo jamás imaginó un mundo de redes invisibles, en las que millones se ocultaban detrás de la máscara de la impunidad, para decir cualquier cosa, cierta o no. Si la libertad de expresión tuviese cuerpo, el libertinaje de las redes sociales, sería el equivalente al culo.

Danny Tavares convocó una conferencia de prensa en la sede del Colegio de Abogados. En esos días, la institución cambiaba su nombre a Colegio de Abogados y Abogadas de Puerto Rico, algo que me pareció absurdo; «es una burrada desfachatada del progresismo chango y los espíritus frágiles que se apoderan del discurso público», dijo Chuck al enterarse. Si era un asunto de muerte cambiar el nombre que tuvo por tantas décadas, debieron dejarle "Colegio de Abogadas", nada más. Ningún hombre bien criado y que se respetara, podía ofenderse con semejante nimiedad; eso era cosa de mujeres. La primera pregunta de los periodistas fue: "¿Es su clienta, la mujer a la que hace referencia la pieza publicada en El Megáfono?". Tavares, muy erguido y orgulloso, pero, también compungido, les dijo que, el escritor Black Rodríguez, entrevistó a su clienta y pudo plasmar en palabras, la desgarradora e impactante tragedia. ¡Era un bárbaro el Danny Tavares, el Señor lo tenga guardado en su seno! Después de eso, todos querían un pedazo de mi cabeza, en especial las feministas aguerridas.

La vida diaria se convirtió en un constante juego defensivo, me quitaba tiempo de los asuntos que me hacían ganar elecciones. Debido a la tensión de esos días, fue necesario seguir aumentando la cantidad de heroína y las dosis diarias, nada más conseguía calmarme.

* * *

El éxito del artículo fue otra de esas tantas cosas que tenía que agradecerle a Lis. Mi blog se activó como nunca, casi me asusté al ver tantas visitas. Sentí cierta paranoia de llegar a tanta gente, pero valió la pena. En aquellos días, tuve a mi madre en casa en unos de esos raros días lúcidos. No recuerdo qué hacía cuando sonó el teléfono y la vieja contestó. Me pareció raro que se quedara hablando con quien llamó; asumí que la vecina la vio llegar. Su tono cambió a nervioso, como si diera explicaciones a algún reclamo. En efecto, se disculpaba con el ex de Lis, a quien ese día bauticé como el Forzudo

Rudo, que, aunque no lo sabía en ese momento nos acechaba desde hacía algún tiempo y consiguió el número de la casa. Al toparse con su tipo de víctima predilecta, despotricó y hasta amenazó con darme una lección. La vieja comenzó a sonar frustrada y llorosa, y no me quedó más que quitarle el teléfono. Al escuchar su voz y entender de quién se trataba, le dije que sólo un pendejo abusador de mujeres le habla de esa manera a una anciana que ningún daño le había hecho. Improvisé una de mis más elocuentes amenazas y le advertí que lo buscaría, pero, el muy cobarde se regresó a la Florida el mismo día.

23

"*LA MATO Y APARECE UNA MAYOR*"

El país sólo hablaba de Fuentes y su pistola violadora. Los espíritus frágiles de las redes sociales, que ganaban pauta atacando todo lo que se movía, no perdieron tiempo, para demostrar su "idiótica" originalidad con *hashtags*: #fueraelvioladordeSanJuan y #Quiñoesrenuncia, fueron los más compartidos. Estábamos casi a las puertas del año electoral y parecía que esa sería la línea del ataque de la oposición, posiblemente lo único que tenían. En aquellos días pre *MeToo*, ya soplaban los vientos de la eventual "supremacía feminista" dirigida por un grupo de damas que, en su mayoría, parecían no sentir agrado por hombre alguno, ni siquiera por el padre que, fatigado y sudoroso, las engendró para la vida. Manifestaciones de mujeres de todos los gremios alborotosos, se conglomeraron frente a la Alcaldía y pedían la cabeza de Fuentes y mi renuncia por "permitir las violaciones", como si repartiera permisos para violar en horas laborables.

Zenaida y Karla apagaron el fuego de los primeros embates; sus marcadas diferencias en preferencias y orientación les daban acceso a distintos sectores feministas, no sólo a las hembristas radicales. Aunque no lo decían en las redes, había divisiones entre ellas, todavía quedaban mujeres que sí creían en la igualdad de los géneros y no les interesaba la aniquilación del hombre. No faltaron los imbéciles que me comparaban con mi padre: "¿Qué habría hecho el Prócer?", y especulaban todo tipo de santidad: que hubiese sido implacable, que lo fulminaba el primer día. Claro, no sabían que fue él, el pendejo que lo metió en San Juan.

Es curioso, Puerto Rico es una isla repleta de mujeres hermosas, en todos los renglones físicos y étnicos. Pero, ninguna de ellas pertenecía a los conglomerados feministas de línea dura. ¡Cielos! Nunca vi tantas mujeres feas en un mismo lugar, y no es un asunto de superficialidad ni estereotipos, tenían algo, una mirada de amargura retorcida que las afeaba sin importar la "calidad" del resto de sus atributos. Que muchos dolores de estómago me causaron esas hijas de la gran parición de cielo. Incluso las bonitas, perspiraban un aura de odio profundo. Sería posible que aquellas jóvenes que apenas llegaban a la mayoría de edad, gritaban consignas con tanta pasión, hubiesen heredado en sus genéticas, el sufrimiento de cientos de pasadas generaciones de mujeres y aclamaban justicia por mandato de su naturaleza… o se trataba del último grito del progresismo, de ideologías divisorias y no edificantes, que se abrían paso por otros flancos.

La Coalición de Feministas Católicas, se destacó por ser la más conservadora y violenta. Eran una mezcla del fundamentalismo religioso del Opus Dei, con la represión fascista de Mussolini y la violencia sin control de la Unión de Tronquistas; eran una acepción que se debió añadir a los diccionarios, al lado de la palabra "castrante". Sus dos representantes principales, parecían futbolistas de la NFL y eran el ejemplo máximo, de que la batalla de los sexos estaba más viva que nunca y su fin último era el poder. ¿Cómo se podía reclamar igualdad, exigiendo privilegios y derechos exclusivos? Pues, así fue como lo hizo por décadas la Coalición.

De sus filas salió aquel grupo ultraconservador, Lesbianas Feministas Cristianas, que hicieron un activísimo férreo y violento contra los transexuales; exigían que se tratara como un trastorno de personalidad y no se le suministraran hormonas ni se operara a niñas menores. Con furia afirmaban que las leyes de la medicina patriarcal asesinaban a una generación de mujeres lesbianas confundidas, para alejarlas de su verdadera identidad y convertirlas en hombres de tercera categoría. Eran la derecha ultra extrema del feminismo, su campaña anti-trans, culminó en ataques con balas y explosivos a clínicas y médicos que realizaran procesos de reasignación de sexo, o era el género, siempre me confunden esos conceptos.

El Padre Ramiro Llantín, la última adquisición de la Catedral y la Arquidiócesis, estaba encargado de los grupos de base de fe, que, en su mayoría, no tenían mucha base ni eran tan fervorosos. Muy fino, delicadísimo como una *ballerina*; estudió Derecho, pero nunca tomó la reválida. Era evidentemente gay, pero, descansaba en la fe para que sanara su irremediable aflicción por las carnes de hombre, aunque no parecía darle resultado. Se le hacía difícil comportarse en mi presencia, como una quinceañera frente a su cantante favorito; el del póster en la habitación, con el que tantas noches se masturbó sin hacer ruido. Era mi arma secreta para bajarle el tono a la Coalición, tenía la autoridad para ordenarles en qué forma debían manifestarse, para que se comportaran, en sus palabras, como «damas cristianas, no arrabaleras escandalosas».

Siempre le recibí con abrazos efusivos y saludos firmes, muy "a lo macho". Cada vez que le daba la mano se estremecía, como si una ola de corrientes debilitantes le corriese de brazo al hombro, y hacía un gesto que daba la impresión de que se desplomaba. Se ponía todo rojo, sudaba, aunque no hiciera calor; no podía dejar quietas las manos y movía las nalgas sobre toda la sentadera de la silla, como si le picara la grieta. Era muy gracioso calentarle las emociones al curita. Ese día llegó tenso, con la molestia que le causó cruzar entre marullos de la cuarta ola y que una joven, que no pasaba los veinte, con el cabello violeta y pantalones muy cortos le gritara: «Escondan los niños, depredador a la vista».

Después del saludo, no le solté la mano y lo guie hasta la silla.

—A ver padrecito, lo noto nervioso. Siéntese que no me gusta verle así. ¿Necesita agua, café, *whisky*? Puedo conseguir alguna Xanax o Valium, si le sienta mejor.

—Gracias, mi Señor, pero, no me perdonaría ocuparle.

Siempre resistía de la primera y se me hacía el difícil, pero, a la que le apretaba un poco el brazo, se derretía sobre la silla y no se levantaba hasta que le ordenara.

—Agua está bien —suspiró con los ojos semi cerrados.

Cuando se dio el primer buche de la botella que le trajo Claribel, no perdí tiempo en hacer que lo escupiera.

—Hay un grupo de mujeres histéricas y sin clase, que hacen ruido frente a la Alcaldía. Padre, me están matando a pura calumnia.

Habló bajo y con la voz algo quebrada.

—Lo sé, señor, les acabo de pasar de frente cuando venía hacia aquí. ¡Qué vergüenza! Por favor, le pido profundas disculpas.

Me paré en la parte de atrás de la silla, le puse las manos en ambos hombros y le apliqué un masaje ligero y casual; la botella por poco y se le cae.

—No me pida nada y escuche con atención: Eso no lo podemos permitir —en esa última palabra el masaje pasó de ligero a un breve y doloroso apretón en ambos trapecios, se quejó con un jadeo que parecía más placer que dolor o, quizás, placer por el dolor—. Todo lo que escucho son atrocidades en mi contra, por parte de unas… unas mujeres, para nada elegantes, que alegan pertenecer a la Iglesia Católica, pero —vuelvo a apretarle—, no escucho a mi padrecito favorito salir a defenderme.

Jadeando un poco, trató de esbozar un mal pretexto.

—No me diga algo así, mi señor; no conozco bien la situación… ¿Unas mujeres, me dice?

Apreté de nuevo, sólo que esa vez no solté de inmediato, podía sentir como se contraía su cuerpo; le dolía, pero, no hacía nada para zafarse. Bajé la cabeza y le hablé pegado al oído, en un tono que fue cambiando de la burla al sadismo.

—Padrecito, le perdono cualquier cosa, hasta tirarme al olvido como un trapo. Pero, no le perdono que me mienta; no me gustaría tener que suspender estos ratitos nuestros —solté la tensión y regresé a la suavidad—. No me prive del deleite de su presencia.

Trató de decir algo, pero, lo que le estaba provocando la presión, no se lo permitía, tenía los ojos blancos suspiró y deslizó su cara para tratar de tocar con su mejilla mi mano. Lo solté de golpe, me senté y me recliné hacia atrás.

—¿A ver, me va a decir que le tiene miedo a unas cuantas revoltosas sin clase ni cintura?

Bajó la cabeza, avergonzado y casi a punto de llorar, se confesó.

—Sí, mi Señor, me aterran. Sabrá usted que son… —hizo con los brazos un gesto que no entendí—, ya sabe.

—No, mi padrecito, no le entiendo.

Dije con voz de ofendido, a la que el padre respondía desesperado.

—Ya sabe, son difíciles, indecisas…

Seguía haciendo gestos con los brazos, como cuando se quiere decir que algo es tosco o fuerte. Ya lo entendía, pero era divertido aplicarle electricidad al cadáver.

—¿Fisiculturistas? ¿Atletas de alto rendimiento?

Después de algunos intentos, no aguantó más y lo escupió, como si se liberara de un demonio.

—¡Lesbianas, son lesbianas!

Reaccioné sorprendido y con un asco que seguro me quedó muy mal dramatizado.

—¡No me diga! Eso explica los cortes de cabello del Tercer Reich y el exceso de vello facial. Padre, digo, cada uno a lo suyo, ya sabe que no suelo juzgar, pero, no se puede andar por ahí difamando buenos hombres como nosotros. ¿Cierto?

—Cierto, pero…

—Pero, nada. No hay porque ceder ante las presiones de personas que no siguen los parámetros de la Iglesia, si quieren hacer ese tipo de protesta, que se vayan con los ateos de la izquierda. ¿Sabe lo que hicieron ayer? Se fueron por la ciudad vieja, semidesnudas con los pechos al aire y baldes de pintura roja, a pintar la entrepierna de las estatuas, como si fuese sangre menstrual.

El seguía cabizbajo, reducido a un ovillo y con los ojos a punto del desborde.

—Es que son muy imponentes, trato de asumir carácter, pero no puedo. No tengo eso que tiene usted, mi Señor, que puede domar cualquier bestia.

Sentí lástima por el pobre infeliz y más antipatía por las chicas en la Plaza. Ante la delicadeza casi femenina del Padre, abusaban como lo haría cualquier macho fantoche y guapetón, falto de unos buenos golpes. Claro, aunque fomentaran posturas de violencia y lucieran tan masculinas, que hacían lucir afeminado a cualquier hombre normal, eran mujeres, golpearlas u ofenderlas nunca estuvo en mi naturaleza. Pude ser muchas cosas, pero, nunca dejé de ser un caballero. Necesitaba inyectarle ánimo, como a un boxeador antes de una pelea estelar.

—A ver, Padre, la grandeza de un hombre no está en su rudeza. Es cierto que usted es muy fino y elegante, pero, es también el hombre que ellas siempre querrán ser y jamás podrán; no tiene que sacárselo para ver quien lo tiene más grande, porque ellas no tienen.

Se le escapó una risilla tímida, parecía animarse.

—Dice usted unas cosas, Señor, quisiera poder ser así de firme.

—No imite a nadie porque caerá en su juego. Sea usted, sea fino, delicado y encantador; sea al queridísimo Padre Ramiro, el Subdirector de Arquidiócesis de San Juan y mi amigo. ¿Sabe que se lo digo a todos? El Padre Ramiro es parte de mi círculo. Usted es un hombre, nunca lo olvide. Compórtese como tal, demuestre quien carga las pelotas y suspenda esa charada de mal gusto que ofende a la gente decente de San Juan.

Suspiró, enderezó la espalda, su rostro adquirió el brillo del valor o la estupidez, que brillan de forma similar.

—Ahora, vaya a la oficina de Francisco que le entregarán un comunicado para que lo difunda en la comunidad con esa dulce voz suya, que no tienen ninguna de esas ordinarias.

—Gracias, mi Señor, no tiene idea del valor de sus palabras. Hoy mismo le pongo fin a su problema.

—Eso espero. Es usted un gran señor, no lo beso, porque es un hombre de Dios y, claro, porque no somos maricones.

Aprovecharme de las pasiones que provocaba en otras personas, no estaba bien, lo sabía, pero, las mujeres lo hacían desde antes que el mundo tuviese nombre, sólo me aplicaba la igualdad y rompía con la aplicación tradicional de roles. Además, me resultaba halagador provocar emociones en cualquier ser humano, no sólo mujeres.

Esa misma tarde las Femix-Católicas salieron de la Plaza. Pero, horas después, apareció Lucrecia Phillips, con un séquito de fundamentalistas, hombres y mujeres, con ropas recatadas y aburridas, visualmente opuesto a lo que hubo antes. «Gracias por limpiar las puercas chancleteras, que nos impedían ejercer nuestro derecho a protestar», me escribió la Lucre en un mensaje de texto, que leí mientras la observaba desde mi oficina. Eran muy difícil de contrarrestar, el desorden y vandalismo del grupo anterior, los hacía lucir como corderos mansos. Cuando comenzaron los cantos con alta voces y panderetas, pensé: *la mato y aparece una mayor.*

24
Divide y conquista

Recibí llamadas de la mitad del alto mando del Partido, presionaban para que le diera una oportunidad; "es un buen hombre", decían los más embarrados. Siempre me importó un pedazo de mierda el resto de la colectividad, pero, esa vez yo era parte de los que Fuentes tenía agarrados por las pelotas. Hablaban de recoger dinero para su defensa, mientras yo trataba de que lo convencieran de proteger la institución. Pero, necesitaba más que palabras para mover el apoyo hacia mi lado, el temor que sentían por la lengua de Fuentes era más poderoso que el amor a la colectividad y al país.

Por la obstinación de una prepotente y desleal estupidez, se empeñó en quedarse donde no podía. ¿Por qué los más hijos de puta siempre se aferraban a los puestos como moscas a la mierda? Satanás obraba por senderos de azar y misterio, una noche después de reunirme con el Comité de Campaña, buscando sabiduría, le comenté al Palomo mi dilema. Me dijo algo tan simple, que me odié al escucharle: «¿Quién se beneficiaría más con su salida?».

Fuentes nunca fue parte del grupo, para los más antiguos, era "el truquero que don Armando contrató para pagar un favor". No sabía que Dobleletra lo detestaba tanto o más que yo. Lo trataba como un pendejo, le hacía bromas de mal gusto acerca de su hombría; además, cada vez que veía a Roxana, la esposa de Doble, se la tragaba con la vista, se babeaba con las colosales caderas y desproporcionadas nalgas boricuas. En las filas del Partido, Doble, era más apreciado que Fuentes, pero, nadie se arriesgaba por él, porque no le temían. Eso, lo hacía sentir inferior, necesitaba cambiar la narrativa y tomar ventaja.

Las alcaldías en Puerto Rico eran una enorme y nutrida reunión familiar, donde coincidían más parientes que en las fiestas de Navidad: primos, hermanos, sobrinos, padres, yernos, todo el que tuviera edad para votar. La víctima y acusadora de Fuentes, era prima de la esposa de Dobleletra y le contó todo, desde el primer acercamiento impropio. Pudo intervenir antes y evitarle mucho sufrimiento, pero, tal vez eso no le era conveniente a largo plazo y no se equivocó. Fue Doble el que le dijo que llamara Danny Tavares, que sonaba en aquellos días como la estrella de la comarca jurídica; fue quien la exhortó a que aceptara la nefasta reunión, hasta le recomendó que la grabara en su teléfono, para cortarle la cabeza a Fuentes, la envió al matadero. Con su cara de pendejo y su andar de tortuga, Doble le pasó por el lado a la liebre y no nos dimos cuenta.

Con ese juego de bola monga, Doble, sabía llegarles a los viejos testarudos de los tiempos de mi padre, los verdaderos tiburones que infestaban los mares eternos de la política puertorriqueña; comparado con ellos, yo sólo era un delfín juguetón. Lo dejé a cargo de la misión de convencerles de que Fuentes era una carga tóxica y que, si no ponía al Partido primero y se largaba voluntariamente, debíamos dejar que la ley tomara su curso. Le exigí discreción, el otro pensaba que tenía gente con poder para desaparecer su problema, tal y como él lo hizo para ellos en tantas ocasiones. Sólo que, era un peón sacrificable y, contrario a Dobleletra que estaba muy claro, Fuentes nunca lo entendió.

Con mi bendición implícita, Dobleletra siguió de cerca todas las transacciones de recolección de Fuentes, particularmente las del Partido Central, que hacía para la Rémora y otros legisladores. Sabía que la rata siempre sería rata y se mantuvo en vigilia, le emocionaba cercenarle la testa.

Durante esos días en que Doble se sentía empoderado con el asunto de Fuentes, vi una patética escena que me dejó claro por qué Ignacio nunca podría respetarle. Al enterarse de que en el resultado de la investigación recomendaba el despido de

Nelson Cabán, para proteger a su compañero de crímenes, llamó a Ignacio a su oficina, le hizo uno de sus resbalosos cuentos con el humor de los hermanos Marx, para ordenarle que retrasara el resultado.

Resulta que Doble, con su retorcida retórica "del campo al pueblo", para advertir disuadir, motivar" o intimidar, le contó a Ignacio, acerca de una vez que mi padre lo envió a mover unos muebles de un edificio a otro. Sin saber que lo observaba y lo escuchaba por mi sistema de circuito anti-paranoia, le dijo que, aunque sus empleados subieron los muebles a los camiones y llegaron frente a la alcaldía a las 3:20pm, esperó hasta las 4:15pm, para bajarlos junto a su gente, sabía que mi padre lo vería, ya que todos los días, a esa hora, salía al balcón a fumarse un cigarrillo; tan pronto lo vio regresar a la oficina, dejó que los otros terminaran y se marchó. Mantuvo cinco empleados sin realizar labores y cobrando, sólo para engañar a mi padre.

—Tiene que tomarlo con calma, licenciado —le decía—, lo importante es que siempre tenga algo que hacer. Si acaba muy de prisa, podrían pensar que tiene poco trabajo. Recuerde que *no por mucho madrugar, amanece más temprano.*

—Meléndez, no soy persona de dar consejos, pero, le recomiendo que no repita esa barbaridad que me acaba de contar, y no me refiero al cliché del madrugador. Pretenderé que fue una broma de la "ruralía" y no una confesión de delitos de aprovechamiento ilícito en la función pública. Además, ninguna persona que se valore contaría un barbarismo similar.

—Licenciado, me falta usted el respeto…

—Me lo faltas tú al atreverte amenazarme de esa manera.

—Soy su supervisor y merezco…

—Ya te he dicho que eres un "por conducto" que mueve papeles de mi escritorio al del Alcalde. Sino vas a ayudar, sal del medio, ya tenemos estorbos suficientes. ¿Algo más?

Doble tenía el rostro inflamado de la rabia y podía ver que se esforzaba por decir algo que nunca pudo articular.

—Nada más, se puede retirar.

Ignacio se levantó sonriente y, como si nada hubiese pasado, le tendió la mano para despedirse. Dobleletra, incrédulo y más en espera de un golpe, estiró la suya;

—Buenas tardes —le dijo con un cinismo que gritaba burla y se marchó.

Minutos después, Dobleletra estaba en mi oficina indignado, en una disimulada intentona por sacar de curso la querella contra Cabán, decía que los procesos no salían a tiempo.

—Las prioridades del licenciado Gutiérrez no son las correctas.

Que debíamos devolverle a Robles sus tareas, separarlos y dejar a Ignacio sólo en asuntos de personal. Que era difícil para Robles trabajar con él, debido a su prepotencia y si cada uno investigaba por separado, agilizaban el trabajo.

—Un profesional trabaja con quien le asignen, me lo enseñó mi padre. Si Robles no puede con el impulso y la falta de filtros de Ignacio, puede irse, no le guardaremos rencor. Considero sacarlo de todas las investigaciones y dejarlo con sus talleres y seminarios aburridos. No me gusta la gente que arrastra los pies y Robles no tiene idea de cómo levantar los suyos.

La cara le cambió, como cuando te cae mal ese pase de coca que te das en exceso; que te destroza el estómago, te sube la presión y te hace vomitar; muy similar a un ataque de pánico. No dijo mucho más y se marchó dando pasos más rápidos que de costumbre.

25

"Money, its a gas..."

Aunque parecería que el psicópata violento de esta historia era yo (además de Lucho) el amigo Blackie, también tenía su demonio interno, que no dejaba salir con frecuencia; ya les dije que éramos muy similares. La primera vez que vi salir al Chucky *the Blackest*, fue para el año 90, a punto de graduarnos de la Academia. Mi padre inauguraba parte del muelle en el Viejo San Juan, se preparaban para la celebración de los 500 años del descubrimiento de Puerto Rico y para la famosa Regata Colón que llegó dos años más tarde. En aquellos días todavía existía algo de respeto y cordura cuando la gente se dirigía a figuras de poder, como los alcaldes.

El carro oficial de mi padre en aquel cuatrienio era un Lincoln Continental negro, Pepe iba al volante. Viajaba mi familia entera, menos Elizabeth que estudiaba en Nueva York, y Guillermo, claro está. Chuck andaba también, algo que no era raro en esos días. Cuando nos bajamos y caminamos hacia el área de la tarima, un tipo de unos treinta años, muy osado gritó «¡Quiñones cabrón!». Todos lo ignoramos, excepto Black, que me miró incrédulo. El tipo repitió el insulto y, mi amigo con su pelo largo y despeinado (como lo llevó la mayor parte de su vida) y una camiseta negra con la carátula *Fair Warning* de Van Halen, caminó hacia el individuo y, sin mediar vocablo, le pegó una derecha en la nariz que lo derribó y lo dejó aturdido. Dos amigos del infortunado trataron de interceder y también los despachó, a uno con un codazo en la nariz y al otro con una patada en las pelotas que lo levantó del piso. Luego regresó a golpear al que profirió el insulto, que trataba de incorporarse y gritaba «me va a matar». Lo agarró por el cuello de la camisa y le atinó unos cinco o seis puños corridos, como marcados por un ritmo de 120 *beats*. Uno de los amigos previamente despachados, se incorporó y lo golpeó para que dejara al insultante, pero Blackie era como un pitbull que no soltaba.

Chuck estaba casi noqueado, pero, continuaba masacrando al gordo en el piso. Pepe lo rescató de matar al infeliz y de que lo mataran a él. Cuando lo llevaba en brazos, aturdido decía: «Esos cabrones lo tienen que respetar, lo tienen que respetar» y perdió el conocimiento por algunos minutos.

Ese día mi madre prohibió la presencia del cafre de "mi amigo" y dijo otras cosas que ya ni recuerdo. Pero, mi padre, por el contrario, ese día lo adoptó sin decirnos. Fue una mezcla de sentido de culpa, respeto a la lealtad y los cojones de acero frío de aquel pendejuelo de diecisiete años con una derecha demoledora, que se ofendía más que sus hijos cuando alguien le faltaba a su honor. Mi padre le agradeció que hiciera con aquel bocón exactamente lo que él quería hacer y no pudo; no por mi madre, por Zenaida, estaba recién llegada.

Nunca lo supo y tampoco lo tenía que saber, era demasiado terco y orgulloso, fui yo quien pagó por algunos de los contratos que dieron pie a la buena racha de mi amigo Chuck. No podía verlo en aquellas míseras condiciones, como si hubiese olvidado la dignidad. Seguramente él les diría que no teníamos el mismo concepto de lo digno; que el mío era demasiado laxo, y sí que lo era. Pero, de qué carajos servía tener tanto dinero y no ayudar a los amigos. Merecía vivir mejor, era el tipo más leal que conocí, mucho más que Franco. En los momentos más de mierda, me echaba a un lado, se metía de cuerpo entero y se cagaba en mi lugar. Nunca se lo dije y debí hacerlo, tenía cojones de acero y soplados con la "locura" del que no tiene nada que perder. Quería que sintiera la liberadora sensación de cumplir, de no necesitar; Sofía y Eduardo lo merecían también. Que importa si usé algunos amigos mexicanos para inventarle un cuento que redundó en que generara algún dinero.

Además, trataba de alejarlo de escribir los artículos que tanto daño me hacían; pensé que ahogándolo de trabajo y plata, lograría sacármelo de encima, que dejaría esa idiotez del periodismo investigativo independiente, y se dedicaría a su literatura para "pránganas", como él mismo le llamaba. Pero no fue así, la terquedad no se aprende es una de esas cosas que se tienen o no. Aunque no todo fui yo, su relato del incidente con Fuentes, publicado en primera persona, lo puso en el "mapa" de los curiosos del país. La gente empezó a preguntar ¿qué más? y compraron los libros que publicó años antes y que sólo le habían servido para ocupar espacio.

Stoli fue mi cómplice. Le dijo que un conocido artista (al que evidentemente no puedo mencionar), deseaba escribir su autobiografía, pero, tenía un pequeño gran problema: ¡No sabía escribir! Y ella le recomendó al Black. Todavía le quedaba algo de abogado, preparó un contrato en que, además del buen pedazo de dinero que le pagarían por servir de fantasma, recibiría un cinco por ciento de las ventas totales, lo que al final significó más dinero del que había visto en la pasada década de números rojos e indigencia que tan orgulloso vivió. Y ese libro llevó a otros, Black Rodríguez se convirtió en el mejor escritor fantasma de Puerto Rico. Era una especie de biógrafo oculto, al que artistas y figuras le encomendaban sus historias para que las hiciera parecer interesantes, como guiones para películas, y no monólogos de lagrimeos que solían ser. Chuck llamaba a lo que hacía, el género «de todo lo que no es literatura y lo más bajo antes de caer en la autoayuda», pero su situación personal evolucionó de fantasma a aparecido, en menos de dos parpadeos.

Recuerdo decirle: «*qué bien se siente salir de prángana*». Nunca lo hablamos, pero, creo que Chuck se boicoteó a sí mismo, solamente para saborear la miseria con sus papilas, nada de referencias ni experiencias ajenas; su descabellada idea de que necesitaba vivir para escribir, que se escribía de lo conocido y sólo se conocía viviendo. La miseria no era la excepción, requería sentirla en el cuero y la conciencia. Con el encierro se multiplicó la apatía hacia la gente y prefería la compañía de sus personajes, hablaba de ellos como si fuesen reales. No me di cuenta de inmediato, pero, fue su nueva amiga, Lis, la peluquera de los carros deportivos, quien le añadió colores a su vida.

Resultó que no era sólo peluquera, era excelente para los negocios, tenía cierta "jerarquía" en el mundo de la belleza: mises, artistas, las más apretadas damas y ciertos caballeros, visitaban sus salones. Además, sus padres eran dueños de una agencia de publicidad muy conocida y opulente; nadie se explica cómo carajos se fijó en él. Lo ayudó a mercadear su blog para que dejara ganancias. No sé cómo carajos lo logró, pero, lo convenció de crear un podcast para que dijera todo lo que le diera la gana; con entrevistas, noticias y lecturas de sus escritos, particularmente los eróticos. «Un poco mortificada por los celos, debo decir que, por mi experiencia, muchas mujeres disfrutarán de las cosquillas que provoca tus letras. Pero, si además, las escuchan de tus labios, se volverán adictas y pagarán por escucharte». Fue extraño ver a mi amigo sonreír con tanta frecuencia, aunque se empeñara en ocultarlo.

Cuando comenzaron a llegar los cheques, pagó una deuda del apartamento de Sofía; liquidó la cantidad vencida de la hipoteca de la casa de su madre; después fue a la universidad de Eduardo. Luego a un concesionario y le compró a Sofía, un vehículo Volvo, que era su marca favorita. Debo mencionar que, mucho antes, Sofía me rechazó BMW 550, con más lujos que una suite del Waldorf Astoria, que le regalé para que no anduviera en aquel fotingo que se descomponía semanalmente. Con la altivez de una amazona, me zampó un rotundo "No, aunque te agradezco el gesto". Era tan terca como él, igual de orgullosa, entendía perfectamente porque se amaban como se amaban y nunca pudieron estar juntos.

Los meses siguientes, el dinero siguió llegando, y el Chuck trató de darle algún orden a su vida y arregló su casa. Fue curioso, porque no la modernizó ni le añadió lujos ni muebles de diseñador. Pagó porque la restauraran conforme a las fotos que tenía y su mejor recuerdo; igual a como la tenía su madre antes de enfermar, en los tiempos en que fue feliz sembrando flores y porque su hijo era todo un abogado admitido en la práctica del país. Esos años, previos al ataque inclemente del Alzheimer, doña María fue muy feliz, me lo dijo tantas veces, se lo dijo a mi padre, el saber que su hijo aprovechó las oportunidades y la generosidad de la vida para convertirse en hombre de bien. Era más de lo que podía pedir, porque era mucho más de lo que tenían otras madres que también trataron de echar adelante a sus hijos en aquellas condiciones. Chuck no pudo ver esa felicidad de su madre, estaba ofuscado en no convertirse en la caricatura leguleya en la que terminaban la mayoría de nuestros colegas. Lis lo ayudó con el jardín, consiguió la mayoría de las flores y tiestos.

Doña María, tenía episodios de lucidez, en los que salía algunas horas de las tinieblas de esa maldita enfermedad que aprisionaba su esencia. Chuck ordenó que cada vez que eso sucediera lo llamaran. El asilo no quedaba lejos, llegaba y compartía de su madre entera de cuerpo, alma y mente. Quería que la próxima vez que despertara, que ya no era tan frecuente, llevarla a su casa con sus flores y sus tiestos, como si el tiempo no hubiese pasado.

De más está decir que envió a restaurar el Cobra y quedó como nuevo, una joya de la ingeniería automotriz imposible de ignorar. Por décadas, donde quiera que Chuck lo estacionó, no hubo otro que captara tanto la atención. Por último, antes de regresar a la vida de austeridad y comenzar a esconder sus ingresos debajo del colchón, envió a la relojería y se enganchó otra vez su Omega, *Seamaster* obsequio de mi padre cuando terminamos la Facultad, ni Pablo ni Guillermo tuvieron ese privilegio. Por mucho tiempo pensé que mi reloj fue sólo para que no me sintiera celoso; nos regaló el mismo y con la misma inscripción: "*Nadie se escapa del tiempo*".

26

Here comes the groom

El 16 de junio de 2015, con insultos y ataques raciales, Donald Trump anunció su precandidatura a la presidencia de la USA. No era la primera vez que hablaba de ser presidente, y siempre que lo hizo, el mundo político lo tomaba como broma de ocasión. Nadie le daba oportunidad en la primaria. No consideraron, su estatus de celebridad mediática, y que los años de Obama fueron demasiado liberales para un grupo de americanos, en su mayoría blancos de clases media y baja, que se quejaban de la invasión de inmigrantes y de que el Estado protegía más a un ilegal que a sus ciudadanos.

Irónicamente, diez días después, el Tribunal Supremo gringo, aprobó el matrimonio igualitario, posiblemente uno de los más grandes logros de la década; desde Roe vs Wade, no se discutía un tema tan delicado para los americanos, y por ende Puerto Rico. Personalmente me cagaba en el matrimonio y daba gracias a la vida por el divorcio, pero, entendía el valor que representa la libertad de elegir a quién se ama. Mi hermano andaba de brincos y sonrisas, llevaba casi veinte años con su pareja, Rigoberto; supongo que era una forma de alcanzar la total integración a la sociedad. Recibí su llamada, todo emoción, para invitarme al evento. Siempre tan comprensivo, me dijo que entendía si no podía asistir por asuntos de imagen política.

—Qué imagen política ni qué hostias. Ya ves que el matrimonio hace idiota al hombre. Claro que estaré, espero que no hayas escogido a nadie para el brindis, porque tendrás que cancelarle.

En octubre, viajé para la boda junto a Claudia Isabel, Claudia nos esperaba en el aeropuerto. Ya se conocían mis dos Claudias y se llevaban bien, fue en ese viaje que comencé a pensar en la posibilidad de vivir todos juntos.

En la USA se calentaban las primarias, Bernie Sanders y Hillary Clinton se hacían pedazos. Trump jugaba con sus oponentes, su candidatura era una especie de combustible para extremos, levantó los ánimos de grupos de derecha religiosa, supremacistas blancos extremos, y de los pobres de estados azotados por el desempleo y la falta de oportunidades, que denunciaban el abandono del Gobierno; también encendió los *wokistas* del progresismo. Lo vi de cerca en mis viajes a Florida para visitar a Claudia, los cambios que exigía el exceso de corrección política que predominaba, ensanchó los surcos de la división, ya que la otra parte del país se oponía tenazmente a esas nuevas tendencias de pensar.

La boda se celebró con muy buen gusto, nada mal para militares que mataban gente como modo de vida: flores, un piano de cola blanco al fondo, interpretado con destreza de concertista, por un joven de pelo rizado, vestido de esmoquin, que no pasaba los veinticinco años y, seguramente, también era gay. No esperaba a mi madre, que viajó junto a Elizabeth. En principio, su presencia fue perturbadora y prueba de que mi hermano era mejor hombre que yo al invitarla, me faltaba esa capacidad para perdonar. Las acciones de mis padres y la vida que le tocó después lo endurecieron hasta convertir su piel en un material único, duro como el titanio, como una roca que podría destruir todo lo que se interpusiera a su paso; pero, a la vez podía ser tan flexible y suave como un pétalo.

"Los declaro esposo y esposo", fue extraño escuchar esa línea por primera vez. Se besaron tímidamente y se abrazaron con la fuerza que sólo dos hombres pueden. Traté de disimularlo, pero, se me escapó una lágrima al verlos. Mi padre sabía de Rigoberto, lo llegó a ver en fotos, le resultó raro que no lucieran afeminados; eran soldados rudos, fornidos y condecorados, deconstruían el estereotipo concebido de los manierismos delicados; tal vez era uno de los efectos colaterales del *"Don't ask, don't tell".* En un aparte antes del brindis le dije:

—No sabes cuánto me alegra que el viejo haya muerto y no te cagara este momento.

—Creo que, muy en el fondo, siento lo mismo. Pasé casi cuarenta años buscando su aprobación: comí libros y fui la nota más alta; corrí entre balas, sin que me importara la muerte y gané medallas por valor, sólo para que él sintiera orgullo —sus ojos se enrojecieron—. Nunca me atreví a decírtelo, pero, el día de su muerte lloré, lloré como nunca antes, por unos instantes sentí el ardor de la decepción del fracaso. Pero luego, cuando ya no quedaron lágrimas, sentí paz… ya no tenía que esforzarme más. No creo haberlo superado del todo, pero ya no duele. Soy libre, Armando, libre.

No recuerdo con exactitud que dije en el brindis, sólo recuerdo un fragmento, «He esperado casi toda mi vida para decir que, al fin veo felicidad plena en los ojos de Guillermo, lo que convierte este día en uno de los más importantes de mi vida». De inmediato agarré a Claudia y la besé con tanta fuerza que casi le quiebro un labio. Después del brindis y de aquel tierno y hasta tímido, segundo beso de casados, bailaron por primera vez en público. Por tratarse de una boda gay, podrán pensar que eligieron alguna pieza cursi de Celine Dion o Cher; nada de eso, los novios escogieron "What a Wonderful World", y exactamente así se sentía. Que contadas son las veces en que sentimos que la vida es en verdad maravillosa…

Los invitados no perdimos tiempo y los acompañamos en el baile. Con los rostros pegados y los ojos cerrados, bailé con Claudia, sentía un regocijo similar al que expresaba la canción. Claudia Isabel bailó con Elizabeth, madre las observaba sentada, me preguntaba qué le dolía más, su hija cuarentona y divorciada o la nieta de "color oscuro".

—Me alegra tanto que estés aquí.

—No me la hubiese perdido por nada. Tu hermano es encantador.

—¿Llegará un momento así para nosotros? —le dije al oído, su respuesta me quebró por dentro.

—Nuestro tiempo para eso, ya pasó…

Nunca debí decirlo; regla de oro, que sean ellas quienes pongan el tema del casorio. Estuvo callada el resto de la fiesta. Esa noche, lo hicimos con la pasión de siempre y dormimos abrazados. Era curioso, sentía que la amaba más que nunca, pero, ese día algo se me volcó por dentro, una necesidad de tenerla cerca más tiempo. Al otro día, seguía silenciosa, sólo respondía preguntas con parquedad. De camino al aeropuerto, habló con Isabelita, apenas me dirigió la palabra. Nos despedimos con un beso frío.

***

Lucrecia Phillips no perdió tiempo. Fotos no autorizadas de la boda comenzaron a circular las redes sociales, en especial una en que aparecían los novios besándose y Armando observaba el momento, risueño. "EMISARIO DEL PECADO" decían memes y comentarios puestos por el comité de odio de la Pastora, tan efectivo como el de cualquier político. En su programa que transmitía por la internet, Lucrecia, ataviada de Gucci y su usual sobrecarga de accesorios y prendas extravagantes, mostraba las fotos y decía: «Ahí tienen dos pecadores en plena ofensa al Señor, mientras el promotor del pecado, el Alcalde de San Juan, le daba su bendición a esa unión aberrante y condenada al fuego eterno. Ese portador del germen de la inmoralidad es el que quiere cerrar la Iglesia de Dios, imponiéndole cargas ilegales».

El caso estaba a punto de terminar y las cosas no pintaban bien para los siervos adinerados. Era evidente para la gente en la calle, que el Tiburón tenía sudando a los religiosos y el rumor general decía que era la acción correcta. Buscaron en las filas del PNP un suicida que lo retara en primarias, nadie se atrevió; se fueron al partido rojo y ofrecieron apoyo económico a quien fuese, que se comprometiera a derogar el impuesto; nadie aceptó, todos los políticos con dos dedos de frente esperaban su victoria, les abría una nueva "mina" de oportunidades. Lucrecia, desesperada, atacó por el flanco que jamás debió.

El asunto de las fotos de la boda, le recordó a Pablo y el sobre anónimo. Experimentó una ira similar a la de su adolescencia, sólo que, a ella no podía rajarle la cabeza. Lo resolvió como lo resolvía casi todo en aquellos días, con la ayuda de sus amigos mexicanos. Creo que no pasaron cuarenta y ocho horas, cuando ya tenía copias de recibos de prendas y artefactos lujosos, fotos, y la grabación de una deposición tomada a la hija del ex de Lucre, para una demanda en la que se le exigía devolver unos siete millones de dólares, de una herencia que obtuvo mediante fraude. Parte de la información fue filtrada a la prensa y a varios programas de chismes.

El día que transmitirían la historia, Armando la llamó cinco minutos antes y le dijo

—Prende la TV y busca Tele Globo, el tema te interesará.

Lo llamó después del reportaje, gritaba y apenas se entendía lo que decía. Él trataba de hablar, ella no le permitía y le colgó otra vez. Repitió la llamada. Armando contestó y la calló del saque.

—Cállate y escúchame, porque no me voy a repetir, si me interrumpes, ahora mismo les envío la parte de la deposición en que la hija de tu difunto explica el esquema que usaste para robarle. Si vuelves a tocar a mi familia, lo próximo que verás en las redes, es un video en el que apareces desnuda en, lo que creo que es tu cama, recibiendo un masaje y luego intercambiando sexo oral con esa asistente tuya que te acompaña a todas partes, la gringa rubia del culo caído. ¿Qué pensará el ministerio si se entera que a la Lucre, le gusta el jugo de vulva? ¿Lo sabe tu esposo? Claro que lo sabe. Tengo otras tomas, en un baño, en la que se ve a la rubia arrodillada en la bañera, proporcionándole cariños similares, entre agua y vapor.

El trabajo de espionaje electrónico funcionó, Lucrecia Phillips detuvo su ataque. La boda, más que daño, le hizo mucho bien a la imagen de Armando, resaltó su inclusividad, tolerancia y el incondicional amor a su familia, en días en que sonaba los chismes de sus conquistas y los grupos feministas, agarradas del asunto de Fuentes, lo tildaron de macho misógino y levantaron un boicot en su contra.

27

Mortal Kombat:
Ignacio vs. Doble

Un año antes de la campaña, la primera plana del periódico de mayor circulación decía: "COMISIONADO ELECTORAL DEL ALCALDE DE SAN JUAN, IMPLICADO EN FRAUDE CON CONTRATISTA". La noticia contaba en detalles el asunto de las cotizaciones falsas y que la Directora del área fue removida, "una mujer negra (se les quedó obesa e inservible), fue removida, pero, el funcionario que realizó las cotizaciones, un hombre blanco, permanecía en su puesto". Nelson Cabán tampoco era tan blanco, ambos tenían pigmento latinoamericano, él, un tono más abajo que ella, que solía pasar tiempo bajo el sol. Aquel debate racial, en un país caribeño, podía ser absurdo. ¿Quién carajos era blanco o negro puro en Puerto Rico?

Casi cuatro años de la presentación de la queja de Pinto y nada había pasado. Convoqué una reunión de inmediato. Dobleletra, Ignacio, Francisco, Leslie, Robles Vizcaya y otros. La rabia no me permitió recordar que, mucho tiempo antes, le pregunté a Ignacio acerca del caso. Su repuesta fue «no son buenos los resultados» y que le había pasado la investigación completa a Dobleletra, siguiendo el proceso. Una vez llegaron, comencé una de mis analogías acerca del mal servicio y su consecuencia próxima: el despido. Les reclamé a todos, pero, en especial a Ignacio, que estaba a cargo de la investigación. Nunca había sido duro con él, pero me resultaba intolerable lo que pasaba. Francisco me daba miradas de "cálmate", pero, no podía. Me sentía decepcionado, esperaba irresponsabilidades así de cualquiera, menos de él. Tenía suficiente con el asunto de Fuentes, más México, Los Cobras, los interludios diarios con la heroína… estaba más cansado de lo usual.

Cuantas cosas le dije y no respondió, sólo tenía una definida expresión de rabia. Me estuvo curioso su silencio, Ignacio jamás se callaba cuando era increpado. Robles estaba tieso, pero, podía notar que se disfrutaba lo que sucedía. Aguantó callado todas las mierdas que se me ocurrieron y después de llamarlo ineficiente, noté, como de refilón, le dio una mirada de muerte a Dobleletra, que veía hacia arriba, como desentendido del asunto.

—Esperen un momento, algo no me cuadra. Gutiérrez, ve a tu oficina y busca el expediente, quiero que me expliques en detalles por qué has tardado tanto.

—¿Se lo puedo traer más tarde? —contestó seco.

—No, lo quiero ahora. Llama a tu secretaria para que lo traiga.

Se quedó inmóvil y con evidente incomodidad.

—No llamas porque no está en tu oficina, ¿cierto?

No contestó y se lo repetí con más entusiasmo, o sea, con más molestia. Entre dientes, como un murmullo, dijo:

—No, señor.

Me volteé, Dobleletra seguía de cara al techo. Cuando sintió el pesado calor de mi mirada, bajó la cabeza. Le faltó color en los labios, como un bajón de hemoglobina. Mi silencio por casi un minuto aceleró sus posibilidades de infartar. Me dirigí a Ignacio.

—¿Y no pensabas decirme nada?

—No, señor.

Quise mandarle al carajo, pero, sí que tenía pelotas. Estaba demasiado bien entrenado. Detestaba a Doble, pudo noquearle con un *jab,* pero, prefirió callar, antes de lucir como la rata sentada al otro lado de la mesa.

—Y tú, escuchas como lo insulto y no dices nada. ¿Qué clase de persona eres? Ves que se comete una injusticia contra uno de tus hombres y lo permites; te callas como un cobarde cuando la responsabilidad es tuya. Con razón tienes que venir como una puta ofendida, con cuentos de que no te respetan.

No puedo explicar los deseos que sentía de que se atreviera a decir una palabra; que cuestionara el uso de los únicos adjetivos que podía aplicarle "cobarde y puta".

—Odio las disculpas y me has puesto en la posición de pedir una. Pero, se la vas a pedir tu primero o te largas al carajo ahora y no regreses.

El muy pendejo se disculpó. La tensión en el aire se podía sentir en la piel. La mirada de Francisco decía "tómalo con calma". El resto de los presentes apenas respiraba.

—Ve a buscar los expedientes y tráelos en los próximos cinco minutos. ¿Cuántos son Ignacio?

Cuando escuché el número, fui yo quien casi infarta. Ciento veintiún expedientes, entre los que estaba el de Cabán.

—Pero, señor, están en el otro edificio.

—¿Debe eso importarme? Antes de que acabe esta semana, nos reuniremos con Francisco, es necesario hacer ajustes contigo. Y desde hoy, Ignacio me responde directamente.

Su rostro se desformó a una mueca de pánico, perder el control de las investigaciones le quitaba poder. Resulta que, Dobleletra, sí sabía lo que eran términos prescriptivos, cuando Ignacio le entregaba los informes completados, Doble, en vez de enviármelos, como el "por-conducto" que era, retenía los de los "buenos progresistas", hasta que pasaba la fecha de prescripción; luego, preparaba una carta de archivo por falta caducada e investigación tardía. Ignacio pensaba que era yo el que dejaba pasar el tiempo para salvarlos, me lo dijo después.

—Se pueden retirar. Excepto tú —dirigiéndome a Ignacio.

No sabía que hostias decirle, cualquier otro, en su lugar, cantaba como ramera de medio peso. Con una mala sangre como la que le tenía al Doble, yo en su lugar, pegaba el golpe. Ya no existían este tipo de caballeros de línea recta; y vamos, que lo caballero no le quitaba lo hijo de puta. Por primera vez, pude entender la admiración paternal que mi padre sentía por Chuck.

—Me vas a matar de un puto infarto. Ese par de "guevos" tercos te traerá problemas algún día.

Le entregué una carta, en la que le ordenaba suspender, hasta nuevo aviso, la investigación de Fuentes. El documento que lo liberaba de cualquier asunto ético futuro.

—Un detalle, no la detengas, necesito que continúes en silencio, nadie puede saberlo. La carta dice "hasta nuevo aviso", espéralo preparado. El tipo regresa la próxima semana, como si nada hubiese pasado, así son esos hijos de perra. Recuerda, discreción, Ignacio, discreción.

28

"Here we kum"
(México 12 al 17 febrero de 2016)

No había razón para viajar a México, nada en los negocios lo requería; de hecho, era riesgoso. Sólo quería pasar un buen rato con mi nuevo amigo Luis Miguel, celebrar el éxito de los negocios. Además, la calidad de las drogas que había en la tierra azteca era otra; la razón principal del subconsciente era acariciarme las venas, lo demás eran meras excusas.

Era noticia que el Papa Francisco visitaría México, los padres Vicente y Ramiro estarían allí. Y, dada mi decadente relación con algunos sectores cristianos, una foto con el Santo Padre sería un éxito para la próxima campaña, aseguraba la simpatía de la mayor secta religiosa, Puerto Rico siempre fue un bastión Apostólico y Romano, Francisco el Papa, era la excusa para llegar a la heroína.

Cuando llegué a Querétaro, la cara de preocupado de Luis Miguel no era lo que esperaba. Recién se enteraba del ataque a un cargamento de dos toneladas de heroína que sería entregada al Cartel de la Costa. Los Cobras interceptaron la transacción, decapitaron catorce hombres, cinco eran empleados de los Valverde, y les dejaron un mensaje escrito en una sábana blanca: "El chiapaneco es el próximo". La inteligencia decía que eran posibles dos ataques más. ¿Dónde? ¿A cuál de las operaciones? Me dijo que debíamos limitar la fiesta a las áreas seguras, preferiblemente la hacienda y triplicar la seguridad para el encuentro con el Papa. Peligro o no, ya estaba allí y entre los encuentros con el Santo Padre Francisco y la Santa Madre Heroína, tenía la agenda llena… no quería regresar.

***

El informante llamó, hacía mucho no lo hacía: «Tengo un dato que te interesará, pero, puede que sea difícil para corroborar». Afirmó que el Sacerdote de la Catedral de San Juan, el Padre Vicente, era familia del principal contratista que lavaba dinero en San Juan. Dijo que Armando sabía y que, su viaje a México, era para cerrar negocios pendientes.

Llamé al Tiburón y, como cosa casual, le dije que era posible viajar a México para un reportaje. Sin preguntarle, me corroboró la información. Dijo que iría a tomarse algunas fotos con el Papa, dizque para calmar a los religiosos, que iría con los sacerdotes de San Juan y que estaría algunos días más, porque aceptó la invitación de un contratista a su casa de Querétaro «ya sabes, Valverde, creo haberlo mencionado», demasiadas veces que habló del viejo mexicano y su vida de playboy. La información era correcta y Armando no titubeó en contestar, de haber algo chueco lo notaría en su voz. No le comenté de la llamada, hablamos un poco más y, antes de colgar, me preguntó «¿A qué vas a México? «A cubrir al Papa», fue lo que se me ocurrió, «tal vez nos podemos encontrar por allá». Hizo un breve silencio y me dijo «creo que voy a estar bastante cargado, pero tratamos». En circunstancias normales, me invitaba, me ayudaba a llegar cerca del Papa y después lo celebraba con una juerga. No fue la negativa de su respuesta, fue el silencio antes de decirla lo que me hizo sospechar no sé de qué.

***

La estadía en la hacienda resultó mejor de lo que esperaba, cuando don Ignacio no estaba, la dinámica de la diversión era otra. A todo lujo, como siempre, pero, con aires más libertinos. Lo mejor de la comida local, un chef a tiempo completo; un almacén bien nutrido de licores, y una hermosa variedad de damas. No tenía que salir de allí, a cualquier hora podía tocarme los sentidos con alguna de las delicias que guardaba en la habitación. Algunos amigos de Luis Miguel y hombres de confianza de Lucho, también anidaban por allí, todos tensos, pero en ánimos de fiesta; algo en la visita del Papa tenía a la mayoría de los mexicanos a puro regocijo. Hice conexión con Martita, una chica local, su rostro gritaba México: ojos negros y medios alargados, cabellera larga y lisa, tenía algunos kilitos de más repartidos en sus amplias curvas; no era la flaca culona que mi banal superficialidad solía preferir. Trabajaba ayudando a su tío y trataba de estudiar veterinaria. Hablamos por horas, pero, tardé sólo segundos en prendarme con su sonrisa.

Uno de los presentes en la hacienda, era un tipo de baja estatura, rostro pegado, enjuto, un bigotillo fino y lo más divertido; dentadura de piezas largas y filosas, que le daban un grotesco aspecto de roedor. Para mi lógica sorpresa, lo apodaban Ratón. Tenía un aire de fantoche, que aumentaba según el porciento de alcohol en su sangre. El segundo día, en la terraza, mientras hablaba yo con Martita, el Ratón se sentó a mi lado con una botella de tequila y dos vasos tipo *shot*, servidos con salsa picante y limón. Brindamos, no esperaba el picante, tosí un poco y se me desbordaron los lagrimales.

—Así probamos a los machos en esta parte del mundo —dijo con malicia alevosa—. ¿Cómo los prueban allá en los Puertos Ricos?

—Allá no probamos machos, la inseguridad nos parece cosa de maricones.

No lo tomó bien, se levantó y se cuadró de forma desafiante. Antes de que dijera nada, sonriendo, le pasé la botella que tenía en la mano y le dije "salud". La agarró, me observó por varios segundos, todos estaban en silencio, incluso Martita. Ratón de repente gritó «¡salud para el Alcalde!», y se fue con la botella. «Qué bueno que lo resolviste de esa manera», me dijo después Luis Miguel, «Ratón es letal, no le hubieses aguantado treinta segundos». Era el tío de Martita, por eso marcaba territorio.

Después de tres días de recogimiento, aún no me tomaba la foto con el Papa; no podía llegar a Puerto Rico sin ella. El plan original era verlo en Escapatec, el día 13, pero la fiesta estaba tan buena que lo olvidé. Según el itinerario, quedaban tres alternativas: Chiapas, Michoacán y Juárez. Los rumores no sonaban bien en el norte, así que, por mayoría decidimos ir a Michoacán. Juárez era demasiado riesgo y Lucho no pisaba su tierra natal. Me parecía una ironía, que el líder de un cartel, un asesino con la sangre como un iceberg, tenía devoción cristiana; ¿pensaría que era posible la absolución?

«¿Quieres ver al Papa?», le dije a Martita. Sonrió y se marcaron los profundos hoyuelos en sus mejillas. «No soy católica», contestó y regresó la boca a la sonrisa de hechizo. Nos besamos con ternura, pero, con un deseo tibio ascendente. Sus labios eran gruesos, unos filetillos deliciosos para morder, nos compusimos cuando Luis Miguel me tocó a la puerta «Alcalde, nos vamos».

La agarré por la cintura, la besé otra vez y le dije:

—Regreso más tarde, ¿podemos dejar esta particular conversación para ese momento?

—Puede usted apostarlo.

***

Armando desapareció en Querétaro, perdí su rastro. Lo llamé para encontrarnos en Escapatec, pero no contestó ni llegó. Vi al padre Ramiro y le pregunté, me dijo que lo esperaban. Llamé a Francisco (el nuestro) y tampoco sabía. Sin pensarlo demasiado, tomé un avión a Querétaro, sin idea de hacia dónde me dirigía, de eso se trataba el trabajo investigativo, de meter la nariz en donde te podían quemar el rostro.

Desde antes del aterrizaje, comencé a preguntar por la residencia o si alguien conocía a Ignacio y Luis Miguel Valverde, o Ricardo Mora, el CEO de las empresas. Un taxista me dirigió a un poblado cerca de San Juan del Río. Decía que se hablaba de unos Valverde adinerados y güeritos, que eran dueños de la mitad del estado. Las preguntas me llevaron a una rara y atestada discoteca. Casi todos los rostros eran mexicanos de tierra adentro, no había acentos extranjeros, olía a nicotina, a sudor, y algo más que no identifiqué. En una radiola de tecnología pasada, sonaba "Insane in the brain", muy apropiada para la ocasión. Estaba en un hoyo recóndito de un barrio mexicano, escuchando a Cypress Hill y en espera de un tipo que, según el cantinero, tenía información.

Casi media hora después, sonaba "Here We Kum" de Molotov y un individuo de mediana estatura y facciones similares a las de una rata, se sentó en la mesa sin solicitar permiso. «¿Eres el que busca a los Valverde?». Le contesté que sí, que andaba haciendo un reportaje y que agradecería la ayuda que me pudiera brindar. «Salgamos, no puedo hablar con este pinche ruido». No caminé diez pasos de la salida, y tenía frente a mí a dos individuos con metralletas. «¿Quiénes son ustedes, qué quieren?». «*Somos los superchilangos entre tú y tus vacaciones, wey*» dijo la rata. Traté de correr, pero algo me golpeó en la parte de atrás de la cabeza y caí... todo se oscureció.

Desperté amarrado a una silla, en un almacén con el piso de madera. No precisaba cuántas personas me observaban. El roedor me lanzó un cubetazo de agua y comenzó a hacer preguntas, más rápido de lo que podía contestarlas; cuando no le gustaba la respuesta me golpeaba en el rostro. «Soy periodista de Puerto Rico, vine a cubrir al Papa Francisco y a los delegados políticos de mi país. Me perdí buscando unos compañeros de viaje que estarían en esta área», les dije todo lo que se me ocurrió. Pero no hablé de Valverde.

—El Papa no viene a Querétaro, no me chingues, pinche puto.

—No le miento...

Me golpeó otra vez, era la cuarta, quizás la quinta y me rompió la nariz. Luego me asfixiaron con una bolsa de plástico, nada erótico en la maldita asfixia.

—Habla puto. ¿Para qué buscas a ese tal Valverde?

No mencioné a Armando, temí que le agarraran también. Después de contestar lo mismo no sé cuántas veces, creo que se cansó de golpearme y le dijo a otro que estaba sentado en la parte de atrás.

—Lucho, es tuyo.

Un tipo de unos seis pies y cinco pulgadas salió de las sombras, se desenrollaba una especie de pulsera hecha de alambre de púas y caminaba hacia mí. Tenía los ojos como los de un cadáver. El roedor recibió una llamada, tenían prisa por algo, iban a algún evento y debían tomar un avión. «El muñeco en la silla también es de Puerto Rico, hoy es día de puertorriqueños; ya lo tiene Lucho, no debe tardar». Lo próximo que escuché me devolvió un esbozo de vida: «Más cabrón que bonito, me salió tu amiguito el Tiburón». El tal Lucho recitaba algo que escuché antes, pero, no podía identificar, el susto no me lo permitía, enrollaba el alambre en mi tobillo, cuando me salieron las palabras.

—El Tiburón, es al que busco. Soy amigo del Alcalde Quiñones, el Tiburón de San Juan, soy su amigo. Ya les dije, cubro a los políticos puertorriqueños, por favor... tengo un hijo...

Las púas rozaban la tela y el indio, en un acento muy peculiar, recitaba versos en inglés.

—Por favor señor, por favor, llámelo...

Se me ocurrió decir su número telefónico, rogando que alguien en serio le llamara. Cuando el alambre comenzó a desgarrar la tela del pantalón y mi piel, el roedor gritó.

—Un momento, Lucho, dice el Güero que es el número del Tiburón.

El gigante soltó el alambre y se marchó otra vez hacia la oscuridad. Fue ahí que recordé los versos de Poe. Poco después, la rata soltó una risotada, colgó la llamada y se acercó.

—A ver, señor Choke, qué chingao. Le debo una disculpa a nombre de mis compañeros. Fue una equivocación, pero no nos puede culpar, no se anda en un pinche país extranjero tomando fotos y preguntado así no más. Suéltenlo, llévenselo a la Hacienda, primero con Martita para que lo remiende un poco.

Mi cerebro todavía no procesaba lo sucedido. Me llevaron a una hacienda de telenovela, a donde Martita, quien al parecer era familia del ratón y también conocía a Armando; joven, algo gordita y simpática. Me curó lo mejor que pudo y me dio unos analgésicos, pero su buen trato no apaciguó mi miedo. Me movieron a una terraza, Armando llegó después y nos dejaron solos.

—¿Qué carajos haces aquí? Tienes que irte ahora.

—¿En qué puñetas andas metido, Armando?

—No puedo decirte, tienes que irte ya. ¡Estás en peligro carajo!

***

«Alcalde, mis más honestas disculpas, casi nos cargamos a su amigo. Andamos demasiado paranoicos con eso de los atentados, es tiempo de ir a ver al Papa y relajarnos», dijo el Ratón, sonaba honesta su voz. Chuck estaba hecho mierda y cojeaba del pie derecho. Carajo, le dieron duro y casi lo pican. Tenía curitas mal pegadas en el rostro y una toalla amarrada al tobillo. Puso un poco de su resistencia habitual, pero se fue sin preguntar.

—Vete ahora. Una guagua Toyota azul te espera frente a la casa. Martita te llevará al aeropuerto; es todo lo que puedo hacer por ti. Si no te vas, nos matan a los dos. Aquí somos un par de pendejos, nada de Señor Alcalde ni súper-periodista, te chichan sin preguntar. Vete, en San Juan hablamos; yo estaré bien. Y no se te ocurra ponerle un dedo encima a Martita, yo la vi primero.

Se fue de prisa y estaba tan asustado que creo que subió al avión y continuó corriendo cojo hasta chocar con la cola. Black estaba fuera de peligro, pero quería que sintiera pánico y se regresara, de lo contrario, seguro me cagaba la diversión. Salimos a tiempo hacia Michoacán. Lucho no habló en el avión, sólo miraba por la ventanilla y tomaba de un vaso que la azafata no permitía que se vaciara.

Llegamos a Morelia y el Padre Vicente se encargó de llevarnos frente al Papa. Me vi al espejo antes de bajar del carro, estaba gris cadáver, el color primario del exceso. Me sobraban ojeras y aquel aliento de dragón que expedía tequila. Luego de una media hora en la línea la coca ya no hacía efecto y me costaba trabajo sostenerme en pie, tenía los ojos cerrados cuando se detuvo frente a mí.

—¿Noche larga, hijo?

Avergonzado, sólo pude decir,

—Demasiada, su Santidad, demasiada.

—Quizás es el momento ideal para reposar un poco y tomarlo más despacio —dijo con una sonrisa y siguió saludando.

Había algo solemne en la voz de aquel hombre, su mirada era noble, pero profunda y taladraba la mente; me dejó una rara sensación de regocijo. Si eso que logró en mí, lo hacía a todos los que se le cruzaban, podía entender su popularidad.

Entre la euforia provocada por todo lo consumido y la buena vibra o lo que sea que el Papa me transmitió, estuve el viaje de regreso sonriente. En el avión, Luis Miguel le dijo a Lucho, «regresamos enteros». Aludiendo a un mal presentimiento que tenía antes del viaje. «Sólo fue eso, un mal presentimiento», respondió con una sonrisa de alivio, la primera vez que le vi sonreír. Aterrizamos en Querétaro y subimos a las guaguas para regresar. Ratón se quedó con tres de las escoltas, cargando los recuerdos de la visita del Papa.

Todo fue tan rápido y sólo puedo recordarlo en cámara lenta y con "Symphony of Destruction". Una camioneta blanca, nos impactó por el lado del chofer, no hubo forma de prepararnos; antes de que dejáramos de dar vueltas, comenzaron los disparos. El blindaje aguantaba el fuego. Luis Miguel, todavía aturdido, abrió un compartimiento del asiento trasero, agarró una ametralladora, un bulto con otras armas, y me entregó su pistola. Lucho se recuperaba y pidió que lo armara, cuando Luis Miguel le entregaba el bulto, escuché un silbido y una explosión, le lanzaron un cohete a nuestro primer vehículo.

—Tenemos que salir de aquí, seremos los siguientes en volar. Lucho, protege al Alcalde, me encargo de las trocas del flanco derecho, de ahí salió el *rocket* —y se bajó del vehículo que todavía se movía.

El chofer estaba inconsciente o muerto. Por puro instinto de conservación, Lucho sacó una de sus pistolas y brincó al asiento trasero.

—Salgamos de aquí, Alcalde, siga detrás de mí.

Escuchamos otra explosión, Luis Miguel logró volar un vehículo y nos dio un espacio para salir. Lucho abrió la puerta y apareció un tipo del lado opuesto a la explosión; me empujó al piso y le disparó al sujeto, que antes de caer le conectó varios disparos, uno de ellos en el cuello. El indio calló de lado, con la mitad del cuerpo en la calle, trataba de incorporarse. Dejé las armas. Bajé y lo arrastré hasta la parte trasera de la guagua. Sentía los impactos sobre el metal y la brea del camino.

—Déjeme y cúbrase —balbuceaba con sangre saliendo por su boca.

—No te vas a morir aquí mexicano hijo de puta, no al lado mío.

Le hice presión en el orificio del cuello. Luis Miguel y los escoltas del tercer vehículo, seguían a pura bala contra unos veinte individuos, que salieron de las cuatro camionetas que quedaban. Luis Miguel neutralizó otra, eso nos permitió cubrirnos mejor; sus destrezas de combate eran excepcionales. Los disparos retumbaban y se escuchaban por todas partes. Los sicarios cerraban el círculo, el escolta calló, sólo quedaba Luis Miguel.

—Me quedan dos cargadores, prepárese para disparar —gritó.

La sangre no paraba y los ojos de Lucho se cerraban. Me quité la corbata y se la amarré alrededor del cuello.

—¡No te duermas! Nunca vi a Chuck tan aterrado, le pegaste un susto de la madre; fue para cagarse de la risa —no reaccionaba—. ¡Qué no te vas a morir, mexicano pendejo! Ningún Quiñones ha perdido hombres en combate. Tú eres mi primero y no voy a cagarla del saque, me entiendes; mi hermano no me lo perdonaría.

Sonrió ligeramente, sus ojos parecían decir "déjame morir, idiota". Tal vez eso buscaba desde aquella tarde del del 94, en Chiapas. Creí escuchar pasos acercarse, pero, con los disparos era imposible distinguir. Agarré la pistola de Lucho, no le quedaban balas, vi dos cargadores bajo su chaqueta.

—Debo soltar la herida —le dije.

Agarré unos de los magazines, cargué la .45 y coloqué la mano izquierda de vuelta. Caía la tarde y miré el cielo, que atardeceres hermosos tenía ese jodido país, por un ínfimo instante olvidé donde estaba. Una bala rebotó en la brea y me trajo de vuelta. Se acercaban, los impactos se sentían cada vez más fuertes. Cuando pensé que ya nos tenían, escuché un vehículo a lo lejos. Era el Ratón y sus escoltas, que se estrellaron contra una de las camionetas que más fuego disparaba. Se bajaron y se intensificó el tiroteo.

—Ratón, necesito balas —gritó Luis Miguel.

No sé cuantos minutos y miles de balas pasaron, escuché a otra vez a Luis Miguel:

—¡Tenga cuidado Señor, hay dos a su izquierda.

Levanté la pistola hacia donde creía que me indicaba, con el corazón a punto de reventar; la adrenalina no permitía que me desanimara. Un tipo con gafas oscuras y una AK-47, apareció frente a mí. No sé cuántos tiros le pegué, pero, le disparé todas las balas del cargador. No había caído bien al suelo, cuando, otro sicario con el pelo largo y una camisa de cuadros apareció, no tenía tiempo para recargar. Titubeó dos segundos ante la sorpresa de ver a Lucho tendido y fácil de matar. Sonrió, levantó el rifle y una ráfaga de tiros lo traspasó de atrás al frente, dos le salieron por el rostro y me salpicaron con sesos y sangre. Luis Miguel, que hijo de puta para ser oportuno.

Ese era el último. Luismi soltó la ametralladora, buscó de prisa en la camioneta, un botiquín de primeros auxilios del primer mundo, jamás había visto algo así; tenía hasta un desfibrilador. Subimos a Lucho al asiento trasero de la única guagua que funcionaba. El Ratón agarró al volante y manejó a más de 90 millas por hora. El güero hizo suturas provisionales, vendó las heridas y le aplicó algunas unidades de morfina.

—Lo siento, hermano, vas a dormir un poco. Esto sólo detendrá la hemorragia, si no recibe sangre en los próximos veinte minutos, lo perdemos.

Pidió ayuda e indicó las coordenadas por un teléfono satelital. Unos diez minutos después, varias camionetas se nos acercaron, *estamos muertos*, pensé. Pero no, eran los refuerzos, que nos escoltaron hasta un terreno abierto y desértico, en el que aterrizaba una ambulancia helicóptero. Se llevaron a Lucho, que no tenía buen semblante; su piel pasó de marrón canela a pálido muerte. Antes de marcharse, hizo un ruido ahogado, me tocó en un brazo y asintió con la cabeza, como si me diera las gracias.

—Tengo que sacarte de México, Alcalde. Nuestros enemigos saben más de lo que imaginé. Sabían que pasaríamos por ahí y conocían cómo neutralizar nuestras defensas de la primera; de no ser por Ratón, estaríamos muertos. Ten cuidado en Puerto Rico, hasta que no encuentre la fuga de información, nadie está seguro. Lucho se ve muy mal, no sé qué pinche haremos sin él.

Fuimos directo al aeropuerto, ni siquiera buscamos mi equipaje. Me consiguió ropa para cambiarme los harapos sangrientos. Nos despedimos con un abrazo plagado de susto y de "tal vez esta sea la última".

—Cuídese, Alcalde.

—Armando, para con el Alcalde, ya no estamos para formalidades.

—Armando era el nombre de mi padre, todavía me duele repetirlo.

Luis Miguel me recordada a Ignacio, sólo que más alto y letal, a pesar de su particular línea de trabajo, su alma parecía noble.

No dormí en el avión. Un atentado contra los Valverde, ¿Quién? ¿Por qué? ¿Significaba que los saqueadores del mundo exterior habían llegado a El Dorado? ¿Llegarían a San Juan? Llamé a Taíno. «Código Rojo», le dije, ya sabía qué hacer. Me eché hacia atrás, cerré los ojos y pensé a Martita, *no me pude despedir*. Después recordé a Lucho, el empujón que me dio, me salvó de los disparos que recibió.

29
LUCHO

Lucho era la parte de la historia en la que terminaba todo el cuento de nobleza, filantropía y buena voluntad de los Valverde. Era el capo, el jefe del Cartel. Un indio cari cortado, de dos metros de estatura, con una historia trágicamente jodida. Durante los conflictos de Chiapas en el '94, conoció en su piel el horror y la crueldad de la guerra. Nadie sabía dónde vivía, ya que no dormía dos noches corridas en el mismo lugar, sus residencias no eran ostentosas, nada de vida de magnate.

A sus diez años, emigró a los Estados Unidos junto a sus padres. Aprendió ingles perfectamente y se educó en el sistema americano. En plena adolescencia se enamoró de la poesía de Edgar Allan Poe y estudió literatura al llegar a la universidad. Su padre murió víctima de los asbestos que respiró por años para darle una vida digna a su familia. Con la muerte del viejo, la madre decidió regresar a Chiapas y Lucho no tuvo el corazón para dejarla sola, le aterraba que algo le pasara lejos de él.

Fue el mismísimo Ignacio Valverde, quien lo entrevistó y reclutó para que sirviera de maestro de literatura e inglés, en una escuela que construiría en uno de los poblados en que desarrollaba sus empresas de "agricultura". Quedó tan impresionado con el joven maestro y con la nobleza de espíritu que parecía tener, que un año después, lo hizo Director. Era muy querido, además de maestro y director, era ese vecino inquieto que solía resolver los problemas de todos. Como les sucede a casi todos los jóvenes risueños, recién graduados y con trabajo nuevo, Lucho se enamoró de Lucinia, una amiga que conocía desde antes de irse a los Estados Unidos y que se transformó de niña con dientes grandes y huesos pronunciados, a una modelo de la belleza indígena mexicana, de quien Lucho se prendó desde la primera mirada. Se casaron tres meses después y en menos de un año, eran los felices padres de unos gemelos, ambos varones, que les llenaron las manos y la vida.

Durante el levantamiento Zapatista, la vida de Lucho dio un giro hacia una dimensión de tinieblas. Se contaba que una tarde calurosa, una cuadrilla de militares rabiosos, que operaba fuera de órdenes superiores, llegó en búsqueda de Antulio Rivas, un oficial que servía directamente bajo las órdenes del Subcomandante Marcos. Al no encontrarle, desquitaron la ira sobre los residentes que no lograron huir. A la madre de Lucho le abrieron la cabeza con la culata de un rifle y la dejaron desangrarse; la esposa fue ultrajada por más de doce soldados, el último le disparó en la cabeza. A los hijos, como no había sogas, los amarraron juntos, con pedazos de alambre de púas, en las manos y los pies. Ante la cercanía de un grupo de paramilitares llamado Paz y Justicia, los militares se marcharon, pero, antes incendiaron el barrio, que tenía unas cincuenta residencias.

Lucho se enteró del saqueo y corrió a rescatar a su familia, su casa comenzaba a arder y todavía se escuchaban los gritos de las personas atrapadas en los fuegos. Al ver a Lucho correr, uno de los paramilitares, quien fue de sus primeros estudiantes, gritó: «Ese es el gringo, pinche infiltrado». Le ordenaron detenerse, no lo hizo y el delator le disparó en una pierna. Lo golpearon con los rifles, hasta doblegarlo; les costó mucho trabajo, de no ser por el balazo que no le permitía mantenerse de pie, hubiese matado a alguno con las manos. Lo amarraron y, por puro vicio, ya que no le extraían ninguna información, le torturaron con un pedazo de hierro que calentaban en uno de los fuegos dispersos; sólo se divertían con el "gringo". Lo obligaron a recitar los versos que enseñaba en la escuela, con la promesa de que una vez recitados, lo dejarían ir. Declamó y lloró, como sólo podía un ser herido de muerte, mientras sus captores lo llenaban de cicatrices por fuera y por dentro, que jamás dejaron de doler. La poesía de Poe jamás sonó tan desgarradora, ni siquiera en la mente atormentada del mismísimo poeta.

Una cuadrilla de hombres del señor Valverde, dirigida por Emiliano Alonso, llegó para asegurar los sembradíos que quedaron, ya que el pequeño poblado estaba en cenizas. Le dieron muerte a los paramilitares que se atrevieron a hacerles frente. Emiliano reconoció al gigante moribundo y lo soltó de sus amarras. Sangrante, se arrastró más de trescientos metros hasta su casa desecha y encontró los cuerpos inertes y a medio quemar. Un grito seco y largo, que se ahogó al final, se escuchó a través de todo el pueblo. Con las pocas fuerzas que le quedaron, le quitó los alambres a sus pequeños y los abrazó como queriendo transmitirles vida y morir en su lugar. Se amarró en el brazo izquierdo el pedazo de alambre de púas que soltó de los pies de sus hijos y perdió el conocimiento.

Cuando Emiliano le informó a Valverde, el viejo ordenó que hicieran lo imposible por salvarlo. Ese mismo día lo transportaron por aire a la hacienda en Querétaro, donde pasó meses recuperándose de sus heridas, al menos de las físicas; su interior nunca sanó. Al recobrar el conocimiento, pidió que le entregaran el alambre de púas, asustadas, las enfermeras lo buscaron en la basura, se lo entregaron y lo escondió bajo la almohada. Valverde lo encontró varias veces, agarrando el alambre como si fuese un rosario, y declamando poesía con la cadencia penitente de un rezo. Durante la convalecencia conoció a un joven Luis Miguel, que con el tiempo le considerará como un hermano mayor.

Una vez recuperado, Valverde ofreció construir otra escuela para que regresara a Chiapas y continuara con su vocación. Lucho lo rechazó, no quería volver. Sólo fue una vez a visitar la tumba de su familia, que fue sepultada dignamente. Una hermosa, pero triste lápida, decoraba el sepulcro, con una inscripción que leía: "*We loved, with a love that was more tan love…*". Luego pasó por las ruinas de lo que alguna vez fue su casa, miró hacia todas partes, evitando ver al frente; cuando se atrevió, lo recordó todo. El llanto lo ahogó, cayó de rodillas y se hizo un enorme ovillo mientras la tierra suelta que volaba con el viento le cayó encima. Allí lloró hasta que no quedó qué llorar, cuando se incorporó, tenía el cuerpo entumecido. Donde alguna vez estuvo el balconcito de madera, encontró retazos de un viejo abrigo de piel marrón, que perteneció a su esposa. Cortó un pedazo para cubrirse el antebrazo, sacó de uno de sus bolsillos el alambre de púas y lo enrolló alrededor. Desde entonces, con algunas modificaciones, fue una pieza de uso permanente.

Le pidió trabajo a don Ignacio, quien le advirtió que el mundo del narco no era para un profesor romántico, idealista con deseos de transformar el mundo, y le ofreció llevárselo a sus empresas en los Estados Unidos, para que empezara de nuevo. «Gracias, don Nacho, pero, el profesor murió aquella tarde. Lo único que me queda es el remordimiento de no morir con ellos». El joven del brillo humilde en su mirada y la agradable fluida forma de conversar nunca regresó. Bajo el mando directo de Emiliano, nunca se negó a seguir instrucciones, en especial las que requerían sangre en las manos; se ofrecía de voluntario. Los rumores de su voracidad por la muerte corrieron de prisa. Valverde nunca le dijo qué hacer ni se opuso a sus métodos, sabía que el indio trataba de sacar el odio que lo atormentaba. El viejo se culpó de la tragedia de Lucho, lo llevó a una crisis moral, sintió que jugaba a Dios y Diablo, y pensó quemar los sembradíos. Emiliano usó números para convencerle de que no lo hiciera. Reforzaron la seguridad para proteger a su gente y los cordones de vigilancia en los territorios hasta hacerlos casi herméticos e invisibles.

La primera víctima del ritual del alambre fue un miembro de un Cartel rival. Los compañeros de Lucho trataron de sacarle información, pero, el tipo no soltaba prenda. Luego de algunas horas de golpes, sacadas de uñas y ahogamiento, todo lo que decía era, «mátenme, no voy a decirles nada, cabrones». Lucho salió a su camioneta, colocó un casete en el reproductor y llevó el volumen al máximo. Un piano melancólico se escuchaba claro en el interior donde retenían al prisionero. Con la serenidad de un muerto, y los nocturnos de Chopin al fondo, se soltó el alambre y le preguntó al hombre si tenía algo de que declarar, «vete a chingar a tu madre, indio mal parido», era la respuesta que deseaba. Comenzó con los dedos, de dos en dos; recitando *El Cuervo*, enrollaba el alambre y tiraba con fuerza de bestia sin alma. Los trozos humanos caían a la vista del torturado: manos, tobillos, dedos, brazos… nada se resistía a la sierra de púas. Antes de terminar con la segunda mano, el canario cantó hasta lo que no le preguntaron. Esta narración me toca particularmente, ya que estuve sentado frente a ese demonio y sentí su infame alambre. Cuando alguien usaba esa línea gastadísima, «Peor que una tortura china», solía responder: «se ve que no conoces las mexicanas».

Una semana después, gracias a la información extraída por el indio, en un preciso operativo, los Valverde atacaron y acabaron con el cartel rival. Nada de tiroteos en la calle ni despilfarro de balas. Los cuatro jefes principales desaparecieron y la mayoría de sus altos mandos, lugartenientes y operarios, fueron encontrados en sus camas con disparos certeros a la frente o degollados con cortes limpios, y nada se escuchó. Lucho descuartizó a los cuatro jefes, y dejó vivir a uno de sus sicarios, sólo para que contara lo que vio, y sí que lo hizo, dio pie a la leyenda del gigante del acento extraño y el alambre de púas.

Con la muerte de Emiliano, Lucho pasó a ser el jefe del Cartel *Sin nombre* como lo llamaban sus enemigos. Los tiempos que le tocó dirigir, fueron más sangrientos. Nunca se supo con exactitud en qué lugar operaban, por eso eran tan temidos. El silencio y la discreción fueron la clave. Sus enemigos no sabían qué esperar, sólo sabían que todo el que trató de interferir, desapareció sin rastro.

30
"El mejor dotado de los conductores suicidas"

Tan pronto pisé San Juan, mi primera parada fue la casa de Mildred, en algún punto de la odisea de fuego y plomo, pensé que jamás volvería a ver a Isabelita y aquel doloroso desespero que me causó, sólo se curaba abrazándola.

—¿Estás bien, hijo? —preguntó la abuela preocupada.

—No lo sé —dije y la abracé, sin soltar a Isabelita.

Estuve a punto de partirme en llanto y cantar como puta arrepentido ante el calor del Armagedón, su consuelo interrumpió mi confesión.

—Debes tomarlo con calma, Armando, ese trabajo te está devorando la juventud; el Pueblo entenderá que mereces un descanso.

Estuve con ellas unos treinta minutos más, en lo que me regresaban el valor y la sangre a los cojones. Después llegué a la casa de Chuck, estaba más encerrado que de costumbre. No se veía muy distinto a cuando lo vi en México, le faltaban las curitas. Sobre el gabinete de la cocina, estaba su pistola, una Glock 26 que tenía desde que estudiamos el bachillerato; la guardada en una gaveta desde el 1999, cuando nos declaramos enemigos de las armas. Me provocaban ansiedad las armas, una rara y peligrosa fobia, para alguien en mi línea de trabajo.

—No es necesaria, no corres peligro; devuélvela a la gaveta, no vaya a ser que te mates con ella.

Se me pasó decirle que quien corría peligro era yo. Me contó su odisea en territorio mexicano, su encuentro con Lucho y las piernas redondas y bronceadas de Martita, que eran todo lo que miró de camino al aeropuerto, nada de lujuria, el terror que corría por su cuerpo, no le permitía levantar la cabeza.

—Tal vez seas el único en ver ese alambre y sobrevivir; tuviste a la muerte frente a ti.

Le conté del atentado contra Lucho y me mentó mi madre, cuando le dije que lo salvé de desangrarse. En principio omití la parte en que le disparé al sicario, pero, le dije después; tenía que sacarlo de mi cabeza. Matar es algo muy complicado y pesado para cargar uno solo. Me contó de la llamada y de la información anónima, que señalaba al padre Vicente como traficante. Era el mismo informante que le sopló mi candidatura antes de la muerte de mi padre.

Un *hacker* en la nómina de Taíno Moya, analizó el teléfono de Chuck, y encontró el numero original y la localización exacta de la llamada. ¿Dónde? Sé que ya lo pueden imaginar: la oficina de Fuentes. ¿Sabría al peligro que lo enviaba o lo hizo sólo para provocar algún escándalo de prensa?

—Tienes una rata a bordo y por su culpa casi me pican; voy a matar a ese hijo de la gran puta.

—Tranquilo, Charles —como le decía mi padre—, todo está bien. Con ese tenemos que trabajar con cuidado.

—Que todo está bien, qué puta mierda dices. Casi me cortan la puta pierna, no me digas que está bien. No tienes una puta idea de qué estás haciendo. Esos hijos de la gran puta no son humanos, no tienes una puta idea de lo que serían capaces de hacerte. ¿La tienes? Te van a matar cuando no te necesiten, y no sólo te matan a ti, también a Claudia Isabel y tu familia. ¡No me digas que no pasa nada, porque te parto tu puta madre!

—Wow... Nunca escuché la palabra "puta", tantas veces en tan corto tiempo; vas rumbo al Guinness. Qué bueno que no te escucharon mis amigas feministas.

Trató de golpearme y no pudo por el dolor en la pierna, casi se cae. Giré un poco la cara para que no notara la risa que me causó y no vi el siguiente puño, que me aterrizó en plena nariz. Tambaleándose en una pierna, me pidió que levantara las manos y me defendiera. No respondí, merecía el golpe; pero cómo dolió, carajo. Tantos lugares para pegar y escogió el rostro; me gustaba mi rostro.

—¡Hijo de puta! No podías pegarme en otra parte, el estómago, el pecho, no. Tenías que joderme la puta cara. ¿Cómo hostias le explico a los hijos de la gran puta de la prensa, el moretón? Tampoco podías romperme la puta boca, no. La nariz… ¡La puta nariz! Los ojos se me pondrán negros y posiblemente requiera una puta cirugía.

Se quedó pensativo por un momento.

—No cuentes ahora, pero, creo que acabas de empatar con el uso de la palabrita.

—¿Por qué no te cagas en tu puta madre, Charles?

—Ganaste, ahora anda a cagarte en la tuya y resuelve el asunto de la rata.

Sonó otra vez el teléfono, hacia rato sonaba y no contesté; entró un mensaje de texto, lo leí cerré los ojos y suspiré.

—Es Francisco, Palomares tuvo infarto en la oficina. Están en la sala de emergencias.

Llegamos al hospital en cinco minutos, Chuck vivía muy cerca. Me lancé del Shelby sin abrir la puerta y corrí hacia el interior. Francisco y Alejandra, la hija de Palomares, estaban en el pasillo. Ella recostada de su pecho, tenía los ojos tan hinchados que parecería que estallarían. La mirada del gordo también estaba impregnada de un maremoto de sentimientos. Me miraron raro al ver la nariz inflamada y los ojos ennegreciendo.

—No pregunten, por favor.

Me contaron que fue un dolor repentino que, por suerte, le ocurrió acompañado de Francisco.

—Estuvo consciente y habló todo el camino, fue aquí donde… —se le quebró la voz—, perdió el conocimiento.

Chuck llegó después, cojeaba y las marcas en su rostro despuntaban en matices de negro, azul, violeta y rojo. Lo observaron más sorprendidos que a mí. Francisco no pudo evitarlo.

—¿Y a ti qué te…

—Ah, ah… —dijo levantado la mano abierta, como diciendo detente—. ¿Cómo está don Luis?

Le repitieron la historia y nos sentamos, era cierto lo que decía Petty, "*esperar es la peor parte*".

Alejandra fue a buscar café y el Gordo me dio otros detalles. «Que Armando no se entere, por favor», le dijo el Palomo, refiriéndose a un encuentro caldeado que tuvo con Fuentes, minutos antes de sentir la primera punzada en el pecho. Aunque la Rata no tenía clara toda la historia y no sabía de las entradas por el muelle, contó una versión bastante atinada y preocupante. Le habló de los Valverde, que sus contratos eran de puro lavado y que eran ellos quienes pagaban mis campañas. Le exigió protección y dinero que, de no recibir, abriría la boca. «Puedo acabarlos a todos, incluyendo la memoria del viejo», le dijo aquel hijo de la santísima puta a quien, igual que mi hermano Pablo, lo parieron por un culo. Chuck escuchó en silencio, me miraba sin pestañear, "te lo dije cabrón" se leía en las líneas de su ceño fruncido.

Esa noche, Francisco acompañó a Alejandra al automóvil y cuando se despidieron, después de un abrazo fuerte, ella lo besó sin amilanamientos ni pavor; nunca fue tímida para asuntos de piel. Sabía que se atraían desde que se conocieron, aunque él no era el tipo de modelito bonito que ella estaba acostumbrada. Su marido era uno de esos metrosexuales aristócratas, que pasaba tiempo extra frente al espejo. Cuando lo conocí, le dije a Palomares: «Demasiado bien puesto tu yerno». Él contestó usando un tono de crisis: «Las hijas y sus elecciones, a la mía le atraen bonitos y sin mucho de qué hablar». «Al menos no busca una copia de su padre; míralo por el lado estético, no más feos en la familia», le dije y reímos. Era un mamarracho a quien el Palomo nunca apreció demasiado y, aun así, me pidió que lo ayudara con un puesto en el Departamento de Justicia, sólo para que su hija regresara a vivir a la isla; algo que no sucedió.

Salimos del hospital y le pedí a Chuck que me llevara a la Alcaldía, no quería llegar a casa. Al bajarme, se fue acelerando aquel animal de motor y resonó en toda la plaza. Me senté en el escritorio y serví un *whisky*. Sonó mi teléfono celular;

era Luis Miguel. «Línea segura, por favor» y colgó. Busqué el aparato satelital que estaba en el maletín, junto con un kit elegante de aguja y heroína, que olvidé dejar en casa.

—¿Cómo está Lucho? —fue lo primero que dije.

—Ese huevón está vivo, aunque muy grave.

Dijo que los médicos no lo garantizaban, perdió demasiada sangre. Con la aprobación a regañadientes de don Ignacio, él y Ratón correrían los negocios por el momento. Convocaron a una reunión de emergencia en los terrenos del Cartel de la Costa, que fue el más afectado. Los Valverde se ofrecieron para eliminar a Los Cobra, antes de que acabara el año, y les recomendaron a los demás carteles que, mientras, reforzaran sus plazas y resistieran. Muy preocupado, me dijo:

—Creí que la paz sería un poco más duradera.

Pensó que las operaciones en la isla estaban seguras; que, si Los Cobras notaron mi presencia, fue durante esos días previos al atentado, que no dejaba de ser peligroso. Me pidió que redoblara la seguridad y tomara con calma los vicios, para mantenerme alerta. Antes de colgar, dijo:

—Ya sabes quién es la rata en tus filas, sólo di cuándo y no lo tendrás.

No me agradaba la idea de matarle... Me tomé el trago y serví otro, uno nunca fue suficiente. Busqué en la computadora la página web de Los Cobras. Tenían un nuevo video, en el que interrogaban a un empleado de los Valverde, que decía no saber nada, a pesar de los golpes y la tortura. Estaba amarrado con cadenas y colgando de una grúa. Para despertarle la lengua, lo sumergieron poco a poco, en un barril plástico con ácido sulfúrico. Comenzaron con un pie, humo salía del barril y el hombre gritaba y trataba de moverse, pero, estaba muy bien encadenado y sujetado por cuatro cabrones vestidos con ropa de hule, como la de los laboratorios. Cuando metieron el segundo pie, el hombre perdió el conocimiento. Le inyectaron algo que lo despertó y continuaron con el baño, pero, no sabía nada. El Comandante Cobra, así se hacía llamar el líder, subió la cadena para sacarlo del barril. Se le acercó, se quitó la careta antigás y le dijo que le juraba que tan pronto terminara con él, tenía dos barriles más para su esposa y su madre. El prisionero gritó y trató de zafarse, el Comandante se puso la careta, apretó al botón remoto de la grúa, la cadena bajó y el sujeto, a puro alarido, cayó al ácido que parecía hervir. Nadie le dio un tiro de gracia, lo observaron hasta que dejó de moverse. Otro enmascarado soltó la cadena y el cuerpo se sumergió inerte en el humo que no paraba.

Cerré la computadora y saqué del maletín el estuche exótico. Tenía la cabeza como olla de presión sin cabida para más; un pensamiento adicional y estallaría. Sabía que no podría dormir. Abrí el zipper... Hice todo el ritual de la cuchara sobre la llama del Zippo cromado. Cargué la jeringuilla con un poco más de lo de siempre, sólo para dormir mejor, pensé. Me amarré con una corbata, enterré la aguja, cerré los ojos y me desplomé antes de retirarla del brazo, "*nunca tan alto caí*". Muy lejos en mi subconsciente vi a Claudia, con el traje de baño blanco y el sol destellando oro sobre su cabello, y la escuché cantar: "*Trying to run from my destruction and you know that I don't even care...*"

***

El amigo Joaquín decía "*Al infierno se va por atajo con jeringas sin receta*". Aquella noche, Ignacio llamó en medio de una crisis. Encontró a su jefe tirado en el suelo, con una ajuga metida en el brazo un hilo de sangre hasta la mano, y demasiada saliva saliéndole de la boca.

—Consigue a Paco, para que te ayude a moverlo y no se te ocurra llamar a la Policía.

Me vestí de prisa y con la cojera llegué al carro. Paco estaba cerca, lo abofetearon, le tiraron agua en el rostro y no respondía. Se lo echó al hombro y lo sacó cargado lo mejor que pudo. No había mucha gente a esa hora, Ignacio despistó al guardia de seguridad. Lo subieron a la guagua. En medio de la incertidumbre, los intercepté en plena avenida. Paco bajo el vidrio.

—Si lo llevas a un hospital lo perdemos de otra manera. Sigue hasta su casa, tengo una idea, no permitas que se duerma.

Llamé a X que conocía a un doctor, que desintoxicaba artistas y otros cabrones con dinero. Pero no le contestó. Llegamos al apartamento y subimos directo, con la llave que evitaba que el elevador se detuviera en otros pisos. Le expliqué a Ignacio lo que intentaba, pero, no aparecía el doctor. Paco lo tenía en brazos y lo obligaba a caminar.

—Voy a llamar a Milenia, siempre sabe qué hacer.

En efecto, le dio instrucciones, que incluía la bañera con agua fría, y conseguiría otras cosas que necesitaba antes de llegar. Lo hicimos todo. Jamás imaginé verle así; era un trapo de color gris, como la piel de un tiburón. Balbuceó cosas que no entendimos. Vació ambos intestinos en sus ropas; lo metimos a la bañera y lo limpiamos lo mejor que pudimos; tampoco imaginé que, literalmente, limpiaría su mierda, ni que podría sentir lástima por él.

Cuando llegó Milenia, le aplicó una inyección que lo fue regresando al mundo de los vivos, aunque seguía con aspecto de muerto. Lo vestimos y lo llevamos a la cama. Allí, Milenia se sentó junto a él y nos pidió que les dejáramos solos. Nunca supe qué le dijo, pero, lo convenció de romper con la bestia de la heroína. Sabía que llevaba más de un año usándola, pero, no pensé que pudiese perder el control; nunca lo perdió con otras drogas. Aceptó mantenerse encerrado por catorce días y expurgar el veneno de sus venas. X encontró al doctor que conocía, y le preparó los formularios y excusas médicas; una neumonía que agarró en México, le dijeron a todos, incluso a Isabelita.

Francisco y Karla manejaron los asuntos municipales sin Palomares ni Armando, no les fue tan mal. La otra odisea fue hablar con Claudia ¿Quién le diría? Y, claro que me tocó a mí; siempre es fácil joder con el tiempo del escritor. Quedamos en reprocharle lo menos posible y apoyar con silencio. Claudia fue quien único le reclamó, no por el vicio, de esos estaba libre de sustos, le reprochó que no le contara, que no le hablara del insomnio y la aguja. «¿Cómo quieres que estemos más cerca y hagamos una vida juntos, si no me dices la verdad ni me dejas ver dentro de ti?»

Aunque todavía tenía deseos de retorcerle el cuello, hicimos un horario para quedarnos y asistirle en los días difíciles: Paco, Francisco, Karla e Ignacio se encargaron del municipio; Milenia, Eduardo, Sofía, Claudia y yo, fuimos sus enfermeros por más de una semana, luego Claudia se quedó. Nunca más la usó, fue la única droga que lo dobló, no comprendí como pasó tan rápido y frente a mis narices, porque las compartíamos todas. No sólo me ocultó el vicio, también aquellos negocios que resultaron más peligrosos que cualquier sobredosis.

31
"AND I HAVE BECOME COMFORTABLY NUMB"

"¿Si la honestidad pagara, no habría crimen?
Claro que lo habría, una cosa no tiene que ver con la otra..."
Bandido Encubierto

Por semanas anduve cabizbajo, con la autoestima metida dentro del culo; esquivaba la compasión en las miradas de mis amigos que sabían, aunque la veía en todas partes. Fui derrotado en mi propio juego; *"el mejor dotado de los conductores suicidas"*, se estrellaba al final del callejón. Se siente cierta vulnerabilidad cuando se pasa tan cerca de la muerte, esa vez no sólo rocé el precipicio, como estaba acostumbrado, caí y llegué al fondo, pero, reboté en la parte blanda de la suerte. Pasé semanas sin el valor de mirar a Ignacio y Milenia, les debía la vida.

El país ni se enteró de que el pendejo Alcalde de San Juan fue casi cadáver. Mi ausencia apenas se notó, en esos días otra noticia ocupaba la atención de los medios: el nombramiento de la Juez Presidente del Tribunal Supremo. Una joven elegante, con buena preparación académica y de una familia bien puesta, relacionada al Partido Populista. Cárdenas, tenía miedo de que los jueces azules, confabulados con la Rémora, hicieran una especie de golpe de estado y tomaran la Presidencia del Cuerpo. La confirmación ante el Senado, fue más rápida que un polvo entre adolescentes, sin vistas. Era cierto que no tenía experiencia judicial, pero, ningún juez novato la tenía, todos aprendían en la marcha. Además, y ese pareció ser el gancho, estaba felizmente casada con una mujer. Su orientación sexual, sumada a un récord libre de manchas y escándalos personales, la hacían intocable. Los saca tuercas de mi partido no sabían por dónde atacar sin que les acusaran de homófobos y retrógradas. Algunos religiosos fundas, tuvieron la osadía de tocar el asunto y recibieron el embate mediático de la nueva izquierda que empujaba la corrección política progresista. El nombramiento se convirtió en el gran logro de Cárdenas que, años después, no se cansaba de repetir: «Fui yo quien puso una mujer de la comunidad LGBTT en la Presidencia del máximo Foro. No en una simple silla: la Presidencia». Fue en efecto su gran logro, pero, la excesiva alegría de Cárdenas era parte de la hipocresía posmoderna y progresista exigida, que se establecía con fuerza; en aquellos días, ya se imponía el uso del "el" y "ella", que tan largas hacía las conversaciones.

El viaje a Chicago fue idea de Claudia, inicialmente era sólo para los dos, pero, ante mi *juego de tronos* entre la heroína, la sanidad y la muerte, se transformó en una especie de reunión de "gracias a la vida", la oportunidad de un momento especial junto a todos los que compartieron el día en que casi me marcho del mundo; antes que alguna recaída en la que me llenara las venas otra vez, no me encontraran a tiempo. Isabelita se quedó molesta, decía que quería crecer para viajar a esos lugares que no la llevaba por "chiquita".

No sé cómo lo logró ni cuánto le pudo costar, Claudia compró los boletos de todo mi equipo de enfermeros, para un concierto de David Gilmour, una gira a sus setenta años, que podía ser la última oportunidad de verlo. Fue una pincelada de veinticuatro horas en la Ciudad de los Vientos. Chuck, Eduardo, Francisco y yo, llegamos a las 9:00am; Claudia llegaba a las 3:00p.m.; Milenia e Ignacio llegaron la noche antes. Nos fuimos en busca de algún lugar donde beber y comer, en ese orden de prioridad. Caminamos de prisa, caía algo de nieve suelta. Pasamos frente al *Trump Tower*, y había un pequeño, pero, variado grupo de manifestantes que pedían que se retirara de la contienda y todavía no era nominado. Antes de las 2:00p.m., comimos y bebimos como turistas adinerados golosos. Mis acompañantes siguieron a su brincoteo entre barras y licores, yo me moví al hotel para esperar a Claudia y me quedé dormido; tanto alcohol en la mañana y sin nada de coca, me provocaba cansancio de nocaut; eran las desventajas de la semi rehabilitación. Me despertó el sonar de la puerta a las 3:33pm.

Allí estaba, vestida para el frío; me encantaba abrirle la puerta en los hoteles, era distinto a recibirla en casa; era una especie de ritual de bienvenida con piel y a cuerpo entero. Un "hola" su sonrisa picarilla al ver mi mirada; se sonrojó un poco, sólo un poco, porque sabía lo que venía después. «Pasa», al cerrar, se me arrojó y me besó con la urgencia que nos caracterizaba. Sin despegar los labios, nos desvestimos y sin juegos ni preparaciones, me empujó sobre el sofá y se sentó sobre mí. Luego nos movimos a la cama, allí estuvimos más de media hora en un toma y dame tan intenso que me hizo entender que el corazón nada tiene que ver con el amor ni lo que pasa debajo de la cintura. Pensé que podía infartar amándola, era la mejor muerte posible. A las 4:17, nos abrazamos, nos quedamos inmóviles por largo rato y el sueño nos ganó. Nos despertó el teléfono de la habitación.

Salimos de la cama de un brinco, ella corrió a la ducha, entré después. El agua caliente sumada al roce de sus nalgas, me provocaron una dureza inmediata que requería ser hundida... Me besó, pero, coquetamente diabólica dijo: «Guarda algo para después del concierto, viejito, hace un rato te faltó aire». Me reí y la besé con ganas, la volteé de espaldas, la agarré por la cintura y me escurrí en sus adentros. No sé si fue la posición o la impresión del morbo, pero ella explotó casi de inmediato, yo necesitaba más tiempo, pero, verla retorcerse y escuchar como gemía ante los empujones de mi cintura, fue tan delirante que no tardé en derramarme y hacer un coro de expresiones. Nos compusimos y respiramos mientras nos enjabonamos uno al otro.

Después de vestirme, me tragué una de las gotas de LSD que llevé escondidas; había ácido para todos lo que quisieran. Antes de salir de la habitación, le dije:

—¿Quieres volar?

Y le ofrecí un pedazo. No era su primera vez, pero, me miró con duda, como pretendiendo que recordara las consecuencias de mis excesos.

—¿Seguro que puedes?

Claudia no se negaba la oportunidad, experimentamos muchas veces durante los años juntos. De inmediato contestó:

—¿Por qué no? Pero sólo por hoy.

Cerró los ojos y se tragó el pedazo de papelillo untado con gloria. Antes de llegar al concierto, me encargué de que todos mis compañeros ingirieran las dosis necesarias, para que pudiesen comprender el enigma musical que verían.

—Abre la boca y cierra los ojos —le dije a Chuck.

—Déjate de paterías —contestó

Pero, al ver de lo que se trataba, sus ojos saltaron y aquella mirada, tan suya, que anuncia desastre, le dio brillo a su semi arrugado rostro.

Aquella tarde en Chicago, detuvimos el tiempo y le hicimos una marca profunda a la memoria. Una de esas experiencias que te tocan con tanta intensidad, que dejan marca en el alma; una colección de recuerdos memorables. No era común para mí, sentir ese tipo de regocijo familiar en los viajes, que solían ser sólo para excesos. La música, cielos, la música fue lo más cercano a la comunión con una entidad suprema; una prueba de que "una vida sin ella es un error", y la mejor reafirmación de que mi fe eran la música y la lealtad de mis amigos.

Una línea borrada de la lista de deseos, tanto para mí como para Chuck, que durante "Comfortably Numb" nos abrazamos y cantamos como adolescentes. Al salir nos tomaron una foto frente a la estatua de Michael Jordan, en la que estábamos todos: Francisco, Eduardo, X, Chuck, Ignacio, Milenia, Claudia y yo estábamos abrazados, reíamos y parecíamos felices. Se convirtió en mi imagen favorita y la coloqué en un marco plateado sobre mi escritorio, al lado de una de Isabelita. Fuimos a un lugar italiano comimos, nos reímos, contamos anécdotas… En algún momento coloqué la mano entre los muslos de Claudia y me pareció tener demasiada compañía, creí que sus ojos decían lo mismo. Les di las gracias al resto y nos marchamos.

Teníamos Chicago a nuestra disposición, pero, nos apresuramos en llegar al hotel. Las ventanas estaban abiertas y no nos importó; nos desvestimos sin prisa, cada pieza de ropa fue parte del juego de seducir, hasta que mis labios pudieron al fin sentir el sabor de su piel, de toda. Ella tomó control y también dejó que su boca se hiciera sentir. Me acostó bocarriba, se subió y, mirándome fijo y muy despacio, sentí la tibieza de cada centímetro de su interior. Corrimos de todas las formas que recordamos, hasta creamos algunas nuevas y sin dejar de besarnos.

Descansamos, la vi dormir. Se levantó y me llevó a la bañera; la llenó y nos tendimos por un buen rato. Nos enjabonamos con la mayor sensualidad posible, y cuando estuvimos "bien limpios", volvió a sentarse sobre mí. Nunca pude explicar el poder que tenía, embrujo, magia, tal vez era su olor, algo que me sacaba virilidad y habilidades que ninguna otra pudo. Quise muchas veces, replicar en otros cuerpos aquella forma en que la amaba, pero nunca pude. ¿Sería eso el verdadero amor? Más tarde, cuando estábamos repuestos de los castigos pélvicos, entre la euforia y todo el bulto de sensaciones que sentía, tuve la gran idea de decir:

—¿Quieres ir a México?

Le vendí el paquete de viaje completo: margaritas, trajes de baño, playa privada y una mansión que tenían unos amigos, muy cerca de la de Luis Miguel (el cantante); un viaje sólo para nosotros. Sus ojos se derritieron y se iluminaron a la vez; algo tímida, dijo sí. Al agarrar el teléfono para gestionar la escapada, me di cuenta de que era un error, pero, muy tarde para echar atrás sin decepcionarla. Después de un discurso acerca de la seguridad y advertir que el clima estaba peligroso para viajes de placer, Luismi me dijo que llegara al aeropuerto, que se encargaba del resto; era muy difícil para él decirme no.

A las dos horas íbamos rumbo a Houston, allí escalamos y tomamos otro avión hasta Acapulco. Un carro nos esperaba en el aeropuerto. El chofer nos dio otro sermón y mil instrucciones de seguridad, tendríamos cuatro escoltas y dos vehículos a nuestro servicio. Claudia se extrañó ante tantas directrices y no pareció contenta.

—Pensé que vinimos a estar solos —me dijo al oído.

La casa era realmente impresionante, cuando pasamos el enorme portón, vi una figura familiar, esperando en la puerta principal. Era el Ratón, que sonreía emocionado de verme. Una de las personas del servicio acompañó a Claudia al interior.

—¿Qué haces aquí? —le dije.

Lo abracé con fuerza; ese enano grotesco, nos salvó del plomo enemigo.

—Órdenes del Patrón.

—Lo lamento. Luis Miguel no tenía que ocuparte...

—No fue el Güero, fue el otro, El Patrón.

—¿Lucho? —Pregunté alegremente sorprendido—. ¿Está bien?

—Un poco estropeado, pero, cuando supo que venía ordenó doblar la seguridad y me encargó personalmente.

—No tienes que preocuparte, puedes irte, tienes cosas mucho más importantes.

Sonrió burlón, como si le dijera algo absurdo.

—Sabe lo que me dijo: "Más te vale no moverte de su lado, si algo le pasa te arranco los huevos con las manos". Llámelo usted si quiere, pero, de aquí no me voy. El Patrón no es tipo hablar mucho ni repetir nada, y no sé cuántas veces le he escuchado repetir el cuento de cómo usted lo salvó aquella vez.

No lo contradije más y entré a la casa. No me di cuenta de que Claudia escuchó parte de la conversación. No habíamos desempacado bien, cuando hizo la pregunta a la que tanto temía, la duda que expresaban sus ojos no era una buena señal.

—¿A quién le salvaste la vida? ¿Cómo es que conoces a esta gente?

No podía mentirle; sí podía, pero ya estaba cansado de eso. Se lo conté todo, desde la propuesta entre campanazos el día que ella regresó, hasta el atentado en el que casi nos matan (omití la parte en que disparé y maté). Ese día reafirmé el hecho de que mentir es un requisito de vida, sin distinción de persona. Hay verdades inconfesables en su forma natural, se maquillan lo mejor posible o, simplemente, nunca se dicen; no es muy bien remunerada la honestidad. Me exigió que la sacara de allí de inmediato o se iría sola. Avergonzado salí a decirle a Ratón.

—Tengo, allá adentro, una mujer en histeria a punto de correr al aeropuerto.

—Muy sensata. Le dije que no era seguro, Alcalde. El Güero tiene razón, es usted un pinche kamikaze.

Salimos de inmediato, Claudia no me habló en todo el viaje de vuelta.

Después de México y que nos despidiéramos con aquel beso de hielo, no hablamos por algunas semanas. La primera no la llamé, una mezcla de orgullo por dejarme así "plantado" y darle tiempo a que se le pasara el calentón. No me contestó por más de un mes. Ante mis mensajes desesperados y fatalistas sobre su bienestar y desear saber que estaba bien, me escribió: «Estoy bien. No quiero hablarte ahora». Fue un alivio, un triste y pesado alivio.

Algo más sucedió para esas fechas, recibí una inusual mensaje de "bandera roja" de mi hermano Guillermo. El sistema de rastreo de su agencia, dedicada al monitoreo del narcotráfico, recibían un ofrecimiento de información a cambio de inmunidad, por información de lavado de dinero en el municipio de San Juan, de ordinario el caso va a delitos económicos, pero, un detalle levantó la bandera en la NSA, la palabra Cartel y el nombre Valverde que, aunque no eran sospechosos, todavía, no era la primera vez que el nombre salía. El FBI y la DEA, también recibieron la información, por el momento ninguna agencia investigaba.

32

#NOTWOKEJUSTGROGGY

La locura de aquel año de elecciones y la demencia que siguió el próximo cuatrienio, fue comandada por turbas del movimiento *wokista*; eran los *hippies* y zurdos del nuevo milenio, sólo que nada de libertad ni *peace and love*. El término *woke*, traía dos imágenes a mi cabeza: cintas de participación y redes sociales. Aquellas putas cintas, que servían de consuelo para los perdedores, combinadas con el engaño de las redes, que hizo creer que todas las opiniones importaban, formaron el frágil cristal de la zapata del movimiento. Una especie de marullo social (demasiado superfluo para ser una ola), compuesto por una generación de chongos y mongos mal criados, que un mal día alegaron despertar del letargo de sus padres y generaciones anteriores.

Hijos de un enfermizo culto a la seguridad, criados en espacios sobreprotegidos y libres de riesgos, fueron privados de experiencias que les desarrollaran el carácter y el valor del esfuerzo, pero, engañados con la ilusión de que podían ser todo lo que quisieran, en especial lo que nunca podrían. Carentes de los anticuerpos para el sistema inmunológico que fortalecía el "espíritu", adoptaron la fragilidad de sus sentimientos como brújula para vivir, aunque las agujas de la realidad apuntaran en otra dirección. Salieron del yugo de Morfeo durante la época de Obama, gracias a la inmediatez de las recién creadas redes, que les facilitaban enterarse de todo, y, lo peor, les permitían opinar sin dar la cara. Mi padre decía que no es efectiva la democracia familiar, que solamente una dictadura firme y justa, producía hijos bien criados.

La Academia fue cómplice de la decadencia, se convirtió en delito fracasar un fracasado. Las cintas de participación evolucionaron a diplomas de consolación; los graduaron a sabiendas de que los enviaban incompletos a la batalla de la vida. ¿Quién carajos necesitaba esforzarse, si al final, el fajón y el flojo, terminaban en el mismo lugar? El resultado fue una cepa de inadaptados que no veían la diferencia entre derechos y privilegios. Al salir de la burbuja académico-parental, fueron directo y sin escalas a la banca del fracaso. Sin el grosor de piel requerido para procesar la decepción de la realidad, justificaron su mediocridad, culpando a los supuestos privilegios de otros. Ser víctima se convirtió en la moneda de cambio principal y la taza de estupidez se elevó a niveles insospechados. Perdón por mi insistencia, pero, las cintas de participación nos dieron a todos por el culo.

"Dios los cría y la Internet los junta". Con una irritante obsesión de protagonismo ausente, se ocultaron detrás de la pantalla, se armaron con teclados, y utilizaron la irrealidad cibernética, como púlpito para señalar con el dedo de la justicia social a todos los opresores de sus sentimientos. Sin coherencia ni sintaxis (porque nunca la aprendieron) y en ciento cuarenta y cuatro caracteres o menos, convirtieron las redes, concebidas en aquellos días para encontrar viejas amistades, en el patíbulo para los disidentes del nuevo código de moralidad deconstruida según la conveniencia individual. Y, lo más importante, se manifestaban sin salir de la cama; sin el riesgo del golpe en la nariz que implicaba decir idioteces irrespetuosas en el mundo real; gustaban de la transgresión, pero sin consecuencias. Deconstruyeron lo que nunca comprendieron, para construir algo que no tenía sentido.

**

Cuando me tocó vivir el *woke*, me pregunté cómo era posible que el brillo de la calva de Foucault, continuara cegando el entendimiento de la juventud. No sabían ni querían saber, no tuve duda de que estaban profundamente dormidos y tuvieron un rudísimo despertar, que les dejó la típica morra mañanera (pero en esteroides), cargada de una sensibilidad virulenta, que variaba según los complejos particulares. Los que no tenían motivos propios para ofenderse, se ofendían a nombre de otros. Debieron dormir otro rato, levantarse más frescos y evitarle muchos problemas al mundo. "#Not woke, just groggy".

Tuve suerte con Eduardo, el mosquito de fragilidad no lo picó. Tal vez fue su poco acceso a redes sociales, no siempre alcanzaba para pagar el Internet; o el hostigamiento masivo para que leyera, su madre estableció un sistema de castigos y recompensas, que siempre incluían libros. Aunque nunca dudé que la clave estuvo en la firmeza con la que me opuse a que jugara con el dinosaurio violeta y amanerado. Aguanté las diatribas de la familia y amigos que sólo regalaban el personaje del momento, "muy educativo", decían. Con determinación y sin pena, desaparecí videos, libros de pintar, peluches y toda la parafernalia de aquel personaje nefasto para la masculinidad.

No tengo dudas de que la lagartija parlanchina, fue responsable de, al menos, el 30% de los hombres que se pintaban el pelo de rosa y se cantaban feministas. El restante 70% del mismo grupo, buscaba sexo fácil y sólo necesitaban un pañuelo violeta y hablar en dialecto inclusivo. Bueno, y en muchos casos, también necesitarían un abogado, ya que ciertas chicas de esos colectivos andaban en busca de un padre para su victimismo, y después de una encamada, consentida y hasta gozada, se cantaban agredidas; sólo para obtener el anhelado estatus de víctima que tantas puertas abría en aquellos tiempos.

33

ABSOLUT POLITIKS
(SEGUNDA CAMPAÑA)

Para la elección del 2016, los Populistas lanzaron un mindundi sin posibilidad, no hacía falta atacarlo, de hecho, era vergonzoso siquiera mencionarlo. Hice una campaña perfecta, todo logros y promesas alcanzables. No fue sorpresa que los fundamentalistas del señor dinero, fueran la única voz detrás de mis detractores, desesperados buscaban algún suicida/loco/carifresco sin nada que perder, que les garantizara la derogación del impuesto. El salvavidas de dinero que ofrecían era suficiente para pagar una buena campaña, no para ganar, para hacerme perder. Si cualquiera con una pizca de carisma y capacidad para articular oraciones completas, se hubiese atrevido a aceptar, seguro me hacía una mella entre los feligreses con tarjeta electoral; pero, las mentes de una célula de mis oponentes del "aberraganamiento" protestante, me enseñaron que el Señor no mostraba los senderos del carisma.

Ricky Febo, era otro autoproclamado Pastor Apóstol, del grupo de fundamentalistas sicópatas unidos y dispuestos a devorarme el hígado, aunque tuviesen que venderle el alma al diablo. El muy perro, envió una de sus acólitas de faldas largas, piernas con vellos como alambres y lentes del grosor de un vidrio a prueba de balas, a que, con su chillona voz y tono de impertinencia, me preguntara: «¿Alcalde, cuándo fue la última vez que pisó una iglesia?». Y, antes de permitirme contestar: «¿Me permitiría orar por usted?». Era un ataque perfecto, la única iglesia que pisé en años, fue la Catedral de San Juan y sólo para actividades oficiales; pero, como los Catos, eran la única organización que no pagaría el impuesto, no era conveniente decirlo. Francisco pensó que mis posibles respuestas harían una mella en los votos, y saltó en medio de la tarima, para sacarme de allí con la clásica excusa de "la reunión impostergable".

Lo peor, era que pedía orar por mí, rechazar un rezo era una cagada de madre implícita ¿Quién rechaza un rezo? Sólo un perfecto hijo de puta. Para no alejar votantes cristianos, la evadí como moribundo evita pensamientos impuros y mi gente se encargó de bloquearla.

Durante una conferencia de prensa junto a beisboleros profesionales, para anunciar la construcción de una academia deportiva, no vi a la dama de las pantorrillas peludas y me olvidé. Febo no resultó tan pendejo, se infiltró con otros acólitos, no era muy alto y se mantuvo oculto entre los atletas. Cuando llegó la parte de las preguntas y respuestas, me percaté de su presencia y no podía evadirlo, uno de los ujieres le pasaba el micrófono. Sabía que los Fundas andaban al acecho y no preparé una respuesta, un error tan básico como absurdo. Por suerte, las drogas, a veces, solían sacar lo mejor de mí, y estimulaban mi pensamiento creativo. Recordé la salida de un personaje de TV a un predicamento similar, que fue lo que debí decir desde la primera vez. No quería imputaciones de plagio, pero, tampoco estaba en las de explicar mis hábitos televisivos, así que le di vida a la ficción.

—¿Conoce usted a Arnold Vinick, el Senador Republicano del estado de California?, un tipo muy decente.

Con una lerda expresión, pero mucha seguridad, contestó:

—¡Claro que lo conozco! He compartido con él en mis visitas al Congreso. Los republicanos somos decentes…

¡Bingo! o te tengo, hijo de puta, pensé

—Pues, debe saber también que, ante la misma pregunta un periodista amarillista, el Senador contestó: «Aquellos que exigen expresiones de fe de parte de sus políticos, sólo piden mentiras a gritos».

Chuck me miraba incrédulo, "¿Vinick? Hijo de puta, estás loco", leí en sus labios. Casi me reviento de la risa, fue preciso evitar su mirada; estaba seguro de que ninguno de los presentes sabía la realidad terrenal del honorable Senador.

—¡No estamos en California! —me interrumpió con ira—. Las mujeres de mi congregación desean orar por usted.

—Le recuerdo que tampoco estamos en su iglesia, aquí usted ni grita ni interrumpe, vinimos a honrar el beisbol puertorriqueño. En cuanto al rezo que ofrece, allá afuera muchos lo necesitan más que yo; personas enfermas a quienes su comparsa de mal llamados apóstoles le niega el acceso a la salud; vaya a rezarle a ellos.

Dije dos o tres mierdas más y al terminar el aplauso fue más largo de lo usual, la mayoría de los presentes fue a escuchar acerca de deportes, no las quejas de un charlatán con un Patek Phillipe en la muñeca, que se negaba a pagar impuestos. Sabía que mi respuesta llegaría a las infames redes sociales y salí directo al programa de radio de Willo Soto, para contarle de Ricky Febo y su relación con el Senador: «No quiero pensar que conoce a su Dios de la misma forma que al personaje de una serie de TV». Antes de que los Fundas se percataran, ya corrían memes de Febo y el actor que interpretaba el personaje. No me afectó la broma, todo lo contrario, sirvió para probar que habían más asnos en los ministerios religiosos, que en los establos.

En temas de política colonial, Egui ganaba terreno y en los cuartos más oscuros del PNP, se aseguraba que vencería en la primaria. Jeannette Álvarez vio su oportunidad para perpetuarse en el tope de la cadena alimentaria, se postuló para la Comisaría Residente y se ofreció como compañera de papeleta de Egui; era perfecta para él, porque le subsanaba su mayor debilidad: la falta de experiencia. Su resumé profesional era una casqueta de escándalos y vergüenzas; nunca tuvo un trabajo que valiera la pena reseñar; los cuentos de sus cagadas eran más interesantes que los de sus logros, porque no tenía.

Sin que importara su cerebro de células limitadas, la combinación Egui y Jeannette le dio el mate al Comisionado, ese fue el fin de Danglada en la primaria. Egui era el candidato y del saque le vi la pinta de oportunista. Al igual que con Cifuentes, traté de mantenerme lejos. Egui olía a cagada guardada en la parte profunda del intestino.

Catalina llegó el lunes después de las primarias. Nos reunimos con todo el equipo electoral en El Alcázar y sentía la inquietante electricidad entre nosotros. Cuando acabó la reunión le dije:

—Podemos tener esta tensión durante toda la campaña o nos la sacamos temprano y trabajamos relajados.

—Mi casa, ahora —me dijo.

Nos fuimos en su carro. Luego de ese desahogo nos comportamos "bastante bien" durante el resto de la campaña.

Hubo cambios al Comité: el nuevo Secretario Electoral, era Maclovio, recomendado por Palomares. Dobleletra seguía con las mismas funciones y algunas de Fuentes, ante su ausencia necesitábamos alguien dispuesto a obedecer sin preguntar.

El anuncio de la candidatura fue breve, simple, con el Morro y un atardecer del anaranjado de mis recuerdos. Una idea de Catalina la hizo la campaña más divertida, Vodka Absolut, lanzó una campaña en Puerto Rico y Florida, conmigo como "modelo" principal, aunque prefería protagonista, eso de "modelo", me hacía sentir algo maricón. Ella consiguió el contacto, se movía bien dentro de los rumbos de la publicidad.

El comercial se filmó en la barra de Chuck, la compré para él después del viaje a Chicago. Me harté de verle la cara al dueño, un viejo árabe y tacaño, con una predisposición a violar los códigos de seguridad y salud. Primero lo forré de más multas de las que podía pagar, después, envié un contingente de policías a clausurarle, no sin antes informar a los amigos de la prensa. Como enviado del cielo, un inversionista generoso, de una corporación foránea, le hizo al árabe una oferta imposible para rechazar y lo sacó del panorama. Una vez remodelado y en ley, previo a la otorgación del permiso para operar, el Ayuntamiento relevó al nuevo dueño de las penalidades anteriores, borrón y a contar otra vez. No era del todo legal, pero a quién le importaba, lo escuché centenares de veces soñar con lo que haría de ser el propietario.

La historia del comercial fue la siguiente: Se escucha el caer de una moneda en la rocola, seguido por el ritmo de "Sharpped dressed man", de ZZ-top. Entro a la barra (decorada de forma rústica), tres chicas sentadas al otro extremo toman cerveza y piñas coladas, se fijan en mí y hacen gestos coquetos, que respondo con una ligera sonrisa; sin que se escuche, ordeno un vodka tonic, y enfoco la atención en la pantalla de mi teléfono, en noticias políticas. Las jóvenes continúan las miradas y comentarios, pero, impávido ante lo que leo, no les presto atención.

Alessandra Coello, una *topmodel* brasileña de aquellos días, entra por otra de las puertas, y con ella una brisa que recorre al bar y mueve ligeramente los cabellos de todos excepto el mío. Se sienta a mi lado izquierdo, ordena un vodka Martini y me sonríe. Olvido el teléfono, le dedico toda la atención y la mirada de seducción que tan natural me salía; ella responde el gesto con igual disposición y conversamos. Suena el teléfono, lo ignoro; suena varias veces más y sigo sin reaccionar... inaudible intercambiamos palabras y la atracción es evidente. Pero, aquí se jode la cosa, suena su teléfono y, contrario a mí, ella contesta. Parece seria y ocupada, agarra una servilleta, me saca el bolígrafo de la chaqueta anota algo y cuelga la llamada. Un vehículo oscuro tipo limosina se estaciona frente a la entrada. Ella estira la mano para despedirse «gusto en conocerte», «el gusto es mío», le contesto.

Giro la cabeza, resignado a su partida, y su mano de uñas largas rojas se cuela en la pantalla y mete la servilleta en el bolsillo de mi chaqueta. La miro, sonríe picarísima, se muerde el labio inferior ligeramente, mientras sube a la limosina. Observo la servilleta, está su número de teléfono y un "¿Por qué no?" Sonrío, levanto la mirada a la cámara, subo ligeramente mi ceja izquierda y aparece la botella de vodka, con el eslogan: "Absolut-Politiks".

El afiche promocional, estaba sentado en la barra, vestido de etiqueta, con el lazo sin amarrar. Todos los bares y la mayoría de los supermercados lo tenían tamaño poster. Después de eso, tenía las elecciones ganas. Pero, me busqué una candela, caliente (redundancia muy justificada): un chisme de portadas y tabloides, con Alexa, la *topmodel*. La noche de la grabación me quedé en su Hotel. "ABSOLUT-PLAYBOY", decían las portadas al día siguiente. Algunos reportajes tenían fotos que nos tomaron en el balcón de la habitación y la playa. Miré a todas partes y juro que no vi cámaras, Paco tampoco. Puro fuego la niña, nos vimos varias veces más, una en Nueva York, en una entrega de premios. Pasó igual esa vez, fotos por todas partes, siempre pensé que fue ella quien avisó a los paparazis. Cuando salían noticias de ese tipo, no podía evitar pensar: *Por favor, que Claudia no lo vea.*

Sacamos a Fuentes de todos los eventos públicos y asuntos de campaña que tuvieran posibilidad de prensa, pero, se mantuvo con algunas tareas del partido, los viejos y otros de sus "presionados", la Rémora entre ellos, lo mantenían en nómina, no podían permitir que cayera, temían caer con él. Fuentes sabía que existía la posibilidad de un proceso judicial costoso, y apretó a todos y a cuantos pudo. Era una amenaza, una bomba de tiempo con libre albedrío.

Esperaba que la Justicia estatal hiciera lo suyo, pero, el Gobierno de Rogelio Cárdenas no daba señales de vida, traté de mover gente y ajorar fiscales, pero, las influencias de Fuentes en algunos círculos eran más fuertes que las mías o, al menos, le temían más; incluso dentro del Municipio tenía espías por todas partes. Sus tentáculos cruzaban la Alcaldía y llegaron incluso al Departamento de Ignacio, el expediente de Fuentes desapareció, con toda la evidencia, declaraciones, fotos y hasta pruebas de ADN. Por suerte, Ignacio, previniendo que trataba con una rata mañosa y conectada, preparó dos copias del expediente entero.

Fuentes era mi punto más débil en aquellos días, pero, tampoco me convertía en cristal la mandíbula, podía sobrevivir el escándalo de sus bellaqueras neandertales, pero, no la información que parecía tener para soplar y que yo no conocía. Su amigo, el juez religioso, "Orgasmatrón", como lo bautizó Chuck, por la canción de Motorhead, seguro les soplaba lo que se decía entre jueces. La Gardenia de Ponce, que seguía jugando al beato con la prensa, se unió a los religiosos y hasta les aseguró que, en su municipio, jamás se le cobraría al Pueblo de Dios, aunque el Tribunal dijera lo contrario.

La llamada de mi hermano fue lo único que me preocupó en aquello días. Que alguna agencia anduviese investigando, hacía difícil moverse con confianza. ¿Cómo saber quién podía estar cableado y grabando?

34

"Everybody hurts"

*"Don't let yourself go, cause everybody
cries, everybody hurts sometimes... "*
R. E. M.

Chuck estaba en su casa cuando le llamé. Le dije que no
se moviera, necesitaba hablarle de algo urgente. Al llegar no
perdí tiempo.

—Me habló Sofía muy preocupada...

—¿Se dañó el Volvo otra vez? Le dije que eran una mierda.

—No es eso, imbécil. Está enferma, con la palabra que no
te gusta. Lamento ser quien te lo diga.

Qué doloroso afrontar la fragilidad de un ser amado, es
aterrador. Los ojos se le hundieron, perdió el color, se mareó
y se hundió en el sofá. Estaba hecho de algo muy, muy duro,
porque no se podían esconder sentimientos tan fuertes,
tan adentro; a ella le hubiese encantado saberlo. Tuvieron
una relación tan apasionada y enfermiza, como la mía con
Claudia. Para no dañar a Eduardo, se separaron sin dejar de
quererse.

—No puede ser, se supone que yo me vaya primero.
Todavía le debo sueños...

Alguien dijo que no es hasta que se encuentra un propósito
o se conoce la felicidad, que llega el acecho de la muerte.
Cuando todo le salía bien y dejó atrás la vida de vagabundo,
Sofía comenzó una secuencia de citas médicas, de las que
nunca daba explicaciones. Lo dejaba encargado de Eduardo,
no lo llevaba a su casa, le decía que se fuera al departamento,
con la excusa de que había dejado no sé qué en la nevera, para
que comieran juntos. Siempre trató de que compartieran,

pero, esos días era "enfermizamente insistente", decía Chuck. Comida, juegos de video, libros, hasta le habilitó una cama, por si quería quedarse. Hubo ocasiones en que no regresaba a dormir, de primeras pensamos que tenía un novio. A Chuck le revolcó las tripas, pero no dijo nada; nunca pretendió que le esperara toda la vida. Además andaba muy metido con Lis.

Cuando la razón regresó y con ella, algo de color a su piel, preguntó:

—¿Es grave? Sabes lo quiero decir.

—Muy grave, se va esta semana para un hospital en Florida.

Otra vez se perdió en la oscuridad de sus pensamientos, pero regresó de golpe, como si un terror mayor lo catapultara de vuelta.

—Armando, por mejor que me vaya en estos días, no tengo para pagar el tratamiento que merece. Se puede morir, Armando. Necesito dinero, sé que fue un regalo, pero tendré que vender la barra, el Cobra también. Pensé que alguna vez se lo regalaría a Eduardo, pero, agradecerá más a su madre viva que un pedazo de lata antigua. ¿Todavía puedo trabajar para ti? Escribirte los discursos como siempre has insistido... por favor. Estaba rogando y me partió el alma escucharlo.

—No necesitas nada, porque nada le va a faltar, ni a Eduardo ni a ti. Podrán dedicarse a cuidarla, yo me encargo de todo. Ya se lo dije...

—¿Lo sabías, hijo de puta?

—Claro que lo sabía. Me llamó tan pronto recibió el resultado.

— ¿Cómo carajos es que te llama primero?

—Porque tiene miedo a morirse y que tú y Eduardo nunca se entiendan. Está más aterrada por ustedes que por ella. Y no la culpo, vives tu vida día a día...

—Eres un traqueto de mierda, no vengas a decirme cómo vivir.

—No te estoy diciendo ni mucho menos juzgando, simplemente creo comprenderla. Me pidió que me los llevara de viaje o algo que los uniera. Ya hablé con Serpa y Vigo Ruiz, son cirujanos y oncólogos, de los mejores en el país. No tenían espacio en Puerto Rico, pero, nadie se le resiste al Tiburón Quiñones y le abrieron uno en la clínica de Florida. Es tan terca o más que tú, casi no acepta mi ayuda, de dónde carajos sacan ustedes esos orgullos de miseria. Eduardo y tú o quien ella decida, puede acompañarla, nada les va a faltar. Sólo trata de tranquilizarle el espíritu de madre desesperada: la rebeldía de Eduardo, su posible alcoholismo en ciernes, la yerba y quién sabe qué más… Es tu hijo, Blackie, son idénticos. No sabes cuánto ruego que Isabelita sea distinta a mí.

***

El cáncer de Sofía era un animal inclemente, de los que matan todo y empiezan por el espíritu. Fue difícil verla pasar por todas las torturas de aquella lucha por vivir. Cómo explicarlo: quería apoderarme de su dolor, traté de palparlo, absorberlo y hasta pretendí sentirlo, sólo para entender y justificar el mío. Su familia siempre estuvo cerca y ayudaron en todo y cuanto pudieron. Me conmovió escuchar a su padre hablar de hipotecar su casa para contribuir con los gastos, porque me vi en él… Al decirles que teníamos todo cubierto, su madre me abrazó y explotó en llanto. Cuando se nace del "otro lado del arcoíris", el cofre sólo tiene resignación; un diagnóstico de cáncer era muerte segura, no alcanzaba para un buen tratamiento, sólo para la ilusión de uno; se rogaba por la vida en lo que alguna vez fue la clase media boricua.

Cuando Sofía perdió el cabello la vieja casi se muere de la tristeza por la impresión. Porque la vida es un marasmo de ironías, conseguí una peluca idéntica a su pelo, lo irónico, es que fue cortesía de Lis, que no tuvo quejas ni reparo alguno ante la manera en que desaparecí de su vida para atender a Sofía. Se me hacía difícil entender y mucho menos explicar lo que sentía, la extrañaba de una manera terrorista, pero, no sabía cómo ni si quería decirlo. Tal vez me aferré a la enfermedad de Sofía, para privarme de sentir; para no reconocer que la extrañaba cuando no estaba y eran un ardor los días sin ella. Me desaparecía por días, semanas… A raíz de mis parcas explicaciones en aquellos escuetos mensajes, una tarde me escribió para decir que tenía la "pieza de cabello" que necesitaba, que le dijera dónde para entregármela. Nunca dejó de sorprenderme aquella forma tan suya, su iniciativa para ayudar hacía lo que se requería sin preguntas, sugerencias ni titubeos. Le mencioné lo del cabello una vez, en un desahogo fugaz, producto del llanto de la madre; Lis se movió, sólo me pidió una foto y me explicó que era para conseguir los tonos correctos.

Me esperó frente al edificio, dentro del Acura. Me recibió con una amplia sonrisa que, en aquel instante, no entendí o no quise entender. Me entregó la pieza, «no le digas donde la conseguiste, no hay que causarle dudas, la idea es que se sienta segura. Y, sobre todo, no olvides decirle lo hermosa que está». Aquel tono, los ojos líquidos, sólo anunciaban la despedida para la que yo no tenía los cojones. Me dijo que sabía que no se equivocó conmigo, «sólo un gran hombre, tiene el carácter y el valor para cuidar a la mujer que ama; no puedo sentirme más orgullosa y dichosa de conocerte; aunque no sea yo a quien tu corazón protege». Sin reproches ni lamentos, sólo un «siempre estaré aquí si me necesitas» y un beso, corto, pero tan intenso que desbordó sus ojos y aguó los míos, se marchó. La llama que encendió la luz de aquella "nueva" etapa de mi vida, desaparecía casi tan súbito como llegó y me dejó un vacío que, sumado a la tragedia que vivía el otro amor al que mi "corazón protegía", me arrastraron a un hueco mucho más profundo.

Eduardo fue la red que me evitó estrellarme en fondo del cráter. Nos convertimos en enfermeros y cuidadores de su madre, superamos nuestras respectivas fobias a las agujas y la sangre; limpiamos cicatrices, vaciamos drenajes, cambiamos vendas, sostuvimos uno el cubo y el otro el pelo, mientras vomitaba. Aprendimos a sonreír cuando no había razón. Trabajar juntos con una meta de común importancia, nos ayudó a levantar un armisticio a las hostilidades que vivimos durante años. Una noche, pensaba que ambos dormían, me fui al balcón y encendí un motito enrollado en papel Bambú original, muy difícil de encontrar en aquellos días. Me dejé llevar por las notas del humo, que elevaron mis sentidos y sobre aquel cielo con pocas estrellas, proyecté imágenes de la vida perfecta que no existe, en la que Sofía estaba sana y Lis sonreía para mí. La puerta de cristal se abrió y caí de golpe a la realidad de la vida que sí existía; era Eduardo.

—Ustedes los viejos y sus papeles.

Traía en las manos un grullo enrollado en una hoja de tabaco, algo que no me encantaba, porque cambiaba demasiado el sabor, pero, a la yerba regalada no se le mira la envoltura. Tal vez porque compartíamos el mismo ADN, los terminamos en menos que cualquier ser ordinario y fuimos por más. Para incrementarle la "onda", regresé con dos cervezas y, el muy cabrón, con una botella de Wild Turkey, que le quemó a su padrino Armando. No pude evitar reír, los Black éramos una turba a la hora de los vicios. Resultó que Eduardo era más inteligente y maduro de lo que pensé. Sentí vergüenza de saberlo tan tarde, pero, mejor tarde que jamás. Su humor era tan negro como el mío, tal vez peor, modernamente peor. Acabamos seis cervezas, la botella del Turkey y nos vestimos para salir a buscar más. En el pasillo antes de salir, nos encontramos con la cara pálida de Sofía, que de inmediato comenzó a pensar que, eso de unirnos fue un error. Él se quedó, para acallar quejas y no dejarla sola, yo caminé hasta el supermercado al lado del edificio. Compré tantas cervezas y botellas, que fue una competencia de resistencia cargar las bolsas de regreso.

El Tiburón cumplió su palabra, como siempre; contrató gente para todo, compra de víveres, limpieza; siempre hubo enfermeras presentes, la mayoría jóvenes y guapas, con aquellos uniformes que las confundían con doctores. Sofía las despachaba temprano, como si tuviese miedo de que fuésemos a darles un mordisco mientras ella dormía. Sólo a uno le permitió quedarse, un enfermero de apellido Narváez: gordito, gay, muy simpático y pintoresco, en quien, Armando, nunca supe porque, confiaba plenamente. Sabía hacerla reír, la maquillaba, le arreglaba la peluca de mil formas, todas bonitas, y cuando dolía, nunca le soltaba la mano.

Ignacio y Milenia nos visitaron una de esas noches de dolor. Ella se fue a la habitación con Sofía, Ignacio y yo al balcón, a compartir una bonga que Eduardo dejó cargada. Narváez llegó a la sala y el olor a humo pareció inquietarle, lo invité.

—Si no te molesta el humo, te puedes quedar aquí con nosotros, si te molesta, pues, tápate la nariz un minuto en lo que terminamos. Nuestro quedísimo Gobernador Cárdenas, con sus únicas dos células cerebrales, entendió que no hay mejor medicina que esta.

—No me molesta; sólo que no es bueno en horas de trabajo.

—Tranquilo Narva, que estamos entre confidentes, el Lcdo. Gutiérrez es una tumba, además, tenemos todas las licencias medicinales requeridas.

Resulta que Narváez trabajaba en la Sala de Emergencias del hospital de la capital, Armando era su jefe, e Ignacio el Director de la División Legal que manejaba las investigaciones para despidos. Era muy clara la cara de cagado que tenía ante el verdugo del Ayuntamiento.

—No estamos en horas de trabajo. Tranquilo Narváez, si usted no dice nada, yo tampoco. Además, será difícil que alguien le crea; porque el señor Black todo lo va a negar, ¿Cierto?

—Cierto. Lo que pasa en este balcón, en él se queda

Fumamos junto al enfermero, que se reía de todas las mierdas que se me ocurrían. Eduardo se nos unió. Cuando Milenia y Sofía nos encontraron, el único cuerdo era Narváez, que sólo había fumado.

—Definitivamente tengo que curarme, no me puedo morir y dejar estos dos adolescentes sin supervisión —dijo con algún dolor en la mirada.

Armando nunca padeció de avaricia. Pero, cuando se volvió millonario, se convirtió en el protector silente de sus personas más queridas. Hasta Francisco, una vez encontró en el escritorio el pagaré de la hipoteca de su casa, casi doscientos mil dólares, justificados por un billete de loterías; el gordo vivió aterrado de que llegasen alguna vez los federales a arrestarle. El dinero no tenía ningún valor para él. Que puta ironía, un día casi logra que me maten y me mutilen de por vida y al siguiente le salva la vida a la madre de mi hijo. Una vez, realmente avergonzado, luego de unas cuatro horas de tomar y meternos líneas, medio lloroso le pedí disculpas por cargarle con mis responsabilidades, su respuesta fue la de siempre: «De qué vale tener tanto dinero si no podemos usarlo en cosas útiles. Además, ustedes son mi familia».

Aquella noche en el balcón, no pude evitar preguntarle a Ignacio.

—¿Siempre es así tu esposa?

—¿Así cómo?

—No sé cómo decirlo, más que agradable, reconfortante tal vez, sin que me malentiendas; una rara mezcla de aura y sonrisa. Minutos antes que llegaran, estábamos a punto de tirarnos de los cabellos, no hizo más que pasar la puerta y reinó una rara, ¿paz? no sé cómo llamarlo… Perdón, me siento como un idiota.

—Tranquilo, tiene ese efecto en casi todos los seres vivientes.

Me gustaba conversar con Ignacio, teníamos mucho en común, los gustos en la música, literatura, tenía la vena de los excesos, pero muy bien controlada, seguro ella tenía que ver. Me comentó que quería tomar clases para ser escritor.

—Acaso a los perros les dan clases para ser perros —fue mi respuesta automática—. No creo tener la clave de todo, pero, al menos puedo decirte que nadie enseña a escribir, se escribe o no. La clave, tal vez, sea dejar la vida en el proceso y mantenerse lo más real posible. Un escritor no es un camaleón que amolda sus visiones de la vida según las tendencias del momento ni escribe para complacer ni agradar, menos, para pasar juicios ni engrandecerse con victimismos, eso lo hacen los mediocres. Se escribe a navajas, no a pellizcos; los novelistas no escriben con musas, eso es para poetas y músicos maricones. Las buenas novelas son carreras de resistencia, se escriben con voluntad y corriendo por la pendiente de los vicios. Las buenas letras, las honestas, reinventan mundos combinando las mismas palabras; como las grandes piezas musicales usan las mismas doce notas. Y lo mejor, mi querido y joven *padawan*, si tienes la gracia, alguna vez, de convertir a una mujer en buena literatura, su corazón será tuyo por siempre.

35
El día que murió Clay

En la mañana del 3 de junio de 2016, murió Alí, y la noticia me tenía en un encuentro de doce asaltos con la melancolía y el recuerdo de mi padre. La noche antes, La Metralleta, que ya era campeón en dos divisiones 135 y 140, acababa de subir a 145 y peleaba esa semana su pelea 34 sin derrotas y sólo tenía 26 años. No había visto nada igual desde Floyd Mayweather. De hecho, si ganaba sus próximas dos defensas, podía ser el oponente del mismísimo Mayweather, que seguía sin perder; decían que La Metralleta acabaría con ese invicto.

En esos días, la noticia que ocupaba las primeras planas era el juicio de Molly Rivas y Arnaldy Caicedo, ella una funcionaria pública susceptible para sobornos y él un gordo cafre y de medio pelo, que se establecía como inversionista político en el Partido Rojo. Lo delató su socio, otro gordo igual de cafre, pero, inversionista del Partido Azul. Emilio Rosas, el Fiscal Federal, no perdía el tiempo cuando se trataba de funcionarios del PPD y comenzó un juicio que se extendió hasta las elecciones y afectó al candidato rojo. Fue el mayor escándalo de corrupción de la Administración de Rogelio Cárdenas.

Mis planes para dividir y conquistar no avanzaban demasiado; Doble no lograba dar el tan esperado mate a Fuentes. No miento cuando digo que del cielo me cayó la solución. El Padre Vicente, se acercó preocupado, para transmitir el mensaje de unos de sus feligreses más fervorosos (quería decir de los que más contribuían). Un viejo ricachón que donaba a distintos candidatos y al Partido Central. En San Juan, siempre operó directo con Palomares, pero por el infarto, Fuentes lo atendió. Cuando fue a mi oficina a contarme su sospecha de que alguien sangraba sus donaciones, me percaté de que el esquema de los *kickbacs* que Doble y su gente todavía mantenían, podía ser más grande de lo que pensé; pero, mi objetivo era Fuentes, lo demás podía esperar. El viejo afirmaba que emitió donaciones que no se reflejaron en el reporte final. Las listas oficiales decían otra cosa, era complejo mantener números correctos cuando se recibía tanto dinero en efectivo.

«Voy a pedirle un favor, con toda la confianza que le tengo, el señor Fuentes sigue siendo parte de nuestra colectividad, pero, debido al asunto legal del que es objeto, no queremos exponerlo a transacciones económicas electorales; su nombre podría ser mal visto. ¿Me comprende? Por eso, de hoy en adelante, usted sólo tratará con Francisco, él es el nuevo Palomares».

Resultaba imperdonable para cualquier político, enterarse de que algún lacayo le robaba, podían perdonarlo todo, pero, el robo de fondos de campaña era pecado capital. Ahora sí podría deshacerme de él, y no me equivoqué, Egui Rexach no toleraba la traición. Llamé a Dobleletra, le pedí que consiguiera al Presidente de la Legislatura de San Juan. Como en la mafia, quería notificar a todos antes de picarle la cabeza a la comadreja.

Esa misma noche, fui al Alcázar a buscar unos documentos, y, para mi sorpresa, el hijo de puta me esperaba sentado en mi oficina con la luz apagada. Cuando entré y vi su silueta de espaldas, di un salto, no lo esperaba, mi subconsciente asumió que era un Cobra, presto para degollarme. Con torpeza y lentitud, abrí la primera gaveta para sacar la pistola del estuche. Cuando caí en cuenta de quién se trataba, sólo pude decir: «¡Carajo! La próxima vez que entres de esa forma, podrías terminar con un balazo». Detuvo la vista en la caja de madera con la inscripción *"Walther"* en la tapa.

Alguien le sopló acerca de la reunión con el contratista. Su rostro era el del que busca lo correcto para decir, pero no sabe qué. No negó las implicaciones, dijo que necesitaba el dinero, que lo devolvería. Le dije que comprendía, que los repusiera cuanto antes y que, por órdenes de Egui y el Partido Central, a partir de ese momento, quedaba fuera de las campañas. No le agradó, pero, pareció confiar en mis palabras. Que difícil fue contener el deseo de darle una patada por el mismísimo culo. Esa vez, antes de marcharse dijo:

—Me parece una puta injusticia que cada vez que una mujer se sube la falda, siempre hay ascensos, promociones, regalos y sonrisas para ella. Pero, cuando un hombre se baja los pantalones y le da de lo que les gusta, sólo hay arrestos y despidos. Gutiérrez y el tal Grimaldi, son los que andan en la calle haciendo preguntas, tiene que sacármelos de encima o tendré que hacerlo yo.

Traté de no darle importancia a las amenazas, todo lo que faltaba para presentar su caso ante los Tribunales, era el resultado del ADN. La muestra estuvo junto a otros cientos, que esperaban a que el Departamento de Justicia tuviese tiempo y dinero para realizarlas. Fuentes esperaba que sus contactos desaparecieran la muestra. Pero, Jessenia Soler, mi conexión en el Gobierno Rojo, se encargó de mover la prueba, ordenó confidencialidad; lo tomó personal, por el asunto del abuso y la solidaridad entre mujeres. La Directora del Instituto Forense, fue su estudiante de yoga, un ajuste a los chacras y *namasté* cagaste en tu madre Fuentes.

36

"Lo que la naturaleza no da, los seminarios no lo prestan"

"Enciende la TV, tu Navidad llegó antes de tiempo", decía un mensaje de Jessenia Soler, significaba que le radicarían cargos a Fuentes. Salí corriendo de la oficina y me topé con Dobleletra en el pasillo.

—Acompáñeme, Doble, hay algo importante que ver en la pantalla del salón de conferencias. Clari, popcorn, por favor.

Doble mató la emoción al decirme que había un seminario en el salón, que hacia allá se dirigía.

—Nada de eso, vaya más tarde, veámoslo en mi oficina.

La prensa lo esperó en el cuartel y lo siguieron hasta el Tribunal. Una batería de camarógrafos, fotógrafos y periodistas con micrófonos, grabadoras y teléfonos celulares, pretendían recoger alguna expresión de la rata, que se mantenía impasible. Me pregunté si le tomó por sorpresa; de haber sabido, tal vez hubiese escapado. La investigación de Ignacio estaba perfecta; le garantizaba a Fuentes, al menos, unos veinte años en la incomodidad de un penal. Que llegara a los tribunales fue un arriesgado trabajo en equipo.

Después del reportaje, le pregunté a Dobleletra de qué trataba el seminario, dijo que era un Taller de Liderazgo.

—¿Y por qué no estás allí aprendiendo algo? Muévate para allá de inmediato. —Decidí divertirme con él—. Te acompaño y aclaro tus dudas, evidentemente tienes muchas.

Se levantó resignado a varias horas de humillación, y caminó lento hacia la puerta. A la vez, llegó un mensaje de texto de Luis Miguel: "HIPERIÓN", que era el nombre de su satélite natural favorito y la clave para que lo llamara de un teléfono satelital seguro. Aunque no más divertida, la llamada era más importante que todas las bromas de escasez de liderato que le tenía a mi Secretario Municipal. El arresto me tenía de un humor que me permitía el lujo de otorgar una indulgencia inofensiva, decidí liberar al incauto, de la discusión de una materia incomprensible para él.

—Sabes, Doble, lo que la naturaleza no te dio, un seminario de mierda no te lo va a prestar. Tómate la tarde libre.

Paco me llevó a la Bóveda, el teléfono satelital estaba allí. Subí de prisa, Peña, el nuevo guardia de seguridad, pareció asustado al verme. Entré a la oficina, aseguré la puerta y llamé al Güero.

—¿Qué onda, señor? Por acá las noticias no pueden ser mejores —había alguna euforia, escondida en la ecuanimidad y escases de emoción que solemos usar cuando hablamos acerca de crímenes con penas capitales.

En palabras tipo código, pero, comprensibles para mí, me contó como capitaneó el operativo que le puso fin a la era de terror de Los Cobras. Lo ejecutaron el 29 de octubre de ese año del demonio 2016, día en que se celebró el primer desfile de la Santa Muerte en Ciudad de México, dos semanas antes Bob Dylan, ganó el Nobel de literatura. No hubo torturas, porque no hubo prisioneros. En operativos simultáneos que no duraron más de quince minutos, los Valverde acabaron con sus enemigos. Saber que aquellos animales estaban fuera del panorama, era motivo de alivio, respiré muy, muy profundo y sentí como un enorme peso que cargaba, desapareció de repente.

37
"Personal Jesus"

La visita fue idea de Lucrecia. Con la diatriba de que la Iglesia y el Municipio no podían estar en guerra permanente, «le tiendo una rama de olivos a nuestro querido Alcalde», lo repetía en sus múltiples programas de TV. «¡Pues paguen, pastores hijos de puta!», le gritaba a la pantalla cada vez que la veía lanzarme aquél reto, con la prepotencia que le daba la fe. Porque eso era, un reto, "ramo de olivo" mis cojones. Sabía que no era buena decisión, pero, mi ego siempre era más fuerte y acepté. Con varias condiciones: prohibido hablar del caso de los impuestos; podían orar en mi presencia, pero, sin dedicarme rezos ni plegarias ni deseos de sabiduría; nada de preguntas acerca de mi vida privada o religiosa y, claro, cero regalos de ningún tipo sin importar la cuantía. Con los Fundas era necesario dejarlo todo detallado y hasta jurado si era posible; eso de ser "representantes de Dios", los hacía atribuirse confianzas y libertades intrusivas, todo lo podían en el Señor.

El auditorio no estaba atestado, la mitad de las sillas estaban vacías cuando la actividad comenzó. Todo en orden, invocaciones, agradecimientos... nuevos testimonios (similares a los de Alcohólicos Anónimos). Lucrecia tomó la palabra y escupió una aburrida disertación acerca de las funciones de la iglesia y la armonía que debía existir, con citas de la Biblia y toda la cosa. Unos cincuenta y cinco minutos pasaron, y observé que mucha gente comenzó a llegar, como si hubiesen equivocado la hora. Me estuvo curiosa la impuntualidad de la feligresía, pero, no le presté demasiada atención. Antes del intermedio musical, con la banda de la Congregación, la Lucre hizo un gesto y apareció por una de las puertas de la tarima, uno de sus alicates cargando una caja delgada y rectangular.

—Quisiera darle una muestra de nuestra fe en usted y su Gobierno.

Habló algunas idioteces, sacó de la caja un estuche con una Fender Stratocaster, azul, modelo Eric Clapton. Me la entregó y pidió que le tocara una canción junto a la banda de la congregación.

—¿Conoce algún himno religioso?

Mirándola a los ojos y sonriendo con las muelas traseras, le di las gracias y la rechacé, lo que me ganó algunos abucheos entre la multitud que crecía.

Cuando terminamos esa primera parte, casi todas las sillas estaban ocupadas, y más que curiosa, me pareció preocupante la súbita llegada de aquella nueva ola de Fundas. Revisé el programa del encuentro y la próxima actividad era un conversatorio en tarima, que incluía algunos nombres de invitados que me parecieron algo aguerridos. Cuando bajaba de la tarima, vi entre la multitud a la señora de las piernas peludas, la emisaria de Ricky Febo y no necesité más para saber que me tenían una encerrona pública.

Ya los escuchaba: "El Alcalde nos ordenó no orar por él, pero, en los asuntos de la fe, tenemos la obligación de transformar corazones, guiarles al camino del Señor". Pensé largarme sin despedirme, con la excusa de una emergencia. Pero, no podía ponérselas tan fácil, igual orarían en mi ausencia. Chuck estaba entre los periodistas, y se me ocurrió algo mejor que salir corriendo como ramera ante el brillo de una navaja…

—Voy a aceptar la invitación… ¿Te atreves a acompañarme?

—¿A tocar? —preguntó confundido.

—No, pendejo, a mover el culo, por supuesto que a tocar.

—¿Qué canción?

—Ya sabes, lo que todo buen cristiano quisiera tener —sonrió con malicia—. ¿Recuerdas cómo tocarla?

—Algo, debo practicarla un poco, consígueme una guitarra.

—¿Practicar?

Le pedí a Paco que buscara el obsequio rechazado y se la entregué Chuck.

—Ésta la usaré yo, pero, afínala y practica; tienes diez minutos.

Nervioso y molesto me alejé de la multitud a darme una línea y llamar a Francisco, para que salvara el cagadero que me disponía a hacer. Le marqué y le pedí que llegara cuanto antes al templo de Lucrecia, que le daríamos una lección desde la tarima.

—¿Regresamos a la adolescencia?

—Me emboscaron y me esperan para rematarme.

—Bueno que te pase, te lo advertimos y tu tercera bola pudo más.

—Voy a subir de todas formas, puedes venir y hacer que suene mejor o ver la cagada en la prensa; Chuck ya la está practicando.

—Porque no me sorprende que Chuck sea parte del ridículo…

—¿Vienes o no? —lo corté antes de que comenzara unos de sus discursos moralistas, que cada vez los hacía más largos.

—Llego en treinta minutos.

—Diez.

No sonó muy convencido, pero tampoco tenía alternativa. Caminé más allá de los bastidores, buscando un lugar solitario; era enorme aquel edificio. Llegué a un área sin gente, perfecta para la línea, pero, por aquello de seguridad adicional, entre por una puerta que tenía un candado abierto. En el interior había soledad y oscuridad suficiente, nada de cámaras visibles, cerré y aseguré por dentro. Me di dos líneas y me pegué al vaporizador con aceite de cannabis, que se me cayó de las manos en medio del ataque de tos producto de inhalar de más. Encendí la linterna del teléfono, apunté al suelo y lo vi de inmediato. Cuando traté de apagarla, vi unos ojos azules y brillantes que me observaban, del susto también dejé caer el teléfono. Me apresuré a recogerlo y cuando alumbré, no van a creer quién era, Jesucristo crucificado, una estatua de unos ocho pies de altura. Un Cristo de tamaño "real", pero, similar a un modelo de Calvin Klein; una extraña obra de arte no comercial. Me pregunté qué demonios hacía una imagen como esa en una iglesia protestante. Aspiré dos líneas más y le ofrecí una al Jesús metrosexual, para que pasara mejor el encierro.

Cuando regresaba, me interceptó una mujer con un afro muy alto y uno de esos cuerpos de negra caribeña, que tanto me encendían; acompañada de una niña de unos once años. Me pidió trabajo, dijo que, aunque cualificaba por educación y experiencia, nunca la llamaban porque era hija de un Populista. Me dijo, además, que su hija era muy inteligente, que tocaba piano, guitarra y bajo, y que, por la misma razón, tampoco le concedían una audición en la Escuela de Bellas Artes. Me contó, con algo de angustia, como gastó $125.00 en una guitarra por si le conseguía la oportunidad y la olvidó en el carro; el calor la destrozó. La mujer trataba de no llorar, pero, sus ojos escupían gotas involuntarias. «No soy estadista, señor, pero, si tengo que votar por usted, lo hago, necesito el trabajo o la escuela de la niña, que es más importante aún». Le di mi número y el de Francisco y le dije que nos llamara el lunes siguiente.

Pensé que no tendríamos baterista, pero, con el rostro empapado de frescura, me acerqué al que tocaba para la iglesia. Le pregunté si conocía la canción y si se atrevía. Hizo una expresión similar a la de Chuck y luego miró a Lucrecia a lo lejos.

—Si te quedas sin trabajo, ve mañana al Municipio.

Aceptó sin titubear. Quedaban unos cinco minutos antes del conversatorio y busqué a Lucre. No pude evitar preguntarle por el muñeco.

—¿No es eso cosa de católicos?

—Me gusta hacerlo todo frente a nuestro Señor.

Pensaba que lo había escuchado todo, hasta que me dijo, susurrando al oído, que sus más intensos orgasmos los alcanzaba frente al Maestro. Estaba loca, pero, me cargó con todo el morbo del puto mundo. Me la imaginé de frente a la estatua de *Calvin Christ*, gritando: «clávame, Señor Alcalde, aleluya».

Cuando llamaron para el conversatorio y todos los participantes de linchamiento estaban instalados en sus sitios, Lucrecia agarró el micrófono, Francisco apareció en la puerta, vestido de traje, corbata y con expresión de duda. Respiré profundo y me puse de pie. Le pedí el micrófono a la Lucre, que no sabía que decir. Le agradecí a la gente por el buen trato que me dieron.

—No podré participar del conversatorio, ya que me surgió una situación de última hora, pero, antes de irme quiero complacer la petición de la Pastora, de cantarles una canción y tocar la guitarra que me obsequiaron.

La gente comenzó a aplaudir, se olvidaron de Lucrecia y la agenda para ridiculizar al Alcalde. "*Mantén los súbditos entretenidos y no se rebelarán*". Chuck me entregó la Fender afinada y me preguntó si podía quedársela después que tocáramos, le dije que sí. Agarró una Gibson 335 que había en la tarima, Francisco el bajo, y el baterista, que tenía un serio parecido con Lenny Kravitz, tomó su lugar.

—Antes de cantarles, quiero darles las gracias por recibirme, por sus bendiciones, oraciones y buenos deseos, aun cuando saben que no soy una persona religiosa. Es información de conocimiento público, los medios se encargaron de mostrar mi récord de visitas a la iglesia en la pasada década. Una dama que está aquí hoy, sentada en la primera fila —la señalé y todos voltearon las cabezas—, me ha perseguido a todas partes, un verdadero acoso, y sólo para preguntarme cuando fue la última vez que pisé un templo. En vista de que estamos en uno, supongo que hoy no preguntará.

Todos estaban en silencio y escuchaban atentos, Lucrecia no tenía otro remedio más que callar y sonreír.

—Aun conociendo ese detalle, me abrieron sus puertas y estoy seguro de que sus corazones también. No hay que ser cristiano para aceptar la sabiduría de la Biblia. Soy defensor de la separación de la iglesia y el estado, no porque crea que mis compatriotas religiosos no tengan derechos, tienen tantos o más que cualquiera. Por eso, cuando vayan este noviembre a escoger sus próximos gobernantes, recuerden que, como dice la Biblia: *"Deben tener cuidado con los lobos disfrazados con pieles de oveja"*. Estoy muy seguro de que se refería a los falsos profetas, los sacerdotes de aquellos tiempos, poderosos y cubiertos de alhajas caras, que enviaron a Jesucristo a la crucifixión, para mantener el control y el favor de los políticos fariseos. Sucede igual en estos días, las cosas no cambian, sólo se hacen más viejas.

Respiré… «*Reach out, touch faith*», y comencé el *riff* principal. Chucky siguió, cuando entraron Francisco y Lenny Kravitz, abrí los ojos de la imaginación y me sentí en los días de la facultad, de tocar en barras, de tomar de todo y sin contar cantidades. Durante la canción, las caras de los feligreses fueron de regocijo y la de Lucrecia de purga. «*Lift up the receiver, I'll make you a believer…*».

Al final le di las gracias al baterista y, delante de todos, le ofrecí trabajo como maestro de música. Chuck agarró su nueva Fender y la guardó en el estuche, llevaba más de una década hablando de ese modelo. Antes de bajar de la tarima vi a la mujer del afro y su hija. Técnicamente, le arranqué a Chuck la guitarra de un tirón. Sin bajar de la tarima, le hice señas y se la entregué a la niña.

—Ve a practicar, tienes una audición la semana que viene. —Y, dirigiéndome a la madre—, no la dejes en el carro ni la pierdas, es un modelo muy caro. Y es cortesía de mis hermanos y defensores de su fe, a quienes le agradezco por ayudarme a cumplir el sueño de una joven talentosa, que nos hará sentir orgullo.

Lucrecia estaba tiesa, la gente se puso de pie y aplaudieron más fuerte, muchos me acompañaron al carro. Los versículos, los obtuve dos minutos antes de subir a la tarima, benditos los teléfonos inteligentes, que hacían que los inteligentes pareciéramos eruditos.

Cinco días antes de la elección, el Tribunal Supremo falló a mi favor. Sólo un juez votó en contra, Orgasmatrón, un blanquito comemierda. Era un secreto a voces que estaba en la nómina de los pastores. Eso explicaba el porqué de sus decisiones y la manera pública de expresarse, era un político fundamentalista disfrazado con una toga. Ganar el caso y hacer que las iglesias pagaran el plan de salud, fue, quizás, la victoria más importante de mi carrera política. Les confieso algo, aunque esta historia no pudo ser más exitosa, me hubiese encantado cogerme a la Pastora en aquel almacén.

Durante casi dos semanas, gracias a la falta de resignación de los fundamentalistas, el titular principal de todos los periódicos era el "mordisco" que el Tiburón Quiñones le pegó a la Iglesia, que aseguraba a los sanjuaneros el mejor seguro médico del país. No faltó la llamada de la Rémora.

—Parece que me tendré que mudar a San Juan, me dicen que hay un alcalde socialista que regala tarjetas de salud a todo el mundo.

—Lo mismo decían de Franklin Roosevelt y Lyndon Johnson.

—Demócratas, son todos la misma cosa. Lo felicito, Alcalde, siempre me sorprende cómo gana las batallas más antipáticas y luce bien en el proceso. Sólo le doy un consejo, cuídese de sus nuevos enemigos eternos. No dudo que gane la elección, pero cuidado en la marcha, con esa gente nunca se sabe, atacan por donde menos se lo espera uno.

—Lo tendré.

—En otro tema, por ahí anda un antiguo amigo mutuo, ofreciendo cuentos a cambio de favores o inmunidad. No lo recibí ni pienso, su presencia no es buena para nadie. Ya no le daré ningún tipo de ayuda ni protección. Escuché que estuvo reunido con el Alcalde de Ponce y, conociendo incomodas situaciones con esa mala tuerca, insisto en que debe andar atento. No lo retengo más. Buen trabajo.

En la política del país, pocos tipos eran tan asertivos y perspicaces como la Rémora, por eso seguía vivo y nadando, tenía la habilidad de disimular la suciedad en su interior, como yo disimulaba las drogas. Mientras nuestros intereses no confligieron, fuimos buenos colaboradores.

Tan pronto supe de la decisión del Tribunal llamé a Lucrecia: «En breve te llamará tu ramera en el Supremo para decirte que hizo lo que pudo, pero, sus compañeros de toga fueron movidos por el pecado liberal. Prefiero que te enteres de esta boca que tanto anheló saborearte, a la de ese gusano baboso y asesino de la hermenéutica. Espero el cheque del impuesto, recuerda que las demoras conllevan penalidades». Colgué el teléfono y la imaginaba en su casa con cremas para la cara y rolos en el pelo, tratando de no mover el rostro por la mascarilla que tenía puesta. Por algunos meses me deleite pensando: *Si Dios existe está muy orgulloso de mí.*

38
"HEAVY METAL POISONING"

Las elecciones de '16, las gané por nocaut en el primer asalto. Nadie vio mi oponente ese día, ni en el Colegio de Votación ni en la sede de su Partido; ni siquiera llamó para conceder la victoria. Fue un excelente cuatrienio, excedimos los objetivos y le inyectamos una necesitada y bien merecida dosis de dignidad a la población capitalina. Era imposible perder.

Egui Rexach ganó la Gobernación con mayoría en las Cámaras Legislativas. Los puertorriqueños demostraban, otra vez, su capacidad para mal elegir; merecíamos el maremoto de pura mierda que estaba por venir. El caso de Arnaldi y Molly Rivas fue la carta de corrupción que utilizó la campaña de Egui para vencer; un regalo de Emilio Rosas, nuestro demonio protector en el Tribunal Federal.

Es cierto que la honestidad no debe tener grados, y no la tiene, pero, los populistas eran discretos y menos golosos, los actos de corruptos confirmados durante esos cuatro años, eran migajas de vergüenza si los comparábamos con las mordidas de los muchachos de mi partido daban en seis meses. La Administración de Cárdenas pasó sin pena ni gloria, con excepción del cannabis, ni sus cagadas ni sus logros transcendieron. Pasaron a los libros de historia como una administraciones más ineficaces, pusilánimes y faltas de voluntad.

Donald Trump ganó en la USA y no me parecía alentadora la línea anti todo lo que no fuese americano de su discurso. Hillary Clinton, era el portaestandarte del "*establishment*" gringo y cargaba un cementerio de esqueletos ocultos dignos de una larga serie de TV. A regañadientes y sólo por lo que el

Palomo lo pedía, participé de su campaña, me desagradó la tónica divisoria y el dramatismo hollywoodense. Una campaña dirigida por emociones y despecho, y que esgrimía la espada de la mal llamada "justicia social". Había desproporción en los eventos que asistí; no fueron tan diversos y alegres como los de Obama. Una cantidad exagerada de colectivos feministas radicales, que lejos de resaltar la calidad de la candidata, hablaban del poder que les representaba "el fin de la era del hombre", reclamaban todo el tiempo. Enviaban señas de atraso antidemocrático, totalitarismo, y la impresión de que el día primero de la Administración Hillary, comenzarían un proceso de castraciones masivas y la erradicación de la testosterona. Curiosamente, hicieron necesarios y populares, los términos "misandrismo" y "hembrismo", que eran desconocidos para la población general.

Enfermas de esquizofrenia paranoide ideológica, extremadamente sensible, que gritaba "con nosotros o en nuestra contra". Acosaban a los votantes, en especial a los varones, con una actitud de odio beligerante (que no vi en los negros durante las campañas de Obama). Explotaron, como nunca, la carta del victimismo y el juicio moral mediático, para intimidarlos y conseguir apoyo. Todo el que no aceptara la causa y el discurso, era públicamente señalado como machista, racista y xenófobo (entre otras tantas), perseguido y despojado de todo, desde los ingresos hasta la dignidad. Con las mujeres disidentes no fue distinto. La ola morada que juró respaldo a la Clinton, sólo por ser mujer, perseguían y acusaban públicamente a las no simpatizantes, las tildaron de mujeres inferiores, sometidas y esclavas del machismo. Exigirle a una mujer que votara por otra, sólo porque cargaba el mismo órgano genital, no era distinto a pedirle a un blanco lealtad a su color de piel. Esa arrogancia, producto de una codicia tóxica que las hizo empoderarse de algo que no tenían, no les permitió aceptar ni asimilar la derrota. Desde el mismo momento del anunció de la victoria del Trump, gritaron: «No es nuestro presidente y no le permitiremos gobernar».

En asuntos domésticos, el caso de Fuentes, después de una serie de accidentes jurídicos, una defensa que no cedió terreno y un fiscal que lo regaló por metros, al fin se vería, el juicio fue señalado para diciembre. Ignacio y Grimaldi, eran testigos. Por algún error, como tantos que tuvo el caso, Grimaldi que tenía más conocimiento directo que Ignacio, no apareció en la lista de testigos y fue eliminado por el Juez, sin oposición del fiscal, que parecía que trabajaba para Fuentes. Una vez iniciado un juicio, era más difícil archivarlo, necesitábamos comenzarlo antes de que llegara el nuevo Gobierno. Se rumoraba que Egui designaría a Wilnelia Vizcarrondo a la Secretaría de Justicia; necesitaba un alicate dispuesto a proteger la cuadrilla de delincuentes que llegaría con él en enero. Wilnelia era la criatura ideal para esa tarea. Estaba seguro de que, si el caso de Fuentes no comenzaba antes, lo archivaría en su primera semana.

El día que anunciaron las fechas del juicio, me encontré a escondidas con Fuentes, que continuaba con sus exigencias de protección. Esa vez pedía que le ordenara a Ignacio guardar silencio y no testificar.

—Si el abogadito sigue con ese empeño suicida de testificar, habrá graves consecuencias.

Le advertí que no se acercara a Ignacio, que era intocable.

—Te jodo a ti primero.

Cuánto sufrimiento pude evitar, si sólo hubiese tenido los cojones de hacerlo…

***

La demagogia y la desinformación eran herramientas de manipulación y control, tan antiguas como el mismísimo *Arte de la guerra*. Efectivas cuando se empleaban bajo estrictos mantos de cautela, el éxito dependía de la discreción. Las elecciones del 2016 sentaron la marca para su abuso burdo y a plena vista; les llamaron *fake news*; descaradamente utilizados por la gente de Donald Trump para minimizar sus cagadas, pero adoptados de inmediato por sus detractores para fines similares. La noticia de que *hackers* del Gobierno Ruso, intervinieron para desfavorecer a la demócrata, azuzó a Washington. Obama ordenó sanciones y el rompimiento de las relaciones diplomáticas. La presidencia de Trump no comenzaba aún y ya recibía fuertes ganchos de ilegitimidad. Era un *shock* que los Estados Unidos fuesen parte de un escándalo de fraude electoral, sin ser ellos los perpetradores.

En Puerto Rico, pasó algo fuera de lo común, la participación exitosa de candidatos independientes. Uno de esos, aunque no ganó, fue Belinda Rosales, una psicóloga osada y atractiva, que hablaba de renovar el país y terminar con el "inversionismo político" que financiaba la corrupción. Aunque presentó ideas faltas de profundidad y sin lógica presupuestaria, obtuvo un tercer lugar. Rosales fue la representante del progresismo posmoderno y su campo de guerra eran las redes sociales. Utilizó a su favor los algoritmos de manipulación mediática, para acaparar al idiota promedio que vivía inmerso en la trivialidad del mundo virtual.

Como no se le auguraba éxito, nadie se dio a la tarea de investigar sus logros. Resultó que su única experiencia profesional, fue en la empresa de sus padres, que generaron millones de dólares con las inversiones políticas cuestionables, que tanto Belinda juró erradicar. Los tejedores de conspiraciones decían que su compañía tenía varias demandas y era investigada por el FBI; aseguraban que el afán de Belinda por la gobernación, no se debía a altruismo ni amor a la patria, que solamente fue una "coartada", en caso de que le acusaran; una especie de defensa, creada con la opinión pública y las redes sociales en mente, y mucho Hollywood. Irónicamente, con su derroche de narcicismo y maquiavelia, cambió la cara de la política local.

39

"Something in the way"

Aquel fue un viernes opaco, apenas se vio el sol, el cielo parecía descompuesto, cubierto por una infinita nube color gris cadáver. Eran casi las seis de la tarde y se podía tocar la pesadez de una noche fría. Iba camino a casa y hablaba con Armando por teléfono, acerca de la condena de Molly Rivas.

—Diez años es demasiado —decía el Tiburón—, por delitos veinte veces más graves, otros hijos de puta les dan la mitad y hasta una tercera parte.

—Seguro le tocó ser el ejemplo para los próximos.

Armando siguió su crítica, que más que nada se debía al hecho de que era una mujer y madre de dos chicos; si llega a ser un hombre, poco le hubiese importado. Escuché hablar a Paco, recibió una llamada y nos interrumpió:

—Señor, disculpe, era el sargento Oquendo de la División de Tránsito. Dice que un carro Audi A5 del 2015, negro, acaba de accidentarse en una de las salidas de la autopista. Al parecer impactó un poste de cemento, cuando entraba a la Avenida Central. —Era el carro de Ignacio.

—Voy para allá, estoy cerca —le dije desesperado.

Llovía, como todo el día. Aceleré, rogaba porque hubiera más autos como aquel. No tardé ni cuatro minutos en llegar y ver que, en efecto, era el Audi de Ignacio. La policía ya acordonaba el área, luces azules de las patrullas, las rojas de las ambulancias molestaban mi visión. Estacioné el Cobra lo mejor que pude y corrí. Un policía trató de detenerme y le dije «soy periodista», me le evadí y seguí hasta el vehículo, que estaba desecho. Cuando miré al interior, sentí una especie de angustia, unas fuertes ganas de llorar, un ataque más allá de los nervios y una de mis rodillas tocó el suelo. Armando llegó en ese momento, se lanzó de la guagua y también corrió.

***

Todo fue muy de prisa, aun así, el tiempo parecía detenido. Cuando llegué, Chuck había pasado el cordón de policías, estaba de rodillas, observaba el interior del auto, tenía los ojos demasiado abiertos, como aterrorizado. Cuando me vio no entendí lo que me dijo su mirada. La lluvia estaba fría y olía a tierra húmeda, aun no oscurecía del todo, el cielo estaba mustio, triste. El vehículo tenía una abolladura en la parte trasera, que no había visto antes. Cuando estuve cerca lo suficiente, tuve que hacer un esfuerzo para no caer. Un fuerte dolor de tristeza me trancó la garganta y sentí un profundo deseo de llorar, al ver sobre el volante la larga cabellera negra de Milenia.

TERCERA PARTE
(CUATRIENIO 2017-2020)

1

CARNAVAL DE TRASPIÉS

La tercera parte de mi vida política fue la más rápida, pero, a la vez la más pesada. Demasiadas cosas colocadas una encima de la otra: huracanes, terremotos, pandemias, corrupción... Como una estela de calamidades que se paseaba entre las ruinas de un país que se derrumbaba por el fuerte retumbar de su hipocresía.

Mi juramentación fue similar a las anteriores, discurso largo y esperanzador; *vestido para matar;* Stoli y los Ravers me recibieron al ritmo del "Personal Jesus". Esa vez me daba igual la música y toda la puta actividad. Pedí que dejaran vacías las sillas que ocuparon Milenia e Ignacio en la ceremonia del 2013. Varias veces durante el discurso los vi allí sentados, escuchaban atentos mis palabras, ocasionalmente se miraban fijo por algunos segundos, sonreían y se besaban. No tengo duda de que era *"el amor como no hay otro igual"*, del que hablaba la canción, *"que le dio luz a mi vida, apagándola después..."*. En la silla que ocupó Claudia, estaba Isabelita, con los ojos cocidos a la pantalla del teléfono celular de mi hermana.

El ayuntamiento estaba patas arriba, se sentía como bailar en un carnaval de pies izquierdos. Sin Palomares, sin Ignacio; Zenaida hablaba de buscarle sustituta, Leonor tenía fecha para retirarse; el equipo se rehacía a puro parcho. Francisco se recuperaba de su antipático divorcio, se veía cansado; estar solo nunca le sentó bien. Me culpé miles de veces, al pensar que su compromiso con mi obra rompió su matrimonio, además de una exesposa hija de puta que no entendió que la "familia" era un deporte para jugar en equipo. Algo así me dijo, porque nunca fui de preguntar mucho; me parecía poco varonil eso de meter la nariz en las alcobas de los amigos. Con su mudanza al cojón (sólo porque el paternalismo jurídico se lo permitía), le hizo muy difícil compartir con sus chicos.

Alguien que sufrió la penitencia de estar casado por mucho tiempo dijo: *"La vida matrimonial es un mal hábito. Pero, siente uno hasta la pérdida de sus peores hábitos, son esos los que más se sienten". Tal vez es tiempo de retirarme y hacerle la vida más fácil,* pensé. Fue la primera vez que lo consideré, y confieso que hasta sentí un ligero mareo de pensarme fuera. Mi única traba eran los negocios con México. Más tarde, con la cabeza fría, la idea parecía tener sentido, pero, antes necesitaba un sustituto.

Karla fue el primer y único nombre que se me ocurrió. Era más inteligente que yo y tenía un par de cojones, casi tan grandes como los míos. Su convivencia no iba bien, pasaba demasiado tiempo trabajando, y Lara, su pareja (quince años más joven, estudiaba derecho con poca disciplina y demasiada disposición para divertirse) se quejaba de aburrimiento. Incidentes menores entre ellas, me dejaron ver que mi buena amiga presentaba las señales inequívocas de una obsesión que podía tornarse violenta. La llamaba continuamente para preguntar dónde o con quién andaba. Cuando no contestaba, la ubicaba al instante con el sistema GPS en el vehículo que le regaló. En una ocasión, ante un coqueteo que tuvo con un mesero argentino que las atendía, con quien intercambió números de teléfonos, pensando que Karla no los veía, le aguantó los pagos de la universidad y dejó de darle el dinero de la mesada acostumbrada. Tenía todo lo que se le advierte hasta la náusea a las mujeres, que no deben tolerar en un hombre. Nadie les advertía del maltrato por parte de otras féminas, un tema evadido por mis amigas de la Coalición Feminista.

Alguna vez, Lara se desapareció por varios días, dizque "para darle una lección". Cuando lo supe, la visité para asegurarme de su sanidad, una "inspección anti-suicidio". Me preocupé de verdad, cuando luego de varios *whiskys,* con los ojos hundidos por la rabia y al borde del risco de la histeria, dijo: «Si la agarro con alguien no sé qué haré, me muero, Armando, pero la mato antes, a ella y al cabrón que la acompañe». Le temía más a una "recaída" con un hombre que, a otra mujer, «no puedo competir contra eso...». Quise aclararle que somos los hombres quienes no podemos competir, pero, en esos agrios momentos de autocompasión, los amigos sólo escuchábamos empáticos y asentíamos sin juicios. Con Chuck y Francisco, solía ser más simple, todo lo que requerían era un "compórtate como un hombre bien criado", nada de abrazos ni hostias de esas que requerían muchas mujeres para sentir verdadero consuelo. Desaparecer ocasionalmente, se convirtió en hábito de Lara, carros, lujos, la Facultad, nada parecía suficiente para la chiquita. Esa maldita costumbre, el cliché de perseguir niñas jóvenes, un vicio del que me libré con éxito, claro, con la excepción de Catalina, que sólo eran trece años de diferencia, tampoco era tanto.

Otro que comenzó a desaparecer fue Ignacio, el sonido de su ausencia retumbó en toda la institución. Su cerebro trabajaba a medio tiempo y empeoró cuando llegaron las pastillas y el vodka. Pero, aun en los peores días, Ignacio fue mejor que la horda de mamporreros sin cojones ni espina que intentaron reemplazarlo. Sabía que tenía que enviarlo a la lista de los lesionados permanentes, pero, no tuve el valor. Cuando me notificó su renuncia, le pedí que se quedara unas semanas, para que dejara lo más importante en orden. Creí que, ocupándole con trabajo, lo ayudaría a olvidar un poco. Se quedó porque no sabía decirme no, pero la locura ya estaba en su mirada y crecía sin regreso. Llegó un día diciendo que la vio, que Milenia vivía en un mundo paralelo y tangible a los sentidos. Y le creí, varias veces lo vi observar al vacío y sonreír con la complicidad típica de un enamorado, claro que la veía. Creí verla también, pero, después de tantas sustancias y neuronas muertas, cómo saber qué carajos vi en realidad. Me abrazó fuerte el día que lo dejé ir, escuché alivio en su voz: «Gracias por soltarme el ancla; estoy a punto de ahogarme en este lugar». Al salir de la Alcaldía, lo seguí con la mirada por toda la Plaza de Armas, hasta que se perdió entre la multitud:

"Shine on you crazy diamond". No fue la última vez que lo vi, pero así se sintió, de hecho, todas las veces siguientes, parecían siempre la última.

No sabíamos si podía declarar en el juicio contra Fuentes, su testimonio era clave, la víctima del ataque no era buena testigo, no aguantaba el llanto y cargaba una especie de culpa y vergüenza, que no aportaba a su credibilidad. Con Ignacio fuera, sólo me quedaba el gatillo mexicano o la grabación, y cómo entregarla a esas alturas. Sus empleados trabajaban los asuntos rutinarios, pero, los que requerían astucia y pelotas se acumulaban en gavetas. Dobleletra capitalizó y buscó como desaparecerlos con todo y gavetas; sugirió desmantelar la Unidad de Investigaciones. Lo prohibí, pero igual acomodó sus acólitos para que saboteraran las pesquisas desde adentro. Anduve inmerso en tantos asuntos del caos administrativo con el que arrancó ese cuatrienio, que olvidé darle continuidad al trabajo de Ignacio. La única nota positiva en los cambios era el nuevo asesor de Seguridad; fue notable que al fin teníamos un profesional a cargo, y no un delincuente cubierto por la inmunidad del juego político.

Maribel suavizó su hostilidad. Apenas venía a Puerto Rico, vivía con su entrenador personal en un lujoso apartamento en Manhattan, y andaba en un BMW 650, todos (incluyendo al entrenador) pagados con la cortesía filantrópica de este Tiburón. Trabajaba sólo cuatro horas, para justificar los lujos ante sus amistades. Mi vida romántica estaba como siempre, nunca me faltó un cuerpo tibio sobre el cual retozar; pero, ninguno sabía ni me acomodaba como el de Claudia. No la veía desde Acapulco. No respondía mis llamadas y si contestaba algún mensaje de texto, lo hacía con una fría parquedad. Su madre enfermó y pensaba regresar a Puerto Rico, se lo dijo a Chuck; lo llamó para pedirle algunos favores previos a su mudanza.

La extrañaba con rabia y dolor, toda una temporada de melancolía y autocompasión, demasiado Luis Miguel y Sinatra, acompañados con *whisky*; *"got me on my knees Claudia".* Cada vez que veía un sol caer en las tardes, pensaba en llamarla y rendirme a todo, no tenía idea de cómo pedir perdón; qué decir para hacerla olvidar. Una lobotomía parecía perfecta, aunque difícil sin su consentimiento. No quisiera sonar cursi ni aputozado, pero, mi único sueño era un insomnio eterno junto a su cuerpo desnudo, me conformé con verla en los cuerpos que devoré para cubrir el hueco de su ausencia; cada beso, cada mordida, cada embestida, eran para ella. Para abonar al cliché en el que me convertí, perdí la cuenta de las veces que dije su nombre; era vergonzoso disculparse. Así que decidí confesarles la resequedad de mi alma vacía antes de quitarles la ropa: "*Claudia no está, Claudia se fue*"... No se podía ser más patético ni cruel a la vez, pero, estaba tan solo que era incapaz de sentir orgullo; aunque, al menos frente a mí, ninguna se quejó.

2

"All along the watchtower"

"There's must be a way out of here,
say the joker to the thief"
B. D.

Los primeros meses del 2017, ante los truenos de que la Junta de Control disminuiría los presupuestos, los trúhanes de la nueva Administración maniobraban como moscas, para pillar algo de lo que quedaba del pastel del país. Nada nuevo, sólo que era vergonzoso que fuesen tan burdos en aquellos días de incertidumbre. Egui fue la sorpresa, parecía un líder; como si le hubiesen exorcizado con fórceps al muchachón de la fraternidad. Estaba claro que no sabía mucho de nada, pero era simpático por su aparente disposición para escuchar y aprender. Como cualquier político, culpó a sus predecesores por los problemas pasados, presentes y futuros, y alegó que la crisis que heredó era peor de lo que le dijeron y por eso, el progreso prometido quedaba pospuesto.

Su esposa era la pareja perfecta, portadora de una conveniente ingenuidad casi *savant*; bonita, sin ser despampanante; una especie de Eva Perón, sin carisma, pero, con redes sociales. Su mejor atributo era la sonrisa, amplia, radiante; por la que le perdoné sus resbalones intelectuales. Como la vez del evento para fomentar la lectura, que frente a la prensa y rodeada de niños, le adjudicó a Coelho la autoría de *Cien años de soledad*. Está de más decir que los *haters*, *troles* y la comunidad en general se desbordó en comentarios y ninguno elogiaba el coeficiente de su intelecto. Pero, los Rexach tenían un equipo de relaciones públicas expertos en ese juego de reinventar narrativas según la conveniencia.

Con la treta más abusada de la era posmoderna: "la victimización", acusaron de insensibles a quienes la criticaron y de poner en riesgo la salud de la joven mujer que estaba en el quinto mes de gestación; atribuyeron cualquier "distracción o inadvertencia", a las complicaciones de su estado y la cargada agenda de trabajo. Nunca pidieron excusas por la inexcusable metida de pata entera hasta la cadera, que elevó un figurín de la autoayuda a Nobel de la Literatura. Nadie se atrevió a decir más, era mortal para la reputación y subsistencia social de cualquier ser ordinario, criticar a una mujer en plena preñez, por más aserrines cerebrales que cargara. Sólo un grupo se expresó sin recibir ataques, un junte de mujeres embarazadas que, indignadas y sin temor a abortar, marcharon frente a La Fortaleza, con pancartas que leían: LA MATERNIDAD NO EMBRUTECE.

A falta de fondos para comprar conciencias y mantener liderato, Egui recurrió al método demagogo por excelencia en la política de Puerto Rico: el estatus. Su primera orden, fue celebrar un plebiscito en el mes de junio, «el primer paso del último tramo hacia la estadidad», decía y las focas aplaudían histéricas. Con una versión muy suya de la historia, les vendió que emularía a los fundadores del «Gran Estado de Tennesse, que forzaron al Gobierno Federal a aceptarlos dentro de la Unión Americana». Cambió la narrativa no escrita y establecida en los tiempos de su padre, de que, sólo mediante la ruina y el ruego indigno llegaría la estadidad como una balsa de rescate. Su cuento tenía un tono más "digno", exigía la igualdad, con una especie de rebelión inversa que, en vez de libertad, reclamaba subyugarse; un *tea party* que no lanzaba el té del "amo" por la borda, se lo servía y le echaba el azúcar a la cañona.

La relación de Rexach y la Junta comenzó con una parca cordialidad, que no fue del agrado de la mitad del país que esperaba sangre. «Suerte de principiante, le doy hasta el verano», decía Palomares, sentado en el balcón de su apartamento, teléfono en mano y mirando hacia mi oficina. Durante su retiro forzado, acostumbrábamos a conversar de esa manera, presente, pero, distante a la vez.

Chuck le agarró el ritmo al asunto de los podcasts y la creación de contenido, no le iba nada mal; el balance de los asuntos políticos y literarios, que le recomendó Lis, resultó un éxito. Francisco aumentó la frecuencia de los viajes a ver a sus niños. Según decía, su ex andaba enamorada y suavizó los asuntos del tiempo. Ya casi no compartíamos fuera del trabajo ni hablábamos a diario, ya que, entre viajes, reconectó con una vieja novia de Georgetown; no tenía por qué dudar y me pareció poesía que, en el deber de atender y compartir con sus hijos, retomara la vida romántica. El Palomo llenó el vacío de conversación que dejó el enamoramiento del Franco.

En marzo se anunció el primer presupuesto reducido y nadie salió ileso, las tres ramas del Gobierno y los municipios estaban en el paso directo de la tijera. La Junta ordenó recortes a las partidas operacionales, sólo indicaban las cantidades a reducir; dónde y a quién aplicarlos era responsabilidad de los líderes del Gobierno. El país esperaba que los políticos cortaran los gastos obvios: salarios legislativos, bonos, vehículos, asesoría legal; áreas que no afectaban los servicios esenciales. Las Cámaras Legislativas presentaron la mayor resistencia. Los cortes eran un golpe a los ingresos extracurriculares para cubrir fantasmas y *paybacks*; necesitaban demonizar el Organismo, usarlo como chivo expiatorio para adjudicarle las consecuencias de los pillajes.

Citaron una conferencia y condenaron los actos de la Junta. Rémora, habló primero, como era tan pequeño, necesitó bajar el micrófono casi hasta tocar la madera del podio. Se notaba en su mirada de ojos hirviendo, que no renunciaría a los dineros de sus desvíos personales, al carajo el interés público: «La Cámara de Representantes seguirá operando. La Junta infame, toma nuestro Gobierno por asalto y eliminó los fondos de los pobres de este país». Los recortes de la Rémora limitaron los servicios que ofrecían las entidades sin fines de lucro a las poblaciones "menos afortunadas"; los efectos fueron nefastos y se sintieron ese mismo año después de los huracanes. Cuando le tocó a Tony Merino, el calvo mórbido que presidía el Senado: «Tendremos que despedir personal», y liquidó todos los empleados afiliados al partido rojo. Los cabrones no tocaron sus salarios ni lo contratos de los amigos.

No era lógico que quienes buscaban convertir a Puerto Rico en estado presentaran aquella resistencia visceral contra un ente impuesto por el amo que concedía la estadidad. ¿Por qué no seguíamos sus recomendaciones, saneábamos las finanzas y llegábamos a las condiciones que nos abrirían las puertas de la Unión? Mi padre planteó lo mismo, pero, las turbas del Dr. Rexach, encabezadas por Rémora Martínez, lo tildaron de rebelde y de tener una agenda separatista escondida. Se requería sacrificio y un ejercicio de honestidad para aceptar la responsabilidad del mal trabajo de los Gobiernos elegidos en pleno acto democrático.

La izquierda se lavó las manos. La candidata independista con su inocuo poder de convocatoria (menos del 1% del voto en la elección), su voz de cotorra apedreada en pleno vuelo y su histeria habitual, le exigía a Egui que olvidara las obligaciones del país: "Nosotros no votamos por ellos y no tenemos que pagar su deuda", y llamaba a la gente a que se lanzaran a la calle a protestar. A eso se le sumaba el juego de odios de Donald Trump que, para lucir bien entre su base de *hilbillies* sin dientes y con escopetas en los vehículos, comenzó una campaña twittera de descrédito, y anunció que sacaría a Puerto Rico de muchos de los planes Federales. Decía que los americanos del *mainland* no tenían que enviarle tanto dinero a un país extranjero. Se contaba por lo bajo que hasta hablaba de vender la isla. Fue necesario explicarle el asunto del territorio, pero, nunca lo entendió.

El Gobernador trató de mantenerse neutral en la guerra anti-Junta, pero, recibía fuego de todos los flancos. Para su suerte, explotó un escándalo con pique sexual y sensacionalista que fue gasolina, candela y viento, y desvió la atención del populacho. Un Alcalde de nuestro partido, fue señalado de acoso. Ante el reclamo del país y grupos que se proclamaban defensores de "la mujer", envalentonados, Egui le pidió la renuncia y ganó puntos con el Pueblo, que le dieron un respiro. Pero, cuando la salsa del caso del Alcalde enfermito se enfrió, regresó la presión, y no le quedó otro remedio que unirse a la batalla.

3
El regreso del Forzudo Rudo

Una tarde de febrero de 2017, recuerdo que grababa un video para mi blog, y entró un mensaje: "Estoy afuera". El corazón me latió de prisa, sentí que la habitación se iluminó. Cuando emocionado abrí la puerta, allí estaba: llorosa, con la cara hinchada, no sólo por llanto, también tenía un labio roto y sangrante.

Casi la cargo hasta la sala y corrí a buscar lo que hubiese en mi botiquín para atenderla. Harrison, emocionado también, le brincó encima y temí que la lastimara más. Me pidió disculpas, en medio de un llanto que subía de intensidad, hasta faltarle el aire. La remendé lo mejor que pude, y cuando se calmó, a duras penas, me contó. Un encuentro imprevisto con su ex… el marica del Forzudo Rudo, que vino de Florida a pedirle que regresaran y le decía que ella no era nadie sin él.

Luego de un rato me atreví a preguntar:

—¿Nos vamos a hacer la denuncia o prefieres que llame y venga la Policía a tomarla?

Su rostro se descompuso con una mueca de nervios y horror, expresó todas las formas del "no".

Cuando al fin se convenció, me pidió que no la dejara sola, y cómo negarme; no me despegué de su lado. Le pedí ayuda a Armando, que movió sus hilos, la policía nos metió por la puerta trasera del Cuartel y nos trataron como ella merecía. En menos de media hora, un juez la escuchaba y emitía una orden de detención, las marcas frescas en el rostro fueron la mejor evidencia, sumada a una ristra de llamadas y mensajes de texto, que mostraban la obsesión que el tipo sentía. No lo culpaba, la observaba declarar y aun con su labio partido y los pómulos morados, era tan hermosa que podía obsesionar y enloquecer a cualquier ser cuerdo. Lis me provocaba decir cosas, tonteras que mi garganta bien entrenada, se encargó de detener antes de que salieran más allá de los labios.

Cuando terminamos en el Tribunal, me apretó la mano y me dio las gracias.

—No lo hubiese hecho sin ti.

—Claro que lo hubiese hecho.

Le insistí en que se quedara en mi casa, su hija estaba segura con el padre. Cuando llegamos, le di una de sus camisetas. Se sorprendió de que aún la tuviese.

—Las conservo todas —le dije—. Pero, voy a tu casa más tarde, a buscar otras cosas que necesitas.

Le pareció buena idea. Cuando entró a la bañera, agarré su teléfono y le envié un mensaje al Forzudo. Luego lo borré y bloqué el número, en caso de que enviara respuesta. Salió con el pelo húmedo y la camiseta que marcaba sus formas, pensé quedarme y olvidar la sed de venganza. Pero, ese hijo de puta me debía varias, le robó uno de sus momentos lúcidos a mi madre y tenía la intención de cobrarle; además, Lis estaría cuando regresara. Fui a mi habitación, saqué la nueve milímetros del *hamper* y la oculté en mi cintura. Me llevé su vehículo, con la excusa de que el mío tenía poca gasolina, algo común en mis tiempos de prángana.

De camino, tuve dudas acerca de usar o no mi pistola, dejaría rastro en caso de que se me fuera la mano. Me desvíe para pedirle un arma a Taíno, pero, se negó cuando le expliqué para qué. «No eres ningún matón, no te metas en asuntos de los que no podrás salir». Se ofreció a resolver "mi situación" y enviar a algunos de sus muchachos para que se encargaran, pero le dije que había cosas que los hombres teníamos que resolver por propia mano; «cuestión de honor, sé que me entiendes».

Llegué a la casa, dejé el carro afuera, visible. Los cobardes siempre serán cobardes. Aquella noche el Forzudo Rudo, llegó a horas en que los mortales ya dormían. Abrió la puerta y entró con pasó de dueño, nada del sigilo de ladrón. Cuando se volteó y me vio, su rostro adoptó todo tipo de muecas de horror, en efecto era una caricatura de la belleza masculina, por una milésima de segundo pensé que sería abusivo golpearle como me proponía, sólo una milésima. Antes de que dijera nada, una derecha aterrizó en el centro del torso, en esa parte exacta que le llaman "la boca", por donde pasa el aire, y mi amigo el forzudo perdió la habilidad para respirar.

El segundo impacto fue a la nariz, estaba doblado hacia adelante agarrando su cochina y plana barriga, cuando giró la cabeza para decir algo que no le salía, le asesté mi quinta de nudillos derechos y sentí el "*crack*" del tabique o lo que sea que le rompí. Me dolió, no quiero imaginar cómo le dolió a él; si se medía por la cantidad de sangre, el hijo de puta se desmayaría pronto, aquello era una hemorragia.

Cayó, no solía patear al caído, pero, se trataba de mi madre y Lis, claro que lo pateé, varias veces; en la cabeza, en la espalda, varias en el culo; no le di oportunidad de incorporarse. Cuando el aire comenzó a llegarle otra vez, saqué la Glock, se la puse dentro de la boca y le dije «calladito, porque te perforo el cráneo, digo que fue en defensa propia y sabes qué, me van a creer, así que cállate». Sentí la curiosidad siniestra de conocer la sensación de apretar el gatillo y matar... recordé a la vieja, el labio roto de Lis y, por una fracción de segundo estaba seguro de que lo haría. Mas nunca supe, golpearon a la puerta: «Abre, antes de que hagas una estupidez». Creí conocer la voz, pero, con la adrenalina del momento, no analizaba con claridad y dudé, no sabía a dónde apuntar. La puerta cedió de un golpe y entraron pistolas en mano Moya y El Negro, uno de sus empleados más peligrosos, un tipo alto y feo, que se dedicaba al negocio de la violencia y se la tomaba muy en serio. Fue directo hacia el forzudo, lo agarró y le batió un par de piñazos, «A esta cara de pendejo, le hace falta plomo», y le puso la pistola en medio de la frente.

Taíno me arrebató mi arma y la guardó en su cintura.

—No tenías que venir, todo está bajo control...

—¡Que no tenía que venir! Tú y Armando viven en la misma nube, dos blanquitos pendejos de la Academia Jesuita que andan por ahí de matones, como si la calle fuese un puto juego.

—Yo tenía una beca...

—No vengas con la mierda de la beca, eres igual de comemierda y hasta más excéntrico que el Tiburón. Vi morir a mi hermano, y no los quiero ver morir a ustedes.

—Lo siento.

Suspiró, me dio una mirada similar a las que me daba don Armando y se dirigió al Forzudo.

—¿Sabes quién soy? Por hoy, tu ángel guardián. De no ser por mí estarías muerto, porque este blanquito de mierda te va a matar si lo dejo. No vuelvas a llamar a… ¿Cómo se llama?

—Lis

—Lis, no la busques, ni tan siquiera la pienses, porque si me entero, mi amigo El Negro, te dará una visita; no habrá golpes ni advertencias, sólo un pedazo de plomo que pasará por tu cabeza.

El Negro no parecía conforme, lo miraba con odio y repugnancia.

—Déjame matarlo ahora, mira esa cara de pendejo, va a volver, los pendejos siempre vuelven —y le apretaba la pistola contra la frente, le daba pequeños golpes con el cañón.

Temí que se le zafara un disparo, tenía el dedo en el gatillo. Taíno me miró, sus ojos decían: "Tú decides".

—Déjenlo en un cuartel, hay una orden de arresto en su contra.

Antes que se lo llevaran, le di el último en medio del rostro, con tanto odio que me dolió hasta el hombro; el tipo quedó inconsciente, sujetado por mis "guardaespaldas".

El Forzudo Rudo fue acusado y condenado a cuatro años de prisión, suficiente para que lo convirtieran en esposa de otro recluso. Acompañé a Lis durante el proceso, le hizo frente y declaró sin el temor aquel; se veía realmente libre. Le conté parte de la historia, dejé el exceso de sangre y las armas fuera, no había porque alarmarla. A una mujer como aquella no se le alarmaba, se le amaba lo mejor que uno podía. Y eso hice, aunque con algo de distancia en el medio.

Después del juicio, y todo el mal rollo que implicó enfrentar aquel esqueleto del pasado, Lis pensó que necesitaba un cambio de zona. Las condiciones de la isla no eran alentadoras y una buena oportunidad surgía en Texas: «no me quiero ir sin ti», me dijo con los ojos gelatinosos. Debí aceptar y largarnos a ser felices, pero, la vieja en el asilo y un amor patrio absurdo me mantenían en esta trampa de país. "Pero, puedo viajar". Así comenzó otra etapa en nuestras vidas, éramos amantes exclusivos y jugamos todos los juegos posibles para mantener caliente aquella pasión que nos unía.

4

"LIVIN' IN A POLITICAL WORLD"

El resentimiento que causó la derrota de Clinton en la mayoría de las minorías, en especial los colectivos feministas que ejercían el control de los medios de comunicación, desató una ofensiva mediática despiadada contra la presidencia de Trump, desde antes que ocupara la silla. "*Not my president*", repetían. Un mensaje estaba dirigido por el resentimiento y visibilizado por estrellas de Hollywood, que no siempre estaban de acuerdo, pero, ante el temor a la turba *wokista*, cerraban filas. Por eso, la mayoría de las celebridades que apoyaron a Clinton, se unieron a contingentes de fusilamiento, como el *MeToo*, el *Black Lives Matters* y otros, que mediante la extorción moral pretendían imponer un nuevo código de conducta y corrección.

Orwell dejó de ser ficción. Aniquilaban a los disidentes con boicoteos mediáticos, y en un mundo en que la presencia en las redes era más importante que respirar, ser cancelado equivalía a una especie de limbo mortuorio. Fue en los días de Trump, cuando más fuerza tomó esa práctica; la ya incomoda hipersensibilidad, hacia lo "políticamente incorrecto", se multiplicó a niveles exponenciales. En principio rodaron las cabezas de acosadores y depredadores de la peor calaña, como Weinstein y Epstein, entre tantos otros famosos. Pero, cuando parecieron caer todos los evidentes, no fueron suficiente para satisfacer el morbo y el *schadenfreude* de las redes, y fue necesaria una cacería furtiva de víctimas para el victimismo. Se convirtió en algo cotidiano, escuchar testimonios de personas (muchas famosas y otras en busca de serlo) que alegaban ser acosadas o agredidas por algún "famoso" (los desconocidos ni vendían ni provocaban titulares); se narraron desde los acosos más burdos, hasta las imprudencias vergonzosas, pero, "inocentes", que podían sucederle a la mayoría de las personas en pleno enamoramiento o seducción. Luego, lo "posteaban" en sus cuentas de Instagram y ganaban millones de seguidores, "corazoncitos" de apoyo y hasta oportunidades profesionales. Acciones que no constituían delitos penales, pero, eran suficientes para el cadalso de la vergüenza pública.

La imposición del discurso con careta de libertad y corazón de represión llevó a la más aberrante hipocresía, era absurda la cantidad de hombres que se subordinaban a los caprichos hembristas, dizque "para dar apoyo". Muchos temían que alguna nalga mal agarrada en el pasado les costara una sentencia al paredón de la reputación, y se curaban en la abundante insalubridad de la hipocresía. Así nacieron los "aliades" que cargaban el equipaje que las feministas no podían.

Algo que expertos llamaron "el espectro del odio" consumía los extremos de la política, lo vi en el rostro de Francisco, aquella vez que, en uno de sus viajes, dizque a ver a su familia, llegó con un ojo morado; un gringo "confederado" le encajó un puño, sólo por hablar español. La USA ardía entre las brasas de la división, la brecha entre los extremos polarizados de repente se hizo más profunda y tiraba hacia el fondo a la mayoría del centro. La izquierda radical no era distinta, desde el odio y la misma violencia, demostró que estaban a la altura de los seres más bajos de la derecha. Trump era perfecto para los extremistas de ambos lados, que buscaban mover sus agendas políticas y culturales, lo usaron como quimera para dejar salir los odios acumulados. En Gringolandia, la derecha era un congelador, la izquierda radical, un sartén con aceite hirviendo, así llegué a la agradable temperatura del centro.

La irritación generalizada de los gringos y sus complejos llegó a la isla de los desencantos, por fíat colonial, y le prendió la mecha a los "revolucionarios" de medio pelo del país: una cepa de haraganes, poco leídos, faltos de compromiso y consistencia; mal vestidos y peor hablados, que eran como "el monito colonizado, que odia al amo, pero lo imita". Los rebeldes boricuas, incluso los independentistas, adoptaron todos los postulados y consignas de la "izquierda gringa", desde las políticas identitarias, hasta el discurso de opresión racial sistémica. Al carajo la innovación, y aplicaban el manual no escrito de la desestabilización radical posmoderna, que tenía como requisito quemar, romper y agredir.

A partir del primero de mayo de 2017, se instituyó la violencia en las manifestaciones de la isla, turbas de encapuchados destruían propiedad pública y privada, sin reparo por la una ni la otra. Armados con piedras, palos y combustible, la emprendían contra edificios, vehículos y todo lo que pudiesen destruir; dejaban un rastro de vidrios rotos, tiestos quebrados, zafacones en llamas... Los actos de cierre le tocaban a la Policía y sus efectivos tamaño gorila, vestidos para la guerra y dispuestos a macanear con impunidad, con un deseo primate, casi sexual, de quebrar cráneos y ver la sangre salpicar el pavimento. El único reclamo original de la izquierda boricua era: "Abajo la Junta", que incluía la cancelación total de la deuda del país y que el dinero destinado a pagarla fuese repartido entre ellos. El ruido de las redes y el miedo a perder las elecciones, llevó a muchos políticos a unirse a la batalla contra la Junta, aunque no comulgaban con los berrinches de los matones de la "nueva izquierda". Una guerra fútil desde su inicio, sabían o debieron saber, que la ley estaba redactada para que no pudiesen derogarla. Negarnos a reestructurar las finanzas de una economía quebrada, fue la guerra más absurda que asumió el país.

El problema de los boricuas del 99% (que se autoproclamaron la generación del *yo no me quito, yo no me dejo* o un disparate similar) además de la pésima ortografía, era su fascinación por recoger indulgencias con escapularios que no les pertenecían, se adjudicaron victorias de otros que lucharon antes y, sin entenderlas, pretendieron cambiarlas. Les importaba publicar el *selfie* con el hambriento, más que el hambriento mismo. A pesar de que vivían muy bien, idealizaban la pobreza, no porque amaran al pobre, sólo odiaban el esfuerzo requerido para ser rico. Cualquiera que alcanzaba éxito era una prostituta con un tatuaje de Adam

Smith en el culo. Aspiraban derogar el libre mercado, sólo porque les faltaba carácter para la acumulación de capital propio; veían el socialismo como un plan de beneficencia individual. Pretendían que el Gobierno fuese para ellos el *sugar daddy* que fue Engels para Marx. Les faltaba vida, carácter y algunos embargos, para entender que las deudas se pagaban y las obligaciones se cumplían.

5
"Exit music (For a film)"

Ignacio comenzó a morir desde el instante en que recibió la noticia. La tarde del accidente, tan pronto recuperé el aliento fui a buscarle. Chuck se fue detrás de la ambulancia, Milenia todavía agarraba pequeñas y rápidas bocanadas. Al llegar a su casa, salió sonriente y con él, un exquisito olor a comida. Jamás imaginó la razón de mi mirada de angustia.

—Necesito que nos acompañes, es urgente.

—¿Tiene que ser ahora? En un rato debo encontrarme con Mi…

No le permití terminar.

—Es ella, Milenia tuvo un accidente y va camino al hospital, es todo lo que sé.

Sin pensarlo mucho corrió hacia la guagua. Le pregunté si tenía llave.

—No importa —me contestó.

Entré hasta la cocina y apagué la estufa, no pude ver que había en las ollas, pero, olía como esencia de dioses. Por un segundo pensé probar un poco, ya que se echaría a perder, *no seas cabrón*, me dijo la retorcida voz de mi inconsciente. Agarré un llavero que estaba en la mesa con fotos y aseguré la puerta al salir.

La rareza del tiempo, corre más lento o rápido; todo depende del momento. Cuando llegamos al hospital, abrió la puerta y se lanzó de la guagua todavía en movimiento.

—Ignacio, espera…

No se detuvo y me fui detrás de él. Cruzamos el gentío de la sala de espera; repetía su nombre, «¡Milenia! ¡Milenia!», con la esperanza de que ella misma le respondiera. Chuck salió de uno de los pasillos, su rostro seguía con la expresión que tenía cuando lo vi en la escena del accidente; no eran buenas las nuevas en su mirada. Ignacio corrió hacia él.

—¿Dónde está? Dime que está bien, Chuck, por favor...

Narváez, el enfermero que conoció aquella vez en casa de Sofía, le salió al paso y se interpuso entre él y la cortina del cubículo donde estaba el cuerpo.

—¿Dónde está? ¡Quiero verla!

Narváez le sujetó la mano, sus ojos también estaban a punto de explotar, pero, se contuvo y le habló con una voz consoladora y sutil, que de nada sirvió.

—Lcdo. Gutiérrez, no fue mucho lo que pudimos hacer...

—No, no, no me digas eso... no puede ser —y miraba para todas direcciones, se llevó las manos a la cabeza como si quisiera bloquear los pensamientos.

Miré a Chuck, estaba petrificado y tan confundido como yo. Ignacio comenzó un llanto silente y ahogado a la vez. Narváez le puso la mano en el hombro y él lo abrazó con tanta fuerza que el cuerpo rellenito del enfermero se sacudió.

—Quiero verla, por favor...

Narváez lo guio hasta el cubículo y el llanto dejó de ser silencioso; así sonaba el desgarre de un corazón noble y enamorado. No pude evitar mirar, la abrazaba con tal firmeza, pensé que sería imposible llevársela de su lado. Fue Narváez, con esfuerzo y aquella voz de consuelo, quien logró sacarlo de allí. No sé cuántas veces lo he dicho ya, envidiaba aquel amor de cuento que vivían esos dos, supuse que aquel llanto y la expresión de estar cayendo hacia un abismo de locura sin fondo, eran parte del inexplicable dolor que dejaba la ausencia; no se sobrevive a semejante grieta en el espíritu, sólo queda cerrar los ojos y dejarse tragar por la oscuridad del vacío.

***

El día que el Tiburón me dio la noticia de la enfermedad de Sofía, casi enloquezco con la desesperación ante la posibilidad de perderla. No podía imaginar lo que sentía el muchacho, cuando se le fue sin aviso ni explicación. Pocas veces vi un amor como aquel, Armando lo comentaba todo el tiempo. El día del hospital los ojos de Ignacio se apagaron, era un zombi, sólo observaba el suelo, las frías losas blancas, desgastadas y marcadas por el pasar de las camillas, la gente y el dolor.

El Tiburón se acercó como para decir no sé qué y lo agarré por un brazo para evitarlo. Las palabras estaban de más. Tenía los ojos brotados, como a punto de salir disparados, los contornos se habían tornado de un color rojo casi violáceo. Nunca escuché un grito de dolor como aquel, tan puro y triste; con un dejo demencial en la mirada, como si tratara de sujetarse a la razón, pero, lo otro parecía halarle más fuerte.

Armando logró adelantar el papeleo forense y nos encargamos de la funeraria, para no someterle a más tormento. Estuvimos junto a él, hasta que arribó el coche mortuorio a buscarla. Aun en brazos de la muerte, Milenia seguía hermosa; una especie de espejismo radiante, que nos dejó a todos con las gargantas trancadas.

Sofía, entre terapias y un constante cansancio, se encargó del acto fúnebre; creo que lo hizo de la forma que deseaba el suyo, hermosamente triste. Durante todo el proceso, el rostro de Ignacio no cambió, se mantuvo en silencio. Armando se encargó del duelo, aunque trató de que sonara como la celebración de una vida, la evidente pena que sentía le marchitó la voz; fue la única vez que le vi hablar en público sin sonreír.

Cuando salimos del cementerio, lo llevé en el Cobra hasta su casa. No me atrevía a dejarle solo, pero, él insistió; «estaré bien, necesito dormir», y caminó hacia la puerta. Sacó la llave del bolsillo, la introdujo a la cerradura despacio; cuando abrió se quedó petrificado en el umbral. Cerró, se volteó y preguntó: «¿Me llevas a algún bar, por favor?».

Fuimos a uno en el área de Río Piedras, cerca del barrio donde crecí. Una casa convertida en barra no era un lugar lujoso, algunas mesas y sillas de metal repartidas debajo de un enorme árbol de mangó, tan grande y espeso, que era mejor que cualquier techo. Llamé a Armando para que nos acompañara, y llegó unos veinte minutos después.

Luego de no sé cuántas rondas de cervezas locales y un poco de aceite de cannabis que nos pasábamos, ninguno hablaba, sólo estábamos allí, observábamos la noche sin idea de qué decir. Sonó el teléfono de Armando, contestó sin mirar, sólo por salir de la prisión de aquel silencio espeso. Se fue aparte, por su forma de mirarme, supe que no quería que Ignacio escuchara.

Trabajó un tiempo, pero no estaba allí; lo hacía para evadir la presencia de Milenia. Nunca pudo, terminó aceptándola y con ella, abrazó también la locura. Llegaron las drogas y un día le dijo a Armando, «ya es suficiente, señor, no puede darse el lujo de tenerme aquí» y se marchó a su claustro domiciliario. No pasó mucho tiempo para que su uso y abuso se volviera evidente; se metía de todo lo que podía, tenía los recursos para ser un adicto satisfecho con la inconformidad de su adicción.

Poco después comenzó a escribir, sus letras eran buenas, pero, muy tristes. Escribía para sacarse a pura letra, un dolor muy hondo. Armando se sentía culpable y la conciencia es la peor de las cobradoras. La muerte de Milenia, fue para él tan poderosa como las palabras de Teófila y la sobredosis, el dolor lo hizo tocar base consigo. La próxima podía ser Claudia o Isabelita, y decidió que era momento de retirarse; sólo que, la vida en aquellos días corrió demasiado rápido.

**

Cuando vi el número que llamaba, salté de la mesa y me alejé para contestar.

—Espinoza, que asquerosa sorpresa. Espero que sea importante porque casi vomito al ver que eras tú.

—Supe lo de la esposa de tu empleado. Le enviaría mis condolencias, pero, es que no siento lamento alguno.

—Cómo te atreves, hijo de la…

—Nuestro Dios no se queda con culpas ajenas.

—Qué pena que no tengas cojones para decirlo de frente, romperte algunos huesos me causaría mucho gozo.

—Vamos, Tiburón, tanta violencia, no tienes suficiente con la muerte de la mujercita de tu protegido. Que suerte tuvo; debe ser cierto eso de que "cuando no toca, no llega". Además, recuerda que estuviste mal de salud el año pasado, no vayas a infartar.

—Víbora insolente... —fue todo lo que pude decirle antes de que cortara la llamada.

Sentí la ira apretarse en mi cabeza, como el vapor de una olla de presión a la que se le pasó el tiempo. Ya lo traía atravesado, pero, lo consideraba insignificante, alguien a quien ridiculizar entre amigos. Ese día se catapultó a los primeros lugares de mi lista de deudores.

6
"Riders on the storm"

La idea de retirarme no abandonaba mi mente. Durante meses, en cualquier circunstancia: sobrio, ebrio y en especial en sueños, se me aparecía como un *billboard* tridimensional que advertía que el "experimento" de vivir, se me pasaba de largo y me vendía la utopía de una vida simple y lejos de todo, de las cámaras en especial. "*Libertad es sólo otra palabra para nada que perder*". Cuando lo hablé con Francisco, su rostro pareció agradecerlo, pero, su voz dijo que no era tan fácil.

—Nos quedan metas inconclusas.

—Siempre las habrá. Ya estoy harto, Franqui, ocho años fueron muchos, doce son demasiados. A este ritmo, serán nuestras vidas las inconclusas. Ya decidí que será Karla mi sustituta; no lo sabe aún. Si la subimos con el *timing* correcto, la aceptarán. La primera alcaldesa abiertamente lesbiana y que no sigue el libreto victimista del feminismo posmoderno, es perfecta para este mundo de mierda.

—¿Quién será su Jefe de Gabinete?

—No lo sé, eso te toca a ti, ya escogí mí sustituto. Ahora háblame del campamento.

En una "inconsciente" demostración de que los deseos de luchar y la originalidad no guardaban relación, como parte de la guerra anti Junta, nuestros radicales libres, vestidos con ropas de playa, levantaron un campamento frente al edificio del Tribunal Federal, en Hato Rey, con casetas de campaña cubiertas con carteles y consignas, música en todo momento y baños improvisados en las esquinas. Una minúscula versión criolla del *Ocuppy Wall Street,* hijos de las clases altas, con demasiados privilegios y tiempo en sus manos, alardeaban con las necesidades de otros. Estuvieron varias semanas con ánimo de fiesta en vez de protesta, cuando se aburrieron abandonaron el campamento y dejaron montañas de basura y carteles con eslogans dispersos por toda la cuadra.

En junio llegó el día del sobrevalorado plebiscito y, con una cuestionable mayoría de votos, una minoría reclamó la victoria de la estadidad. Más de un 80% de los votantes activos del país no participó, pero: "*La democracia sólo favorece a quienes se presentan*". Eso de la abstinencia como castigo era una falacia para perezosos; cuando se trataba de ganar por mayoría, el único castigo era depositar el voto en la urna.

A pesar de que los incautos del estado 51, celebraban como si fuera a caer nieve en pleno verano caribeño, nada pintaba bien para el Gobernador. La campaña masiva contra la Junta, dejaba expuesta su falta de capacidad para la gobernanza en crisis. El panorama era opaco para los muchachos de mi Partido, un atentado contra su enriquecimiento injusto. Decidieron desacatar todas las órdenes y se negaron a entregar los informes de las finanzas del país; cuando lo hacían, proveían números inflados o reducidos, según la conveniencia. El ente fiscalizador nunca recibió información veraz para tomar sus decisiones, y aprovechó esa oportunidad dorada, para contratar abogados carísimos, que la consiguieran.

Muy pronto, los locales se dieron cuenta que el billete para desviar, estaba en la batalla jurídica. Rémora, Tony Merino, Mena y Espinosa, eran los más vocales, no había duda de que entablarían una guerra muy ruidosa. Contrataron bufetes amigos de la casa, con honorarios tan caros como los de la Junta, para que pasaran las veinticuatro horas de cada uno de los siete días de las cincuenta y dos semanas del año, radicando mociones que atrasaran la restructuración de la deuda, lo que prolongaba la presencia del ente y nos recordaba que éramos unos colonizados de mierda. Esa nueva forma de ver los conflictos y asimilar los malos tragos, y ubicarme al centro, me convertía en uno de esos tibios, que Dios vomitaría.

A pesar de las payasadas mediáticas de la Izquierda y la Derecha para mantener callados a sus borregos, nada despintaba el hecho de que el Gobierno tenía que ejecutar los recortes sugeridos. Todos estábamos resignados y a la espera del impacto en la economía, servicios y sistemas de pensiones, que la Junta amenazaba con reducir ante la falta de cooperación del Gobierno. De repente, a lo lejos, más allá del horizonte, de las costas de África y en forma de tempestad, salía la salvación de Egui. Su nombre era Irma, un huracán que azotó con fuerza el 6 de septiembre. Esperábamos más destrucción, pero su trayectoria cambió al llegar al Caribe.

Egui manejó bien la situación, parecía casi un comandante, al compararlo con Cárdenas. Recuerdo cuando subió a un helicóptero militar, con un casco de piloto que le daba aspecto de ratón Miguelito en tiempos de guerra. Fue la única imagen graciosa de la semana, el resto eran árboles caídos sobre el sistema eléctrico, residencias sin techo o desechas. Suficiente para declarar al país Zona de Desastre y activar las Agencias Federales que, además de frisas y comida enlatada, traían millones de dólares para reconstruir. Ante los destrozos, la Junta se veía compelida a ayudar y a suavizar la mano que empuñaba la tijera.

Irma destrozó las Islas Vírgenes y, ante los visuales de devastación que mostraban los medios, una cuasi regata de embarcaciones salió de Puerto Rico hacia Tortola y las otras islas cercanas. Sin que importaran las consecuencias de violar leyes de aduanas y marítimas, aquel grupo de boricuas salió a llevar ayuda a desconocidos. Al verlos, se me infló el pecho y sentí ese singular orgullo de ser puertorriqueño.

***

Las tormenteras en las ventanas de las residencias, las largas filas de personas ansiosas en los supermercados y gasolineras, la tradicional y casi folclórica, histeria boricua pre-huracán, que otorgaba licencia para abarrotar comercios, como en los "viernes negros", pero, en vez de televisores, se llevaban toda el agua que pudiesen cargar, la comida enlatada que pudieran llevar sin que se les cayera el agua; tanques de gas, generadores portátiles y gran parte de la sección de acampar; una escena que se repetía con cada boletín de huracán.

Cuando anunciaron la trayectoria me alegré de que Lis no estuviese en Puerto Rico. Nos funcionó el amor a distancia, hubo noches que traté de enganchar con alguna otra en la barra, sólo para probarme que podía, pero, terminaba arrepentido antes de comenzar. Le fue bien en Texas, mejor que en la isla. En uno de los viajes que di, al llegar a su casa, me paró enfrente y me entregó el transmisor para abrir el garaje: «Tu regalo de cumpleaños está ahí dentro», dijo risueña. Apreté y se me cayó la quijada desde antes que abriera completa. Un Lancia Stratos del 77, alguna vez le comenté que me enloquecía ese carro. «Ni se te ocurra decir que no puedes aceptarlo; no permitiré que mi hombre ande en cualquier cosa cuando venga a visitarme». Me aterró el regalo, me avergonzó imaginar el precio, pero, una vez se me pasó la patería, nos buscamos algunas multas de tránsito.

La noche de Irma, existía la posibilidad de un Armagedón, así que, en nuestro ánimo fatalista de celebración por si acaso, Armando consiguió unas raciones de LSD muy potentes, me sugirió que la pasáramos en su casa, para ver la tormenta desde arriba y con los cerebros aderezados. Además de los dulces correctos, tenía un generador de emergencia, nada nos faltaría durante el posible fin de la isla.

Desde el apartamento de Armando, con sus ventanas a prueba de golpes, observamos el viento torcer las palmas en la playa, les daba vuelta y después tiraba hacia arriba hasta arrancarlas. No recomiendo el uso de drogas en circunstancias de emergencia, pero, fue una experiencia de otra dimensión. En la madrugada, alucinábamos con visiones de colores neón en medio de la oscuridad del balcón, hacía horas no había energía en todo el país, mucho antes de los vientos. El Tiburón tuvo la brillante idea de bajar a la playa. No entramos al agua, era imposible salir con vida. Una ráfaga arrastró a Armando por la arena y lo empujó hasta muy cerca de la orilla, donde una ola de rompimiento salvaje, lo agarró y arrastró. Le grité y corrí a sacarlo, pero otra puta ráfaga de viento me derribó. Por suerte, una ola rompió con fuerza y acercó al Tiburón a mí, pude agarrarle y levantarlo. «Blackie, pensé que no salía», estaba oscuro, pero escuché el terror en la voz y pude imaginarlo en su rostro. Las drogas pateaban con fuerza y el alcohol nos seguía tirando hacia abajo, no había manera de mantenernos de pie.

No sé cómo carajos salimos, con todas las olas que rompieron después y el viento soplando para meternos al mar. Perdimos las linternas y ante la imposibilidad de ver camino, nos agarramos de unos bancos de cemento al lado de la larga verja de barrotes que dividía la playa de los edificios. No teníamos noción de dónde nos encontrábamos, necesitábamos anclarnos en algo fijo. Muy difícil explicar lo que se sintió presenciar el poder de la naturaleza tan cerca; te arropa una sensación de insignificancia, sumada al temor de que el viento te arrastrará al océano. Agarrados con fuerza a la base de concreto de los banquillos, acompañados de los demonios de colores del LSD, la sobrecarga introspectiva de temor y euforia, común de cualquier viaje, y pensando que no llegaríamos con vida al siguiente día, escuchamos los gritos del viento que, por momentos parecía decirnos algo, sé que le respondí, aunque no recuerdo qué.

Lo peor o, quizás lo mejor de las experiencias con esa terrible droga, es que te ves, o crees verte, en plena acción, como si fueses el observador externo de tu película, interaccionas contigo, te dices qué hacer... podía verme agarrado con fuerza, veía el temor en mi cara. También veía la muerte, la sentía más bien, se paseaba entre las olas y evadía el viento; esperaba que me fallara el agarre para arrastrarme sobre aquel mar colérico que no podía ver, pero, escuchaba rugir con cada rompimiento y sentía sus húmedos tentáculos tratar de agarrarme las piernas, recuerdo que pateé tan fuerte como pude para zafarme. Me dolió imaginar que aires de ese mismo viento, seguro habían volado el jardín de mi madre.

No sé cuánto tiempo después, vimos los primeros rayos de sol, la intensidad del viento había mermado, junto con el terror. Aprovechamos la luz para encontrar el camino, que estaba a menos de cien metros de distancia y nos percatamos de que lo poco que faltó para que nos alcanzara la marea. Subimos y Armando tenía decenas de mensajes, media humanidad requería su presencia. Francisco sabía de nuestros planes, así que le dio el máximo de tiempo que pudo antes de llamarle y enviar a Paco.

Los efectos de Irma fueron devastadores, árboles caídos, el tendido eléctrico mucho más caído que los árboles; casas sin techos, gente sin hogar, tristeza, promesas de "renacer"; el menú tradicional después de la caricia directa de un desastre. No recuerdo cuántos millones en pérdidas materiales, nunca terminamos de cuantificarlos, la otra nos masacró antes. Cuando llegué a casa, corrí al patio y sentí alivio de que los daños fueron menores, las plantas y tiestos de mi madre estaban despeinados, pero bien; tres cayeron y sólo uno se quebró. Al igual que el resto del país, comencé a levantarlo todo para llevarlo a su estado de normalidad, sin imaginar que dos semanas después, ya nada sería normal.

7

María: el deber de recordarla

Ante la destructiva "caricia" de Irma, Egui Rexach decretó un Estado De Emergencia y Trump nos declaró zona de desastre. La atención de los políticos estaba en cuantificar daños y hacer las reclamaciones para el dinero Federal que recibiríamos.

La prioridad de la gente era que el Gobierno levantara el sistema eléctrico, que fue duramente dañado. Pero, como la gente propone y el Estado los patea en los cojones, la responsabilidad exclusiva le pertenecía a la Autoridad de Energía, la corporación del Gobierno que controlaba el monopolio de la electricidad. Caracterizada por tener la plantilla de empleados públicos mejor pagados del país, aun cuando la calidad del servicio que brindaban no lo valía. Y que, además, eran regidos por un grupo sindical que no reparaba en sabotear los servicios y dejar a sus compatriotas a oscuras, cuando no se les complacían sus exigencias y caprichos marginales.

Trabajamos a veinte mil revoluciones por minuto para cumplir la segunda prioridad, que era recoger los destrozos: árboles, estructuras caídas y la basura lanzada a las calles; muebles, camas y los enseres dañados por el agua; al igual que el Gobierno, los ciudadanos se afilaban los dientes con los fondos de emergencia y descartaban artículos en perfectas condiciones, sólo porque sí, por ese gusto especial que da el olor de las cosas nuevas y gratis.

Estábamos tan ofuscados en "levantarnos" de eso que quisimos creer que era el fondo, que, de primeras, no le dimos demasiada importancia a otro maso de vientos que crecía a paso firme en el Atlántico. Uno de eso días de entrevistas, Francisco se me acercó y me entregó su teléfono sin decirme quién estaba en línea.

—Detén todo lo que estás haciendo, asegura las estructuras; no quedará mucho para cuantificar si el que viene no cambia de trayectoria —decía Palomares con verdadera voz de susto.

—Pero…

Quise decirle que los rayos no repiten lugar.

—No hay peros ¿viste lo que hizo en Dominica y Aruba.? No quedó nada de pie, Armando… Si no se desvía, no quiero imaginar la catástrofe. Olvida los asuntos cosméticos, recoge la basura, destapa alcantarillas y prepárate para recibir agua sobre agua, los terrenos están saturados. Gasta lo que requiera, yo me encargo de tramitar los reembolsos.

Un poco a regañadientes seguí su consejo. No se equivocó, cuando ya era inminente, el Gobierno de Egui apretó el botón del pánico. «Si usted no se mueve a un lugar seguro, morirá», decía el Jefe de Seguridad mirando a la cámara, una línea que en otro tiempo consideraríamos alarmista; fue enfático en que debíamos prepararnos para lo peor.

Envié brigadas de emergencias, escoltados por la policía, para que movieran a los ciudadanos de los barrios inundables y los llevaran a los refugios que habilitamos. La mayoría de las personas preferían quedarse en las casas para proteger sus pertenencias, sin importar el riesgo. Me tocó ir a convencerles, casi todos me escucharon y, con miradas nubladas de tristeza y angustia, abandonaban todo lo que tenían. Creo que hablo por todo el país, cuando digo que, aseguramos lo que Irma nos dejó y nos encomendamos a la misericordia de aquella masa de nubes y furia, a la que bautizaron como María, y que resultó inmisericorde.

No estábamos preparados, cuando llegaron los vientos y comenzó el bombardeo de llamadas de ciudadanos en necesidad. Para tormentas anteriores, sólo deambulantes ocupaban los refugios, esa vez se llenaron de personas de todo el municipio: "una ráfaga dobló las ventanas de aluminio", "la casa se nos llenó de agua, nos pasaba cintura", "el viento arrancó el techo y se llevó todo". El personal de Manejo de Emergencias estuvo en la calle, dándole el pecho a María y la mano a los desafortunados que necesitaban auxilio. Fue necesario abrir más catres hasta que ya no quedaron, y seguían llegando personas; era igual en todo el país. La bestia de agua y viento era tan poderosa que, en algún momento de la noche, el techo del coliseo que servía de albergue principal pareció colapsar; sobre cientos de personas, en especial ancianos.

Ingerí algunas cosillas, no había manera de pasar sobrio aquella calamidad mitológica, pero, no me volé hasta la inconciencia, necesitaba mantenerme lo más alerta posible. Tan pronto pasara, debía estar presto a salir. Ninguno de los no sé cuántos huracanes que presencié antes, me preparó para lo que vi y escuché esa noche. No hubiésemos sobrevivido un jangueo por la playa como en el anterior, aquel viento nos habría lanzado hasta la República Dominicana.

***

El peor desastre atmosférico de la historia de Puerto Rico tenía el nombre de mi madre. Todos odiaban a María... Las interminables horas que duró fueron una pesadilla introspectiva, me hizo recordar que el ser humano podrá proponer lo que sea, pero, la naturaleza dispondrá lo que le da la gana. Refugiado en la casa oscura por el apagón que comenzó antes que llegaran los vientos, mi mente me bombardeó con recuerdos y emociones revestidas de colores neón, productos de la nostalgia y la pérdida, asistidas por varias gotas de ácido, que sobró del huracán anterior. Tenía el cerebro en esteroides.

Esa mañana fui al asilo, las tormenteras de las ventanas ya estaban instaladas. Lo caminé de esquina a esquina, sólo por hacerme el preocupado, sabía que estaría bien, el lugar era seguro; no era la primera vez que hacía esa inspección. Tenían generadores de emergencia, cisternas, además de tranquilizantes y enfermeros. Creo que fui a manera de despedida, por si era a mí a quien arrastraba la otra María. Tenía planeada una noche de excesos que podían causar arrepentimientos en la mañana y no quería dar un resbalón, sin antes ver el rostro de mi madre, sólo por si acaso, darle un beso en la frente y oler la particular esencia de sus cabellos de plata y ceniza; tenerla cerca podía calmar las más sonantes ansiedades. Inicialmente sería con Armando, como la vez de Irma; Francisco lo convenció de quedarse en el Centro de Operaciones, y fue lo mejor, porque esa noche y madrugada, el Tiburón fue mucho más que el Alcalde, fue rescatista, guía y consuelo para muchos que se enfrentaron al dolor de perder. Así que, aunque nunca se sabe cuándo se trata de drogas, en mentes atormentadas y noches de tormenta, decidí volar solo. Sofía y Eduardo estaban seguros, digo, si se mantenían en el departamento. Recordé a Lis, que estaba a millas de distancia y me alegré de que estuviese lejos del peligro. Me negaba a reconocer cuánta falta me hacía.

Cuando comenzaron las lluvias, el ácido ya hacía su trabajo. Escuché el viento gritar, seguido por un golpe seco y pesado en el patio. Agarré una linterna y corrí hacia la ventana que daba a la terraza, me asomé y vi como María comenzaba a pasearse con desdén alrededor del jardín de mi María, que con tanto detalle reconstruí.

Lis fue la figura principal en el proyecto de reconstrucción y réplica. Qué mano tenía para la botánica, qué manos tenía para todo; no había nada que Lis no pudiese hacer. Era difícil conjugar aquel cuerpo y su estética de belleza, con las tareas pesadas que realizaba; trabajos que siempre le adjudiqué a hombres de verdad, fuertes, rudos y poco leídos, no putizos como Armando y yo, ni inútiles como Francisco. Cuando veía todo lo que Lis hacía con martillos, taladros, destornilladores, sierras y otras herramientas, sentía que se me encogían los testículos, me provocaba un sentido de inutilidad que, para recompensarla, sólo se me ocurría prepararle una cena de varios platos, vinos, velas y sexo ardiente con múltiples orgasmos, era ahí donde más me esmeraba. De muy joven, mi abuela me dijo: «cocinar no sólo te sirve para no morir de hambre, también es la manera más sencilla de conquistar una dama; para algunas es simplemente afrodisiaco y para las otras será un alivio saber que no buscas una cocinera para sustituir a tu madre».

La última vez que mi vieja estuvo frente a su preciado jardín, fue meses antes de aquel fatídico 20 de septiembre. Di instrucciones a la Directora del asilo, para que cada vez que mi madre presentara señas de lucidez, aunque fuese el mínimo, me llamaran y así lo hicieron. La idea era compartir el mayor tiempo posible con ella entera y llevarla a su paraíso de pétalos y colores. Esa vez le pedí a Armando uno de sus carros cómodos, ya que el Cobra no me parecía práctico para trasportarla con seguridad. Estaba receptiva y algo atenta, pero, no era ella del todo, faltaba presencia y coherencia; aun así, la llevé a casa. Pensé que la claridad llegaría, que era como salir de una borrachera, tomaba tiempo caer en tiempo. Cuando llegamos la claridad se disipó y regresó a su estado perdido, casi catatónico. La paseé por toda la casa, incluso el jardín buscando que le activara el motor de la conciencia, pero nada pasó. Por un momento creí que el esfuerzo de la restauración fue en vano.

La senté en la terraza, en su sillón con tapicería nueva, justo frente al patio de la casa en la que vivió la mayor parte de su vida, y me fui a servirle una taza de café. Desde la otra esquina, donde estaba el gabinete con la cafetera, la vi mirar alrededor como si todo le pareciera nuevo. Escudriñaba con curiosidad las flores, muchas sembradas por ella hacía tantos años, y se maravillaba, parecía como si le robaran el aliento. Aspiraba con deleite, el olor de los árboles de chinas, sembrados en grandes tiestos de barro, "como los del Jardín de Versalles", me dijo cuando tuvo la idea de plantarlos. Nunca visitó Francia ni ningún lugar de Europa, conoció del mundo en los libros. Pero, para mi pesar, ni las flores ni los cítricos ni la tranquilidad, fueron suficientes para hacerle recordar. De repente comenzó a inquietarse, su respiración se agitó, parecía aturdida. Trataba de ponerse de pie y estaba a punto de gritar de la angustia. Me acerqué tan rápido como pude con la taza de café en las manos.

—Tranquila vieja, ya estoy aquí.

Aceptó la taza con una tímida sonrisa, y se quedó sentada. Su confusión persistía, pero, mi presencia la tranquilizó. Sin decir palabras, continuó su observación de lo desconocido, hasta quedar dormida en el sillón.

Mientras, los vientos de la otra María se intensificaban y deshacían la lámpara de acero y cristal ahumado, que colgaba del techo de madera, recordaba como aquella tarde, ante mi decepción por la falta de respuesta y la posibilidad de que no despertara, traté de imaginar que sí lo estaba. Jugué un poco con mis deseos y la realidad, y le hablé como nunca lo hacía cuando me escuchaba de verdad; una larguísima conversación acerca de todo lo que se me ocurrió, Eduardo, Sofía, le hablé de Lis; mi subconsciente se encargó de construir las respuestas. Armando llegó y nos sorprendió en medio de la conversación unilateral, se quedó observando por un rato, sin hacer ruido.

«Este país es una trampa vieja… Los gringos nos hicieron creer que éramos de primer mundo y le vendieron a todos el cuento de la colonia próspera. Ya no somos aquella ilusión, nos convertimos en una isla arrabalera. Nuestro producto nacional principal es el reguetón y la gente del mundo cree que el puertorriqueño promedio tiene dientes de oro y pronuncia el español en otro idioma. No hay respeto por el esfuerzo ajeno. El otro día vi en televisión, una gorda sobre maquillada y mal vestida, acusar a las flacas de opresoras y de gordofóbicos a los hombres que rechazaban sus avances sexuales. Maldita sociedad de excusas y perdones, que permite todo menos la verdad…».

Cuando más elocuente estaba en mi ponencia, entró y se dirigió a mi madre.

—¿Cómo está, Doña María?

Al escucharle salté y mi reacción fue:

—¡Pedazo de mierda, casi nos matas del susto!

El hijo de puta miró a mi madre, luego movió la cabeza de lado a lado para observar el resto de la terraza y dijo:

—Vamos Blackie, no quiero ser el cabrón de la película, pero tu vieja ni siquiera parpadeó —luego se dirigió a mi madre—. Espero que su hijo no la ande aburriendo con esas monsergas existencialistas que sólo él se cree.

—Vamos… No trates de confundir a la vieja, ella está muy clara en lo que piensa.

—¿Sabe que es así de llorón desde que le conozco? Sé que de usted no lo sacó —se encogió de hombros antes de que se le escapara una carcajada.

Me entregó una caja de cervezas Guiness que alguno de sus amigos maleantes le trajo de México, eran casi contrabando, en aquellos días esa marca no se distribuía en Puerto Rico. Abrí dos y el resto las llevé a la nevera, los verdaderos cerveceros se la toman a cualquier temperatura.

El vívido paseo por los resquicios de la memoria, hacía más triste ver como la naturaleza lo tiraba todo abajo. Poco a poco, vi cada tiesto caer y cada planta perder hasta la última hoja. Escuché como se quebraba el árbol de aguacates, luego lo vi caer despacio, el viento no permitió que tocara el suelo de inmediato, lo levitó por algunos segundos antes de estrellarlo sobre la mesa en la que mi madre se sentaba a trabajar sus injertos.

Mientras veía como la terraza era despedazada, continué recordando, cómo aquella tarde, sentados junto a mi madre en ese mismo lugar, seguimos la conversación que comencé con ella. El vacío en su mente me tenía en uno de esos días fatalistas, en los que no veía nada bueno. Armando no prestó demasiada atención, tuvimos esa conversación incontables veces; era mi "lamento borincano por excelencia", decía. Después de media caja se atrevió a preguntar.

—¿No te parece un poco extremo, eso de hablarle a tu madre? Digo, siempre pensé que te gusta estar solo y no te visito con tanta frecuencia. Pero, si…

—Calma, Tiburón, no hay de qué preocuparse. Esta tarde daba señas de despertar y pensé que hablándole la ayudaría, como si mi voz la guiara por el laberinto de la enfermedad directo aquí. Aquella vez que vi a tu padre en el hospital, me dijo algo que no olvido. Dijo que era mi deber recordarla, que se lo debía. Y quiero hacerlo, aunque ella no tenga idea de quién soy.

Fumábamos yerba y tomábamos cerveza negra frente a mi madre que, aunque no estaba allí del todo, no dejaba de ser raro; se sentía a trasgresión, a falta de respeto. Armando leyó mi mente.

—¿Te imaginas que tu vieja de repente salga del letargo y nos encuentre borrachos y fumando?

—¿Te imaginas que en vez de pelearnos, se nos una? —respondí.

Continué repasando en los archivos de la mente... Las ráfagas de cientos de millas, se escuchaban como rugidos, seguidos por el crujir de algún árbol que se quebraba. Vi un techo de aluminio y zinc, volar como papel en el cielo y caer de golpe sobre un vehículo, le quebró los cristales y le destrozó la capota.

Cuando el sol salió, seguía el ataque de los vientos, los destrozos eran mayores de lo que la luz de la linterna me permitía ver, y continuaban, ya que el huracán mantenía su ataque violento. En la mañana, cuando ya mermaba, pero, el ácido seguía trabajando, salí a donde, horas antes, estaba la terraza y observé con los ojos quebrados, la desolación de mi hogar, que era un reflejo del resto de la isla.

Aquella noche, Armando se marchó, llevé a la vieja a su cuarto (tal y como lo dejó) y la acosté. Me tomé varios vodkas en un pequeño vaso de *shot*, toqué una guitarra acústica que solía tocar en noches de melancolía. Quise masturbarme con algo de porno, pero, estaba tan cansado que me dormí en plena consideración de la idea. Desperté porque creí escuchar ruidos en la cocina. De inmediato, percibí un olor a comida, jamón tal vez. Tardé algunos segundos en recordar que mi madre estaba en casa y que podía ser ella la responsable de los ruidos y aromas y que, por su enfermedad, podía quemarlo todo. Me tomó menos de dos segundos saltar de la cama, cruzar el pasillo y llegar a la cocina.

Allí estaba, frente a la estufa, tostando tocineta en un sartén. Vi que la cafetera estaba llena, ella tenía una taza servida. En uno de los extremos del tope del gabinete, había varios envases: uno con huevos revueltos, otro con pan tostado, otro con papas picadas en pequeños trozos y salteadas con ajo, mantequilla y perejil; era el desayuno que me preparaba todos los domingos durante mi niñez y adolescencia, hasta que crecí lo suficiente para rechazarlo por idiota. Se cambió la ropa y era evidente que se dio un baño, el pelo estaba mojado en las puntas. Me quedé en silencio observando y parecía estar en control de todo. Del horno salía el inconfundible olor dulce del pan de maíz en proceso, también parte de aquel desayuno para dioses. Cuando me vio, sonrió con ternura.

—Al fin despertaste.

No supe que contestar.

—Siéntate para servirte. ¿Te lavaste los dientes?

—No —le dije con timidez.

—Pues anda a lavártelos, ya no eres ningún niño para recordarte esas cosas.

El corazón me corría a galope. Era ella, más ella que cuando era ella. No sabía qué decirle, no quería asustarla con demasiada emoción. Me lavé los dientes de prisa, fui al cuarto, me puso unos mocasines y cuando regresé, mi plato estaba servido.

—Al pan en el horno le faltan unos tres minutos. Te preparé un molde grande, sé que es tu favorito. No quedó harina. Me costó trabajo encontrar las cosas, la nevera se ve diferente y mi cabeza cada vez está peor —decía subiendo la mirada y las cejas, como en señal de hastío—. Tienes que dejar el trabajo en ese bar, mira esas ojeras. Carlitos, te estás matando, pareces un hombre de cuarenta años.

Entonces comprendí que su mente estaba ubicada en otro momento; tal vez no recordaba el asilo ni la muerte de su madre.

—Sé que no te gusta molestarlo y no te agalles conmigo por repetirlo, pero, deberías pedirle a Don Armando que te ayude con un trabajito. Ya eres un señor abogado, Carlos, no tienes por qué amanecer en la calle. Así compartes más con Eduardito.

La primera vez que me propuso eso, le dije cuatro cosas de mala forma y que no se metiera en mis asuntos. Ese día la bofetada del recuerdo dolió tanto, que sólo respondí:

—Tienes razón, Vieja, se lo voy a pedir; seguro me ayuda. Y, ya que mencionas a Eduardo, creo que debo decirle que venga para acá con nosotros.

Eduardo llegó más tarde. Por momentos se espaciaba hacia otra dimensión, pero regresaba y caía en tiempo. No dije nada y dejé que todo corriera lo más normal posible, para qué romper con preocupaciones la magia de aquel *"momentary lapse of reason".* Cuando llegara el silencio… pues, la regresaba al asilo. Conversamos tanto… le hice preguntas que nunca antes me atreví, y contestó la mayoría. Caminamos el jardín, se ensució las manos con tierra, creo que nunca la vi sonreír así. Cuando les tocó el turno a las orquídeas, las observó por un rato, me miró fijo y muy seria preguntó:

—¿Dónde está la Radiata?

No podía creer que se diera cuenta que faltaba la flor con forma de paloma, quizá era lógico porque era una de sus favoritas. Tartamudeé por treinta segundos y culpé Harrison que se escondió dentro de la casa al escucharme.

En la noche, preparamos juntos la cena, comimos en la mesa y continuamos la conversación y las confesiones. Después del postre, nos sentamos en la terraza, estaba cercana su hora de irse a dormir. Se quedó en silencio por un rato, observándome con una expresión que no entendí, similar a la compasión.

—Ay mijo… —logró decir, antes de que los ojos se le hicieran agua.

—¿Qué te pasa, vieja? Vamos, que no pasa nada…

—Sé que no quieres, pero, tienes que hacerlo. Debes regresarme al asilo.

Entonces fui yo el de los ojos nublados. Le dije que no, que se quedaba conmigo el tiempo que fuera necesario, y si no quería no regresaba. Pero, me agarró la mano y me habló con aquella voz que siempre sabía qué decir, aunque yo no le quisiera escuchar.

—Gracias, mijo, pero tengo que vivir y aceptar mi realidad. Y no seré una carga para ti. Eso es todo lo que nunca quise, convertirme en tu lastre.

—Pero ¿qué dices? No eres nada de eso…

—No puedes quedarte aquí encerrado esperando a que mi mente responda. Tengo que aceptar mi realidad y vivir con ella. Mañana debes regresarme al asilo; te prometo que estaré bien.

No la contradije ni me opuse, no porque no tuviese mucho para decir, simplemente, me era imposible negarle nada, aunque implicara arrancarla de mi lado. Mientras levantaba los pedazos y barría los escombros que encubrían algunas de mis más hermosas memorias, recordé cuando a la mañana siguiente la llevé al hogar. Daba indicios de que la oscuridad llegaría en cualquier momento y noté su esfuerzo por permanecer alerta. La acompañé hasta su cuarto, la senté en el sillón y me quedé junto a ella, le hablé hasta que su mente no dio más y soló quedó aquel profundo vacío en su mirada.

8
"EL VERDE DESAPARECIÓ"

Tan pronto disminuyeron los vientos, envíe un equipo de reconocimiento, para que me informara la situación. El Gobierno Central no respondía las líneas de emergencia, pensamos que voló con las ráfagas. Supimos que había cuarteles y estaciones de bomberos inundadas e incomunicadas, y que sus altos mandos tampoco respondían.

Cuando comenzó a llegar el equipo de directores, traían historias y tragedias individuales. Los visuales eran desgarradores hasta para los más recios. Ya la prensa comenzaba su cobertura enfatizada en la tristeza y la desolación, que la mayoría del país no veía, porque no tenía electricidad.

Las plantas fueron deshojadas, las que quedaron eran raquíticos bejucos desnudos; los pocos árboles que se negaron a caer tenían las corolas cercenadas, como si una enorme sierra hubiese sobrevolado el país. Aquel verde cotidiano, que sentíamos parte de nuestro ADN y que evocaba paraíso, desapareció. Cuantificar los daños no tenía sentido, fue más lógico valorizar lo que quedó.

Nunca imaginé ver a mi país en aquellas condiciones, como el estallido de una gran bomba. No pude evitar ese quebrar bien adentro, que me trancó la garganta; era verdaderamente abrumador. Me sentí impotente, no sabía por dónde ni cómo comenzar. Por algunos instantes, dejé de escuchar lo que sucedía, veía las bocas moverse, los televisores encendidos. Empecé a ver borroso: «vengo enseguida» dije, y me encerré en la oficina que tenía en el Centro. Me senté y respiré profundo, estaba mareado, creí que perdería el conocimiento; la mezcla de químicos en mi cuerpo no siempre obraba a mi favor, estaba aterrado, no podía moverme. Francisco entró y cerró la puerta.

—¿Estás bien?

—¿Cómo vamos a ayudar a tanta gente? Alguien se nos va a quedar. No tengo ni puta idea de qué hacer. Franco, jamás vimos algo igual a esto. No creo que tengamos recursos para ayudar a todos.

Su rostro se tornó conciliador, y me dio una de sus usuales charlas motivadoras.

—Tranquilo, primero debemos saber qué necesitan. Ya entonces sabrás qué hacer. Por el momento necesito que te levantes, respires, cuentes hasta el número que te dé la gana, siempre que no exceda el cinco, y hagas aparecer al Tiburón Quiñones, cientos de personas dependen de ti, ya habrá tiempo para lamentarnos de lo que no hicimos. Ahora, sal a hacer lo que sabes hacer. ¿Me entiendes?

Hice todo lo que me ordenó. De hecho, repetí sus palabras al personal, antes de que nos dividiéramos en equipos. Me fui con un grupo de rescate, en una *pick-up* amarilla, cargada con sierras, machetes y gente para abrir caminos entre árboles y escombros. Nos dirigimos hacia varias comunidades que estaban bajo agua. Nos seguía una palanca mecánica que movía los troncos que después cortábamos. María quebró el mito de las casas de paja, madera y ladrillo, vi casas de cemento destrozadas a la mitad.

Cuando llegamos, el agua estancada no permitía el paso. Nos bajamos, agarramos algunos equipos y caminamos, pero, inundación adentro, el agua me llegaba al pecho; era imposible continuar sin poner en riesgo mis hombres (digo "hombres" porque no había mujeres en ese grupo). Entre ideas absurdas y planes descabellados, pensamos en botes y motoras acuáticas, pero era peligroso, no sabíamos donde bajaba el agua. Vi a lo lejos a alguien que se acercaba en un kayak de un llamativo plástico verde. Era un hombre de mediana edad que remaba a buen ritmo. Le grité para que se acercara, le pregunté por la gente y confirmó que había personas en los techos de las casas.

—¿A dónde se dirige?

—No tengo destino específico, iba a buscar ayuda, pero, ya llegaron ustedes.

—Vamos a continuar adelante para rescatar a esas personas, ¿Quiere acompañarnos? Algunos de los que están en los vehículos son voluntarios también. Ya recorrió el área y nos puede llevar directo.

—Me gustaría ayudarle, pero, jamás podrá llegar en esos vehículos.

Sonreí.

—No iremos en esos...

Envié al Jefe de Manejo de Emergencias (que estaba ataviado de hule amarillo) junto a varios policías, a las tiendas y lugares de alquiler que estaban cerca, en especial los de las playas, y consiguieran, al menos, veinte kayaks, mientras más grandes mejor, y voluntarios con la condición física para remar de ida y vuelta varias veces. Ordené que rompieran candados de ser necesario. Una hora y media más tarde, la regata de rescate zarpaba con el Tiburón al frente: veintidós kayaks de diversos colores neones, anaranjados, verde, azul, amarillos, equipados con salvavidas; un arcoíris fluorescente de perfectos extraños al auxilio de otros en necesidad. Una extraña emoción me latía en el pecho, era sobrecogedora la grandeza del ser humano, dispuesto a arriesgar la vida, para salvar la de otros que ni siquiera conocía. Ese día reafirmé que podía tener fe en la gente.

Zenaida trató de encajarnos un fotógrafo y un camarógrafo para cubrir al Alcalde dirigiendo la operación. Era buena idea para una campaña, pero, desperdiciar un vehículo en un fotógrafo atrasaba todo. «Si puede remar, rescatar, grabar y fotografiar a la vez, puede venir». Se quedó con cara de incredulidad, mi padre no hubiese dejado pasar una oportunidad así y, de no ser porque no me interesaba correr otra vez, yo tampoco.

Con la brigada de kayaks rescatamos cincuenta y siete personas, casi todos ancianos. Hubo algunos a quienes no pudimos subir por condiciones de falta de movilidad u obesidad, pero no los dejamos solos, coordinamos para otro tipo de rescates. Pero, la civilización del espectáculo no pasa esas cosas por alto, decenas de fotos y videos, difundidas por ciudadanos, mostraban la operación, distintos ángulos del Tiburón entre calles inundadas, y los rostros de susto y agradecimiento de las personas rescatadas.

Después de rescatar a los prisioneros del agua, nos movimos a los pueblos altos, que estaban atrapados entre caminos obstruidos o que ya no existían. Ante la falta de energía y alumbrado, sólo disponíamos de la claridad del día; después de las siete, la noche se pintaba de negro impenetrable. No todo fue solidaridad, turbas saqueadoras de comercios, atacaron desde la misma noche de la tormenta, en plena oscuridad y viento de huracán, se podían ver adictos, cargando televisores de 60 pulgadas. Continuaron por varios días, cada vez que se ocultaba el sol, Rexach decretó un toque de queda y una muy injusta ley seca.

Chuck me reprochó que no lo llamé para ser parte de la "regata". Sí lo llamé, pero no tenía cobertura. Esa mañana, antes de dividirnos y salir, envié a Paco a que le echara un ojo, sabía que pasaría la noche solo y volando entre demonios y sentidos de culpa. Paco me dijo por radio, que, a través de la verja de bloques, lo vio levantando lo que quedó de la terraza. Sabía lo que significaba para mi amigo aquella selva de orquídeas y recuerdos, quise cerciorarme de que no cometería harakiri con algún pedazo de cerámica de tiesto roto, le dije a Paco que lo interrumpiera con delicadeza y le entregara el radio. «¿Estás bien, necesitas algo?», le pregunté. Sólo respondió: «El verde desapareció, la otra María se lo llevó; se llevó tantas cosas…» y devolvió el radio. Escuché el vacío en su voz, pero, *sobrevivirá*, pensé.

María fue de las más difíciles experiencias; una dura lección que me mostró la fragilidad de lo que pesábamos seguro. Pasé más de una semana, en la que apenas dormí una hora por día. Las drogas ayudaron, pero, en algún momento mi cuerpo implosionó: me quedé dormido en el comedor del centro en plena mesa mientras me tomaba una taza de café, y por consenso general de todos menos yo, Paco me llevó a casa a descansar algunas horas y tenía la encomienda de asegurarse de que me quedara en casa.

Después de días de ver rostros quebrados por la miseria y la frustración de no tener nada; después de ese embate de desconsuelo y desesperanza, al fin llegué a casa. Tan pronto pasé la puerta me serví un brandy en un pesado vaso para *whisky*, que fue el primero que vi. Encendí un canuto que saqué de una gaveta de la cocina y aspiré profundo el humo, lo sentí correr de los pulmones a la cabeza. Traté, pero, no pude evitar el ataque de recuerdos, tan vivos, tan reales... las miradas; no hay nada más desconsolador que consolar un desconsolado (¡La madre de la redundancia!); partículas de sus tristezas se te pegan y te pulverizan el espíritu. Me tomé el vaso de un buche, y lo dejé sobre la mesa, aspiré una profunda calada del canuto, lo coloqué en el cenicero de piedra al lado del vaso y exhalé. No me di cuenta del momento en que me llevé las manos a la boca y sin entender por qué, comencé a llorar, hasta que me quedé dormido en el sofá. Definitivamente, tenía que retirarme.

***

El apagón más largo de la historia de los Estados Unidos y sus territorios; casi dos millones de habitantes sin electricidad; tardaron más de un año en remachar el sistema porque nunca lo repararon del todo. En aquellos días sólo sobró la escasez. Vivir como prángana por muchos años me enseñó a sobrevivir con lo que se necesita y hasta menos. Pasé algunas temporadas sin servicio de agua ni energía eléctrica; una vecina amiga de mi madre, con un entrometido buen corazón, me lanzaba una manguera (que conectaba a la toma principal) para que pudiera bañarme, además, congelaba galones de agua, para que al menos tomara agua fría. Por no tener con que agradecerle, me convertí en su eterno jardinero. La necesidad te endurece el cuero, te hace inmune al calor y los mosquitos, aprendes a ignorar los calambres del estómago. No tardé en adaptarme a las condiciones post tormenta, sin quejarme demasiado. No digo que no extrañé el acondicionador de aire las primeras tres noches, pero, sólo esas tres.

Francisco se fue una semana a casa de unos familiares en Miami, no aguantó el empuje ni el estrés postraumático del viento. Armando lo excusaba con el cuento de sus hijos y toda la cosa, pero, para mí fue otro de tantos que les faltó voluntad y carácter; lo atribuí a su piel suave y esa falta de espíritu y cojones muy suya. Así paso con muchos de los que se refugiaron en otros códigos postales, exhibían la comodidad en las redes y podía dar la impresión de que presumían de mejor vida.

Una vez estuvieron abiertos los caminos, comenzó el caos por los artículos de primera necesidad. La gente, como bestias pinchadas por el mosquito de la histeria, abarrotaron las tiendas y supermercados; agarraban todo lo que podían. Escasearon los servicios básicos, los que nos diferenciaban de los hombres de las cavernas y nos brindaban comodidad.

Las largas filas en establecimientos también sobraron. Conseguir gasolina para los generadores y vehículos, era como un reto para atletas de alto rendimiento, hileras de carros, literalmente kilométricas, que comenzaban en la estación y si mirabas a lo lejos, no veías el final. Nadie sabe lo que es una "tragedia", hasta que pasa horas sentado en el vehículo apagado, para no consumir combustible, con aquel calor diseñado especialmente para cocinar pelotas, y tres vehículos antes de llegar, salía un empleado asustado a gritar: «¡Se acabó la gasolina!», y colocar conos y drones de seguridad, para evitar la entrada de carros.

En los lugares que vendían hielo, era peor, cientos de infelices hacían filas de pie, con sombrillas, sombreros y el estoicismo de "no hay de otra", bajo un sol que no comprendía que el verano terminó un mes antes y calentaba sin reparo, como para secar y evaporar toda el agua que la tormenta dejó. Ante las horas de espera, era necesario entablar conversaciones forzadas con los otros incautos en la línea de la necesidad, todos tenían una historia triste. Cuando llegaban los camiones con el preciado líquido congelado, que ante aquella inclemencia de la natura, eran tan valiosos como diamantes, se sentía la emoción y aparecían destellos de alegría y angustia en las miradas de los cautivos de la línea. Si tenías la suerte de llegar antes de que se agotaran, tocaban sólo dos saquitos por persona; de los que la mitad se derretía en el vehículo de regreso a la casa. Cuando llegaban, lo vertían en alguna neverilla portátil, de inmediato, repartían en vasos y partes iguales para cada uno de los miembros de la familia, alguien servía agua o Coca-Cola, jugo, lo que hubiese, luego todos tomaban y saboreaban con la emoción de quien degusta una exquisitez exótica en peligro de extinguirse, ya que era lo único frío que tomarían ese día; pero, sólo si tenías la suerte de llegar antes de que se acabaran.

Hice la línea varias veces, iba con Eduardo, Sofía comenzó otro tratamiento dos semanas antes del impacto de la tormenta y no estaba para esas colas infernales. La primera vez no tuvimos suerte; la segunda vez salimos cada uno con dos raciones y nos sentimos como héroes de alguna película apocalíptica, el Cobra no tenía capota, así que lo manejé como demente por calles sin semáforos. Era toda una aventura conducir en aquellos días, se requería algún metal pesado en las pelotas para atravesar todos aquellos vehículos que pulseaban en las intersecciones y salir ileso. La última vez, entablamos conversación con una señora que estaba detrás de nosotros, la próxima en la línea; muy simpática que, dentro de todo, mantenía buena cara y no se quejaba demasiado. Nos contó como su casa se fue, sólo quedó la cocina y los *mattresse* mojados; se le quebró la voz varias veces, pero, no sé cómo, se metía las lágrimas para adentro y esbozaba algún pensamiento positivista, que para los que sabemos de dolor, era sólo resignación, consuelo para inocentes. Cuando llegamos a la meta, nos dijeron que éramos los últimos, sólo quedaban cuatro raciones. Le pagué al caco que atendía, y cuando volteé la vista, la dama se marchaba, con la cabeza baja y un triste reflejo de derrota que me partió por dentro;

luego vi aquella pesada lágrima que corrió su mejilla en cámara lenta y que, al caer sobre su hombro, en mi cabeza se escuchó como algo muy, muy pesado. La llamé:

—Señora, señora… —pero, no me escuchó.

Caminé hacia ella, que estaba como a cinco o seis carros de distancia, junto a sus dos hijos, caminaban de prisa, Eduardo me seguía confundido. Cuando al fin me escuchó y se detuvo, pareció asustarse. Le entregué los dos sacos que llevaba en mis manos, ella no habló, pero, sus ojos preguntaron: "¿Por qué?".

—Tenga, usted tiene más gente que lo necesita.

No lo aceptó, me recordó la enfermedad de mi "esposa", que ella también lo necesitaba y cuatro cosas más que no escuché.

—Por favor, agárrelas. Mi compadre es el Alcalde de San Juan, créame que voy a conseguir.

Las agarró con las manos temblorosas y su "gracias" ahogado, fue más de lo que pude esperar, su hija, la más pequeña, sonreía. Le quité a Eduardo las otras dos raciones y se las entregué al hijo de la dama, tenía unos doce años y podía cargarlos. Eduardo no estuvo muy contento con esa parte. Ella no paraba de decir que no era necesario, que me llevara al menos una. Le pregunté si estaba lejos su carro y me contestó que no, y lo señaló, un Toyota Tercel con algunos doce años de uso. Le pregunté y me dijo que era residente de San Juan. Le anoté mi número de teléfono y le dije que me llamara para conectarla con los empleados de Armando, para que la ayudaran a buscar dónde vivir. Esa dama, era el reflejo de cientos de personas a las que la pobreza los mordía dos veces, aquella tormenta nos mostró lo que tanto nos negábamos a ver; nuestro país estaba destrozado desde antes que soplaran los vientos, el huracán sólo lo hizo evidente y lo agravó. La gente empezó a podrirse en vida. La dama me recordó a mi madre, alguna vez durante mi niñez, ante la ausencia de mi padre la vi humillarse, doblarse ante la vida y la necesidad. Recuerdos como ese calentaban el fogón donde hervía la olla del odio hacia mi padre, nunca pude entender cómo se podía ser inmune a la compasión.

Escenas similares se repetían en toda la isla, historias tristes, matizadas con calor humano y solidaridad. En las semanas subsiguientes, todos conocían a su vecino y compartían tertulias, nostalgia y hasta juegos de mesa, ante la melancolía que provocaba el vacío de la oscuridad. Un civismo hilarante y esperanzador nació, producto de la solidaridad provocada por la necesidad colectiva; un "amor" al prójimo que sabíamos que cargábamos, pero, que no teníamos la oportunidad de aplicar con frecuencia, y que, en esos días, lo agotamos por la próxima década.

El apagón se prolongó por tanto tiempo, que muchas personas adquirieron generadores de emergencia y fuentes de energía alternas, para combatir la oscuridad y el aburrimiento. Los ruidos de los motores y los olores de sus emisiones causaron el final de la tolerancia vecinal y el regreso a la apatía generalizada. Hubo gente que pasó años o que nunca se recuperaron del todo. Ese tiempo de escasez e incertidumbre taladró profundo en la siquis de muchos puertorriqueños, una lección muy dura.

A Armando se le complicó la situación, cuando sus amigotes mexicanos se enteraron, antes que nadie, que Donald Trump visitaría Puerto Rico, y tenían planes que incluían su intervención directa.

9

"LIMELIGTH"

*"Living in a fish-eye lens, caught in the camera
eye, I have no heart lo lie, I can't pretend a
stranger is a long-awaited friend".*
Rush

Ante la impotencia del Estado, los Municipios fueron la primera línea de defensa. Después de asegurase que la Capital estaba segura y su gente cubierta, no le importó cruzar demarcaciones ni colores políticos para llevar suministros a personas que no tenían forma de conseguirlos. No miento cuando digo que su equipo repartió más de un millón de botellas de agua en sólo una semana. Se negó a conceder entrevistas, a los reporteros que lograban acercarse en pleno campo de batalla, vestido como rescatista y con olor a burro de trabajo, les daba la misma respuesta: «Suelta el micrófono y únete». Algunos detractores atribuían la solidaridad al hecho de que, quería ser Gobernador; una idea inconcebible para él en aquellos días, que sólo apuntaba sus cañones al retiro.

Los reportajes de la Alcaldesa de Carolina, cegada con el *limeligth* de la fama post tormenta, contrastaron diametralmente con los de San Juan. Andaba flanqueada por un séquito de empleados que le despejaban los caminos y la protegían de no hacerse daño; además de fotógrafos que manipulaban las tomas e hiperbolizaban las "hazañas". Mena era tan chaparra que, si resbalaba en el inodoro, moría por ahogamiento, pero, una foto suya, megáfono en mano, caminando por una calle, con el agua un poco más arriba de la cintura, pelo seco y maquillaje intacto, le ganó miles de acusaciones de usar el dolor de la tragedia para promover su inminente aspiración a la Gobernación.

Las agencias Federales tampoco respondieron con rapidez, contrario a Texas y Florida, que semanas antes también recibieron huracanes. «*Puerto Rico its an island, surrounded by water*», fue la excusa de Trump para justificarse. Egui no decía mucho públicamente, era evidente el pavor que le provocaba el Presidente y prefirió callar; fue Mena la primera en atacar. Comenzó una guerra de mensajes y comentarios en las redes, luego, pasó por CNN y todos los medios no afines al Partido Republicano, que se desvivían para cubrir las cagadas del Presidente. Ese irracional deseo de protagonismo, sólo sirvió para calentar los malos ánimos de la Casa Blanca, de repente, los fondos designados para nuestra recuperación estaban bloqueados por razones de confianza y sospechas de corrupción.

En octubre, el día en que murió Tom Petty, el Tiburón y su gran boca se metieron en las arenas movedizas de la guerra con la Casa Blanca. Un reportero de una cadena internacional, lo agarró con una *adderall,* dos líneas y mucha rabia acumulada, y le preguntó su opinión acerca de la asistencia de la Administración Trump. La contestación literal, fue: «La respuesta del Presidente ha sido tan lenta, como el *room-service* de los hoteles pocilga que tenía en *Atlantic City*». Era evidente que Armando estaba cansado cuando dio la entrevista, sus ojos estaban suspendidos en dos hoyos negros de ojeras, pero, lo que dijo era oro para los detractores de Trump y la prensa liberal. La traducción del reportero, fue: «*Trump response to puertorican* tragedy, its worse than the room service in his *shitholes* hotels in New Jersey»". "*Shitholes*", en español "agujeros de mierda". El demente de la oficina Oval, no perdió tiempo y desde su podio predilecto, Twitter, atacó: "*The mayor of San Juan it's a corrupt and incompetent person, who deserve nobody's respect*". Su pelea con Trump fue un mero accidente, Armando no solía huir de una pelea, pero, esa vez sopesó su reacción, preocupado por el bienestar de la isla. Contrario a Mena, no se prestó como marioneta en el ataque de los Demócratas para anotarse puntos contra los políticos republicanos.

Mena solía ser enérgica, pero, muy dramática y no sabía cuándo parar, empujaba de más y pasaba por farsante. Varias veces la vi llorar ante las cámaras, no le sentaba el llanto, muy fea. En esos tiempos de espíritus de fácil quebranto y sensibilidades desproporcionadas, un par de lágrimas eran la mejor herramienta para humanizar políticos de mal carácter, aquello de que eran muestras de debilidad quedó atrás en la primera década del siglo. Pero, no le quedaban bien a todo el mundo, nada que ver con belleza, se requería de cierta gracia facial para esas expresiones que podían lucir grotescas. No hay mucha diferencia entre una lágrima forzada y el pujo de un estreñido, les falta ternura; y ese era el problema con Mena, no sabíamos si lloraba por la pena o por la mierda que le costaba trabajo expulsar.

10
"Hail to the thief"

"Le vamos a meter un plomazo entre los ojos al pinche Trump…".

Cuando pensaba que lo más difícil había pasado, Donald Trump anunció que visitaría Puerto Rico. Una emigración impune de boricuas que huían de la miseria inundaba Florida y otros estados, y desató una voz de alarma entre sus seguidores, que denunciaban una invasión de predadores caribeños. Pero, sus opositores, junto a la creciente "diáspora boricua", lo acusaron de abandonar a Puerto Rico, sólo porque su xenofobia y racismo rabioso, no le permitían sentir compasión hacia los casi cuatro millones de ciudadanos americanos que residían en la isla. Jamás escuché, de parte de ningún político gringo, aquella reafirmación y clarificación hasta la náusea, de que los puertorriqueños éramos "ciudadanos americanos", a los que el Presidente de color naranja degradaba a extranjeros de medio pelo.

Alguno de sus asesores se percató de que la masa de reces boricuas molestas, que invadía la USA, podía tener un impacto adverso en los votos de las elecciones congresionales del año siguiente, y para suavizarlos, le recomendó una visita relámpago que serviría como lavado de cara.

La noticia llegó a México. Miembros del Cartel de la Costa y el Nuevo Cartel de Jalisco, que fueron parte de la tregua para acabar con los Cobras, decidieron enviar al Presidente anaranjado a morar con sus ancestros. Se cantaban ofendidos por las expresiones durante su campaña, y preocupados por el impacto que tendría en el negocio, la verja amorfa que se levantaba en la frontera. Que, aún sin construirse, le puso presión adicional al mercado del tráfico humano y envalentonó a los gringos de los estados fronterizos, a crear pequeños comandos para cazar inmigrantes en el desierto; saltar la cerca los convertía en "blancos" fáciles para los rifles de alto alcance de los vigilantes.

Cuando recibí la llamada de Luis Miguel, su voz no era alentadora.

—Te pido disculpas Armando. Sé que no es el mejor momento, pero, algo grave sucede y te necesitamos acá cuanto antes.

—¿Acá dónde?

—México.

Protesté un poco, ya que seguíamos en medio de remediar la emergencia. Pero, con las menos palabras posibles, me dijo de qué se trataba.

—Los vecinos de arriba quieren pelar la naranja en tu casa. Alguien busca romper los acuerdos, si no vienes, sé que lo tomará como una ofensa.

Cuando colgué la llamada, Cobain me gritaba al oído *"rape me, rape me my friend"*. ¡A quién carajos se le ocurría semejante idiotez! Cómo me pude mezclar con ese grupillo de salvajes. Terminaríamos muertos, asesinar al putísimo Donald Trump en una colonia de los Estados Unidos. Sería la aniquilación de mi país; un toque de queda de treinta años y una economía como la de Haití. La excusa perfecta para los Federales hacer un campo de concentración de cien millas por treinta y cinco. Acabábamos de recibir dos putos huracanes, la isla no tenía servicio eléctrico y las comunicaciones estaban a medias, tal vez era, en efecto, un momento vulnerable, y los mexicanos tenían los recursos para entrar y, quizás, lograrlo. Pero, la fragilidad de Puerto Rico nos hacía vulnerables, no aguantábamos un presidente muerto ni mucho menos, la ira de un Trump que saliera vivo.

Ratón era la cara del cartel, mientras Lucho se recuperaba, y aunque era un soldado leal y letal a la vez, no tenía el pulso ni la sangre congelada que requería el puesto. No supo parar a tiempo aquella charada de mierda; el capricho de unos cafres que, después de la desaparición de los Cobras, sentían que podían tocarle las pelotas al mismísimo Dios. Parecían olvidar que quienes liquidaron a los Cobras fueron los Valverde. Luis Miguel trató de intervenir, pero, ya era tarde para negarse sin causar ronchas que afectaran la tregua. El genio detrás de la idea fue el lugarteniente del Cartel de Jalisco, era el joven heredero de un narco famoso y tenía los humos tan elevados que rayaban en la insanidad para ese negocio, en que el dinero era más importante que la vida.

Al día siguiente, abordé un avión a Texas, con la excusa de recibir la "entrega simbólica" de unos generadores que Empresas Valverde donaría a San Juan. En el aeropuerto de Houston, me esperaba una de las guaguas negras de la empresa; don Ignacio estaba a bordo.

—Debo pedirte disculpas, Armando, nos agarraron desprevenidos.

—¿Cómo saben de mí? Se supone que nuestro negocio es un secreto.

—Tu visita a ver el Papa y el encuentro que tuviste en DC con mi sobrino, no ayudaron mucho para mantenerte en secreto. Hasta ahora la inteligencia dice que los otros carteles creen que sólo nos ayudas a lavar dinero. Pensamos que no saben del movimiento de coca.

—Esperemos que no se enteren, no sería bueno que piensen que San Juan o Puerto Rico, están abiertos para competencia.

—La tregua comienza a quebrarse y no sé cuánto dure esta tensa paz. Desde el atentado contra Lucho, los otros carteles ya no nos temen como antes. Me parece que ya es tiempo de movernos del negocio ilícito. Ya tenemos un buen pedazo de la yerba legal en los Estados Unidos y gracias a ti, parte de la de Puerto Rico. No dudo que logremos algún empuje cuando sea legal en México; tenemos los terrenos y la infraestructura. Pero, los enemigos y la competencia son cada vez más y ya no tengo el apetito para la guerra; me cansé de la sangre, Armando. Ya lo hablé con mi sobrino.

Nos detuvimos en un restaurante. No tenía apetito, pero, dijo que me esperaba un viaje largo, que era conveniente comer algo. Mientras tragábamos, me comentó que pensaba que el PRI no ganaría, decía que podía ser año López Obrador: «¿Qué mejor señal que esa, de que es tiempo para retirarme?». Luego continuamos el camino y llegamos hasta una especie de zona industrial, amplia y con grandes estructuras de aluminio y cemento, muy cerca del Río Bravo; en un pueblo llamado Brownsville. Por la cercanía del río, pensé que algún bote silencioso nos esperaba para cruzar, pero, no señor...

Dos mastodontes me esperaban en la entrada de lo que parecía una enorme bodega. Me entregaron una mochila, una linterna, una nueve milímetros con dos cartuchos adicionales y me indicaron seguirles: «Manténgase cerca, por su seguridad», dijo el más alto. Una pistola y cuarenta y cinco balas en total, al momento de una emboscada, no me alcanzaban ni para suicidarme. Nadie me explicó que entraríamos a México por un túnel en la frontera y que, mucho menos, uno que cruzaba por debajo del río derechito hasta Matamoros. Un rústico elevador nos bajó no sé cuántos metros, y caminamos. Gracias a la tregua post Cobras, el túnel era área neutral para los que formaron el acuerdo. El control lo mantenía el Cartel de la Costa porque estaba en su territorio, pero, era como el Canal de Panamá. No era cómodo, ni agradable, pero, con varios de esos, se podía coordinar una invasión. Nada sofisticado, una especie de caverna interminable, en la que no se veía el final, de paredes de piedra y tierra, sostenidas con vigas y maderos, aunque contaba con acondicionador de aire, el calor era insoportable. Los últimos 400 metros fueron una pesadilla, sentía que la tierra me tragaría. El aire era pesado y el olor a humedad cada vez más intenso.

Caminando túnel adentro, me preguntaba *¿cómo carajos me metí en esto?* Si de algo estaba seguro, es que no fue por dinero. ¿Diversión o adrenalina? Como dijo no sé quién: "*Para aburrirme prefiero sufrir...*" Aunque el dinero también motivó, la gran ventaja de convertirme en un narco-silente, fue que nunca tuve necesidad de robarle al Pueblo, San Juan era administrado correctamente, al menos, sin los tumbes de la política nuestra de cada día. Al caminar por las entrañas de la tierra, entendí las palabras de mi padre cuando dijo que la mierda política no era para mí, que mi susceptibilidad a la trampa y mi adictiva personalidad, me hacían incapaz. Siempre pensé que me menospreciaba, que se placía con hacerme sentir como mierda, lo odié por eso y no lo merecía.

El final del túnel era similar a su comienzo, agarramos otro elevador para salir; había áreas que servían como almacén con cientos de paquetes, la mayoría de cocaína. Luis Miguel me esperaba, estaba serio y me entregó un chaleco antibalas. «¿Listo?» preguntó mientras me lo ponía, hice un tímido gesto afirmativo y nos subimos a una camioneta Chevrolet, evidentemente blindada y con suficientes armas en la parte trasera, como para tomar por asalto el Congreso, dos camionetas similares nos seguían. Aun en tiempos de tregua, nunca se debía perder el filo de la precaución. Cualquier vehículo que se acercaba era sospechoso, manejamos por carreteras estrechas a velocidades nada seguras para los transeúntes. En mi cabeza sonaba "*Heaven and Hell*" de Black Sabbath.

—¿Qué garantiza que no nos hagan otra emboscada?

—Nada.

Estuve todo el camino pensando que no regresaría vivo, ya que no había manera en que aceptara liquidar al Presidente Naranja. Las condiciones de la isla hacían propicio el atentado, era una oportunidad en un millón y los mexicanos lo sabían. Además, un cabildero cubano, conectado al ISIS, hablaba de apoyo económico sustancial de sus amigos del medio oriente; por lo que la operación podía salir casi libre de costo, lo que movía la avaricia de los peseteros del narco. Atardecía cuando llegamos a un rancho en medio de la nada. Ratón estaba allí, junto a dos de sus hombres. Adentro estaban los líderes de los carteles. No perdimos tiempo en largas presentaciones. Don Pablo el viejo jefe del Cartel de la Costa, comenzó su petición, el muchacho de Jalisco lo interrumpió y explicó el plan, algo que no le agradó al viejo.

Cuando comencé a explicarles la razón para negarme a su propuesta, escuchamos vehículos en el exterior. Los ánimos de algunos de los presentes se exaltaron al punto de empuñar sus armas. Uno de los lavaperros de la Costa, entró y le habló al oído al viejo, que ordenó a todos que se calmaran.

—Es sólo un viejo amigo que llega algo retrasado.

Cuando la puerta abrió otra vez, apareció la inconfundible figura de Lucho, caminaba con un bastón. El viejo se levantó y se abrazaron con efusividad.

—Mis excusas por el retraso don Pablo, sabe que no soy de llegar tarde. Apenas me enteré de esta reunión, y por el bien de nuestras organizaciones me pareció necesaria mi presencia, demasiadas caras jóvenes, parece que las únicas canas las cargamos usted y yo...

El viejo le devolvió la reverencia, con más pleitesía aún. Era la primera vez que se le veía después del atentado y rumores de su muerte corrían del Atlántico al Pacífico (desde el golfo hasta costas de Baja California). Luego de algunos minutos de besarse los culos, me indicaron continuar. La mirada impasible e indescifrable de Lucho, no me hacía sentir del todo cómodo.

Comencé mi tímida explicación de los pormenores nefastos de la idea, y de inmediato, el chiquillo de Jalisco me interrumpió.

—Muy poco cooperador el caribeño. —dijo—. No estamos aquí para que nos diga que no se puede.

—Lo que me pide culminará en la aniquilación de mi país, que, con lo poco que le queda, hacemos lo posible por no caer. Además, es nefasto para el negocio. No es falta de cooperación, es que no se justifican las consecuencias. Si lo quieren liquidar como venganza por las faltas de respeto y toda la mierda, esperen a que salga de la Casa Blanca; no creo que pase más de un término. Un buen amigo conoce agentes del Servicio Secreto y sabe cómo operan. Después de ser presidente no tendrá ni los mejores agentes ni una gran cantidad asignada. Los que le toquen no responderán igual, les garantizo que no es lo mismo detener una bala dirigida a un presidente en funciones, que a un ex. Será mucho más fácil, y estoy seguro de que el próximo presidente gringo, lo agradecerá.

—¡No mames! Este güey no está entendiendo. A mí me vale una verga lo que pasa en su pinche isla de monitos, este trabajo se realiza o se realiza, no estamos pidiendo su permiso. Ya arreglamos con unos árabes que nos financiarán la operación.

—Pensé que estábamos en el negocio de hacer dinero. ¿Qué pendejadas son esas de matar un Presidente en funciones? Tocar a ese hijo de puta acabaría con todo. Nos van a cazar como a ratas, como le pasó a Escobar; todo será pérdidas y muerte, cárcel para los que tengan suerte. El que venga detrás, utilizará el recuerdo como el de un mártir y mantendrá la misma línea de aniquilación.

El Miguelito se levantó de la silla molesto, vociferando algo que no entendí. Lucho intervino, le dio algo de trabajo moverse, pero ante los miembros de los carteles contrarios, era el demonio de siempre, el cari cortado con la muerte en la mirada.

—Un momento, Miguelito, que estás meando fuera de tu tiesto. El señor Alcalde es nuestro invitado y nadie le habla de esa manera. No sé qué carajos le pasa a estos pinches pichoncitos, que de repente se creen con huevos de varón. Todos saben que estuve algún tiempo alejado de los asuntos medulares debido a mi recuperación. De haber estado al tanto, este asunto no hubiese llegado tan lejos. El Alcalde tiene razón, lo sé desde antes de escucharle, fue lo que pensé tan pronto me enteré de esta misión sin sentido. Nunca nos pasó por la cabeza matar a Reagan ni a los Bush, si siquiera a Clinton, que firmó el tratado del '94; esos sí nos hicieron la vida imposible, cómo vamos a matar a ese payaso por pinches comentarios. Los árabes sólo lo quieren muerto, ellos no hacen negocios en las fronteras gringas; después del golpe no vendrán a México a criar familia y comprar coca para consumir. Que lo hagan ellos con su gente, y que se inmolen después.

Caminó alrededor de la mesa, los miraba a todos con su rostro inexpresivo. Se detuvo en seco y se volteó hacia el viejo de la Costa.

—Don Pablo, aunque parezca realizable, nos van a agarrar y, tal vez, más rápido de lo que pensamos, por tratarse de este presidente. Me gusta la idea de esperar a que se baje de la cabeza del águila. Ya no será relevante, seguro que alguna candela recibiremos, pero, jamás la que nos van a mandar si lo matamos de incumbente. Es como si uno de esos pinches vigilantes de la frontera, matara a Peña Nieto, odiamos al muy cabrón, pero, es nuestro cabrón, si lo mata alguien seremos nosotros; si lo hace un gringo, nos hará sentir con la obligación de invadir Texas.

Todos rieron y parecían aceptar lo que decía el indio, sólo el niñato de Jalisco estaba en desacuerdo. El viejo miraba a Lucho, como si absorbiera cada palabra y la filtrara por el más estricto de los escrutinios.

—Somos hombres de negocios y sabemos dejar a un lado lo que nos toca fuerte en el billete. Don Pablo, usted lleva cincuenta años en este negocio, sabe a lo que me refiero. Detengamos esta locura sin que tenga mayores consecuencias entre nuestras organizaciones, y sin que se me ofendan lo más jóvenes, que todo lo que les interesa es llamar la atención. Hace falta un poco de esa sabiduría de otro tiempo, de la que usted tiene y sabe aportar.

El viejo pidió unos minutos para hablar con su hijo e invitó también al Miguelito. Se cuenta que les dijo de todo y nada en palabras respetuosas. Cuando regresaron, las caras de los jóvenes no eran las más simpáticas, en especial la del muchachón, que me miraba como si tratara de dispararme con las pupilas; confieso que me congeló la columna vertebral, sentí calambres estomacales y la posibilidad de desmayarme; no era una mirada de pasar la página.

El viejo nos dio la razón y hasta alegó sentirse ofendido de que ocuparan su limitado tiempo en asuntos de principiantes. Se disculpó con Lucho, dijo que se alegraba de que regresara, «hacen falta adultos, estos niñatos que dejamos nos han salido un poco jotos, todo los ofende, lo que creen que les sobra en huevos es más de lo que les falta en cerebro», y anunció que regresaba a correr los negocios «como Dios manda». Y, como si fuera poco, se comprometió a dar una donación sustancial para la recuperación de San Juan. Cuando regresé por el túnel, llevaba dos bultos con dos millones de dólares y, además el viejo de Jalisco, ante la insistencia del señor de la Costa por el agravio al Alcalde Quiñones, se comprometió a entregar otro millón más, antes de que abordara mi avión a Puerto Rico. Y, ni hablar de los quinientos generadores portátiles, cortesía de Valverde Holdings; regresé con las manos repletas. Nada mal para día y medio de escalofríos de muerte corriéndome la columna.

Fue difícil canalizar las donaciones ilegales, pero, usamos algunos contratistas de confianza, para el lavado. Taíno y el Duque, hicieron mucha de la repartición, nada de cámaras ni prensa. Descubrí que la mejor de las obras es la que no se dice, la que se guarda en la memoria del alma. Toneladas de comida y ropa, todo por debajo del radar, nadie nunca supo de dónde venía el dinero. Chuck solía decir que, «en aquellos días de María, nos nutrimos con las sonrisas de los que más necesitaban».

***

Cubrí la visita presidencial, que duró sólo un par de horas, tan corta y tan larga como un mal polvo. Lo que se suponía fuese un lavado de cara para que dejaran de joderle los demócratas, terminó en una cagada que le dejó en peores condiciones. Desde aquel asunto con las prostitutas en Colombia, mantuve contacto y buena amistad con algunos agentes del Servicio Secreto, que me facilitaron la credencial para la visita del Trompo, el Tiburón no tuvo que ver en esa, estaba de malas con los "trumperos".

El avión presidencial aterrizó a las 11:45. El tráfico del Área Metropolitana se detuvo. Jeanette viajaba con la comitiva presidencial, se notaba tensa al bajar la escalinata. Egui y su esposa los esperaban en la pista de aterrizaje. Con su vibra fantochona, Trump caminó con los brazos levantados, como en señal de victoria y saludó a un grupo de militares que estaban cerca. Se mantuvo alejado de Mena y Armando, durante la conferencia de Prensa, los sentaron en los extremos de la mesa.

Egui lucía pequeño. El Trompo tuvo el control de la conversación; el resto de los presentes estaban tan intimidados como Egui; incluso Armando, que me confesó que sintió aprehensión de decir algo que desagradara al neardental presidencial. Ante las cámaras del mundo, le dijo al país que Puerto Rico le descuadraba su presupuesto. Luego añadió que debíamos sentir orgullo de no sufrir «*a real castastrophe, like Katrina*». El Tiburón respiraba profundo, podía ver su desagrado, de seguro tenía algún coctel de sustancias que hacía la siquis menos tolerante al ataque. *Hijo de puta, debí dejar que te mataran*, pensó. Mena fue la única con las pelotas suficientes para acercarse y decirle, frente a todos los periodistas, que dejara a un lado la política. Con eso, y la foto metida en el agua, Mena dejaba clara su aspiración a gobernar.

Cuando todos se movían para trasladarse a los vehículos que irían al recorrido del Presidente por la isla. El Trompo, rompió el protocolo otra vez, y se acercó al Tiburón. Con su usual altivez, que les recordaba a todos que era la "persona más poderosa del mundo", le puso su pesada mano a Armando en un hombro y le habló de cerca.

—You should stop talking garbage about my hotels. I've have tremendous hotels, and you probably hasn't visit any of them…

Armando me miró sorprendido… corrijo, el Tiburón Quiñones me miró. Sabía que algo diría, no podía evitarlo. Respiró…

—Well Mr. President, with all due respect, my father was a big boxing fan, so do I, and we used to travel a lot to watch live events. And I have to say, sir, the service in your hotels, wasn't what we expected. MGM Grand, the Bellagio, and even the Caesar's, were much, much better, than those shit… sorry, hotels you used to have in Atlantic City.

El Trompo estuvo pensativo unos segundos, y ripostó:

—I have great hotels, tremendous hotels with excessive luxury. Is not my fault that you people have such a lack of taste.

Dio media vuelta y se fue directo al convoy de vehículos que lo esperaba. Su recorrido fue breve, por áreas que apenas sufrieron daños, y terminó en una Iglesia de Guaynabo. Fue ahí, que se tomaron las imágenes del lanzamiento de rollos papel toalla, como si lanzara camisetas en un rally político. La mala relación con el ocupante de la Casa Blanca, marcó el resto del cuatrienio y estableció el lento ritmo de nuestra recuperación.

Después que María salió de nuestras tierras y aguas, el Puerto Rico que quedó era distinto a lo que excedía antes. Como si el viento, la lluvia, el sol y la necesidad, nos hubiesen convertido la piel en cuero, para aguantar y resistir. Los más jóvenes se sintieron poderosos y capaces, una especie de "si pudimos vivir días sin teléfono ni redes sociales, podemos con cualquier cosa". Los que habíamos vivido un poco más, repensamos todo, ya que nada era igual. Me aterró nuestra vulnerabilidad y saber que, dependíamos de los gringos; aun con su lenta respuesta. La palabra "resiliencia" se puso muy de moda, tanto, que me harté de escucharla y nunca más la dije, me recordaba gestos de empalagosa hipocresía.

***

Por si les interesa el dato, meses después del asunto de Trump, Miguelito de Jalisco fue asesinado, su misma gente lo partió como sardina; se asfixiaron con aquella elevada humareda de ego y abuso que cargaba. Sentí alivio cuando Luismi me envió la noticia; la mirada que me dio aquella vez, me dijo que algún día iría por mí. Su muerte causó una sangrienta división de poder que casi aniquila ese cartel. La tregua terminó y dio paso a la guerra que Valverde no estaba dispuesto a pelear. El túnel que utilicé fue descubierto por la DEA, cargado con cientos de kilos; se dice por lo bajo, que ese hallazgo no fue casual, confidencias de carteles rivales.

Mena, se fue en una gira de medios por toda de la prensa liberal americana, los demócratas la adoraban porque le gustaba el drama y hacer el ridículo, en representación de la pequeña isla oprimida por Donald Trump, quien no dejó de *twittear* venenos contra Puerto Rico. El lunes siguiente, de la aparición de Mena en *Saturday Nigth Live*, nos "cayeron" los Federales para incautar documentos y el anuncio de una auditoria fiscal. Tuve que llamar a Mena y pedirle que calmara su vicio a la cámara, que afectaba a todo el país. Sólo logré que se fuera, a todos los medios a decir que los machos de mi partido creían que podían darle órdenes. Gracias a su faranduleo contra el Presidente, nos cayeron investigaciones Federales por el mal uso de los Fondos de Recuperación.

11

MANNY "LA TRANNY"

Algunos meses después del huracán, trabajaba asuntos ordinarios en mi escritorio y Claribel llamó para decir que alguien, que se identificó como Manuel, el hijo de Alberto y nieto de Teófila (mi viejita de los ojos magnéticos), estaba en la sala de espera y que quería entregarme algo. El mero recuerdo de Teo me enterneció y le dije a Claribel que me diera un minuto para salir a recibirle. Respiré muy hondo y le ordené a mi cerebro que bloqueara cualquier sentimentalismo producto del recuerdo de su abuela. Salí a saludarle y pedirle que pasara, pero, al llegar a la puerta, lo vi a través del cristal y frené abruptamente; casi giro y me marcho. Pero, Manuel me vio antes y sonrió ampliamente; no me quedó otro remedio que salir a su encuentro.

Lo recordaba de otra época, con un aspecto muy distinto; un suceso olvidado que, al verle, saltó del disco duro de mi mente y me alarmó, ya que podía arruinar mi carrera en la política.

***

Una de tantas noches de rumba y excesos, casi a las tres de la mañana, salíamos de la ciudad amurallada, después de pisar todas las barras y no encontrar ninguna que llenara nuestras expectativas. En realidad, las expectativas de Armando, yo sólo lo acompañaba y asentía a sus propuestas; hubo miles de noches como esa, en las que prefería quedarme en casa y disfrutar del placer de la soledad, pero, no sabía decirle "no". Estábamos secos de drogas, nos quedaba media botella del clásico White Label. Yo estaba somnoliento, con los ánimos decaídos. Armando estaba lento y cansado, pero quería continuar; decía que, para volver a la vida, sólo necesitábamos un par de "tiritos" por la nariz. Entramos por las callejas de Santurce que, por aquellos días, era nuestro "gueto cosmopolita" por excelencia. Se detuvo en una esquina frente a un bar de reputación cuestionable, llamado El Danubio. Bajó el vidrio y le preguntó a una travesti fea, grotesca, exageradamente femenina en sus maneras y maquillada con extravagancia burlesca, que estaba apostada en la acera: «Guapa: ¿dónde consigo un poquito de magia?», y se tocó la nariz. La travesti se acercó al carro, bajó el rostro al nivel de la ventana, nos miró a ambos, pero, detuvo su vista en mi amigo, con una rara expresión, como si lo conociera de antes. Le dijo que la única magia disponible, la ofrecía ella. «¿Cómo es eso?», preguntó Armando, con la pesadez de su ebriedad. Otra travesti, se acercó por mi lado del vehículo, me dijo que bajara el cristal, «para divertirnos un poco». Le dije que nos íbamos, que buscábamos otra cosa. Muy coqueta, contestó: «Pues, tu amigo la pasa muy bien».

No me percaté de que, la que le ofreció "su magia", metió la mano al carro, le soltó la correa, bajó el *zipper* y, en menos de cinco segundos, tenía agarrada la verga del Tiburón, que se quedó inmóvil y silente. Cuando miré al lado y vi como su pieza endurecía y alcanzaba un tamaño mayor al mío, laceró mi autoestima y me encabroné malamente. Además, no podía entender, había otras más femeninas, que parecían chicas lindas, con las que cualquiera podría equivocarse; pero no, ese cabrón se dejó pajear de una que parecía hermana gemela de Dennis Rodman. Luego de un par de jaladas y dos o tres cochinadas que ella le murmuró, el Tibu sacó la mano y gentilmente le dijo: «Guapa, muchas gracias, tienes una mano santa, pero, no es esa magia la que busco». La cara del trans se iluminó y lo observó por varios segundos, como si escrutara el rostro; supuse que los transeúntes habituales, no solían ser tan elegantes. De su bolso con plumas y lentejuelas, sacó un saco de coca y se lo puso a Armando en el bolsillo de la camisa. Con el rostro encendido de la emoción, le dijo:

«Gracias guapa, que amable, ¿cuánto te debo?». «Nada, es para que despierten —contestó mientras se alejaba—, sólo vayan con cuidado y no regresen. Son muy lindos y jovencitos para estar por aquí a estas horas». Armando le preguntó su nombre, y mientras hacía un remeneo con la cintura, dijo: «Soy Manny, la Trany, para servirles». Nos alejamos y en el próximo semáforo, enrolló un billete, sacó la coca y se dio un lineazo largo, pensé que la acabaría de una. Casi al instante, revivió, desapareció la lentitud y pesadez que tuvo durante el encuentro con Manny.

—¿Alguna vez te has preguntado que se siente ser maricón? —fue lo primero que dijo.

—Imagino que será doloroso…

—Supongo que, dependerá de del lado que te toque.

—¡*Yuck!* ¿No me digas que te imaginas esas mierdas?

—*Dude*, tengo un hermano gay, a quien quiero más que a nadie en el mundo, claro que he imaginado esas cosas.

Me quedé frío. No quería saber lo que diría después. Las alternativas eran: salir del carro o golpearle. Mi rostro debió decirlo, porque Armando escupió una carcajada.

—No digo que lo imagine contigo, pendejo. Creo que es una curiosidad que nos da a todos, cada vez que vemos una pareja de maricones felices. Y, vamos, curiosidad que dura, hasta que veo un par de tetas, que son el mejor antídoto para cualquier mal impulso *mariconil.*

—Los travestis tienen implantes.

—Sí, son un peligro, te pueden confundir…

***

Con los nervios como locomotora sobre rieles de montaña rusa, de sube y baja entre el culo y la garganta, lo saludé con toda la efusividad que pude y le invité a pasar. Vestía mahones y camisa, cargaba un sobre manila; no quería imaginar qué había dentro, qué posible treta o mecanismo de chantaje traía para entregarme. Le pedí que tomara asiento y me acomodé como pude en mi silla; notó la incomodidad.

—Entonces, eres el nieto de mi queridísima Teo. Me provocó mucha tristeza saber de su partida.

—Quise creer que no me recodaría, pero, por su palidez y nerviosismo, puedo ver que sí.

Mis temores se materializaban, sólo me quedaba enfrentarlos.

—Te recuerdo perfectamente, te llamabas Manny…

—"La Trany" —completó con vergüenza en la mirada—. Ya no me identifico de esa manera, ahora, soy sólo Manuel. Fueron otros tiempos…

Se quedó en silencio, con la mirada ida. No sabía qué decirle, porque no tenía idea de lo que me esperaba. No sentí hostilidad en sus palabras, tampoco los nervios ni el cinismo del chantajista promedio. La ansiedad me mataba y tuve que interrumpir la meditación.

—¿Qué vienes a traerme?

Salió del trance, más avergonzado de lo que entró:

—Por favor discúlpeme, Alcalde, no era mi intención incomodarle. Mi abuela me hizo prometerle miles de veces, que el día que ella faltara, le entregaría esto:

Abrió el sobre y sacó un marco de madera, con una vieja foto. La misma que vi en tablillero de la sala de la casa de Teo. Estaban nuestros respectivos progenitores en el centro y nosotros, muy jóvenes, en los extremos; todos reíamos, mi padre lucía como en sus mejores tiempos.

—¿Por qué no conservas la foto, tu padre está en ella?

—Abuela quería que usted la tuviese; me dijo que la vez que la vio, sus ojos se perdieron en la imagen, como si se remontara al momento. Además, hice una copia para mí.

—Entonces, aquella noche en Santurce, ya sabías quien era, ¿cierto?

—Así es. Por un momento fue una sorpresa halagadora, hasta que me percaté de lo borracho que estaba. Fue muy cerca de la muerte de mi padre, recordé con el amor que él hablaba de su familia, y me sentí muy mal.

—Esa información valdría mucho dinero ¿Por qué proteger a un chico malcriado como yo?

—Aunque sentí deseos de alardear, ni siquiera aquella noche le dije a mis compañeras de la esquina. Para la abuela, Don Armando era una especie de Dios en la tierra, jamás me hubiese perdonado traicionarle. Además, señor Alcalde, el que haya sido adicto y que me prostituyera para cubrir la adicción, no me hacía, automáticamente, un aprovechado de los errores ajenos. Mi padre llevaba poco de fallecido, y fue su papá quien se encargó de todo; quien pagó mi traje de graduación. Fue su papá, con quien el mío se desahogó, al enterarse que su hijo era una "loquita". Y, fue su papá, quien lo convenció, de que me aceptara como era; que era mejor tenerlos con sus faltas y defectos, a perderlos para siempre. Le dijo que, "*no hay un solo día, en que no me arrepienta de alejar a mi Guillermo*".

Se me hacía tan difícil creer lo que escuchaba, pero, la mera idea, removía aquella espina profunda que llevaba dentro y, luego de revivir el amargo de la experiencia, vi a mi padre grande otra vez, al héroe que me cargaba en brazos a la cama después del boxeo. Creo que ese día lo perdoné, y me culpé por no tratar de entenderle. No sé cuántos segundos o minutos pasaron, cuando regresé a la realidad, tenía de frente la mirada afable de Manuel, muy similar a la de Teo.

—Gracias, ni te imaginas lo que tus palabras significan.

Comenzó una tímida despedida y le interrumpí:

—Teo me habló varias veces de una nieta que estudiaba enfermería. ¿Entonces, sabía y te aceptaba? *Wow*, me salió progresista la vieja. ¿Por qué te bajaste de los tacos y dejaste de ser mujer?

—Un día, entendí que el camino que seguía era producto de malas decisiones, tomadas en los peores momentos. También comprendí que, mi homosexualidad, no me convertía en "mujercita", ni en "patito", ni en ninguno de aquellos malos adjetivos que recibí. Ahora sólo quiero ser quien soy, y soy Manuel; Manny "La Tranny", es un personaje de mi ayer.

Conversamos por un rato. De prostituto y drogo, a enfermero graduado y voluntario, una verdadera historia de éxito. Casualmente, era la pareja de Narváez, el enfermero gordito y dulce, que trabajaba en el Municipio, a quien contraté para que cuidara a Sofía y al que le tocó darle la mala noticia a Ignacio. No pude evitar preguntarle, si él lo sabía.

—Ni siquiera mi gordito lo sabe. Pierda cuidado, Alcalde, no seré yo, quien repita esa historia de nuestras vidas pasadas.

Lo acompañé a la puerta y le di un fuerte abrazo, muy, pero muy masculino, claro está. Se alejaba, cuando le dije:

—Te voy a decir algo y no me mal interpretes, pero, te ves mucho mejor de hombre; eres más guapo sin maquillaje.

Sonrió ligeramente, asintió con timidez y se marchó. Manuel fue otro de esos seres especiales, que mantenía mi ridícula fe en la gente.

12
Enseñar y aprender, he ahí un dilema...

—¿A qué se debe su obsesión con la educación?

Así arrancó Jennifer Santini, la única entrevista que concedí cuando anuncié el Plan de Educación para San Juan.

—¿Sabes lo caro que cuesta un pueblo ignorante? —contesté.

Ella tenía las piernas cruzadas, tacones altísimos de charol negro y un traje sastre, azul oscuro, muy ajustado, que me era irrelevante, ya que conocía aquel cuerpazo; no importaba lo que llevara puesto, mi cabeza traicionera la veía a pura piel.

—Algo similar me preguntaste hace cuatro años acerca de la salud, y hoy San Juan cuenta con el mejor sistema de este país. En aquellos días me llamaron "el enemigo del Pueblo de Dios".

—Curiosamente, ahora le llaman "el enemigo del déficit de atención" y le acusan de promover el discrimen mediante la segregación de estudiantes. ¿Es cierto eso, Alcalde? ¿Discrimina usted?

Tenía una respuesta ensayada para esa pregunta, aunque igual podía despacharla con un rotundo "No". "Las buenas acciones debían cruzar la pena del anonimato y llegar solas a la gloria". Pero, la forma de la pregunta, no me hacía justicia y me tocaba de manera especial. Mientras trataba de articular qué decir, por breves instantes, recordé por qué algunos gremios de maestros y padres de poco compromiso me señalaban de aquella manera.

María fue la mejor excusa para que los políticos no cumplieran las promesas que incumplirían de todas formas. Se aferraron al mantra de "Puerto Rico Se Levanta", para prolongar la necesidad y señalar culpables. El Gobernador era el mejor ejemplo de eso, responsabilizaba de todo a Trump, a la Junta y a Cárdenas, en una batalla de medios que le deslucía y llevó al país contra las cuerdas de la burocracia gringa, que retenía los fondos que reconstruirían las esperanzas del Pueblo.

San Juan dependía de su actividad comercial, ante la ausencia del verde, la limpieza continua mantenía viva la dignidad en la gente. No podía esperar por Egui y sus líos con los Federales. Era complicado conseguir dinero, pero, no imposible. El Palomo estaba fuera del juego, pero, aún tenía sus contactos en el Congreso y nos ayudó a tocar las puertas correctas. Debido a los constantes ataques del Presidente, nos impusieron una millonada de requisitos para asegurar que le diéramos el uso correcto; debíamos pagar la mitad de cada obra con dinero municipal y los gringos reembolsaban la totalidad del costo. Sólo un municipio con una Administración responsable y finanzas sanas podía darse un lujo así.

Estaba seguro de que ese sería mi último cuatrienio, tres fueron demasiados. Las palabras de Valverde y los riesgos de mi última visita a México trabajaron en mis neuronas y entendí que me faltaban ganas, ya no tenía hambre ni necesidad. Pero, quería irme en la cima, como Michael Jordan, que doliera mi partida y los siguientes fuesen medidos por la vara de mis logros. Karla poseía la claridad y visión objetivas para manejar aquel animal de ciudad, pero, tenía que poner sus asuntos en orden, en especial a su esposilla, que era de verijas calientes. Recibiría resistencia por ser una mujer casada con otra mujer, era necesario llevarla a la silla "por la cocina" y sin primarias. Si Rogelio Cárdenas, con su pobre combinación de neuronas y coeficiente, lo logró en la Presidencia del Supremo, no había duda de que yo lo haría en la Capital. Un envidioso de un periódico regional, me preguntó: «¿No le parece discriminatorio escoger su sucesora sólo por su preferencia sexual y no por sus méritos?». Mi respuesta lo dejó frío y fuera de su trabajo: «Me parece una infamia abominable elegir a alguien por su orientación. Confieso que prefería un hombre, porque sabía que algunos imbéciles prejuiciados y mal intencionados, me harían preguntas como esa, pero, no encontré ninguno mejor que Karla». A la media hora, una turba twittera, se encargó de desaparecerlo del mundo cibernético.

No podía retirarme dignamente sin cumplir mi promesa más importante de ese cuatrienio: arreglar la educación en San Juan. El Sistema Público colapsó mucho antes del huracán. Víctima de la política partidista, dejó de ejercer su función de educar y se transformó en una preparatoria para el fracaso, que cada año exigía más dinero sin que mejorara la calidad de la enseñanza ni el aprovechamiento de los estudiantes. Enseñar se convirtió en un negocio que nada tenía que ver con aprender. El Departamento de Educación tenía uno de los presupuestos más altos, suficiente para matricular a todos los estudiantes en la escuela privada más cara del país y sobraba dinero; era uno de los principales botines de los mercenarios de la inversión política.

Cualquier transacción hecha desde el sistema, era un mal y oneroso negocio para el saber: pupitres que cojeaban, computadoras de tecnologías atrasadas, tutorías sin tutores, comida de calidad cuestionable, todos a sobreprecio y a nadie le importaba. Se repartieron miles de millones de dólares a vulgares recolectores de dinero, que terminaban vestidos de anaranjado en prisiones Federales y clavados en la vergüenza de la memoria colectiva del país. El despilfarro traía malas condiciones de trabajo y pésimos salarios, lo que redundaba en el reclutamiento de maestros sin preparación ni compromiso, que le dieron al sistema aquel tufo a mediocridad que se impregnó en varias generaciones de estudiantes. Si algún valiente, de la izquierda o la derecha, hubiese impuesto que los políticos enviaran sus hijos a escuelas del Estado, nuestra isla graduaría más genios per cápita que cualquier otro país del mundo.

Sin saberlo, la Administración Rexach, me dio la llave del "saber" para la Capital, cuando, mediante su Secretaria de Educación (una gringa rubia, muy atractiva), develaron un plan para achicar el Sistema Público y eliminar, al menos, una cuarta parte de las escuelas. «No contamos con el dinero para mantenerlos», alegaba la Secretaria, con su gracioso español masticado con esfuerzo. Lo que proponían abría las puertas para adquirir planteles con estructuras emblemáticas y de alto contenido histórico, en los que el quehacer educativo era una tradición.

Si lograba adquirir las escuelas y que el Gobierno Central le transfiriera al Municipio, al menos, el 50% del dinero asignado a cada niño matriculado en ellas, cubría casi todo el costo de mi proyecto. Debía actuar con prontitud, se rumoraba que los mejores planteles serían rematados entre algunos amigotes previamente seleccionados. Todo era cuestión de negociar y, si no funcionaba, contarle a la prensa que el Estado les negó la educación a los pobres o, mejor aún, a los discapacitados, que eran intocables y protegidos por la pena colectiva que imponía la "corrección política". Egui, la Secretaria y sus amigos, podían hacer fila para lamerme las pelotas, porque tenía la intención de quedarme con todas las escuelas de San Juan. Bueno, casi todas, después de firmar el acuerdo, preferí tirar a la columna de pérdidas algunas ratoneras ubicadas en barrios de pocas ventajas, controlados por atorrantes o narcos de poca valía. Para evitar que el abandono las transformara en resguardos para adictos o establos para cuatreros urbanos, ordené demolerlas y culpé a la gringa y su insensibilidad con los barrios menos afortunados. Egui aceptó sin protesta; se ahorraba algunos millones de presupuesto y se atribuía un logro conjunto con el Alcalde, y si no salía bien, me endilgaba las culpas.

Otro problema de la educación era el aumento desmedido de estudiantes matriculados en el Programa de Educación Especial, por razones de política partidista, manipulación progresista, inmoralidad y falta de evaluaciones médicas. En la pesca de votos, los políticos explotaron los afectos y la lástima del pueblo hacia esa población y les asignaron fondos que no teníamos. Los costos de los programas para niños con necesidades especiales sobrepasaban de forma dramática los regulares. Para complicar la ecuación al exponencial máximo del ridículo, un Juez Federal (al que no nombraré porque cada uno debe vivir con su vergüenza) para castigar a una Administración contraria a su ideal político, ordenó cárcel a los directores, maestros y funcionarios que incumplieran con los derechos (más bien privilegios) que la ley otorgaba a los niños "necesitados". El terror de los funcionarios al frío de una celda y a perder el jabón en la ducha, desangró los presupuestos y dejó a los estudiantes regulares, impedidos de educarse correctamente, en planteles sin pizarras ni libros ni materiales de arte o equipo deportivo, pero, con exceso de maleza y sabandijas.

Los únicos beneficiados eran los contratistas a sobreprecio y padres deshonestos que matriculaban a sus hijos en programas especiales, sólo para obtener beneficios que no les correspondían, sin importar el estigma de "necesitado" o "loco" que le endilgaban de por vida, ni los posibles complejos subsecuentes. Padres sin vocación, que delegaban al Gobierno la parte de la educación que se administraba en la casa. Y vamos, cualquier persona en necesidad debía ser tratada correctamente, pero, los que en realidad lo necesitaran, eso no incluía a los paladines del cuento de "*hasta aquí les traigo y aquí los dejo, las sanguijuelas desangrarán a los pendejos*". Cuando era niño y adolescente, los estudiantes de los grupos especiales, eran realmente los especiales; sólo había que mirarlos para darse cuenta. Eso del ADD, OCD, entre otros, y la mariconada del "oposicional desafiante" se curaban con disciplina, orden de los padres y algunos cocotazos. Igual pasaba con el acoso, el *bullying*, nada de psiquiatras ni medicamentos para la depresión, todo lo que necesitó mi madre, fue una advertencia respaldada con una gruesa correa de mi padre:"Si te molestan defiéndete. No golpees primero, sólo defiéndete". Decía que, si no me daba a respetar me pegaría ella, "por pendejo".

En lo que la oposición llamó "una jugosa alianza público-privada" con Valverde Holdings, nos apoderamos de las escuelas y las sometimos a un plan de remozamiento y modernización, que fue la noticia más destacada durante la semana del regreso a clases de agosto de 2018. Todas equipadas para exceder las necesidades de su matrícula, y no se quedaba ahí, cada escuela contaba con equipos solares y la capacidad para apagar el interruptor del malsano costo energético.

Las remodelaciones eran sólo el comienzo. Junto a un grupo de maestros creativos y otros expertos, ajenos a la política partidista, cansados del embrutecimiento progresivo y progresista, desarrollamos un plan que sacudiría el árbol de la educación y crearía fricciones entre gremios y padres irresponsables. Una efectiva artimaña para deslumbrar estudiantes, enamorarlos de la escuela, tanto, que quisieran pasar más tiempo en ella que en sus casas o, mejor aún, que en las calles. Creamos un plan piloto de seis planteles, en los que separaríamos los grupos especiales de los regulares.

Ya había escuelas especializadas en matemáticas, ciencias y deportes; casi todos los municipios responsables tenían una. Yo quería otra cosa más ostentosa, la humildad me parecía un vulgar y ofensivo impedimento cuando se trataba de la educación o la salud. Quería escuelas majestuosas, que todos los jóvenes quisieran mudarse a San Juan; algo similar a la Academia Jesuita, pero, en esteroides y sin sacerdotes. Aunque no vendría mal uno que otro, solían ser buenos con la disciplina, y definitivamente, la población estudiantil del país necesitaba mucho de eso. Las escuelas para los cursos regulares debían ser casi universidades; con equipos deportivos de todas las diciplinas, incluso ajedrez; bibliotecas como templos, que ningún estudiante se pudiese resistir a la tentación de visitarlas. Con las Especiales, quería centros de tratamiento y servicios, no sólo educativos, también médicos, que proveyeran los cuidados y la comodidad que merecían, y con expectativas reales para los participantes.

Creamos un estricto mecanismo de admisión; entrevistas para medir, no sólo la capacidad del estudiante, también el compromiso de los padres, el éxito del plan no existía sin ellos. Para los que trabajaban teníamos horarios extendidos y hasta servicios de conversación en línea; no le dimos la oportunidad de inventarnos "excusas" para fallar. El incumplimiento del padre podía ser razón para la baja del estudiante. Tan pronto se mostraron las maquetas y los modelos del diseño, los números de jóvenes residentes en San Juan aumentaron, chicos que, de repente, vivían con tíos, abuelas, hasta tutores y "buenos amigos de la familia".

Las Escuelas Especiales tenían requisitos adicionales, debido a los altos costos. Un riguroso proceso de pruebas médicas, realizadas por la misma escuela, que acreditaran las condiciones alegadas. Todo bien hasta ahí, pensaba la mayoría... El gancho estaba en que, los padres que sometían a sus hijos al proceso firmaban un acuerdo que, en casos en que las evaluaciones no arrojaran impedimento o necesidad especial alguna, automáticamente quedaban descalificados y ubicados en la lista Regular, se le impedía regresar a la Especial. Los más oportunistas nos amenazaron con demandas y con el Juez carcelero. Pero, la Solicitud de Admisión era clara y explicaba que se castigaba con prisión mentir para obtener beneficios pagados con dinero Federal, además, por la pura paranoia que causaba la cámara, grabábamos las entrevistas con el consentimiento de los entrevistados. Los maestros mediocres no estaban cómodos, el plan incluía un sustancioso aumento de salario respaldado por una férrea evaluación anual de rendimiento, quienes no cumplieran con la misión de educar, no podían trabajar para el Municipio de San Juan.

El día que anuncié el PLAN, una hora antes de la entrevista con Jennifer Santini, las malas críticas no se hicieron esperar; "SEGREGACIÓN Y ELITISMO EN LA EDUCACIÓN PÚBLICA", decían los que se verían obligados a trabajar correctamente. Además de los cuestionamientos acerca de lo costoso e imposible de pagar. Al año de la implementación, la matrícula de estudiantes especiales en San Juan se redujo un 37% y, como en la más surreal de las utopías, aumentaron los promedios un 60%, en ambos grupos.

—¿Es cierto que discrimina, Alcalde —insistió Jennifer ante mi inusual silencio.

Titubeé, por algunos segundos y hasta pensé dejarlo en un parco "no". Pero, un ligero tono de juicio sarcástico en su pregunta, me lo impidió.

—En algún momento de 1978-1979, tal vez…

Con duda y nervios que me palidecieron los labios, le conté del ADD que me afectó en mis primeros años de escuela. Fue la primera vez que lo hablé de aquella forma "confesional", nunca lo hablaba; sólo mis familiares y amigos muy cercanos lo sabían.

—Hiperactividad, le llamaban en aquellos días y no se diagnosticaba con mucha liberalidad. Mi padre era Secretario de Justicia, no se discutían los asuntos de la familia públicamente, algunos ni siquiera en privado; mucho menos se iba a la prensa con ellos. Mi tratamiento fue una disciplina férrea de padres que no jugaban cuando se trataba de asuntos escolares; nada de excusas para prórrogas y entregar trabajos tarde, todo lo contrario.

Esas ventajas para vagos las tuvo Pablo, gracias a la sobre protección de mi madre, fracasó felizmente y a mi padre nunca le importó. Sin embargo, a Guillermo y a mí siempre nos llevó a fuerza de garrote y amargura, cuando Guillo se fue, mi carga se triplicó.

—Eso de asistentes y tutores personalizados no existía. Mi tutor fue Guillermo, mi hermano mayor, que se compadeció de verme perdido, me enseñó a estructurar las ideas en mi cabeza. Con su ayuda y el temor a la mano rígida de mi padre, aprendí a concentrarme y me mantuve a flote.

Cómo olvidarlo, pasaba más tiempo con él que con nadie. "Concéntrate, Armandito, sin prisa… sólo concéntrate". Cuando me impacientaba, me decía que, en vez de mover las piernas y el cuerpo, moviera la mano que no usaba para escribir. Cuando lo lograba, «ahora, mueve sólo un dedo, que toda esa energía se vaya al dedo». Así aprendí a domar aquella inquietud que me descontrolaba. Un día, mientras me enseñaba la diferencia entre los adverbios y los adjetivos, no podía entenderle y sólo movía el dedo con rapidez. Guillermo dijo que esa velocidad podía provocar el efecto mariposa, una especie de reacción en cadena que causaba tempestades en otros lugares remotos, «y eso no lo podemos permitir, pasa esa energía a tu cabeza», y me tocó la frente con su dedo índice, «concéntrate, observa, memoriza, recuerda...».

Jennifer estaba sorprendida, se enterneció y no aguantaba a que acabara la entrevista para arrancarme la ropa y consolarme con golpes de pelvis.

—Insisto, eran otros tiempos. La palabra "hiperactividad" era un tabú, era como decir "anormal" o "inadaptado", no se salía en TV ni radio ni periódicos, a anunciar al mundo el diagnóstico médico de un niño que no entendía porque pensaba más rápido que los demás; como sucede hoy día con padres insensatos adictos a las redes y los *likes*.

Jennifer enmudeció, trataba, pero, no podía articular preguntas... aproveché el foro libre y continué.

—Sabes, estoy seguro de que, si mi padre estuviese vivo, llegaría y me sacaría de aquí tirado de una oreja hasta algún lugar aparte y, en privado, me daría dos bofetadas y diría: «Eres igual a todos los demás, no eres especial, y nunca permitas que te hagan creer otra cosa».

—¿Cree que esa dureza de su padre, fue efectiva? —preguntó después de mucho esfuerzo.

La observé por un segundo, sonreí.

—A su manera y tan cruel como pueda parecer, el viejo me preparó para la realidad del mundo, no para la versión PG-13. Así practiqué deportes, terminé la universidad, fui un abogado muy ocupado por 12 años y ahora estoy aquí, hablándole a tu audiencia con una franja debajo de mi imagen, que dice "Alcalde de San Juan". No me fue tan mal.

Las drogas ayudaron para la concentración, ya les he dicho que sobreviví la política gracias a ellas. Pero, la música era más efectiva, cancelaba todos los ruidos a mi alrededor, como si el cerebro se desconectara y no necesitaba mover el dedo. Después de esa entrevista, la crítica y la resistencia disminuyeron. Por meses esperé algún meme con mi foto y *"Mayor-Retard"* o algo así; pero, no pasó; al menos en ese año. Sí me llamó una ex, para decir que me perdonaba, que después de ver la entrevista comprendió "tantas cosas", que malentendió mi problema de atención, con desinterés (no malentendió nada). Una vez le pregunté a Guillermo cómo sabía lo que yo debía hacer, dónde lo aprendió, me parecía el ser más brillante y capaz del mundo. Su respuesta fue: «Belita me enseñó, al percatarse de que me pasaba lo mismo; al parecer corre en la familia. Belita se percataba de todo, lo sabía todo». Era Isabelita, nuestra abuela paterna. «Lo sabía todo», eso lo entendí años después.

13

Contra la pared

—¿Estás seguro de que puedes hacer esto? Podemos pedir que se suspenda y venimos otro día —le dije cuando llegamos a la puerta de la sala del Tribunal.

Sólo sonrió y asintió; sus ojos parecían decir que estaba listo. Cuando se giró para entrar, le dije "Espera". Me miró como diciendo ¿Qué carajos te pasa ahora?

Le arreglé la corbata y lo abracé. Llevaba sus mancuernas de esmeraldas.

—Nunca tendrás una idea de lo orgulloso que me siento de ti; Armando también.

Ignacio no sabía que declaraba contra el asesino de su esposa, nunca se enteró. Pareció erradicar la tristeza, como un actor que se transforma. Fue un grato espectáculo verle en acción, atinado y coherente. Después de unas tres horas y media de preguntas y respuestas no había dudas, Fuentes tenía ambos pies en la cárcel. Al ser un caso de alto interés público, periodistas y fotógrafos esperaban en el pasillo. Le hicieron preguntas, que no contestaría, por respeto a los procesos y al Tribunal. De camino al elevador insistieron. De repente se escuchó una voz aguda y mortificante.

—Licenciado Gutiérrez, ¿cómo se siente, está sobrio?

Era Randy, el gordo hijo de puta que trabajaba para uno de los programas de chismes. Su estilo era sucio, amarillo; no reparaba en arruinar reputaciones a puro *innuendo* y calumnia.

—¿Es cierto que está bajo tratamiento por una depresión severa?

—Ya dijo que no contestará preguntas… —la sangre se me calentó con demasiada prisa.

Le puse la mano en el hombro, y lo guie hacia el elevador. Randy insistía.

—¿Es cierto que padece de alcoholismo y adicción a pastillas recetadas?

—Ya basta —le dije y me interpuse.

La ira se apoderaba de mis controles básicos. Cuando abrió la puerta del elevador y nos disponíamos a entrar, disparó la otra:

—¿Es cierto que su adicción le provoca alucinaciones, que asegura ver a su esposa fallecida? ¿La vio hoy mientras declaraba?

La tristeza reapareció en el rostro de mi amigo, lo vi regresar al agujero negro que se tragaba su esencia, y creí sentir un atisbo de su dolor. Salí del elevador y no recuerdo que dije exactamente, pero incluía «maricón insolente». Le di un empujón en el pecho, que lo hizo retroceder y perder algo de balance. Vi el miedo que expedían sus ojos cuando levanté el puño para golpearle. El muy pendejo se volteó para huir, sin notar lo cerca que estaba la pared de concreto armado, a sus espaldas. Se estrelló de rostro entero, rebotó y cayó justo frente a mis pies; me tentó patearle, pero, no fue necesario, la pared se encargó del trabajo sucio y la sangre se esparció por el piso. Balbuceó algunas cosas, entre ellas que me demandaría. Trató de incorporarse pero su falta de forma y agilidad no se lo permitían.

—Deseo patearte la cabeza como balón de futbol, pero es más humillante que tus compañeros te graben arrastrándote, como la víbora que eres. Tu problema no es que seas maricón ni gordo y ridículo, tu problema es que gozas con el dolor ajeno.

Ignacio, me agarró por los hombros y evitó que dijera o hiciera más. Las cámaras de todos los canales locales captaron el incidente en alta definición y lo transmitieron hasta la náusea. Sabía que me haría un reporte ante la Policía, así que decidí esperar. Le entregué las llaves del Cobra a Ignacio: «Un rasguño y te corto las pelotas».

Cuando fueron a esposarme, las cámaras seguían encendidas. Ignacio, en su delirio de llevar algunas horas totalmente sobrio, le dijo al policía:

—Señor oficial, soy el licenciado Ignacio Gutiérrez…

—¿Es el abogado del señor Black?

—Sí…

—¡No! —le grité en voz baja—. Te dije que llames a Armando.

—¿No? No por el momento. Lo que quise decir, es que sí fui testigo del hecho y arresta usted al elemento equivocado.

—¿Cómo dice?

—Que se equivoca de agresor, fue la pared. Qué lío, si no la puede esposar para llevársela, tendrá que permanecer aquí vigilando; hoy día ni de las paredes se puede fiar uno.

El policía estaba confundido y las cámaras lo confundían más.

—Pero, no se preocupe, si después de todo, estamos en el edificio del Tribunal, seguro un juez le hace el favor de celebrar la vista aquí en el pasillo. Ya lo vieron ustedes, el señor Black no golpeó a nadie —les dijo a los otros periodistas—, es un caso contra la pared.

Fui arrestado por agresión agravada, mientras Ignacio les reventaba las pelotas a los policías, que no lo macanearon, por las cámaras y porque conocían al hijo de puta que me acusaba. Además, sabían que todo lo que dijeran, sería usado en mi podcast. Por varias semanas fui una especie de héroe nacional, más de la mitad del país deseaba el gusto de golpear al chismoso. Se corrió un video montaje, que mostraba al gordo estrellando contra el cemento y de inmediato salía Ignacio, «que fue la pared», y de fondo una versión ranchera de "Tropecé de nuevo con la misma piedra". Mis seguidores en las redes aumentaron ridículamente y, lejos de agradarme, me sentía acosado por una masa que no podía ver.

**

El video era para mearse de la risa, lo titularon: "Contra la pared", fue visto miles de veces en las redes y el programa que le hacía la competencia al gordo, lo pasaba todos los días, lo hicieron parte de su introducción, lo que irritó a ese pedazo de mierda, al punto de la intransigencia. Eso presentó un problema para un arreglo en el cargo contra Chuck, el video dejaba claro que lo empujó y el otro pendejo no tuvo cuidado ante el temor del puño derecho de mi amigo levantado en señal de ataque.

Ese día, antes de ir a declarar, estuvieron un rato en la Alcaldía; la idea era repasar el testimonio y prepararlo un poco, fue la última vez que estuvo allí. Tomábamos café en mi oficina, poco antes de marcharse, Chuck fue al baño. Ignacio miró hacia el escritorio a su lado derecho y vio una foto de Isabelita, dijo algo acerca de lo hermosa que estaba, pero, no terminó. Su vista se detuvo en un expediente de color azul, que era parte de una pila de trabajo atrasado; lo miró por algunos segundos. Cambió la vista hacia la mesa al otro extremo de la oficina, en la que había más expedientes, todos del mismo color. Parecía que pensaba o analizaba, como cuando se está a punto de descifrar algo que se ha razonado por largo tiempo.

—No llegué al final, porque otro final me llegó. Y no es hasta ahora que me doy cuenta; era tan fácil... los colores. La clave es la secretaria, la magia ocurre en su escritorio, todo según el color del amigo. Sé que tiene ojos por doquier, póngale uno a la bonita y verá, recuerde que la mano puede ser más rápida que el ojo cuando no sabemos qué miramos.

Pensé que estaba metido en algo y no le presté atención a lo que me parecieron disparates. Me preocupé por el juicio, así de loco no sería muy útil su declaración. Chuck lo llevaría al Tribunal, le advertí que lo evaluara por el camino, si lo notaba con los mismos soplidos mentales, sería necesario cancelar.

Ignacio no guiaba desde el día del "accidente", le aterraba tocar un volante. Esa noche, cuando se llevaron a Chuck, me llamó muy apenado, estaba sentado en el Cobra y no podía moverlo. Le pedí a Paco que me llevara a buscarle.

De camino recordé su comentario acerca de mis "ojos". ¿Sería posible que supiera de las cámaras? Iñaqui estaba un poco soplado de la cabeza, pero, no tenía ni un pelo de pendejo.

—¿Cómo supiste de los "ojos por doquier"?

Sonrió como si esperara la pregunta y su respuesta estuvo adornada con su prosa de locura.

—Matemática básica, se suma y se restan los pasos hasta llegar al lugar "x"; según la ley de probabilidades, nadie puede estar tantas veces en los lugares precisos, podría causar un desbalance en el orden de las cosas.

Chuck durmió preso esa noche, el policía que lo recibió en el cuartel era amigo de Fuentes y retrasó los procesos. Iba a llamar a X, que era el abogado que todo acusado criminal necesitaba, pero, vio la noticia en vivo y, antes de que pasaran los créditos, ya iba de camino a rescatar a nuestro amigo.

«¡Culpable en todos los cargos!», casi gritó la juez y dio dos malletazos con la autoridad que le confería la toga y el asco que le profería el acusado. Al final el caso se resumió en dos testimonios contundentes; Ignacio explicó la investigación y subsanó la mayoría de las negligencias y accidentes intencionales de la fiscalía. El otro fue el de la víctima, que lo contó todo entre lágrimas constantes, pero clara y coherente. Cuando le tocó identificar a su atacante, bajó la cabeza y cerró los ojos, pensé que se desmoronaba, pero no fue así, levantó el rostro, estiró el brazo derecho y, sin titubear, su dedo índice apuntó a Fuentes directo al rostro; si la mano llega a estar cargada, le dejaba un hueco entre los ojos.

Pero, no podía ser tan sencillo, nada lo es; el destino siempre tiene esa habilidad de clavarte, ya sea a la entrada o la salida. Cuando la juez fijaba la fecha para el acto de Lectura de Sentencia, los abogados de la defensa solicitaron que se le dejara en libertad durante el proceso apelativo. Dada la naturaleza vil y peligrosa de los delitos cometidos, la solicitud era inusual. Pero, como la ilegalidad y la impunidad eran usuales cuando se trataba de mi partido, Wilnelia Vizcarrondo, no se opuso a la solicitud; no me extrañó que le echara una mano a la defensa. Wilnelia era más un *statement* de moda; que un modelo de profesionalismo. Su intelecto no llegaba más lejos de una revista de zapatos y maquillaje. Una prueba andante de que no se requería ser genio para ser abogado; tampoco para Secretario de Justicia, mi Partido se encargó de nombrar los alcahuetes políticos con las mentes más simples de la comunidad legal del país. Si no llego a aceptar la Gobernación en el 2019, el *statement* de moda hubiese gobernado. ¿Se imaginan las mil y una formas que hubiese torcido la ley, mientras ordenaba zapatos por Ebay? No, mejor no lo imaginen.

Recibí un mensaje de texto de Francisco, me pedía que fuera al Alcázar. Estaba cerca y me adelanté, debía ir al baño, además, tenía un periquito guardado en el escritorio y el cuerpo me pedía un poco. La Bóveda parecía vacía, supuse que el gordo venía de camino. Pasé el vestíbulo semioscuro y las puertas a toda prisa, para aprovechar el tiempo antes que llegara. Empujé la puerta de mi oficina, que estaba inusualmente entreabierta, encendí la luz, y cuando voy a abrir la consola donde estaba el polvillo, sentí la respiración y la presencia sentada al otro extremo.

—Bu…

El susto, el salto, la cara de pendejo que debí tener, vi en su expresión de burla, el placer que le provocó mi desconcierto.

—¡Hijo de puta! ¿Cómo entraste? No se supone que tengas llaves.

—Ya ves… no las necesito.

Un frío cargado de miedo me bajó del cuello al culo, *agarra la Walther,* fue el primer impulso. La gaveta en que la guardaba estaba un poco abierta, no la dejé así la última vez, siempre estaba cerrada; *me va a matar con mi pistola*, supuse.

—¿Qué te dije la última vez que entraste sin mi autorización?

—¿Qué me vas a matar? Saca tu pistolita y mátame, atrévete. Se necesitan los cojones bien puestos para tirar de un gatillo.

Debía asegurarme de que no la tenía, sin dejar de mirarle a los ojos y con el corazón a un ritmo de *heavy metal,* abrí la gaveta y luego el estuché, estaba allí, la agarré. "Sólo tiene que quitarle el seguro", me dijo Moya el día que me la entregó, y eso hice. Sabía que me arriesgaba a que sacara la suya y entrarnos a balazos, pero, se quedó inmóvil; ni pestañeó.

—Cuidado, Armandito, no te vayas a hacer daño, es lo que sucede cuando se empuña un arma sin tener las pelotas para utilizarla.

—¿A qué viniste?

—Pensabas que te deshacías de mí, pero, se te olvidó Wilnelia. Buena amiga de la vieja escuela. Era tan fácil hacer lo que te pedí.

—No puedes pretender…

—Todo lo que sucede es culpa tuya. El arresto de tu amigo esta tarde, la locura de Ignacio…

—¿Qué dices?

—Sólo tenías que detener la puta investigación. Si me hubieses escuchado, quién sabe, seguro que su mujercita andaría por ahí moviendo aquel culo tan bonito.

Le apunté, mi retorcida voz interior decía: *mátalo, mátalo.*

—Me enteré de que no era Ignacio cuando lo escuché por radio. Hoy me di cuenta de que no lo sabe; no se lo has dicho.

Seguía apuntándole, me temblaba la mano, esperaba que hiciera el movimiento de sacar su arma, para vaciarle la mía entera. Pero, el tipo tenía la sangre fría y los cojones de acero o estaba totalmente suicida.

—Fue idea de Espinoza enviar al reportero, le dijo que preguntar; sí que la tiene contra el loquito. Dispara, ¿No te da rabia? No tendrás otra oportunidad como esta.

La mano temblaba…

—Y, si la locura no lo mata antes, si lo llaman a testificar otra vez…

—No se te ocurra, hijo de puta.

—Sólo matándome lo detienes, pero te faltan bolas.

No bajé el arma, pero, sí la mirada.

—A eso me refiero —se puso de pie y camino hacia la salida—, cuídate la espalda, no estás tan seguro como crees.

Sostuve el arma hasta que salió y escuché la puerta, le apreté el botón del seguro y la devolví al estuche. Me sentí como un pendejo por no vaciarla en su cabeza. *No era el lugar, tendré otras oportunidades*, pensé para aplicarme algo de la hombría que me faltó. Lo que dijo de la marica de Espinoza y el seboso de Randy me latía en la mente, era un asunto de orgullo cobrarles por las consecuencias de sus actos. Una llamada a mi amigo Luis Miguel, y la Inteligencia Valverde se encargó de hurgar en la vida, milagros y, sobre todo, las cagadas de aquella llaga amarilla mal llamada reportero; qué muchas tenía, nos dimos el lujo de escoger.

14
El Rolex

Entré por el área de carga, llevaba un humor que ni yo podía tolerarme. Estaba diez minutos tarde para una cena con un arquitecto a quien conocía poco. Traté de pasar desapercibido, de cualquier esquina del vestíbulo solían aparecer plebeyos con mal aliento, que abrazaban sin permiso y tomaban fotos sin oportunidad de mirar a la cámara. Antes de bajar del vehículo, leí en el teléfono acerca de la renuncia del Presidente de la Comisión Estatal de Elecciones, a quien vincularon con la campaña de Egui, mientras fungía como juez electoral durante la elección 2016. "La democracia se hiere de muerte cuando se toca la santidad del voto" era una especia de mantra del Palomo, para situaciones como esa.

Cuando llegué, mi anfitrión (que tuvo millones en contratos durante los tiempos de mi padre) estaba sentado en el área cerrada para clientes especiales, sólo tres mesas ocupadas. Se levantó y me saludó efusivo, tenía un rostro común, de los que olvidas cuatro segundos después de conocerle. Unos setenta, tal vez, pelo y ojos oscuros, nada de canas, tan aputozado como mi padre. Sí me llamó la atención la brillosa colección de joyería cara, pero, no tan fina, que llevaba, estimé casi un lingote entero: cadenas y pendiente con su inicial, pulsera que hacía juego; espejuelos Mont Blanc, un Rolex de oro con el bisel forrado de diamantes; una extravagancia vulgar reservada para narcos y dandis.

Desde el comienzo de la conversación, me resultó bastante latosa su forma de hablar. Además, incrustó una pata en el bote de los errores, cuando con mucho orgullo, dijo que mi padre fue su gran amigo y confidente. Recordé al viejo mencionar su nombre alguna vez, pero nada más. No paraba de hablar, no podía entender como comía y bebía sin callarse. Era asquerosa la acumulación de residuos de comida en las comisuras de su boca. La noticia del juez, que se pasó la democracia por los cojones, ocupaba mi mente. No era un secreto que quien controlaba la Comisión Estatal de Elecciones, tenía el poder de manipular los comicios. Sin consultarle antes, Egui despidió los funcionarios nombrados por la Rémora y colocó su gente. Fue una declaración de guerra, que el Presidente de la Cámara no dejaría pasar sin pelear como sólo él sabía: sucio.

Con la segunda copa a la mitad, veía los labios del contratista moverse, pero no le prestaba atención. Seguía la noticia del juez que fue nombrado Presidente, como recompensa. Decían versiones extraoficiales, que la oposición roja, filtró copia de la conversación, en que el Juez recibía directrices el día de las elecciones, de altos funcionarios de la campaña de Egui; pero, todos sabían quién era la verdadera fuente. Fue un escándalo mayor que tocaba la fibra de la democracia y la justicia, el voto y la imparcialidad del Poder Judicial. Le dio un fuerte gancho a la mandíbula del Gobernador, que hasta ese momento parecía firme, sin importar los líos y errores cometidos.

Después de leer la noticia, le presté un poco de atención a mi anfitrión, pero, esperaba impaciente el momento oportuno para marcharme. Llegué allí por insistencia de Palomares, que lo conocía y dijo que debía escucharle. Era uno de esos tipejos labiosos, que después de media botella de vino, la cartera se le abría más rápido que las rodillas de una colegiala en el baile de graduación. «Soy un gran amigo del partido», decía mientras masticaba.

Ya andaba por mi cuarta copa de vino, y no podía escucharlo más. Le di las gracias por la invitación y la «buena conversación, cuento con usted» y me levanté para marcharme. Pero, me agarró del brazo, y me pidió que me quedara un minuto más; quería entregarme un "pequeño detalle", una caja que tenía bajo la mesa.

—Para usted, con mucha humildad —dijo sonriendo como hiena ante carroña.

Dentro había un Rolex, modelo *Submariner*, una edición especial con detalles dorados y una aleta de tiburón en la parte inferior de la masa, exactamente al lado del "*Swiss Made*".

—Sé que no le gustan las prendas de oro.

—No me gusta ninguna prenda. Sólo uso relojes porque soy obsesivo con el tiempo —le respondí con incomodidad y a punto de correr a la salida.

—Se que prefiere Omega, pero, me tomé el atrevimiento de hacerle un pedido especial y personalizado.

Agarré el reloj. Observé con detenimiento la aleta. *¿Quién se creyó este hijo de puta? ¿Acaso me tomó por cantante de hip-hop o proxeneta de mediana categoría?*, pensé. Me provocó tanta ira, que sentí que los ojos me estallarían, quise golpearlo con la botella en el medio de la mesa. Una aleta, pero sería idiota. De seguro hacer la modificación le costó unos cuantos miles de dólares. Había unos veintisiete mil aproximados en aquella cena: casi veinticinco en el brazalete para dandis, y el resto en dos botellas de Petruce cosecha del 95, y una comida de sabores tan exóticos que no entendí ninguno. *¿Será una trampa?* Recordé la "bandera roja" que me envió Guillermo hacía tiempo.

Le entregué la caja y le agradecí el gesto, en voz alta; si el muy cabrón me grababa, quería dejar claro el récord. Con un estúpido tono de entusiasta de "*self-help*", le dije.

—Adelante, póngaselo a ver cómo le queda.

Se quitó su Rolex Presidencial, que bien vendido alimentaría un pueblo completo, y se colocó el obsequio que devolví en nombre de la ética. Le digo con la madre de los cinismos:

—¡Caramba, que bien le va! Debería quedárselo; le exhorto a que lo conserve. ¿Sabe qué? No se lo quite en mi presencia; me honra.

Me levanté y extendí los brazos, como para abrazarlo. Cuando se acercó, con una mano atisbé su pecho para saber si cargaba algún micrófono, y con la otra, le agarré con fuerza por el cuello. «¡Qué hace!», logró decir, antes de que, con un susurro amenazante, le dijera que no se atreviera a insultarme otra vez, con bagatelas para cafres. Paco, interpuso su gran humanidad y sirvió de cortina a las otras mesas.

—Imbécil, los amigos de mi padre no necesitan recordármelo; los conozco. De ahora en adelante, cada vez que se reúna conmigo, utilizará la piececita ridícula esa. De seguro el suizo que la diseñó estará avergonzado toda la vida, por prostituir su arte con semejante mierda. Otra payasada como esta, y usted y sus negocios se acabaron. ¿Entendió? Ahora lo voy a soltar, y haga como que nada pasó.

Recordé la oreja de Rony, lo solté despacio y le sonreí con la hipocresía que caracteriza a los buenos políticos. Él estaba petrificado, le estreché la mano, y le pregunté con aire casual, quién le dio el dato acerca de mis gustos en relojería; imaginé que el lame suelas de Dobleletra, para congraciarse adjudicándose la autoría del regalo. Pero no, para mi sorpresa, fue Palomares.

—La última vez que nos vimos —dijo nervioso, todavía no se componía de mi exabrupto—. Fue quien me recomendó hablar con usted, quizás se equivocó.

No escuché nada de lo que habló antes, si de verdad Palomo lo envió, por algo relevante debía ser.

—¿Qué vino a decirme? Espero que sea importante o sus negocios con el municipio terminan hoy.

—Señor, mis negocios con el Municipio, terminaron hace años. Cuando me informaron que mis propuestas nunca competían con los precios de una compañía mexicana que lo acaparó todo. Aun así, Señor, siempre contribuí con lo que se requería y más, porque en realidad sí admiré y respeté a su padre y su legado siempre será importante. Con el aumento de las obras después del huracán, pensé por un momento que me otorgarían algún contrato nuevo, pero no fue así.

—¿Y me va a pedir que…

—No, para nada. Entendí que soy un viejo y me pareció que descansar no vendría mal, tengo suficiente para vivir mucho mejor que bien. Lo que vine a decirle y le diré, a pesar del atropello y su falta de respeto, que atribuyo a que vive bajo extrema presión, es que hace unas semanas, coincidí con Luis

Beltrán, otro de los contratistas. Fue de los últimos en llegar, no pertenecía al grupo que empezó en el '88. Después de unos *whiskys*, me contó de lo feliz que estaba con los nuevos contratos. Cuando le pregunté cómo podía competir, me dijo que nuestros viejos amigos se encargaban, sólo tenía que enviar las propuestas en expedientes de un color azul particular y dejar en blanco la cuantía; que cómo era posible que no me estuviese mojando con los millones de la recuperación, que lo regresaron a la gloria. Cuando se percató de que no estaba al tanto de lo que decía, titubeó por unos segundos y cambió el tema, a un BMW que ordenó a la fábrica directo.

—¿Hace mucho de esa conversación?

—Unas dos semanas, tal vez, pero eso no es todo, lo más importante viene ahora…

Se tomó todo el vino que le quedaba en la copa, respiró y continuó.

—Unos tres o cuatro días después, recibí una llamada de otro de los contratistas que empleaba su padre, y dijo estar muy molesto porque tampoco lo invitaron, y sabía de otro conocido que también entregaba sin cuantía y en carpetas de un color que no recordaba. Lo consideró un insulto el trato y, no me lo dijo en muchas palabras, pero, creo que se quejó con un amigo republicano Trumpista, que trabaja con quien otorga los fondos. Le sugiero que se ponga en vela.

—Me va a disculpar por mi atropello, hace mucho siento que me vigilan. Confiar es una especie de lujo, tan caro, que no me alcanza para regalármelo todo el tiempo.

Conversamos un rato más. Me disculpé otra vez antes de irme, le pedí el reloj de vuelta y le agradecí. Cuando lo miré bien, no se veía tan mal; la aleta le daba cierto aire aventurero. Camino al carro, recordaba las palabras de Ignacio y tenían mucho sentido, «la magia está en su escritorio…póngale uno de sus ojos encima». Recapitulé los eventos y era un caso claro del junte de hambruna, necesidad, inventiva y descaro.

Ignacio sospechaba de la treta de las carpetas de colores desde el cuatrienio pasado, cuando apenas comenzaban y las transacciones eran mínimas. Al llegar los fondos post huracán, se dispararon las compras y Doble vio su oportunidad de repartir billetes discretamente para él y sus viejos amigos. Busqué las grabaciones de la oficina de subastas, y, en menos de cuarenta y cinco minutos, entendí como lo hacían... La secretaria escribía las cuantías, con una especie de sello de goma, muy pequeño que parecía parte del documento original.

Deben tener presente que el energúmeno de la Casa Blanca, que aún no se recuperaba de mi "*remark*" acerca de sus hoteles, puso sobre mí algunas agencias investigativas, tenían órdenes expresas de ser incisivos e impertinentes, y encontrar el mínimo índice de juego sucio, para encerrarme en un "*shithole*" federal. Seguro esa era la razón de los mensajes de la bandera roja de Guillermo. Uno de los agentes que enviaron, tenía aspecto de matón y era un insolente irrespetuoso. "*Sharky*", se atrevió a llamarme durante una de las entrevistas y así lo bauticé. Un pendejo que traía la actitud beligerante del Presidente. Supe por Luis Miguel, que era un insubordinado, enviarlo a Puerto Rico fue un castigo de sus superiores, por eso llegó prepotente y sediento de exposición.

El uso de la bandera roja, como advertencia, fue mi idea. Cuando éramos adolescentes y Guillermo llegaba tarde, le dejaba un trapo rojo en portón, para que supiera que nuestro padre estaba y debía entrar por la ventana del cuarto, que le abría previamente. En aquel tiempo no sabía lo que hacía con su buen amigo, tampoco importó cuando supe. No me lo dijo, pero, es difícil de ocultar el amor entre adolescentes. Pablo lo notó después y el resto ya lo saben. Las noches de banderas rojas, siempre fueron una especie de misión especial, era mi deber protegerlo. Conocí esa sensación de enorgullecerse de uno mismo, al saber que lo cuidaba como él siempre me cuidó.

15

"Roxane"

Roxanne, la esposa de Dobleletra era una mujer sencilla, podía pasar por tonta, pero no lo era. Siempre pensé que era ella quien mandaba en la casa. Tenía un trasero enorme, para su cuerpo, pero atractivo a la vez; me causaba un morbo tipo porno, que traté de disimular, pero, creo que alguna vez ella lo notó; las drogas, ya saben… De conversación fluida y espontánea, nada similar al lambeculo de su marido; me agradaba hablar con ella, tenía algo ligeramente sensual en su estilo, una especie de chispa escondida, que se le escapaba al sentirse en la confianza que le daba la champaña. Llegué a pensar que Doble sabía lo que me provocaba Roxanne, y que su constante y rara costumbre de llevarla a ciertas actividades, establecer una conversación conmigo y luego dejarnos solos, con la excusa de que necesitaba resolver algo de trabajo, era una manera de agradarme ofreciendo su más preciada "posesión". Con los años me di cuenta de que, de ser así, ella no era parte de la farsa, nuestros ligeros intercambios me parecieron genuinos. En varias ocasiones fantaseé con llevarla a algún rincón oscuro, levantarle el traje elegante y besar, morder y acariciar aquella hectárea de piel.

Después del pitazo del contratista y de la vigilia a la secretaria, sabía que vendría un golpe. Era una nube que no necesitaba, una mancha en el récord perfecto que llevaba rumbo al retiro. Por eso, recogí la evidencia necesaria para armar un caso, documentos, videos y abrí un expediente de investigación confidencial. No me salía de los pliegues del prepucio, pedirle nada a Wilnelia Vizcarrondo ni hacerle fácil el trabajo al *agente "Sharky"* el agente renegado. Le envié una carta al Director del FBI en la isla y solicité una investigación, pero le pedí que dejara afuera al Renegado por parecerme impropia y poco profesional su conducta: "que no representaba las buenas maneras de tan digna institución." Cuando los Fedos vieron mi investigación, no necesitaron nada más para probar el caso. No pasaron tres semanas cuando llegaron los arrestos, que nunca son buena prensa, y las preguntas de algunos reporteros solían implicar al Alcalde: "Con la mala sangre que le tiene el Presidente de la nación Americana al Alcalde, ¿creen ustedes que de haber algo en su contra, no hubiese sido el primero arrestado?", era la respuesta de Zenaida.

Dobleletra Meléndez y Notre Dame Robles fueron arrestados por sobornos y mal uso de fondos. Oficiales del FBI vestidos como para combate, llegaron de madrugada. Puse a Doble sobre aviso el día antes, para que sacara a Roxanne y las niñas, no tenían por qué presenciar a su padre esposado y arrastrado por mastodontes. Esa importante pieza de información, el pago de su defensa, la hipoteca y una cuenta con fondos para el pago del colegio de sus niñas, fue lo que me costó su silencio. Declarar en contra de Robles y su secretaria, a quien convenció para delinquir, le redujo la sentencia a la mitad. También ofreció información de Fuentes, que aseguraba su ingreso al penal.

Meses después de que su esposo ocupara primeras planas, titulares y cientos de memes en las redes, recibí una visita de Roxanne. No sabía cómo sentirme ni cuál era su intención, después de todo, gracias a mí estaba preso su marido, aunque eso ella no lo sabía. Andaba en el edificio en un trámite de la liquidación, al menos eso dijo cuando pidió verme. Le fue mal a la familia de Doble, la presión que ejercieron los medios sobre ella fue inclemente y la vergüenza que provocó la mantuvo cabizbaja por mucho tiempo. Doble se encargó de inventarle un cuento acerca de la procedencia del dinero para la escuela de las niñas y el saldo de la hipoteca, que Roxanne nunca creyó. Por alguna razón, sabía que fui el responsable.

Ese día se veía particularmente guapa, el brillo en su mirada no parecía decir que la estuviese pasando mal. Vestía una falda ajustada, hasta las rodillas, fue la primera vez que me fije en sus sólidas pantorrillas. Llevaba una camisa elegante, blanca de mangas largas y botones al frente. Tuvimos una corta y extraña conversación. Me agradeció porque sabía que fui yo quien se encargó de todo. Pero, en especial por advertirle para que sacara las niñas de la casa. Dijo sentir la necesidad de cerrar ese capítulo de su vida, que para eso estaba allí. Me dejó de una pieza cuando se levantó y caminó hacia el escritorio, mientras se desabotonaba la camisa, "*y yo, que nunca tuve más religión que un cuerpo de mujer*", no puse resistencia. Me agarró las manos y las puso sobre sus senos, cubiertos por una fina capa de encajes blancos; luego me besó y sin más, me bajó el pantalón, mi pieza se endurecía sin remedio; se levantó la falda... «No tengo protección», le dije; «no importa, quiero sentirlo». Movió a un lado el otro pedazo de encaje que hacía juego, y se sentó sobre mí, nada de represión. Dejó escapar un suspiro largo y permaneció inmóvil por unos instantes. La agarré por lo glúteos y los apreté, se sentían mejor de lo que imaginé. Comenzó un sube y baja que no tardó en tomar intensidad, como si tuviera prisa, me estrujaba el pecho en la cara y se estremecía cuando chupaba sus pezones; sus caderas cada vez más frenéticas, casi me doblegan, algo que no podía permitir. Me levanté y sin despegarnos, la coloqué sobre el escritorio, se le escapó un grito que seguro se escuchó afuera, le cubrí la boca con mi mano y continúe el empuje. Me pidió al oído, que lo hiciera con más violencia, que necesita saber que la deseaba.

La agarré por la cintura para entrar con más fuerza, ella no dejaba de gemir y me pedía que continuara, ya en ese punto me importó una hostia que nos escucharan. Sin dejar de besarla la llevé al sofá, le quité la falda, la ropa interior y escondí el rostro entre sus suaves muslos. Cuando sentí las indiscutibles sacudidas que antecedían un estallido, levanté sus piernas, me hundí hasta el fondo, ella dejó los ojos blancos, ahora era yo el de los movimientos frenéticos. El choque de pelvis hacía que el sofá se moviera de su sitio. Cuando sintió que yo estaba por estallar, me agarró por los glúteos y me apretó, traté de continuar, pero al ver su rostro de éxtasis me detuve.

Permanecimos abrazados por algún rato, luego nos vestimos sin decir palabra. La luz blanca de la oficina no ocultaba nada. Parecía avergonzada mientras la observaba, como se mira un cuerpo desnudo, que se ha gozado por primera vez. Cuando se marchaba, la agarré y la besé; «esto no volverá pasar» dijo; «lo sé», contesté. Seguimos besándonos con tantas ganas que, por un momento, creí que nos clavaríamos nuevamente. Fue ella quien se detuvo, se besó los dedos, me tocó los labios y se fue.

Cabizbaja, casi corrió hacia el elevador. Por suerte, sólo Claribel estaba afuera, al menos nadie más escuchó. Cuando marcó el botón, sintió una rara sensación de satisfacción y vacío, que la acompañó hasta el día de su divorcio. Después de que el Juez dictó la sentencia, Roxanne se acercó a su ex, tal y como lo planeó, para confesarle, en pocas, pero intensas palabras lo que hicimos y cuánto lo gozó. Que el Tiburón, al quien tanto él odiaba, la hizo gozar como nunca creyó que podría, y en la oficina, en el mismo escritorio y el sofá, donde tantas veces "se burló de ti y te humilló". Cuando llegó el momento y sus labios, pintados de un rojo seducción, rozaban la oreja de su ex, le dijo: «Espero que te vaya bien, no te olvides de tus hijas»; no fue falta de valor, fue una profunda lástima al verle con ropa de prisionero y con menos orgullo del que nunca tuvo. Me lo dijo después de una intensa sesión, no pudimos evitar seguir viéndonos de forma ocasional. Era una buena persona.

Minutos después de que se fue Roxanne, llegó Karla, teníamos una reunión pospuesta repentinamente por Claribel, ante los ruidos extraños en la oficina. Se sentó y comenzó a hablar de la compra de no recuerdo bien qué hostias, y no pude evitar confesarle lo que acababa de ocurrir en toda la oficina, incluso el sofá donde estaba sentada. Con una risa sosa dijo:

—Me lo imaginé por su expresión cuando me crucé con ella camino al elevador. Sólo dime una cosa: ¿No estoy sentada donde anduvieron tus pelotas?

—Debo irme de aquí y quiero que seas tú quien me sustituya.

La confusión en su cara se podía leer.

—Ya lo hablé con Francisco y Palomares, Chuck también está dispuesto a ayudar, sus discursos son diamantes, ya lo sabes.

Era tarde de confesiones, Karla también habló, su relación seguía en reversa.

—Resuelve ese asunto, te necesito con la cabeza sana.

—¿Y Francisco, no lo consideraste?

—El Franco tiene deseos de largarse desde hace mucho. Piensa que si me deja solo la cagaré como nunca. Tal vez tenga razón.

—Tal vez…

—Es tiempo de buscarle sustituto, lo necesitarás. Puede que te acompañe unos meses, pero no más. Para que funcione, debo renunciar al menos un año antes y dejarte en la silla. No puedo garantizar que alguien te rete en primarias, pero haré lo posible para que no suceda. Nos más tarde de noviembre del 2019, anunciaré mi renuncia, pero, tu trabajo político empieza hoy.

—Sabes que me cago del susto de sólo imaginarlo. No creo tener eso que tienes tú, ese ojo quirúrgico para detectar hijos de puta.

***

Una noche, en una de las largas videollamadas con Lis, me quejaba de una novia posesiva y aguerrida, que tenía Eduardo, y disparó la pregunta:

— ¿Te molesta que regrese a Puerto Rico?

Creo que vio la respuesta en mi rostro, porque su sonrisa se expandió de esquina a esquina y me besó repetidas veces la pantalla de su tableta.

—¿Sucedió algo malo?

—Sí, que tú no estás aquí.

Me pareció la mejor de las razones y hablamos de fechas y procesos. Saber que regresaba, me tenía ridículamente feliz, no me agradaba sonreír tanto; siempre fue Armando el sonriente.

16

"POR EL AMOR DE UNA MUJER"

Para principios del mes de abril del 2019, renunció una funcionaria importante del Gabinete del Gobernador; la única decente que le quedaba. En su carta de dimisión, denunció malos manejos y la posible comisión de delitos por parte del Secretario de Hacienda. Entre otras cosas, le imputaba otorgar millones en contratos a las compañías de su hijo. Preocupado ante la posibilidad de una acusación, el Secretario aplicó la máxima del "que golpea primero...", convocó los medios principales y, sentado en la mesa de su lujosa oficina, frente a un cuadro de la última cena, con aquella cara de pendejo de cuatro millones de dólares, le dijo a las cámaras, que «dentro del Departamento de Hacienda, existe una mafia institucional» y alegó ser objeto de presiones y sobornos. Media hora más tarde, desencajado y tartamudo, Egui se defendía ante las cámaras: «¿Cómo, si sabe de una mafia, se lo dice a la prensa antes que a mí?». Lo despidió, le canceló los contratos al Junior y ordenó una investigación.

No se equivocó quien dijo *"con tiempo, los hijos podrían perdonar el asesinato de su padre; pero, jamás la apropiación de su patrimonio"*, Egui le costó millones al Junior, esa misma semana le declaró la guerra en un vulgar video, con la pesadez en la voz que dejan las Xanax mezcladas con ginebra barata: «Egui, mama pingas, mi familia no se toca...», y amenazó con destapar una «gran olla de corrupción». Sus amenazas y exabruptos de macho sin sexo o *"incel"* como decían las feministas, sólo consiguieron llamar la atención de las Autoridades.

Cuando era un piojete de apenas cuatro años, mi madre me marcó para mentir. Sin mi consentimiento, me anotó para el protagónico de una obra de teatro en la escuela, y me obligó a ensayar por horas las líneas y aquel insufrible baile del cierre. Dominé el pánico al público, me metí en el personaje, y desde el instante preciso en que terminó la primera función, supe que nunca podría bailar, pero, actuar se me daba natural. El nombre de la obra era *Pinocho*, y la memorable interpretación me encajonó en el rol del mentiroso. Verónica, una princesita de piel playera, hacía del Grillo, fue mi primera "novia" y ella lo sabía; a esa edad la mayoría de los noviazgos eran desconocidos para alguno de los involucrados. Recordaba claramente, cuando me dijo que su parte favorita era el baile, «¿te gusta?», preguntó. Por temor a que dejaran de mirarme sus ojos, «¡me encanta!», contesté y recibí, lo que en aquel momento me pareció la más hermosa sonrisa que ser alguno podía expresar. Fue mi primera mentira a consciencia y el resultado no pudo ser mejor. Nos "enamoramos" en pleno montaje y nos dábamos besitos en las mejillas, cuando nadie nos veía. Al ser el personaje principal, hoy día algún disidente, podría decir que fue mi primer caso de "acoso" laboral; además, el que fuese un evento más antiguo que la primera víctima de Bill Cosby, le daba la longevidad ideal para que la cacería de brujos que el *MeToo* llevaba en aquellos días, impusiera su guillotina moralista sobre de mi cabeza.

"Todo lo que necesitas es amor", pero, qué difícil resulta conseguirlo y, aún más, conservarlo. Cuántas locuras se cometían en la búsqueda de una piel afín, que nos hiciera sentir que pertenecíamos a algún lugar. Sospeché que algo pasó entré Francisco y Alejandra aquella vez que los vi abrazarse en el hospital; algo breve, sólo para llenar el vacío post divorcio de él y el susto de ella de perder a su padre, ya que seguía casada. En esos días, el mamarracho de su marido fue ascendido a Fiscal General del Departamento de Justicia. Nunca la culpé por necesitar el calor y las atenciones de mi amigo el panzón, ante la frialdad con la que se conducía el fantoche de su marido.

¿Cómo me ocultó algo así? Me enteré de la peor manera. Durante mayo del 2019, fui citado al Departamento de

Justicia, para discutir una información suministrada por Dobleletra después de su arresto. Pensaba que me reunía con los fiscales de la División de Integridad Pública, pero no fue así, me llevaron directo a la oficina del pimpollo de Alejandra. Después de unos minutos de su lamedura de culo habitual, le puse rostro de ajoro y fue al queso.

—Le dimos seguimiento a la información suministrada por Miguel Meléndez, y me topé con un elemento que me interesó y lo entrevisté. Su nombre es José Fuentes.

Sólo escuchar el nombre me provocaba un trinquete en los intestinos, que corría del culo a la garganta y de vuelta.

—¿Y qué cuenta?

Su contestación me inquietó, sabía que, contrario al Doble, Fuentes sí tenía mucho que quería decir.

—Puedes estar tranquilo, lo interrogué solo, no quería que información tan sensitiva quedase comprometida.

Según el príncipe encantador, no hizo falta presionar, Fuentes, en vez de retirarse o solicitar abogado, se tornó conversador y aceptó que, «tal vez algunas de las cosas que me imputan sean ciertas, pero, yo sólo era un peón». A cambio de una sentencia mínima, ofreció una compilación de todos los pecados del "Tiburón y su pandilla". «Una lista larga, señor Fiscal», sobornos, lavado de activos; posesión, uso habitual de narcóticos, «no funciona sin drogas» le dijo el muy saco de mierda.

—Es increíble, ratas como esa no temen en dañar reputaciones a la hora de defenderse.

—Le pregunté si tenía evidencia de lo que decía, afirmó tener de más, y, de la manera más vulgar, "para que vayamos entrando en confianza y vea que mi información es buena", me sopló una lastimosa pieza de información, que es la razón para que estés aquí.

Eso de tratarme de "tú", me supo a mierda, pero, necesitaba escuchar lo que sabía. Además de ofrecerme como carne para ahumar, la rata le sopló el chisme de la aventura "son amantes hace meses". Supuse que enloqueció y buscó, pero, al no tener ni una sucia multa de tránsito con que joder a Francisco, el fiscalito me tiraba en cara lo que creía tener en mi contra. Con una inusual confianza y la prepotencia típica de los fiscales, que daban por sentado una superioridad intelectual que solían carecer, tuvo la osadía de decirme que acabaría con la reputación y la paz de Francisco. Exigió reparaciones, sí, "repara-puta-ciones" por el daño emocional. De dónde hostias la Palomita sacaría semejante saco de bolas blandas y cómo carajos Palomo lo permitió, qué importa si ya era vieja al momento de decidirlo. ¿Dónde estaba el patriarcado cuando hacía falta?

Me resultaba abrumadoramente bonito, se veía el esfuerzo y la iconografía de la moda moderna en su ropa: traje azul royal, liviano y muy ajustado, corbata delgada; cejas perfectamente delineadas, y aquel peinado con cresta, que seguro le tomaba cuarenta y cinco minutos frente al espejo. Había cierta delicadeza femenina en sus gestos, estaba en unos cuarenta tempranos y parecía un adolescente; era el resultado típico de la deconstrucción masculina, un hombre de los nuevos, de los *púsiles* que no van a la guerra ni pelean al puño; que no miran fijo y prefieren apuñalar por la espalda o desprestigiarte, que es lo mismo.

Traté de sobornarle, pero no parecía interesado en dinero, no quería nada; ni siquiera un Ferrari F-40 acabado de comprar, parte de mi colección oculta; seguro pensó que bromeaba. Supuse que Fuentes le contó con cizaña y sin reparos en humillar, las peripecias del ramillete de cuernos que su esposa y mi amigo, le sembraban en la frente. Tan pronto terminó de interrogarlo, intervino el teléfono de ella… leyó los mensajes, observó con detenimiento los videos y las fotos desnuda que Alejandra enviaba: mucho más de lo que su frágil carácter podía soportar.

Me ofreció una colaboración conjunta. Él se encargaba de Fuentes y su lengua, yo de Francisco y su verga. Hablaba como loco, una monserga incoherente, quería fabricarle un caso criminal. Quise abrirle la barriga y colgarlo del techo con sus tripas, pero, si podía sacar a Fuentes del juego, sin recurrir a los mexicanos, merecía que le tomara en consideración.

Fredy Bigotes, decía que "*si quieres volverte sabio, antes tienes que escuchar a los perros salvajes en tu sótano*", aunque este se me asemejaba más a un gato imprudente que meaba lejos de su tiesto.

Acepté lo que fuese que proponía, necesitaba salir de Fuentes… aunque significara alejar a Francisco de la Alcaldía. Pero, le pedí tiempo para hacerlo, al menos hasta el final del verano del año siguiente, teníamos asuntos importantes que liquidar antes. Además, le aclaré mis términos.

—Nada de cárcel ni humillaciones mayores, lo despediré por desconfianza, aunque me cueste la amistad de toda la vida. Me aseguraré de que ninguno de los bufetes que hace negocios conmigo lo contrate, no puedo garantizar que su tío no lo haga. Me parece suficiente, el resto te toca a ti. Pendiente a su próxima pareja, pagar con la misma leche lleva al verdadero desquite.

—Suave, Alcalde, que mi nobleza no es tanta…

—¿Suave, dijiste? Pero, con quién carajos te crees que hablas, pendejo. Anda al baño y encájate la nobleza en la roseta de atrás. ¿Se te subió el puesto que te conseguí? Que me convenció tu suegro, porque siempre me diste pinta de mamón. Francisco no pudo ser más idiota y pagará sus consecuencias, pero, no te confundas, la única razón para no acabarte en este instante, es porque nuestros intereses van en línea. Ahora ve a hacer tu parte que yo haré la mía.

Cuando se levantó para acompañarme a la puerta le dije:

—Otra cosa —y le hablé muy cerca, mientras le "arreglaba" su corbata—, no vuelvas a tratarme de "tú", no se te ocurra. No la cagues ni me hinches los cojones y, quién sabe, tal vez te permita llegar lejos. Eso sí, trata de hacerte invisible —y apreté el nudo hasta que no dio más—, detesto los mamones.

Al llegar a la Alcaldía, fui directo a la oficina de Francisco, cerré la puerta y me senté. Lo miré por varios segundos y respiré profundo.

—Entonces, te estás limpiando a la Primera Dama de la Procuraduría General y te lo tenías de lo más guardadito.

—No sé de qué me hablas…

—No me jodas, Franco, estamos viejos para andar cogiéndonos de pendejos. Acabo de recibir un ultimátum del Fiscal General, esposo de tu amante; para que te corte la cabeza. Ante la negativa, me amenazó con Fuentes y sus venenos.

Bajó la cabeza, suspiró. Se llevó las manos a la cara, se frotó las sienes y, con angustia en la mirada:

—Debí decírtelo, no lo hice por ella. Te conozco y no quería escuchar tus malas opiniones de su reputación.

—Pues las escucharás de todas maneras, porque gracias a ti, tu "hermano de leche", me tiene agarradas las pelotas con un alicate de presión.

—Lo siento…

—¡Al carajo con lo que sientes! No creo tener la legitimización para sermonearte, pero, no te podías ir a otro lugar a enfriar tu bellaquera; tantas putas en el mundo y te enganchas con la hija del tipo que ha sido un padre para ambos, gracias a él estamos aquí. Cómo carajos no me percaté, cuando era tan evidente; es la desventaja de la confianza, el riesgo que asumimos…

Durante los años, con el cuento de que viajaba a ver a sus hijos, las veces que me falló, no me importaron, porque necesitaba verlos, estar presente en sus vidas y sólo eso podía ser más importante que el Municipio.

—Le dije mentirosa a tu ex cuñada, cuando te acusó de ser un padre ausente y un cheque irregular. Entonces, la amiga con la que te encontrabas, resultó ser Alejandra una loca que no piensa. Sabes que se llevó a la cama a la mayoría de tus amigos de la adolescencia. X era su polvo favorito. Posiblemente fuiste el único pendejo a quien nunca le prestó atención.

—Armando, en realidad la quiero y lamento que no nos encontráramos antes en la vida. Pero, este fue el tiempo que nos tocó. Estoy loco por ella y no te permito que…

Sí que lo estaba, tenía ese brillo en la mirada, que sólo tienen los locos y los enamorados, justo antes de que les rajen el corazón. Pero, *"por el amor de una mujer te rompes el culo sin saber que eres tú quien te lo rompe"*.

Era la primera vez que me enfrentaba, con mirada de desafío; era la primera vez que le veía enfrentar a cualquiera, supuse que, para alguien como él, requería de un verdadero esfuerzo. Me retorcía los cojones que todo lo que lamentara fuese "no encontrarla antes", aun así, traté de ser mejor persona y decidí pasar la página. La vida amorosa de Franco, siempre fue fría; quizás, esa desajustada era lo que necesitaba.

—Discúlpame… No pasa nada, es sólo que me agarró con los pantalones abajo; me debía su trabajo, ahora le debo mi libertad. No lo vi venir, pero lo resolví; lo hecho, ya no es tal vez. Ya no tienen que andar a escondidas. El tipo tiene el odio a flor de cornamenta, mejor que el Palomo se entere por ti. Si de verdad la quieres y es toda esa mierda cursi que dices, váyanse juntos hasta que se les pase. Si no se les pasa, pues… caíste otra vez; ya sabíamos que eres muy pendejo para una vida de aventura; tal vez, sea tiempo de adelantar tu retiro, Karla puede tomar el lugar; piénsalo.

Dada su nueva realidad, tal vez, lo mejor era que se marchara.

—En lo que eso sucede, necesito sacarme al fiscalito de encima, ayúdame a encontrar cómo neutralizarlo. No te digo que le preguntes a Alejandra, pero, pregúntale… su calentura habitual nos puso aquí. Si no consigues nada, tendré que acudir a la magia mexicana.

—¿Cómo lograste calmarlo?

Tardó demasiado en preguntar y no supe que responder.

—¿Qué dices?

—¿Que cómo lo calmaste?

—Ya me conoces, primero lo mandé al carajo, después le arrojé en la cara el puesto que le conseguí, le recomendé terapia para manejar su odio y, para cerrar, le dije que la dejara libre, que un pimpollón como él, merecía una mujeraza que lo hiciera sentir hombre, y no un cohete quemado e infiel, como Alejandra. No pareció encantarle —a Francisco tampoco—, pero, igual sólo le quedó callar.

Con el tiempo, continué tan mentiroso como el muñeco de madera y aprendí que la mejor mentira se construye sobre una sólida base de verdad. Mi padre sabía de mis tendencias, hacía falta uno para identificar a otro. Francisco se convirtió en el Grillo, en mi conciencia y conocedor de casi todas mis mentiras. Nunca le mentí, hasta ese momento. "Nunca" es una palabra demasiado concluyente, jamás hubiese traicionado a Francisco, pero, tampoco podía decirle que negociaba, que ofrecí su cabeza para salvar la mía. Jamás imaginé que, al final, ilusionar con mentiras el odio de un mamón celoso, me saldría tan caro. Sí que son caros los tipos celosos, Chuck también se topó con uno.

17

En el abrir y cerrar de un chat

El Fiscalito cumplió su parte de nuestro acuerdo, en junio Fuentes fue arrestado frente a su casa, al pleno sol de la tarde, nada de avisos ni citas; lo esposaron y se lo llevaron derecho a la celda. Lo sobrecargó con cargos y consiguió dejar sin efecto la fianza de la apelación, al final del día dormía tras barrotes. Cuando le permitieron usar el teléfono, me marcó, no contesté. Dejó un mensaje, en el que me exigía abogado. El muy masca bolsas, insinuó que, de no cumplirle, lo obligaba a negociar su salida de otra manera.

Le envié a mi amigo X, que ya para esos días era mi abogado de confianza para casi todo. Averiguó que Fuentes pidió inmunidad a cambio de todos los políticos de los que sabía. En honor al privilegio del abogado y su cliente, X me contó que el fiscalito exprimió a la rata, y entre muchas cosas le contó de MoneyMan, las trasferencias de mis inversiones locales y el movimiento de dinero de campaña. Aunque, nada de lo que dijo era prueba para encausarme, servía de base para encontrar otra evidencia que sí lo fuese.

De niño, mis padres me inculcaron la discreción, era un requisito tan importante como las buenas calificaciones y sonreír para las fotos. Aunque durante la adolescencia y medio adultez, no cuidé mucho mi imagen de las fiestas y las faldas, los asuntos profesionales siempre los manejé con la discreción y el temple requerido. Lo de Francisco me pegó fuerte, porque no fue una mera indiscreción, se trató de todo un curso de mentiras torpes y mal planeadas. Chuck repetía siempre que «en un mundo de delincuentes, el verdadero delito es dejarse atrapar», Franco se dejó atrapar y las consecuencias operaban en mi contra.

Por suerte, el arresto de Fuentes pasó desapercibido (como la muerte de Farah Fawcett el mismo día que Michael Jackson), porque coincidió con el escándalo que derrumbaría la Administración Rexach. Emilio Rosas, nuestro escudo de teflón en la Fiscalía Federal, fue destituido por acoso y falta de integridad: dejamos de ser intocables. Donald Trump nombró un fiscal americano, sin vínculos a la política local, que de inmediato le conectó un gancho al mentón de la Administración Rexach. El FBI arrestó dos funcionarias, ambas rubias, entre ellas la gringa guapa que me vendió las escuelas. Es importante entender que, hasta ese momento, pese a la recurrencia de cagadas, Egui era el candidato a la reelección y nadie dudaba que ganaría. Todo eso cambió en el abrir y cerrar de un chat.

La trampa principal de la tecnología de las comunicaciones en el Gobierno, era el poco contacto humano, no era necesario coincidir ni verse a la cara. Todo era *emails* y mensajes de texto en teléfonos inteligentes, que dejaban al descubierto la imbecilidad de sus usuarios. Nadie le dijo a Egui que, en asuntos de liderato, nada sustituía la presencia; podía detectar mentiras con un apretón de manos y una mirada. Pero, en su afán por la inmediatez de lo moderno, Egui y su círculo cercano de asesores, trasladaron sus conversaciones privadas, en las que decían improperios que no eran para el consumo público, a una plataforma tipo chat, que garantizaba ser segura. Ese era el otro mal rollo del asunto, lo que pasaba en los chats, no se quedaba en los chats. Existía una nueva arma de destrucción masiva, conocida como "tiros de pantalla"; si los nazis los hubiesen tenido, hoy el mundo hablaría nazi y África sería un enorme campo de concentración. Casi simultáneo a los arrestos, el Junior y su padre, enviaron a varios reporteros de tabloides y programas de chismes, cientos de "tomas de pantalla" del chat del Gober y sus colaboradores. Atemorizados por una acusación, abrieron aquella caja de hostias, culos y calambres, que cambió el curso del país.

Los primeros días, el *schadenfreude* del populacho al ver a la gringa arrestada, diluyó la noticia del chat. Pero, la semana siguiente, cuando los delicados y obsesos de la corrección política, se percataron del contenido, se rajó la tierra y se desató el apocalipsis. Comentarios despectivos para todos los grupos intocables: LGBTT, feministas, mórbidos, impedidos; todos los sobreprotegidos por la fragilidad posmoderna, estaban "bien" representados en el chat de Egui. Era inexplicable, cómo el pueblo soportó con estoicismo los despidos, la mala distribución de los suministros, la falta de energía, todo; pero, no pudieron manejar aquellas conversaciones imbéciles e inconsecuentes. Que, contenían llamar puta a una concejal de Nueva York, un comentario homófobo acerca de la paternidad de Ricky Martin, le llamaron *soft-porn* a un concurso de belleza y hasta se burló de la obesidad mórbida de un fanático, a quien Egui luego le pidió perdón, para suavizar, pero de nada sirvió.

Sin tener idea de cómo manejar aquel torbellino de mierda que se desarrollaba a su alrededor, para apaciguar los gritos, Rexach pidió disculpas al país y despidió a todos sus compañeros de conversación, entre ellos el Secretario de Estado que, aunque su participación era mínima, se fue aliviado. Eso no fue suficiente para calmar las voces de la izquierda extrema. Cuando entraron los artistas y los medios, todo se salió de proporción. Debo decir, que los comentarios más sagaces y acertados de Egui en su breve estadía en la casa del Gobernador, fueron algunos que leí en el Chat. Si alguna de mis conversaciones privadas con mis amigos se llega a filtrar, Egui y sus mamporreros, eran monaguillos en la sacristía, en espera de que el cura les hundiera una vela en las nalgas. Se tenía que ser demasiado pendejo para escribirlas. Por casi dos semanas, después del mediodía, miles de personas se apostaron frente a la Fortaleza, con una consigna común: "Egui, renuncia".

18

La implosión del '19

El país se detuvo, la prensa le dio cobertura completa y la atención del populacho estaba en las protestas que, todos los días, terminaban con vandalismo y enfrentamientos contra la Policía. La diarrea mediática caía sobre enormes aspas en movimiento, y salpicaba para todas partes. Las reacciones me parecieron exageradas, en especial las de los otros políticos, el verdadero boicot debía ser a la hipocresía. La izquierda me criticó por no apoyar a los manifestantes. Que me fui con los comerciantes, decían, y así fue. Nunca pude entender la filosofía detrás de los destrozos, cómo, en honor a la libertad, rompían y quemaban el país que alegaban amar. Fue difícil todas las mañanas teníamos que pintar las paredes, reemplazar cristales y limpiar destrozos.

A Chuck le causó sorpresa ver al pueblo volcarse, «nunca pensé que hubiese la voluntad de hacer algo así, es como una Primavera Boricua, al final del verano». La última vez que vimos algo similar, fue cuando el otro Rexach era Gobernador, el Pueblo marchó para expulsar la Marina gringa de isla de Vieques. Cuando el estatus político del país no estaba en controversia, la gente podía mirar al mismo lugar y alcanzar un propósito común. Fue una forma de válvula de escape; demasiadas carencias y dolores acumulados en muy poco tiempo…

Quizás el huracán, la oscuridad y la miseria, ayudaron a tallar la rabia de los más jóvenes. Posiblemente una tercera parte de los que marchaban no tenían edad para votar, y otra tercera parte, que la tenían, nunca votaban. Era *cool* para las redes transmitir desde el medio de la "Revolución del 19". Si aquella marejada de personas entraba a la Fortaleza, seguro que linchaban a Egui, igual que a Gadafi en Libia. Se podían ver los rostros de ira y venganza, de los pocos que no llevaban capucha. Jugando al Che Guevara boricua, la ridícula de Mena, casi les rogaba que fueran a Carolina, porque allí podrían romper sin ser arrestados, todo con tal de estar en mismísimo tiro de luz mediática.

Rexach fue atacado por todos, incluyendo los políticos de nuestro partido y renunció a la Presidencia de la colectividad. Rémora la asumió por voz de todos, y vio la oportunidad de llegar a La Fortaleza, por carambolas y sin pasar por las urnas. Comenzó a torcer brazos, quebrar rodillas, y le exigió a Egui que lo nombrara como Secretario de Estado, porque si no nombraba alguno antes de irse, la Gobernación iría a manos de Wilnelia Vizcarrondo; si ese era el resultado de la Revolución del 19, era absurdo saldríamos de lo terrible a lo nefasto.

Como Rexach no acababa de nombrarle, la Rémora se encargó de mover su gente, para meterle más combustible a la hoguera y desatar un pequeño "golpe de estado". Utilizó la sensibilidad de la sociedad, en especial de los jóvenes *wokistas*, y nuestra izquierda de "*champagne* y caviar", que eran los más fáciles para manipular; jamás lo hubiese logrado sin ellos, tenían los recursos y tiempo para perder en protestas. El Duque Harry accedió al llamado de la Rémora, aglutinó un contingente de miles de motorizados, que, con el cuento de que le hacían un servicio a la democracia y la revolución, roncaban de guapos y se desplazaban todas las noches a través de la ciudad vieja. La horda motorizada, se sentía como "la caballería" que desbalanceaba la pelea. Asustaba ver tantas motoras a la vez, las calles retumbaban y temí lo peor, la ciudad medieval no estaba preparada para eso, pero, quién carajos detenía aquella invasión de acero y luces.

La turba mediática, que controlaba el mensaje de aquellos días, exigía que todas las figuras públicas del país condenaran y exigieran la renuncia de Egui. Algo que me negué a hacer, ya que, no me parecía necesaria su renuncia; era un imbécil, que no merecía el aire que respiraba, pero, eso no era razón para dimitir. Del chat aparecer en agosto, con los estudiantes en las escuelas y maestros trabajando, las marchas se reducían a la mitad, Egui hubiese permanecido en la silla, y quién sabe si hasta reelecto fue un asunto de mal *timing*.

Después de tres noches de destrozos, quejas de los residentes, piedras y botellas que se colaban por sus balcones y ventanas; viejos y niños asfixiados por los gases lacrimógenos y el humo de los zafacones incendiados, y el comercio a punto del colapso, decidí intervenir. No para denunciar al Gobernador, como se me exigía, sino para defender los derechos de los que eran en realidad vulnerables. A las dos de la tarde, del día siguiente, cuando comenzaba la aglomeración de gente, soltamos el video en todas las emisoras locales y sus medios digitales.

«El Municipio de San Juan garantizará el derecho de todos a expresarse, según la Constitución de nuestro país. Pero, de igual forma, garantizaremos los derechos a la vida y propiedad de los residentes. No toleraremos el vandalismo ni el pillaje ni que se derrumben pedazos de historia cada noche. La Policía de San Juan intervendrá cuando actos criminales se cometan contra la propiedad pública y privada, y contra la integridad física de cualquier persona que transite por la ciudad. A partir de las 12 de la noche, comienza un toque de queda en la Ciudad Vieja y arrestaremos a todo el que viole esta orden».

Durante la conferencia de prensa, un periodista de agenda zurda, que solía ser muy impertinente, me preguntó:

—¿Y cómo sabrá la Policía quiénes son o no manifestantes?.

—Sencillo, los residentes y los turistas no llevan las caras cubiertas ni se visten para combate urbano.

Luego me comparó con la Alcaldesa de Carolina, que prohibió a su Policía intervenir en las protestas, aunque se cometieran delitos en su presencia. Me preguntó que, si prefería la corrupción y el hambre, a unos cuántos cristales rotos.

—¿Usted va a cubrir las protestas en la noche? —le pregunté seco y mirándolo fijo.

Sorprendido y con algún recelo contestó que sí.

—Pues, para que no camine mucho, voy a permitir que estacione su vehículo frente a la Alcaldía, la Policía le dará el acceso.

Hizo una expresión de desagrado y movió ligeramente la cabeza, para rechazarlo.

—¡Ah, que no lo quiere dice! Seguro vio como sus amigos encapuchados, destrozan a palo y piedras los vehículos dejados en esa área; incluyendo los de la Prensa. Ustedes ven —me dirigí al resto—, así son los promotores del vandalismo: Cuando el vándalo rompe propiedad de otro, lo llaman guerrero y gritan Justicia Social; pero, cuando el mismo individuo, les cuesta dinero, lo acusan de delincuente y gritan: ¡Policía!

En la noche, podía escuchar los gritos y abucheos de la multitud molesta con mi mensaje, que se aglomeraba frente a la Alcaldía y el Departamento de Estado. Pobres diablos, se acomodaban en una trampa. Mi fuerza de choque fue adiestrada para romper motines, desde aquella mala experiencia del primero de mayo de 2017. No veían los policías apostados en los tejados, con rifles cargados de balas de goma; a la primera piedra que pasara una ventana o mozalbete que tocara la estructura, un infierno vestido de azul les caería encima.

Fue una joven encapuchada quien lanzó aquella botella que sonó contra el cristal antibalas de mi oficina. No pasó ni un segundo del impacto al cristal, cuando el franco tirador la agarró en un hombro, el cuerpo cayó y los gritos casi superaban el resto de las voces. Me causó mucha lástima que fuese una chica, pero, de eso se trataba la igualdad, de que las mujeres alcanzaran los primeros lugares en todo. «Perros hijos de puta» dijo otro que lanzaba un trozo de adoquín, la bala sonó seca en su pecho. De inmediato, de los laterales de la Alcaldía, y de varios de los edificios de la cuadra, salieron policías tamaño gorilas, vestidos para golpear y en menos de lo que dura un *round* de boxeo, bloquearon las cuatro calles que permitían la huida de los manifestantes. Se les advirtió por el megáfono, que debían desalojar con orden, pero, no parecieron entender. Al segundo aviso, entre piedras y artefactos que volaban, pasó un misil de gas lacrimógeno y luego dos más, era la forma de repartir macanazos sin que las cámaras lo captaran; aunque la prensa estaba toda frente a La Fortaleza.

Observé desde mi ventana, entre humos, como mis muchachos partían cabezas y pateaban todos los culos que le pasaban de frente. Después de unos diez minutos de puro palo, ordené por la radio que abrieran una de las calles para el desalojo. Mientras, en la esquina bautizada como Resistencia, los policías estatales se les fue la masa de las manos y tuvimos que rescatarles de un seguro linchamiento.

Tal vez fue Cabral el que dijo: "Ateos hasta que empieza a caer el avión". Yo decía: "Radicales, hasta que les quiebran el parabrisas". Para probar la premisa y divertirme, con las cámaras de seguridad del Municipio, le dimos seguimiento al periodista zurdo y a muchos de los manifestantes más violentos, que se marchaban tarde de la Ciudad Vieja; los seguimos hasta sus automóviles y anotamos los modelos y tablillas. Le pedí a Taíno tres de sus hombres más herméticos. Durante varios días, se encargaron de romper todos los cristales de los vehículos identificados. La mayoría no regresó, los pocos que sí lo hicieron, traían los ánimos tan quebrados como sus vidrios; el experimento mermó sus espíritus. Cuando la prensa lo cubrió, responsabilizó a "manifestantes sin orden ni integridad".

Con la intervención de mi Policía Municipal, no detuvimos del todo la violencia ni el vandalismo, pero, la bajamos considerablemente. *La anarquía llega hasta donde el Gobierno le permitía*. Con nuestro apoyo y nuestro plan, desalojamos las calles y neutralizamos los vándalos terroristas, sin que tuviesen oportunidad de quemar ni romper. Francisco no estaba feliz con mi curso de acción, sentía simpatía por los manifestantes y sus causas, que no necesariamente se trataban del Gobernador. Agobiado por el acoso que recibía de la prensa y la mafia *wokista,* que tanto defendía, en varias ocasiones, me pidió que me disculpara y le exigiera a Egui la renuncia.

—¿Por qué no lo dices públicamente, que entiendes que debe renunciar y te los sacas de encima?

—Porque no creo que deba renunciar, es el más inútil de todos los que han ocupado la silla, pero, *"eso no es razón para matar al bembón"*. Si el pueblo no lo quiere, que lo saquen en las elecciones.

—¡Ganará por matemática electoral!

—¡Pues que gane, se llama Democracia! Que sea lo que diga el pueblo y no una turba de niños inconformes. Si el resto de los pendejos del Partido quiere patearlo en el suelo, que lo hagan ellos. ¿Qué carajos te pasa, se te encogieron los cojones? ¡No voy a disculparme!

—Ale está preocupada, no deja de joder con el peligro de estar aquí encerrado y más con los comentarios en las redes.

—Santo cielo, de verdad se te encogieron.

—En algún punto tendrás que decir algo y disculparte.

—Si tengo que pedir disculpas, será por la falta de pelotas de mi mano derecha; es como si el espíritu se te hubiese escapado culo afuera como un pedo.

Comenzaba a saberme a mierda que me tratara de tú frente a los demás, no se lo mencioné porque pensé que era un asunto de vanidad y no quería que ese tipo de nimiedades lacerara más nuestra amistad. No sabía si era manipulado por la demente de los Palomares, o simplemente le salía, el pusilánime y falto de espíritu, que llevaba escondido por dentro y del que se quejaba Chuck. Esa misma noche del 24 de julio, dos semanas después de la primera pedrada, Egui anunció su renuncia y el grito colectivo se escuchó más allá de la luna; pobres diablos.

Claudia me escribió esa noche "¿vivo?", no estaba para textos y, aunque pensé que no contestaría, le marqué una video llamada. Cuando la vi, casi se me cae el teléfono, no supe que decir, me temblaba la mano y pude ver mi cara de pendejo en el recuadro. Ella se compadeció.

—Hace unos días la tía de Chile me envió un video, aún no lo veo, pero, ella emocionada cuenta que adviertes que protegerás a los "débiles". Sigue igual de enamorada de ti, pero, ya sabes, para mí.

—Debes hacerle caso, esas chilenas suelen ser sabias.

No sé cómo podía, pero detectó mi "malestar". Le conté lo que me pasaba con Francisco, de su relación con Alejandra y la reacción del Pimpollo, dejé a Fuentes y el chantaje fuera, el exceso de verdad no funcionaba con ella. Su silencio no fue lo que esperaba, la tardía respuesta tampoco.

—Están hechos de materiales distintos. ¿Recuerda la vez que Chuck, molesto por no sé qué, te dijo que el espíritu que te sobraba, le faltaba a Franquito?

Lo recordaba perfectamente, pasé por alto responderle y cambié de tema.

—¿Y se puede saber qué hacías tan importante que no viste el video?

—Nada en particular, mucho trabajo —dijo tan tranquila y fría que no lo soporté e inventé una excusa para terminar la llamada.

19

De la Alcaldía a la Fortaleza,
un paso es…

No lo vi venir, estaba inmerso en reparar el cagadero de destrozos que dejó la Implosión del Verano, que atrasó momentáneamente, mi retiro perfecto. El 31 de julio, recibí la llamada de la línea privada del Gobernador. Egui "el oculto", trataba de contactarme, no sabía si sentirme honrado o cagarme del susto. Él mismo llamaba, no su secretaria; dijo que necesitaba hablarme "con premura". ¿Qué podrá querer? Porque siempre quieren algo. Seguramente buscaba apoyo político, no le quedaba ninguno. Con qué tipo de lambedero de culos vendría, que asombrosa excusa ofrecería después de dos años de tirantez y desconexión. Pensé rechazarle, pero, escucharle tartamudear una disculpa, sin importar lo que pidiera después, era demasiado divertido. Además, independientemente de quién era, el Gobernador del país me convocaba y como hombre de Estado, no debía negarme. «¿Y si te llama para que seas su sucesor?» comentó Francisco. Me reí pensando que era una idiotez, pero, de camino fue todo lo que ocupó mi mente, eso y mi retiro imposible.

Después de anunciar su renuncia, ante los reclamos de los mismos pendejos que se adjudicaban hacerle renunciar, Egui escogió a Carlos Danglada, como su sucesor y lo nombró a la Secretaría de Estado. El Senado lo aprobó, en la Cámara, la Rémora, que días antes se veía entrando a la gobernación por la cocina, cayó es un estado de *shock* y extrema estupidez, y se negó a celebrar la vista, aunque sabía que Danglada tenía los votos para ser confirmado.

El problema era que, ante la ausencia de Secretario de Estado, según el orden de sucesión, sería la Secretaria de

Justicia, Wilnelia Vizcarrondo, la que subía a la Gobernación. Nadie en el país la quería, ni siquiera la Rémora, la trayectoria de tres décadas de incompetencia sumada a su inacción y costumbre de hacerse de la vista larga para encubrir actos de corrupción, la hacían peor candidata que el mismo Rexach, que era sólo un pendejo sin experiencia.

Aún con la falta de aprobación de la Cámara, Danglada aseguró a la prensa que, tan pronto venciera el término para la renuncia del Gobernador, haría la juramentación correspondiente, y disparaba una teoría que parecía sacada de una caja de cereal. Rémora, desde su silla en el hemiciclo, en un innecesario y desmesurado ataque contra un compañero Progresista, le advirtió que lo impugnaría ante el Tribunal Supremo. La respuesta de Rémora ante la negativa de Egui de convertirle en Gobernador, fue castigar al país con una Administración de la Vizcarrondo. Pensó que sería fácil hacerla renunciar una vez ocupara el puesto, pero, todos sabíamos que una víbora como aquella, no dejaría pasar un atraco de poder así. En ese proceso de descalificar a un penepé aceptado por la base del Partido, Rémora, se hirió de gravedad. Sin la aprobación de la Cámara el nombramiento no llegaba a ninguna parte, Egui lo sabía y lo retiró, para evitar una batalla ante el Supremo, que desgastaría más al país. Fue inverosímil aquella preocupación por el bien del país, en sus últimos momentos.

Al llegar a La Fortaleza, me atacaron con cámaras, micrófonos y preguntas de una prensa que trataba de quebrar el hermetismo de la mansión ejecutiva; todos querían saber si el Gobernador retiraría su renuncia o intentaría otro nombramiento. Como solía pasar, guardar silencio implicaba apoyo o complicidad, para los chillones de las redes, seguían con lo de que tomara postura. Mi posición era que se podían largar todos al carajo, estaba a punto de retirarme, no pensaba meterme. No estaba de acuerdo con la acción de Rémora, pero, fue una batalla que decidí no dar, aun con el peligro de que Wilnelia llegara a la silla. Ya saboreaba los placeres del retiro ni siquiera una nefasta gobernación de Vizcarrondo me quitaría el foco de mi objetivo.

Ya dentro, una de las escoltas de Rexach se acercó con la intención de registrarme.

—Si me tocas, vas a pasar los años que te faltan limpiando inodoros. Si el Gobernador tiene problemas con eso, que vaya él a mi oficina.

La cara del escolta adquirió características camaleónicas, cambió en varias tonalidades de pálido. Di la media vuelta para marcharme y escuché aquella voz ligera, y casi juvenil.

—Tranquilo, Henry. El Alcalde Quiñones es mi invitado y no tiene que ser sometido a semejantes inconvenientes. Adelante, Señor Alcalde, discúlpelo, comprenderá que en estos días de traiciones, la seguridad no es un lujo —lo dijo con un particular desánimo, que casi me lleva a compadecerle.

Miré al escolta como se mira a cualquier imbécil del que queremos burlarnos, aunque en el fondo lo entendía, Paco hubiese hecho lo mismo. Entré, el Gobernador cerró la puerta. Su Secretario de la Gobernación, Guillermo Ribisi, estaba allí pero, se marchó de inmediato.

—Son tiempos difíciles, Armando, tiempos que llaman a la unidad del Partido. Nuestro único problema contigo, siempre ha sido que eres un soberanista metido en el clóset, que usa nuestro ideal, sólo para ganar elecciones.

—Con todo el respeto, señor Gobernador, quién sabe por cuánto tiempo, nuestro ideal murió hace mucho, lo matamos. Su padre le dio una gran estocada; luego Cifuentes y ahora usted, alejaron la estrella 51 a una distancia inalcanzable. Ni las bombas de Ojeda y Oscar López, dañaron la estadidad, como los gobiernos corrosivos de nuestro Honorable Partido Nacional Progresista. No me venga con ese juego de diatribas hipócritas, cuando usted se ha beneficiado más que nadie del cuento de la estadidad —creo que no esperaba esa reacción y sus ojos parecían salirse de las órbitas—. Usted fue más lejos les dio a los ilusos, la esperanza de que entraríamos a la unión a la cañona con el cuento del Tennessee. No puedo continuar sosteniendo una conversación basada en hipocresía, mejor me marcho.

—Tienes razón, la estadidad se fue para nunca regresar, pero, nos ayudó a vivir muy bien a través de nuestras vida, nuestros padres se encargaron de eso.

—Mi padre jamás laceró el ideal como ustedes, Gobernador. Aunque la honestidad no tiene grados, los crímenes de mi padre nunca fueron contra el ideal.

Entonces, al ver que me levantaba para irme, disparó:

—Necesito que seas mi Secretario de Estado.

—No me interesa.

—Sí te interesa, por eso tienes una campaña paralela, pensabas retarme el próximo cuatrienio.

No había campaña paralela, todo lo contrario, era mi cierre triunfal. Pero, como en política no se daba nada a cambio de nada, lo interpretaron como un esquema para tomar la Gobernación; un pedazo de ala para tragarme luego el ave entera. No sentí necesidad de corregirle, muy temprano en la pelea, para abrir la guardia.

—Después de ver el arrebato de locura que trae el Presidente de la Cámara, sólo un imbécil puede cometer semejante error, tanto aceptarlo como proponerlo. Me parece que, sin remedio, nos dirigimos al reinado de Wilnelia Vizcarrondo, asusta imaginarlo. Algo que también le deberemos a usted, jamás debió ser Secretaria de Justicia.

—Y si te garantizo que nadie se atreverá a retarte.

Aunque me parecía una propuesta absurda, la tajante seguridad en el tono, despertó el demonio de mi curiosidad. Me explicó porque no habría primarias, que los presidentes camerales y la Comisionada aceptarían, estaban demasiado comprometidos.

—Te aceptarán. Tu padre no era el único que guardaba carpetas; el mío aún lo hace. Aunque tienes algunos asuntitos de mujeres y alcohol, eres el mejor candidato. Te confirmarán y de manera unánime. Sólo tienes que jurarle a la Estadidad y garantizarles que no te convertirás en Fidel Castro. Una vez asumas la posición, haré efectiva mi renuncia y todas mis carpetas serán tuyas. Las de Rémora Martínez, tienen una profundidad que las tuyas no; recuerda que fue el Secretario de Prensa de mi padre, que casi adoptó a esa víbora traidora y conocía sus malas costumbres. Nunca hemos sido amigos, pero sólo en ti puedo confiar ahora.

—¿Y por qué yo?

—Siempre has sido independiente, podrías ganar la elección cómodamente y necesito un ganador; el resto de la gente de nuestro Partido, no son viables. Sólo tengo una petición.

Entre rodeos y titubeos comenzó a explicar su necesidad de un indulto. Lo escuché con atención. Cuando terminó, con algo de indignación en mi voz le dije:

—No sé si entiende lo que me está pidiendo, un compromiso con usted sería suicidio político y cárcel, señor Gobernador usted es radiactivo. Discúlpeme un segundo, por favor.

Agarré mi teléfono como para contestar un mensaje de texto. Pero lo que escribí era mi verdadera respuesta a su petición: *"En lo queda de cuatrienio sólo puedo garantizar retrasar cualquier investigación. Después de las elecciones, si gano, a finales del primer año, tendrá su indulto, de necesitarlo".*

Asintió con la cabeza, seguro pensó que era yo el alambrado. Pero no, ese imbécil estaba a punto de salir de la Casa Grande, por una indiscreción con tecnología, qué me garantizaba que no me estaba grabando para apretarme los testículos más adelante. Vamos, era el puto Egui Rexach, se podía esperar cualquier cosa. No pude evitar preguntar:

—¿Y por qué no se queda? Ya los ánimos bajaron, las clases están a punto de comenzar y nada en la Constitución lo obliga a renunciar.

—Sé que puedo quedarme, igual sabía que no tenía que irme. Pero, ¿vale la pena? Es lo mejor para mi familia y el país; sin la credibilidad que perdí no podré gobernar el año y medio que falta, además…

No hablamos mucho más. Nos despedimos y me dijo que se reuniría con los otros líderes para informales, y esperaba anunciarme en las siguientes veinticuatro horas. Le pedí total secretividad y cuarenta y ocho horas adicionales, después del anuncio, para poner mi casa en orden; tenía asuntos que resolver en el Municipio y en México.

Llegué a la Alcaldía directo a la oficina de Karla. Le expliqué el cambio de planes, que sería la nueva alcaldesa seis meses antes de los previsto. También le hablé del muelle y de la playa frente a mi edificio, no le di todos los detalles, pero, sí el más importante: los Valverde eran parte del paquete, al menos por unos meses, «hacerte de la vista larga es la única alternativa en este momento». Fue como derramarle encima un balde de orines añejos; le tomó algún tiempo asimilarlo y aceptarlo. Luego le dije a Francisco que encontrara a Chuck y fueran a mi oficina. Cuando les conté, la reacción de Chuck fue inmediata.

—No debes hacerlo.

—¿Y por qué no?

—Armando, eres un gánster…

—Mis asuntos con México terminarán antes de aceptar, está dicho. Hace tiempo decidí acabar mis negocios con los Valverde, al menos los del narco, porque cuento con ellos para ordenar esta mierda de país.

—¡Estás loco! Tienes líos peores que los del mismo Egui Rexach, en cualquier momento te puede caer el FBI. Ordena tu Municipio, renuncia y vete corriendo a otro país. Tienes dinero suficiente para desaparecer.

—Gracias por el espanto, pero, ya le dije que sí. Estás aquí para la primicia, es tuya, puedes publicarla cuando quieras.

—Entonces, ¿para qué carajos me preguntaste?

—Sabes decirme cuán jodido estoy. A Franco le faltan pelotas para hablarme claro. En poco más de cuarenta y ocho horas, seré el Gobernador de Puerto Rico, ¿díganme si no soy el tipo que más jodido está en el mundo?

Franco, pasaría a ser mi Secretario de Gobernación. Le pedí a Chuck que fuese mi Secretario de Prensa. ¿Se sorprenderían si les digo que me mandó al carajo? Pues sí y se marchó de inmediato a publicar la nota. Pero, antes de montar un Gabinete, necesitaba ir a México.

Mi última llamada, que debió ser la primera, por ser la más importante, fue al viejo Palomares; sólo él podría convencerme de no hacerlo. Cuando lo llamé lo veía desde mi oficina, compartía con su nieto en el balcón.

—Perdóname por quitarte tiempo con Luisito, pero, hay algo que voy a hacer y no puedo, sin tener antes tu bendición.

Fui al grano, nada de vaselina; su respuesta fue lo que esperaba, lo que hubiese querido que respondiera mi padre; hasta se le quebró la voz, y se ofreció para todo lo que me hiciera falta. Palomo no sólo llenó el hueco que dejó mi padre, con él me sentía más en confianza.

Al día siguiente, Egui y los líderes camerales nos reunimos en La Fortaleza, media hora antes del anuncio, ya todos estaban "abordo". Tony, el presidente del Senado, que perdía peso y se veía demacrado, era el más lambeta y me irritaban sus pleitesías. Rémora no dijo mucho, parecía agnóstico, "ni una cosa ni la otra", lo que mantenía una aguda tensión en el ambiente; no sabía qué esperar de aquella víbora marina. Recuerdo bromear, Tony se derritió en carcajadas; Rémora sólo emitió una risa ligera e inescrutable. Cuando nos dirigíamos a la puerta, para salir a dar el anuncio, me detuve y dije: «Para que esto funcione y el Pueblo me vea como alguien ajeno a la crisis de esta Administración, debo salir solo. Luego tendremos oportunidad de hacer una conferencia de prensa juntos». Con rostros de desagrado asintieron. Rémora permaneció callado, pero, cuando me volteé me pidió un minuto y se alejó del resto; pensé que tendría que noquearle con un golpe en la nariz. Tuve que bajar la cabeza para escuchar lo que me decía, menuda sorpresa la que me llevé.

—Aún no estoy seguro si votaré por usted, pero, no me opondré a su nombramiento. No por lo que diga Rexach ni sus carpetas, y aunque deseo asesinar a cualquiera que ocupe el puesto, usted no es Danglada. Hace mucho le dije que tiene el carácter y las pelotas que le faltan a la mayoría de nuestros compañeros progresistas, a Danglada en especial. Se ha ganado mi respeto con los años —estiró su brazo—. Bienvenido a las grandes ligas, Armando, ten siempre presente una cosa: acá la pelota pega más duro.

Lo miré a los ojos por varios segundos, sonreí sin cambiar la vista, le di las gracias y estreché la mano que tendía. Me resultó increíble la capacidad de sorprenderme de aquel pequeño ser.

—Ahora vaya y haga su anuncio, señor Gobernador.

No necesitaba reafirmación de mi liderato ni asistencia con la autoestima, pero, aquel gesto de quien pensaba mi más fiero enemigo, fue como una inyección de adrenalina que le dio más encanto al anuncio. Salí por el portón principal y, ante el mayor número de periodistas que me cubrió jamás, dije lo que querían saber: que era el nuevo nominado, que las vistas para confirmación en las Cámaras Legislativas, se celebrarían el lunes, y que permanecería como Alcalde hasta que culminara el proceso. Los rostros eran de agrado; excepto por algunos manifestantes y "seudoperiodistas" de medios independientes de medio pelo, blogueros, y otras bocas de jarra de las que abundan en el libertinaje informativo de la internet. Chuck estaba recostado del extremo del portón, frente a una pared de ladrillos viejos que seguía cubierta de grafitis, sólo se leía claramente un "Egui Renuncia". Aunque trató de disimularlo con esa rudeza que creía tener, vi por un instante algo en sus ojos que me dijo "tu padre estaría muy orgulloso". Quién sabe, tal vez lo que dijo fue "corre, pendejo, que estás muy jodido".

20
"Fast as a shark"

Al salir de la Fortaleza, mis neuronas funcionaban a la velocidad de mis nervios, tenía poco más de dos días para ordenar y terminar algunos asuntos. Le marqué a Luis Miguel: «Necesito hablarles, a ti, al tío y al Mero. Debe ser hoy, ¿puedes enviarme un avión?». Le pedí que fuese en Houston, me cagaba la idea de entrar a México otra vez, la tercera suele ser la que no se cuenta.

Me recogieron y la seguridad se sentía más apretada. Cuando llegué a la casa de Valverde, comenzaba a oscurecer, el cielo estaba limpio de nubes, era un paño gris. Les expliqué la situación en la que me encontraba.

—No sé si pueda mantener la entrada; la persona que se quedara tal vez acceda a alargar la vista, pero, no garantizo que sobreviva la elección.

—¿Mala candidata?

—Para nada, la mejor; quizás mejor que yo. Pero, le gustan las "chamacas" tanto como a mí, no sé cómo eso le caiga a las mentes sanjuaneras.

—Pensaba que Puerto Rico era una tierra liberal y progresista. Al menos esa impresión me llevé con lo que se ve por la TV.

—Puerto Rico es una tierra de derechas y centros. Tuvimos una izquierda tan exquisita y caviar como cualquier otra, con barbas de la Sierra Maestra y ambiciones de Nueva York. Ahora son todos lesbianas vengativas, LGBTTS, blancos avergonzados disculpándose todo el tiempo y negros que aprovechan la ocasión, para asumir las conductas que condenan en los blancos. Los obreros viven felices en el mercado de competencias, sólo salen cuando les niegan algún lujo.

—Dinos qué necesitas —dijo el viejo con una amplia sonrisa.

—Por el momento no lo sé, tampoco sé cómo será la presión con el otorgamiento de contratos a ese nivel, pero les aseguro que estaré al pendiente a ver cómo podemos continuar operaciones. Mi sustituto en los asuntos de las rutas será el Taíno Moya, confío en él como ustedes confían entre sí.

—¿Estás seguro de la movida? Sin menosprecio a tu tierra, que tan bien me ha tratado, los números y las proyecciones económicas no son buenas a nivel estatal, saldrías de ser el héroe capitalino, a un posible fiasco más del Estado. ¿Estás seguro? ¿Es asunto de hacer más dinero?

—Sólo estoy seguro de que no lo hago por dinero; tengo suficiente y seguimos ganando. ¿Me cree si le digo que, el llamado a servir tocó a mi puerta? No tengo que explicarle la ruina moral y social de mi país, producto de la decadencia del "occidente" y el voto del Pueblo. Jugando a ser "estado", mi partido entregó la industria de manufactura y asesinó a la clase media. Los jóvenes escaparon a la USA buscando algo mejor; ya apenas nacen puertorriqueños "nativos", nuestra población envejece y no se renueva. Además, estamos en bancarrota y en sindicatura gringa. Únicamente un milagro que reponga los empleos perdidos y repuehle la isla, podría sacarnos del atolladero. Quizás, en menos de una década, Puerto Rico sea un gran resort para millonarios; un paraíso fiscal perfecto, *gringo-friendly*, con bandera americana, FBI y toda la hostia.

—Nunca te vi como el tipo que se sacrifica, sé que no temes a arriesgar la vida, pero, no tienes tela de mártir; eres mucho más que eso. Disculpa hijo, pero, hay un pinche hueco en lo que dices; falta algo.

Sonreír, brindar por la locura y cambiar el tema era la acción correcta de un hombre bien cria'o, pero, tal vez era mejor sacármelo al fin, escupirlo y vivir para asimilarlo. Don Ignacio escrutaba mi rostro, como solía hacer mi padre. Luis Miguel sintió la pesadez en mi mirada y estuvo a punto de interrumpir para cambiar al tema de los negocios, pero, en verdad necesitaba decirlo.

—Mi padre quería ser gobernador, yo no; la silla me cayó en la falda. Sé que él no la hubiese dejado pasar, aunque no la obtuviese mediante el voto. El día que fui a decirle que sería su sustituto temporero en lo que encontraban un buen candidato, antes de abrir la boca, tajantemente me declaró incapaz para la política, por mi falta de carácter y mi susceptibilidad. Cuando levante la mano y haga el juramento, habré llegado más lejos, al lugar con el que él sólo soñó.

—Oh, se trata de vanidad.

—No señor, se trata de vanidad y orgullo, las dos nalgas de un culo perfecto; voy derecho a cagarla.

Todos reímos, incluso Lucho.

—Tal vez ya sabía lo que le ibas a decir y usó la peor forma de persuasión. Nos pasa a los mejores —y miró a Luis Miguel, que antes de que lo arrastraran a la conversación, dijo:

—Me parece que es Armando el tema.

Don Ignacio se puso de pie, se sirvió más coñac y con un tono más serio, expresó:

—Armando, hemos estado dándole vuelta a una idea y pensábamos hablártela en su momento, ahora llegas con planes inesperados que sólo abonan a favor.

Don Ignacio confesó su deseo de abandonar los negocios ilícitos en terreno mexicano.

—*"Quien desee éxito constante, debe cambiar su conducta con los tiempos"* y nada cambia en mi país. La violencia regresa, ya no será posible mantenernos alejados. Tenemos la marihuana legal, que promete ser uno de los mercados más exitosos de los próximos años. Es tiempo de disfrutar las fortunas sin que nuestras vidas estén en riesgo.

Fue un alivio esa noticia, todos queríamos salir. Lucho, para variar, no decía nada. Cuando me disponía a discutir mi verdadero problema y razón para la visita, don Ignacio se levantó y se excusó.

—Te dejo con los mejores —y me dio dos palmadas en el hombro.

—Tengo un cabo vivo —dije cuando Valverde salió.

—La rata de la que hablamos antes.

—Sí, sabe o sospecha algo, no sé cuánto. No creo que sepa del muelle, pero, una cosa lleva a la otra.

—¿Quieres que nos encarguemos?

—No puedo usar a nadie local, demasiada exposición. Yo corro con el gasto, sólo necesito los jugadores… y que sea antes de mi juramentación, que es el próximo lunes.

Lucho se levantó y dijo:

—Pierda cuidado, su problema es ahora nuestro —y se marchó.

Caminaba bien, hacía un ligero movimiento con la cadera derecha, casi imperceptible para quien no sabía que sobrevivió una ráfaga de plomo.

—Tu primer muñeco —exclamó el güero.

—¿Muñeco?

Sonrió mientras servía dos tiritos de tequila.

—Tu primer envío al más allá.

—Sabes que no es el primero.

—Sí, sí lo es. El atacante de Lucho que te bajaste, fue por puro reflejo, instinto de conservación —me puso en frente uno de los vasos—. Este es distinto, aunque tu mano no empuña el arma, es tu voluntad la que ejecuta. Lo digo, porque puede ser duro para algunas conciencias.

—Tranquilo güerito, con esa rata lo que lamenta mi conciencia es no haber actuado antes —agarré el tequila y me lo tomé.

—Para, para —dijo —, eran para brindar.

Sirvió dos más y chocamos copas por mi incursión en el mundo del asesinato en primer grado, y mientras servía los siguientes, recordé a Ignacio.

—¿Será posible estar presente? Te parecerá una cagada, pero, quiero que me vea la cara antes…

Puso resistencia, pero, tanto jodí que, dos botellas de tequila más tarde y algunas buenas líneas (sólo para mí), acordamos que lo vería desde muy lejos del acto, a través de un teléfono que me entregó antes de marcharme esa madrugada; me pareció razonable. De camino al aeropuerto, Ignacio regresó a mi cabeza, aquella vez que me esperaba en el Cobra, y necesité de algo más para tratar de aplacar la puta tristeza que me causaba. Entonces, tuve otra "gran" idea.

—Una última cosa, necesito pegarle un buen susto a otra rata.

Hice muchas cosas en mis días de narco, pero, fue esa vez en la que más mafioso me sentí. Me esforzaba en subir la empinada escalera de metal, para abordar al avión que leía Valverde Holdings, me sentí como el puto Tony Soprano. Dormité durante el regreso, con las palabras de Valverde atacando mi inconsciente: *¿Sabría mi padre lo que le iba a decir?* "De héroe… a fiasco…". Sería la crónica del fracaso anunciado por un viejo moribundo. A voluntad, me paraba frente al pelotón de fusilamiento, mientras recordaba la vez que mi padre me llevó a conocer el boxeo.

21

APRETANDO CABOS
Y MATANDO TUERCAS

Durante el fin de semana no hice apariciones públicas ni atendí las cientos de llamadas de la prensa. Todos preguntaban quién sería mi sustituto en la Alcaldía. No había un anuncio oficial, pero, filtramos un documento que dejaba a Karla como Alcaldesa Interina, eso era suficiente para tomar la temperatura del prejuicio de los votantes y líderes del Partido. Ya se alineaban las facciones, los senadores y represéntes que necesitaban pauta, no escatimaron en meter sus narices en todos los medios que los aceptaron. El liderato y la plana mayor salía en mi defensa.

El sábado en la noche, recibí una llamada de Paco:

—Señor, me informan que Fuentes tuvo un altercado con otro reo, que le aplicó varios picotazos al costado.

—¿Lo mató? Pregunté ansioso.

—Está bien, no son profundas las heridas; por seguridad lo trasladaron al Hospital Metropolitano.

La respuesta casi me lleva el corazón hasta la garganta. Aunque no parecía tener la firma mexicana, temí que ese fuese el atentado. Con el traslado al hospital estaría siempre custodiado, lo que complicaba un intento de remate. Paco seguía en la línea, iba a despedirme, cuando me dejó caer la próxima noticia.

—Sucedió otra cosa, Señor, más grave.

—¡Más grave! ¿Qué podría ser peor?

—La señora Karla está arrestada. Dicen que una pelea con su pareja.

No, no, no... era la mierda que me faltaba. ¿Qué carajos le pasó por la cabeza? Digo de ser cierta la implicación, mi amiga era de carácter jodido, pero, la chiquita con la que vivía no estaba muy cuerda, era una especie de versión lésbica de Alejandra Palomares. Ofreció recogerme para ir al cuartel, le dije que esperara allí y se encargara de hacerme invisible cuando llegara. Chuck estaba camino a casa, revisaríamos el discurso que daría de ser confirmado, le pedí que me acompañara a rescatar a nuestra amiga. Pensó que iríamos en el Shelby, pero le dije que me siguiera hasta la marquesina y le entregué las llaves.

—Necesito pasar desapercibido, no podemos ir tu pequeño pito sin capota.

Los ojos se le brotaron al verla, una Dodge Ramcharger del '84, blanca; la camioneta con la que fantaseó por años. Con la quijada casi tocando el suelo la observó cómo se observa algo maravilloso.

—¡La Chuck Norris! Con los focos y las barras, Armando, hijo de puta, es igual a la de la película. Y dices que no puedes llamar la atención.

—Al menos vamos cubiertos…

Inicialmente compré la Dodge para Chuck, pero, me gustó tanto que me la quedé y nunca le dije. Tampoco le conté del Porsche Carrera GT 2006 color *Silver*, que fue mi vehículo favorito desde la primera vez que lo vi, y que me costó casi un millón y medio traerlo a Puerto Rico sólo para observarlo en la marquesina. Era otro de los tantos vehículos que poseía simplemente porque podía, que sólo usaba en raras ocasiones y oculto en la oscuridad de las noches, para evitar ser visto. Llegamos al cuartel casi a las 10:00 de la noche. Paco nos pasó por el camino de la discreción. Hacía frío, todos los cristales estaban empañados. Pedí ver primero a Karla, quería escuchar su versión y entregarle un abrigo que le llevaba, ya conocíamos las condiciones del lugar, si la otra se congelaba me importaba muy poco.

Al vernos, bajó la cara avergonzada, al darle el abrigo se echó a llorar y a pedirnos perdón. Quería meármele encima, pero, estaba destrozada, tenía los ojos hundidos. Tratamos de calmarla, hacerla reír, pero estábamos de incógnito y no teníamos mucho tiempo.

—No quiero ser el cabrón de siempre, pero, dejemos las paterías para más tarde. Cuéntame qué paso, necesito saber cómo te saco de aquí, la próxima Alcaldesa de la Capital, no puede dormir en una celda.

—Se fue el jueves en la tarde y no regresó a dormir. No contestó mis llamadas ni los mensajes. Sabía que volvió a ver al tipo ese, y me hice de la vista larga; estoy harta.

Nos contó que Lara regresó a buscar ropa para irse otra vez y él la esperaba en el carro que mi amiga pagaba. Ella le dijo que ya no quería continuar, Karla le pidió que recapacitara.

—Fue ahí que me lo propuso.

—Propuso qué —pregunté.

—El poliamor, me dijo que fue idea de él.

—¿Poliamor? ¿De qué hostias hablas?

Chuck estaba igual de confundido. Nos explicó que consistía en una relación de tres o más, en la que se puede "amar" a varias personas, con el conocimiento de todos los involucrados. Según Lara, el tecato quería irse a vivir con ambas. Le dijo a Karla, que sólo de esa forma regresaba a la casa, si era con él, que sólo se iría a la cama con ella, si él estaba presente. Karla enloqueció y salió a reclamarle, pero el tipo aceleró y se perdió en la noche. Cuando agarró el teléfono para reportar a la policía el robo del BMW, Lara se le abalanzó encima, se tiraron de los cabellos, pero, al final Karla fue más fuerte y la empujó contra una pared, dejándola casi inconsciente. Un vecino llamó a la policía, porque las escuchó discutir, un viejo pentecostal que, seguramente, se masturbaba imaginándolas desnudas.

—¿Poliamori? ¡Me estás jodiendo! ¿Por qué carajo no la inventaron antes? ¿Sabes cuántos líos me pude evitar? Supongo que el problema es que trabaja para ambos lados, hay que tolerar las poli aventuras del otro; esta juventud degenerada. Espérenme aquí, veré qué puedo hacer.

El policía interventor le dijo a Paco que no tenía reparos en dejarla ir, incluso, rompería el reporte. Pero, la pareja tenía interés de radicar.

Me fui con el Policía, era casi evidente que me tocaría hacer a la gatita de Karla entrar en "razón". Estaba en otro de los cuartos. Antes que el Policía nos dejara solos, le pregunté si el cuarto estaba alambrado. Con un leve gesto de la cabeza me dijo sí. Le pedí que nos llevara a uno de los que no dejaban rastro.

—Tranquilo, oficial, recuerde que antes de la política me ganaba la vida como abogado, conozco estas mazmorras muy bien.

Esperé en el pasillo mientras la trasladaban de salón. Los pasillos estaban vacíos, no pasaba nadie. Aun a distancia pude apreciar que Lara tenía un moretón en un pómulo y marcas en los brazos. Cuando llegó contó su versión, incluía jamaqueos, dos golpes en el rostro y una amenaza de muerte; suficiente para que un hombre ordinario pasara un buen rato en el hoyo. Afortunadamente, Karla no tenía ese problema, sus tetas y cromosomas, no permitirían que pasara ni un día de cárcel, de ir a juicio, X conseguiría su absolución. Pero, ese era el asunto, Karla tenía que salir de allí libre de denuncias. No estaba seguro cuán lejos estaba dispuesto a llegar para lograrlo si Lara se negaba, pero, le escribí a Taíno: "SOS, Centro de Detenciones".

Nos dejaron en un cuarto muy poco acogedor, institucionalmente feo. Cuando estuvimos solos, le pedí que se sentara en la mesa, titubeó un poco y negó con la cabeza.

—Que te sientes, te dije.

Vi en sus ojos que se le heló la columna. Me senté al otro lado de la mesa, era tan estrecha que, sólo con estirar las manos, podía estrangularla hasta que se arrepintiera de presentar la denuncia. Después de mirarle el cuello la vi a los ojos, tal vez infirió mis "terribles" deseos, porque bajó la vista y se apretó a la almohadilla gastada y rota de la silla. Tenía un ojo algo inflamado.

—¿Te puedo preguntar qué carajos te sucede? ¿Se te metió una avispa por el ojete y te está picando en la razón?

Subió un poco la mirada y, con la voz entrecortada, trató explicar algo. Me llevé el índice a los labios.

—*Shhhhh…* No me interesa nada de lo que digas, sólo escucha.

Bajó otra vez la cabeza.

—Estás a un paso de convertirte en la Primera Dama de la primera Alcaldesa, honestamente lesbiana de San Juan y del país, y se te ocurre cagarlo todo por una mierda. Tuvimos antes una conversación, te advertí todo lo que podías esperar y lo que se esperaba de ti, y de la primera te me crees la Princesa de Gales y me tiras los compromisos a la basura, qué basura, me los pretendes empujar intestino adentro, eso es lo que haces, —dije a la vez que le daba un palmetazo a la mesa.

Me puse de pie y caminé por el pequeño espacio, alrededor de la mesa. Eso la puso más nerviosa; apretó más la silla.

—Karla es como una hermana, sólo por eso puedo sentir por ti un cariño similar a una cuñada lejana. No lo confundas, si me llevas a la posición de escoger, no tengas dudas que no serás mi elegida. Tampoco dudes que haré lo que sé hacer, para reducir tu vida a mierda, como hago con todas las tuercas que se sueltan.

—No soy tu enemiga, estoy harta de la vieja.

Me detuve a sus espaldas y le puse las manos en los hombros.

—Que cierres la boca, te dije.

Le arreglé un poco los cabellos desaliñados, y le hablé bajo y despacio; no muy lejos del oído. Estaba trinca y algo latía en su cuello.

—Sí eres mi enemiga, cuando te vuelves en mi contra. Al escaparte con el pelafustán del poliamor, que te usará hasta que te dejé sin un puto dólar, de los que te da mi amiga —regresé las manos en los hombros, sin apretar mucho—. Eso no lo puedo permitir, demasiada gente y planes y dinero se irían al caño por tu calentura del medio. Créeme que te desaparezco antes.

Se hundió más y balbuceó que por favor le dijera qué hacer.

—Sólo porque me lo pides, le dirás al policía que no tienes interés en denunciar, que fue una equivocación. Luego, se irán a lugares separados a pasar la noche; puedes escoger la casa o un hotel. Mañana se reunirán con una siquiatra que las ayudará —regresé a la silla—. Si no quieres continuar la relación, sólo te pido un favor: quédate hasta terminar la Facultad, no es un mal negocio para ti, digo, siempre puedes pagar tú la matrícula y toda la hostia. Y no se te ocurra llamarlo otra vez, porque lo voy a saber y lo lamentará él mucho más que tú. Por el bien de todos, date tiempo hasta terminar la carrera, luego te marchas.

—Sólo te importa la Alcaldía... no me puedes controlar.

Salté de la silla la agarré por el cuello y la llevé hasta la pared; ¿quién se creía aquella pendejuela oportunista? Apreté lo suficiente para hacerla saber quién mandaba, sin causarle demasiado daño; no me enorgulleció esa acción, fue la única vez que maltraté a una mujer, pero mis amigos eran mi familia.

—Así es, y Karla es la Alcaldía. Sí tengo que desaparecerte a ti y a tu proxeneta, lo haré. No llegué hasta aquí sin saber cómo aplastar y desaparecer cucarachas como tú y créeme ningún policía intervendrá. Ahora respira y cálmate, que tienes que hablar con el Poli y debes sonar creíble. ¿Alguna duda?

Movió la cabeza en la negativa. Obedeció y respiró hasta que se relajó un poco. Llamé al gendarme, que la escuchó y, aunque estaba nerviosa y hasta temblaba, el buen hombre le autorizó a marcharse. Le dije a Paco que la llevara a un hotel y le asigné uno de los guardias de confianza; no quería que se escapara tan pronto la dejara. Pero no lo hizo, se comportó por algunos años, fue Karla, quien al final la mandó a volar.

**

Nos estábamos congelando y Tiburón tardaba. No quería ponerle el tema del arresto. Después de una media hora de masticar palabras tímidas, me atrevía a decirle:

—Es sólo un pretexto para ser infiel, no dudo que se pueda amar a dos o más personas a la vez, pero, usarlo como excusa cada vez que metes la pata, no creo que tenga mucho que ver con el amor, es sólo romantizar la falta de carácter.

Después, escupí una pregunta que tenía atascada muy adentro.

—¿De verdad fui yo quien te envió al lesbianismo?

—Estoy a punto de ir a la cárcel y se te ocurre esa estupidez.

—¿Mal momento? Hace tanto no hablamos y ando con el corazón algo confundido y la autoestima con la textura de un cartón.

Claro que no era el momento, pero no sabía de qué hablar. Además, tenía otra pregunta que hacerle hacía mucho y, ante las circunstancias, tal vez, me diría la verdad.

—Chuck Black Rodríguez, no puedo creer que a esta altura de nuestras vidas me preguntes eso por primera vez.

—Nunca es demasiado tarde para sentirse como un pendejo.

—No sé si estabas muy metido aquella noche y no recuerdas cuando te di la respuesta. Creo que nací lesbiana, de niña me encantaba bañarme con mi madre, la fricción de sus manos resbalosas con jabón, cuando limpiaba mis partes, fue la primera experiencia erótica de mi vida. Mi padre nunca me lució atractivo, verlo desnudo, no me causaba la piquiña que provocaba mi madre. Pero —miró a todos lados y habló más bajo—, nada me calentaba más que la cara y los gritos de goce de ella cuando lo hacían, y me colaba en silencio en el cuarto para observarles…

—¿Está bien que me esté excitando con tu madre?

—No seas pendejo. Sentir lo que mi madre sentía, siempre fue una meta, porque nunca tuve atracción. Traté con dos antes que tú, pero fue traumático. Contigo fue distinto, aquella vez me sentí tan cómoda que, creí sentir algo lejanamente similar a mi madre. Después de esa vez, aunque prefiero y me enloquecen las mujeres, ocasionalmente siento la necesidad de sentirme como mi madre. Como un gusto exótico ocasional, lo que sería para ti alguna droga rara.

—¿Y por qué no Armando?

—Porque Armando nunca me atrajo, parece que no escuchaste lo que dije.

No terminamos la conversación porque el Tiburón salió acompañado del Policía, que le pidió disculpas a Karla por los inconvenientes y nos permitió marcharnos. Antes de irnos le preguntó:

—Oficial, si fuese un hombre, en estas mismas circunstancias, ¿lo dejaba ir igual?

—¡Imposible! Hay instrucciones específicas, aunque tengamos dudas de la versión de la mujer, estamos obligados a llevarlo ante el Juez.

Luego muy serio se dirigió a Karla.

—Aprovecha esta oportunidad que te dan tus tetas, y que no vuelva a suceder.

Ella bajó la cabeza avergonzada, sólo le salió voz para darnos las gracias cuando la llevamos a su casa. No pasaron dos minutos de dejar a Karla y el Tiburón respiró profundo, pensé que por el alivio de solucionar el problema.

—Chucky, Chucky, Chucky… Entonces, ¿fuiste el juguete sexual de la Karlita, ¿por cuánto tiempo?

—¡Hijo de puta! ¿Cómo…

Y recordé que los cuartos de interrogatorios estaban alambrados y los policías lo escuchaban todo. Cuando llegamos a su casa:

—Puedes quedarte la camioneta. Demasiado ruidosa —lo que me hizo olvidar la vergüenza por el asunto de Karla.

***

Esa misma madrugada, la gente de Taíno ubicó al marchante de Lara y le dimos una breve, no muy violenta, pero, muy persuasiva visita. Sabía que no debía exponerme, pero, tenía demasiada adrenalina y testosterona trabajando a la vez; una mezcla letal que te refuerza los cojones, pero, te nubla la vista. El tipo estaba empestillado y muy ebrio, no parecía captar del todo lo que decíamos. Era un adicto inútil, pero, educado formalmente; lo reconocí de la Academia Jesuita, unas cuatro o cinco clases más joven; manejaba muy bien la palabra y tenía una pinta de Brad Pitt en sus mejores tiempos, antes de la castración que le aplicó la Jolie.

—Sabemos lo que haces todo el tiempo, sentimos tu presencia a millas de distancia.

—La abogadita es medio bucha, pero quién la culpa, la *Sugar-Mama* la trata como princesa.

—No puedes verla más.

Seguía balbuceando estupideces sin sentido, hizo un desordenado repaso de su relación con Lara, los detalles más explícitos, y como la convenció para encamar a Karla en un trío. No captaba nada de lo que decíamos. Ante mi evidente pérdida de paciencia, el Taíno bajó una ventana, sacó su Colt 45 niquelada con cachas de madera oscura, disparó al aire tres veces, haló levemente la cintura del pantalón del Pitt y, con humo saliendo por el cañón, la metió hasta el fondo, aquel grito indicaba una marca permanente. El olor a pólvora y la quemadura en la entrepierna, lo despertaron.

—No me mates, Alcalde, por favor; yo también soy jesuita.

Muy mala sorpresa, que su primer acto consciente fuese reconocerme y recordar mi lugar de estudios.

—Si sé de ti otra vez, los tiros te los pego en las pelotas y te dejo desangrar, ¿entendiste?

Moya reaccionó desconcertado. Camino al carro, me miraba con insistente preocupación, sabía lo que decían sus ojos y dirían en breve sus labios: "el Romeo, no puede vivir"; y tendría razón en decirlo, demasiado riesgo para todos.

—Lo sé —le dije y respiró aliviado.

Sé que no lo hubiese hecho de yo no estar de acuerdo; era un verdadero soldado el Taíno. No tuvo que dispararle, no había que llamar la atención, sólo le dejó varias bolsitas con heroína, salpicada con más fentanilo del recomendado. El Pitt se fue volando, quizás le hice un favor. Cuando la perrita se enteró, estuvo deprimida mucho tiempo, una bendición, porque cerró la boca y bajó la cabeza, como le advertí.

✳✳✳

Eran aproximadamente las tres de la madrugada, cuando dos hombres con características disimiles, pasaron por la entrada de servicio del Hospital, estaban vestidos con esas ropas de color azul royal, que no permiten distinguir a los médicos de los enfermeros. Hacía frío a esa hora, y estaban cubiertos como para entrar a una sala de operaciones, sólo se les veían lo ojos. Al llegar a la habitación 403, un oficial de policía del Estado, sentado en una butaca custodiaba la puerta mientras escuchaba en su teléfono celular la noticia de que "La Metralleta" Acosta gustaba vestirse de mujer: "unas fotos llegaron a la prensa, junto al testimonio de una mala pareja del pasado; confundido por la presión "La Metralleta" declaró públicamente que se identificaba como una mujer, a sólo cuatro semanas de la pelea por su cuarto campeonato". Cuando se percató del dúo, el más bajito hizo un gesto con la cabeza y el oficial cambió la vista hacia el teléfono.

Los hombres abrieron la puerta y entraron. Fuentes no estaba del todo dormido, levantó la cabeza al escuchar el ruido de la cerradura, y no tuvo tiempo para gritar cuando se percató que no estaban allí para administrarle medicina para el dolor. Fue amordazado e inmovilizado con una sustancia que inutilizaba sus destrezas motoras. Minutos después, los dos hombres salían del cuarto, el más alto, que cojeaba un poco, empujaba la camilla, mientras que el de menor estatura, le daba dirección; el policía ya no estaba en la silla.

Caminaron un largo pasillo, el bajito, que tenía ojos de roedor, entregó una orden de traslado para un estudio nuclear, en otro de los edificios del complejo hospitalario. La enfermera de turno, cargada de trabajo y molesta, agarró el papel, lo ponchó y continuó lo que hacía. Fueron al elevador y directo al estacionamiento, sin resistencia ni oposición. Las cámaras del hospital estaban apagadas, sólo una en el exterior funcionaba y captó, aunque muy lejos, dos hombres que subían una camilla a la parte trasera de una ambulancia.

Un cubetazo de agua lo despertó. Le tomó algún rato darse cuenta de que estaba en un vagón, amarrado firmemente a una silla de metal fría, frente al enorme indio del alambre que, antes de aplicarle el infalible tratamiento para extraer toda la información que le cantó a las autoridades, sacó un teléfono del bolsillo de su chaqueta y marcó un número pregrabado.

22

"DO YOU SMELL WHAT THE SHARK IS COOKING?"

Frente a una nutrida jauría de periodistas, Rémora Martínez, sonriente, erguido y conciliador, decía que, para evitarle al país más espera, se celebraría una vista conjunta de ambas cámaras: «El país necesita un Gobernador». Tony, el ex mórbido, aceptó a regañadientes, porque se suponía que sería él quien haría el anuncio.

Afuera del Capitolio había manifestaciones, las de siempre; los *radicaluchos* no me perdonaban los hematomas que les dejaron mis policías. No le sorprendió a nadie que, fuesen las feministas las más escandalosas. Todavía no empezaba y ya gritaban y exhibían cartulinas, con pésima caligrafía, que decían: "¡Armando Renuncia!". Pedían que se declarara una emergencia contra la violencia machista.

Una de las más ruidosas era una ciudadana argentina que andaba de visita. Era una activista de tercera en su tierra, considerada obsoleta por la generación Z. La Policía la identificó días antes, como una de las incitadoras de los vandalismos a la ciudad, los videos de seguridad la captaron cuando pintaba de rojo las entrepiernas de las estatuas de la Plaza de Armas, como si menstruaran; además, escribió "Virgen María, aborta a Cristo y hazte feminista", en la puerta de la Catedral. Cada vez que venía a Puerto Rico, dejaba nuevas consignas en las bocas de sus "hermanas" y en las paredes del Viejo San Juan: "Muerte al mache" y muchas más.

Fue algo larga y latosa la vista, pero, sin mayores problemas. El Senador independentista, me recriminó por intervenir con los manifestantes y mi visión "capitalista" del mundo. La votación fue casi unánime, los del Partido Rojo prestaron su voto; incluso el independentista, con toda la lata que me dio.

A la salida, Zenaida me rogaba que juramentara con Isabelita agarrando la Biblia y mi mirada le contestó. Al llegar al Tribunal Supremo recibí un mensaje: "Confirmación de pedido". Era la clave para encender el teléfono que me entregó Luis Miguel. Busqué en mi maletín, le pedí a uno de los alguaciles privacidad para responder una llamada urgente.

Fuentes se resistió a mirar de la primera, pero, la enorme cuchilla en el cuello le dio dirección a sus pupilas. No sé si le sorprendió verme observarle con ojos de victoria.

—Tenías razón, hay que tener los cojones bien puestos para matar.

Trató de hablar, no pudo, era evidente que pedía clemencia.

—Sólo quiero que sepas, el dolor que vas a sentir es cortesía de tu viejo amigo el Tiburón en servicio de Ignacio y su esposa.

Cuando terminé, saqué la micro tarjeta y la rompí, más tarde dispuse del teléfono. Tan pronto abrí la puerta y salí, escuché la voz de la Juez Presidente del Tribunal: «Listo para tomar el cargo, señor Secretario de Estado».

El país entero, vio mi juramentación aquella tarde. La Juez, fue breve y elegantemente formal. Mientras el alambre de Lucho, hacía su trabajo en la piel de Fuentes, y le extraía todo lo que les dijo a las autoridades (y mucho más), yo recitaba el juramento. Claudia envió un mensaje que leí después: "No sé si alegrarme o compadecerte, pero, te felicito". Luego me dirigí a La Fortaleza a dar mi primer discurso como Gobernador. Chuck me escribió una parte, el resto, fueron líneas que les robé a muchos de los grandes líderes.

El cuerpo de Fuentes nunca apareció, fue un alambre muy merecido, y la última vez que Lucho practicó su ritual. La versión oficial reseñada en la prensa decía que escapó con la posible ayuda de la Policía. Y no estaban lejos del queso, la Policía ayudó a desaparecerle, era una carga para demasiadas personas. Le contó a Lucho, que Espinoza fue quien lo alentó para que atentara contra la vida de Ignacio.

Esa noche le marqué a la Gardenia de Ponce.

—Fuentes te envía sus recuerdos, no lo llames porque no te contestará, seguramente ya lo ahogaron con sus propias pelotas, así se liquidan las ratas. No creo que tengas pelotas suficientes para ahogarte, pero, corre y desaparece marica hijo de la gran puta, porque eres el próximo.

***

«Una gran mujer dijo una vez que, "*los gobernantes no heredan los gobiernos, los asumen*", no les puedo garantizar nada, porque no tengo idea de la magnitud del Gobierno que asumo y del que me hago responsable. Aunque el desconocimiento de la situación, no me permite ofrecerles nada en este instante, una cosa sí les voy a garantizar, y es que trabajaré lo que haga falta y mucho más, para hacer que nuestra patria salga del estanque en el que se encuentra. Basta ya de izquierdas y derechas y los malditos discursos inamovibles que sólo fomentan la división eterna. No importa el punto cardinal del que provenga, si una idea es buena y ayuda al buen gobierno, será considerada».

También les dijo que no viviría en la Fortaleza: «Me gusta mi casa y no necesito de tanta servidumbre»; seguramente no quería que el personal llevara cuenta de sus andadas y todas las mujeres que le visitarían a deshoras. Dijo que el edificio seguiría funcionando como un lugar de trabajo. Pero, lo más impresionante, fue cuando anunció que tampoco devengaría salario, renunció a los ingresos que correspondían y ordenó que fueran utilizados para mejorar el salario de los empleados de La Fortaleza. Y, por último, y no menos importante, anunció que no correría en las elecciones próximas, ni para la alcaldía ni la gobernación: «Sólo de esa forma, puedo garantizarles lealtad sin ataduras electoreras». Al escucharlo todos los reporteros saltaron a la vez, él solo les dio las gracias y se marchó.

Fue realmente esperanzador escucharlo, le habló al Pueblo, sin paternalismos ni los populismos a los que nos tenían acostumbrados. Pude sentir en la calle, en la Cámara de los Comunes que era la Barra, que la gente le creyó.

23

"BORN UNDER A BAD SIGN, WITH A BLUE MOON IN YOUR EYES..."

Al día siguiente, antes de pisar mi nueva oficina, me detuve en la Alcaldía a despedirme oficialmente y dejar bien claro el pase de poder. Para que algunos la siguieran, era necesario ordenárselos; solía existir mala fe entre los que no aceptaban que alguien que estuvo al mismo nivel jerárquico, pasara de repente a darles instrucciones.

Gobernar los dieciocho meses que faltaban, sería mi última actividad en la vida de la política, le dejé el equipo electoral a Karla, para que se aseguraran de su elección, además, desde La Fortaleza, le enviaría todo lo que necesitara. Dejarla en la silla no fue tan difícil, no sé si por sus capacidades o porque se los pedía el nuevo Gobernador. Tanto el liderato del Partido como el Gabinete Municipal, la aceptaron sin emitir protesta alguna. No les era desconocida, desde que la escogí para sustituirme, me encargué de mostrarle a la gente que era parte del equipo que lograba las grandes cosas. Sólo me llevé a Claribel, con la garantía de que regresaría a su puesto municipal una vez terminara mi mandato; "un destaque", como se le conocía en el argot gubernamental.

En un aparte que tuve con la nueva Alcaldesa, conversamos un rato, y los primeros minutos no pude evitar recordar su empestillamiento recurrente con el Chuck, y la observé como nunca en más de veinte años de amistad. La verdad es que estaba buena la muy cabrona; sus días de atleta le pagaron bien, qué piernas, su retaguardia no era para morirse, pero, aquellas dos toronjas naturales que se extendían en su pecho y llenaban sus camisas, seguro enloquecieron al muy suertudo. Cuando al fin superé la imagen, hablamos un poco del personal y de su irritante relación.

—No sé cómo podré con todo lo que hacías tú y, a la vez, cumplir con el itinerario de terapias matrimoniales…

La interrumpí, no estaba para escenas de falta de espíritu, con Francisco me era suficiente. Aunque debo decir que, de ambos, sólo ella tenía pelotas suficientes para enfrentar los asuntos de pareja.

—Karlita, tienes que amarrarte la puta correa de la voluntad y empezar a pensar y comportarte como la líder de la Capital; la pendeja enamorada y deprimida tiene que desaparecer o jamás podrás liderar. Los primeros meses en lo que agarras el piso y se te pasan esas paterías, recluta alguien que hable por ti y soporte el fuego de tus detractores.

—No creo tener detractores…

—Te sorprenderá la cantidad de cabrones que ya te odian. Contrata un hombre bien criado, nada de "nuevas masculinidades", necesitas a tu servicio un macho elegante, con carácter y cuero curado en vez de piel. Que lo odien por lo que sea que decidan odiarte, y si es por mujer, que se las desquiten con un hombre. La clave es que, cuando aparezcas en la escena, esté claro quién manda. Es un juego de apariencias, rodearte de mujeres envía el mensaje incorrecto. A muy pocos les importa con quien te vas a la cama, te aceptarán como eres, si los aceptas como son, y la mayoría son conservadores colmados de incertidumbre, que no entienden los cambios drásticos que da la sociedad, que nunca saben lo que quieren, pero, siempre sabrán lo que no. Sólo necesitan ver que estás a cargo y puedes dirigir tanto a hombres como a mujeres. Tampoco contrates activistas, no importa la consigna. Existe una muy fina línea entre el activismo y los complejos. ¿Quieres quedarte con Francisco? Conoce la operación entera —le dije por puro impulso.

—¿Pero, es tu Secretario de la Gobernación? —respondió con una sonrisa incrédula que decía "no me cojas de pendeja".

Respiré muy profundo, porque lo ofrecía en serio, pero, antes de confirmarlo, me excusé para contestar una llamada y me fui al baño. Algo cambió con el asunto de Alejandra, tal vez, era mejor salir de él y evitar consecuencias mayores. Todas esas veces que le pregunté ¿fuiste a ver a tus hijos? y su respuesta fue "por supuesto", si las contaba, Francisco me mintió durante años. Me provocaba una rara ansiedad pensar que se quebraba la relación con uno de mis hermanos escogidos. Inhalé varias bocanadas de la pipa electrónica, tan profundas, que me hicieron toser como principiante de pulmones vírgenes. Cuando me sentí mejor, me vi al espejo, me cagué en mi puta sensibilidad y me di una línea por cada fosa. «¿Quieres comportarte como un hombre?», me dije y regresé a recomendarle algunos candidatos.

Horas después, al llegar a La Fortaleza, le pedí a la nueva secretaria que me diera media hora de silencio, que de surgir algún asunto llamara al Secretario de la Gobernación. Tan pronto le puse las nalgas a la silla de Gobernador, que fue la misma silla que utilicé en la Alcaldía, que perteneció a mi padre, pensé: *¿y ahora qué?* La cosa dentro del Palacio de Santa Catalina era vergonzosa, la gente se arrancaba las cabezas entre ellos, el equipo de Egui era idéntico a él, carecía de talento y voluntad; muchos eran creídos y otros simplemente incompetentes sin experiencia. Fue casi imposible reclutar gente de confianza y adiestrarla, no había tiempo para experimentos, dentro de mi experimento. Estaba amarrado a la banda de Egui, que se sentía como la fría hoja de una guillotina rozando el cuello. El teléfono del escritorio sonó, lo agarré para mentarle la madre a la nueva secre. «Señor Alcald… disculpe, Gobernador —era Claribel, que tenía licencia para interrumpirme—, el Señor Palomares está aquí y desea saludarle».

De un salto llegué a la puerta. El Palomo estaba allí, con una de sus clásicas chaquetas "deportivas", de lana irlandesa y parchos en los codos. Pensé que las vibras de mi desespero le llegaron. Nos abrazamos con efusividad, con las palmadas (sonadas) en la espalda.

—Señor Gobernador —me dijo con los ojos encendidos por una alegría eufórica— su padre estaría hinchado de orgullo.

—Yo creo que estaría cabreado por no escucharle. Saber que alcancé un sueño que él no pudo, me hizo sentir que, tal vez, al fin logré algo que le enorgullecería de verdad. Después recuerdo que no fue por el voto del Pueblo y se me pasa. Que pendejo me siento cada vez que me veo buscando su aprobación *post mortem*.

—Tres victorias en la Capital legitiman tu capacidad para asumir el deber constitucional. Créeme que estaría orgulloso, y si no estuviese, yo no puedo estarlo más.

Ante un posible ataque de emociones mutuas, nos movimos de tema. No tardó en ir al queso y ofrecer sus servicios. Desde su infarto, no me atrevía llamarle para trabajo, prefería compartir las butacas de su balcón y las perlas de su combinación de mente con alma vieja. Se veía cansado, tenía una barba, mitad blanca que, por más que la peinara, crecía desordenada, muy similar a su cabello.

—Aunque ya no soy el madrugador que llega antes que todos, esto no me lo pierdo. No me niegues el último asalto. No tienes que pagarme sueldo ni asignarme título ni oficina, sólo permíteme estar cerca y ayudar. No me queda mucho, Armando, todavía me sirven las botas y no quiero morir mirando desde el balcón. Hagamos una utopía, sólo que de verdad.

Unos treinta minutos después, entró Francisco a consultar no recuerdo qué, y nos agarró en una animada conversación acerca del futuro inmediato, le dije:

—Mira lo que salió de la marcha LBGTT de esta mañana.

Su cara expresó la sorpresa esperada, le faltó la alegría que venía después. La relación que tenían se enfrió bastante, cuando el viejo se enteró del asunto con la hija. De hecho, lo supo primero que yo, el Pimpollón se encargó de contarle con toda la ira que pudo; no me lo dijo, supongo que era una doble vergüenza para él. Tampoco le recriminó nada a Franco, porque conocía las temperaturas calientes de su niña. Pero, sé que esperaba más de quien, por años, fue su *protegé*. Le pedí que se quedara, quería tantear los ánimos, si no podían trabajar juntos, le tocaría al gordo regresar a San Juan.

Conversamos acerca de planes en general.

—Voy a ponerle impuestos a todas las Iglesias del país.

—La Rémora te va a matar cuando se entere —ripostó el viejo.

—La Rémora me va a lamer la punta de la verga. Después del fiasco del Supremo, necesita mi apoyo. Desde el anuncio, suavizó su juego ofensivo.

—Los próximos meses te dirán qué quiere.

—Es lo que temo. Ahora, te diré lo que yo quiero.

Me escucharon por unos veinte minutos, en los que apenas tragué saliva y casi ni pestañearon. Los ojos del viejo estaban muy abiertos y brillantes; los de Francisco no brillaban tanto, había agobio en su mirada y se movía en la silla; como si le abrumara la ambición de mis planes. Tragó hasta que pudo.

—Pero, Armando, no crees que…

—No hay peros, Franco, tenemos hasta diciembre para imponer lo que sea, y después, sólo un año para mantenerlo. Un año y medio para darle a este país toda esa mierda que siempre decimos que necesita. Mañana es la primera reunión oficial del Gabinete Constitucional, y quiero presentarles, al menos, un borrador del plan, que les deje claro el rumbo nuevo.

—Permítame una libreta, señor Gobernador —dijo Palomo, con un entusiasmo cauteloso—, y, Francisco, sería conveniente que te sientes en la computadora.

Sacó su *Waterman* de siempre, hizo una tabla medio mal-trazada, y anotó en los encasillados lo que dije antes y otras nuevas ideas que se nos ocurrieron. Francisco enviaba correos electrónicos a los jefes de las agencias, necesitábamos saber cuánto dinero les quedaba en los presupuestos, ese era el punto de partida. Una hora después, teníamos a Claribel, pegada a una línea de teléfono, anotando las cantidades. Una vez comenzaron a llegar los números, el plan empezó a tomar forma. Karla se nos unió, San Juan era la clave de todo, necesitábamos la ayuda de los municipios y si la Capital lucía bien, los demás se verían obligados a seguir. Le pedí ayuda a Jessenia Soler, era de lo mejor que tenía el partido de oposición, y redondeaba la ecuación hacia un obligado bipartidismo. Palomo sugirió llamar a Chuck, alguien tenía que documentar lo que pasaba allí y filtrar lo que fuese que saliera al final.

—Pero, nada de lo anterior será real, a menos que cuadres el plan de ajustes de la deuda y sepas cuánto te sobrará de los recaudos.

Me tocaría agarrar al toro de la Junta por las pelotas, no tenía a quien delegarlo; busqué, pero nadie me convenció. La ley que la creó, suspendió temporeramente los pagos a la deuda del país, no sabíamos hasta cuándo, era una carrera contra un tiempo indeterminado.

Algo faltaba en el consejo de aquel grupo, sin importar las experiencias que tenían, ninguno sabía lo que era ser Gobernador. No quería recurrir a los ex de mi Partido, sus hazañas no eran bien recordadas, tampoco las del otro partido, pero, los escándalos de los míos eran más pesados. Rexach padre, desapareció de los mapas de la política, gracias a su hijo, y antes de llamar a Cifuentes, prefería cortarme un pedazo de pinga. Soler sugirió a Cárdenas, que aceptó y, para mi sorpresa, pidió unirse al equipo. Lo entramos por la puerta de servicio, para que nadie lo viera. Escuchar su opinión acerca de cada una de mis propuestas, desde la óptica de alguien que ocupó la silla, nos ayudó a afinar a tono de realidad.

Me sentí obligado a llamar a la Rémora e informarle lo que me proponía, en especial de la presencia de Cárdenas, no necesitaba su permiso, pero era el Presidente del Partido y merecía saber, además, porque así éramos los caballeros, y el maldito enano siempre me dio esa deferencia. No me sorprendió cuando dijo: «Sin pretender imponer nada, sería un honor ser parte de su equipo». Media hora más tarde, estaba allí, con las manos vacías y dispuesto a extenderlas para ayudar, hasta le dio un efusivo saludo con abrazo a Cárdenas.

Cuando comenzó a oscurecer, sugerí retrasar la reunión y muchos respiraron aliviados, el Palomo saltó del rincón en que se encontraba y gritó un rotundo:

—¡Imposible!

Todos lo miraron sorprendidos por el exabrupto del único verdadero caballero presente.

—Señor Gobernador, disculpe, fue una reacción tardía. No hay segundos turnos para primeras impresiones, ese Gabinete se ha destacado por no destacarse, suspender la primera es un mal precedente.

Tenía razón y lo sabíamos, no fue necesario secundar sus palabras, todos regresamos a lo que teníamos que hacer. Me encargué de que no faltaran litros de café, decenas de pizzas, donas y toda la mal nutrición típica del trabajo político. Sin darnos cuenta llegó la noche y, aunque empezábamos a lucir cansados, teníamos la misma intensidad de la mañana. Una palabra describía mi estado de ese día, inconformidad, tres borradores y nada me convencía. Era una hermosa obra de arte, la imagen de servidores comprometidos más allá del partidismo. Eran casi las cinco de la mañana, cuando revisaba el último borrador. Claribel dormía sobre la computadora, Francisco, literalmente, roncaba en una butaca; Chuck dormía en una de las alfombras y el Palomo me observaba leer. Cuando dije «excelente trabajo», algunos aplaudieron y todos se fueron de prisa, a refrescarse y relajarse, porque debían regresar en menos de tres horas.

***

Desde el campanazo de inicio, dejó muy claro quién daba las instrucciones y que sería implacable con quienes no las acataran. La primera cabeza en rodar sería la de Wilnelia Vizcarrondo, desde sus días como abogado litigante, Armando la tuvo encajada en el entrecejo; su ineficiencia, su historial y el poder que ostentaba, la convertirían en el ejemplo perfecto para persuadir al resto a ponerse en línea.

Después de los saludos y el protocolo, hizo peticiones de información general a todos. Pero, a Wilnelia le pidió un informe adicional, acerca del estado de los casos de más alto perfil que tenía el Departamento; los que siempre mencionaban en la prensa. Le dio un límite de treinta días para entregarlo; «cuando quieras deslucir a alguien, compromételo con lo que no puede cumplir», me dijo después. Luego, pasó a los contratos del Gobierno, ningún familiar de los miembros del Gabinete podía tenerlos. Vizcarrondo tenía sus dos hijos y esposo, cobrando en varias Agencias. En los rostros de la mayoría había distintos grados de temor, la manera en que hizo las peticiones de información y la advertencia de los contratos, resultaron intimidantes.

«No sabemos qué pasará durante los próximos meses. Con los recaudos que estimamos, podemos hacer en año y medio, lo que no hicieron los gobiernos anteriores, podemos dejar este país corriendo en sus pies. No es tiempo de peleas de estatus, eso es lo menos que le preocupa a la gente en la calle, hablo de lo más básico: de medicinas, hospitales, comida, seguridad. Puñeta, hablo de lo más simple que existe, de dignidad humana y de la oportunidad de vivir lo mejor posible».

Caminaba por el salón, alrededor la enorme mesa y los ojos de los presentes lo seguían, como las ratas seguían al flautista de Hamelin.

«Los que trabajaban para el Gobernador que salió y no para el Pueblo, pueden irse ahora, se les pagará lo que se les deba y sin rencores. Los que se queden, su oficina será la calle, alrededor de la gente. Se acabó el pasar la papa caliente, es tiempo de resolver; se acabaron los mensajes de texto y los chats. Quiero escucharlos y quiero que me escuchen y que lleguen claros los mensajes. Si están dispuestos a trabajar tantas horas como tenga el día, a no dormir para alcanzar el sueño de los que necesitan, a abandonar a sus familias en fechas importantes, para atender la necesidad de otros que a veces ni merecen ni agradecen, están en el lugar correcto. Vamos a trabajar para cambiar las condiciones del país y la reelección no será tema que nos preocupe».

Se detuvo en seco, en el extremo de la mesa, miró a cada uno y sonrió, casi todos le sonrieron de vuelta. «Sólo si están dispuestos a servir de verdad, pueden quedarse y caminar conmigo. En un año y medio, sus cuerpos estarán pesados, exhaustos, pero tan livianos de espíritu, que no sentirán el cansancio; orgullosos de que hicimos lo que mandó la historia y de pasarle a los próximos, un mejor Puerto Rico. ¿Están conmigo?». El "sí, señor" fue seco y sonoro, hizo eco en las paredes del enorme salón. El hijo de puta sabía ser inspirador; si estaban faltos de moral, el Tiburón les aplicó una fuerte dosis. Armando era el líder al que muchos hubiésemos seguido hasta la guerra, porque nos hacía creer lo que decía.

Al salir de la reunión, hicimos la entrevista en mi podcast. Hablamos cerca de dos horas, en las que le gente no paró de comentar, la mayoría apoyaba sus propuestas. Los comentarios nos decían que, si las elecciones se hubiesen celebrado ese día, el Tiburón ganaba por un amplio margen. Con su media sonrisa, su ceño a medio fruncir, decía como se proponía salvar al país y cada palabra que salía, sonaba más convincente. Su equipo montó una recopilación de imágenes de sus logros en la Alcaldía que pasábamos en recuadros, mientras conversábamos. Su firmeza durante la revolución del verano le ganó mucho apoyo; no señalar a Egui y mantenerse firme, contrario al resto de los políticos y figuras públicas, lo afincó como líder máximo del país y el Partido, aunque Rémora fuese el presidente de la colectividad y Danglada el próximo candidato.

Se creyó toda aquella ola de promesas e ilusiones, tanto, que me hizo creerlas y las pensé posibles. Desde ese momento, algo cambió, pareció cancelarlo todo y su único foco, era dejar al país en orden. Nunca lo vi tan metido y concentrado en algo. Era imposible hablar de trivialidades, todo era trabajo. Se podría pensar que bajó la ingesta de drogas en esos días, al contrario, se metía más. Fueron tan largos y cargados esos meses en la Gobernación, que Armando necesitó combustible pesado todo el tiempo.

24

"Are you gonna go my way"

*"I'm the chosen,
I'm the one. I have come to save the day
and I don't leave until I'm done".*
Lenny Kravitz

Los primeros meses no fueron lo que esperaba, pero, en verdad creí que podría lograr la utopía. Gobernar no resultó difícil, fue similar a la Alcaldía, sólo veinte veces más grande. Para calmar las críticas, de inmediato designé a Iván López como Secretario de Estado, un buen amigo, abogado inteligente y honesto, a pesar de pertenecer a mi Partido. Palomares hizo su magia: sonó algunos teléfonos en el lado derecho del Congreso y, después de varios viajes, cenas y no recuerdo cuantas botellas caras de *whisky*, consiguió la clave para abrir el grifo de los fondos retenidos. El acceso fue más fácil esa vez, gracias a los huracanes ya conocíamos el camino. Los fondos estaban "perdidos-anclados-estancados" por la ineficacia y mojoneo del Gobierno Millenial de Egui, además de su idiotez de amenazar con golpear a Trump en la nariz. Quien, por suerte, era acechado por los Demócratas, que amenazaban con un juicio político, y no tenía interés en los asuntos boricuas. Además, sus congresistas sabían que, con el exilio masivo de puertorriqueños a la USA después del huracán, estados como Florida, Texas y otros que los Republicanos ganaron por corto margen electoral, podían verse a merced del voto boricua; si todos los que emigraron se alineaban, podían cambiarle el giro a cualquier elección. Para asegurar el éxito en el rescate de los fondos, otorgué varias entrevistas en *primetime*, en las que aseguré que el Presidente fue sumamente generoso y le agradecía, en nombre de todo el país, su ayuda sin precedentes: «*Theres no doubt, that President Trump, is the best thing that happended to Puerto Rico, during the emergency*». (Mentiras piadosas…)

Mas, un sabio de las ciencias humanas dijo: "con la boca es un mamey". Los fondos comenzaron a llegar, pero, el programa trazado, estaba tan atrasado, como el de cualquier otra administración. La fraternidad que Egui dejó, tenía más compromiso que voluntad, perdían tiempo y les tomaba demasiado ejecutar directrices. Mi mayor problema, fue mantener el tracto de las falanges más distantes, en esas solían formarse las "revoluciones".

En un encuentro breve con Wilnelia, le recordé el informe, se excusó riendo, y dijo que faltaban dos días para el término que le otorgué. Todavía le sangraba la herida de los contratos familiares, además, sentir que estuvo cerca de la silla mayor, le dio ínfulas de "debí ser yo", que, en alguien de tan poco seso, resultaba nefasto. En la reunión de octubre, ya habían pasado treinta y dos días del ultimátum, y allí estaba Wilnelia, como si nada; con su pelo estirado, maquillaje de salón, más que para una reunión de trabajo, parecía que iba a un evento nocturno. No terminaba de decir «buenos días», cuando le pedí el documento. Su risilla me dio la impresión de que pensaba que "blufeaba"; que le daría otro mes y otro después. Respiré profundo, por encima de mis espejuelos para leer, observé a los presentes, casi todos miraban a la mesa, como por vergüenza.

—Secretaria, lo lamento, pero, esto no va a funcionar. Por esta razón y otras que no querrá discutir frente a sus compañeros, le pido que se marche. Desde este instante, no trabaja para el Gobierno de Puerto Rico. Paco y Claribel le acompañarán a su oficina para que recoja cualquier pertenencia necesaria, el resto se lo enviaremos a su casa. Muchas gracias por sus servicios y éxito en el futuro.

No todos los días se despide un Secretario de Justicia, fue eléctrica la sensación. Sólo por curiosidad, por si la emoción sentida era un asunto de jerarquía, despedí también al Director del 911 (nunca contestaban los teléfonos de su agencia), pero no fue igual; definitivamente no era el puesto, realmente me caía gorda la Vizcarrondo.

—Nos queda poco más de un año y algunos todavía arrastran los pies. Más cambios vendrán si no veo resultados pronto.

Chuck tomaba notas en su libreta y se reía sin hacer ruido. El Pimpollón de Alejandra, por alguna razón que nunca pregunté, estaba sentado al lado de Wilnelia, no lo noté antes, se quedó petrificado al ella marcharse. Giré la cara buscando a Francisco al otro lado de la mesa; para variar, me regañaba con la mirada y se atrevió a abrir la boca.

—¿Algo o alguien más, señor Gobernador?

—Pues, ya que lo menciona, señor Secretario, les informo que el Licenciado Ortega será el nuevo Titular de Justica, nuestro Secretario de la Gobernación, comenzará los trámites para su confirmación inmediata.

La cara de Franco cambió de regaño a horror y después a rabia. La reunión continuó, les dije una que otra mierda más y me retiré para que buscaran soluciones. Pimpollón me siguió, pensé que para agradecerme. Era osado aquel marica, se atrevió a preguntar:

—¿Y nuestro arreglo?

—Si eres tan pendejo como para pensar con los cuernos, no mereces estar aquí. Vete a llorar a otro lugar, en el que te hagan brillo en la cornamenta. El arreglo cambió en el momento en que me hice Gobernador. Ahora eres Secretario, más dinero, mejor resumé, el plan original no te ponía en la silla —no me gustó su expresión—, considéralo un premio de consolación por los agravios y la humillación. Si no lo quieres, tu próximo jefe será mi empleado, recuérdalo.

—Es humillante que me ponga bajo su mando.

—Nunca pretendí que trabajaras para él. Te reportarás directo a mí, no me jodas con más quejas y fuera de aquí.

Sabía que aceptaría, un poco más de dinero no le vendría mal; tampoco pagar el favor siguiendo mis órdenes. Cuando caminaba a la puerta, me fijé en su traje de entalle moderno, chaqueta más corta de lo usual y el pantalón ajustado como tubo hasta el tobillo.

—Escúchame algo, Pimpollón, ¿cómo puedes caminar con esos pantalones tan apretados? cuando vienes a quejarte me pones en una difícil disyuntiva, no sé si patearte el culo o pellizcarlo. Si esperas respeto de los demás, necesitas parecer un hombrecito. Es tiempo de cambiar el modisto, por un sastre. Dile a Palomares que te lleve al suyo.

Comencé a usar los trajes hechos a la medida, para el segundo cuatrienio, cuando el dinero fluyó. Me gustó eso de estar exacto, mi padre jamás tuvo un guardarropa como el mío. Después de sentir la maravilla de un traje hecho para mí, que se movía conmigo, sin salir de lugar, no regresé jamás a los *racs*.

***

Para finales del 19, el camino hacia las elecciones se hacía visible, ambos partidos tenían exceso de candidatos; con el país cada vez más apretado, la política parecía ser unos de los pocos salarios competitivos que quedaban; nos esperaba una primaria caliente. Belinda Rosales (mejor conocida como la Reina del Facebook), traía un nuevo partido, pensó que, si sola llegó tercera, acompañada no tendría competencia. Su primer "reclutamiento" para la próxima aventura eleccionaria, lo hizo un año antes, se empató con un polluelo del Partido Rojo, con más deseos de hacer historia, que lo correcto y muy dispuesto a jugar la carta farandulera. Pasaron unos meses mostrándole al mundo su amor y excelentes cuerpos en trajes de baño. El año de elecciones llegaron agarrados de la mano, dizque a salvar el país; claro, con ella a la cabeza. Pocas veces, vi personas con aquella maquiavélica determinación para vivir la vida pública, Belinda no tenía reparos ni vergüenza para decir lo que la gente quería escuchar. Lo que le sobraba en astucia, le faltó en escrúpulos. Su problema fue el ajedrez político, vivir en las redes le dio la perspectiva incorrecta de los votantes.

Danglada arrancó su tan esperada campaña, para dejar claro que: «Soy el único candidato capaz de salvar al país, si Quiñones rompe su palabra y corre, tendrá que verme en primarias, y no hay duda de que lo aplasto». Algo que incomodó al Tiburón, todo lo que hacía era criticarle. Fueron varias las ocasiones en que Armando se mordió la lengua y no le disparó al rastrero de Danglada, sólo porque si lo hacía, había la posibilidad de que le pidieran que corriera él, y no estaba dispuesto: «Me retiro Blackie, me largo», repetía a cada rato.

Las Feministas de la Coalición (adictas a la ambición de poder) comandadas por la Argentina y una Ex de Karla (como le llamaba Armando, ya que no le gustaba decir su nombre), hicieron mucho ruido. Sus exigencias principales, eran "la Declaración de un Estado de Emergencia Nacional por Violencia Machista", y "la Implantación de la Educación con Perspectiva de Género en todas las escuelas", su líder se rompía los pañuelos asegurando que era la mejor herramienta para salvar mujeres. Además, pedía proyectos de ley sin lógica ni base jurídica, para otorgar a las femix derechos y condiciones especiales, que degradaban al hombre a ciudadano de segunda. Tiburón rechazó los reclamos, pero, conocía a sus detractoras, y se fue por la radio y otros medios, a contrarrestar el fuego que ya recibía y explicar sus razones, que nada tenían que ver con machismo ni misoginia.

Por alguna causa enferma de su cabeza, le encantaba que las *femix* le llamaran *masplainer*, decía que, en criollo-feminista, significaba: "déjenos hablar, aunque no sepamos lo que decimos". Para las entrevistas, exigió sólo reporteras que coincidieran con la línea de sus ideas, así podría plantearlas sin interrupciones ni críticas. Pero, para cruzar al otro lado y debatir, con toda la masculinidad "tóxica" y la testosterona que lo convirtieron en el Tiburón Quiñones, exigió únicamente reporteros, podía golpearlos con las palabras que le diera la gana, rayar en la falta de respeto y a nadie le importaría porque "era un asunto entre hombres".

Jennifer Santini, siempre estaba cuando Armando lo necesitaba; sus entrevistas le subían el *rating*, no le importó que su emisora (la más antigua de las locales) estaba amarrada al discurso de lo políticamente correcto, y no podía expresar que estaba más de acuerdo con sus ideas que Armando.

—Jennifer, la Coalición nos endilga refritos que no sirvieron en Argentina, España y Estados Unidos, entre otros tantos países con ese progresismo totalitario. Después, con su cara fresca de descaro y altanería, utilizan los fracasos de sus propuestas, como excusa para exigir más millones de dinero público que no tenemos, para ese círculo vicioso de fracaso y recompensa. Es tiempo de echarle un vistazo a los negocios y personas que, "sin fines de lucro", se enriquecen con el dinero para la protección de nuestras mujeres.

Aunque con menos intensidad, debido a la piquiña que Armando le provocaba, las preguntas de Jennifer, eran iguales a todas las de los periodistas que debían seguir el libreto hembrista, impuesto a los medios por la Coalición.

—Pero, Gobernador, y los veintiún feminicidios que van este año, no me va a negar que existe violencia machista.

—No niego que vivimos en una sociedad sumamente violenta y muchas personas, hombres mayormente, suelen perder el control. Pero, no tenemos asesinos en serie que maten mujeres, sólo por su sexo. De las veintiuna que dices, nueve fueron a manos de sus parejas; el discurso que busca dividirnos le llama "femicidios" pero, yo les llamo, víctimas de violencia intrafamilia. Un problema que no podemos atacar, ya que la Coalición intenta borrar su existencia de la memoria colectiva y hasta de los diccionarios, porque no le conviene a su discurso —su rostro se enrojeció un poco y el tono de la voz se tornó más grave—. Las restantes, murieron por delitos producto de una criminalidad que nos parece cotidiana, y que también, en lo que va del año, se ha llevado trescientos setenta y cinco hombres; la mayoría jóvenes que escogieron el crimen como profesión. Tres fueron asesinados por sus parejas, y nadie los llama "masculicidios", de hecho, suena ridículo. No te molesta como… —se detuvo al sentir que la ira se apoderaba de sus palabras.

Respiró profundo y miró hacia arriba. Ella no perdió tiempo.

—Lo noto molesto, señor Gobernador…

—No es molestia Jenniffer, es frustración de ver desaparecer a una generación de hombres y que a nadie le importe. Necesitamos adoptar la razón y hablar la verdad, con cuentos de terror y falsos enemigos, nunca encontraremos soluciones. "El Patriarcado nos mata". No me canso de decir que, el cuento del Patriarcado es tan real, como el del virus del *Y2K*. Cómo es posible que los patriarcas mueren más jóvenes, que estudien menos; cómo explicas que se suicidan ochenta y cinco veces más. No voy a declarar una emergencia que no existe, lo que sí haré…

Fue pedirle a los Secretarios de Familia, Salud y Seguridad, que investigaran treinta años hacia atrás, las cifras de crímenes violentos, de hombres y mujeres, y prepararan un informe sin cifras amañadas por ideologías ni política. Les asignó fondos y personal adicional, y les delegó la redacción de un Plan Para Prevenir la Violencia.

—En cuanto al asunto de la perspectiva de género, en ningún país latinoamericano que la trató disminuyeron las muertes de mujeres; en Argentina, aumentaron exponencialmente. Para el bienestar de nuestros niños, es imprescindible inculcarles el valor y respeto por todas las personas, sin distinción alguna. Pero, no es del bienestar de lo que se trata esa nueva tendencia ideológica, que trae hasta su propia semántica totalitaria, disfrazada de "inclusividad". Soy un padre preocupado de que intereses muy adultos y ambiciosos de poder, se cuelen por las rendijas de una legislación incomprensible. Ya ordené la creación de una Comisión compuesta por padres de todos los sectores, les corresponde a ellos decidir lo que aprenden sus hijos.

La Coalición, también sugirió un aumento en la cantidad de mujeres en la fuerza antimotines, suficientes para hacer una ilusión de balance. Le gustó la idea, años antes hizo algo parecido en San Juan.

"El Tiburón y su Rémora, atacan otra vez", se convirtió en la línea favorita de los rojos y detractores. La Cámara aprobaba sus proyectos sin vistas y la oposición no tenía mucho que decir. En el Senado había sus trabas, Tony era del grupo de Danglada y le velaba los intereses mientras podía. Con los años, a pesar de no creer del todo en los ideales de su partido, el juego partidista se le metió entre la piel y se convirtió en un asunto de competitividad, más que de ideales.

Un par de semanas después acariciaba la barriga de Harrison y leía en la computadora, cuando escuché el inconfundible sonido de un motor deportivo poderoso, el ronquido hueco, que hace vibrar las ventanas. Salté del sofá y Harrison voló algunos pies, lo escuché quejarse al caer, pero seguí hacia la ventana. Allí estaba, el Lancia Stratos, que solía esperarme en Texas. Me puse las manos en la cabeza, sentí un susto repentino, ese de "no es lo mismo llamar el lobo", que se desvaneció de inmediato, cuando la vi bajarse. Me sentí como Forrest Gump, cuando vio a Jenny llegar para quedarse. Con gafas oscuras, tacones hasta el cielo y aquella sonrisa que me domaba, que me hacía sentir en casa donde quiera que estuviera ella; que me "aputosaba" más cada vez. «Que me hace…», «que te hace humano, pendejo, disfrútalo, es algo que no todos tenemos», me dijo Karla, porque no me atrevía contarle a Armando de mi paseo sobre las nubes.

—Todavía faltan muchas cosas por enviar, pensé que te gustaría darle uso a tu regalo.

Claro que quería darle uso a mi regalo, pero, quitarle la ropa me pareció más importante en ese momento, la carretera podía esperar.

25
EL VIOLADOR ERES TÚ

Juro que fue una broma… Algún infiltrado que tenía en La Fortaleza, grabó y divulgó un audio (de mala calidad) de una conversación privada, que sostuve con Karla y Francisco. Hablábamos de varios asuntos, como la nueva líder de la Coalición (de odiadoras de hombres), que tuvo un fuerte romance con Karla, mientras hacían los estudios graduados. Querían usar el teatro Julia de Burgos, para un asunto menstrual (literalmente, ya que consistía en verter sangrados), el Decano no se atrevía decirles "no", por temor a ser perseguido en las redes, y me pidió intervenir.

—Tiene el humor de un pitbull cuando le pellizcan las pelotas. ¿Qué carajos le hiciste a esa mujer? —pregunté.

—No le hice nada, trae su locura de "fábrica". Era víctima desde antes que el victimismo estuviese de moda, por qué crees que no duramos ni tres meses.

—No digas. Pensé que fueron los cabellos rosados y cortes militares.

—Para nada, en esos tiempos se veía normal y parecía cuerda, el cuerpo de camionero, los tatuajes de Julia y el mal gusto, llegaron después; no se vestía con pañuelos y se bañaba todos los días. Nos empatamos y en menos de una semana, técnicamente, se mudó a casa. En la intimidad, sin las caretas, me topé con aquella amargura depresiva y contagiosa. Fue como convivir con un cuerpo que menstruaba todo el año, no tardó en afectarme. Cuando le dije que no quería continuar, la atacó una histeria de llanto, «puta, dime que tienes otra, me gritó antes de lanzar varios puños que no pude esquivar. ¿No te acuerdas?

—Recuerdo el ojo morado y el lío para sacarla de tu casa. Saben, no comprendo la obsesión de las feministas con Julia de Burgos; similar a la de las americanas con Jane Austen. ¿No era Julia una sometida del patriarcado, igual que Frida Kahlo?

—Quizás, porque representan la víctima que todas "queremos" ser.

—A veces dudo que tengas estrógeno en la sangre, eres peor que Armando.

Francisco añadió algo acerca del derecho que tenían a expresarse, y me hizo explotar, como todo lo que decía en aquellos días.

—Derecho a expresarse, mis cojones. Lo que hacen es un sucio libertinaje de palabras trilladas con mala intención; la verdadera libertad debe tener consecuencias cuando se mal usa. De Franklin y Jefferson saber que, en un futuro de redes sociales, cualquier pendejo sentado en el inodoro, podría decir lo que le diera la gana, sin responsabilidad ni consecuencias, hoy día expresarse sería un caro privilegio.

—Es una respuesta básica al sometimiento patriarcal...

—¡Básica! ¿Quién me habla, Alejandra Prozac? ¿Esta nueva etapa de pusilanimidad es permanente o mientras dure el enamoramiento?

—¿Te parece justo que todavía exista una brecha en los salarios? —ripostó para sacar a la Palomita de la conversación.

—La brecha salarial del patriarcado es tan real como el virus de *Y2K*, el *bigfoot* y tu nueva pasión por la justicia social. ¿Sabes por qué la Coalición exige cuotas especiales en las escuelas de medicina e ingeniería, para que más mujeres entren y se gradúen, y tener más representatividad profesional, pero, no exige las mismas cuotas en las escuelas para plomeros? Muy simple, porque la Coalición quiere ganar lo mismo sin llenarse las manos de mierda; los trabajos "denigrantes" y peligrosos, siempre serán tarea de hombres.

El audio fue noticia, y yo comida de tabloides, noticieros prisioneros del discurso y periodistas sin ovarios ni pelotas, que repetían lo que no les causaba problemas con sus auspiciadores.

La Ex de Karla y su mascota argentina, no tardaron en atacar, me acusaron de todos los crímenes que eran tendencia y exigieron un boicot para sacarme del Gobierno. Con consignas como "¡Cállate blanco!", "Tus lágrimas blancas no apagan mi fuego", y otras tantas, combinadas con dramáticas expresiones de rabia, que dejaban claro el odio del discurso; no lo ocultaban y nadie se atrevía a señalarlo, muchos pendejos como mi amigo lo justificaron con cuentos *conspiranoicos*.

La Ex despotricó contra Karla, con tuits de veneno atacó su moral e integridad; contó eventos sexuales entre ellas, a manera de mofa vulgar. Le dijo de todo lo que no se le dice a una mujer. Y no conforme, movió a su caterva de luchonas y aliades de las redes para que le hicieran coro y multiplicar los insultos: "puta traicionera", fue el más compartido; y no pudo faltar el tradicional "blanca privilegiada". Por cierto, la Ex no era negra, su padre era privilegiadamente caucásico, y su madre tenía un tono mulato caribeño. Fue común que muchas personas de tez clara, en especial mujeres, trataran de oscurecerse las pieles con linajes lejanos y *Coopertone*. Se jugaba la olimpiada del victimismo, ganaba quien perteneciera a la mayor cantidad de minorías. Era el deporte perfecto para la ex, que, en busca de entrar a la realeza del victimismo, publicó un panfleto de noventas páginas, con letras muy grandes y repleto de fotos suyas, al que mal llamó libro y tituló: ¡Sobreviviendo!: La dura lucha de una mujer negra y plus en la sociedad patriarcal puertorriqueña.

Ya les dije que ese fue el cuatrienio de las protestas, y que los colonizados molestos, reprodujeran los *slogans* extranjeros. La conversación fue todo lo que se necesitó para que montaran, frente a La Fortaleza, un campamento de Armando Renuncia. Todos los días, coreaban aquella ridícula letra, que se suponía eliminara la violencia. Los primeros días la cantaron según el itinerario. Después del tercero, no llegaban suficientes y lo berrearon como pudieron; a la semana, usaban una grabación. La Argentina era la encargada de la cantata y no falló ni un día. Era la toxina del campamento, tenía más energía y rabia que la mayoría de las boricuas que la seguían. Todo lo que necesitaba para guardarla una temporada en el hoyo, era que encendiera o destrozara algo. Lo consulté con los Federales, y estarían encantados de acusar de terrorismo a una "sudaka" revoltosa, «y la deportamos cuando pierdan los "cristinistas" en el 2023, cosa de que la procesen por los destrozos que cometió en los días de Macri; si la deportamos ahora, la reciben como héroe», me dijo el Director del FBI muy emocionado.

Contrario a los de Egui, el nuevo campamento no estaba muy concurrido. La utopía de mis primeros seis meses, me convirtió en la persona favorita de ocho de cada diez puertorriqueños. Sólo los que siempre se quejaban de todo estaban allí, además de músicos que ya no grababan y actores que ya no actuaban, que necesitaban recordarnos que aún vivían. El apoyo que recibían no era mucho, eran una evidente casta de resentidos sociales, y no había nada de diverso en eso. El problema, era que estaban frente a una hilera de restaurantes con mesas y terrazas exteriores, que tenían como vista, aquellas cloacas formadas con casetas de campaña, paletas de madera y demasiado olor corporal. Los comerciantes no paraban de quejarse. No los culpaba, sin ánimos de cosificar a nadie, los físicos de las manifestantes eran aptos para pocos gustos y la moda de "alienígena" radical no los ocultaba. Cada vez que uno de aquellos especímenes gritaba "nos violan", sólo podía pensar: *¡Quién carajos!*

Claudia no estuvo muy responsiva esos días, *mucho trabajo*, pensé. Pero, para nada, un pendejo, del que nunca me habló, le andaba haciendo gracias y sonrisas, que parecían tener efecto. Cuando al fin me lo "comentó", fue en una video llamada y, entre sonrisas y miradas esquivas, trató de parecer tan casual, que supe al instante que no sería tan fácil de boicotear como los anteriores.

A "La Metralleta" Acosta tampoco le iba muy bien. Al declararse mujer, previo a la pelea estelar, su rival se negó a enfrentarle; alegó que como hombre, y caballero, se negaba rotundamente a golpear a una dama. Por alguna extraña razón la Comisión Mundial de Boxeo aceptó el planteamiento, despojaron a "La Metralleta" de sus dos títulos mundiales, y le recomendaron que comenzara una nueva carrera dentro de las divisiones del boxeo femenino.

26
El año del excremento

El hombre propone, Dios dispone (bueno, en realidad es la mujer quien dispone) y cuando llegó el 2020, se lo pasó todo por los cojones. Nunca tuve tantas esperanzas en el último año de un cuatrienio, era el del adiós a todo aquello que ya me aborrecía. Pero, fue el año en que el excremento de todos los animales del calendario chino nos cayó encima, combinado con algunas plagas bíblicas, profecías apocalípticas, teorías de conspiración y libretos de ciencia ficción. El fuego fue un elemento constante, todo ardió: bosques, barrios, gasolineras, centros comerciales; carreras políticas y hasta elecciones. En Europa, Inglaterra abandonaba la unión europea, y el príncipe, que no sería rey, abandonaba la realeza, presionado por su esposa, una actriz gringa (que nunca actuaba) y se tiraba el papelazo de su vida: el de víctima "real", con salario fijo de la corona.

Enero comenzó con la masacre de una familia entera. Cuando se está en la silla número uno, los crímenes tocan más de cerca. Cada vez que la prensa del amarillismo, que amaba el morbo, reseñaba hasta la náusea algún asesinato, obligaban al gobernante a ver de frente a las otras víctimas. Siempre, aunque tuviese la certeza de que la persona muerta no era buena o que se buscó la muerte, el dolor de una madre, de un padre, de una esposa, siempre tocaba a la puerta del lado triste del corazón. Pero, toda una familia, me sacudió las losetas. ¿Quién tenía la sangre tan fría para eso? ¿Sería uno de esos ajustes tipo cartel? De ser ese el asunto, no podía darme el lujo de permitirlo, si esa violencia se apoderaba de la isla, no habría manera de frenarla y mi retiro de gloria se iba al piso.

El Plan Antiviolencia que pedí, estaba casi terminado, teníamos números de verdad y no especulaciones. Era prioridad ponerlo en marcha. Pero, como todas las prioridades que tenía, cedió ante las inclemencias del 2020. Le exigí acción inmediata a la Policía, para el esclarecimiento; pero, fue al viejo Taíno y su inteligencia callejera, a quien le encomendé la verdadera investigación y entregarme los culpables, seguro que, quién tiró del gatillo, no estaba solo. Taíno sólo tardó horas, en encontrar las respuestas.

Fue un asunto de venganza entre una pareja de narcos, por asuntos de faldas. El hijo mayor de la familia ultimada estaba preso, en espera de juicio; la mujer embarazada y muerta en la escena, era su amante. El bárbaro le confesó el amorío a la esposa, que también era su socia en los negocios, y le pidió que le enviara dinero a la joven, para manejar el parto y otros gastos. La esposa, que no tenía la sangre, para nada, fría, le dijo: "Cabrón, cuídate porque ésta no te la perdono. A la puta esa la mato", y así lo hizo. Para su mala fortuna, el hermano de la joven amante era el líder de otra ganga de tiradores, que se encargaron de cobrar la cuenta. Poco más de una semana después, en plena avenida Roosevelt, la acribillaron a pura bala, dentro de un Mercedes-Benz, junto a dos acompañantes.

Pensé que el campamento de *femix* quemaría San Juan por las mujeres víctimas en ese crimen. Pero, como era un ajuste de cuentas, ninguna organización feminista se expresó. A la ex de Karla no se le vio ninguna de sus tonalidades de pelo, que contrastaban con los vellos canosos de sus axilas, siempre al descubierto.

Ese mismo día, recibí una noticia que me afectó más que la masacre. No se suponía que lo supiera, pero, Claudia estaba en la isla con su nuevo "novio", que recién le pedía matrimonio y la muy... aceptó. Era ardoroso para el espíritu, saber que otro pedazo de carne entraba y salía del cuerpo de la mujer que completaba mi alma. Imaginar que le hacía lo mismo que yo y que a ella podría gustarle más... Pensarla gimiendo y pidiendo castigo, y saber que el otro se lo daría, me atormentó mil veces al día y durante todas las putas noches.

***

El día de Reyes, desperté pensando que alguien me sacudía la cama; me tomó algunos segundos comprender que la casa entera temblaba. Cuestioné mi sanidad, *anoche no me metí nada*, pensé. Era todavía de madrugada, el perro le ladraba con insistencia a la oscuridad que mostraba la ventana. Afuera, se escuchaba un ruido singular, como si un ejército de soldados con armaduras y zapatos de metal marchara de prisa. El cuadro de mi vieja se movía violentamente, pensé que se caería y le menté la madre a la tierra; pareció funcionar, porque se detuvo. No pasaron diez segundos y el acondicionador de aire se paro; era hábito y costumbre quedarnos sin energía al menor improperio de la naturaleza.

Llevábamos varios días de temblores en el sur, casas y otras estructuras se agrietaron, pero, las vibras no se sentían en San Juan. No salí de la cama, seguí durmiendo. No sé cuánto tiempo después, se sintió otro movimiento, que fue seguido de otros menores. Escuchaba los vecinos, la chismosa del lado no paraba de llamar a Dios. «*No sale el sol, Dios, perdónanos. El sol no sale*», seguía histérica. Miré el reloj, las cinco y cincuenta. Cuando iba a gritarle que se callara, algún vecino se me adelantó: «*Ridícula, estamos en enero, el sol sale a las 6:00*».

No pude dormir más. Comenzaba a aclarar y, ante la falta de energía y TV, agarré el teléfono y busqué. Aunque la noticia principal, era el juicio político contra Donald Trump, no tardaron en aparecer imágenes de residencias agrietadas, segundos pisos caídos aplastando vehículos en marquesinas y los rostros de pánico de los residentes.

A las segundas luces (a las primeras, trataba de dormir), salí a conectar el generador para emergencias, que utilicé durante la semana siguiente. Mientras le daba la vuelta al jardín, para variar, levanté varios tiestos del suelo, y vi una ligera grieta en la casa de la vecina que llamaba al sol. Revisé la mía, pero, tenía tantas grietas previas, que no podía achacarle ninguna al evento. La mañana siguiente, también tembló y siguió temblando por semanas.

27

Desvío de suministros

Rezar era un ejercicio inútil, lo traté muchas veces y nunca funcionó. La mañana de los temblores, rogué porque alguna terraza o columna de concreto cayera sobre el campamento de "machismo a la inversa", frente a la Fortaleza, pero, como dije, nunca funcionan los rezos. Se fueron al circo de las redes a contar como "sobrevivieron" lo que nunca sintieron. Aunque igual, hubiese sido inútil, ya que el campamento estaba vacío esa noche, era día de fiesta, la fiesta siempre fue más importante que la lucha.

Ordené a las agencias de seguridad que se movilizaran, el sur era zona de desastre. Ponce estaba sin cabeza, desde la salida impávida y sorpresiva de la Gardenia. Esa marica vieja huyó con su chofer a Brasil, por aquello de la no extradición. La buena fortuna que acumuló, le permitió vivir como todo un sultán, oculto en una favela muy pobre de Río; esa rápida forma de escapar y desaparecer, me hizo pensar que se preparó desde antes para un imprevisto; cuando ocupamos Ponce, lo entendí. Gardenia escondía una pesada deuda en un superávit que nunca existió; pasó casi diez años desviando fondos a sus cuentas, manejadas por MoneyMan Huertas.

El nuevo Alcalde no tenía idea del desfalco, fue necesario enviarle un síndico de mi Partido para supervisar las operaciones y de paso prepararlo para que se quedara con la silla en las siguientes elecciones. Como siempre, esas tragedias sacaban todo lo escondido, a pesar de los destrozos a las viviendas y los pueblos en general, fueron las escuelas lo que más impactó la mente de los ciudadanos. ¿Dónde rayos estudiarán? Los planteles de San Juan fueron certificados como seguros, pero, no podían convertirse en el refugio de "todos", equivaldría a desmantelar el modelo que tanto nos costó crear. Necesitaba alternativas serias para mantener a los polluelos ocupados y en las aulas.

El problema de los sismos era que nunca sabíamos cuando se detendrían. Cualquier inversión, era una posible pérdida. Alguien sugirió, comenzar un sistema de educación a distancia, me pareció buena idea, pero, mucha gente no tenía hogar ni Internet. Para lograrlo, debíamos cumplir primero con la promesa de Egui de computadoras para todos, y reforzar los servidores de data. Ordené que exploraran la alternativa y comenzaran un plan "piloto" con los estudiantes del sur.

En lo que eso sucedía, con los fondos que nos trajo la emergencia de los terremotos, creamos un sistema alterno, con vagones movibles, equipados con todo lo necesario, en caso de que continuaran las sacudidas. Como campamentos militares, fáciles de desalojar en casos de emergencia, pero, con colores institucionales. La Guardia Nacional se encargó de montarlos en parques de béisbol, futbol y terrenos abiertos con tomas independientes de energía, para no depender de generadores portátiles. La confianza que establecimos con los Federales durante los primeros seis meses nos permitió recibir y utilizar los fondos sin restricciones.

Los maestros estaban aturdidos, pero, con la intención de hacer. No faltaron quienes dejaron caer los brazos, so color de sindicalismo y "justicia social", pero, eran los menos, sólo hacían mucho ruido. Quizás fueron los padres, quienes más caídos de brazos estaban, se quejaban e imponían resistencia a los cambios. Como era usual, la ilusión de la pelea se daba en las redes sociales.

El déficit de ejecución de aquella Administración era para cagarse del miedo. El alcance del partidismo atacaba con más fuerza en los años de elecciones. Algunos municipios recibían más ayudas que otros, enviábamos todo según llegaba, pero, siempre había a quien le faltaba algo y se iba a la prensa a gritar que le faltaba mucho más. Por arte de magia o de clarividencia, alguien tuvo la iniciativa de romper un candado en un edifico "misterioso" de Ponce, y encontraron un almacén repleto de suministros. Hubo una repartición de culpas, ya que fueron ocupados por la masa de gente que llegó junto con el que abrió el candado, y las cámaras que grabaron el momento.

Muy conveniente. ¿Sabotaje? ¿Pero, quién? El síndico era de los de Danglada, y decía no saber del almacén pero, los populetes aseguraban que se apropió del almacén para repartir el contenido, cuando Danglada y sus secuaces del Senado estuviesen presentes. Para sacarme el asunto de encima, en una de las tantas entrevistas que di al respecto, culpé a la Gardenia desaparecida y el odio del populacho se desbordó contra él, pero, el asunto no estaba resuelto.

Las reconstrucciones fueron lentas y mucha gente se mantuvo en casetas y los complejos movibles que armó la Guardia Nacional. Después del escándalo de los suministros, nos percatamos que, en el manejo de las compras y desembolsos, no todo lo que nos decían era lo que sucedía en realidad. No tenía tiempo para instalar sistemas de seguridad, así que recurrimos al espionaje y la intimidación, la mejor de todas las herramientas de inteligencia.

Fue la Rémora, quien se enteró primero. Se rumoraba, muy por lo bajo, que, ante la falta de interés de los Federales, Egui pensaba regresar y correr en noviembre, su equipo de comadrejas atornilladas en mi Administración, ideaban como sabotear a Danglada. Que también andaba doblando brazos, para garantizar que sería el candidato. Me importaba muy poco quién era al final, pero, si interferían con mi retiro, serían carne para cerdos o comidilla de tabloides (casi la misma cosa). Los sacaría a ambos de la pelea, antes del primer campanazo.

Las vistas para residenciar a Trump, estaban prontas a comenzar, sabía que defenderle en "Prime-Time", me traería caras largas en las bancas Demócratas, pero, los hijos de Burro Azul, podían lamerme los pliegues entre el tronco y las pelotas, mientras la Bestia Naranja ocupara la Casa Blanca y autorizara los fondos, le haría toda la buena campaña que fuera necesaria: «Los Demócratas no tienen oportunidad de residenciar al Presidente, y no se trata del Senado, se trata del peso de la prueba y su calidad...». Esbocé algunos disparates "juridicomplicados", que, traducidos al inglés, me hacían sonar como el Letrado de Dios, sí, de Dios. Ese era el problema del Diablo, su mala representación legal, por eso siempre terminaba culpable, sin necesidad de conocer los cargos. Dios, sin embargo, no importaba cuantas almas se limpió, ni que las alardeó para que lo documentaran sus profetas, permanecía limpio de culpas.

Puerto Rico no era una prioridad para los gringos, todo lo contrario, éramos una piedra en el zapato, que yo convertiría en un vidrio en sus medias. Casi simultáneo, acá en la isla de los desencantos, comenzó a discutirse en las Cámaras, la aprobación de dos leyes que le explotaban las pelotas al puertorriqueño promedio, porque implicaban cambios sustanciales, el Código Civil y el Electoral. La semana en que Evo Morales renunció a la presidencia de Bolivia, la Rémora preparaba una jugada de política sucia. Como su imagen estaba en pleno desgaste y sus créditos políticos agotados, aprovechó el poder que le quedaba como Presidente Cameral y presentó aquellas dos nefastas medidas. La abrupta salida de Evo, hizo que los Valverde terminaran con la distribución de coca antes de lo previsto. El Gobierno sustituto quería pasar por puritano y reprimió severamente algunos poblados indígenas. Fue una excelente noticia, teníamos negocios juntos que, sin la sombra de la ilicitud, podríamos desarrollar sin el temor constante de escuchar sirenas.

De primeras me negué a firmar ambas; no era correcto negarse sólo porque sí. Les dije a los Presidentes, que ante la opinión pública era una cagada enfocar esfuerzos en ese tipo de legislación: «Esperemos resolver el asunto del sur, ya entrado marzo, cuando los chicos estén en las escuelas, lo retomamos».

En enero, cierta información confidencial llegó al Palomo, de la voz de una de sus exes, que trabajaba en el Gobierno Federal. Un funcionario americano, estuvo por China y hablaba de la aparición de un nuevo virus y del esfuerzo de los chinos para contenerlo. Decía que, el Ministro de Salud chino, se sorprendía de que los gringos no anduviesen recolectando material sanitario básico(mascarillas, guantes y *sanitizer*).

—Almacena todos lo que puedas.

Por un momento me pareció una idiotez, pero, recordé su advertencia cuando el huracán, y le pedí que se encargara él. Yo tenía otros asuntos de extrema urgencia, qué me importaba un catarro del lejano oriente.

28
No se dejó educar

Al cumplirse un mes del campamento pro hembrismo, los comerciantes y Karla rogaban que ordenara el desalojo. Decidí salir a conversar con la Coalición, hablarles, escuchar lo que querían decir y tratar de entrar en términos: «Si no puedo convencer a algunas mujeres molestas, no puedo con un pueblo entero». Salí en contra de las recomendaciones de mis asesores: «Señor, ellas quieren estar molestas, es parte de su "lucha"». Debí escucharles, pero, creo que fue mejor aprender por la propia experiencia, que no se razona con dementes, delincuentes ni payasos que sólo buscan vivir del espectáculo.

Salí junto a Paco y un séquito de mujeres que incluían todas las clasificaciones progresistas posibles (negras, blancas, gordas, lesbianas, viejas y rubias) entre ellas Zenaida y Karla; sólo me faltó un trans para completar el cuadro. No avisamos, simplemente salimos. Al verme caminar hacia el chiquero maloliente, que llamaban campamento, algunas comenzaron a gritar, para avisar al resto. La ex se quedó atrás, no se atrevía a acercarse y darle la cara a Karla, después de su despliegue de calumnias en las redes. Fue la argentina mete cizañas, la que corrió para atajarme y parárseme al frente, con rostro de desafío, más que de diálogo.

Estiré la mano para saludarle, la miró y me la dejó tendida. Las demás aplaudieron la descortesía; muchas cámaras grabaron el desaire y lo subieron a las redes. La argentina comenzó a hacerme preguntas, que más que nada, eran acusaciones, y las otras vitoreaban con gritos guturales imposibles de entender. Cada vez que trataba de hablar, me interrumpía. Parecía que me dirigía al mayor desastre mediático de mi vida. No me quedó más que subir la voz por encima de la suya y asumir actitud de liderato.

—¡Así no podemos hablar!

Abrió los ojos como vaca en medio de un pujo y calló, el resto también reculó, pero no suavizaban la hostilidad.

—¿De qué parte de Argentina es usted?

—Córdoba.

—Bienvenida a Puerto Rico. Quizás no sabe que, en este país, mueren menos mujeres y tienen derechos por los que aún se pelea en la Argentina. Su crítica es injusta, y su constante incitación a la violencia y destrucción de propiedad, es criminal. No justifico el vandalismo en ninguna parte, mucho menos en mi tierra.

Además de los gritos, sonaban silbatos, tambores y otros instrumentos, que hacían difícil escuchar. Las cámaras de la mayoría de los medios de la isla estaban allí.

—No necesitamos su *mansplaining*, ni sus discursos —me gritó.

Karla intervino…

—Disculpe que intervenga, señor Gobernador. Compañera, no podemos usar la misma carta, cada vez que no nos gusta lo que un hombre nos tiene que decir.

—No me diga compañera, usted es una oveja sumisa al patriarcado, otra traidora sometida y machista… A este macho, hay que educarlo.

—No vine a ser educado ni insultado, vine a conversar a escucharlas, con la fe de entendernos al final, pero, veo que eso es imposible. Su activismo reaccionario y desinformado, sólo provoca división y desasosiego, y no ayuda a tender puentes. Creo que debería alabar la gestión social de un país que la respeta más que el suyo. Para obtener esos derechos que tanto reclama en su tierra, sólo tiene que mudarse a Puerto Rico y disfrutarlos.

—¡No se deja educar! —gritaba para evitar escucharme.

—No entiendo cómo se atreve a provocar, en esta isla con más derechos que su tierra natal. Ya ve, hasta permitimos que vengan extranjeros y se expresen con medias verdades. Por qué no se va de gira a países realmente oprimidos. En Afganistán el Talibán parece ganar terreno, por qué no se da un viajecito y los educa; le juro que le pago los gastos por el tiempo que le tome transformarlos. Si no le gusta ese hay muchos más, con mujeres que esperan por ser liberadas. Sólo que, ustedes prefieren ignorar los verdaderos opresores, y queman los países democráticos donde no corren peligro cuando juegan al Che Guevara.

Se quedó en una pieza, sin saber que decir. Su mala vibra me retorció los cojones, que costumbre de algunos argentinos de andar criticando al mundo cuando tenían su país hecho mierda. Guevara De La Serna era igual, con el culo cagado quejándose de peos ajenos. Pero, lejos de darme cualquier punto, los ojos se le brotaron con furia. Señaló y llamó a una señora de unos sesenta y cinco, que gritaba encolerizada, otra machista a la inversa la guió hacia nosotros y casi le saca el brazo de su lugar.

—Ande, explíqueselo a ella, hágale su *mansplaining*, —la dio un empujón y casi me la tira encima—. Este violador dice que no hay razón para quemar, cuéntale.

La señora comenzó a gritar, de primeras no la entendí, parecía que me agrediría. Paco iba a intervenir, pero le hice señas para que se alejara. Vi en sus ropas que la economía no era su fuerte, y en su rostro, que la felicidad tampoco. Entre gritos, me habló del asesinato de su hija, que seguía sin resolver y nadie le decía nada; estaba como loca, a punto de caer en un estado de *shock*. Aquel dolor que la consumía me quebró, instintivamente la abracé, ella me apretó con mucha fuerza, hundió el rostro en mi pecho y se desparramó en llanto.

Para ella no se trataba de búsqueda de igualdad ni de nada que tuviese que ver con derechos o paz social, ella veía lo que vemos la mayoría, un movimiento rabioso y violento, dispuesto a conseguirle venganza. Era muy lógico y hasta comprensible que, ante la ira y el dolor inmensurable que sentía una persona en ese profundo estado de vulnerabilidad, abrazara el grupo que le proveía la oportunidad de desquitarse. Que le ofrecía romper, quemar y destrozar; elementos tangibles para la catarsis de un ser en extremo lastimado.

Me pareció repulsivo y cruel que se usara el dolor humano de aquella manera, y me juré que acabaría con la farsa que montaba aquel grupejo, que no representaba el verdadero pensar de la mayoría de las mujeres. La ex de Karla y la argentina, observaban perplejas, como se les caía la casa de naipes que tan segura creyeron.

—Venga conmigo señora, entre al edificio que quiero conversar con usted y este no es el lugar.

La señora aceptó y ordené a todos los que me acompañaban que regresaran a La Fortaleza.

—Aquí no hay nada más que hacer, no se dejan educar —dije.

No muy lejos, alguien gritó: «Suéltala, canto de cabrón». Algo golpeó a Paco en un hombro, estaba detrás de mí y cayó. Luego fue la dama en mis brazos, quien recibió en la cabeza otro de los pedazos de piedra dirigido a mí. Empujé a Claribel hacia atrás, y le dije «corre». Apreté a la señora a mi cuerpo para protegerle; sentí la tibia viscosidad de la sangre y le cubrí la herida con una mano, con la otra, hacía balance para no dejarla caer, entre la lluvia de piedras y otros objetos voladores que no identifiqué. Era difícil cargarla y hacer presión a la herida, recibí dos pepazos en la espalda, pero no debieron ser de gran tamaño, porque no caí. Grité por ayuda a los paramédicos de la ambulancia que teníamos en la Fortaleza. Paco, con la camisa manchada de tierra, me la sacó de los brazos, corrí junto a él y seguí con la presión para evitar que sangrara.

Los paramédicos llegaron segundos después. La colocaron en la camilla, le dije: «Vas a estar bien, te lo juro; y el perro que mató a tu hija se va a podrir en la cárcel o lo mato yo». «Perdóname, mijo», murmuró débil y llorosa, y me tocó el rostro, le besé la frente y le dije «Perdóname tú, por no escucharte antes». Se la llevaron, tenía su sangre en toda mi camisa, la corbata y ambas manos. Las piedras y los gritos continuaron. La fuerza antimotines estaba en línea para salir y replegar la turba, pero, ordené que se detuvieran. «Manténganse listos para salir, porque saldrán, sólo esperen la orden». Me faltó decir déjenlas quemar, las cámaras están ahí, que el mundo vea la realidad, la matriz de la verdadera violencia; el odio y la ira de unos pocos que, no les daba la gana de vivir en comunidad y que se llenaban los bolsillos con el caos.

Eran las dos de la tarde, y cuatro cuadras de puro comercio, turistas y tiendas llenas de colores caribeños, cerraron ante la violencia de la turba con pañuelos verdes y morados. No quedó silla ni mesa ni cristal ni florero, nada y todo ante los ojos del mundo. Frente a la verja de la Fortaleza, la ex de Karla, estaba pálida al ver a sus secuaces destrozar lo que quedaba. Antes de ordenar al Jefe de Policía que soltara a los gorilas rompe motines, me acerqué a la verja, ella se petrificó al verme, tenía la expresión de quien sabía que la cagó. Le sonreí con toda la maldad que me provocaba y le dije susurrando, con la esperanza de que me leyera los labios: «Jaque mate, hija de la gran puta».

29
Nuevo juego

Cuando mi personal estuvo seguro y los heridos debidamente atendidos, pedí un informe de los daños y los nombres de las personas lastimadas.

—En los próximos 20 minutos daré una conferencia, reúnan a la prensa.

Francisco me increpó frente a todos.

—Hace tiempo te advertí que esto pasaría. No puedes empezar una guerra contra las mujeres.

—La comenzaron ellas. Y no son "las mujeres", es una pandillita de haraganes, con mucho tiempo en las manos y malas costumbres, que sólo saben quejarse. Si se pusieran a trabajar dejarían de alucinar la brecha salarial.

—No entiendo ese nuevo odio tuyo. Tú, particularmente...

—¿Qué carajos quieres decir con "particularmente"?

Al recordar que no estábamos solos, se tragó la lengua; le dije a los demás que salieran y cerraran la puerta.

—Armando, eres un tipo mujeriego, tu imposibilidad de respetar...

—Franquito, detente. Tú no lo eres porque te faltaron cojones para atreverte; preferiste observar y babearte. Si algo tolero menos que tu nuevo feminismo mariconil, es la hipocresía que lo sostiene. Ahora lárgate y haz tu trabajo: ordena a la Policía Táctica que rodee el campamento, después de la conferencia de prensa. Voy a barrer el machismo tóxico de esas hijas de la gran puta. Si no puedes, deja tu renuncia en el escritorio de Claribel.

Palomares entró después y cerró la puerta.

—A tu nuevo yerno se le aguaron los cojones... Perdón por esto, pero, creo que tu hija lo tiene así.

—No lo dudo —murmuró mirando al suelo.

—Pronto lo veré con trajes ajustados. Por lo pronto, le diré a Paco que te saque de aquí. En media hora habrá más gases allá al frente, que en la atmósfera de marte.

—Si las sacas a macanazos ellas ganan; es sangre y pauta lo que buscan. Tengo una idea que podría llevar el mensaje que pretendes. Para lograrlo, sólo necesito que te hagas el pendejo por varios días… Perdón, señor Gobernador, quise decir "de la vista larga".

Me convenció de inmediato, pero, qué duro se me hizo contener el deseo "escualo" por la sangre.

—¿Recuerdas aquella idea para rescatar la masculinidad que sugeriste en el 2018? Le llegó el momento…

***

La policía se mantuvo en el perímetro, pero, no intervino; lo que encolerizó más a las manifestantes. Entre gritos les lanzaban con todo lo que encontraban. En medio de la vorágine, Armando apareció en cámara, con la camisa ensangrentada y franqueado por la Alcaldesa de San Juan y la mayoría de su Gabinete:

«Es vergonzoso que el pueblo fuese testigo del caos y la violencia desatada por la locura de una secta cuasi religiosa que usurpa poderes institucionales. A la dama agredida, en este instante, la intervienen quirúrgicamente de una fractura craneal. Además de sufrir el desgarro que dejó la muerte de su hija, que como padre no quiero imaginar, es explotada por delincuentes que se aprovechan de la vulnerabilidad y manipulan sus sentimientos, para transformarlos en ira y desatarla en violencia. La manipulación del dolor de una madre es aberrante, un maltrato que debería ser un crimen.

A las dirigentes les habló directamente: «Ustedes no representan a las mujeres, las utilizan. No hay mucha diferencia entre políticos corruptos y activistas manipuladores, es el mismo deporte, liga distinta. Lo que la Coalición les plantea a las mujeres, no es igualdad ni libertad, es la imposición de un nuevo dueño que les ordena cómo vivir. Que las degrada y condena a un perpetuo estado de víctima frágil y necesitada.

Demasiada hambre de venganza en sus consignas, coreadas con la ira de un teatro de lo absurdo. No se llega a acuerdos ni unidad de esa manera; eso no es liderato, es burda ambición. Si Mandela hubiese actuado como la Coalición, no quiero imaginar la violencia genocida que habría significado la aniquilación total de su gente, a manos de los que controlaban la milicia y el presupuesto surafricano».

En la calle las manifestantes gritaban más alto, como siempre, se negaban a escuchar. «Ustedes proponen negar la realidad y cambiar la narrativa. Nosotros no la negaremos, la haremos visible con datos correctos, sin las manipulaciones y el apasionamiento irracional para infundir odio y separación a los que nos tienen acostumbrados. Si vamos a hacer un boicot, que sea a la hipocresía, este país no aguanta más división, no importa el color del pañuelo ni la virtud de la consigna, el que patrocina la violencia es un vulgar delincuente.

»Los ánimos del país están caldeados, no es momento de impartir directrices. Por respeto a la dama agredida y su familia, hoy no expresaré más sobre el asunto. Pero, les garantizo que en los próximos días anunciaré mi decisión. Por lo pronto, le pido a la Coalición y sus fieles, que abandonen la calle que ocupan ilegalmente, el Estado asumirá los costos de la limpieza y no les radicaremos cargos, pero, sólo si se van voluntariamente. Tenemos mucho que aprender y caminar, pero, jugando todos en el mismo campo y bajo las mismas reglas».

Se le notaba el alivio cuando terminó, se veía más liviano. Randi, la comadreja que no debía estar allí con los verdaderos reporteros, saltó antes que cualquiera tuviese oportunidad de preguntar.

—Gobernador, ¿se quiere disculpar con las mujeres feministas del campamento, por esas lamentables expresiones que acaba de hacer?

—He ahí el cáncer del sensacionalismo, esperemos que hoy no se meta contra la pared —los demás rieron—. Desearía mandarte a volar, por esa vulgar forma, tan tuya, de promover demagogia. Pero, seleccionar a quién le aplica o no el derecho a expresarse, no me haría distinto a tus amigas allá fuera. Mi contestación es la siguiente: Por esa pregunta absurda, que promueve la quema de bienes públicos y el apedreamiento de inocentes, deberías ser tú, quien se disculpe con la señora Viñas, cuando salga de la sala de operaciones. Lo que hacen tus amigas allá afuera, no es libertad de expresión, es libertinaje del lamento, igual que lo tuyo no es periodismo, eres una fuente de excremento amarillo, tu boca es un ano surrealista.

La violencia no tenía solución, nunca podría ser erradicada del todo. Además, vivíamos en decadencia, no existían las condiciones psicológicas ni morales; nuestro índice de violencia era mayor que el de muchos países, ser violentos parecía parte de nuestro ADN. A causa de la cabronada y el ruido del campamento, Armando hizo del Alcázar la oficina oficial del Gobernador y hasta se llevó la silla de su padre; dejó la Fortaleza para reuniones de Gabinete y conferencias de prensa. La Coalición reclamó como "suya" la calle Fortaleza, parecían poseídas destrozando todo lo que tenían de frente, una especie de trance. El no desplegar la policía y dispersarlas a macana pura, confundió a la ex, que esperaba, un contingente de rinocerontes abusadores. Trató incluso de detener algunas de sus compañeras de armas y recibió empujones e insultos.

Armando, se encargó de que su gente difundiera videos grabados con las cámaras de San Juan, con tomas perfectas del caos y sus causantes. Las redes explotaron, los ciudadanos culparon al Tiburón de permitir la anarquía, le exigían que las detuviera. La Coalición se defendió: "El Tiburón vino a provocarnos, tocó una de las nuestras sin consentimiento" y otras ridiculeces similares, salían de voz de la argentina que, lejos de aceptar la cagada y escabullirse a la pampa, comenzó una huida de carrera frontal.

La vorágine frente a la Fortaleza continuó por varios días, y escribí para mi blog, una breve ficción, acerca del asunto de regresar a la masculinidad. La mañana que Lis volaba a

Texas, para firmar la venta de la casa y coordinar los detalles de su negocio que faltaban, de camino al aeropuerto, nos reíamos de las reacciones de la gente a mi historia. Antes de bajar del Lancia, me abrazó con fuerza y se despidió desanimada: «Ustedes los abogados, ¿por qué no puedo firmar desde aquí? Al menos es el último viaje». Se bajó de nuestro vehículo, caminó tres pasos, se volteó y me regaló una de sus más hermosas sonrisas. No se había subido al avión y ya la extrañaba.

***

La idea surgió de un artículo, acerca del interés de China en desarrollar y reforzar la masculinidad de sus jóvenes, ante la fragilidad que le empujaban las redes y el posmodernismo; una mala crítica a la intención del Gobierno de indoctrinarles para convertirlos en soldados. Pero, me hizo todo el sentido, al ver los resultados desiguales que la "igualdad" del feminismo hembrista dejó en los hombres; no requería ser genio para darse cuenta de que los chinos tenían razón. Necesitábamos hombres bien criados, aventureros que no le temieran a entrar a edificios en llamas ni correr entre balas para proteger y salvar vidas; locos, osados, arriesgados... ¿No fueron esos los que salieron de la cueva, cruzaron el mar y pisaron la luna?

Pensé que me encontraba en el momento perfecto para encender la llama de la masculinidad que se perdía. Además, el saber que la iniciativa era una patada a los testículos del misandrismo boricua, era la mejor de las sensaciones. Le conté a Rémora lo que haría; entendió y me deseó suerte, odiaba a ese grupo, tanto como ellas a él. Cuando el plan estuvo listo, instruí a mi Comité de Odio que filtrara la falsa noticia de que el Gobernador firmaría la Declaración de Emergencia solicitada por la Coalición Feminista. Identificamos empresas que no fueran afines a la agenda de la izquierda, y les repartimos tareas para después del anuncio.

La ex de Karla, de inmediato subió una foto a sus redes, con los brazos en alto, como en señal de victoria. Muy gracioso el contraste del "negro canoso" de los abundantes vellos en sus axilas, con el violeta de su cabellera rala y maltratada; un verdadero feminicidio aquel peinado, podía matarle la femineidad, incluso, a Raquel Welch y convertirla en un clon de Pedro Almodóvar o de John Malkovish, cuando usaba peluca. Sus compañeras, igual de "agradables" a la vista, salieron a celebrar y adjudicarse la victoria, ninguna agradecía al Gobernador, todo lo contrario; la argentina gritaba: «le doblamos las rodillas».

30
"MAKE MEN, MEN AGAIN"

Dos días antes de develar el plan, Chuck publicó una de sus críticas contadas con ficción y cinismo, que bien podía resumir la situación que vivíamos.

"AL RESCATE DE LA MASCULINIDAD"
Por: Black Rodríguez

Una vez el mundo fue mundo y todas las cosas tenían nombre, varios aburridos e inconformes, inventaron algo llamado "deconstruir", y construyeron un problema que ni ellos entendían. Unas cuantas mujeres, inconformes con orinar sentadas y usar sostén, aprovecharon la confusión del deconstruir, y exigieron ser iguales a los hombres, que desaguaban de pie y sin presión en el pecho. Demostraron que no hacía falta, pero, si tenían mucho cuidado, también podían orinar de pie, sin mojarse, y que, aunque sus pechos bailaran todo el tiempo y se cayeran prematuramente, no necesitaban sostén. Para evitar escuchar sus estridentes voces, la sociedad, les concedió la petición. Así descubrieron el valor del grito y cuando obtuvieron lo que querían, entendieron que el que no llora no traga.

La mayoría de las mujeres no estaban de acuerdo con los postulados del feminismo radical, pero, callaron porque al final, obtenían algún beneficio o eso creyeron. Cuando la igualdad llegó, al hembrismo de las coalicionistas tampoco les pareció justa; eso de competir en igualdad de condiciones con alguien que no era igual, les resultó imposible. Por eso, inventaron el Patriarcado, para asustar a las niñas en los sueños. Un ente con vida propia que operaba en las mentes de los hombres, desde antes de nacer y los predisponía a actuar de forma violenta; hasta el bebé que amamantas era un asesino en potencia. Mientras a las mujeres, las hacía dóciles y sumisas. Culparon de todo a ese raro "dios de los hombres llamado patriarcado", y para combatirlo, nos dijeron que era vital empatar el nivel del juego, quitarle oportunidades a los hombres, y dárselas a las mujeres. Los hombres las complacieron; fueron legislaturas masculinas las que aprobaron descabelladas leyes anti-hombres, para proteger a sus amadas mujeres... Aunque, en algunos casos, para conseguir sus votos, porque en la mayoría de las sociedades, la población femenina era mayor.

Fue lo que podríamos llamar, una intervención indebida en el desarrollo de la especie, una intentona genocida a la masculinidad; y suicida al final (ya que no existía esperma sintética). Dio pie a una generación de mamarrachos sin iniciativa, carácter ni espina, que fracasaban en casi todo lo que se proponían. Preferían los juegos de videos y masturbarse frente a una máquina, que a la conquista y la seducción de un cuerpo tibio; esas eran ciencias ocultas y muy complicadas, que no merecían la pena. Cuando al final, las mujeres sobrepasaron la igualdad y conquistaron el éxito, buscaron hombres tan o más exitosos que ellas, para crear la añorada familia que tanto postergaron, se dieron cuenta que ya apenas quedaban, la persecución hembrista los suavizó. Predominaban los "aliades", nada de atletas ni seductores aventureros ni en carros deportivos; sólo gamers en motoritas eléctricas, de un lugar llamado Tinder. Ahora les tocaba a ellas llevar el control... y no les gustó.

Los "tiburones" estaban en peligro de extinción, los pocos que quedaban, eran demasiado conscientes de que formaban parte de una limitada oferta, con excesiva demanda, se dieron el lujo de tomarse el tiempo y probar, y evadieron a las mujeres exitosas que ya contaban en tiempo regresivo hormonal. Las damas, por el contrario, descubrieron que sentirse protegidas, no era un asunto de seguridad ni dinero. Pero, cuando se atrevieron a decirlo fueron silenciadas por el pequeño porciento de gritonas, (similares a las que se congregaba a pasar de macho en frente a la Fortaleza), que eran una especie

de cinturón de castidad con letra escarlata, que les impedía
amar con libertad. Recurrieron al más antiguo de los conjuros,
se aliaron para susurrar todas lo mismo, al oído de los pocos
que quedaban: "tráigan de vuelta a los hombres".

Y, aunque complacerlas significara reaparecer una dura
competencia, como siempre pasó y pasará, no dudaron
en demostrar que nada les era imposible, y sólo por
impresionarlas, un puñado de hombres bien criados, Alphas
de la última casta, se lanzaron al rescate de la masculinidad.

Al ritmo de "*Make Love Like a Man*", develamos el
plan para rescatar la masculinidad, uno de los mejores
días de mi etapa de Gobernador; aunque nada garantizaba
que funcionara. Éramos como las lesbianas de los 60s, que
dieron la última buena pelea; antes de las deconstrucciones
que transformaron la identidad del ser, en un Picasso
incompresible. Desde la tribuna, cuando hablaba al nutrido
salón, me sentía como Camile Paglia disfrazada de mí. Creaba
la primera ola del "masculinismo" boricua, una palabra que
aún no aparecía en diccionarios ni era reconocida por los
programas de computadoras más utilizados en la época. No
encendí una hoguera para la quema de calzoncillos porque
a mi edad ya empezaban a crecerme las pelotas y necesitaba
el soporte, además, de algún espacio adicional entre muslos;
cosas de hombres, que ellas jamás entenderían, a no ser que la
naturaleza les mutara las tetas entre las piernas.

Lo primero que anuncié fue la creación de un Escuadrón
con Enfoque Feminista, dentro de la Unidad de Operaciones
Tácticas de la Policía, compuesto únicamente de mujeres, en
respuesta a una petición de la Coalición: «Créanme cuando
les digo, que esas damas pueden derribar y someter a la
obediencia a cualquier hombre que se les ponga en frente.
En este preciso instante, llegan a los portones de la Fortaleza
a tomar el lugar de sus compañeros, que tienen un buen y
merecido descanso».

Las cámaras de la prensa, enfocaron el momento en
que salía la unidad de mujeres y rodeaban el campamento.
El uniforme era negro, como los demás, sólo que: las botas,

los cascos y las macanas, eran de un raro azul que traslucía y pasaba por violeta. Los hombres las recibieron con un saludo de respeto y se movieron calle abajo.

«Antes de ir al anuncio principal, quiero agradecer a nuestras fuerzas del orden y la Policía de San Juan, que luego de un arduo proceso, identificaron a los perpetradores del ataque en días pasados, contra la señora Viña y mi grupo de trabajo. En minutos, las agentes encargadas de la investigación, saldrán a efectuar los arrestos, acompañadas del nuevo Escuadrón, que no tolerará ningún tipo de ataque ni vandalismo. Si queremos terminar con la violencia, debemos mirarnos dentro como individuos y encontrar significado a la vida, más allá de nuestros prejuicios y complejos».

***

Mientras un sonriente Tiburón, anunciaba su "Plan Integral Para la Prevención de la Violencia y Preservación y Estímulo de la Familia Puertorriqueña", presentado bajo el seudónimo Programa: "Traigamos la Masculinidad de Vuelta", en frente a la Fortaleza se desató lo que las femix llamaron "la carnicería de la resistencia". Cuando las agentes investigadoras entraron a arrestar a los lanza piedras, recibieron la oposición violenta que Armando esperaba, y le dieron la oportunidad de probar su nuevo Escuadrón de cascos y macanas moradas, que resultaron más agresivas y letales que cualquier elemento con testosterona. La fuerza que ejercieron me hizo preguntarme ¿por qué eran las guerras civiles las más sangrientas? Los detenidos eran dos "aliades" y tres mujeres, todos con el típico aspecto del activista de carrera, que no sabe ni quiere hacer otra cosa en la vida. La cantidad de cabezas rajadas por pie cuadrado, fue mayor que en cualquier manifestación anterior. También arrestaron al asesino de la hija de la dama agredida, lo trasmitieron en vivo desde otro lugar.

«Este gobierno no va a vender eslóganes ni ideologías para complacer colectivos hambrientos de poder y reconocimiento. Necesitamos alternativas que permitan el desarrollo de una gran familia puertorriqueña, de una nueva generación de boricuas seguros y dispuestos; los próximos conquistadores. Si quieren manifestarse, que lo hagan, pero, que no interfiera con el orden del comercio ni los ciudadanos que no tengan el chip de la locura. O jugamos juntos el juego de la igualdad para todos o no juega nadie. Eso sí les advierto a todos, todas y todes, no voy a tolerar violencia ni vandalismo. La Policía hará lo que tiene que hacer, sin discriminar por raza, colores ni credos políticos, sexo, ni todos los posibles géneros, ya sea: él, ella, elles, trans, cis, bis, les, pans o cualquier otro que les ocurra más tarde, será arrestado, procesado y, les garantizo, que los vamos a encerrar; ahora tenemos un Secretario de Justicia competente».

Las Femix de pelo en pecho, gritaron "engaño". Repitieron la rutina del "violador eres tú" y convocaron una marcha para el día siguiente, pero, les reventó en la cara. El padrecito Llantín, les disparó de inmediato y todos los colectivos religiosos le siguieron; odiaban mi impuesto, pero odiaban más el currículo de Perspectiva de Género, Ideología, como le llamaban en el resto del mundo. El gusano llamado Danglada, aprovechó el momento como otros tantos, les dijo, que de ser él, el Gobernador, no habría dudado en declararles la emergencia. Algo similar hizo con los galleros, aunque le decía otra cosa a los congresistas que eliminaron las peleas. Me pareció ver el humo salir por las orejas de Rémora, cuando me pedía que corriera y repetía las razones, que se resumían en una: «Danglada es un gusano». Le dije que consiguiera un buen candidato y le daría mi apoyo, pero, el Partido no tenía mucho para escoger.

Después de circuncidarles la hipocresía ideológica y dejarlas al descubierto, la Coalición estaba más rabiosa que nunca, pero muy caliente con el Pueblo, y no se atrevían a destrozar nada, mi Escuadrón de Mujeres Rompe Motines, probó ser un gran disuasivo. En los titulares se leía: "QUIÑONES LO HACE OTRA VEZ"; "EL GOBERNADOR DE PUERTO RICO, NO SE CANSA DE SORPRENDER". En la TV pasaban la noticia cada diez minutos, e incluían clips del comercial de vodka, de la elección de 2016.

31

"LOVE BITES"

El cáncer de Sofía regresó y más agresivo que el anterior; estaba muy decaída y no era para menos. Me encontraba en uno de los tantos consultorios, en espera de que le realizaran unas pruebas, cuando Armando llamó; no contesté. Me envió un mensaje de texto: «Llama cuando puedas ¡URGENTE!». La última no era una palabra usual y le llamé.

—¿Dónde estás? —sonaba alarmado.

Le dije el lugar y titubeó antes de continuar. Dijo que tenía algo que decirme, pero, no sabía si era el momento. Le insistí y casi me burlé de su tensión. Respiró…

—Lis fue apuñalada por su ex, en su casa de Texas. Los vecinos intervinieron, pero, no llegó al hospital; falleció en la ambulancia… Lo siento hermano.

Me quedé en silencio, no podía moverme…

—La noticia ya está en los medios. ¿Estás bien, quieres que vaya por ti? —su tono no cambiaba.

—Sí, estoy bien.

Mi mano respondió el comando de terminar la llamada y seguido buscó la noticia, hasta encontrarla. El Forzudo cumplió su condena, se fue directo a Texas y la apuñaleó en la puerta de la casa, hasta que la hoja del cuchillo se quebró. Nadie del Gobierno local la llamó para advertirle, como mandaban los putos protocolos. Trató de huir después, pero, unos vecinos intervinieron y lo detuvieron. Debí dejar que el Negro lo matara aquel día. Olvidé dónde me encontraba, fue imposible evitarlo, salieron lágrimas, pero, en silencio. Sofía salió de su estudio y me encontró desecho.

No pude mentirle, le dije la razón de aquellas antipáticas gotas de tristeza que no esperé jamás derramar. Sofía se encolerizó de una forma distinta a las que le vi antes. Me habló como nunca, cuando me mandó al carajo sin preguntar. Me dijo hipócrita, «llorarás así por mí», me dio un bofetón que me cubrió el rostro entero y me ordenó largarme. Traté de calmarla, pero, se amparó en que llamaría un taxi y, ante las miradas de los otros moribundos, que me culpaban de lo que no sabían, me fui con la cabeza enterrada entre los hombros.

Sin una y sin otra, y todo por un par de lágrimas. Curioso, porque ya sabía de Lis, alguna vez la vio en el Bar; decía que no le importaba, que no éramos una pareja. No le importaba, pero, jamás me perdonó verme llorar por otra; fue la más alta de las traiciones para ella. Podía compartir mi cuerpo, mas, no mis lágrimas. Lis y yo tampoco éramos una pareja, pero, *Making love to you must drive me crazy...* (Tal vez era yo el único que no se dio cuenta lo que fuimos).

"Más allá de todo, más allá de ti...ya no tengo nada que me pueda hacer vivir..." Las recordaba a las dos con las mismas canciones ¿seré un cabrón insensible? ¿adquirí alguna hija de la gran putada del Tiburón? No lo sé... Tal vez fue el hecho de perderlas el mismo día, de llorarlas al mismo tiempo, de arrancarlas a la vez de la piel, de la mente. Me quedé en los huesos, seguro se me veían las vísceras. Eduardo solía divertirse con el dilema de mis amores, a veces era tan hijo mío, que resultaba insoportable.

"OTRA VÍCTIMA DE LA VIOLENCIA MACHISTA" decía el titular, aquel pendejo de lo menos que tenía era de macho. Todo lo contrario, era un aliade de la causa; se pavoneaba en sus redes sociales de ser un verdadero feminista, exhibía fotos junto a las líderes de la Coalición, y recibía cientos de *likes*. Nunca me comí el cuento del hombre feminista, ningún hombre bien criado, podría serlo. Y no me refiero a la igualdad de derechos, eso es un dado. Nunca golpeé a una mujer (fuera de la loca de Julissa que me pedía que la ahogara durante el sexo). Sólo mamarrachos faltos de espina y amor propio abusarían de una mujer; no es parte de nuestra codificación; está en nuestro ADN protegerlas, ponernos frente al asaltante y el cuchillo... sólo cobardes le harían daño al ser que aman.

«Un hombre que le pega a su esposa, merece que le arranquen las pelotas», me dijo una vez don Armando, evidentemente molesto por algo de lo que no me dio detalles y yo tampoco pregunté; aunque después supe, que Pablo le derrumbó un par de dientes a la esposa. «No entiendo a mis hijos, esa costumbre de avergonzarme, Charles, aunque la falta de carácter de Pablo, es peor que la debilidad de Guillermo», decía que tal vez condenó al hijo incorrecto.

El entierro de Lis, fue de los últimos que se celebraron en el país, ante de comenzar la cuarentena y los encierros. Llegué en su carro al cementerio y me mantuve alejado. Muchas amistades y gente del mundo de la moda asistió, casi todos muy llorones. Cuando terminó, me acerqué a su hija, que ya rondaba los diecisiete, y le entregué las llaves del Lancia. Ya nos conocíamos y sabía que me tenía cariño, casi tanto como yo a ella.

—Esto te pertenece, enseguida llamo una grúa que lo lleve donde digas.

Me miró con ternura, vi a su madre en sus ojos y se me trancó la garganta.

—Chucky, mi madre compró ese carro para ti, casi le da la vuelta a los Estrados Unidos para conseguirlo; decía que esa cosa fea te haría sonreír, como tú la hacías sonreír a ella. Nunca la vi tan feliz.

—No puedo aceptarlo…

—Pues, véndelo, pero mi madre no me lo perdonaría.

Me entregó la llave y me abrazó. La cortina de hierro en mi interior se abrió sin que pudiera evitarlo y me derrumbé en su hombro. No me importó lo que nadie pensara, porque el dolor era mayor que la vergüenza. Así regresé a la oscuridad…

32

El Kung-Flu

El barco de pasajeros Costa de Luz, también conocido como el "Crucero de la Muerte", llegó al Puerto de San Juan el 8 de marzo, y nos trajo los primeros infectados, al menos, los primeros que pudimos confirmar... «Es un catarro, nada que ver con el virus de China», explicaba nervioso el médico de abordo, para dejarnos el "paquete" y "volarse". Era una pareja de turistas, ancianos, italianos, que sólo querían ver el azul del Caribe. Con más temor que medidas de seguridad, los paramédicos los trasladaron al hospital más cercano en el Condado. Simultáneamente, un número indeterminado de pasajeros, muchos de ellos también italianos, desembarcaron, caminaron por la vieja ciudad y se cruzaron con una nutrida manifestación que celebraba la Coalición Feminista. Aproximadamente cuatro horas después de su llegada, el Costa de Luz zarpó a toda máquina y sin mayores explicaciones. Se dice que más de un 60% de la tripulación se infectó y no se sabe con exactitud cuántos pasajeros. Navegaron por meses a través del Atlántico, buscando, sin éxito, un puerto que les permitiera desembarcar, mientras los cadáveres se apiñaban dentro del enorme congelador de la cocina.

Fue la crónica del bicho anunciado; el cuento del lobo que nunca llegaría, pero, te ensartaba las garras en el cuello mientras te aullaba al oído. Desde enero, era noticia la existencia de un nuevo virus, que mataba chinos con más eficacia que las escuelas para campesinos de Mao. La mayoría de las naciones decidieron ignorarlo, dormían en los laureles de la apatía y el desdén. En EU, Trump decía que, el "*Chinnese Virus*" o mi favorito, el "*Kung-Flu*", era otro plan de la izquierda para desestabilizar su Gobierno. Confieso que, de primeras, llegué a pensar que se trataba de un catarro mal atendido, en alguna aldea campesina de una China tercer mundista. Mas, Wuhan era una meca de la industria médica, en extremo moderna y tecnológica, allí fueron a parar muchas de las empresas farmacéuticas, que alguna vez sostuvieron la clase media puertorriqueña.

Al asumir una responsabilidad, sujeta al compromiso y cumplimiento de otros, existía la alta posibilidad de que la cagaran por ti. Así fueron los primeros días de la pandemia, cuando no sabíamos qué hostias teníamos que hacer. El Secretario de Salud que heredé de Egui, no daba para mucho, era un "hombre-pusil" (sin tilde, ya que fue mi idea, me salió de los cojones que fuese una palabra aguda). Fue un término que adopté para los pusilánimes sin remedio, y esperaba la oportunidad para decírselo a Francisco. Sin espinazo para llegar a conclusiones, repetía lo que decían los gringos, no miraba hacia otras jurisdicciones menos conflictivas en el manejo. Pasó semanas de aquella negación absurda y, aunque yo pensaba distinto, era mi opinión contra el conocimiento y valoración científica del experto escogido por mi predecesor y confirmado por las Cámaras.

Buscaba quien lo reemplazara, cuando me vi en la obligación de "karatearle" las posaderas con una recta frontal de la pierna derecha, que lo catapultó más allá de las Antillas, se elevó por encima de México y cruzó el Pacífico, fue perdiendo altura llegando al Mar Amarillo y aterrizó de bruces en el centro del puto Wuhan, cuando en una conferencia de prensa, que no le notificó a Francisco, con aquella voz de varón sin esperanzas, vertió la más científica de sus explicaciones: «China queda muy lejos de Puerto Rico, no hay nada qué temer».

El mismo día que recibimos la pareja, Europa era el foco principal de contagios. Eso no detuvo las manifestaciones, "más mata el machismo que tu virus patriarcal", era una de las consignas principales. El Gobierno de España, prisionero de los radicales del "*woke*" de la Madre Patria, suspendió las medidas preventivas de las comunidades y exhortó a las feministas a que salieran a expresarse. Semanas después,

Madrid, lugar de las mayores concentraciones de pañuelos violetas, exhibía aquel desolador cuadro de muerte. Recuerdo ver en la TV española, que se estimaba en ciento veinte mil, los contagiados del día 8.

Creo que todos lo que estuvimos al frente de la administración de un país, resbalamos o cometimos algunos errores en el proceso de tratar de manejar y entender a qué nos enfrentábamos. Una vez se reportaban los contagiados, era cuestión de días para contar cuerpos. La anciana italiana murió de inmediato, el esposo sobrevivió, aunque pasó semanas en cuidados intensivos. Se hablaba de un doctor panameño que vino a la isla a un festival de salsa y tosió sobre sus parejas de baile y que murió semanas después en Panamá.

Los resultados de las pruebas tardaban en llegar, era tanto el tráfico de pacientes y tan pocos los laboratorios habilitados, que era imposible saber qué hacer. Sin esperar por instrucciones Federales, impusimos el uso de mascarillas en lugares públicos y fuimos los primeros en territorio "americano" en ordenar un confinamiento. Una vez confirmados los primeros cinco casos, el viernes 12 de marzo, anuncié al país el temido cierre y confinamiento, me pareció lo más seguro. "Prematuro," decían muchos y tal vez lo fue, pero, ante el desconocimiento, el asunto era salvar vidas. No sabía cómo carajos nos recuperaríamos de esa, fue frustrante, porque condenaba al país a una inescapable recesión inflacionaria que, sumada a la quiebra, nos adelantaba el Armagedón. Mi retiro de leyenda, lo vi masticado por enormes bolas de Covid. Rogaba, porque esas dos semanas fuesen suficiente, para que el "acetaminofén" hiciera efecto.

¡Qué coñazo de época me tocó gobernar! Las buenas intenciones me estaban dando por el culo. Una vez desatada la pandemia, el 2020 fue lo más parecido a una guerra de bombas silenciosas. Salir a la calle era el mayor peligro, los proyectiles estaban en el aire. En la USA, las cadenas de noticias principales reportaban que más de un 65% de los medicamentos que consumía la población, eran manufacturados en China, gracias a la Globalización que tan a mierda le supo a la clase media de todo este puto continente. No lo vi de inmediato, pero, era una histeria que le daba alguna ventaja a Puerto Rico. Gracias al trabajo a distancia, Claudia regresó a cuidar a su madre; el noviecito, seguro imitador de mí, se quedó en la USA. Fue la única noticia positiva del mes.

***

Cuando reventó el asunto del Covid-19, no estuve muy atento a los eventos del mundo, tenía encima una inmensa nube oscura, pisada con una "nota" etílica continua. Recuerdo la histeria que causó la noticia de que Forrest Gump estaba infectado y en reclusión. Podrá parecer absurdo, pero, fue la razón para que muchos, comenzaran a tomarse en serio el asunto de la prevención. Ya lo dije antes, cuando Hollywood entra en la escena de la realidad cotidiana, las masas se identifican, trivializan la situación y se sienten parte de un *reality show*, una película autobiográfica que, en tiempos de redes, era posible mostrar al "mundo".

El encierro fue una especie de época muerta que dejó todo suspendido en la incertidumbre y el desconcierto. No puedo explicarlo, el tiempo se sintió muy lento, pero, fue a la vez tan rápido. Sofía se mudó con sus padres, que, la ahogaban de preguntas, mas, la cuidaban como yo no podría. Eduardo, no estaba dispuesto a aplicarse tratamiento manual por tiempo indefinido, y se fue con su novia, prefirió arriesgarse a los peligros de una convivencia en la era del "*wokeness*". Aceptar la muerte de Liz fue un proceso de etapas de sentimientos que se movían con velocidad, sin sentido y chocaban como átomos que explotaban en mi cabeza. Primero la odié…*¿por qué carajos te dejaste matar?* ¿Quién entiende la mente humana? Tal vez era más fácil pretender odiarla, a aceptar que los sentimientos que nunca le expresé, me estaban partiendo por dentro.

Con la barra cerrada hasta nuevo aviso, estaba solo con la melancolía y los recuerdos. No sentía ánimos para reportar ni denunciar ni hablar de nada. Los conversatorios a través de la computadora y toda la mierda, se pusieron muy de moda, pero, estaba fuera de mi nivel de tolerancia. La pandemia me vino como receta médica, no tener que tratar con gente, me pareció una especie de bendición curativa.

Para escapar de las imágenes que proyectaba en las paredes, me dio con salir a caminar en las noches, después del toque de queda. Creo que, en el fondo, quería agarrar el virus y dejar de respirar. Salía ligeramente ebrio, cargado de una caneca de metal, cubierta de una fina piel marrón; Lis me la regaló, un día cualquiera y sólo porque sí. Caminaba por horas, era surreal ver las calles vacías. Una de las noches, me topé con el saqueo de una farmacia *Wallgreens*, los cacos salían con todo lo que les cabía en las manos. Sin entender por qué, me dio con entrar, pasé por encima de los vidrios quebrados de las puertas, y fui testigo de la naturaleza humana en su fase más burda; decenas de personas, rompiendo vitrinas y hurgándolo todo. Mercancía tirada en los pasillos; al lado de la nevera, un tipo abría los cartones de mantecado y, a mano pelada, comía un poco y pasaba al próximo sabor. No quedaban artículos caros; dos individuos se agarraron a golpes por un radio portátil, y no se percataron de una mujer que agarró el artefacto y corrió hacia la puerta. Tuve la ligera tentación de entrar al recetario y conseguir algunos opioides y anfetaminas; pero, eso de ser caco, no se me daba bien. Al salir, agarré una barra de chocolate, sólo por sentirme cómplice.

Caminé poco más de dos cuadras y fui interceptado por un carro de policía. Pensé que me responsabilizarían del atraco, pero, me arrestaron por violar el toque de queda. Fueron algo bruscos, y el más joven, con sarcasmo, me advirtió que no había fiscales ni jueces disponibles «hoy duermes preso». Mi respuesta lo desconcertó: «Se lo agradezco, oficial, en casa no duermo». La mañana siguiente, me despertó otro policía y me guio hasta una oficina. X estaba allí, le agradecía al oficial que parecía estar a cargo: «Le debo una, Sargento».

Armando lo llamó, cuando vio mi nombre en la lista de arrestados. X no solía sermonear, pero, me dijo algunas cosas de esas que dicen los verdaderos amigos y nunca los queremos escuchar, acerca de mi coctel de alcohol y dolor. Me dejó frente a casa, me entregó la caneca, y me advirtió que regresaría en la noche, a ver cómo estaba. «No es necesario», dije algo molesto. «Lo sé, pero, vendré de todas maneras».

Al pasar el umbral, a pesar de que Harrison me recibió con su alegría usual, otra vez llegaron los recuerdos. Fui a la nevera, agarré una cerveza, me tomé la mitad de un buche y sentí deseos de largarme. Abrí otra y mientras la engullía a paso doble, recordé partes de las palabras del X-men: "Encuentra en que canalizar la tristeza". Desde la cocina, podía ver la computadora, encima del sofá; acabé la birra, abrí una tercera, me senté y la encendí. Por el impulso de no pensar en ella, comencé a escribir y no podía detenerme.

X cumplió, llegó en la noche, traía hamburguesas y cervezas. Al verme tecleando como loco, hizo un leve gesto de aprobación y suspiró ligeramente. Sin preguntar, abrió dos botellas, me pasó una y se sentó a comer, tan rápido que supuse que era su primera comida del día.

—¿Qué escribes?

Sin dejar de escribir,

—No lo sé, creo que una biografía de don Armando.

Cuando terminó de masticar acabó la cerveza de varios sorbos, me habló del caso de Víctor La Metralleta Fernández que lo llevaba loco, me dio dos palmadas en la espalda y se fue.

Pasé semanas, sin detener los dedos, porque no inventaba nada, la historia estaba en mis neuronas, sólo tenía que transcribirla. Escribía para pujar mi pena, sin autocompadecerme demasiado.

33

EL ARMAGEDÓN DE ABRIL
"*GOT ME ON MY KNEES*, CLAUDIA"

—Es necesario que nombres un *Task-Force*, para que manejen la enfermedad, y envíe la señal de que estás en control de la situación.

—No estoy convencido. Además, eso de "*Task-force*", suena muy mariquete.

—Francisco tiene razón, es lo que hacen la mayoría de las naciones… Su padre decía que: "Cualquier hombre aprende de sus errores…

—Lo que decía era: *"Cualquier pendejo aprende de sus errores; los sabios, aprendemos de los errores de otros"*, lo recuerdo, no era suya la línea. Lo que sucede, es que esta pendejada es nueva, los mejores no tienen idea de qué hacer. ¿Debo hacer el ridículo, nombrando un parnaso de pendejos que saben lo que ya sabemos? Para que cometan errores que el país me adjudicará.

—Y usted se los adjudicará a ellos, por eso deben ser los mejores. Y puede llamarles como quiera…

Ante la sugerencia unánime, le pedí al nuevo Secretario de Salud, una lista de los mejores y más brillantes médicos del país. Los nombres que trajo, eran amigos del partido, eso no era lo que quería… Pero, tenía demasiadas cosas corriendo a la vez, no me quedó más que confiar. Una vez se certificó la primera muerte, se sintió el giro en la gente, de la prevención al pánico. La primera recomendación que me hizo el Equipo Médico tenía toda lógica del mundo, una compra masiva de pruebas y máquinas respiratorias. Con el dinero asignado por la Junta, teníamos para comprar pruebas para el país entero.

Después de dos semanas, sentía que íbamos caminado sobre vidrios. Todo explotó tan rápido. La gente se quejaba, sin trabajo ni ingresos, presos en sus hogares. Los progres radicales, no tardaron en decir que coartaba sus derechos. Meses después, se invertían los papeles, los liberales querían máscaras, confinamiento sin trabajar y cárcel para los que salieran; mientras, los conservadores querían la libertad de escoger si se jodían o no. El día 26 de marzo, la USA pasó al primer lugar de contagiados; Nueva York, fue atacado a niveles bíblicos. La propagación y el pánico colectivo del virus, me trajo recuerdos de la era del SIDA, durante mi adolescencia, aquellos días oscuros de desconocimiento, que nos hicieron temerle al sexo y repudiar a los homosexuales. Tal vez estábamos ante un *shock* similar, y víctimas del miedo, no veíamos lo correcto. Casi simultáneo, el Congreso aprobó un paquete de ayuda pandémica, PUA, por sus siglas en inglés, que motivó a muchos a quedarse en casa, incluso después de la Pandemia; le dio vida a una nueva cepa de vagos, que le agarraron el gusto a recibir dinero por no hacer nada.

El 29, Trump extendió el periodo de confinamiento, se lo achacó al asunto mundial y no al mal manejo de sus autoridades. Estaba reunido redactando la orden para el encierro de abril, que sería más restrictivo, cuando entró Claribel a decirme que el Padre Vicente, fue llevado de emergencias al hospital y de inmediato puesto en un respirador. Sentí preocupación por el cura, pero no tuve tiempo para prestarle atención. Horas más tarde, nos preparábamos para anunciar las nuevas restricciones y vi en la TV, visuales de la gente enferma, desplomándose en las calles de la Gran Manzana; luego las morgues improvisadas en sótanos y vagones, no podía imaginar que nos sucediera a nosotros. En Ecuador, lanzaban los cadáveres al mar, en El Salvador, los dejaban en las puestas de las casas, para que el Gobierno los recogiera. Entonces, entró la llamada de Guillermo, para decirme que él y su esposo estaban contagiados, pero, estables. No escuché la última palabra y fue la primera vez que el fatalismo pandémico me atacó, me sentí solo. No podía entenderlo, *solo entre tanta gente*, otro patético cliché. Podía tocarle a cualquiera, era cuestión de un descuido, una bocanada en el aire y espacio incorrecto. Recordé que Claudia estaba en la isla y sentí la necesidad de buscarla. Si ese era el fin de todos, no podía permitirme no sentirla otra vez, le pedí a Paco que me llevara a su casa.

No tenía idea de que le diría, tampoco estaba muy claro de por qué estaba allí, pero, toqué el timbre. Por un segundo imaginé que, al abrir, esbozaría aquella sonrisa y nos besaríamos sin necesidad de tediosas conversaciones. Escuché su voz acercarse a la puerta, hablaba en inglés y sonaba de buen humor, supuse que mi sustituto estaba en línea.

Cuando abrió la puerta y los ojos se encontraron, fue como si un reloj detenido reanudara la marcha. Su rostro era de sorpresa, no necesariamente buena. Terminó la llamada. Se quedó en silencio… «¿Cómo estás?». Tardó en responder y recordé a Cerati cuando decía: "*Estoy condenado a errar*".

***

El día antes de apretar el encierro y aumentar las restricciones, el mosquito del pánico y la soledad picoteó los sesos del Tiburón. Le hizo una emboscada "amorosa" a Claudia. Técnicamente, se la sacó de los brazos al otro, que le había propuesto matrimonio. Le prometió que en noviembre se acogía al retiro permanente y que tenía dinero para largarse de Puerto Rico y de todo lo que los separaba.

Me contó que, de camino, víctima del acrecimiento del tercer testículo, que provocaban los celos, en su cabeza escuchaba a Stevie Ray Vaughan, cantar "Leave my girl alone". Después de algunas horas de intensa conversación, con gritos, llantos, reproches y toda la cosa típica de esos regresos forzosos, Claudia cedió, reanudaron su interminable romance, otra vez y vivieron un "encierro de miel", durante todo el mes de abril.

***

CNN, reportaba que Puerto Rico era la jurisdicción de los Estados Unidos, con las restricciones preventivas más estrictas. Siempre salió alguien a decir que, era parte de las malas políticas de un país quebrado, y tal vez lo eran, pero, no me daría el lujo de perder vidas. Los que empujaban la "resiliencia" durante la oscuridad del huracán, ahora repetían: "quédate en casa". Era la nueva tendencia, empujada por los progres y zurdos: salvar el mundo desde la sala del hogar, criticándolo todo y exprimiendo la teta del Gobierno. Me sabía a mierda el confinamiento, pero, ante la presencia de Claudia en mi vida y, más aún, en mi cama, me dejé llevar por la tendencia.

No sabíamos mucho, sólo que atacaba los pulmones y que viejos, obesos y previamente enfermos, eran más susceptibles de muerte. Palomares y Mildred, eran mis viejos más importantes, me encargué de que no necesitaran nada, todo les sería entregado en la puerta de sus casas. Palomares fue el más difícil de guardar, odiaba estar solo, le recordaba los días tristes de alcoholismo sin control; los verdaderos adictos se embriagan en soledad, y siempre tuvo temor de recaer. Pero, su edad, sus asuntos cardíacos y haber sido, por más de cincuenta años, un fumador empedernido, lo convertían en uno de platillos favoritos del virus. Ordené que instalaran un sistema de computadoras, con dos pantallas de 40 pulgadas, alta definición, todos los programas de comunicación disponibles, un WiFi nuclear y baterías de emergencia; así podría ver a sus hijos y nietos, sin perder el menor detalle. No había manera de que se quedara incomunicado

Instalé en mi casa el mismo sistema y traté de fluir con la mediocridad del trabajo a distancia. El liderato requería presencia, no se podía intimidar a quien no se tenía con cercanía suficiente para causarle daño físico. Un "carajo" y un golpe en el escritorio, a través de video conferencia, no taladraba mentes ni cagaba la ropa interior de mis víctimas. Cientos de reuniones y hasta entrevistas, sentado en la estancia, mientras ella caminaba desnuda por la casa, sólo para desconcentrarme y lo lograba. Cuando el mundo parecía salirse de control, vimos metidos entre las sábanas, un reportaje de TV americana, que mostraba como el planeta "renacía", el encierro del hombre fue un respiro para la naturaleza: delfines en Venecia, elefantes y osos caminaban libremente por ciudades del viejo continente.

En algún momento del Armagedón de abril, hacíamos olas en la bañera, y escuché el teléfono a lo lejos, que continuó sonando hasta tornarse molesto. Cuando salí, tenía varias llamadas del Palomo; me tiré a la cama y le llamé. Claudia se acurrucó a mi lado y me seducía para que soltara el teléfono. Desesperado, me dijo, que tenía que reunirme con Tomás Púlpito, un exgobernador. Ante mi renuencia:

—Tiene una idea que te interesará.

—No creo que tenga nada que me interese.

—Si aún quieres retirarte como campeón, necesitas escucharle y, por favor, nada de video reuniones.

—Lo veo la próxima semana, hoy no estoy para trucos de magia anti-pandemia.

—Armando, no se trata de la pandemia, es la deuda, de lo que quiere hablar.

Le saqué la mano a Claudia de mi parte, que empezaba a endurecer, y me incorporé como catapulta.

—Ok, tienes mi atención.

Una hora más tarde, estábamos en casa de Palomares, con mascarillas y a distancia, cada uno en un mueble distinto; el exgobernador hablaba. No era un tipo de buen ver, pero sus maneras y capacidad de expresión, hacían menos importante lo primero. Muy seguro, me explicaba como el cierre de los mercados y los puertos, sumado a que Wuhan, era el lugar de producción principal de medicamentos, seguía alterando a los americanos que veían Fox News, que comenzaban a preguntar en "voz alta", si era tiempo de cambiar de "farmacia". Decía que, casi un tercio de Senadores republicanos, seguían la línea anti-china de Trump y ya planteaban la necesidad de un lugar más cercano, donde manufacturar sus medicinas, un lugar al que pudiesen "controlar", sin la tirantez del Gobierno chino.

—Piénselo señor Gobernador, con la temperatura actual, los americanos no se darán el lujo de comprarle las medicinas a uno de sus principales rivales. Tal vez tengamos que recordarles, que hace menos de dos décadas, en una isla del Caribe, llamada Puerto Rico, existía una industria farmacéutica, que producía una buena parte de lo que entraba a suelo americano —se levantó, parecía emocionado.

Y, lo mejor de todo, según su relato, ese lugar era un territorio no incorporado de los Estados Unidos, en el que existían códigos de Rentas Internas, con beneficios contributivos para las codiciosas empresas americanas; necesitábamos traerlas de vuelta, pero, requería aprobación del Congreso.

No había comenzado bien la emergencia, y el hijo de puta de Púlpito la vio venir, era un águila. Usamos su consejo y conocimiento, pero, estaba tan desgastado por líos previos, que no podíamos usarlo públicamente ni darle demasiado crédito. El destino ponía ante nuestros ojos, un escenario para desarrollar el artefacto que, alguna vez, pareció alimentarnos mejor. Sólo había un pequeño gran problema, mi partido estaba en el poder, y como les dije en la parte anterior, cada vez que eso sucedía, sentía temor por el país, porque su objetivo no era el bienestar, era la obsesión por ser estadounidenses. Era ahí donde debía tirar la línea, si se sentían más americanos que boricuas, debían mudarse al norte cuanto antes, pero eso no lo podía decir públicamente.

No hay secretos en la política, el rumor de que el Gobernador consideraba "revivir la colonia", se corrió y provocó el pánico. Sin consultarme, el ex obeso del Senado, redactó un proyecto en el que condenaban cualquier iniciativa que convirtiera a Puerto Rico en un paraíso fiscal o lo "regresara al coloniaje burdo del pasado". Rémora, tuvo las pelotas de llamar y decirme, estaba inclinado a firmarlo, aunque sabía que era idea de Danglada, «rumores como ese, alejan a la base, no puedo darme el lujo de alienarla». Los hijos de puta que le entregaban el país a los ricos, con sus leyes contributivas, hablaban, de paraíso fiscal. Si me tenía que echar en contra todo el partido, lo haría.

Tenía la gran ventaja de que, nos encontrábamos en medio de una emergencia internacional y la gente estaba en crisis, cientos pedían sus empleos, el golpe en bolsillo era devastador. Recodar los días de oro de la economía boricua, aquellos en que éramos la vitrina del progreso en el cono sur, podía reanimar a la gente. Pensé que apelar a la memoria colectiva, era más real y atractivo que una estadidad que nunca llegaba. Además, no sólo aliviaba la preocupación gringa, también realzaba la imagen del más sonado y problemático de sus territorios.

Tenía que convencer a la base del Partido, de que seguiría pidiendo su estrella en otra bandera, pero viviendo dignamente y en competencia con la prosperidad de los otros estados. Era tiempo de citar a Kennedy, a los boricuas les encantaba: *"No es lo que tu país pueda hacer por ti, si no lo que tú puedas hacer por tu país".*

Con la suspensión de las Leyes de Cabotaje y un nuevo Código de Rentas, los gringos nos sacaban del hoyo y podían regresar al discurso aquel, pre-Obama, de que el asunto de la autodeterminación de Puerto Rico, estaba resuelto. Salir de las reglas del cabotaje nos daría una estabilidad inesperada. El mayor beneficio, al final, era para los gringos, que tendrían sus medicinas cerca y seguras.

—Siempre seguí a tu padre en su vida política, porque el salvó la mía, pero, sabes que nunca me comí el cuento de la estadidad. A veces pienso que tu padre tampoco, que era el discurso popular y lo adoptó para llegar al populacho. Si lo que dice Tomás Púlpito es cierto, le instalas al país un pulmón que le permitirá salir del fondo.

—¿Crees que la historia me vea como un vende patria, otro colonizado más?

—Armando, si el asunto funciona, estarás en el tope de la lista.

—En el tope siempre tendrán a Muñoz…

—Don Luis no tenía una pandemia ni oposición, ni, mucho menos, trillones de deuda. El Puerto Rico de aquellos días era una tierra nueva, virgen, con deseos; sin la sombra del ocio ni la mediocridad que duerme a nuestra juventud, no tienen noción de nada, embrutecida, expulsada a un mercado de consumo y atrapada por una ideología, que les garantiza que podrán continuar consumiendo sin necesidad de esfuerzo. No hay necesidad de moverse para ir al cine, ni para comprar discos, porque todo el entretenimiento está en el teléfono o la computadora.

Tenía razón, antes que llegaran las redes, salíamos a buscar la diversión, la poca accesibilidad al porno, hacía necesario aprender el juego de seducir para acceder al medio de las piernas de una mujer, con el menor esfuerzo y gastos posibles; si requería gastar demasiado no se sentía igual porque podía parecer algún interés más allá de la piel. Francisco y Karla con el tiempo, perdieron interés por la cacería y se dieron el lujo de que el dinero se encargara de la apertura de los muslos.

—Armando, ese tal vez sea tu más grande logro, ese y manejar esta crisis sanitaria con la menor cantidad de muertos. Lo demás lo puede continuar el que venga, que nadie duda que será Danglada. Tú, simplemente lárgate con Claudia.

—Como me jode el Danglada, Rémora me contagio su odio.

—No me estás entendiendo. Te digo que agarres a tu rubia y te largues a ser feliz, ya no son tan jóvenes y este es un juego sin fin.

34
"Bad Medicine"

Me reuní en secreto con la Presidenta de la Junta. Alguien dijo que *"a los hombres les gusta creer que llegan a sus propias decisiones".* Con esa dama descubría que, a las mujeres poderosas, no sólo les gusta creerlo, necesitan saberlo. Se lo planteé casi a forma de permiso, un ruego tan bien solicitado, que era imposible rechazar. Ninguno de los miembros puertorriqueños podía enterarse; no quería escapes de información. Podían saberlo cuando fuese sólida la idea. Además, ya sonaban renuncias en la Junta... la mayoría de los boricuas se marchaba, y se quedaban los gringos sin ataduras a mi partido, mientras todos los azules lo lamentaban, yo lo agradecía. Con la Junta abordo, no era suficiente, mi proyecto de la nueva *"Isla farmacia"*, requería máximo empuje en el Congreso. Si, según los gringos, "el Congreso es la casa de la gente", era a la gente a quien teníamos que llegar primero. Hacerles entender, por qué era necesario crear un *"medicine valley"* en Puerto Rico, manejado por ciudadanos americanos (de segunda categoría) que parecía ser lo que "ordenaba el médico", así los políticos no podrían rechazarnos.

Yo trataba de correr el país en medio del puto Armagedón, le lamía el culo a los que tenían el poder de ayudarnos, y aquellos hijos de puta, seguían en plan de robarlo todo. El rumor a gritos, de que Egui Rexach regresaba, se manifestó de la peor manera, los miembros principales del *Task-Force* y la mayoría de las "cabezas" del Departamento de Salud, eran parte de su Comité de Regreso. Por culpa del encierro, las oficinas estaban vacías, ante la falta de gente y controles, armaron un tumbe perfecto de millones de dólares, en una compra de pruebas fatulas, que, con el revolú y el caos de aquellos días, pasaría inadvertida. No contaban con un pequeño gran detalle, nuestra isla estaba tan jodidamente quebrada que, el banco que manejaba los desembolsos, no podía completarlos sin la autorización de la Junta. Nos enteramos por puro accidente, y la noticia de los saqueadores azules, en plena emergencia, ocupó todos los titulares locales y gringos.

El Presidente del Senado, que servía a los intereses de Danglada, no conocía bien los datos y ya amenazaba con una investigación. Su intención era joder a Egui y sacarlo de la carrera, pero, me jodían a mí, porque alargaban la discusión acerca de la corrupción y me sacaban del mensaje que quería llevar. Para que mi plan tuviese efecto, los gringos necesitaban titulares que les dieran la confianza de encomendarme sus medicinas.

Antes que terminara el primer ciclo de noticias, ese día del atentado de tumbe, despedí a todos los empleados de confianza y altos mandos implicados o que pudieron estarlo, y referí el caso al Departamento de Justicia, para que el Pimpollo investigara, les radicara cargos y, lo más importante, contestara preguntas, yo sólo hablaría del renacimiento borincano.

Cuando Danglada supo que no podría explotar el asunto, con aquella voz de Juan Bobo, me exigió que le ordenara a Rémora (que seguía siendo el Presidente del Partido), «dígale al enanito, que defina las reglas de las primarias». Me molestó que le llamara de esa manera, el pequeñín tenía más cojones que Danglada y su séquito de mamones, pero, más me molestó que me diera instrucciones. Recordé toda la mierda que habló con la Coalición machirula, y tuve la tentación de mandarle al carajo y salir a radicar mi candidatura. Le advertí que, si sabía de él otra vez, me encargaría de que Egui ganara. Si patética fue su exigencia, peor fue su disculpa.

Conseguimos otros suplidores y pruebas al precio que mandaba el mercado. Pero, el asunto enviarlas a Atlanta y el tiempo de espera por los resultados, no era lo que el pueblo necesitaba. El CDC estaba taponado con el tráfico masivo de muestras, que llegaban de todo Gringolandia. «¿Cómo puedo obtener las máquinas para hacerlas aquí?» Fue mi pregunta de esa semana. Requería burocracia y buena señal de Internet, porque todo se hacía "en línea" y en programas que los *hippies* del Valle del Silicón, desarrollaron o mejoraron en tiempo récord. El equipo médico no tenía idea de cómo obtener las máquinas, *¿para esto no tienen amigos?*, pensé. Pero, como "no importa quién eres, y sí, a quién conoces", mi hermano Guillermo, que ya estaba casi recuperado del todo, nos puso en el camino de un contratista del ejército, que tenía de todo para emergencias de guerra. Conseguimos cuatro máquinas de pruebas, de las que serían enviadas a Afganistán. Como los gringos ya se iban y los Talibanes ganaban terreno, prefirieron dejarles sin armas para combatir el virus; sería el colmo. Los generales esperaban que el Covid, fuese más efectivo matando talibanes, que el ejército afgano que tan caro les salió. Compramos también un millón de pruebas moleculares, y todos los reactivos y componentes necesarios para procesar los resultados sin esperar por nadie.

El juego cambió, todo dejó de ser importante, la primaria, la elección; la gente sólo quería vivir. Siempre estaban los que les importaba poco, hasta que se les pegaba una tos o una calentura. Algunos se resistieron a las medidas, "muy temprano", "muy drástico". Hubo arrestos, algo de desinformación, era año de elecciones, todos culpaban a alguien, el capitalismo era el enemigo número uno, y tal vez lo era, sólo que, los países socialistas andaban más jodidos, y los de gobiernos más extremos, escondían las cifras de infectados.

No despedí ni deshice el Equipo Médico, por asuntos de imagen. Pero, los relegué a un espacio de tiempo en la televisora del Gobierno, en el que hablarían de prevención. Después de remendar los boquetes de los escándalos dejados por las pruebas de Egui, y los suministros de Danglada, era más que un hecho que necesitaba gente de mi confianza, me corría el riesgo de ir a la cárcel por cosas que no había hecho.

***

En abril continuó el encierro, pero, se liberalizó un poco el comercio. No quería salir de casa, no por miedo al virus, simplemente no podía despegarme de la máquina. Pero, siempre algo hacía falta. Cuantos escenarios fatales me pasaban por la cabeza, cada vez que me tocaba abrir una puerta; cuántos millones de bichos podían caber en las perillas. Una vez dentro, algún gendarme me apuntaba con una pistola termómetro. Igual pasaba con el grifo de la gasolina y cualquier lugar donde otros mortales colocaban sus manos; al agarrarlos, me veía pegado a un respirador, rogando por una bocanada más. Con aquellas paranoias, me pregunté, ¿por qué carajos tenía que meterme tantas drogas? Seguro que me aceleré a la categoría de alto riesgo.

El lenguaje inclusivo pareció quedar suspendido, nadie hablaba de todes, porque todes estaban cagades y se olvidaron de lo que era poco importante; por un instante fuimos "todos" otra vez. Donald Trump lo llamó el Kung-Flu, no tardaron en acusarlo de racista. Con las visitas a los hospitales y su presencia en todas partes, Armando volvió a su sitial en el mundo de las estrellas del rock. Las cadenas internacionales de TV, reseñaban cómo el Gobernador de Puerto Rico, hacía de todo para detener el virus. El viejo Valverde ayudó bastante, se encargó de mover su gente en la prensa, para hacerlo lucir como el paladín de la salud.

35
"Quid Pro Quo"

Llegó el punto en que no era suficiente con mi encanto y elocuencia, todo requería de algo a cambio. Era desastrosa la apariencia del Presidente del Senado, cuando fueron al Alcázar a "exigirme" que les aprobara sus Códigos. El tipo, que solía usar ropa de tamaño "nevera de doble puerta", se hizo una cirugía bariátrica que le dejó seco, como víctima de una diarrea de tres años; un adicto al *crack*, pero, con dentadura perfecta (también se la arregló ese año). Me esforcé por no reír, mientras le escuchaba aquella pusilánime voz, que hacía juego con su nuevo aspecto de guiñapo.

Necesitaban el Código Electoral para asegurar la victoria, la primaria estaba cerca; el otro Código, el Civil, era para congraciarse con la derecha religiosa fundamentalista, que me sabía a la misma mierda que la progresía posmoderna de la izquierda. No corría y me importaba un pedazo de verga ajena, quién ganaba; pero, tampoco se la haría fácil al pendejo de Danglada. Era la cuarta ocasión que me lo pedían desde los terremotos de enero, y parecían más determinados que las anteriores. Me negué otra vez y me rogaron que lo pensara. No había nada que pensar, les dije.

—Nuestro partido tiene la mayor cantidad de votantes, no necesitamos ese tipo de trampas, que quedan grabadas en los libros de historia; no pienso llevar el asterisco del fraude electoral. Ya se le olvidó Valencia en el '80.

Entonces vino el gancho del nocaut, no lo vi venir, porque siempre me supe mejor que aquel par de mamalones.

—Si quiere su 936-2020, el impuesto a las iglesias y toda la agenda pendiente hasta noviembre, tendrá que firmar la Ley Electoral. Nosotros perdemos las elecciones y usted, ese retiro dorado con el que suele alardear.

Rémora guardó silencio, aunque su mirada decía "firma, por el bien de todos". Antes de irse, aquella antigua víctima de morbidez habló de los nombramientos judiciales, pero, Rémora le cortó, dijo que, como Presidente del Partido, convocaría una reunión, para que la colectividad escogiera; no le di mayor importancia, mi cabeza estaba en el otro asunto. Esa misma semana aprobé los putos Códigos, con aquel sabor a mierda que deja la derrota. Pero, tenía camino libre para mi plan, en el fondo, ellos también querían que tuviese éxito, con lo que quedaba del país, no les alcanzaba para sus paguitas, viajes y excesos.

Tenía la oportunidad de llevar a Puerto Rico a lo que fue durante la Guerra Fría, el escaparate del Caribe, que le decía al mundo, lo "poderosos" que eran los gringos; esa era la línea de venta para Washington. Tenía que aprovechar la ola del tiempo y convertir a los boricuas en las víctimas de una línea de gobernantes nefastos. Me importaba poco si al final redundaba en estadidad o independencia, mi trabajo en aquel momento era sacar a la isla del fondo y dejarla a flote.

Para entender el lenguaje de Washington, era necesario dominar los dialectos de Wall Street. Temiendo que se me quedara grande la obra, le pedí ayuda al único experto que conocía en esos temas: Ignacio Valverde. «Entonces quieres convertir tu islita en el *Silicone Valley* de las medicinas gringas». Me dijo que le diera algunos días, para recopilar información.

Los asuntos de las 936-2020, me mantenían todo el día en llamadas y gestiones, pude notar la decepción de Claudia, que se acostumbró al ocio de abril. Ya hablábamos de mudarnos a Chile, al final del cuatrienio, fue parte del "armisticio de regreso". Para tranquilizarle la inquietud, calmar sus dudas y poder gestionar el asunto, con la cabeza lo más clara posible, adelanté los planes. Después de una intensa sesión de cama, le dije que fuera a buscar la casa en la que viviríamos, «no hay que esperar a enero, salgo de aquí y nos vamos directo». El brillo le regresó al rostro y a la semana viajaba en un avión, sin límite de presupuesto, para conseguir la casa de sus sueños en su tierra natal, (en la que vivió sólo dos años).

Antes de reunirme con Rémora Martínez, para discutir los nombramientos judiciales, le pedí a Palomares un nombre para la silla vacante del Tribunal Supremo.

—Los presidentes camerales y el Partido, se encargarán de eso.

—No quiero más comisarios, quiero uno serio, joven, con experiencia y decencia. No correr otra vez me permite esas liberalidades.

Los nombramientos judiciales, eran premios con términos de doce años, que se otorgaban a amigos del Partido, muy pocos olvidaban la política cuando llegaban al estrado. Elegí algunas recomendaciones del Partido, sólo las buenas. Cuando Francisco me llevó los expedientes de los jueces, me di uno de los más satisfactorios gustos de mi vida. Colgué a Julissa Silvagnoli, la ex de Chuck, ese tipo de mujer temperamental, no podía ser objetiva y promovían el odio generalizado que se instituía contra los hombres. También colgué al hijo de puta que me fracasó en la única asignatura que repetí en mi vida, presidía la Sala de Recursos Extraordinarios. Rémora protestó, decía que ese juez era clave para los pleitos del Partido.

—Es un hijo de puta retrógrada y con mal aliento, lo colgué; consigue otro candidato. A la hora de escoger y nombrar los que impondrán la justicia en el país, no podemos ser políticos, debemos ser primero puertorriqueños, después juristas y sanear los Tribunales.

El Senado confirmaba los jueces, pero, Rémora era el Presidente del Partido; y Tony, el ex obeso, le temía. Cuando llegamos al tema del Supremo, Rémora Martínez, mostró sus colores, después de veinte gestos, me dijo:

—Le informo que, estoy disponible para la silla del Supremo.

Se me descuadró la cara al escucharle, no quería pensar que mi evidente negativa, lacerara la relación y con ello mi agenda. Era lógico que le interesara, después del Verano del 19, no estaba bien parado con la base que votaba en primarias.

Pero, al igual que yo, carecía de la integridad que se espera de un juez. Además, el nuevo Fiscal Federal, lo investigaba; lo sabía, porque mi nombre estaba en la misma investigación. Solamente que, yo estaba ahí por órdenes del Presidente Trump, que me tenía metido en una masiva expedición de pesca, desde los días de María. Rémora sí era tarjeta y, según un buen amigo con el oído en el FBI, tenían suficiente para pillarlo, al menos, con cinco años, sin derecho a probatoria. No podía decirle no, sólo porque no. Para negarle sin ganarme una guerra, debía darle una razón y no me quedó más que decir la verdad:

—Señor Presidente, por el bienestar del país y del máximo Foro, debo pedirle, con respeto y la deferencia que sabe que le tengo, que desista siquiera de hablar del proceso públicamente.

—No le entiendo —la nariz se expandió, y el labio superior subió.

Le expliqué de la investigación y de las probabilidades de convicción. Sus ojos se agrandaron y la expresión cambió, todo lo que subió segundos antes, bajó.

—No importa el resultado, salga bien o mal, el daño a la reputación del Tribunal, sería irreparable. John, somos abogados y los líderes constitucionales de este Gobierno, pero, no somos más importantes que el país y sus instituciones; no podemos hacerle eso al Tribunal. La historia no nos perdonará; tú pasarás como el Juez supremamente corrupto y yo como tu alicate. Entiéndeme, no seremos más que "el Tiburón y la Rémora".

No sé si fue la inspiración de mis palabras o la cagadera por una posible convicción.

—Señor Gobernador, no tiene que rogarme nada. Sus palabras no pueden ser más sabias y honorables, y, aunque sólo estamos usted y yo aquí y nadie sabrá jamás de esta conversación, le agradezco el dato. Pero, aún más le agradezco, permitirme darme cuenta de que los más grandes actos de patriotismo siempre son anónimos. Someta su candidato, y puede darse el lujo de escoger un verdadero jurista, ya tenemos suficientes amigos en el Foro, necesitan de alguien que sepa algo de Derecho y Justicia; le garantizo que en el Senado no tendrá oposición.

John La Rémora Martínez, fue uno de los personajes más impredecibles. Aquel día lo vi grande, altísimo; aunque después me preguntó si contaba con mi "apoyo" y mis fuentes de información en caso de que se complicara la investigación.

—No quisiera que me arresten de improviso; ya sabe cómo son los del FBI de viciosos, cuando se trata de fabricarnos casos a los boricuas.

—John, cuenta con eso; si alguna vez te llamo y te digo: "Tienes que quemar tus naves" —recordé los métodos drásticos de Hernán Cortez— es porque van tras de ti.

—Danglada, te llama entre su gente "el padre de la nueva colonia". Busca consenso para atacarte y derogar el Proyecto en el Congreso.

Al final nombré dos buenos juristas; conservadores, pero no locos de la extrema. Varios de los candidatos eran liberales, pero, ya teníamos suficientes, y debido a la ola de progresismo y locura que se metía en la mayoría de las instituciones, entendí que, sólo con un Tribunal conservador, se conseguía un balance jurídico duradero.

La tragedia abría nuevas oportunidades. Qué mejor lugar para aclarar las dudas, que las redes sociales. Era tiempo de sacar al animal del encierro y de la pena que llevaba, su podcast era el lugar idóneo para expresarme sin reservas. Llegué a su casa, con Francisco, Paco y Karla. Toqué la puerta, ya que no contestaba el teléfono, luego de insistir por un buen rato al fin salió:

—¿Qué carajos quieres? Estoy ocupado.

—Necesito que te laves la pinta de vagabundo y me entrevistes. Tengo mucho que decir.

—Te dije que estoy ocupado —insistí, él protestó como siempre, pero se compuso y en menos de una hora, El Megáfono se reactivó.

Chuck me hizo la pregunta que Danglada le repetía a todos excepto a mí: «¿No le da vergüenza meternos más al coloniaje?». Y le contesté tan sincero como pude: «No me importa, en esta etapa de la pelea, ¿de qué nos vale un sello, que no nos lleva a ninguna parte? Mientras tengamos una deuda que le hipoteca la vida a los nietos de nuestros nietos, no me importa si el dinero para pagarla, proviene del colonialismo, la estadidad o la República. Si alguno de los pendejos que habla y critica, tiene algo mejor que eso, siempre estoy dispuesto a escuchar. Pero, los de esa cepa le temen a la conversación; siempre se esconden detrás de algún eslogan. *"Si no les gustan mis principios, tengo otros..."* decía Marx (el otro, el cómico de los bigotes). Tráiganme un principio mejor, y lo convertimos juntos en final. Si no lo tienen, sálganse del medio y déjenme sacar al país del hoyo, en que los juegos de tronos con el estatus lo metieron. La historia tiene una particular manera de sorprendernos...»

Chuck lució como todo un profesional, hasta que la cámara apagó. Se levantó sin cortesía, nos mandó al carajo y nos echó. Fue de verdad muy gracioso, como nos empujaba pasillo abajo hasta la puerta y Harrison nos ladraba, como secundando las órdenes de su amo. Desde afuera lo escuché quejarse, «cabrones, se creen que no tengo cosas que hacer».

El escenario para mi retiro de gloria, de repente, parecía ser un camino sin escollos y decorado con un hermoso atardecer chileno en el que Claudia me esperaba sonriente. Pero, como ya les dije, el 2020 no trajo buenas intenciones, sólo nos pateó en los cojones. En menos de lo que pude darme cuenta, aquella paz silenciosa, la solidaridad para la vida, con animales exóticos en avenidas sin vehículos ni gente, se transformó en un campo de batalla de clases, razas y géneros, que abonaba a la sensación de guerra civil, que se acumuló por años. El 25 de mayo, George Floyd se convirtió en un bizarro King Jr., sin grandes discursos de sueños y futuro; todo lo que dijo fue "no puedo respirar". Su muerte fue gasolina de alto octanaje para encender el mechero de la "hiprogresía" (hipocresía progresista) mundial.

Cientos de personas de todos los colores, morían a manos del abuso policial, pero, el hecho de que un puñado de espectadores grabó su muerte (antes de intervenir y salvarle), le dio el morbo vicioso que requería la prensa sensacionalista de aquellos días. El video llegó a los millones de seres que salvaban el mundo quedándose en sus casas. Fue la excusa perfecta para que, bestias desesperadas por el encierro, salieran y desplegarán su ira por todo y por nada; lo menos que importó, fue la vida de aquel infortunado que no pudo respirar. Tampoco les importó a aquellas pandillas de vándalos "justicieros" que, en los hospitales de Nueva York, conectaban más de una persona por respirador, Florida y California eran epicentros de contagio y que a diario morían más personas, que en los atentados de septiembre de 2001. Lo disfrazaron como el "último" asalto entre las fuerzas de la justicia social, contra el régimen de Donald Trump. Que venía dando resbalones con su manejo de la pandemia, pero, al explotar las manifestaciones del verano, fue la primera vez que lo noté en total descontrol; nada le funcionaba y las encuestas comenzaban a desfavorecerle.

Vivíamos en una sociedad que sustituyó la razón por la empatía. Nunca escuché tanto del "privilegio blanco" como en aquellos días. A través de la mafia del sensacionalismo digital el "*White-shaming*", tomó más fuerza que nunca, y la cultura de cancelación se activó, como jamás lo hicieron la Gestapo, la KGB ni la CIA, esas tenían la decencia de operar en las sombras. Los nuevos eran una especie de Inquisición de Torquemada, con tufo a *Ku Klux Klan*. Que usaban la palestra cibernética como cadalso para todo el que no condenara el acto, Twitter era el patíbulo por excelencia. Durante los siguientes meses, hasta el 6 de enero del siguiente año, la decadencia social que se vio en la nación americana a niveles que auguraban el fin del imperio, como lo conocíamos.

Las miembros de la Coalición, con algún pigmento en la piel, se quejaron del racismo boricua. Las más claritas, que estaban en relaciones interraciales, no perdieron tiempo en subir las fotos con sus parejas y hacer despliegue de su superioridad moral, casi religiosa. Las que no tenían ningún colorcito en su entorno, del que pudiesen apropiarse, pidieron disculpas y culparon de cualquier posible racismo femenino, al patriarcado del hombre blanco, que las obligó. Pero, se mantuvieron contenidas, nada de vandalismos, cuando anunciaban marchas, les enviaba mi Escuadrón de Mujeres Rompe-Cabezas, y se metían el rabo entre las nalgas, no se atrevían a faltarles el respeto, como hacían con los hombres.

36

"Yendo de la cama al Living"

El primer día de junio, comenzó la clara caída de Donald T. Supe que tenía que apresurar mis planes, el tipo era uno de los más entusiastas en el asunto quitarle las farmacéuticas a China. Las manifestaciones "Floydianas", ardían en unas cien ciudades de los cincuenta Estados. Washington no fue la excepción, y la escalada de violencia, hizo que el Servicio Secreto moviera a Trump y su familia al Bunker presidencial. Las críticas y vacilones que recibió, parecieron enloquecer al Trump. Cuando le vendes al mundo, que eres un corajudo de cuatro cojones, esconderte de unos cuantos *hippies*, no parece algo muy valiente. El típico *redneck,* con media dentadura, que mascaba tabaco y lo escupía en latas usadas, esperaba que su Presidente, estuviese apostado en una ventana, con una gorra del M.A.G.A., una AR-15 y gritando; *"Come on 'n-words', say hello to my little friend!".* Al día siguiente, envió militares a despejar manifestantes, sólo para tomarse una foto frente a una iglesia.

Desde el encierro, vi la caída de la industria de restaurantes y otros negocios pequeños, para sobrevivir necesitaban reabrir. Soltamos un poco las restricciones para salvar lo que quedaba y evitar la pérdida de más negocios; "primero la salud que la economía", era el eslogan de quienes cobraban el cheque completo. Los que necesitaban y querían trabajar, exigían la reapertura. Las ayudas federales tardaban en llegar, los beneficios para los cesanteados desempleados fueron complicados para repartir, requirió invertir en infraestructura eléctrica y cibernética, para que soportaran la sobrecarga de información.

Todos los países tenían una teoría, la mayoría fracasaba. No podíamos permanecer cerrados tanto tiempo. Nuevos mercados surgieron, pero, no podía darme el lujo de permitir que otros desaparecieran. Exigimos protocolos de seguridad, abrimos las playas y las marinas, para que la gente pudiese vivir. No contamos con que, cuando los animales pasan demasiado tiempo cautivos, se transforman en bestias. La gente salió como loca, a la playa, con los botes y toda la cosa. Nos agarró una puta segunda ola, que nos trajo más contagios que la primera, fue igual en muchas partes del mundo que trataron lo mismo.

Convocamos al regreso de los empleados del Gobierno, pero, no fue tan fácil. Los responsables, los que de verdad le servían al país llegaron. Los otros, los de siempre, los que preferían marchar a trabajar, los que nunca sirvieron a nada, más que a sí mismos, la tenían de oro, vacaciones indefinidas y paga entera; exigían garantías de seguridad imposibles, algunos decían que no regresaban hasta que no hubiese vacuna. Muchos se amparaban en que sólo trabajarían desde sus casas, cuando les entregábamos las computadoras y les exigíamos trabajo, se quejaban de acoso laboral.

Era imposible planear un regreso de los niños a las escuelas, pero, sí podía ordenar el regreso de los maestros; solos en sus salones no corrían riesgos. Invertimos en educación, seguimos comprando líneas de Internet. Con el toque de queda, se apagó la intensidad de las campañas, Danglada estaba furioso, exigía debates. Egui lo cagaba, las encuestas lo ponían a ganar con más de un setenta por ciento del voto azul.

Me resultó patética aquella necesidad obsesiva de transformar el encierro nuestro de cada día, en una especie de cotidiano surreal, asistido con tecnología y estupidez. Como sucedía en todas las crisis, la política y los intereses personales, se pusieron en manifiesto, todo aquel que tuviese algún medicamento, artefacto o aplicación para que manejara efectivamente el ocio, se forró de billetes. Para muchos, fue necesario trasladar su vida cotidiana a las redes, las fotos haciendo ejercicios, tomando café, hasta la cena, y todo desde el mismo lugar de la casa, perfectamente decorado, según la imagen que se quería trasmitir. Era un asunto de estatus, "*admire me, admire my home admire my clothes*" Pretendimos "reducir las distancias" del confinamiento con servicios en línea: entrenadores personales, cocineros, psicólogos; aparecieron expertos por todas partes, hubo un aumento malsano de cursos a distancia, y una dura competencia de lecciones mediocres.

Las fiestas por *Zoom*, fueron más de lo que mi estómago pudo tolerar. Cada quien, en su casa, comía y tomaba lo mismo, cocinado y entregado por el mismo restaurant; una de las mariconerías para los comemierdas con recursos y tiempo que perder. Uno de ellos fue mi amigo Francisco, a quien la influencia de Alejandra, lo suavizaba sin remedio. Una tarde, llegué a su casa para entregarle unos documentos y tocaba el piano frente a su *laptop*, una sesión privada para Alejandra y unas tres amigas, que le decían idioteces en inglés. Al fin lo pude escupir: «Hermano, ya eres todo un "hombre-pusil" certificado». Él cerró la computadora y perdió los rubores que las adulaciones del cuarteto de moronas le provocaban. «Qué bueno que cortaste, porque casi me saldría un clítoris, si seguía escuchando». Resultó que todas me escucharon.

La caída en los precios de las aerolíneas y la hostelería, atrajo mutantes de todos los guetos gringos. Turistas violentos, criminales que formaban motines y peleas en la zona turística y más allá. Convirtieron la Plaza de Santurce, en el reflejo de lo que sucedía en las grandes ciudades gringas, con las manifestaciones progresistas. Turbas de delincuentes, que iba contra todo el que les llevara la contraria o les pidiera comportarse con cordura. No quedó más remedio que reforzar la vigilancia policiaca y someterles a la Justicia. Después de cuatro macanazos, decían que eran víctimas de racismo y gritaban "*defund the Puerto Rico Police*", que era una de las consignas favoritas de los *wokistas,* para delinquir con impunidad y desestabilizar la sociedad.

"Tiburón, cierra el aeropuerto", era la frase de todos los días. Los radicales libres me acusaban de lacayo colonial, sin autoridad para cerrar el aeropuerto. Tenían razón, era imposible para un Gobernador cerrar una frontera controlada por Federales; a menos que declaráramos la guerra o algo así. Pero, aunque tuviese el poder de hacerlo, los vuelos de carga no podían detenerse: comida, suministros, equipo médico, millones en compras por Internet; todo entraba por el aeropuerto y los muelles, una isla como la nuestra, no podía quedarse sin comunicación exterior; algo que los párvulos de la izquierda no entendían.

Pero, no eran los turistas la amenaza de contagio; el verdadero enemigo de los viejos y vulnerables, eran sus familiares, la diáspora exquisita que, años antes, hartos de los apagones y los malos salarios, se escaparon al paraíso americano. Nos tomó algunos meses, pero, logramos controlar las entradas. Además, hicimos arreglos con las hospederías, que le darían techo a los visitantes que no trajeran evidencia médica. Personal del Gobierno, se encargaba de tomar las pruebas y cobrábamos por ellas.

Claudia viajó a Chile con algo de paranoia, por un posible contagio. Fue de cacería inmobiliaria, en busca de la casa de sus sueños. Me enviaba varias fotos y videos diarios de las propiedades que visitaba. La pandemia abarató los costos, así se hacía los bienes y raíces en tiempos del bicho chino. Escogió, y tenía muy buen gusto, se la mostré a Palomares, que quedó más encantado que yo. «En noviembre, agarra tu rubia y lárgate», me repitió. Me vi obligado a contarle a Isabelita, quien curiosamente, le encantó la idea, siempre y cuando ella estuviese incluida. Un cuadro que no vislumbré, por sus asuntos escolares, su respuesta fue rápida y lógica: «Las clases no son presenciales, puedo continuar desde allá».

La casa que escogió, al final resultó un pequeño paraíso frente al Pacífico. La primera semana de septiembre estaría lista con todo y muebles. La habitación de Isabelita era de ensueño. Claudia se encargó de todo, en especial, de convencer a Maribel, para que autorizara la mudanza. La niña estaba emocionada con la aventura chilena.

37

"Shake your money maker"

Julio fue tal vez, el punto más álgido en la guerra de los dormidos y los despiertos, las protestas en EU estaban fuera de control. Delincuentes vestidos de manifestante, dejaron a su paso fuego, pillaje y desasosiego. Ante un Gobierno que se concentraba en ganar las elecciones, la impunidad que se vivió en las ciudades más pobladas, desestabilizó economías y fue la base para un alza en la criminalidad que se extendió por mucho tiempo.

Mi padre solía decir que, "todos los disparates llegan de Europa, en especial de España". Como parte de su rutina para sobrevivir el encierro, Palomares estuvo muy pendiente a las noticias de la guerra contra el virus.

—Armando, debemos poner el ojo en Madrid, algo hacen que les sale bien.

—Pero, Madrid está jodido, ¿ya se te olvidó la embarrada violeta en marzo?

—Esa fue a cuenta del Gobierno del Estado, no de la Comunidad Autónoma. Escuché una línea de la voz, de su Presidenta, que pienso que debes usar: "*Vamos contra el virus, no contra la gente*", y darle el debido crédito, por supuesto. Mientras, promovemos el trabajo y la educación a distancia y terminamos el hospital.

Después de la aprobación local de mi proyecto, venía la parte difícil, empujarlo en el Congreso. Nueva York seguía como protagonista de una película apocalíptica. Era la excusa perfecta, para venderlo como de vida o muerte. Necesitaba convencerlos de que lo incluyeran en el siguiente Paquete de Beneficios que Trump empujaba.

Para aprobarlo necesitaba políticos imponentes que me respaldaran, no podía ser Ocasio, que aunque se cantaba boricua, andaba metida hasta la barbilla en las mierdas de su faranduleo hembrista, alentaba a la violencia y al vandalismo; preferí no llamarla. Necesitaba dos gringos, blancos o negros, hombres o mujeres, pero, ninguno latino. Palomares se movía en aquella pantalla múltiple, como todo un experto, pero, necesitábamos estar frente a los políticos, no se convencía a nadie con la frialdad de una videoconferencia.

Los senadores Tracy Rollins, de Texas, y Dough Willis, de California, eran colaboradores de mi amigo Valverde. Con ellos tenía para mover el carro en el Senado, otros dos representantes por Ohio y Nueva York, amigos de Palomares, vieron el potencial de éxito de la medida, sabían que era más fácil moverse en el Caribe, que en el lejano oriente. Aunque la mano de obra boricua era más cara, estaban cansados de los chinos: "ya comienzan a mostrar que se sienten superiores", expresaban por lo bajo. Y con la metralleta que Trump apuntaba diariamente contra el Kung-Flu, me lo hizo más fácil.

No perdí tiempo en hacer la campaña y difundirla por las computadoras y teléfonos de los gringos. Los rusos lo hicieron para trampear la elección, mis mexicanos (que no eran realmente de México), se encargaron de asustar al americano promedio, y hacerle creer que las medicinas hechas en China, podían estar "infectadas", no en esas palabras, pero casi.

De regreso, con Valverde en el avión, le agradecí las gestiones.

—Sé que es un gran amigo y que se preocupa, pero ¿qué es lo que no me ha dicho?

—Tardaste demasiado en preguntar. Todavía tenemos muchos dineros que limpiar. La industria farmacéutica puertorriqueña, me parece un buen lugar.

—Sigue faltando algo…

Miró a Luis Miguel, que dijo entre dientes y media risa.

—El Ratón nos dijo una vez, que "es más cabrón que bonito, y mira que está bonito el cabrón".

—Nunca me dijo eso último.

—Si lo hubiese dicho así, hubiese parecido una declaración de amor, cuando acababas de decirle "marica".

—Le dijo "marica" a Ratón… Hijo, sí que cargas huevos.

Entre risas, les conté que no sabía quién era el enano feo, aquella vez que nos cruzamos. Luis Miguel agarró un maletín del piso y me entregó varios mapas y fotos aéreas de edificios. Eran fábricas y áreas industriales abandonadas, alrededor de la isla, una incluso tenía un pequeño puerto, en una base militar abandonada, en Ceiba en enero del año 2000. No tenían que decir más.

—Se que puedo conseguirles las propiedades a excelentes precios, y todos los permisos para que comiencen a operar en menos de un año. Pero, y si no se da el proyecto.

—Hay muchas posibilidades de que se dé, y de no, hicimos las matemáticas, esas propiedades corriendo de media a óptima capacidad, nos sobran para lo que queremos. Si no se da en esta votación, se dará con el próximo Congreso; esa mala sangre con los chinos, traerá de vuelta muchas empresas y quiero estar primero, como siempre. Si no lo apruebas en esta, lo logras en el próximo cuatrienio.

—No voy a correr.

—Sí, no digas, esas campañas de gloria para retiros son siempre antesalas de un *knock-out* electoral…

—No lo creo.

—Hijo, tú no eres tipo de retiros, vives de emociones y adrenalina. No podrás marcharte sabiendo que no lograste tus objetivos. Si lo que quieres es un cambio de escenario, ven a vivir con los gringos, escoge el estado y te ayudó a mudarte al Congreso.

—Excelente psicología, pero, no me convencerá. Me retiro, me mudo con el amor a Chile.

—No te convenzo, sólo te evito el mal rato de aprenderlo por tu cuenta. Los tiburones no viven fuera del océano, se ahogan.

—Lo que falta que me diga, es que de los pendejos no se ha escrito nada.

—Se ha escrito mucho, pero, nada que valga la pena.

El "quédate en casa" fue bien acogido por muchos. "Salva el mundo desde el sofá" era una excelente opción para los que recibían la paga completa, sin trabajar. Pero, el Gobierno tenía que continuar, y, vamos, todos estábamos asustados, eso de quedarse sin aire y morir solo, en un cuarto frío, pegado a un tubo no era lo deseado por nadie.

Danglada casi me ordenaba que aguantara el regreso de los empleados del Gobierno, hasta después de la Primaria. El hijo de puta, pretendía usar el encierro como gancho de votos. Le advertí que, si me hacía otra de esas proposiciones, le radicaría cargos en la Comisión de Ética. Si en tiempos saludables y ordinarios, lograr eficiencia en gran parte de los empleados de Gobierno era un reto, hacerlos regresar, después de pagarles por nada, fue un milagro cuasi bíblico. Los que decían que no regresaban, si no le proveían mascarillas y seguridad, se exhiban en Instagram, todos los días, en *selfies* con mascarillas pintorescas, diseñadas por diversos cabrones que se dedicaron a explotar la desgracia.

«Si usted no quiere regresar, porque no se siente seguro, no lo haga. Sólo que, ya no le podemos pagar; le daremos quince días para regresar, de no ser así, lo estaremos cesanteado». Pasé una orden ejecutiva, aplicable a todas las agencias. Fue difícil liquidar tanta gente en año de elecciones, pero, sin proponérmelo, hice limpieza general de garrapatas e inútiles.

Danglada se limitó a atacar a Egui; además, no tenía que ser un genio para darse cuenta de que el Pueblo me respondía y lamentaba mi partida. Para su suerte, los independentistas y populares, llevaron ante el Tribunal, una acción conjunta para sacar a Egui Rexach de la carrera, por asuntos de residencia. Unas dos semanas antes de la primaria, los jueces resolvieron el asunto y le dejaron fuera. Danglada estaba feliz, porque las encuestas decían que Rexach le ganaría. Con aquella voz de mamón, mamoneó más que nunca, eufórico al ganar por *default*; no le molestaban los premios de consolación. Pero saberse "él candidato", lo empoderó para exigir.

***

Era muy difícil aceptar que llegamos a la era del sexo sin besos; que la última enmienda al Código del "Sexo Seguro", eliminaba el contacto de los labios, los cálidos roces de las lenguas y caricias que dejaban rastros húmedos; *kissless-sex*, le llamaban. En esos tiempos, el sexo era sólo eso, sexo; era en el peligroso acto de besar, que se encontraba la máxima plenitud de intimidad verdadera. Además del sexo sin besos, también llegó la educación sin aprendizaje. Nunca se vio de forma tan clara, aquello de predicar en calzoncillos: profesores, estudiantes, abogados, todo el que pudiese trabajar desde la casa, a través de la computadora, se quedaba en calzones.

Eduardo regresó en algún momento del verano, la convivencia no resultó su fuerte. Su presencia, literalmente, iluminó y refrescó la casa; todo lo que hizo fue abrir las ventanas y dejar circular el aire. Era su último año universitario y le tocó la maldición de la educación a distancia. Me preocupé cuando escuché sus clases, si ese era el sistema de todas las universidades, la próxima generación de "profesionales" era un riesgo para la seguridad mundial.

Me sentí fuera de sitio y en total alienación cuando tuve compañía; el hueco de la ausencia se hace más hondo en esas circunstancias. Recordé a Ignacio, no quería imaginar la magnitud del vacío que seguro se expandía en su interior. Fui a visitarlo, tal vez, necesitaba que abriera sus ventanas y tomar un poco de aire. Su apariencia no era la mejor, estaba seco, pero seguía siendo él. No estaba para nada loco, todo lo contrario, estaba más cuerdo que nunca, claro, a su forma. Verlo, fue como mirarme al espejo, creo que encontrarme con Ignacio cuando ambos estábamos en el fondo, me ayudó a salir de las tinieblas; él se quedó por su propia voluntad.

Fueron pocas las pausas que hice de la escritura. Después de ver a Ignacio y bajar las revoluciones y mis niveles de alcohol por volumen, repasé las cientos de páginas que tenía acumuladas, y me di cuenta de que era muy bueno lo que escribía. Al principio, me engañé con que era la historia del Prócer, diciéndome que Armando sería sólo unos cuantos capítulos de mi "gran novela". No tardé mucho en comprender, que era al revés, y de que no sólo el Prócer era un accesorio en la vida de su hijo, todos a su alrededor lo fuimos.

Continué, aun pesando que era un acto fútil, que nunca saldría del disco duro de la computadora, contar aquello de la forma en que mi mente lo recordaba, significaría el fin de Armando en la política. Algo que ningún puertorriqueño quería, por primera vez, en lo que mi recuerdo de cuatro décadas y un poco más alcanzaba, teníamos un gobernador que se lo tomó en serio. Durante la mayor crisis de la historia posmoderna, se comportó a la altura de lo que la gente esperaba. Era una rara dicotomía, un corrupto a quien de verdad le importaba, dispuesto a hacer lo que fuese, a torcer cualquier brazo, ley o reglamento, si redundaba en beneficio para su gente.

38
"DUST IN THE WIND"

El Palomo no murió solo, no lo podía permitir...

Las semanas antes de la Primaria, tratábamos de completar los preparativos, pero, el cabeza de pinga que presidía la Comisión Estatal de Elecciones era otro de los ineptos de Egui, que invertía tiempo rascándose el culo y se le pasaron las fechas para compra de materiales. Atrasaba el proceso, para darle tiempo a un recurso apelativo que buscaba regresar a Egui Rexach a la Primaria; era persistente el cabrón, tenía una falta de vergüenza y dignidad, poco vista en seres ordinarios. Necesitaba gente de mi confianza para manejar el asunto. Francisco andaba de "fuga turística" con Alejandra, que se quejaba de falta de atención, y viajó a la isla para recibir "*tender, lovin' care*". Como estábamos en medio del rollo de la primaria, no se suponía que supiera de la fuga; como solía hacer, usó a sus hijos como excusa.

Me enteré por un eufórico Palomares, al contarme que acababa de ver a su nieto. Alejandra le dio una visita relámpago, dizque para que compartiera con el chiquillo, y recoger el cheque que su viejo le enviaba todos los meses, para "ayudarla". Le dejó el mocoso al Pimpollón y se fue con el Franco (que ya no lo era) a una hospedería del oeste de la isla. Cargado con sus tarjetas de crédito en un bolsillo y un frasco de viagras y cocaína en el otro (todo lo que necesitaba para hacerla "feliz"), se fue a desconectarse de la realidad y los deberes por diez días; regresaría el día antes de la Primaria.

Hay quien piensa, que los partidos son como fraternidades, con compañeros y amigos de la vida entera, y no es así. Había funcionarios electos, con los que nunca traté, pero sabía sus nombres y hasta sus malas tendencias. De hecho, creo que hay más enemistades reales "intrapartidos", que fuera. Los políticos manejando elecciones, son como adictos manejando heroína. Pero, no me quedaba de otra más que confiar. La comisión Estatal de Elecciones, era territorio de la Rémora, nadie tenía más poder que él. Como yo no corría, me valía verga ese control, no lo necesitaba.

Combinamos esfuerzos de Karla y el Municipio, con los de Rémora y su ejército electorero. No despedí de inmediato al Director de la Comisión, para humillarlo públicamente cada vez que me preguntaban del asunto. Fueron días intensos, llamadas, reuniones caldeadas. Usamos el Alcázar como base de operaciones, con todas las precauciones para evitar contagios. Era incomodo trabajar y hablar con la mascarilla y el "*face-shield*", faltaba aire a media conversación, pero, todo fuese por la seguridad. Tres días antes de la votación, sólo faltaba preparar los colegios y terminar de ensamblar los maletines, aunque apretados, pero estaríamos listos. Palomares lucía cansado, y su habitual tos de fumador, sonaba más ronca que nunca.

El siete de agosto, dos días ante de la Primaria, noté su pesadez y los ojos como si le fueran a estallar detrás de los lentes. Le pregunté y, fatigado, me respondió:

—Estoy cansado…

Temí lo peor y salí de prisa a su casa. Estaba recostado en el sofá. Le dije que se sentara, y cuando lo toqué, parecía que hervía. Se me trancó el estómago, de imaginar lo que era, y se me escapó un:

—Ay, viejito, no me digas algo así.

Le ordené a Paco que lo llevara al Hospital. Se resistió, pero, su cuerpo no respaldó la resistencia, casi lo cargamos a la guagua. Minutos más tarde, Paco me llamó para darme la noticia, la prueba rápida, indicaba Covid. No lo esperaba, lo protegí más que a cualquiera. No tardé en juntar los puntos, todo lo que hizo falta, fue una visita relámpago de Alejandra. Le pedí a Claribel que localizara a Francisco y le avisara. La Palomita le contestó, le dijo que venían de regreso, que el Franco tenía fiebre y el pecho apretado.

Por algunos instantes sentí deseos de dejarlo todo y salir corriendo; tantas interrogantes. Tenía la necesidad de estar junto al Palomo; nada parecía más importante, ni siquiera la democracia de mi país. No me quedó otra que confiar. En un aparte con Rémora, me sinceré y le pedí ayuda, lo dejé a cargo, junto con Karla.

Cuando llegué al hospital, crucé las puertas sin pedir permiso, las enfermeras y los guardias me reconocían y se hacían a un lado; no se atrevían a detenerme. Le pregunté a una enfermera y me dirigió al área correcta. Minutos antes, lo pasaron a cuidados intensivos, para colocarle una máscara de oxígeno. Le pedí al médico a cargo, que me dejara pasar, recordaba las historias de las despedidas, una vez cruzaban la puerta, ese atisbo a través del cristal era todo y lo último que veían los familiares, antes de recibir las cenizas de sus queridos. No lo podía permitir. Le insistí al médico.

—Abra la puerta…

—Pero, señor Gobernador, no está permitido.

—Que abra la puerta, le digo. Ese hombre es el responsable de casi todo lo bueno que sucedió en San Juan, este hospital y todo su contenido, lo tenemos gracias a él. No me importa si no está permitido, no le pido permiso; es un asunto de dignidad. No voy a permitir que muera solo, aunque me toque irme después. Soy el Gobernador de este país y le ordeno que abra la puerta o rompo el puto cristal.

No estaba muy consciente de lo que decía, la garganta me apretaba y sentía los ojos hirviendo. El médico se quedó tieso. Una enfermera, vestida con todos los artefactos de seguridad, me agarró la mano, y con una suave voz, que se filtraba por todas sus cubiertas protectoras, me dijo:

—Espere un momento, en lo que le consigo el equipo protector.

Me vistieron como un astronauta y me llevaron hasta él. Imposible olvidar su mirada al verme, creo que lo alivió; podía ver su miedo, cada vez que tragaba el aire, que la máquina le empujaba. Me senté a su lado, saqué mi teléfono, busqué páginas de poesía y le leí por horas. Perdí la noción del tiempo, tenía el teléfono en las manos, pero no me interesó saber que pasaba. Me quedé dormido y cuando desperté me miraba fijo,

—Míralo por el lado amable le dije, al menos tu cama es cómoda, la silla está puñetera.

Se rió como pudo. Me moví al baño y cuando regresé, la enfermera del día anterior, me dijo que la máscara no era suficiente, que necesitaban pasarlo a un respirador y sedarlo antes. Regresé y le expliqué el asunto, con voz de motivador. Ese era el último paso antes de la muerte, todos lo sabíamos. Le agarré la mano y cuando el sedante hacía efecto me apretó y su mirada se suavizó, aun con los golpes de aire de la máscara. ¿Paz? ¿Alivio por la droga? Tal vez fue su forma de decir adiós. Era tanta la tranquilidad en su mirada; quise creer que recitaba a Oliverio Girondo. Cuando cerró los ojos, se veía tranquilo, dentro de las circunstancias.

Estuve allí cuando le metieron el tubo garganta abajo, siempre detesté ese olor particular de los hospitales, a antiséptico y cloro. Regresé a la silla y a la lectura, si el subconsciente podía escuchar, quizás se deleitó, a pesar de mi pésima y triste manera de declamar; nunca leí tantos poemas seguidos. Afuera, el país estaba a punto de una crisis electoral, que hubiese matado al Palomo de un infarto. Ante la falta de gato, las ratas lo cagaron todo; suspendieron la Primaria y el grito de "fraude" se hizo eco en todo el país.

Era de noche, cuando su corazón se detuvo. Me quedé inmóvil al escuchar las máquinas, parecía yo el cadáver. Lo médicos llegaron, hicieron algunas maniobras y declararon la hora de su muerte, por eso supe que era de noche. Mi padre no dolió tanto. Los cojones se me fueron a los pies y me abracé a su cuerpo. Recuerdo decirle "gracias" y hacerme cantos encima de su pecho frío. Traté de aguantarlo, pero no pude. Mal recuerdo, aquel llanto más profundo y doloroso que jamás sentí, me apreté a su pecho, como si quisiera entrar en él. Sentí unas manos en la espalda, subí la cabeza con la careta húmeda, y me topé con el rostro de la enferma, sus ojos, porque el resto estaba cubierto. Sin pedirlo y rompiendo todos los protocolos, me abrazó de vuelta, y continué en su hombro, lo que comencé sobre él. Recordé a Milenia, Ignacio decía que podía absorber las penas ajenas; algo así necesitaba. Me advirtieron que se lo llevarían, y asentí; era evidente que el personal estaba aterrado, por mí, más que por el virus. Curiosa y sorprendentemente, el asunto no salió en la prensa, tan increíble como pueda parecer, ningún video inédito apareció ni declaraciones anónimas; todavía quedaba gente con la integridad que vencía la envidia y el protagonismo.

Paco me fue a buscar y me dejó en casa sin decir palabra. Al bajarme de la guagua, le pregunté y me explicó lo del alegado "fraude primarista". Francisco estaba en el mismo hospital, en el mismo piso, su estado crítico pasó y se recuperaba bien; pero, no quería verle. Claudia me esperaba en casa, de primeras me negué a que se acercara, por si estaba yo contagiado. Pero, no le importó, me llevó hasta el sofá, me recosté de lado en su regazo y permanecimos en silencio, hasta que el sueño venció la tristeza.

Alejandra, manifestó algunos síntomas, pero, no requirió hospitalización; igual el Pimpollón. Resultó que, antes de irse de "luna de hiel" con Franco, se dio una encamada con su ex, por puro vicio; porque podía. No regresó a la Florida, se instaló en el apartamento de su padre y hasta lo puso en venta, sin notificar al hermano. Después del deceso del Palomo, las cosas con Francisco jamás fueron igual, traté, pero, me desagradaba su presencia. Lo culpé por la muerte, si le hubiese puesto control y límites a la hiena de Alejandra, nada de eso, ni de lo que vendría, habría pasado.

A finales de agosto, el mecanismo diseñado por el Palomo para controlar el virus surtía efecto. Aquella vez que lo planteó, pensé que le gustaba ver noticias de la Presidenta Diaz Ayuso, porque le recordaba su primera esposa. Pero, no, nuestra obsesión por las pruebas de antígenos salió de esa curiosidad internacional. Su última acción oficial, fue conseguir un millón de ellas y pensar cómo repartirlas efectivamente; incluía realizarlas en los aeropuertos, farmacias, lugares seguros y de fácil acceso para la gente. Lamentablemente, llegaron el día después de su muerte, de haber puesto la iniciativa en marcha dos semanas antes, su hija no habría contagiado a medio Gabinete de Gobierno. El plan del Palomo fue la clave para agarrar al virus por las pelotas. Nuestros números eran mejores que los de cualquier estado de la USA, lo que necesitaba para que los gringos, nos siguieran viendo como una gran farmacia aislada de epicentros de contagio.

La primaria fue un desastre, y mi ausencia durante el proceso, no fue bien vista. La oposición me hacía cómplice por inacción. Se terminó el domingo siguiente, pero, el daño ya estaba hecho. Nunca me lo reconoció en demasiadas palabras, pero, mi amigo John Rémora Martínez, al enterarse de los resultados de las primeras horas de votación, entró en pánico. Nadie se explicaba, como sesenta de los ciento diez colegios de votación, no recibieron los maletines con las papeletas, cuando los camiones salieron a llevarlas. Cuentan las malas lenguas que invirtió miles de dólares, en esa semana de gracia que le consiguió la movida. Hizo anuncios de esos que, sólo se hacen cuando se está en desespero o si se es todo un charlatán; él las tenía ambas. Cercanos a su campaña, decían que, dobló más rodillas que nunca y sacó a la cara, todos los favores pagados y sin pagar.

Rémora fue el único beneficiado con la cagada de la primaria, revalidó como número dos, de once. Se disculpó y me dio sus razones:

—Tengo que ganar y ganar sólido, sin apoyo económico ni político, no podré defenderme de los federicos.

Me tocó cubrirlo, como un padre oculta las malas costumbres de su hijo. Pero, le advertí que la trampa acababa ahí; miraba hacia el piso y sólo veía la parte superior de su cabeza.

—Si para la elección falta, aunque sea un lápiz, te juro por las tetas de mi madre, que te mato. Pero, antes te cuelgo por los pies, frente a una foto de Danglada, y te hago una pequeña incisión en la yugular, para que te desangres mirando al cabrón.

Se le escapó una risilla ante lo absurdo de mi amenaza, que sólo logró encabronarme más.

—Mírame, puñeta —le dije apretando la dentadura y subió la vista lentamente—. Quiero todas las máquinas de escrutinio listas. "La democracia se hiere de muerte cuando se toca la santidad del voto", eso decía Palomares, y lo vamos a respetar. ¿Me entiendes?

Asintió en silencio y se marchó sin decir palabra; de más está decir que el día de las elecciones todo estuvo listo.

En el 1980 el gobernador al que apodaban "El Potro", según los analistas de la época, se robó las elecciones en un suceso al que llamaron "El tumbe de Valencia". Nada que ver con España, el recuento de votos se realizó en un edificio del barrio Valencia en el que, casualmente, residía mi amigo Chuck. Mi padre era Secretario de Justicia, ante el vergonzoso evento, renunció y decidió que algún día sería gobernador, y para llegar, comenzó por la Alcaldía de San Juan.

39
"Runnin' With The Devil"

Sus ideas sostenían mi Gobierno... La muerte del Palomo me sacó de foco y me llevó a un estado depresivo, en que sólo quería dormir. Me sentía exhausto la mayor parte del tiempo y aumenté, sustancialmente, el uso de todo lo que me mantenía despierto. Fue de las épocas, en que con más impunidad consumí. Milagrosamente, iban bien los planes para convertir la base militar de Ceiba en el pequeño Wuhan del Caribe que los gringos necesitaban, sin experimentos ni confecciones con murcielaguina. Ante mi estrujón con la melancolía y la duda, la intervención de los Valverde fue crucial; sin Palomares, eran mis ojos en DC, no confiaba en nadie más. En la USA tendríamos un mercado cautivo billonario, con posibilidad de expansión al cono sur. Aun con el tufo anti gringo, que salía de los gobiernos de Sur América, seguro, por ser boricuas, algún zurdo se nos apuntaba.

La campaña de Danglada iba a todo vapor, pero, no tenía chispa. Su personalidad desabrida, la falta de carisma, la voz que recordaba al personaje de Juan Bobo, además de un narcicismo rapaz y marcada falta de empatía, me confundían, nunca supe si era un pobre autista o un vil psicópata. Al menos, trabajó casi una década en Washington, conocía la Junta y algunos congresistas, era el candidato de más experiencia; pero, tener sexo constantemente, no te convierte en sexólogo...

Por su lado, dando pasos hacia la extinción, la base catatónica del Partido Populista, eligió un candidato, tan falto de todo, que provocó un éxodo hacia el resto de los partidos, excepto el mío, ya que a Danglada también le faltaba de todo. Muchos cayeron en las garras de Belinda Rosales, que vendía su ganga como un junte "ni de izquierda ni derecha", aunque, se llamaban Izquierda Nueva, y el 99% de sus candidatos, hablaban el dialecto totalitario del zurdo dormilón, que no madrugaba para trabajar ni, mucho menos, para votar. Su Comité de Odio era tóxico, corrosivo y letal; una "mafia *wokista*" a tiempo completo, tan falta de escrúpulos como su líder, que levantaba la bandera de la justicia social, para intimidar y convencer. Cuando los vi en acción, supe que el Partido Rojo estaba en aprietos, el mío también, pero sólo en las Cámaras y algunas Alcaldías, la matemática electoral seguía en favor de Danglada, sólo porque representaba la unión con los gringos.

El candidato independentista, arrancó una campaña perfecta, era apuesto y tenía la mejor presencia de todos. Fuimos juntos a la universidad, sabía que era un buen tipo, sin manchas en el récord, contrario al resto. Por un instante se alejó de los discursos tradicionales, el socialismo no resonaba en su mensaje ni redundaba en su forma de vida. La manera en que jugó durante los primeros meses de la campaña me hizo creer que se atrevería a proponer un Puerto Rico libre, con propiedad privada y libertad de mercado. Pero, su pequeño giro al liberalismo, le costaba votos frente a Belinda Rosales que, con sus ropas sexis, fotos en traje de baño y un discurso de humo, controlaba las redes y las mentes cortas, que únicamente leían Twitter. El tipo dio una reculada soberana y se movió a pescar votos al mismo estanque de zurdos y mutantes de la Generación Z; le amarró un pañuelo violeta a su discurso y se fue de gira de medios, a todos los programas de corte feminista y LGBTT, a explotar su cara bonita, con sonrisitas de media lado y guiñadas a la cámara. Fue surreal e irónico, que la pelea por la izquierda era debatida, entre dos candidatos que utilizaban la belleza como comodín.

El 6 de octubre, falleció Eddie Van Halen y dejó un hueco en el rostro de la música. Pero, una noticia mucho menos importante, ocupó los titulares boricuas. La esposa de Danglada presentó una demanda de divorcio, en la que alegaba infidelidad y trato cruel; además, una joven masajista y maestra de yoga, se quejó en las redes, que durante el tiempo que le brindó servicios, Danglada la rozaba de forma indebida y le dejaba mensajes inapropiados. Las reacciones de los opositores no se hicieron esperar y en un parpadeo, el país exigía su renuncia y miles, incluso fuera de mi partido, me rogaban que le sustituyera. El tipo no aguantó presión, ni las desabridas marchas en su contra, y renunció a la candidatura. No sin antes, acusar a la Rémora, Egui y otras figuras de nuestro Partido, de conspirar en su contra, para acomodarme en la carrera.

Estaba tan metido en la coca, las anfetas y alterado de los sentidos, que apenas razoné, actué por pura reacción, con el impulso y la seguridad que sólo proveían las drogas. Me negué antes, pero la nueva situación y la volcada del Pueblo, me ponía en una posición difícil. Además, me faltaba tanto por hacer… La cagada de Danglada era la excusa perfecta para recuperar el tiempo que me quitó la pandemia; otro cuatrienio, debía ser suficiente para terminar lo que empecé. Pero ¿cómo se lo vendía a Claudia?

Al llegar a casa ella me esperaba sentada en el sofá, con una sonrisa que expresaba una alegría distinta. Para bien o mal, no tuve que hablar, lo vio en mis ojos y la sonrisa se transformó en mueca. No dijo palabra alguna, agarró su bolso y las llaves, murmuró «necesito estar sola» y se marchó. Sí, me tocó decirle a Isabelita que no habría mudanza, no lo tomó bien. Me pidió que la llevara a la casa de su abuela, y dijo que no quería verme jamás: «Te odio, ojalá pierdas». Traté de hablarle durante las semanas siguientes, pero se negaba a atenderme.

Era muy tarde, recuerdo que trataba de conciliar el sueño. Escuché a Claudia llegar y me hice el dormido; le debía mucho más que una explicación, pero, si podía evitarlo, por qué no. Para mi sorpresa, se fue directo al baño, escuché la ducha por largo rato. Salió y se acostó desnuda a mi lado y, sin rodeos, me besó con ganas. Estaba sorprendido, no lo esperaba; no tardamos en encajar nuestros cuerpos con la pasión de siempre, pero, había algo en ella, una violencia distinta, que hizo el momento más intenso. Rodamos por toda la cama, cambiamos de formas y terminamos con ella sobre mí, mirándonos fijo, sus ojos derramaban lágrimas que se escurrían entre los jadeos y me salpicaban con sus movimientos bruscos. Tal vez su piel me decía lo que no podían sus palabras, nuestros cuerpos siempre se comunicaron mejor. Sin hablar, nos acomodamos para dormir, pensé que su presencia me ayudaría, pero, no fue así; el exceso de sustancias no me lo permitía. No recuerdo cuánto me tomó quedarme dormido, ella no estaba a mi lado en la mañana cuando desperté. Y en la noche, al regresar de trabajar, sus cosas no estaban, ni siquiera las fotos en que aparecíamos juntos, sólo quedaron los marcos. Me quité la chaqueta y me tiré al sofá, saqué lo que ya saben del bolsillo, vertí un poco en la mesa, frente al marco sin foto, que era un reflejo del vacío que sentía, y aspiré. Luego busqué una botella a la cocina y me castigué con melancolía durante horas. Nos separamos muchas veces, pero esa me dejó en un abismo de sombras y silencio.

40
La última campaña
(Pudimos tenerlo todo)

Gobernar de la manera correcta, te exime de hacer campaña. Cantarme sin tiempo que perder, ante la necesidad del país, fue mejor que cualquier comercial. La Vista Especial en el Congreso, para la propuesta del 936-2020, estaba cerca y el país comenzaba a esperanzarse con su aprobación. Cuando la candidatura me cayó en la falda, mi popularidad estaba por las nubes, dejar a un lado la política y trabajar, me puso por encima del resto. De hecho, antes de tenerme como rival, todos aprobaban mi gestión y decían que la continuarían de obtener la victoria, lo que los comprometió cuando trataron de atacarme.

Las caretas se caían y muchos me daban las gracias. Mis posturas "machirulas y antifeministas", como le llamaban las chicas de la Coalición, obligaron al resto a reajustar sus discursos encajonados en la línea de la hipocresía progresista que enfrentaba desde mi Gobierno. Gran parte del país aceptaba mi discurso, sólo que no se atrevían a decirlo, por un temor a ser perseguidos, al que los psicólogos llamaban "*chilling effect*". Con mi llegada a la carrera, la "belleza" ya no se concentraba en la izquierda, el independentista perdió empuje, era algo chaparro y, aunque su escala de valores y principios era mucho más elevada que la mía, las mujeres sacrificaban la bondad y los principios, por el chico malo de "buena" estatura; eso de los estereotipos de belleza y la cosificación, pasó a ser territorio exclusivo de mujeres.

Los disparates de Belinda y sus líos personales, explotados correctamente en el lugar que la vio nacer, Facebook, la mantuvieron contenida. Sus acólitos la defendieron descaradamente, con todas las mentiras y calumnias que pudieron idear en tan corto tiempo. Lo que dejó al descubierto, un partido nuevo, tan podrido como los viejos; pero, más visceral y predispuesto a la mendacidad y la violencia. Eran el reflejo boricua del *wokismo* mundial; hijos de papá, con lujosas propiedades frente al mar, que jugaban al socialismo desde sus torres de privilegios; cegados ante el vicio del *"posteo y luego existo"*, que manejaban la política con la misma irresponsabilidad que sus redes sociales. Una manada de cintas de participación, que sólo sabía marchar y hacer ruido y preocupó a la mayoría de los puertorriqueños con lógica y razonamiento promedio (muy pocos).

No era una elección común y los miembros de mi Partido, rogaban al dios el "voto íntegro". Había rostros pintorescos del Izquierda Nueva, que movían votantes jóvenes en distritos importantes y podían reconfigurar las Cámaras. Detestaba la idea de engañar a la gente con el cuento de un plebiscito de estatus, el mismo día de las elecciones, pero, esa era la única manera de asegurar la victoria de la mayoría legislativa, que necesitaba para gobernar. No se trataba de caras nuevas ni eslogan, ni de las quejas tradicionales, sino de quién estaba capacitado para manejar la crisis en la que nos encontrábamos. Ninguno de los oponentes tenía mis logros, eran experimentos o refritos.

Participé del último debate televisado y resultó un paseo por el parque; a Danglada le fue pésimo en los dos anteriores. Me vi en TV al otro día, porque sólo recordaba estampas; estaba tan arriba, que la sobrecarga en las neuronas no retuvo mucho en mi memoria. Disparé con perlas que los medios repitieron, hasta hacerlos "virales", nunca disfruté de tanto tiempo de campaña gratuito.

Rosales recibió la primera zasca, cuando se atrevió a criticar mi gestión en las escuelas de San Juan, por negarme a incluir en los currículos estudiantiles "lenguaje de inclusividad". «En algún momento de la crisis colonial que vio nacer a los Estados Unidos, alguien dijo: *"Estos tiempos ponen a prueba el alma de las personas"*, la traducción exacta diría el alma de los hombres, lo sustituí, porque se puede ser inclusivo, sin asesinar el español con la idiotez de "los todos y las todas". Pero, eso requiere estudiar, conocer y aplicar las maravillas del lenguaje, y a los amigos de la Izquierda Nueva, eso último de estudiar no se les da muy bien. Lo que sí se les da natural, algo en que la señora Rosales puede educarnos, es enriquecerse con el dinero de los estudiantes». Después de eso, Belinda tartamudeó el resto de sus turnos y atacó al candidato del Partido de la Familia, un colectivo conservador, que nunca pareció estar en la carrera.

Mi amigo el independentista, me culpó por la colonia y la lentitud de los americanos y, dejando clara mi profunda deferencia, le di con el caldo favorito del boricua que necesita dinero público para manifestarse y jugar al Che: los Fondos Federales. «No sé cómo mi buen camarada y Senador por el Partido Verde, después de ser parte de la estructura que distribuyó los paquetes de ayuda pandémica, desde cheques a los desempleados, hasta cajas de comida para los barrios, no concluye que Estados Unidos es una de las naciones más socialistas de las Américas. Atrévase y proponga una República puertorriqueña abierta a mercados libres y democracia, y le prometo que, contrario a la señora Rosales, me uno a usted y convenzo a mi Partido; mientras, es mejor recibir la ayuda un poco tarde, a que no llegue». Teníamos personas que podían y hasta eran convocados a sus trabajos, que permanecían en las casas recibiendo beneficios gringos. Podía imaginar el boquete inflacionario que tendríamos cuando acabara la crisis, pero, una década de política activa y las lecciones del mundo, me enseñaron que, cada problema tenía su momento y, en ese momento, lo importante era ganar la elección, el cuento del desembolso de dinero gringo sin precedentes, era el gancho perfecto.

Se veía en la grabación que me sentía en confianza, pero, por más sustancias que corrieran, era mandatorio atacar al Izquierda Nueva, no por mí, Rosales no me pasaba de los tobillos ante el Pueblo, pero, necesitaba las Cámaras: «Mis oponentes sólo hablan de machismo y racismo, usan la raza, el sexo para dividir y evitar hablar de las razones reales que nos alejan de la igualdad. La falta de educación es el enemigo que lleva a la desigualdad y al error de la ignorancia; pero, nos duermen con fantasmas de odios y divisiones que no existen, para manipular nuestros temores y gastar el presupuesto, en iniciativas sin relevancia. Izquierda Nueva, son los adalides de una república de Disney, de princesas con barbas y hombres poco masculinos».

Para el cierre, me extendí en el tiempo, pero, estaba tan emocionado, que nadie se atrevió a interrumpirme: «La fibra viva con la que nuestros abuelos tejieron el alma de este país, está quebrada y se le escapa la vida; la historia nos llama a repararla». Salí de los alrededores del podio y caminé hacia una de las cámaras: «Compatriotas, hermanos, mujeres y hombres, jóvenes y los "ya no tanto", le hago un llamado a todos los hijos de esta tierra, a que me acompañen, que sean parte del ejército que reparará esa fibra y la hará más fuerte para nosotros y más importante, para nuestros hijos…».

Fue excitante verme en TV, una pena que no recordara el momento ni la emoción que seguro sentí, la escuchaba en cada palabra. Sabía que las drogas se me iban de la mano un poco… y a veces más, pero, todavía me sentía en control, a pesar de las "borradas de contenido", esos incómodos agujeros negros, que le provocaban las Xanax y el *whisky* a mi memoria.

La audiencia ante el Comité del Congreso fue mejor de lo que esperábamos, el proyecto entró sin la menor oposición; algunos representantes, hablaban de hacerlo más abarcador y esperaban comenzar en enero. La noticia ameritaba mucho más que una nota de prensa, el Pueblo merecía un mensaje televisado, (también mi campaña); era el broche perfecto para cerrar. Después del debate, no quedaba duda de que ganaría.

Todo el equipo estaba en el Alcázar. Me preparaba para el discurso, cuando Claribel tocó a la puerta, para decir que Claudia esperaba afuera y quería verme. Ya estaba alterado con todo lo que me corría en el sistema, y el vuelco del corazón al escuchar su nombre, me aturdió. Tardé varios segundos en reaccionar y decirle que pasara. Me arreglé la corbata, el pelo, no sabía dónde poner las manos. Al verla, entre la emoción y las drogas, pensé que colapsaría. No me atreví a abrazarla, tampoco me salía qué decir.

—Me voy a Chile, vengo a despedirme —dijo sin emoción en la voz—. Decidí quedarme con la casa; espero que no te moleste; no sé cuánto me tomará pagarte, pero lo haré. Además, quiero decirte…

No le permití terminar.

—No tienes que pagarme nada, es tuya desde el día que la viste.

—Gracias, pero, no es nece…

—¿Cuándo te marchas?

—Salgo de aquí al aeropuerto, afuera me espera un Uber, quise venir al último momento, para que no tuvieses tiempo de convencerme.

Pude decir tantas cosas, y sólo se me ocurrió un ridículo:

—¿Quieres que te convenza?

Movió la cabeza para expresar no y bajó la vista al suelo.

—Pues, de qué me vale tratar…

—Pudimos tenerlo todo, Armando, todo. Pero, siempre algo fue más importante o alguien llegaba y no te podías controlar. Me lastimaste tantas veces, que ya no distingo la alegría de la amargura cuando estoy junto a ti. A veces haces las cosas más hermosas y no sé si reír, llorar, golpearte, y ya estoy cansada de sentirme así; cansada de no saber si mañana estarás o si sólo esperaré. Se acabó, Armando.

Seguro necesitaba sacarlo de su sistema, pensé. Se encaminó a la puerta y la detuve, le agarré las manos y sentí un latigazo de tristeza. Sus palmas me trasmitían la intensidad de una caricia, a través de su mirada quebrada, cruzó nuestra historia entera en un instante: la primera vez que la vi, llevaba pantaloncitos de voleibol y frenos en los dientes; las noches enteras al teléfono, las veces que me escurrí en su casa, cuando su familia dormía; los besos, las caricias, los suspiros; la muerte de su padre, la de mi abuela, éramos soporte mutuo. Vi desde los momentos más felices, hasta los que nunca debieron ocurrir; tenía razón, la lastimé tantas veces, y sabía que podía lastimarla muchas más. Cuando estaba a punto de quebrarse, me soltó y se marchó. Me quedé inmóvil, impotente para detenerla, sus palabras taladraron en la parte honda de mi conciencia. Tenía razón en todo; nada que le dijera estaría a la altura del momento ni de su decepción ni de eso que provoqué y que ahora me pasaba la cuenta.

Salí a dar el discurso, todos decían que fue un éxito, emotivo y honesto... el cierre perfecto para una campaña única. No recordaba nada, ni siquiera estampas como en el debate; mientras le hablaba al país, mi cabeza repetía: "*Pudimos tenerlo todo...*". Pasaron casi dos horas, antes de que revisara el teléfono y entre los tantos mensajes, había uno de Claudia:

"Hoy traté, pero, no me salieron las palabras para decirte; quizás fue falta de valor. No importa cuánto te amo, ya no quiero estar cerca de ti. Esta vez dolerá como nunca, porque estoy embarazada. Te lo iba a decir aquel día, pero, al darme cuenta de que nuestros planes ya no estaban, me pareció humillante, no quería sonar a chantaje o ruego. No me busques, por favor. Si todo sale bien, en algún momento le hablaré de su padre y, si lo deseas, podrás conocerle; pero, seré yo quien determine cuándo y, no creo que sea pronto. Amarte no fue siempre la mejor decisión, por eso pongo de por medio océanos y muchos kilómetros, tal vez me ayuden a no quererte, o al menos, me enseñen a vivir sin ti".

La llamé tan pronto leí, pero, no contestó seguro ya iba en el avión. Por qué no me lo dijo, tal vez era todo lo que necesitaba escuchar para acabar aquel deseo inconsciente de autodestrucción que inexplicablemente me consumía. La imaginé corriendo al aeropuerto, con la chaqueta de piel marrón y arrastrando su maleta: "*You can go your own way... You can call it... Another lonely day...*" y decidí respetar su deseo de no buscarla, era lo mejor, mantenerla lejos del síndrome incurable de mi egoísmo. Le pedí a Paco que me llevara a casa. Faltaban dos días para las elecciones, no necesitaba más para ganar y quería desaparecer, cruzar al lado de la inconciencia. Agarré una botella y me tiré en el sofá.

41
El día de la elección:
3 de noviembre de 2020

En menos de 30 días, Rémora lo tenía todo listo, hasta las papeletas con el nombre de Armando, no había rastros de Danglada, ni siquiera en los pasquines y carteles en la calle. Creo que lo planeó desde mucho antes, no existía otra explicación lógica. Muchos pensaron que, el Tiburón fue parte del complot, pero no tenía ni una remota idea. Esperó al último momento, para hacer difícil que se negara.

Fueron las elecciones generales más rápidas de la historia, incluso con las largas filas pandémicas; una vez cerrados los colegios de votación la organización y los equipos utilizados hicieron posibles resultados inmediatos. Sus números eran espectaculares, todas las tendencias decían que ganaba con un 68-70% de los votos. Antes de que fuese candidato, las encuestas ponían a Danglada a ganar con un 33%. La única candidatura marcadamente ganadora fue la suya. Los partidos pequeños y emergentes, obtuvieron los votos suficientes para quedar inscritos, pero, la suma de todos no pasó el 31% al final. Belinda y el independentista, continuaron la lucha por quién tenía el *sex appeal* más imponente de la izquierda, e hicieron un trabajo perfecto para neutralizarse; eran la prueba férrea, de que los egos y egoísmos, podían más que el amor por el país.

En las Cámaras sucedió lo que temían Armando y sus secuaces azules: todos los partidos de minoría colaron candidatos y crearon una inusual división de colores e ideologías. Confieso que, de la primera, creí que era lo más hermoso que le sucedía al país en años. Pero, cuando razoné el asunto, nadie tendría la mayoría necesaria para aprobar proyectos y nombramientos. No pensé nada bueno, tanta diversidad sólo serviría para atrasar el desarrollo de la agenda. Su candidatura barrió, pero, el voto íntegro de su partido se redujo dramáticamente. Si los otros se unían, tal vez, no en el '24, pero, sí en el '28, Puerto Rico podía tener su primer gobernante, fuera de los colores principales. Pero, nuestras izquierdas nunca se organizaron bien, y cuando parecían hacerlo, se quedaban sin gasolina.

***

El día de la elección desperté tarde, el Secretario de Estado y los más cercanos, se encargaron de dar la cara. Nadie del Gabinete, excepto Paco y Karla sabían dónde me encontraba; todos pensaban que andaba en asuntos oficiales de la 936-2020, y no en casa con una resaca biónica, aturdido, las reminiscencias de la absurda cantidad de sustancias antidepresivas y somníferos (y algún ácido), que ingerí durante las 48 horas en las que salí del radar. Salir de la cama fue acto de fuerza mayor, los teléfonos no paraban de sonar ni los golpes en la puerta, pero no les prestaba atención. Hasta que escuché una voz lejana y sentí que mi cuerpo se movía. Tarde en abrir los ojos, pesaban kilos... No lo identifiqué de inmediato y reaccioné a la defensiva, creo que lancé algún golpe que se perdió en el aire. «¿Está bien señor?», repetía. Reconocí que era Paco y me calmé, pero, me tomó algunos minutos comprender lo que me decía. Al rato llegó con una taza de café y, literalmente, me sacó de la cama.

Con dificultad caminé al baño, cerré la puerta, saqué un frasco de coca que tenía en el botiquín y me mandé dos tiritos en cada fosa. Necesitaba salir del letargo pronto y tragué doble dosis de anfetaminas. Unos quince minutos más tarde, el movimiento regresaba a mi cuerpo, aunque la cabeza seguía medio en tinieblas. Le dije a mi leal soldado, que se marchara. «No te preocupes, ya voy cayendo en tiempo, te prometo que no me iré a dormir. Ven por mí a las siete y me llevas a celebrar». No quedó convencido, me miró de forma compasiva, seguro me veía muy jodido, cuando dijo: «Recuéstese un rato más, vengo a las seis y le despierto, para que se prepare y se ponga al día con los resultados». Acepté su propuesta, para que se fuera tranquilo; después de la dosis en el baño, y las que planeaba cuando se fuera, no había mucha posibilidad de dormir.

Trataba de concentrarme en la elección y no pensar en ella ni en la criatura en su interior, que llegaba a nuestras vidas, con más de una década de retraso. Me serví lo que quedaba de una botella, no recuerdo exactamente qué, y lo tomé. Me llevé otra de vodka al cuarto y me tiré a la cama. Divagué por más de una hora y media botella. Me di varias líneas adicionales, una ducha y me vestí sólo con los mahones; la camisa y chaqueta que utilizaría, fueron seleccionadas semanas antes. Revisé las llamadas y mensajes; contesté algunos por escrito, no quería hablar, estaba muy aturdido para conversaciones complicadas. Todos los resultados preliminares que me enviaba Rémora me ponían al frente por una larguísima milla; pero, había crisis en las Cámaras. No tenía llamadas de Claudia ni Isabelita, tampoco de Chuck; ninguna de alguien que en realidad me importara.

A las cuatro de la tarde, cerraron los colegios de votación, en minutos, salían los números oficiales que ya sabía. Eran las 4:15, cuando recibí una rara llamada del Pimpollón, le contesté, sólo por su tormentosa insistencia, llamó y texteó a todos mis números conocidos. Fue una conversación tirada por los pelos, acerca de un asunto electoral sin importancia, que me irritó y lo despaché de malas. Antes de colgar, preguntó dónde me encontraba y, por puro impulso, le dije. Unos diez minutos después, recibí otra llamada, esa vez de Rémora, pensé que se quejaría por lo que pasaba.

—Muy temprano para llorar.

—Gobernador, debe quemar sus naves, cuanto antes.

—Johny, no estoy para pendejerías.

—¿Dónde estás? Te van a arrestar en cualquier instante —sonaba alterado.

—¿De qué hablas? Cálmate.

—Hay un grupo de policías reunidos, con agentes federales y el Secretario de Justicia, y se habla de un operativo con orden para arrestarte. Han tratado de ser discretos, pero algo de esa magnitud nunca puede mantenerse en secreto.

—¿Cómo lo sabes?

—El Secretario de Justicia me acaba de llamar, para pedir mi apoyo.

—No puede ser, acabo de hablar con él… —y recordé que preguntó dónde me encontraba.

—¡Armando! Escúchame: busca un lugar dónde esconderte mientras averiguo más

—¿Cuándo?

—¡Ahora!

Terminé la llamada y le marqué a Guillermo, luego a Luis Miguel, ninguna sabía nada; ambos quedaron en averiguar y llamar de vuelta. Sentía que el corazón me estallaría. Agarré el frasco de Xanax y no supe cuántas ingerí. Me vestí de prisa. Serví cuatro líneas gordísimas y, con un billete enrollado, me las pasé sin contemplación. *¡Una orden de arresto! Y ¿quién puñeta, arresta a un Gobernador el día de las elecciones?*, pensé. Agarré la cartera, las llaves y un saco de coca. Por un momento, sospeché de la Rémora, que llamó para curarse en salud. Pero, la realidad fue que, al darse cuenta de la cagada que cometía, Pimpollón trató de tomar control de un animal más grande que él y buscó a alguien poderoso en quien ampararse.

No podía llamar a Paco ni usar el vehículo oficial. Si era la última carrera que fuese con estilo… El primer auto disponible era el Porsche Carrera GT 2006, y no dudé en subir, la llave estaba en la visera. Apreté el interruptor de la puerta de la marquesina. Al comenzar a abrir, con la transmisión en neutro, aceleré la máquina, únicamente por el placer de sentir aquel motor; que era una orquesta sinfónica para "carrófilos". Me coloqué las gafas; puse la palanca en primera y, cuando la puerta iba por la mitad, aceleré; las ruedas patinaron un poco, pero, arranqué como torpedo. Me pareció ver a Sharky, el hijo de puta de renegado del FBI. Calle abajo, vi por el espejo, algunas patrullas que entablaron la persecución. Nunca imaginé que esa sería la manera en que probaría la potencia de aquel animal, Chuck lo hubiese disfrutado, se movía mucho mejor que la mierda aquella de Cobra. No había forma en que los policías me alcanzaran, OJ Simpson era un marica. Encendí la radio, sonaba "War Pigs", odiaba esa puta canción. Iba a cambiar la radio cuando llamó Guillermo.

Con dificultad le contesté, al parecer, era un asunto local, asistido por algunos pendejos del FBI, que operaban fuera del radar. Nadie sabía los cargos, sólo que tenían una Orden de Arresto contra mí y una de Registro para el Alcázar, buscaban la "Bóveda de Secretos". También me dijo que me ocultara en lo que averiguaba más. Dirigí la marcha a mi Casa Fuerte en Río Piedras, podía desarrollar la ventaja suficiente para abandonar el vehículo y entrar sin ser visto. No me preocupaba la Bóveda, cuando empezamos a usar el Alcázar como oficina, me inquietó la curiosidad de los nuevos y me pareció buena idea digitalizarla, reducirla a un pequeño servidor y moverlo a mi Casa Fuerte.

Fue entonces... que recordé el archivo con las fotos y la transacción de compra de la casa de Claudia en Chile, no podía permitir que algún hijo de puta se la confiscara y la dejara en la calle con nuestra criatura. Eso lo complicaba todo y necesitaba ayuda. Veía borroso y con destellos neón, manejar se sentía como un juego de video. Tratando de no estrellarme, llamé a Chuck.

—¿Quieres la noticia del año? La policía está a punto de arrestarme, necesito que me hagas un favor, no confío en tu memoria, tienes en qué anotar.

En breves minutos, le dije dónde buscar las claves para todo mi caudal escondido, las direcciones para entrar a la bóveda del dinero y, lo mejor, la dirección del garaje con los vehículos; todo, irónicamente, a nombre de su tío en Liverpool.

—Claudia está embarazada, se fue a Chile y no me quiere ver. No me dio tiempo de hacer una transacción para su beneficio, busca a Luis Miguel, él se encargará de completarla. Encontrarás un sobre con instrucciones y números de cuenta de algunos de nuestros amigos que merecen vivir bien y estar seguros. Por favor, completa las transacciones y cuídalos a todos. En especial a mis hijos.

No quería emocionarme, vamos, era Chuck, se burlaría toda la vida.

—Armando, estás metido hasta el cielo, estaciona el vehículo y cálmate, dime dónde estás.

—Chuck, escúchame, ve a hacer lo que te pedí, por favor; o nada habrá valido la pena. Júrame que lo harás. ¡Júralo puñeta!

Suspiró profundo, seguro se cagó en mi madre.

—Te lo juro.

—Chuck… lo siento, hermano. Pude ser mucho mejor amigo de lo que fui. Es putamente difícil para mí decir esto: Gracias.

—Armando, qué vas a hacer…

—Lo que debo hacer… —y corté la llamada.

Sabía que tenía los mejores amigos, por eso abusé de todos; pero Chuck… siempre fue un soporte de donde agarrarme, aunque parecía al revés.

Cuando me desvié hacia San Juan, tuve que pasarle de lado a los policías, que iban por la ruta inicial. Algunos chocaron al tratar de girar. Al llegar a la ciudad vieja, manejar se hizo más difícil en las calles estrechas, los putos adoquines estaban hechos para carretas. Fue surrealista, como una peli de Misión Imposible, con música de Black Sabbath. Casi llegando al Alcázar, entró una llamada del Pimpollón.

—No hay lugar donde correr…

¡Ese hijo de puta! Cómo se atrevía. Le dije que le sacaría el hígado con las manos, por la emoción, perdí el control del vehículo por un segundo y terminé frente a un poste, con uno de mis afiches de campaña… Qué mejor analogía que esa: me estrellé contra mí mismo.

42
"Home sweet home"

"Todas las obras de arte, comienzan por el final".
E. A. P.

Entonces, regresamos al comienzo. "Quiñones Gobernador 2020", fue todo lo que vi, antes de estrellarme contra un poste de cemento y pegarle al volante con la cabeza. El Porshe se hizo mierda, pero, la música no se detuvo: *"Begging mercy for their sins, Satan laughing, spreads his wings, Oh lord, yeah!"* Escuché las sirenas, se acercaban de prisa. Me dio trabajo salir, estaba mareado, pensé que no podría mantenerme de pie. Crucé la calle y corrí en *zig zag* hacia el Alcázar. Aun con el dolor en la frente y la tibieza de la sangre, que me bajaba por el rostro, mis ojos se detuvieron en la bahía, estaba encendida con los destellos dorados del sol de la tarde: *nada como los atardeceres de San Juan.*

Empujé la puerta, estaba cerrada. A través del cristal vi a Peña, el guardia de seguridad, lelo ante la pantalla de su teléfono y se cagó del susto al verme. Abrió y, medio tartamudo, balbuceó:

—¿Está bien Señor?

No le contesté, tenía la cara cubierta de sangre y el muy pendejo me hacía esa pregunta. Observé mi foto, que colgaba en la pared del recibidor.

—Cuídame la puerta, que no entre nadie, no importa el cuento que inventen.

Me pareció escuchar que me felicitaba. Subí a uno de los elevadores disponibles en el vestíbulo, que parecía más lento que nunca. Sentí el peculiar sabor de la sangre y me limpié la cara con la manga de la camisa, pero no sirvió de mucho. No me importaba desangrarme, necesitaba llegar primero y desaparecer aquel archivo, imaginaba a Claudia y mi hijo, lanzados a la calle, humillados por mi culpa. No me importaba morir en el intento, después de todo, tampoco quería vivir encerrado. Cuando abrió la puerta corrí y tropecé con Humberto, el conserje, luego con una mesa y un envase con flores blancas cayó al suelo y se espació por todo el recibidor.

Caminaba en trance, veía imágenes indefinidas de colores psicodélicos y movimientos incompresibles. Entré a la oficina y eché los seguros de las tres cerraduras. Encendí la computadora, que corría más lenta que el elevador. La silla de mi padre, sentí que no merecía sentarme en ella y la moví hacia el lado. Observé la foto de Isabelita, parecía que me reclamaba por todo, en especial por lo humillante de cargar con el estigma de un padre preso por corrupto, asesino y narcotraficante. Escuché las sirenas, me asomé por una ventana: luces parpadeantes y una gran cantidad de policías con escopetas, rodeaban el edificio; no faltaba mucho para que llegaran a mí: q*ue comience el espectáculo.*

El reproductor de mi cabeza se activó y con su humor negro me tocó la tonada de "Home Sweet Home": *"You Know I'm a dreamer, but my heart's of gold".* Abrí la primera gaveta, saqué el estuche de madera y detuve la vista sobre la pistola que tanto me negué a portar. La última vez que la agarré, fue aquella noche, cuando me faltaron cojones para dispararle a Fuentes.

Saqué la coca del bolsillo, usé el abrecartas para condimentar mi nariz. La computadora terminó de "subir", con el *mouse,* agarré el archivo llamado CHILE y lo borré; luego, otro llamado MÉXICO, que contenía fotos de unas fiestas de demencia, en las que estaban Luis Miguel, Ratón y otros miembros del Cartel; además de unas fotografías de Claudia, desnuda, recordé el día que las tomé, ella posaba sonriente, con mirada para seducir, y no me quedó otra que soltar la cámara y amarla… Claudia, *¿por qué tenías que dolerme tanto?*

El próximo archivo se llamaba DIOS, contenía los videos de Lucrecia Phillips, los religiosos lujuriosos, Orgasmatrón y toda la evidencia necesaria, para enviar al infierno a los protestantes del país. Entonces, golpearon la puerta y salté del susto, no lo esperaba tan pronto: «*Salga con las manos en alto*», y seguían los golpes. Agarré el DIOS y repetí la operación; era un archivo "pesado", con varios gigas de información y tardaba en desaparecer. El estruendo de un cuerpo que se lanzó contra la puerta para derribarla. me sobresaltó, pero, esa puerta no caerá tan fácil: "*Just when the things went right, doesn't mean that I'm always wrong*".

Ese era el fin de mi película, de mi obra de teatro del absurdo, de comedia de humor negro con moraleja al final, que le jugué a la vida. ¡Hostias! Como me sabía a mierda ser uno más, el cliché del político moderno, nada de hombre de estado, sólo parte de un estado de hombres sin convicción ni compromiso, que llegamos a la gente con mentiras y ambiciones personales; y, lo peor, darme cuenta y aceptarlo en el último momento.

Los golpes se detuvieron. Escuché voces que hablan a la vez. La misma voz conocida, repitió la orden. Me di dos líneas más, me llevé la bolsilla a la boca y la mastiqué como chicle… Qué buena estaba aquella coca; *una pena, dejé casi medio kilo en el gabinete de la cocina, espero que Chuck la encuentre,* pensé... Escuché llaves y el abrir de una cerradura: *Maldito Peña, entregó el llavero.* Abren la segunda. Escupí el plástico, agarré la Walther y apunté hacia la entrada. Tercera cerradura, la puerta abrió de golpe y un coro de voces sin rostros, me ordenó que soltara el arma, que levantara las manos y me tirara al suelo. Le faltaba poco a la computadora, pero, ya no había tiempo ni remedio ni absolución posible. Al final siempre es igual, sólo queremos más tiempo, aunque sea un poco.

Dylan decía que: "*Vivimos en un mundo político, donde el amor no tiene lugar… y el crimen no tiene rostro*". Dicen que antes de la muerte, tu vida se despliega ante tus ojos, ese no fue mi caso, vi miradas, la de mi hija, la de Claudia... Después de la culpa, llegó la resignación. No estuvo mal, fue una carrera intensa, once años que valieron por veinte. Eran poco más de las 5:00pm, escuché gritos de algarabía y cláxones de vehículos sonar, acababan de anunciarme como vencedor, por una abrumadora mayoría de votos y el pueblo celebraba. ¿Toda una putada de ironía? Escuché el solo de la canción estampado con los acordes de mis recuerdos, cada nota era una vivencia.

Levanté las manos, tal vez debí soltar el arma, pero no lo hice. Creo que sonreí, cuando recordé las palabras del viejo Palomares: *"La muerte te sorprende cuando más feliz y despreocupado estabas"*. Parecía que, a fin de cuentas, mi padre sabía lo que decía: *"Terminarás preso"*. *¿Preso, yo?*, imposible. Por eso, hasta en ese definitivo instante, decidí llevarle la contraria. Es misteriosa la resignación, aunque no desaparece la tristeza, trae algo de paz, la angustia mengua. Tenía los ojos calientes, a punto de reventar; miedo, por supuesto; pero en el fondo, también sentía la lejana paz del fin. *"I'm on my way"*.

Miré hacia afuera, lloviznaba y una espesa masa sin forma de nubes anaranjadas y gris plomo, parecían devorar al sol. Fue emocionante... con resignación en la voz, les grité:

—¡A quién van a encerrar es la madre que los parió, hijos de puta!

Mientras me llevaba la pistola a la cabeza, *"Just set me free"*, lo vi todo: Claudia, Isabelita, mi padre, Palomares... y sin titubeos, *"Home sweet home"*, apreté el gatillo...

FIN

EPÍLOGO

PLEASE TO MEET YOU, HOPE YOU GUESS MY NAME!

El auditorio estaba repleto; cientos, atentos al conferenciante, que parecía tenerles bajo hipnosis.

—Hermanos míos, si pensar es un delito, es una obligación ser forajidos.

Después de hablarles por horas, la multitud no perdía entusiasmo. Guardó silencio unos segundos, respiró hondo y con voz profunda preguntó:

—¿Qué somos?

—¡TIBURONES! —contestaron a puro grito y euforia.

—¡Exacto! Ahora, vamos a tomar un receso para refrescarnos, estirar las piernas y ese inevitable viaje al baño. En veinte minutos continuamos. ¿Qué somos?

—¡TIBURONES!

Se dirigió a los bastidores, la gente siguió llamándole por varios minutos, como si no necesitaran el receso.

"HOW YOU LIKE ME NOW?"

Sí, estoy vivo. ¿Quién carajos narra su muerte? Sé que pensaban mejor de mí, cuando me creyeron muerto, pero, no pasa nada. Es imposible guardarles rencor, después de sostener en sus manos, por tanto tiempo, este ladrillo de papel y palabras; estoy impresionado, creí que no llegarían al Fin.

¿Qué cómo sobreviví a un disparo en la cabeza y sigo tan apuesto? Muy simple, no hubo disparo. La rata de Fuentes salvó mi vida, sí, Fuentes. No, no apareció del más allá. Recuerdan nuestro último encuentro en la Bóveda, el muy hijo de puta creyó que lo mataría por el asunto de Milenia y llegó antes, se le escabulló a Francisco, entró a mi oficina y descargó la Walther. Por eso se atrevió a retarme y humillarme de aquella manera, la maldita pistola no tenía balas, y así estuvo hasta el día del arresto. Cuando me la llevé a la cabeza y tiré del gatillo, al no escuchar ni sentir nada y ver los rostros de los policías, sólo dije «anda pa'l carajo», antes de que me cayeran encima, cuatro mastodontes del tamaño de luchadores de la WWE. El video cuando me arrastraban fuera del Alcázar, con la mitad del rostro ensangrentado, corrió los noticieros del mundo.

La Gobernación fue decidida en una elección especial, en la que corrieron, nada más y mucho menos que, Wilnelia Vizcarrondo y Juan Bobo Danglada, jamás vi semejante despliegue de mediocridad en una misma papeleta; las encuestas la ponían cerrada. Danglada al fin fue Gobernador, era tan insignificante e insípido, que dejé de leer y ver prensa puertorriqueña. Con la nueva Administración, aumentaron dramáticamente los contagios por Covid, y mi proyecto farmacéutico no prosperó, los mismos demócratas, que se rasgaban la ropa en nombre de la justicia social para Puerto Rico en la era de Trump, prefirieron echar atrás todas las iniciativas que pudiesen molestar a los chinos. Eso no amilanó a los Valverde, desarrollaron el centro de producción y empaque de cannabis, más grande del Caribe, con permisos especiales para exportar a la USA y yo tenía acciones en ese paquete.

Mi proceso judicial fue rápido, el Pimpollón y el Renegado, apretaron más de lo que pudieron y, como suele pasar, inflaron las causas; me imputaron tantos delitos, que algunos aún no estaban tipificados. Tenían grabaciones de Fuentes, que sabía menos de lo que decía, y lo que sabía, no tenía forma de probarlo. De tomarse el tiempo de armar un caso, seguro me encerraban por décadas, pero, el morbo de humillarme el día de las elecciones, les rajó el ego. No contaban con que, al enterarse de la orden de arresto en mi contra, el mismísimo Ignacio Valverde, se comunicó con el número dos del FBI en Quántico. Le exigía una explicación y mi liberación inmediata, después de todo, era el Gobernador de facto y (encima) electo; la movida de los agentes era un atentado a la democracia de una nación que luchaba por sobrevivir, ante la conveniencia estadounidense. Después, le soltó los nombres de los senadores y representantes, que no quedarían contentos con mi detención; eso fue más relevante que todo el asunto colonial previo.

Para mi pesar, la llamada de Valverde fue casi simultánea al arresto, ya tenían hasta prensa preseleccionada, que cubrió convenientemente, cada detalle de la mancha de sangre en mi rostro. Dijeron, a grandes rasgos, por qué me detenían, palabras fuertes como: narcotráfico, lavado, *paybacks*, etc., además, implicaron a "una multinacional mexicana". Antes del siguiente ciclo de noticias, se les prohibió todo contacto con los medios, fueron referidos para investigación y suspendidos de sus respectivas Agencias; terminaron cesanteados de sus puestos. Mi Secretario de Estado, asumió la Gobernación e hizo lo propio con Pimpollón, lo destituyó y le asignó un Fiscal Especial Independiente, para otra investigación; nadie quería una rata así en el Gabinete. Lo hicimos mierda ante el mundo, la relación de Francisco con el cohete de su ex, salió como uno de los detonantes de su *vendetta* contra mí.

Pero, no me salvé de las consecuencias de mis negocios con Moneyman Huertas, la boca de chismoso, resultó serlo en verdad: el muy perra (sí "perra"), vendió a todos sus clientes, desde mucho antes que me hiciera Gobernador. Una investigación independiente, extremadamente silenciosa, que se inició con un depósito a la cuenta incorrecta y un sabueso de la "policía financiera de la web", que se percató. El asunto por el que lo acusarían, nada tenía que ver conmigo ni los otros pendejos que sapeó; nos usó para minimizar su sentencia. Con su testimonio, me raspaba unos veinte años, por las emisiones de deuda de los primeros cuatrienios, los desvíos al Partido y toda la cosa que eliminé. Ante lo pesada de la lista de personas afectadas por las acciones del Pimpollón y el Renegado, el Fiscal Federal, puso sobre la mesa una oferta muy difícil de rechazar. Podía desaparecer a Money, pero, ya estaba harto de soluciones drásticas. Para no poner en riesgo a mis amigos de México, le dije a X que aceptara el arreglo. Chuck estuvo durante todo el juicio, no publicó ni dijo nada en su blog, porque para él nunca fui noticia.

Ni la huida en el Porsche ni el abecedario de drogas en los informes toxicológicos, me ayudaban con la opinión pública. Pero, la gente creía lo que le daba la gana; les importó media verga de qué se me acusaba. Decían que, quizás, no fue correcto mover activos, pero, que era mi dinero y podía disponerlo como quisiera. Algunos, aseguraban que fue una fabricación del Gobierno chino, para sacarme del poder y sabotear el proyecto de las farmacéuticas. El "sacrificio" para salvar la casa de Claudia, no era necesario, la Orden de Registro al Alcázar fue retirada poco después; X, se amparó en que era un edificio privado y parte de la cede de un partido político. No tengo duda de que, si me hubiese ocultado algunas horas, mis amigos lo habrían resuelto todo.

Fue un trabajo de equipo que desaparecieran las causas principales contra mí y sus respectivas evidencias. Los Valverde y Guillermo, manejaron a los federales, y John Rémora Martínez, se encargó de la de jurisdicción estatal. Podrían llamarle macho, patán, fascista, Hitlerín y todo lo que muchas veces mereció que le llamaran, pero, ese enano hijo de la gran puta tenía las pelotas de un gigante. Fue su gente la que mató las acusaciones estatales, con alguna ayuda de Taíno, por supuesto. Todas las pruebas, las grabaciones en video, audio y escritas de Fuentes, las de Espinoza, todo lo que me conectaba a mis amigos de México, desapareció.

Lo acusaron en el 2025, por uso indebido de fondos de la USA, pero, el caso ni siquiera llegó a juicio. No podía permitir que, John La Rémora, cumpliera cárcel; al carajo la justicia. Si algo me demostró, era que "sin lealtad, no había respeto"; independientemente de lo aberrante que fuesen aquellos a quienes les fue leal. Nunca tuve dudas de que tenía excelentes amigos, al final, me atrevo a decir, con cuidado y con la posibilidad de equivocarme, que John, era uno de ellos.

Algunas cosas cambiaron. Las drogas siguen ahí, pero, ahora las uso sabiamente. Había de todo en la prisión, pero aproveché la estadía, para aprender a controlarlas, sabía que las usaría otra vez, me gustaban demasiado. No me tocó una de esas cárceles de máxima seguridad de las películas. Había elementos peligrosos, pero, nunca sentí temor de muerte ni de convertirme en "señora de ningún negro de Atlanta", como mal predijo mi padre. Estuve encerrado en Texas y fui muy respetado. Después de todo, alguna vez pertenecí al Cartel Valverde, que se encargaron de que mi estadía fuese casi un Hilton.

Chuck, me visitó en varias ocasiones, decía que las videollamadas eran para pendejos. Una de esas, me llevó un bloque de papel titulado: Tiburón, una novela dizque biográfica, que escribió por casi dos años. «Sólo para que te entretengas. No te preocupes, es material para gavetas», dijo resignado. La leí corrida, apenas dormí. «Tienes que publicarla», le dije por teléfono. Fueron demasiadas las veces en que no publicó importantes noticias, por mi culpa. No podía permitir que engavetara aquello; además, era mi historia, al carajo con todos. X, pensando como mi abogado, se opuso tenazmente: «¿Por qué carajos hay que hacer voluntariado de información, se pusieron pendejos ustedes dos?». Cuando se le pasó el calentón, pensó en nuestro gran amigo y su obra más importante, y estableció la narrativa de la publicación. Sería una "alegoría" de lo que los fiscales querían vender; una ficción basada en otra ficción probada; una especie de *"What if?"*, una caricaturización de la historia que "fabricaron". El único verdadero permiso, se lo pedimos a mis amigos los Aztecas, que se mudaron a la USA.

Sólo le puse una condición a Chuck: Que escribiera otro libro, acerca de mi paso por la prisión; nada de los delitos ni las razones que me llevaron allí. Aceptó a regañadientes y lo tituló: Desde el interior, mientras lo escribía, se quejaba del "giro de redención que tomaba". Para nuestra sorpresa, se vendió más que Tiburón, de hecho, fue un gancho para vender sus obras anteriores. Chuck nunca imaginó la cadena de éxitos, que sus letras me traerían. Desde el interior, fue descrito como: "la más profunda confesión de transformación, un verdadero éxito de vida". La historia conmovió a tanta gente, que las librerías la cambiaron a la sección de autoayuda y, desde antes de salir de prisión, ya recibía invitaciones para entrevistas y toda la cosa.

Tuvimos mucha suerte de que el mambo *woke,* su neolengua y la degeneración de los géneros, perdieron fuerza cuando Donald Trump y sus malas formas salieron de la Casa Blanca, de lo contrario, seguro nos censuraban los libros. La pasividad senil de Joe Biden, suavizó la aplicación de los discursos posmodernos. Los que mantenían la retórica del victimismo aguerrido, sonaban demasiado estridentes y perdieron credibilidad. Las costuras quedaban claras, por eso, la conciliación fue tomando lugar. Comenzó a verse la razonabilidad en los veredictos judiciales, casos como los de Kyle Rittenhouse y "Pusil Smoillet", pusieron de manifiesto que la demanda por el odio era mayor a la oferta, y que todavía los jurados del Pueblo, podían administrar la justicia correctamente.

Ante el alza inflacionaria y la recesión, producto de los años de pandemia, Washington cortó presupuestos y muchos programas, incentivos y otros tantos beneficios, exclusivos para mujeres, fueron eliminados u ofrecidos a ambos sexos. La mayoría silente del "centro", rechazó la imposición de ideologías particulares, por parte del Gobierno, que sólo causaban división y desasosiego. No queríamos religiosos diciéndonos qué hacer, pero, tampoco desequilibrados con ADN de víctimas, a imponernos un neolenguaje y diluirnos la verdad de todo hasta la ciencia, con retóricas de absolutismo moral. La masculinidad comenzó a tener relevancia, fue reclamada por las mujeres de verdad, *"las que no se vestían con pañuelos y se bañaban todos los días"*, como decía Karla. Al fin podían expresar su deseo por la testosterona y sus derivados, sin la persecución ni el acoso del feminismo hembrista.

En otros asuntos relacionados a masculinidad frágil, Francisco me visitó una vez, en algún momento de mi segundo año. No lucía bien, era una sombra del amigo aquel. Perdió peso en exceso, se veía viejo y cansado; su rostro parecía encogido; era como un raro paciente terminal. Contrario a alegrarse de verme, sólo se quejó de todos, todes, todis y todus. Tenía los ojos hundidos y sin expresión, pude detectar de inmediato, que algún antidepresivo le facilitaba palabras poco usuales para él. Alejandra era su mayor dilema y quería terminar la relación.

—No puedo más con su locura ni su superficialidad.

Decía que le traía problemas con sus hijos y la ex, y seguía siendo una máquina de consumir dinero y sustancias. Me contó que, luego de algunos tragos, elixires en polvo o pastillas, se ponía coqueta con otros hombres, mujeres, mascotas y todo lo que le pasaba por el frente. Pero, cuando se quedaban solos, la Palomita se convertía en pitirre y picaba más fuerte de lo que él podía responder. Le dejaba marcas muy difíciles de ocultar: "me tropecé con la puerta", era la excusa por excelencia. Encima de eso, el abuso de pastillas para alcanzar el nivel sexual que ella exigía, combinadas con constantes líneas (algo que nunca se dio conmigo), le descabronaron la salud. Traté de animarle un poco, y se puso peor, dijo que su cruce y empate con Alejandra, fue culpa mía, de «esa masculinidad tóxica, de la que tanto alardeas». Que mi constante despliegue fanfarrón de parejas, lo presionó para que cayera en la relación.

Albergaba algún respeto, en honor a los buenos tiempos, pero al escucharle, un héroe cayó de su muy alto pedestal. Ver a uno de mis hermanos de la vida, transformarse en una caricatura victimista, sólo para no asumir la responsabilidad de su falta de carácter, fue una de las experiencias más tristes de mi vida adulta; fue ver un gigante desmoronarse y reducirse al tamaño de la Rémora o más pequeño. Desde el desprecio más profundo, le respondí:

—No se te ocurra dejarla, hijo de puta. Por culpa tuya y de esa demente, estoy aquí y ni hablemos de Palomares…

Por algunos minutos abusé de su quebrada siquis y lo despaché. No la dejó, no porque yo se lo dijera, simplemente no tuvo los cojones; hay vicios con formas misteriosas. Al salir de la cárcel, no tuve mucha más relación con Francisco, siempre fuimos amigos y nos enviamos las postales de navidad y cumpleaños, pero, la parte correspondiente a la hermandad desapareció. Chuck siempre lo supo, desde la Facultad, cuando una vez sentados en un restaurant al aire libre, él, X y yo, corrimos a detener un individuo que, en plena calle, trataba de asaltar a una anciana, mientras Francisco, le faltó poco para ocultarse debajo de la mesa, pero, era mi amigo y, en esa época, no me importaba si era o no un cobarde…

Me tomó algún tiempo restablecer la relación con Isabelita. El primer año, fue un suplicio, seguía molesta y lo rechazaba todo. El segundo, algo pasó en su cabeza y, ante una exigencia de la niña, su madre y abuela la llevaron al penal; contrario a mis indicaciones, pero, ella lo exigió así. Y cuánto me alegró que me desobedecieran. Por mis privilegios extrajudiciales, nos vimos en un salón abierto de mínima seguridad. No entré bien, cuando saltó del asiento y me abrazó con uno de esos llantos asfixiados e inconsolables, que me inflamó los ojos y escurrió algunas gotas que no pude evitar. Fue patético, Mildred y Maribel, también lloraban, y los pocos presentes, nos observaban sin disimulo. Después de dos años sin verla, parecía una persona distinta en el cuerpo de mi hija.

El diablo obra en formas siniestras. Por pura casualidad de un destino que conspiraba para joderle la vida a algunos, el Forzudo Rudo, fue transferido al penal donde me encontraba. Recordé que, en días recientes al asesinato, Chuck me pidió que enviara mi gente a acabar con él, después se arrepintió, «sólo una paliza», que no pude cumplir por la locura del 2020. Otra de las ventajas de ser delincuente profesional, es que se tiene más acceso a la justicia; no necesariamente la que ofrecen los jueces. En la fecha del aniversario de la muerte de Lis, una de las pandillas del penal, protegida por los guardias, le dieron una paliza que lo desfiguró completo, lo transformaron en el "hombre elefante", aquellas facciones delicadas, desaparecieron. Lo visité a la enfermería, estaba en una camilla, cubierto de vendajes y yesos en ambos brazos y una pierna.

—Sé que en esta fecha, mi hermano Chuck sufre por tu culpa y, ya que no estoy allá afuera para servirle de consuelo, durante todos los años que me toque estar aquí o hasta que te suministren tu bien merecida inyección letal, en cada aniversario de su muerte y cada vez que escuche a mi amigo mencionarla, serás golpeado hasta la inconciencia, tal y como hoy; dientes, costillas, contusiones; de todo sin matarte. No te deseo la muerte, Forzudo, pero, te garantizo que sufrirás mucho, porque me encargaré que sientas dolor. Nuestros compañeros te harán cosas que no conoces, en lugares que todavía no sabes que tienes.

Fue sentenciado a muerte, pero, no llegó a la aguja, se suicidó antes. Si llega a saber que me soltaron dos meses después de su muerte, quizás se aguantaba y lo mataba el gran estado de Texas.

Hoy día, Chuck es quien más drogas consume, gracias a la tensión que le causa la fama. Para lavarse el "mal sabor", escribe sin parar y hace entrevistas en lugares en que, sólo un loco se atrevería, en total menosprecio por su seguridad. Se convirtió en el *"last DJ"*, el que publicaba lo que quería publicar, que decía lo que quería decir; la última voz humana del país. Una pena que mi incursión en la autoayuda lo arrastrara, otra vez, a lugares en los que nunca quiso estar. Alguna vez se cansó de que lo invitaran a los foros, y para evitar futuras invitaciones, se presentó, simplemente, para inyectarle pesimismo y amargura a la ocasión.

"The last DJ"

Curiosamente, hace casi veinte años tengo el mismo peso y compro la ropa interior del mismo tamaño y modelo, pero, de repente comenzó a apretarme: ¿Los estarán haciendo más pequeños, cambiaron el estilo? Pero no, eran idénticos, sólo me crecieron las pelotas por la cabronada del Tiburón y la autoayuda. Nunca pensé que mis ejemplares estarían ubicados en los estantes separados para la literatura mediocre. Al menos, ahora tengo un editor que se encarga de vender mi obra y recoger los premios, además de anotarme en eventos a los que rara vez me presento.

Cuando escribí DESDE EL INTERIOR, imaginé que algo así sucedería y continué de todas maneras. La mayoría de la gente piensa que lo escribió él, nadie que discute el puto libro, me menciona; y lo peor es que esos elementos de ficción que inventé, para darle profundidad y dramatismo, que evocaban al DE PRODFUNDIS de Oscar Wilde, son los más que mis o sus imbéciles lectores, dan por ciertos; creé el demonio perfecto. No me va mal ni voy a devolver las ganancias, sólo que, nunca pensé que me sentiría tan sucio con mis letras.

Una vez, mi agente llamó para pedirme que firmara libros junto a Walter Rizo; lo mandé al carajo. Pero, luego de ponderarlo, por lo importante del evento, decidí presentarme. Cuando llegó mi turno, le hablé a aquel público necesitado de ánimo, acerca de lo mierda e inútil que era la vida. «Soñé alguna vez con ser un gran escritor y, ante las cagadas de la vida y de algunos amigos, terminé en la sección de autoayuda, algo así como "una esquina para prostitutas" de bajo calibre. Lo más irónico, es que mi desgracia y vergüenza, por alguna razón tan increíble como inmunda, los ayuda a ustedes a sentirse mejor, mis queridas cucarachas, que sueñan con finales felices y una METAMORFOSIS a la inversa». No pude creer que, después de arrugar un poco las caras, la patética multitud, se puso de pie y me aplaudió. Lejos de odiarme, como esperaba, los presentes creyeron, que se trataba de una forma nueva de psicología a la inversa y continuaron invitándome.

Mi madre sobrevive, ya nunca me recuerda, ni la casa ni a nadie. Bueno, a veces, sólo a veces, la voz de Eduardo la hace mover su cabeza y sonreír; como si escuchara una pieza de música, compuesta con recuerdos. Le leo cada vez que puedo, aunque pasen los años, como me dijo don Armando: "es tu deber recordarla, se lo debes". Sofía se recuperó de aquel segundo episodio, pero, el cáncer pasó a ser un elemento presente en su vida. Los tumores siguieron apareciendo y aprendió a manejarlos. Pero, dedicarse tiempo completo a sobrevivir, se quedó con lo mejor de su vida. Gracias a la graduación de Eduardo, reconectamos y hablamos todo el tiempo. Ya no frecuento su casa, se mudó del Monte, se casó con un viejo que conoció en uno de los consultorios, mientras ambos tomaban sus quimios. También paciente recurrente: le faltaban los testículos y algunas partes de la próstata. Los primeros años, comparaba mi desastrosa vida con el "centrado orden" de su nuevo esposo. Porque la conozco, puedo decir que, se hartó de los achaques y excentricidades del viejo, que es terriblemente hipocondriaco; pero, mandarle al carajo y vivir su propia hipocondría, le parecía mal, le preocupaba que el daño emocional le adelantara la muerte.

Le dejé el Cobra a Eduardo, junto al reloj Omega que me regaló don Armando; eran mis más preciados objetos. Despojarme de ambos me llenó de la nostalgia liberadora del desprendimiento, que no es otra cosa que, dejarle la carga a otro. Compré un reloj igual, me gustaba mucho. Podía comprarlo nuevo para Eduardo, pero, la novedad no era lo que valía en aquel pedazo de metal; hay objetos que tal vez no valgan nada para el mercado, pero, el significado personal, podía obsesionarnos y llevarnos a la insensatez; como Butch, el boxeador de *Pulp Fiction*. Saber que ya no corría el riesgo de perderlo, era lo mejor; que fuese Eduardo quien cargara con esa responsabilidad, igual pasaba con el Cobra; si en su escala de valoración material y "sentimental", estaba venderlos, perderlos en apuestas o regalarlos a algún amor, ese era su asunto.

Mi pasión por los vehículos sigue intacta, tengo varios que uso según mi estado de ánimo: un Camaro del 68, un Audi eléctrico, seguía pensando que eran una hipocresía para el ambiente, pero, por la comodidad, los juguetitos interiores y la velocidad que desarrollaba, valía la pena agotar todos los yacimientos de cobalto del mundo y contaminar un poco. Tenía la Ram Charger de Chuck Norris, con la que podía escapar de cualquier desastre atmosférico que requiriera trepar. Todos eran cortesía del Tiburón, mi "paga" por cuidar su colección de carruajes durante los años que estuvo preso. El Lancia de Lis; sólo lo uso en buenos momentos, ocasiones en que quiero manejar en paz; a parte de los excelentes movimientos, siento que va a mi lado pidiéndome que acelere.

El caso del Tiburón le dio a X tanta exposición, que lo convirtió en una de esas celebridades accidentales que, sin ser artistas ni político, era conocido por todo el mundo; perdió su "invisibilidad", otra cagada cortesía del Tiburón. Curiosamente, ahora se llevan mejor, ya no hay competencia ni la necesidad de proteger a Francisco, que ahora vive en Florida y tiene una hija autista, con Alejandra. Le llegaron casos que parecían sacados de novelas negras, y su vida amorosa fue una especie de montaña rusa, que hacía que Armando luciera como un principiante.

"Free...fallin"

Cuando salí del penal, Chuck y X, me esperaban en un Mustang convertible y me llevaron a celebrar por todo Houston. El plan era ingerir alcohol y drogas como en los viejos tiempos, por tres días. Sólo duramos uno, carajo, ya éramos viejos. Esa primera semana libre, pasé por todos los noticiarios y periódicos de Puerto Rico.

Mientras estuve en la cárcel, los escombros del MeToo boricua, hicieron un baile conmigo. Cómo era posible que el movimiento me odiara y las mujeres me amaran.

Maribel dejó de ser un problema en mi vida, tal vez el nunca negarme a pagar por sus lujos y excentricidades, la convirtió en un ser sumamente comprensivo, además, de una especie de *"ten seconds to love"*. Cada cierto tiempo, inventábamos alguna pelea, aunque fuese absurda, para encontrarnos, discutir y clavarnos como los perfectos cerdos que somos. Hay algo en ella, tan fuerte, que se convirtió en una necesidad; uno de mis más nefastos vicios. No tiene explicación, aun después de lo vivido, nunca me protejo, cuando nos vamos a la cama. «No lo hagas adentro», suele decir cuando sabe que me acerco, pero, lo dice gimiendo, suspirando y mirándome fijo. Luego, cuando me siente, lo recrimina: «me vas a preñar, hijo de puta», dice entre gemidos y más gritos. Comenzó a cuidarse al darse cuenta de que no me importaba si nos salía otra Isabelita. A veces me daba pavor lo rápido que alcanzaba sus orgasmos; como se meneaba se consolaba y luego se iba, dejándome duro y avergonzado. Pero, eso era mejor que pelear y odiarnos… además, siempre terminaba con un «nadie me hace venir como tú». Eso, pues, a mi edad (y a cualquier edad), era viagra para el ego.

Catalina y su madre, se encargan de mis relaciones públicas. Mantenemos la más recurrente y estable de mis relaciones post cárcel. Alguna vez me emocioné, por su trato incondicional, y le propuse matrimonio, la muy hija de puta, me dijo que aguantara los caballos, que ya había tenido un fracaso anterior y no necesitaba más. Que le gustaba lo que teníamos, así, de pura voluntad, sin amarres pesados.

Mi hermana se empató con un español, que (nadie sabe cómo) prefiere Puerto Rico a Sevilla. Su familia tiene excelentes propiedades, donde podíamos quedarnos cuando quisiéramos. Se encargaron de mi madre, que adoraba a su yerno de muy blanca alcurnia europea. Pablo hizo un amague de regresar a la política, pero, no pasó de una reunión. Cuántas veces le pedí a Dios que me enviara una señal de que no era mi hermano, que era adoptado o recogido de algún arrabal; que fue una infidelidad de mi madre, que lo abortó y la llamaron de la clínica a los varios días, para que recogiera aquel reptil que sobrevivió.

¿Se acuerdan de mi boxeador favorito Víctor "La Metralleta" Acosta? Ante la injusta descalificación a la que fue sometido, comenzó una carrera en la división de boxeo femenino. Poco más de un año después derrotó a todas las contendientes y se convirtió en campeona indiscutible de las divisiones medianas y pesadas del boxeo femenino; en su primer año como boxeadora fue nombrada mujer del año. En una entrevista que le hizo Chuck ,"La Metralleta" le confesó que no se sentía campeona, que por culpa de la presión mediática y el acoso de la cultura de cancelación, no le quedó otro remedio que transformarse en un golpeador de mujeres y lo peor de todo era que el mundo lo celebraba.

DONDE HABITA EL OLVIDO

" Y la vida siguió
como siguen las cosas que no tienen mucho sentido
una vez me contó un amigo en común
que la vio donde habita el olvido"
Joaquín...

Fue la primera vez que pagué por sexo o lo que sea que hice. Si me esforzaba un poco, podía seducir alguna de las mujeres en el bar en que me metí después de verla. Entre tantas, había una cincuentona de buenas carnes, que me taladraba con los ojos. Pero, quería sentirme miserable, sin la recompensa de una seducción exitosa, para arrastrarme y que la aspereza del fondo, sirviese de esmeril para desaparecer el asco y lástima que sentía de mí. Su nombre era Consuelo, exactamente lo que buscaba; si llega a llamarse de otra manera, seguro me marchaba. Nos besamos y se quitó la camisa, con una coqueta timidez… No la dejé quitarse más, mi parte no se sentía, no daba señas de vida; ni siquiera con el torso desnudo de aquella chilenita, que, además, tenía un ligero trasunto con Claudia o, tal vez, mi subconsciente la veía en todas partes. Sólo serví para escuchar, me contó que era estudiante y vendía consuelo para completar el doctorado y ayudar a sus padres. «Escápate conmigo a Puerto Rico, yo me encargo de la matrícula, la graduación y hasta la carrera», una de esas promesas que se hacen a las prostitutas y que a veces tristemente, las creen.

Cuando me atreví a buscarla, en el avión, mi cabeza repetía *"Crawling back to you"*. No sabía dónde encontrarla y fui a ver a su tía, que no dudó en decirme. Solía caminar en las tardes por el Parque Italia, en Valparaíso. Al verlos a lo lejos, me entró el susto usual, me pregunté si podría ser el padre, el esposo, si después de algún tiempo, regresaría mi necesidad de lujuria. El chico es idéntico a ella, *qué débiles son mis genes,* pensé. No tuve las pelotas de acercarme. Nos miramos, aun con la distancia, pude ver aquellos ojos verde y azul. Ella sonrió por un breve instante, me emocionó, miré al pequeño y se me abrió el pecho, con una mezcla de alegría y euforia, que fue cortada de cuajo, cuando la miré otra vez; sus ojos se apagaron, estaban tristes, hermosos como siempre, pero, muy tristes. Puso su mano sobre el pequeño, y con una mueca, que parecía la antesala a unas lágrimas, movió la cabeza, de un lado a otro ligeramente; no hicieron falta palabras.

Creo que ese día, terminó de arrancar cualquier retazo de mí que quedase en su interior. No sabía que hostias hacer; media vuelta y correr, ir hacia ella y convencerla, como tantas veces antes. Dio el medio giro y se alejó con nuestro hijo agarrado de la mano. No dudo que algún día, hará lo necesario para que nos conozcamos, pero, también sé que el arreglo no la incluirá a ella.

Después de eso, ya no tengo la cara ni valor para mirarla a los ojos. Tuve mucha suerte de que me amara alguna vez; son escasos los días en que no la recuerdo y me arrepiento de tantas cosas, siempre, como todo un pendejo enamorado, y retumba en el vacío permanente que dejó. Tal vez ese era el sonido de la ausencia, del que hablaba Ignacio, cuando comenzó a enloquecer. Como decía Chuck: "Todos tenemos un demonio que nos acompaña y un ángel que nos acosa".

KARMA (FUCKING) POLICE

¿Qué cómo terminé conferenciante? Una tarde fui a visitar a mi amigo el escritor, para joderle un poco el humor, contándole de los cientos de personas que me escribían para contarme cómo DESDE EL INTERIOR, les cambió la vida. Además, para contarle, a él y Eduardo, de algunas ofertas de trabajo que recibía. Ambos se burlaron, porque eran de noticieros y programas de chisme, les encantaba tener políticos exconvictos analizando noticias de corrupción; ya saben, "más sabe el diablo por diablo que cualquier viejo pendejo". Para añadirle sabor a la ironía, fue Eduardo, que en aquellos días se babeaba por Jordan Peterson, el que comentó: «Por qué no te vas de gira a contar la historia y vender el libro». Miré la cara de su padre, que de inmediato odió la idea, porque sabía que tendría éxito y lo arrastraba más a la autoayuda. A esas alturas de mi vida, me daba igual, salí de la política y del narcotráfico, qué carajos me importaba si era deshonroso o no, aunque, cuando era político mentí menos. Seguí el consejo, y el resultado es la patada en el culo a la que pudo ser la moraleja de esta historia.

Ante la imperiosa necesidad que tenía el mundo, rescaté la visión y el objetivo de aquella iniciativa para revivir la masculinidad. Preparé una conferencia, con características de campaña política. Más de una década en el negocio, me enseñó algo, acerca de cómo llegar a la gente y trasformar sus mentes. A sólo cuatro meses de ser excarcelado, andaba por la USA en programas de TV y hablando en teatros pequeños, a la "diáspora" de las ciudades principales. En cuestión de un año, llegué a España, Portugal, Inglaterra, Santa Domingo, Colombia, Uruguay, Argentina (que aleteaba para vivir después del comején de los Kirshner) y todos los lugares que me recibían. Lo vendí como un programa para hombres, pero, abierto a todas las damas, dispuestas a escuchar y guardar silencio, tal y como lo hacían los hombres; para gritar y quejarse estaban los foros de la Coalición, que nunca terminó de construirse. No debe sorprenderles que un 45% de los asistentes son mujeres y quienes más fuerte aplauden. Lo llamé: "Tiburones", y su eslogan era: "Un programa para hombres de verdad, porque macho puede ser cualquiera, hasta las mujeres".

En principio fue acogido con recelo, quedaban patrullas de la Gestapo *wokista*. Fui parte de un selecto grupo de "forajidos", que enfrentamos el discurso hegemónico victimista, seguíamos el ejemplo de Dave Chappelle, el comediante americano, que se paró frente a los pelotones de cancelación moral y fusilamiento mediático, y mirándolos de frente les dijo: disparen si se atreven; y dispararon, pero, sobrevivimos. Cuando la "cortina de hierro" progre cayó, la moral y el amor propio de la sociedad, estaban en ruinas como la Europa del '40, después de las bombas nazis. El producto neto de la deconstrucción de los hombres progresistas, fue una generación de simplones débiles de carácter, faltos de amor propio y testosterona, que me convirtieron en el motivador más "influyente" de Latinoamérica y los Estados Unidos. Era ridícula la cantidad de mujeres que llevaba a sus hijos, hermanos y hasta maridos, a recibir lecciones de un hombre bien criado y en peligro de extinción. Humillar aliades y enseñarles los caminos de un "Señor", y caminarlos como hombrecitos, era uno de mis mayores placeres. Y, si le sumábamos que, fuera de la política, ya podía medicarme con cannabis legal, no se podía vivir en un mejor mundo.

Un detalle importante, para que voces como la mía no quedaran silenciadas, fue un fenómeno, al que la Coalición llamó la "Gentrificación Homopatriarcal". Una década después de la aprobación del matrimonio igualitario y la adopción, vimos como poco a poco, salieron del armario homosexuales similares a mi hermano Guillermo: hombres y mujeres orgullosos y seguros de su sexualidad; ciudadanos comunes y corrientes, personas productivas, que no vivían obsesionados con la sexualidad de los demás y sólo querían integrarse a la sociedad. El estereotipo de personas "gay" que conocíamos, cambió; ahora se agarraban de manos y sonreían felices, hombres masculinos y sin manierismos, policías, obreros, militares; Peter Buttigieg y muchos más, seguros y orgullosos de su masculinidad. Igual pasó con las mujeres, actrices, senadoras, cantantes que jamás imaginamos, salieron; fue un hecho que ellas salieron primero; todo era más fácil para las mujeres.

Por razones obvias, esa nueva cepa de personas libres y orgullosas, se hicieron visibles en sus comunidades y asumieron las posiciones de poder y liderato, en las organizaciones Feministas y LGBTT, antes ocupadas por miembros de la Coalición. Fue un cambio refrescante, eran profesionales sin complejos ni colores raros de cabello, que abrazaban el pensamiento crítico y la razonabilidad, no le temían a la ciencia y detestaban que los vieran como víctimas inferiores. La verdadera igualdad comenzó a ser relevante. Cada persona podía auto percibirse como quisiera, sin la obligación de que el resto del mundo, tuviese que percibirlo igual. Como picar está en la naturaleza del escorpión, las de la Coalición, crearon otro movimiento y alegaron ser víctimas del nuevo patriarcado de derechas, compuesto por "locas macharranas" y "sometidas femeninas", esa costumbre de inventar términos para degradar a sus detractores. Vamos a crear una nueva ola que sacudirá a todos los "machorros" y "fementidas", sólo espero que sea una ola, tan fuerte, que las arrastre para siempre.

No me puedo quejar, le gané a la vida y al mundo en su juego. Las lecciones de don Ignacio, me enseñaron que la envidia es una de las peores enemigas del éxito, una enfermedad que se previene con discreción: no se envidia lo que no se ve. La otra enemiga mortal, era la pereza, pero, esa nunca me atacó. Chuck dice que: "La poesía de la justicia, a veces viene en forma de patadas por el culo". En mi caso, llegó en forma de buena literatura, convenientemente, disfrazada como autoayuda. ¿Qué si hay poesía y justicia en mi historia?, es un soneto a todo lo que no podría ser justo. Créanme cuando les digo, ha sido un verdadero honor contarles mi vida; insisto, sé que no es sencillo sostener un artículo tan anticuado y pasado de moda, como un libro, con letras pequeñas y sin ilustraciones".

Afuera comienza a sonar "Simpathy for the Devil", la gente explota como loca, en un grito que retumba en las paredes del auditorio y lo aclaman, como a cualquier estrella de rock.

«Al final, somos víctimas de nuestra vanidad; esa es la clave de todo, la gasolina que mueve el mundo: la que ha creado héroes, imperios, tiranos y desastres, entre otras tantas cosas. Ahora debo irme, otro público me necesita». Se detiene frente al espejo en el tocador, se arregló la corbata, sacó un dispensador de cristal, cargado de cocaína, se dio una línea y se limpió la nariz: «Sólo uno, que hay que salir a trabajar. "*It's evolution baby!*".

Tan seguro como siempre, salió a la tarima y, ante aquella sonora ovación, sonrió y levantó las manos en señal de victoria, mientras la multitud gritaba emocionada: "¡Tiburón! ¡Tiburón! ¡Tiburón!

Ahora sí:

FIN

Índice

Esta primera edición de TIBURÓN se terminó de imprimir
en abril 2022 en Puerto Rico.

J.A. Zambrana regresará con "X" (EQUIS).